中国乡土小说
流派研究文选
1910—2010

国家出版基金项目
NATIONAL PUBLICATION FOUNDATION

中国乡土小说研究丛书
丛书主编　丁帆

主　编　李兴阳　黄　轶
副主编　何同彬　姬志海

南京大学出版社

图书在版编目(CIP)数据

中国乡土小说流派研究文选：1910—2010 / 李兴阳，黄轶主编.—南京：南京大学出版社，2021.12
（中国乡土小说研究丛书 / 丁帆主编）
ISBN 978 - 7 - 305 - 22810 - 0

Ⅰ.①中⋯ Ⅱ.①李⋯ ②黄⋯ Ⅲ.①乡土小说—文学流派研究—中国—1910—2010—文集 Ⅳ.①I207.42 - 53

中国版本图书馆 CIP 数据核字(2020)第 003903 号

出版发行	南京大学出版社	
社　　址	南京市汉口路 22 号	邮　编 210093
出 版 人	金鑫荣	
丛 书 名	中国乡土小说研究丛书	
主　　编	丁帆	
书　　名	**中国乡土小说流派研究文选(1910—2010)**	
本册主编	李兴阳　黄　轶	
责任编辑	潘琳宁	编辑热线　025 - 83592401
照　　排	南京紫藤制版印务中心	
印　　刷	南京爱德印刷有限公司	
开　　本	710×1000　1/16　印张 40　字数 624 千	
版　　次	2021 年 12 月第 1 版　2021 年 12 月第 1 次印刷	
ISBN	978 - 7 - 305 - 22810 - 0	
定　　价	198.00 元	
网　　址	:http://www.njupco.com	
官方微博	:http://weibo.com/njupco	
官方微信	:njupress	
销售咨询热线	:(025)83594756	

总 序

丁 帆

　　"五四新文化运动"已经百年,在它光环笼罩下的"五四文学"也算是经过了许许多多的风雨洗礼,进入了百岁的庆典。我们究竟用什么样的态度去看待"五四新文化运动"旗下的"五四文学"思想潮流呢? 这个问题争论了很多年,对其"启蒙"与"革命"的主旨有着各种各样的说法,就我本人而言,就历经了许多次的观念转变,直至后来自己的观念也逐渐模糊犹豫彷徨起来。当然不是鲁迅先生"两间余一卒,荷戟独彷徨"的那种深刻的焦虑,而是那种寻觅不到林中之路的沮丧。

　　花费了七八年时间编撰成的这套 300 余万字的皇皇五卷的"中国乡土小说研究丛书",恰恰在"五四新文化运动"百年来临前一年杀青,也算是对"五四新文化运动"百年的一个隆重的纪念和交代吧。

一、中国乡土小说的精神源头:"五四新文化运动"

　　按照既正统又保险的说法,中国现代文学的起源是与"五四新文化运动"不可分割的,那么,中国现代文学已经走过了百年,以此类推的话,中国乡土小说也就是百年的历史。当然,我们并不完全这么机械地看待这个问题,因为就中国乡土小说的发生来看,它显然是早于"五四新文化运动",而且白话通俗文学在"五四"前就早已流行,将它们打入"另册"也是"五四"先驱者们过激的行为,其留下的遗患也是当初的先驱者们始料不及的。不过,为了适应某种学术研究生态的需要,我们对中国乡土小说发生期的断代保留着进一步考察和研究的设想,一切留待日后学术空间的拓展。

什么是"五四"? 这是一个问题!毋庸置疑,百年来涉及这个命题的著述可谓汗牛充栋,众说纷纭,观点芜杂,让人在大量活着的和死去的史料堆里爬不出来,总觉得公说公有理婆说婆有理,甚至会把"五四事件"与"五四新文化运动"混为一谈。以至让一些政治家把这个时间的标志当作纪念日:1938 年7 月 9 日国民党的"三青团"成立时,曾经提议把"五四"定为"青年节",1944年 4 月 16 日重庆国民政府又将它从政治层面下降到文艺层面,定为"文艺节";1939 年 3 月中国共产党的中国青年联合会在延安成立时也提议把它作为"青年节",1949 年 12 月新成立的中华人民共和国又重新正式把"五四"定为"青年节"。可见它在社会层面的政治意义远远是大于文化和文学意义的。

(一)"五四"先驱者们论"五四精神"

什么是"五四精神"? 我们如果用那种简单的逻辑推理就会得出:没有《新青年》何来的"五四"?"五四"只不过是一个时间的标记,用梁漱溟先生的话来说就是:"现在年年还纪念的'五四运动',不过是新文化运动中间的一回事。'五四'那一天的事,意义并不大,我们是用它来纪念新文化运动的。"[①]他的意思很明确,"五四事件"本身的政治意义并不大,大的就是"五四新文化运动"对中国社会和文化后来的一系列政治运动的发展导向起着的决定性作用,当然对文学的发展走向也起到了巨大的作用。

梁漱溟的话对吗?说对也对,说不对也没错。因为当时亲历这场运动的"五四"先驱者们在"五四事件"过后也是各有各的说法,有的甚至大相径庭,这就让一帮研究中国现代史的学者无所适从了,何况历经百年之后,面对着各种各样让人眼花缭乱、目迷五色的对"五四新文化运动"不同阐释,"五四"的面目就越加模糊起来,我本人也在这半个世纪(从小学政治教科书中第一次读到对这场"爱国主义运动"的阐述,及至 20 世纪 60 年代在我父亲的案头

---

① 梁漱溟:《蔡先生与中国》,《梁漱溟全集》(第六卷),山东人民出版社 2005 年版,第 75 页。

看到胡华的《中国革命史讲义》）以来，因读到各种各样有关"五四新文化运
动"的论文与书籍后，就像老Q做了一场未庄梦那样，愈加对"五四"敬而远之
了。实在想说几句话，也都是梦话而已。

陈独秀对"五四精神"的定义似乎应该是权威的说法吧，他在《五四运动
的精神是什么——在中国公学第二次演讲会上的讲演》中说得很清楚：

> 如若有人问五四运动的精神是什么？大概的答词必然是爱国救国。
> 我以为五四运动的发生，是受了日本和本国政府的两种压迫而成的，自然
> 不能说不是爱国运动。但是我们的爱国运动，远史不必说，即以近代而
> 论，前清末年，也曾发生过爱国运动，而且上海有爱国学社和爱国女学校。
> 十年前就有标榜爱国主义的运动。何以社会上对于五四运动无论是赞
> 美、反对或不满足，都有一种新的和前者爱国运动不同的感想呢？他们所
> 以感想不同的缘故，是五四运动的精神，的确比前者爱国运动有不同的地
> 方。这不同的地方，就是五四运动特有的精神。这种精神就是：（一）直
> 接行动；（二）牺牲的精神。
>
> 直接行动，就是人民对于社会、国家的黑暗，由人民直接行动，加以制
> 裁，不诉诸法律，不利用特殊势力，不依赖代表。因为法律是强权的护符，
> 特殊势力是民权的仇敌，代议员是欺骗者，决不能代表公众的意见。清末
> 革命的时候，人人都以为从此安宁了，不料袁世凯秉政，结果反而不好。
> 袁世凯死的时候，人人又以为从此可以安宁了，不料现在的段祺瑞、徐世
> 昌执政，国事更加不好。这个时候，中国人因为对于各方面的失望，大有
> 坐以待毙的现象。自从德国大败、俄国革命以后，世界上的人思想多一
> 变。于是，中国人也受了两个教训：一是无论南北，凡军阀都不应当存在；
> 一是人民有直接行动的希望。五四运动遂应运而生。一般工商界所以信
> 仰学生，所以对于五四运动有新的和前次爱国运动不同的感想，就是因为
> 学生运动是直接行动，不是依赖特殊势力和代议员的卑劣运动呵！
>
> 中国人最大的病根，是人人都想用很小的努力牺牲，得很大的效果。
> 这病不改，中国永远没有希望。社会上对于五四运动，与以前的爱国运动

的感想不同,也是因为有无牺牲的精神的缘故。然而我以为五四运动的结果,还不甚好。为什么呢?因为牺牲小而结果大,不是一种好现象。在青年的精神上说起来,必定要牺牲大而结果小,才是好现象。此时学生牺牲的精神,若是不如去年,而希望的结果,却还要比去年的大,那更不是好的现象了。

以上这两种精神,就是五四运动重要的精神。我希望诸君努力发挥这两种精神,不但特殊势力和代议员不是好东西,就是工商界也不可依赖。不但工商界不可依赖,就是学界之中,都不可依赖。最后只有自己可靠,只好依赖自己。①

倘若我说陈独秀当年做这番演讲的时候还是一个"愤青"的话,我们可以原谅他在政治上的幼稚,他以为诸如法国大革命与俄国革命以流血的代价换来的才是真正的革命运动,唯有"牺牲精神"才能换来革命的胜利,其实,当年持这种想法的知识分子是很多的,他代表着许多"五四"革命先驱者的普遍观念,这就造成了"爱国主义和牺牲精神"才是这场运动本质的假象,殊不知,这才是遮蔽和阻遏"五四启蒙精神"向纵深发展的源头和本质,他让中国大多数的知识分子的思想观念导向了卢梭式的法国大革命的教义和苏俄"十月革命"的实践范例,虽然陈独秀在其晚年将此观念来了一个一百八十度的大颠覆,痛彻反思苏俄革命的弊病,对"五四"运动进行了一次彻底的反省,但为时已晚,"明日黄花"早已凋谢,历史认知的潮流已然成为不可阻挡之势了。历史告诉我们:革命运动无论"牺牲大"还是"牺牲小"与其结果并不是呈反比状态,而是看他的理念有无深入人心。

陈独秀的身份是非常特殊的:他1915年创办《青年杂志》(《新青年》),反对旧道德,张扬自由主义和民主思想,既是新文化启蒙运动的发动者与重要角色,又是"五四文学革命"的重要倡导者,他与胡适等人一起,倡导白话文学;在1919年以学生游行为导火线的"五四"政治运动中,他也竟亲自上街散发传单,并因此被捕。1919年"五四"运动以后,原先包括思想启蒙与文学革

---

① 陈独秀:《五四运动的精神是什么》,原载《时报》1920年4月22日。

命在内的"五四"新文化阵营,发生了分离:陈独秀、李大钊投身政治,胡适退回书斋搞学问,鲁迅则陷入"荷戟独彷徨"的苦闷之中。他们其中任何一位来阐释"五四精神",都会是有差别的。作为"五四"的全面参与者与领导者,陈独秀似乎是诠释"五四精神"的权威角色。然而,在这篇演讲中,陈独秀显然并没有试图对"五四运动"进行"全面"的阐述,他只是以一位政治家的身份,着眼于"五四革命文化运动",阐释政治视野中的"五四精神"。因此,他强调的"五四精神"为:直接行动和牺牲精神。而他演讲的地点——中国公学——恰好是具有革命传统的学校。因此,演讲者的身份和听众对象,决定了这篇演讲是以"五四"青年学生走上街头、干预政治为楷模的宣传、鼓动的文章。这也是让"五四"从"文化革命"走向"革命文化"的滥觞因素之一,难怪林毓生们会将"五四新文化运动"与后来的"文化大革命"相联系,原因就是在于他们只看到了这场运动"左"倾的一面,而忽略了它潜藏在地下奔突的烈火——启蒙给一代又一代现代知识分子留下的新文化遗产,当然还有遍体鳞伤的躯体和灵魂。

"五四"是一个说不尽的话题,原因是"五四"是一个含义非常丰富的文化运动。学界普遍认为"五四"的含义应当包括以下三个方面:第一,反对传统道德、提倡民主与科学的新文化思想启蒙运动;第二,反对文言、提倡白话的文学革命;第三,反对帝国主义和专制腐败政治的爱国民主运动。这决定了对"五四精神"注定不可能进行单一视角的归纳,而百年来恰恰忘却的总是最根本的首要任务,启蒙往往却成为纪念"五四运动"餐桌上的佐料。

新文化思想启蒙运动崇尚西方文艺复兴以来的人文主义价值,以进化论眼光肯定现代化,否定传统道德与价值观;而在"五四政治运动"中,爱国主义和反对帝国主义,又与"五四"启蒙理想在对待西方和中国文化的态度上相互冲突。可以说,不同时期、不同身份的人,往往根据自己的政治立场和阐释目的,就"五四"的某一方面含义进行了偏执性的强调。总之,百年来围绕着"启蒙的五四"与"革命的五四"之命题,谁也无法做出合乎逻辑的周延性判断。另一方面,似乎"启蒙与救亡"遮蔽了"五四新文化运动"的许多实质性问题,让我们做了问题的"套中人"。

　　而胡适之先生作为"五四新文化运动"的发起人,他原本的"革命"目的何在呢? 在"五四事件"发生的第二年他发表了演说,其内容与陈独秀的观点就有了一些不同。1920 年 5 月 4 日,胡适参加了北京女子学界联合会召开的"五四纪念会",并发表演说。当天的《晨报副刊》上,胡适与蒋梦麟联名,发表了一篇胡适的《我们对于学生的希望》。此文肯定了青年学生运动的贡献,但他还是认为:"这种运动是非常的事,是变态的社会里不得已的事……故这种运动是暂时不得已的救急办法,却不可长期存在的。"①显然,胡适是反对用"牺牲"换来的革命结果的,换言之,就是反对以革命的名义进行青年学生运动。

　　而到了 1928 年的 5 月 4 日,胡适在光华大学发表了《五四运动纪念》演讲,其观点来了一个 180 度的大转弯,他又肯定了学生的"牺牲精神",不再提倡钻进"故纸堆"里去了,其重要的一点就是胡适证明"五四运动"印证了一个历史公式,即"凡在变态的社会与国家内,政治太腐败了,而无代表民意机关存在着;那末,干涉政治的责任,必定落在青年学生身上了。这是一个最正确的公式,古今中外,莫能例外。"这也许就是后来坊间一直流传着的那句伟人名言"凡是镇压学生运动的都没有好下场"的滥觞吧。当然,在胡适对自己的观念做出重大修改的时候,他没有忘记自己过去说过的话,于是就用辩证的方法予以圆场:"如果在常态的社会与国家内,国家政治,非常清明,且有各种代表民意的机关存在着;那末,青年学生,就无需干预政治了,政治的责任,就要落到一班中年人的身上去了。""自从五四运动以来,中国的青年,对于社会和政治,总算不曾放弃责任,总是热热烈烈的与恶化的挣扎……青年人的牺牲,实在太大了! 他们非独牺牲学业,牺牲精神,牺牲少年的幸福,连到牺牲他们自己的生命,一并牺牲在内了……"显然,胡适认为牺牲青年是一件迫不得已的事情,与毫不足惜"牺牲"的非人道观念是有区分的。

　　从胡适的观念转变,我们可以看出一个重要的问题症结来——在"启蒙与革命"的悖论当中,"五四"就成了一个在"启蒙"与"革命"之间来回奔跑跳跃的政治文化和精神文化的冠词,似乎这顶桂冠扣在任何言者的头上

①　蒋梦麟、胡适:《我们对于学生的希望》,《中华教育界》1920 年第 9 卷第 5 期。

都很合适。但是，人们忽略的恰恰就是政治和社会的时间与空间的变化给人的思想观念带来的变化。随着时间和空间的变化，也随着各人的生活经历的变化，"五四"先驱者们的观念也在变化，我们如果将他们的思想看成一成不变的固态，就会犯经验主义的毛病。这一点在胡适1935年的《纪念五四》一文中得到了印证："我们在这纪念'五四'的日子，不可不细细想想今日是否还是'必有赖于思想的变化'。因为当年若没有思想的变化，决不会有'五四运动'。"①

直到1958年5月他读到了女作家苏雪林一篇追念"五四"的"理性女神"的文章，在写信回复时说："我很同情你的看法，但我（觉得）五四本身含有不少的反理智成分，所以'不少五四时代过来人'终不免走上了反理智的路上去，终不免被人牵着鼻子走。"②恐怕一个67岁的成熟老人的思考才是最深刻的。

1960年，胡适应台北广播电台之邀，发表了一个长篇谈话《五四运动是青年爱国的运动》。其实这篇演讲标题似乎又回到了老路上去了，其实其主旨却是针对犹如西方的文艺复兴运动的"五四启蒙运动"感慨而发："五四运动也可以说害了我们的文艺复兴。什么原故呢？……因为我们从前作的思想运动，文学革命的运动，思想革新的运动，完全不注重政治，到了五四之后，大家看看，学生是一个力量，是个政治的力量，思想是政治的武器……所以从此之后，我们纯粹文学的、文化的、思想的一个文艺复兴运动就变质了，就走上政治一条路上……""在我个人看起来谁功谁罪，很难定，很难定，这是我的结论。"我以为，这是胡适晚年对"五四"最为深邃的一次思考，那种试图把"五四新文化运动"安放在"启蒙运动"轨道上的梦想为什么会成为泡影？归根到底就是一句话：在中国，试图创造一个"纯粹文学的、文化的、思想的一个文艺复兴运动"可能性几乎为零，因为凡是运动最后总是要归于政治的。这就造成了不仅仅是"启蒙"的悲剧，同时也造成了"革命"的悲剧。历史无情地证明了这一历史的规律，并且还将不断地证明。

---

① 胡适：《纪念五四》，《独立评论》1935年5月5日第149号。
② 胡适：《复苏雪林》，《胡适全集》（第26卷），安徽教育出版社2003年版，第160页。

(二) 世界启蒙运动与中国的"五四运动"

> 人类的前进道路能够通过每一个人对理性的公开使用的自由而指向进步。
>
> ——康德

回顾百年、七十年和四十年来中国社会文化和文学的变迁,我们的学术和思想观念同样经历了几次大起大落的变化。毋庸置疑,在百年之中,我们可以排出一个长长的、聚集着七八代启蒙文化学者的名单,在他们共同奋斗的学术史和思想史的历程中(我始终认为学术史和思想观念史是两个永远不可分割的皮与毛的关系),我们似乎可以看到一条清晰的隐在线索:自由与民主;科学与传统;制度与观念;人权、主权和法权……这些关键词不仅在不同的时空里发生了裂变,同时也在不同的群体里发生了分裂。

康德在1874年发表的那篇《答复这个问题:什么是启蒙运动》中说:"启蒙运动就是人类脱离自己所加之于自己的不成熟状态。不成熟状态就是不经别人的引导,就对运用自己的理智无能为力。当原因不在于缺乏理智,而至于不经别人的引导就缺乏勇气与决心去加以运用时,那么这种不成熟就是自己所加之于自己的了。Sapere aude! 要有勇气运用你自己的理智! 这就是启蒙运动的口号!"①康德200多年前的定义至今还在世界的上空中盘桓,这是人类的喜剧还是悲剧呢?

那么托克维尔在《旧制度与大革命》中揭示的法国大革命的悖论逻辑适用于中国百年来启蒙与革命的逻辑关系吗? 其实,许许多多的实践告诉我们,尤其是中国近四十年来的"改革"恰恰反证了托氏"最危险的时刻通常就是它开始改革的时刻"逻辑的荒谬,我们却对这个结论深信不疑。在中国的启蒙与革命的双重悖论之中,最重要的则是我们难以分清楚什么是启蒙的左右和革命的左右这个根本的悖论性问题。

我常常在思考一个问题:倘若我们把鲁迅作为"五四"以来中国左翼文化

---

① ［德］康德:《历史理性批判文集》,何兆武译,商务印书馆2009年版,第23页。

的旗手,而把胡适作为"五四"以降自由知识分子的领军人物,那么,那个坊间传说的设问就显得十分尴尬了:倘若鲁迅活到1949年以后,他还会是左翼吗?我的答案很简单:要么他还是鲁迅,要么他不再是鲁迅,而变成了郭沫若,我想,以他的性格,他不会变成郭沫若,也不会变成茅盾,最有可能变成无言相向的无声鲁迅。这里就有了一个我们怎样区分左和右的尺度问题,因为百年来我们不习惯在不同时空当中辨别左右,也就是说,用今天的眼光来看现代文学史上的鲁迅,他是典型的右派,他的反一切统治的眼光,恰恰就是现代知识分子必须具备的立场,就像萨义德在《知识分子》一书中所言,知识分子永远是站在批判的立场上看待社会的,否则他就没有存在的必要。从这个角度去看鲁迅,你能说他是左翼的吗?都说鲁迅的骨头是最硬的,硬到"十七年"当中,他就是一个右派。就像当下我们看待西方的许许多多的左右派那样,在不同的空间语境当中,我们辨别左右的时候往往是要反着看的。同理,我们看待胡适也同样适用这样的标准。所以,我认为作为衡量一个知识分子人格操守,只能用八个字来检测:坚守良知、维护正义。当"五四的启蒙主义新传统"遭到了空前否定的时候,我们应该选择什么样的价值立场呢?最近我在网上看到了一个治中国古代政治史的学者王霄说:"汉后的儒家,政治理论和政治人格已经失去了孔孟的刚健质正,实践中还造成了大批的伪君子。"古代史的学者为现代文明的鼓与呼,却让我们搞现代文学的人深思。

鲁迅也好,胡适也罢,作为"五四新文化运动"培育下的第一代中国具有现代意识的知识分子,他们承继的都是18世纪以来启蒙运动中普世的价值立场,这一点对一个国家和一个民族来说是很重要的——中国文化为什么没有选择政治家、哲学家和历史学家做旗手,而是选择了文学家,这里面的深意,应该是不言而喻的。然而,百年来,我们对这个问题的认知还停留在学术常识以下的水平,无论我们的学科得到了多么大的发展,无论我们的科研项目达到了多大的惊人数字,无论我们的论文如何堆积如山,却仍然要重新回到启蒙的原点,重新回到"五四"的起跑点上——我们应该反思的问题是:"启蒙的五四"和"革命的五四"两者之间都存在着的双重悖论是百年来我们始终未解的一个难题——这是社会政治文化问题,同时也是文学绕不开的问题。

回顾百年来所走过的学术历程,我们似乎始终在一个平面上旋转,找不到前进的目标,其根本原因就是因为我们在文学的学术史教育中遮蔽了许许多多应该传授的常识性知识。

我近年来一直在重读"五四"先驱者们对"五四事件"和"五四新文化运动"的不同看法,结合法国大革命、英美革命以及苏俄革命对"五四"以后中国革命与文学的影响,进行比较分析,有些观念仍然停留在我几年前的水平上(这就是 2017 年结集出版的《知识分子的幽灵》),但是今年我重读和新读了三本书后,便又开始了新一轮的思考。

第一,我在重读周策纵的《五四运动史》后,在各种各样纷乱混淆的"五四事件"和"五四新文化运动"梳理中,基本认同了周策纵先生的"五四的来龙去脉说",当然,我们也不必再去追究"五四新文化运动"是谁领导的这个永远说不清楚的问题了,只是让当时各种各样的参与者自己出来说话,不分左右,无论东西。我以为,这本书本应该是中国现代文学学术思想史的基本教科书,只可惜的是,现在我们许多人文学科至多就是把它列为参考书目而已。

今天,我们首先要涉及的问题是:我们为什么要纪念"五四运动"这个难题,我想这一点周策纵先生说得最清楚:他认为"首先必须努力认知该事件的真相和实质"①。也就是说,"五四事件"与"五四新文化运动"虽然有联系,却并不能截然画上等号。周策纵说,有人把他在 1969 年发表的《"五四"五十周年》一文副标题"译为'知识革命',就'知'的广义说,也是可以的。我进一步指出:这'知'字自然不仅指'知识',也不限于'思想',而且还包括其他一切'理性'的成分。不仅如此,由于这是用来兼指这是'知识分子'所倡导的运动,因此也不免包含有行动的意思。……但是我认为,更重要的一点值得我们特别注意的,还是'五四'时代那个绝大的主要前提。那就是,对传统重新估价以创造一种新文化,而这种工作须从思想和知识上改革着手:用理性来说服,用逻辑推理来代替盲目的伦理教条,破坏偶像,解放个性,发展独立思考,

---

① ［美］周策纵:《五四运动史》,陈永明等译,世界图书出版公司 2016 年版,"繁体再版序"《认知·评估·再充》第 13 页。

以开创合理的未来社会"①。说得何等好啊！他把"五四新文化运动"的主体定为"知识分子"，只这一点，就避开了纠缠了许多年的"谁领导"的问题，从另一个角度肯定"五四启蒙运动"的基础。虽然这是他五十年前所说的话，但应该仍然成为我们每一次纪念"五四"的目的："后代的历史学家应该大书特书，（'五四'）这种只求诉诸真理与事实，而不乞灵于古圣先贤，诗云子曰，或道德教条，这种只求替自己说话，不是代圣人立言，这种尚'知'的新作风，应该是中国文明发展史上最大的转折点。"②我们治中国现代文学的学人，能够不反躬自问吗？面对"五四"反传统的文化意义被颠覆和消解，我们是呐喊还是彷徨？我们是沉默还是爆发呢?! 至少在我们的心灵之中，应该保持一分清醒的学术态度吧，尽管我们不能肩起那扇沉重的闸门，我们起码能够保持对历史知识传承的那份纯洁吧。

周策纵先生这种中国文化转折的反思视角，恐怕也是许多人对"五四运动"和"五四文学"认识的一个盲区罢，这是我在近期所涉及的关于"启蒙的五四"与"革命的五四"双重悖论中的一个焦点问题，也是对百年"五四"激进派和保守派言论的一种浅陋的反省。

2019 年作为"五四事件"发生一百周年的纪念，我们的知识分子又如何"用理性来说服，用逻辑推理来代替盲目的伦理教条，破坏偶像，解放个性，发展独立思考，以开创合理的未来社会"呢？其实，最简单，也是最经济的做法就是周策纵先生的治学方法，即"透过这些原始资料，希望能让当时的人和事，自己替自己说话"③。于是，我也翻阅了过去看过和没有看过，还有看过却没有用心思考的大量资料，想让那些"五四"的先驱者们从棺材里爬出来，用他们当年的文字来重释一遍对"五四新文化运动"和"五四事件"的看法，但

① ［美］周策纵：《五四运动史》，陈永明等译，世界图书出版公司 2016 年版，"繁体再版序"《认知·评估·再充》第 13—14 页。
② ［美］周策纵：《五四运动史》，陈永明等译，世界图书出版公司 2016 年版，第 13—14 页。此乃"1995 年 9 月 2 日夜深于威斯康星陌地生"的"繁体再版序"《认知·评估·再充》中的文字，其"英文初版自序"则是"1959 年 10 月于麻省剑桥，哈佛"，至今也已经六十年了。
③ ［美］周策纵：《五四运动史》，陈永明等译，世界图书出版公司 2016 年版，"繁体再版序"《认知·评估·再充》第 13 页。

是,我要强调说明的是:这并非代表我本人的看法,我只是套用了周策纵先生的方法,试图让逝者百年前的历史画外音来提示"五四精神",历史地、客观地呈现出它的两重性。也许只有这样,我们才能不断地在纪念"五四"中得到对现实的启迪和对未来的期望。我们做不了思想史,我们能否做乾嘉学派式的学科基础学问,让史料来说话呢? 让"死学问"活起来,活在当下,也就活到了未来。

第二,另一本小书就是2018年5月刚刚由北大出版社出版的英国历史学家罗伊·波特撰写、殷宏翻译的《启蒙运动》,这本"解释性的、批判性的和史学史的"小书真的是一本欧洲,乃至世界启蒙的常识性辅导教材,虽然作者只是用一个历史学家的眼光来看待这个具有跨越时空概念的历史运动,但是其普世的意义让人受到了很多的启迪,其中警句迭出,发人深省。

虽然作者是在不断地重复盖伊的观念,但是这种梳理是有教科书意义的:"想要在启蒙运动中找到一个人类进步的完美方案是愚蠢的。认为启蒙运动提出了一系列问题留待历史学家去探索则更为合理。"①以我浅陋的理解,这就是说,无论中西方的历史发展都不会按照启蒙运动所设想的逻辑轨道前进,留下来的问题首先就是要回到历史发展的轨迹中去重新认知启蒙的利弊。这一点尤其适合像中国这样后发的启蒙主义的模仿者。

另外一个问题提得更有意思,作者提出了一个新的诘问:"除了'上层启蒙运动'之外,难道没有一个'下层启蒙运动'吗? 难道不存在一个'大众的启蒙运动'来作为对精英启蒙运动的补充吗? ……是把启蒙运动视为一场主要由一小部分杰出人士充当先锋的精英运动,还是视为在一条宽广的阵线上汹涌向前的思想潮流,这一选择显然会影响到我们如何评判这一运动的意义。领导层越小,启蒙运动就越容易被描绘为一场思想上的激进革命,是用泛神论、自然精神论、无神论、共和主义、民主、唯物主义等新的武器来与几百年来根深蒂固的正统思想做斗争的运动。我们兴奋于伏尔泰怒吼声中发出的伟

---

① 　[英]罗伊·波特:《启蒙运动》,殷宏译,北京大学出版社2018年版,第1页。

大呼喊即'臭名昭著的东西'以及'让中产阶级震惊',这些口号让教会与国家战栗不已。"①

无疑,这些话颠覆了我们多年来认为的"启蒙必须是精英知识分子自上而下的一场教育认知"的观念,他的观点虽然不能让我完全苟同,却让我深思鲁迅"两间余一卒,荷戟独彷徨"孤独的由来;虽然我还不能完全接受罗伊·波特对启蒙的全部阐释,但是,他开启和拓展了我的逆向思维空间,让我们在中国百年的启蒙运动史中发现了许许多多可以解释得通的疑难问题,包括鲁迅式的叩问。

回顾我们这几十年来现代文学的学术史道路,正如作者所言,我们"用泛神论、自然精神论、无神论、共和主义、民主、唯物主义等新的武器"和方法,甚至许许多多技术主义的方法路径来对启蒙主义思潮以及现代文学作家作品进行了无数次阐释,但是,这些阐释真的有效吗?它们是真学问呢,还是"伪命题"?这个问题值得我们重新反思百年来的学术史,筛选和淘汰掉那些非学术的渣滓,才能重新回到理性学术的起跑线上来。另外,在许多"破坏性"的批判中,我们有没有找寻过有效的"建设性"理论体系呢?尽管我们的"破坏性"还远远没有达到其目的与效果。

同样,在对待法国大革命的态度上,作者给我们的启迪也很大,起码可以让我们用"第三只眼"去看问题:"要将启蒙运动视为在旧制度内部发生的一场突变,而由一支志在摧毁它的暴力革命队伍掀起的运动。那么启蒙运动是一场思想上的先锋运动吗?或者要将其看作文雅上流社会创造的一个普通的名词吗?此外,无论在哪一种情况下,启蒙运动是否真的改变了它所批判的社会了呢?或者说是不是它反而被这个社会改变了,并被它所吸收了呢?换言之,是权力集团得到了启蒙,还是启蒙运动被融入权力体系之中了呢?"②这一连串的诘问,正是对我多年来难以解开的心结的一种暗示,也是我们阅读《旧制度与大革命》的一个不可或缺的视角。我们播种的启蒙,收获的是龙种还是跳蚤呢?中国百年来的启蒙运动史给我们带来的是更大的困惑,我们

---

① ［英］罗伊·波特:《启蒙运动》,殷宏译,北京大学出版社 2018 年版,第 10—11 页。
② ［英］罗伊·波特:《启蒙运动》,殷宏译,北京大学出版社 2018 年版,第 11—12 页。

用文学的武器去批判社会,却到头来被社会所批判;我们试图用启蒙思想来改造国民性,自身却陷入了自我改造的悖论之中;我们改造社会,却被社会改造,灵魂深处爆发的革命是一种什么样的"大革命"呢? 它与"五四启蒙运动"构成的是一种什么样的互动关系呢? 这些狂想让我们成为一个又一个时代的"狂人",然而,能够记下"日记"者却甚少。正如此书作者所言:"卢梭始终都被后人视为启蒙运动的一座灯塔,这也确实名副其实,因为在痛恨旧制度的程度上无人能出其右。如果说如此千差万别的改革者们都能在启蒙运动的旗帜下战斗,难道这不就表明'启蒙运动'这个词语的内涵并不清晰,只让人徒增困惑吗?"①当一个朝代的新制度蜕变成一个旧制度的时候,我们在这个历史循环中怎样认识问题的本质,才是最最难以挣脱的思想文化枷锁。解惑的药在哪里?"忧来豁蒙蔽",只有经历了历史的沧桑,我们才能稍稍懂得一些启蒙的与革命的道理,往往是身处变革历史语境中的知识分子的叩问才更有思想价值,但是,我们就是缺少思想家的引导。

检验一场启蒙运动的成败与否,作者给出的答案虽然不可能得到大多数人的认同,却也不乏其合理性:"当最后我们要评价启蒙运动的成就时,如果还期待能够发现某一特定人群实施了一系列被称之为'进步'的措施,那就大错特错了。与之相对,我们应当从以下方面进行评判:是否有许多人——即便不是全体的人民大众——的思维习惯、情感类型和行为特征有所改变。考虑到这是一场旨在开启人们心智、改变人民思想、鼓励人民思考的运动,我们应该会预料到,其结果定然是多种多样的。"②**我苦苦思索了许多年的"二次启蒙"悖论的问题,在这里找到症结所在。**可悲的是,我们连"多种多样"的水平都没有达到,而是沉沦于鲁迅小说《风波》的死水语境之中,你能说我们百年的启蒙与革命运动取得了进步吗?

从世界格局的大视野来看,如果法国大革命是一个重要的历史节点的话,那么从1789年至今,已经有了整整230年的历史。当我们回眸中国百年启蒙历史的时候,同样可以从这本书的结语中得到启迪:"启蒙运动虽然帮助

----

① [英]罗伊·波特:《启蒙运动》,殷宏译,北京大学出版社2018年版,第15页。
② [英]罗伊·波特:《启蒙运动》,殷宏译,北京大学出版社2018年版,第17页。

人们摆脱了过去，但它并不能杜绝未来加诸人类之上的枷锁。我们仍然在努力解决启蒙运动所促成的现代化、城市化工业社会里出现的各种问题。在努力的过程中，我们势必大量利用社会分析的技术、人文主义的价值观，以及哲人们创造的科学技能。今天我们仍然需要启蒙运动的哺育。"①是的，"德先生"和"赛先生"仍然是中国现代社会文化和现代文学研究的指南，但前提是必须重新回到人性的立场上来好好说话，因为"后现代"的话语体系非但人民大众听不懂，就连知识分子也会陷入云山雾罩的"所指"和"能指"之中，而失去对"五四精神"的追问。

　　第三，如果说，《启蒙运动》是一本常识性的大众必读书目，那么还有一本书就应该列为启蒙运动史的第一参考书目，虽然它的观点比较激进，但是对我们今天如何捍卫启蒙运动的成果是有所启迪的。它就是意大利历史学家文森佐·费罗内的《启蒙观念史》，无疑，它让我们开阔了视野，了解到在世界启蒙运动史上，许多国家和地区存在着同样的问题，尤其是在后现代文化语境中坚守批判思维的启蒙立场不是一件容易的事情。文章从"哲学家的启蒙——思考'半人马范式'"到"历史学家的启蒙——对旧制度的文化革命"，呈现出的是两种不同的观念史：从康德到黑格尔；从马克思到尼采；从霍克海默到阿多诺；从福柯到卡西尔和海德格尔；在这两百多年漫长的启蒙哲学的道路上，作者把启蒙观念的变迁与发展梳理出了一条环环相扣的逻辑链条。

　　显然，启蒙与反启蒙的观念史不仅影响着欧美的学者，也会影响到世界各国的许多启蒙主义学者，但是，它对中国的启蒙哲学起着多大的作用呢？我们如果照搬其观念，会对本土的启蒙践行有何帮助呢？这些问题当然需要我们根据中国百年启蒙史做出相辅相成或相反相成的分析和判断。但是，无论如何，康德强调的"持续启蒙"的观点是永远照耀启蒙荆棘之路的明灯。正如康德在《历史理性批判文集》中所言："需要有一系列也许是无法估计的世代，每一个世代都得把自己的启蒙留传给后一个世代，才能使它在我们人类身上的萌芽，最后发展到充分与它目标相称的那种阶段。"②中国一百年的启

① ［英］罗伊·波特：《启蒙运动》，殷宏译，北京大学出版社2018年版，第120页。
② ［德］康德：《历史理性批判文集》，何兆武译，商务印书馆2009年版，第4页。

蒙史比起欧洲少了一百多年,我们遇到的许许多多的问题,同样也在二百多年的欧美启蒙运动中呈现过,所以,我们不必那么焦虑,只要启蒙的思想火炬能够正确地世代传递下去,我们就"有希望达到光辉的顶点"。

我注意到了此书中的两个关键词:一个就是 Sapere aude("敢于认识");另一个就是 living the Enlightenment("践行启蒙")。前者显然是从康德那里继承得来的,这当然是启蒙运动必须固守的铁律,没有这个信条,一切启蒙都是虚妄的运动。后者则是作者根据当今世界启蒙的格局所提出来的观念,它是根据人类遭遇了后现代文化洗礼之后,对一种新启蒙的重新规约。前者是本,后者是变,固本是变化的前提,变化是固本的提升。

同样,在这个"以现代性为对象的试验场"里,我更加注意到的是"启蒙—革命"范式的场域中存在着的悖论关系,而这种关系往往被西方学者解释为一种具有中性立场的价值观,是一个欧洲历史学者眼中具有世界主义维度的"独立的历史现象"。就此而言,我不能认可的是,在中国百年的"启蒙—革命"范式的双重悖论运动过程中,我们遭受的痛苦似乎与法国大革命付出的血的代价是不能同日而语的,其灾难的程度不同和经历的痛苦程度的不同,就决定了持论的态度和价值理念的区别,在这个问题上,我们对启蒙的光感度和对革命的疼痛感似乎更有发言权。

十分有趣,也十分吊诡的是,费罗内在文章的前言开头就是这样描述欧洲当今的启蒙运动的:"套用伟大的卡尔·马克思在《共产党宣言》中的话,人们可能会说:一个幽灵,启蒙运动的幽灵,在欧洲游荡。它看上去悲伤而憔悴,虽然满载荣耀,却浑身都是一场场败仗留下的伤痕。然而,它无所畏惧,依旧带着那讽刺性的笑容。实际上,它换了一副新面孔,继续骚扰着一些人的美梦——他们相信生命之谜全都包含于一个虚幻神秘的神灵的设计,而没有对于人类自由与责任的鲜明意识。"①也许,这也是适用于世界各国的一种普遍的启蒙运动的情形,只要有启蒙意识存在的地方,都会有争斗,但是,启蒙的火种是延绵不绝的,尽管在许多地方它已经是伤痕累累,它却"换了一副新面孔",去"继续骚扰着一些人的美梦",这些人是谁呢?倘若放在中国,是

---

① ［意］文森佐·费罗内:《启蒙观念史》,马涛、曾允译,商务印书馆 2018 年版,"前言"第 1 页。

我在做启蒙的美梦，还是他人在做另一种革命的梦呢？因为我也注意到了，此书的第二部分就是专论"对旧制度的文化革命"问题的，显然，这个法国大革命启蒙与革命纠结在一起的幽灵也同样游荡在欧洲的上空，更是游荡在世界各个文化的角落里，用作者的话来说，就是："当然，他们现在终于可以埋葬那场野心勃勃又麻烦重重的文化革命了。那场革命在 18 世纪历经千难万险，为的是颠覆旧制度下欧洲那些看似不可改易的信条。人们终于可以扑灭那个用人解放人的不切实际的启蒙信念。那个信念认为人类单凭自身力量就可以摆脱奴役。这股力量还包括对于新旧知识的重新排布，这得益于新兴社会群体的努力，他们拥有一件强大的武器：批判性思维。"①读到这里，我不禁想到了我们百年来的从"人的解放"到"被解放了的人"，再到"被囚禁的人"和"身体和思想的解放"，我们走过的是一条逶迤的精神天路，这条道路要比欧洲的更漫长，更艰险。

　　"如果人们仔细探视我们时代的阴云，就会看到一幅不同的景象。……那些划时代事件，同样对贫乏的新旧解释范式和虚构的历史哲学起到了解放作用，残酷的现实否定了理论。那些事件引发的风暴，让几缕微弱的阳光穿透了时代的阴云。现在，那场风暴让我们超越了无数的幻梦和再三的失望，重新点燃了对美好未来的希望；它在各处引发了新的研究，也带来了重新研究启蒙运动的要求。这场深刻的文化革命力图解放人，其范围之广、影响之久，只有基督教在西方世界的兴起和传播可以相比。我们今天就那场革命所提的问题，之前从未有人提出。"②无疑，正如作者所言，"'启蒙运动—法国大革命'范式至今仍颇具吸引力，实际上这种吸引力太强大了"。

　　但是，在整个 20 世纪下半叶，我们只知道短暂的"巴黎公社"理想的伟大，却不知道在 100 年前通往这条道路上的"法国大革命"为全世界的"革命道路"打下了第一块基石，直到新世纪以降，法国大革命才成为中国学界讨论的热点，尤其是那个叫作托克维尔的《旧制度与大革命》的反思，为我们现今的政治经济提供了一面镜子。然而，我们又有多少人能够读懂其中的"画外

① ［意］文森佐·费罗内：《启蒙观念史》，马涛、曾允译，商务印书馆 2018 年版，"前言"第 1—2 页。
② ［意］文森佐·费罗内：《启蒙观念史》，马涛、曾允译，商务印书馆 2018 年版，"前言"第 2 页。

音"呢？因为我们在"启蒙运动—法国大革命"的范式中从来就是一个无知的小学生。

在"启蒙与革命"的悖论之中，我们往往采取的是"合二为一"的逻辑，虽然这也是某些西方历史学家和哲学家们一种惯常的研究方法，我却以为，一个没有经历过那些大革命血腥洗礼、坐在书斋里进行哲思的人，对革命带来的肉体与精神上的创痛是没有切肤之痛的。所以，我并不能苟同费罗内这样的西方理论家们混淆启蒙与革命的界限，把启蒙与革命简单地用一个等号加以连接。无疑，这种滥觞于尼采和福柯的理论教条，一俟在"践行启蒙"中得以中和与运用的话，就会走向另外一个极端，纳粹的思想所造成的人类创痛就会重演一次。君不见，正是尼采的"强力意志"催生了希特勒那种狂热的国家社会主义的大众革命思潮，那山呼海啸般的大众狂热虽然过去了80年，可巨大的声浪却久久回荡在世界革命的每一个角落，那种宗教般的狂热屡屡给世界带来灾难，却无人能够阻挡。为什么这种革命在20世纪30年代末的德国蔓延的速度如此之惊人，其导致的第二次世界大战让人类陷入了无边的罪恶深渊，这种惨痛的教训应该让每一个历史学家和哲学家牢牢地记取，对那种狂热的革命保持高度的警惕。

相反，百年来，在世界范围内，启蒙的声浪却愈来愈小，最终成为一些学者躲在象牙塔中的喃喃自语。本书的作者如果只是从象牙塔中去回眸历史、瞭望未来，抹去了血迹斑斑的历史，则是一种不可借鉴的研究方法，同样，它也看不清未来之路。相比较英美革命，我以为其借鉴的意义或许更大于法国大革命，法国大革命对后来的苏俄革命也产生了深远的历史影响，而苏俄革命对百年中国的"启蒙—革命"范式影响不仅根深蒂固，且有着十分惨痛的历史教训，直到那场举世瞩目的大革命的到来，当人们总结这一悖论所造成的恶果的时候，不得不用"一场浩劫"来总结"文化革命"所造成的后果，尽管在作者眼里"最终再次凸显这场伟大转变不可磨灭的印迹，它是建立现代西方身份认同基础的真正的文化革命"。也许，在230年启蒙与革命的纠结之中，西方学者眼中的法国大革命已然成为一笔精神遗产，它强调的是"启蒙运动的特殊性——它既是对18世纪旧制度的批判，也是旧制度的产物"。其价值观建立在这样的基础上,对西方意味着什么,对中国又意味着什么呢?

"法国大革命"作为一次政治事件,它付出的代价并不大,后来爆发的许多次所谓的"革命",无一是付出巨大血腥代价的,最后演变成街头"革命"的闹剧,那是法国人浪漫主义性格的使然,因为他们知道这种极具表演性质的"革命"至多是在警察局里待上一会儿,就可以仍旧回到咖啡馆或沙龙里去大谈革命的理论去了,殊不知在中国是充满着"污秽和血的"革命。但愿我的这些想法是对此书中的某些理论的一种误读。

不过,此书学者在批判实践中的观念陈述是值得我们深思的:"批判实践'通过反批判(counter-criticism)而达到超批判(super-criticism),最终蜕化为某种伪善的道德说教'。如同科泽勒克的大学导师卡尔·施米特在20世纪30年代所推论的,这否定了'政治'上的自治,并引发了西方世界至今仍未停歇的危机,即无法从永恒革命和意识形态文化战争中逃离出来,而这正是由18世纪末期启蒙运动的乌托邦理论和法国大革命所开启的。"①从卡尔·施密特的言辞之中,我们闻到了一个纳粹党人理论流行的普遍性,我的脑海中浮现出的是另一个被我们推崇了二十多年的纳粹理论家海德格尔的肖像,如果我们只从哲学的技术层面去看待这些理论专家,而不从践行理论的实践中去看理论的实际效果,那样的哲学是有用的吗? 所以,我经常在思考一个问题:海德格尔与他的学生兼情人阿伦特的理论有区别吗? 以我浅陋的知识视野来看,不仅有区别,而且存在着一条巨大的鸿沟。这条鸿沟就是在"启蒙—革命"的范式中他们所选择的知识分子的价值立场是截然不同的:前者是为统治者所御用,专门炮制适合于政治体制的理论,毫无感情色彩,是冷冰冰的教条;而后者却是秉持正义,恪守一个知识分子的良知,以人性的价值立场来创造理论。由此我想到这对情人的最终分手,不仅仅是生活境遇和爱情观念所迫,更加不可表述的是他们内心价值取向不同所导致的分道扬镳吧,尽管还有点依依不舍和藕断丝连,但在骨子里,他们就不可能成为同道者和同路人。

如果我们再回到启蒙话语里去,可以看出,费罗内对观念史的梳理也是

---

① [意]文森佐·费罗内:《启蒙观念史》,马涛、曾允译,商务印书馆2018年版,第110页。

有益的,尽管许多地方他的陈述是中性的,却也给我们带来了抽象概括精准的惊喜。他的一句断语很精彩:"启蒙运动一直被认为是一个洋溢着进步的历史阶段和意识形态,现在,对这一古旧图景的最终批判必须来自一种新的、启蒙的谱系学。"①显然,我对海德格尔一干哲学家的后现代哲学理论不感兴趣,而对启蒙的原初理论更加青睐:"就'人学'这个概念而言,虽然它仍未得到深入细致的研究,但我注意到,大卫·休谟在他1739年出版的《人性论》中主张,应当将实验的方法扩展到一种未来的'人学'中。"②这个280年前的理论设想,真的有伟大的预见性,在这两个多世纪里,人类始终要解决的终极目标却一直无法解决,这难道不是启蒙主义的大失败吗?

所以,我同意作者的分析:"因此可以肯定的是,从历史角度来看,我们称为启蒙运动的事件是西方世界的一次伟大的文化转向,如何理解它的尝试都面临一个最大的,同时也是最重要的任务:分析它所处的历史语境,以及启蒙运动本身与大革命之前的旧制度之间紧密的辩证关系。"③也就是说,如果我们仅仅把启蒙运动孤立起来进行理论的分析肯定是不行的,关于这一点,费罗内大量引用了托克维尔的理论作为依据是有效的。从这里,我们可以看出旧制度对催生知识分子精英阶层的诞生是起着至关重要的作用的,正如费罗内所概括的:启蒙运动的"进程最后催生出如知识分子或服务于国家的贵族之类的新精英阶层,而这些精英又反过来导致了现代市民社会的产生。这是一个越来越注重个体而非社会集群的社会,它独立于那种绝对国家,虽然后者无心又辩证地在自己怀抱中孕育了它"④。回顾200多年来知识分子从"贵族精英"蜕变成"独立的批判者";再从"自由之精神的代言人"到"消费文化的奴仆",正是"伏尔泰对这种新的'作家'类型发起了猛烈的批判,特别是那些受职业共同体、书商和权势阶层支配的'作家',迎合'公众'的需求和品位的'作家'。他把这些人称作'群氓'、'廉价文人'和'低级文学'的承包商,他们心甘情愿为一点点金钱而出卖自己或者背叛任何人。相对于那种由出版市

---

① 〔意〕文森佐·费罗内:《启蒙观念史》,马涛、曾允译,商务印书馆2018年版,第80页。
② 〔意〕文森佐·费罗内:《启蒙观念史》,马涛、曾允译,商务印书馆2018年版,第192页。
③ 〔意〕文森佐·费罗内:《启蒙观念史》,马涛、曾允译,商务印书馆2018年版,第207页。
④ 〔意〕文森佐·费罗内:《启蒙观念史》,马涛、曾允译,商务印书馆2018年版,第209页。

场供养的生活和文艺复兴赞助机制的庇护,伏尔泰更赞成旧制度的专制文化模式,它是一种以为君主服务的学术集团为基础的集体性模式……由于这个原因,他受到一些作家的严厉批评,先是支持新近重生的'共和精神'的作家如卢梭和狄德罗,后来主要是布里索、马拉、阿尔菲耶里以及其他许多支持18世纪后期启蒙运动的人"。①诚然,伏尔泰对那种商业化的"廉价文人"的贬斥是很有道理的,且有空前的预见性。但是,他的回到老路上去的主意实在是一种学究式的历史倒退。新兴的知识分子刚刚成为独立的、具有现代意识的群体,好不容易从"贵族精英"的封建枷锁中挣脱出来,作为一个大写的"独立批判者",却又要回到御用文人的窠臼中去,这无论如何是个昏招。

但是,作为启蒙主义的一支重要的力量,新兴的知识精英应该如何选择自己的价值观念呢?我想还是回到康德的理论原点上去,才是最经得起历史考验的价值观念:"我们的时代是真正的批判时代,一切都必须经受批判。通常,宗教凭借其神圣性,而立法凭借其权威,想要逃脱批判。但这样一来,它们倒成了正当的怀疑对象,并无法要求别人不加伪饰的敬重,理性只会把这种敬重给予那经受得住他的自由而公开的检验的事物。"②我想,这也是马克思主义批判哲学的理论基础吧。

世界启蒙运动是一个永远说不完的话题,中国的"五四新文化运动"也是一个可以不断深入阐释的论题,无论从哲学的层面还是历史的层面来加以解读,我们对照现实世界,总有其现代性意义。这是"启蒙—革命"双重悖论的意义所在,也是它永不凋谢的魅力所在。

(三)"革命的五四"与"启蒙的五四"之纠结

总的来说,"五四"运动的种种倾向几乎决定了以后几十年内中国的思想、社会和政治的发展方向。在这场思想的骚动中,开始形成的时刻的社会与民族意识一直延续了下来。

---

① ［意］文森佐·费罗内:《启蒙观念史》,马涛、曾允译,商务印书馆2018年版,第206页。
② ［德］康德:《纯粹理性批判》,邓晓芒译,人民文学出版社2004年版,"序言"第3页。

······在批判中国旧传统时,很少有改革者对它进行过公正的或同情的思考。①

——周策纵《五四运动史·结论:繁多的阐释与评价》

在中国百年文化史上,我们总是以"五四新文化运动"作为国族现代性的划界。然而,在百年之中,我们经历的却是两个叠加在一起的"双重悖论",其两个分悖论就是:"启蒙的五四"所遭遇的在"启蒙他人"和"自我启蒙"过程中启蒙与反启蒙的悖论;"革命的五四"所遭遇的是在"革命"与"反革命"(此乃中性词)过程中的认知悖论。两者相加所造成的总悖论就是:"启蒙的五四"与"革命的五四"所构成的百年中国文化史上错综复杂、千丝万缕的冲突,这种冲突从表面上看似简单,实际上却是每一个中国知识分子难以廓清的一种思维的怪圈,在每一次交错更替的"启蒙运动"与"革命运动"中,人们都会陷入盲目的"呐喊"与"彷徨"的文化语境之中不能自已,苦闷于精神出路寻觅而不得。

我们往往把鲁迅作为"五四新文化运动""革命阵营"的旗手来对抗"启蒙主义"领袖胡适,其实,这就抹杀了他们在许多观念上的交错和重叠部分的共同性,值得反思的是,为什么百年来我们将"启蒙"与"革命"的界限给抹杀了,在这两个性质完全相异的名词之间画上了等号。

鲁迅先生说:"最可怕的情形,就是比较新的思想运动起来时,与社会无关,作为空谈,那是不要紧的,这也是专制时代所以能容知识阶级存在的缘故。因为痛哭流泪与实际是没有关系的,只是思想运动变成实际的社会运动时,那就危险了。往往反为旧势力所扑灭。中国现在也是如此,这现象,革新的人称之为'反动'。我在文艺史上,却找到一个好名辞,就是 Renaissance,在意大利文艺复兴的意义,是把古时好的东西复活,将现存的坏的东西压倒,因为那时候思想太专治腐败了,在古时代确实有些比较好的;因此后来得到了社会上的信仰。现在中国顽固派的复古,把孔子礼教都拉出来了,但是

---

① [美]周策纵:《五四运动史》,陈永明等译,世界图书出版公司 2016 年版,第 346—347 页。

他们拉出来的是好的么？如果是不好的，就是反动，倒退，以后恐怕是倒退的时代了。"①这些话与上述胡适的许多言论是高度一致的，从中可以看出许多事情的端倪来，可怕的"反动，倒退"在中国百年历史的长河中流淌，让人陷入了无边的困顿之中，我反反复复揣摩这段话的含义，终于，我没有找到满意的答案，就像老Q那样在祠堂里睏过去了。

于是，我找来这段不知是"启蒙"还是"革命"的谶语，但仍然不能解惑："说到中国的改革，第一著自然是扫荡废物，以造成一个使新生命得能诞生的机运。五四运动，本也是这机运的开端罢，可惜来摧折它的很不少。"②

于是，我再翻阅另外一些"五四先驱者"们的说法，选择几段来进行对比，抑或能在多角度的测量中找到一个较为有价值的坐标来，虽然也很枉然。不过，在对比之前，我还是援引一句余英时先生对"五四新文化运动"的评语："或许，关于五四我们只能作出下面这个最安全的概括论断：五四必须通过它的多重面相性和多重方向性来获得理解。"③

我们在谈"五四运动"的时候，千万不能不把书生谈"五四"与政治家谈"五四"区别开来，也就是说，用学者的眼光和政治家的眼光来看"五四"，是能够读出不同的味道的，甚至是截然相反的两个"五四"来的。

"作为中华民国的缔造者之一，作为著名的政治领袖，孙中山支持'五四'学生运动，这对知识界的分化产生了重大影响，也把青年吸引到革命阵营。列宁十月革命的成功给他留下了深刻的印象，而西方国家对他要求的为重建国家计划提供财政支持的呼吁无动于衷，却承认每一届北洋政府，又使他十分的失望，因此他的思想就趋渐'左倾'。"④也许这就是导致"五四"转向为政治起主导作用的重要因素之一吧。所以，考察"五四新文化运动"初始时的政治人物和文化人物的言论是一件十分有趣，也十分复杂的事情。

用中国共产党缔造者李大钊先生的定义来说："此次'五四运动'，系排斥

①　鲁迅：《关于知识阶级》，《鲁迅全集》（第八卷），人民文学出版社2005年版，第227—228页。
②　鲁迅：《〈出了象牙之塔〉后记》，《鲁迅全集》（第十卷），人民文学出版社2005年版，第270页。
③　余英时：《文艺运动乎？启蒙运动乎？——一个史学家对五四运动的反思》，《现代危机与思想人物》，生活·读书·新知三联书店2005年版，第99页。
④　[美]周策纵：《五四运动史》，陈永明等译，世界图书出版公司2016年版，第243页。

'大亚细亚主义',即排斥侵略主义,非有深仇于日本人也。斯世有以强权压迫公理者,无论是日本人非日本人,吾人均应排斥之! 故鄙意以为此番运动仅认为爱国运动,尚非恰当,实人类解放运动之一部分也。诸君本此进行,将来对于世界造福不浅,勉旃!"①在这里,作为中国最早的共产主义的信仰者,他并没有把"五四新文化运动"定性为"爱国主义"的运动,"仅认为爱国运动,尚非恰当",而是"人类解放运动之一部分也",请不要忘记其中的这一层深刻的含义,所以,我又产生了遐想:他认为的仅定性为爱国主义"尚非恰当",那么,其"人类解放运动"必定是指向"没有压迫、没有剥削"的"国际共产主义运动",其时正是苏俄革命风起云涌之时,李大钊的暗示其实是不言自明的,也就是说,李大钊先生的眼光是更加辽远的,他的定性没有被纳入后来的教科书,似乎也是一种遗憾。

显然,与上述的中国共产党另一位创始人之一、"五四新文化运动"始作俑者陈独秀的"牺牲精神"观点相比较,他们的共同点就在于是站在彻头彻尾的"革命"立场上来说话的,至于陈独秀后来观点有所变化则是另一回事了,反正我从这里读到的是硝烟之气息。

陈独秀后来又这样说过:"'五四'运动时代不是孤立的,由辛亥革命而'五四'运动,而'五卅运动'、北伐战争,而抗日战争,是整个的民主革命运动时代之各个事变。在各个事变中,虽有参加社会势力广度之不同,运动要求的深度之不同,而民主革命的时代性,并没有根本的差别。所以'五四'运动的缺点,乃参加运动的主力仅仅是些青年知识分子,而没有生产大众,并不能够说这一运动的时代性已经过去。"②从中,我们看到独秀先生似乎切中了"五四新文化运动"的要害处就是知识分子没有"唤起民众"的弊端,算是最初揭示"五四新文化运动"启蒙失败原因的人之一。

所有这些,是导致"五四新文化运动"向着苏俄"十月革命"模式靠拢的动因所在,虽然陈独秀在晚年深刻反思了苏俄革命的种种弊端,但在当时确实

---

① 李大钊:《在国民杂志社成立周年纪念会上的演说》,1919年10月12日,发表于《国民》杂志第二卷第一号,1919年11月,未署名。此文摘自该刊的有关报道。
② 陈独秀:《"五四"运动的时代过去了吗?》,《陈独秀文集》(第四卷),人民出版社2013年版,第588页。

是十分青睐这"十月革命"的鼓声的。因此，周策纵先生描述当时知识分子的心态是"正当中国知识分子尝试着吸收西方思想界的自由和民主的传统时，却遭到了商业和殖民化的严酷现实，在这段关键的时期，苏维埃联邦向他们展示了诱人的魅力"①。当然，这不仅是共产主义者的理想，也是"国父"孙中山先生的政治观念。毋庸置疑，激进主义的思潮往往就是革命的动力所在，而那种带有书生气的、纸上谈兵式的自由民主主义的"启蒙"理性考辨，往往会被激情的"革命"欲望和冲动所遮蔽、掩盖。多少年后，当我们将英美"光荣革命"与法国大革命和俄国革命相比较的时候，也许会冷静下来看待一些问题，看到了血与火，乃至于污秽给人类和社会带来的创痛，我们才能客观地去重新审视历史，从这面镜子里看到现实和未来。

其实，当时的左派知识分子和自由主义知识分子都是围绕在杜威和罗素的"西化"理论上做文章，摸不清楚哪种政治模式适合中国的社会前途。杜威把"民治主义"分为政治民主、民权民主、社会民主和经济民主四类，这个观点受到了陈独秀的极大支持，"由于杜威观察了中国当时经济的情况，他更坚决地放弃马克思主义和传统的资本主义。据他的判断因为中国工业落后，劳工问题和财富分配不均问题还不严重，因此，社会主义和马克思主义在中国没有立足之处"②。周策纵当然是不同意这种判断的，其实，后来毛泽东在1925年12月的《中国社会各阶级的分析》和1927年3月的《湖南农民运动考察报告》里就有了相反的论证。到了1930年代，中国共产党的领导人瞿秋白为茅盾谋划长篇小说《子夜》时，也从政治和社会层面彻底否定了杜威的观点。"虽然那些即使倾向社会主义的知识分子也同意杜威对民主主义的某些诠释，但他们自身仍有明显的偏颇：例如对经济问题的特别注重"，只有陈独秀的"什么是政治？大家吃饭要紧"的理论是迎合杜威的。也许是杜威的观点比较明晰，其走资本主义的倾向昭然若揭，无论是国民党的左派，还是共产党的绝大多数左翼知识分子都不同意，也就是少数的"柿油党"会同意他的观点吧。倒是陈独秀的一句大实话"大家吃饭要紧"的理论，在近半个世纪后才被

① ［美］周策纵：《五四运动史》，陈永明等译，世界图书出版公司2016年版，第209页。
② ［美］周策纵：《五四运动史》，陈永明等译，世界图书出版公司2016年版，第227—228页。

重新接了过来,补足了杜威理论在中国没有实践意义的谬论。

而当时为什么无论左右派都对罗素的政治社会学如此感兴趣呢? 因为罗素的观点有着充分的两面性,你说是辩证法也罢,你说是翻译出的大毛病也罢,他的理论受到知识界的欢迎是真的:"罗素在中国的演讲甚至公开地明显支持共产主义的理想,并且承认苏俄布尔什维克经济措施的一些成就……如他们实现了经济上和政治上的平等。然后他下结论道:世界上所有的国家都应该协助苏维埃维持她的共产制度,他还说:'此外,我认为世界上每一个文明国家都应该实验一下这种卓越的新主义。'"①

而在另一方面,罗素又开始自相矛盾地"反对苏俄共产主义的广泛措施;一些中国知识分子原来希望全盘采用苏俄的政策,他的反对使他们的想法打了折扣。另一方面,罗素强调增产的必要,他的观点引出了一个问题:中国是否有必要发展自己的民族资本主义制度?"这就是引发中国走不走资本主义道路大讨论的成因吧。

两位洋大人开出的药方虽然不同,却引起了当时中国智识阶级在这个焦点问题上的大分化,最后当然是左翼思潮占了上风,包括1930年代左翼文学的崛起,就标志着整个文化开始进入了大转折时期。《子夜》在不断修改中,用形象的语言和情境严肃而认真地回答了"中国不走资本主义道路"的命题,当然也包括不走"民族资本主义道路",因为"自从来到人间,资本的每一个毛孔都是肮脏的和血淋淋的",为此,中国社会付出了几十年的政治文化代价。

难怪许多党派的政治家和左右知识分子都热衷于他两面俱到的理论,并进行了几乎并无实际意义的大讨论。

温和的自由主义派的"五四新文化运动先驱者"胡适之先生同样掉进了政治的陷阱里,显然,先生的慈善和仁义之心可鉴,他是害怕因"革命"流血的,但是他的话往往不被当时的知识分子所接受,包括那个"肩扛着黑暗的闸门"的鲁迅先生尽管也知道革命是会有"污秽和血"的,但是,在某种程度上他陷入了对"革命"迷狂的矛盾之中,一方面是掷出"匕首与投枪","直面惨淡的人生"的勇气,另一方面又主张采取避开锋芒的"壕堑战"。所以在大革命的

---

① [美]周策纵:《五四运动史》,陈永明等译,世界图书出版公司2016年版,第232页。

动荡时期的激情往往压住的是"小资产阶级"自由主义畏首畏尾躲避鲜血淋漓现实的情调。

所以，胡适总结道："这种运动是非常的事，是变态的社会里不得已的事。但是他又是很不经济的不幸事，因为是不得已，故他的发生是可以原谅的；因为是很不经济的不幸事，故这种运动是暂时不得已的救急办法，却不可长期存在的。"①由此，我想到的是，胡适先生是不想看见流血的"革命"的，但是，他似乎又是对"启蒙的五四"抱有一些希望的。流血是残忍的，尤其是青年学生的血，可是要革命总会有牺牲，"死人的事是经常发生的"，"下定决心，不怕牺牲"才是革命必须付出的血的代价，任何革命都不能逃脱流血的悲剧发生，所以，笔者在"五四"80周年纪念的时候曾经说过：革命只能允许付出一次血的代价，绝不能付出第二次代价，更不能付出N次血的代价。办法只有一个，就是在第一次付出血的代价之后，就建立一个能够制止流血的制度和法律出来。

更加有趣的是，作为"改良主义"的失败者的梁启超对"五四事件"也表示了极大的关注，而他的态度就像周策纵说的那样："梁启超的观点似乎是在胡适和陈独秀之间，而国民党领导人（笔者注：指孙中山）则对五四运动的政治潜能深感兴趣，因此吸引一些左派知识分子入党。"哈哈，作为一个末代的旧士子，其对"五四革命"的态度是深有意味的，"戊戌变法"最多就是想来一场"宫廷政变"吧，他的骑墙态度究竟是后悔没有流更多的血来完成那次被后人诟病的"假革命"呢，还是后悔一流血变法就破产了呢？即便是在菜市口，不也就付出了六个文人士子头颅吗，这是能容忍，还是不能容忍的呢？我苦思不得其解。

总之，无论是"五四新文化运动"还是"五四事件"，似乎政治家的兴趣要比文化界的知识分子浓厚得多，"虽然五四运动在本质上是一场思想革命，然而也正因为新式知识分子对政治的兴趣不断提高，才会有这个运动"②。

作为"五四新文化运动"先驱者的教育家蔡元培先生的立场更是一种冷

---

①　胡适：《我们对于学生的希望》，《胡适文集》（第十一卷），北京大学出版社1998年版，第48页。
②　［美］周策纵：《五四运动史》，陈永明等译，世界图书出版公司2016年版，第225页。

峻的观察角度,显然与其他人不太一样,他一直以为:"原来五四运动也是社会的各方面酝酿出来的。政治太腐败,社会太龌龊,学生天良未泯,便忍耐不住了。蓄之已久,迸发以朝,于是乎有五四运动。"显然,这是肯定"五四事件"对推动整个"五四新文化运动"所起的积极意义。但是,他还进一步痛心疾首地说:"自'五四'以后,学潮澎湃,日胜一日,罢课游行,成为司空见惯,不以为异。不知学人之长,惟知采人之短,以致江河日下,不可收拾,言之实堪痛心啊!"①显然,这又是对"五四运动"所造成的负面效应进行了无情的诟病。毫无疑问,作为一个提倡"教育救国"的先驱者,蔡元培一直是主张"启蒙"大众的,但是,没有"启蒙"的火种是万万不可的,而其火种就在于培养学生,而学生罢学,没有知识作为面向世界的基础,何以启蒙呢? 他之所以将学生置于教育的首位,生怕学生以"牺牲"为祭品,就是不希望在"革命"的行动中输掉"启蒙"的老本。所以"保护学生"的传统便在历次"革命运动"中成为许多教育家义不容辞的职责,那么,我们看到许许多多的校长在革命运动中保护学生的本能,也就不足为奇了。

　　蔡元培在处理"启蒙"与"革命"的关系时的价值立场为什么与他人有异? 20 世纪 80 年代初的那场"启蒙与救亡的双重变奏"的学术呐喊震撼了许多学者,至今时时还萦绕在人们的耳畔。近年来,如果用"启蒙与革命的双重变奏"的学术观点重新审视"五四新文化运动"以降的文化思潮,显然是一种试图推进学术讨论的积极举措,这也与我近十几年来提倡知识分子的"二次启蒙"思路有相近之处,不过,我并非理论家,只能从"五四文学"大量的思潮、现象和作家作品阅读中获得的直觉体验,提出另一种思考"五四新文化运动"路径,冒着不揣简陋、贻笑大方的危险,博大家一辨,当一回舞台上的小丑,似乎要比阿 Q 强一些,因为小丑是梦醒之后无路可走的人,不像 Q 爷自以为是一个"有精神逃路"的人。

　　于是,我试图沿着世界近现代史的路径去寻找一个新的理论坐标,将其与中国的"启蒙与革命"进行叠印,找出其重叠和相异之处,抑或可以更加明

――――――――――

　　① 蔡元培:《读书与救国——在杭州之江大学演说词》,《蔡元培全集》(第五卷),中华书局 1984 年版,第 123 页。

晰地看出投影中的些许问题来。

好在这几十年来许多人都把目光集中在法国大革命和英美革命与启蒙的关系上，给我提供了许多新的思考理路，但是，我发现，倘若不把俄国革命与启蒙的关系加入进来进行辨析与思考，我们是无法廓清"五四新文化运动"以来的许许多多中国问题，少了这个参照系而去奢谈西方的"光荣革命"和法国大革命与启蒙的关系，似乎仍然解释不了中国社会百年进程中的许多复杂的"启蒙与革命"的因果关系。

读了托克维尔的《旧制度与大革命》仍然没有找到解惑中国"启蒙与革命"的关系问题，又读了他的《论美国的民主》虽然能够影影绰绰地找到一些答案，却不能完全解释出"启蒙与革命"在中国百年历史中的双重悖论关系来。他留下过的名言虽然能够打动我的心灵，却解决不了百年的中国文化问题。比如他说"历史是一个画廊，里面原作很少，复制品很多"[①]，这是多么精彩的断语啊，我们也知道中国百年来的"启蒙与革命"的复制品很多，但是，他没有给出一个真品的样张来供人欣赏、参照和鉴别。也许，倘若他活到今天，就可能看见东方国家的复制品，尤其是"革命"的复制品。尽管他在《旧制度与大革命》中也说过这样的没有可行性的警句："假如将来有一天类似美国这样的民主共和制度在某一个国家建立起来，而这个国家原先有过一个独夫统治的政权，并根据习惯法和成交法实行过行政集权，那末，我敢说在这个新建的共和国里，其专横之令人难忍将超过在欧洲的任何君主国家。要到亚洲，才会找到能与这种专横伦比的某些事实。"[②]

还有，就是他在《旧制度与大革命》中所说的那两段名言常常被人使用："对于一个坏政府来说，最危险的时刻通常就是它开始改革的时刻。"[③]"只要平等与专制结合在一起，心灵与精神的普遍水准便将永远不断地下降。"[④]着实让我坠入云里雾里，难道那就是让路易十六走上断头台的缘由？是大革命"丰硕成果"还是大革命的败笔呢？凡此种种，这些漂亮的语句虽然不断诱惑

---

① ［法］托克维尔：《旧制度与大革命》，冯棠译，商务印书馆 2012 年版，第 106 页。
② ［法］托克维尔：《论美国的民主》，董果良译，商务印书馆 2017 年版，第 334 页。
③ ［法］托克维尔：《旧制度与大革命》，冯棠译，商务印书馆 2012 年版，第 215 页。
④ ［法］托克维尔：《旧制度与大革命》，冯棠译，商务印书馆 2012 年版，第 36 页。

着我,但是,我始终不能从中截获对照中国百年来"启蒙与革命"的解药。

于是,我就决定放弃在法国大革命与启蒙关系中找答案的念头,同时,也放弃了从英美"光荣革命"与启蒙的关系中寻找解惑的通道。

又于是,我大胆地认为,如果不将百年来中国"启蒙与革命"关系的进程和近乎镜子中的孪生兄弟的俄国"革命与启蒙"关系相对照,也许我们就永远走不出那个早已设定的理论怪圈,可能连"十月革命"的炮声都没有听清楚就去瞎扯"启蒙与革命"的淡,我们还有什么资格去评判"五四新文化运动"呢?!

再于是,我对一直引导学界四十年的"救亡压倒启蒙"的观念也发生了怀疑,尽管我曾经对此论佩服得五体投地,尽管我对论者阐释中国"革命"的断语也十分赞同:"影响 20 世纪中国命运和决定其整体面貌的最重要的事件就是革命。"当然这也是对"五四运动"性质的一种定性和定位。但是,我总觉得"救亡压倒启蒙"只是历史瞬间的暂时现象,它只能解释一个历史时段的表象问题,而归根结底却无法阐释一个长时段的百年中国许许多多理论和实践问题,尤其是后七十年来的许多现实问题,因为当"救亡"不再是"启蒙"悖论的对象时,"启蒙"的对立面仍然是回到了"革命"的位置上,也就是说,"革命"("继续革命")是相对永恒的,"救亡"则是短暂的,"救亡"消解了,但"革命"仍旧绵绵不绝,这就是中国百年来不变的铁律,也是充分印证"影响20 世纪中国命运和决定其整体面貌的最重要的事件就是革命"观点的有力论据。

所以,我就设置出了"两个五四"的命题,即"革命的五四"和"启蒙的五四"。这"两个五四"究竟谁压倒谁呢? 沿着时序逻辑的线索来看,各个不同时期有着不同曲线形态,但是,谁占据了上风,谁占据了漫长的时间段,谁占据了统治地位,这是一部长长的论著也无法解决的历史和哲学难题。我只是提出一个十分不成熟,甚至荒谬的假想,能不能成立,也许并不是我这样功力浅薄的人所能阐释清楚的真问题和大问题。

所以,我认为我们是在认识百年"五四新文化运动"的本质问题上发生了偏差,进入了一个否定之否定的理论怪圈之中,当然,这也同时严重地影响了我们对五四新文学作家作品、思潮流派和文学现象的解析,产生出许多误读(这个词并非指西方文论中具有后现代意味的文本阐释的意思)和误判,我希望在"五四"百年之后,我们的学术讨论能够进入一个"深水区",让我们从一个多维度的时空里寻觅到更多的坐标点,以更加准确地定位和定性"五四新文化运动",以及在这一背景下产生的"五四新文学运动"的种种现象。

我一直认为"五四新文化运动"的"启蒙"被不断的"革命"所打断、所困扰,最后走向溃败,其重要的原因就是知识分子在没有完成"自我启蒙"的境况下就匆匆披挂上阵,试图自上而下地去引导大众,在没有大量生力军(教育,尤其是高等教育基础和资源十分匮乏)作为"启蒙运动"的补给线的情况下,在"自我启蒙"意识尚十分淡漠的文化语境中,"启蒙运动"自然就变成了一场滑稽戏和闹剧。如今,高等教育已然普及,但是高等教育中的人文教育是滑坡的,大学里行走着满园的"人文植物人",你让"启蒙的五四"如何反思,你让蔡元培指望的新文化青年队伍情何以堪?

当然,尚有一个关键的问题不能解决,一切所谓的"革命"和"启蒙"都是虚幻的,那就是知识分子"自我启蒙"中难以逾越的障碍物,这一点似乎刻薄的鲁迅先生早就看出来了:"然而知识阶级将怎么样呢?还是在指挥刀下听令行动,还是发表倾向民众的思想呢?要是发表意见,就要想到什么就说什么。真的知识阶级是不顾利害的,如果想到种种利害,就是假的,冒充的知识阶级;只是假知识阶级的寿命倒比较长一点。像今天发表这个主张,明天发表那个意见的人,思想似乎天天在进步;只是真的知识阶级的进步,决不能如此快的。不过他们对于社会永远不会满意的,所感受的永远是痛苦,所看到的永远是缺点,他们预备着将来的牺牲,社会也因为有了他们而热闹,不过他们的本身——心身方面总是苦痛的;因为这也是旧式社会传下来的遗物。至于诸君,是与旧的不同,是20世纪初叶青年,如在劳动大学一方读书,一方做工,这是新的境遇;或许可以造成新的局面,但是环境是老样子,着着逼人堕落,倘不与这老社会奋斗,还是要回到老路上去的。"①无疑,鲁迅的进化论的

---

① 这是鲁迅先生1927年10月25日在上海劳动大学的演讲,后题名为《关于知识阶级》,最初发表在《劳大周刊》1927年11月第5期。

思想左右了他把希望寄托在青年身上,而对知识分子的严酷批判与省察也是毫不留情的,从这里,我们看到鲁迅对知识分子"永远是批判性"的定性和定位比萨义德的《知识分子》早了几十年,那么,为什么恰恰在这一点上形成了我们的研究鲁迅的"盲区",当然,有当今的学者倒是阐释过这个问题,可惜却未能深入下去。这或许就是中国的"启蒙"(包括"革命")不彻底或不能持续下去的原因吧。

毋庸置疑,"五四新文化运动"时期的言论自由应该归功于"辛亥革命"前后的宽松文化语境,然而,一俟这个语境消失,"五四新文化运动"就像被抽去了灵魂,不对,应该说是文化运动主体的知识阶级失去了思想的灵魂。他们只有痛苦,而没有牺牲精神。我常常在思考一个问题:为什么许多非知识阶级的群众可以有牺牲精神,成为烈士,有的是小小年纪,有的还是女性。答案难道是他们是有"精神逃路"的人吗? 也许,在百年之中你可以挑出几个鲜见的知识分子作为例证来反驳我,可让我始终不解的是,即便是像瞿秋白这样优秀的知识分子为什么最后还是情不自禁地写下了《多余的话》? 他并不是鲁迅笔下那个考虑自身利害关系的知识分子,他是敢于牺牲自家性命的革命领袖,却留下了千古难解的绝笔。我试图从许许多多的知识分子的面影中找到一个合理合情的答案来,最后还是不得不回到问题的原点上来:"启蒙与革命"的双重矛盾,应该说是二难命题,造就了自"五四新文化运动"以来中国知识分子的文化性格和人格缺陷的"集体无意识":一方面是"启蒙"意识唤起的一个知识分子的良知与担当精神,用人类进步的思想引导社会前行的责任感;另一方面却是面对鲜血淋漓"革命"的畏惧与疑虑,不得不一次又一次向往和臣服于"革命"权威下的苟且与无奈。

其实,在浩如烟海的相关著述当中,我认为,周策纵先生的《五四运动史》是梳理得最简洁清楚的文本,作者在大量的史料钩沉中抓住了问题的要害,客观中性地阐释了"五四"的来龙去脉,并且将其与"五四文学"的关联性也说清楚了。当然,他的核心观点就是在大量的史料梳理中得出的结论:本是一场文化运动,缘何衍变成了政治运动,从旧党的梁启超到新党的国民党和共产党,从"民主主义、资本主义、社会主义和西化",从孙中山到陈独秀、李大钊到胡适、蔡元培那一长串的"五四新文化运动"的当事人，以及当时杜威、罗素这样对"五四"知识分子影响极深的外国学者的革命思想，以及苏俄革命思想的渗透，凡此种种，不一而足。最后，还是回到了问题的原点上："希望将能呈现一幅充分的图像，以显示这曾撼动了中国根基，而 40 年后仍然余波激荡的20 世纪的知识分子思想革命。"①如今百年过去了，我们似乎更要叩问中国知识分子的灵魂，根基如何？思想革命何为？

我们头顶上**"启蒙主义"**的灿烂星空在哪里呢？

我们能够寻觅到引路的"启明星"吗？

二、中国乡土小说的精神之父：鲁迅

"五四新文学"发轫于两类题材，这就是"乡土题材"和"知识分子题材"。毫无疑问，仅仅将鲁迅先生的《狂人日记》作为新文学白话文的开端，以此来证明这个带有模仿痕迹的作品具有现代性，显然是远远不够的，它和晚清以降的讽刺小说的根本区别就在于：同样是揭露黑暗，前者只是停滞在形而下地描写复制生活而已；后者却是注入了形而上的哲思。鲁迅小说的功绩就在于把小说的表达转换成为一种现代意识表现的新表现形式。窃以为，鲁迅的伟大，并不是局限于他用生动的白话语言创作出的新的现代文体，这一点其实在"鸳蝴派"的通俗小说中已经做得炉火纯青了，鲁迅先生的贡献则是在思想层面的，作为一个对中国社会本质认识比一般知识分子更加深刻、视野亦更加开阔的思想者，鲁迅先生选择中国的乡土小说为突破口，深刻剖析和抨击了中国社会的封建本质特征。我往往将他称作"中国乡土小说的精神之父"并非只认为他是中国乡土小说的开创者，而是将他看成中国现代文学中用思想来写作的第一人！因为他作品中反封建的主题思想一直流灌于中国文学的百年之中而经久不衰，这是任何作家都不可能抵达的思想境界，也是他的作品永不凋谢的现实意义。

"我是说有些新青年可以有旧思想，有些旧形式也可以藏新内容。我也

---

① 　[美] 周策纵：《五四运动史》，陈永明等译，世界图书出版公司 2016 年版，第 15 页。

以为‘新文学’和‘旧文学’这中间不能有截然的分界,然而有蜕变,有比较的偏向,而且正因为不能以‘何者为分界’,所以也没有了‘第三种的立场’。"①我在这里找到了鲁迅小说解读的一把钥匙。

我有时会用一种近乎愚蠢的思想和方法去归纳鲁迅先生的乡土小说作品,十分笨拙地提炼出一个似乎很不相干的"四部曲"来阐释:《狂人日记》、《药》、《阿Q正传》和《风波》是否具有思想和艺术的连贯性呢?是否恰恰构成一部鸿篇巨制的开端、发展、高潮和尾声的时间与空间的结构特征呢?

如果说《狂人日记》是"五四文学"进入现代时空的第一声炮响,它便是以一种全新的人文哲学意识进入小说创作的范例,显然,它的思想性是大于艺术性的,也就是说,鲁迅先生在此是用理性思维来构造乡土社会图景的,其背景图画是虚幻的、不清晰的,人物形象是模糊的,人物是沉浸在自我狂想的意念之中。之所以有人将这部作品当作具有现代派风格的作品,正是由于它的思想性穿透了社会背景的图画,呈现出哲思的光芒,也正是具有模糊而不确定性的人物狂想,让人们看清楚了封建制度"吃人"的本质特征,作品的关键就在于把一个亘古不变的恒定封建社会放大到了一个让人惊恐无措的语境之中,是一剂让人梦醒的猛药。但是这剂猛药有用吗?答案就在《药》中!

《药》是进一步用猛药来唤醒民众的苦口良方吗?这恐怕连作者自己都没有抱任何希望,从这篇作品中,我们看到的是一个彻头彻尾的悲观主义者的鲁迅。四十年前,我的老师曾华鹏先生给我们解析《药》的时候,特别强调了作品结尾处的氛围,用他的学术观点来说,这种"安特莱夫式的阴冷"恰恰就是作品最点睛之笔,而并非那个"人血馒头"的像喻,多少年以后,我才悟出了老师的高明之处。显然,这篇作品既是用"人血馒头"来宣示主题内涵,又是用十分清晰的背景图画来展现衬托人物悲剧,理性思维和形象表达的高度融合,让它成为百年文学教科书式的作品典范:突出人吃人的社会本质,当然是题中之要义,而最后那一笔具象的风景、人物、坟茔、老树、昏鸦,构成的正是鲁迅先生在理性思维和形象思维两者之间互补性的艺术选择,所以,有人

---

① 鲁迅:《"感旧"以后》(上),《鲁迅全集》(第五卷),人民文学出版社2005年版,第347页。

用那种简洁明快的白描中透露出来的"安特莱夫式的阴冷"就深深地印刻在我的脑海里了。

无疑,《阿Q正传》非但是中国百年乡土小说的巅峰之作,同时也是从20世纪到21世纪以来中国文学最难以逾越高度的作品。尽管在鲁迅先生的旗帜下聚集了一大批"乡土小说派"的作家作品,但是后来者只能望其项背,无人能够超越这样恢宏的力作,原因就是其思想的高度缺那么一点火候。这部作品犀利尖锐的思想性和人物形象的丰富性,以及艺术上的醇厚老辣,都是任何现当代文学作品无法超越的。阿Q成为一个世纪以来中国各个时间和空间中的"共鸣"和"共名"人物形象,它的生命力是鲁迅先生的光荣,却是"老中国儿女"生存的不幸;它的思想穿透力和审美的耐读性成为"鲁迅风"的艺术光环,却成为中国小说,尤其是中国乡土小说艺术的悲剧。至此,鲁迅先生的乡土小说已经达到了"高潮"的境界。但是,"大团圆"的结局,似乎要比任何一国的国民性来得都更加惨烈,因为我们拥有的不只是"沉默的大多数",还拥有更广大的喧闹的庸众,那些个"倒提着的鸭子"似的、嗜好看杀头的大多数"吃瓜的群众"塞满了中国百年的时间和空间,是他们成就了这部伟大的作品,让这部作品永恒,然而,这是中国的幸还是不幸呢?!

其实,阿Q也估计错了,他喊出的"二十年后又是一条好汉"的谶语,也是作者鲁迅先生对社会的误判,其实,根本用不着二十年的等待时间,因为阿Q们具有极强的繁殖能力和坚韧的毅力,他们繁殖的速度和密度是空前的,前仆后继、代代不绝的精神让地下有知的鲁迅先生都始料未及。从这点来说,毒舌的鲁迅虽"不惮用最坏的心理"去猜度国人的内心世界,却还是没有看到国民性的种种行状流布弥漫在百年中国的各个时空的每一个角落里。

虽然,《阿Q正传》已经是鲁迅作品的"高潮"了,但是,这个永远都解析不尽的Q爷,给我们留下的是永无止境的世纪思考的悲剧!

我时常在苦思冥想一个鲁迅先生创作的无解之谜,那就是,为什么鲁迅会中断声誉日渐盛隆的小说创作呢?我以为,在两大题材之中,知识分子题材除了《伤逝》是绝唱外,其他作品并不是此类题材的扛鼎之作,其书写的衰势似乎可以成为鲁迅变文学创作为杂文写作的内在理由,但是,其乡土小说的创作并未衰竭,像《祝福》那样的力作还不时地出现,他完全有理由继续创作下去。诚然,鲁迅先生认为用"匕首与投枪"可以更加痛快淋漓地直抒胸臆,用"林中之响箭"更能直接抵达理性阐释的最佳境界。但是,我以为更深层的原因可能还是在于鲁迅先生早已预判到了中国的悲剧结局是无法改变的。

我为什么幻想把创作早于《阿Q正传》一年的《风波》作为鲁迅乡土小说创作的"尾声"呢?其理由就在于此。

其实《风波》正是鲁迅先生乡土小说创作的中兴期,这篇小说无论是在写人还是状物上都有独到之处,但是,最不能忽略的是小说所揭示出的对国民性无望的悲哀,我们在所有的教科书里都难以找到那种对鲁迅在此奏响"悲怆交响曲"时的心境描写:赵七爷法力无边的宗法势力主宰着这个古老的国度;同是劣根性毕现的"庸众"与"吃瓜的群众"虽表现形式不同,指向的则都是国民性的本质。七斤就是被赵七爷驯化了的羔羊,而七斤嫂却是一株生长在封建土壤里的罂粟,夫妻俩相反相成的互补性格,正烘托出这个"死水"一般的社会已经拯救无望了,任何"城里的风波"都无法改变中国的命运!让鲁迅先生陷入极大悲哀的是张勋的复辟让他对中国的前途彻底地失去了信心。在这里,鲁迅先生是无力喊出"中国人失掉了自信心了吗"这样的诘问句的。九斤老太"一代不如一代"的咒语虽然是指向了对国粹的批判,也是小说主题的重要核心元素,但是,它更多的则是表现出了鲁迅先生对现实世界的悲哀失望的情绪,是这首"悲怆交响曲"主旋律的重要乐章,它表达出的悲哀旋律一直回响在中国的大地上,久久萦绕在我们的头顶,遮蔽着人们仰望灿烂星空的视线。

我在这里絮絮叨叨地分析了几部鲁迅的乡土小说作品,并不是想对这些作品进行重新梳理,而是想从源头上找出规律性的特征来:中国乡土小说从来就是沉浸在悲剧描写之中的艺术,唯有悲剧才能表达出这一题材作品的深刻性和现实性,这就是中国乡土小说为什么生生不息的缘由所在。

我们尊崇鲁迅先生是因为他的作品用犀利的笔触刺中了中国几千年封建制度的要害,然而,我们并不希望鲁迅作品(包括杂文在内的一切文体)永放光芒,只有鲁迅先生的作品失去了它的现实意义,褪去了它的光环,才证明我们的社会挣脱了封建主义的羁绊,走出了鲁迅先生诅咒的那种世界,也就无须他老人家的幽灵再肩起那"黑暗的闸门"了。

三、中国乡土小说的创作传统:现实主义

鲁迅是"五四新文化"运动的先驱,他开创了中国乡土小说的现实主义创作传统,这种传统已成为乡土小说中最重要的审美文化原型,在不断裂变中获得了新生。因此,透过现实主义在中国百年历史中的命运,可以真切地感知中国现代乡土小说的生命脉搏与历史变迁。

在中国,自"五四"以降,对现实主义的阐释是五花八门、各种各样的,多为改造过的,也有一些是"伪现实主义",怎样梳理和鉴别,却是一个永远的话题。

在百年文学史中,我们对"现实主义"的理解和汲取往往是随着政治与社会的需求而变化的,可以细分成若干个不同历史阶段进行梳理的。大的节点应该有三四个吧。

(一)

从1915年《新青年》创刊后不久,陈独秀就提出了"写实文学"和"社会文学"的主张,引导文学"今后当趋向写实主义"。缘于此,中国文学主潮就开始了"为人生而文学"的道路,遂产生了20世纪20年代中国文学的"黄金年代",如果说鲁迅的小说创作是践行19世纪批判现实主义而开创了中国现代小说的现实主义文学的先河,深刻的批判性和悲剧性弥漫在他的小说和散文创作中,这就是所谓的"鲁迅风"——批判现实主义的精髓所在,那么集聚在他旗帜下的众多作家和理论家们,都是围绕着"批判"社会和现实的路数前行的,他们效仿的作家作品基本上都是勃兰兑斯在《十九世纪文学主流》中分析到的名人名著。这里就不能不提及"文学研究会"的中坚人物茅盾了,因为他在"五四"前后写了许多理论文章来支撑中国的现实主义文学,呼唤着"国内文坛的大转变时期"的来临,诟病了"唯美主义"和"颓废浪漫倾向的文学",倡导"附着于现实人生的、以促进眼前的人生为目的"的"现代的活文学"。他还

付诸创作实践,在 1927 年大革命失败之时,激愤而悲观地写下了长篇小说《蚀》三部曲和短篇小说集《野蔷薇》,这些即时性作品既是思想的"混合物",同时又是"悲观倾向的现代的活文学"。这样的作品往往被我们的文学史打入另册,《子夜》这样改弦易张、拔高写实的作品却被大加赞颂,也被其作品的"政治指导员"瞿秋白以及后来许许多多的评论家和文学史家纳入了现实主义的范本,以致后来的茅盾也背叛了自己早期对现实主义的阐释,在恍恍惚惚中自认为《子夜》的现实主义更适合自己的理论生存。当然,我们对《子夜》也不能一概否定,我个人认为这部作品仍然有着 19 世纪批判现实主义的创作元素,许多现实生活的场景都是"现代的活文学",其批判现实的锋芒依然犀利。但是那种要求作家必须从革命发展的需求来描写现实的创作法则,便大大地减弱了作品反映生活的准确性和客观性,所谓"艺术描写的真实性和历史的具体性必须与用社会主义精神从思想上改造和教育劳动人民的任务结合起来"的规约,就把自己锁死在狭隘的现实主义囚笼之中。这在《子夜》的创作过程中表现得就十分明显:原本茅盾是想写中国民族资产阶级在买办资产阶级的压迫下溃灭的主题,试图塑造一个失败了的民族资本家吴荪甫的悲剧英雄人物形象,但为了实行上述创作方法的原则,他就只能遵从一切剥削阶级都有贪婪本质的命题,把吴荪甫的另一面性格特征夸张放大后进行表现,这在某种程度上反而削弱了主题的时代性和深刻性。尽管《子夜》是先于苏联 1934 年钦定的"社会主义现实主义"条例出版的,但是,共产国际的声音早就传达于中国"左联"之中了,让这部巨著变成了另一副模样。

　　总而言之,"五四新文学"第一个十年,中国文学无论是在理论上还是创作上,都是基本遵循着欧美 19 世纪批判现实主义创作法则的。而真正的"大转变"则是 30 年代初"左联"的成立,引进了苏联的"社会主义现实主义创作方法"。当然,这其中也有鲁迅的功绩(这个问题应该是另一篇文章,那时的鲁迅认为一切对社会和政府的现实批判都是知识分子的职责,这也是继承批判现实主义的衣钵的,他的左转是为了适应批判现实,但是,他对左右互换的结果是有所警惕的,这在他的《对于左翼作家联盟的意见》一文中早有预见性的阐释,只不过我们八十多年来看懂的人很少,直到现在,我也就只悟出来了一点点而已。倘若鲁迅先生活到后来，看到现实主义文学那样一次次变种，他肯定是会拿出自己的"匕首与投枪"的）。诚然，也是由于茅盾、胡风等人自1928 年 7 月为政治避难东渡日本后，接受了日本无产阶级理论家从苏俄"二次倒手"而来的无产阶级文艺理论，于 30 年代归国后，将变种的现实主义理论进行了无节制的倡扬，以致现实主义的本义遭到了第一次的重大篡改。这个问题不仅仅纠结了几代作家和理论家的创作思维和理论思维，更让现实主义在革命和现实的两难选择中滑进了对文学客观描写和主观阐释的混乱逻辑之中，历经八十多年都爬不出这个泥潭。这就使我想起了亲历过这样痛苦抉择的胡风文艺思想，多少年来，我一直纠结在他的"主观战斗精神"和"创作方法大于世界观"的现实主义理论中不能自拔。其实，这种逻辑上的矛盾现象，正是包括胡风在内的每一个理论家都无法解决的创作价值理念与客观现实之间所形成的对抗因子。一方面要执行革命家的"主观战斗精神"，另一方面又要尊崇现实主义的创作规律，按照事件和人物本来应该行走的路径前进。我想，任何一个高明的作家都不可能在这种自相矛盾的逻辑中抵达创作的彼岸。这在"胡风集团"中坚人物路翎的长篇小说《财主底儿女们》的创作中表现得尤为突出，作者也无法跳出其领军人物自设的魔圈。说句实话，胡风本人对现实主义的规约也是混乱不堪的，他的理论在许多地方都是矛盾的，并不能自圆其说。

（二）

在共和国文学的长河当中，我们可以看到许许多多为现实主义献身的作家和理论家，我们也可以在现实主义几经沉浮的历史命运中，寻觅出它受难的缘由，但是，现实主义尽管走过那么多弯道，我们却不能因为它踏入过历史的误区，就像对待弃儿一样拒绝它的存在。曾几何时，秦兆阳的《现实主义——广阔的道路》、周勃的《论现实主义及其在社会主义时代的发展》和钱谷融的《论"文学是人学"》，把现实主义抬上了历史的高位，但是 1960 年代对他们的批判，使现实主义步入了雷区。连邵荃麟和赵树理的"现实主义深化论"和"中间人物论"都成了被批判的靶子。带有理想主义的"两结合"创作方法替代现实主义的真正原因就在于现实主义往往带有批判的元素，是带刺的玫瑰,它往往不尊崇为政治服务的规训。

随着思想解放运动的兴起,"伤痕文学"异军突起,标志着 19 世纪批判现实主义在 1980 年代的又一次回潮。人们怀念 1980 年代并不是说那时的作品怎么好,而是认为那个时代批判现实主义创作方法被激活,是给中国的写实主义风格作品开辟了一个从思想到艺术层面的新路径。这是给启蒙主义思潮打开了一个缺口,让思想的潮流和艺术方法都有了一个新的宣泄载体。

我们一直认为从"伤痕文学"到"第二次思想解放运动"和所谓的"二次启蒙"思潮就是"五四新文学"的一次赓续。从思想源头上来说,这是没有错的,但是,从创作方法上来说,这种极度写实主义风格的写作模式,仍然是来源于19 世纪的批判现实主义,大量的作品是在挣脱了苏式的"社会主义现实主义"镣铐后回到了"写真主义"的境地之中,以至于后来出现了诸如张辛欣那样的"新纪实"作品,成为新时期对现实主义创作方法的首次改造,一直到了如今的"非虚构"文体的出现,我以为这都是现实主义的变种。其实,这种方法茅盾他们在民国时期就以《中国一日》的报告文学形式使用过,只不过并不强调其批判性的元素,到了 50 年代,有人用批判现实主义的方法来进行对现实生活的"仿真"描摹,甚至将"报告文学"的文体直接冠以"特写"的新文体名头。及至 2003 年陈桂棣和春桃 22 万字的《中国农民调查》出现,这种"写真主义"的思潮,其实是与批判现实主义的思潮相暗合的。这也给后来的"新写实"创作思潮提供了某种意义上的借鉴。

其实,"第二次思想解放运动"这个名词在 20 世纪的历史进程中是有歧义的,如果是站在改革开放四十年历史的角度来看,那是属于"第一次思想解放运动",倘若从我们这一代人所经历的"在场"思想史,以及我们所接受的历史与政治的教育来看,无疑,当时我们都是将这次运动与"五四新文化运动"对应而视的,把它看作中国民主自由思想的恢复与延续,所以我们一直将它称为"第二次思想解放运动"。

而我始终认为,促发这次思想解放运动呈燎原之势的火种却是文坛上出现的"伤痕文学",作为对 19 世纪批判现实主义思潮的模仿与赓续,正是应验了周扬那句名言："文艺是政治的晴雨表。"可以毫不夸张地说，没有"伤痕文学"的出现，所谓的"思想解放运动"的进展是没有那么迅猛的，甚至或许会遭到更大的历史阻碍。

我清楚地记得1977年11月的一天，当我拿到订阅的《人民文学》杂志的时候，眼前不觉一亮，一口气读完了《班主任》，从中我似乎看到了春雷来临前的一道闪电，不，更准确地说是看到了中国政治文化的春潮即将到来的讯息。随之出现的大量"伤痕文学"，并没有让人们陷入苦难的悲剧之中，而是沉浸在挣脱思想囚笼的无比亢奋之中，因为我们在漫长死寂的冬天里经受了太多的精神磨难，只有批判现实主义才是最好的宣泄方式。

卢新华的《伤痕》甫一问世，人们就毫不犹豫地用它来命名这一大批汹涌喷薄而出的作家作品，其根本原因就是被积压了多年的思想禁锢得到了空前的释放。《在小河那边》、《枫》、《本次列车终点》、《灵与肉》、《爬满青藤的木屋》、《被爱情遗忘的角落》、《我是谁》、《大墙下的红玉兰》、《乡场上》、《将军吟》、《芙蓉镇》、《许茂和他的女儿们》……当然还包括了许多话剧影视剧本作品，比如当年的《于无声处》、《在社会的档案里》、《女贼》、《假如我是真的》，等等，其中反响最大的就是话剧《于无声处》，想当年，全国上下，几乎每一个有条件的单位都自发组织起自己的临时剧组，演出这场戏。说实话，从艺术上来说，这些作品的美学价值并不是上乘的，艺术性也不是精湛的，甚至有些还是很粗糙的，它们之所以能够激发起全民热爱文学的激情，更多是因为人们期望通过文学来宣泄多年来的积怨与愤懑，以此来诉求政治上的改革。这是一次中国批判现实主义的创作方法的伟大胜利，就此而言，尽管其作家作品在技术层面是那样稚嫩，然而，我们的文学史叙述是不足的。

这持续了几年之久的舔舐伤痕、控诉罪恶的文学作品，带来的是重复19世纪西方文学作品中批判现实主义创作方法的兴起，从那个时代的角度来说，人们都普遍把它与"五四启蒙主义思潮"衔接，作为20世纪中国思想史上的"二次启蒙"看待，就是期望回到一种文化语境的常态当中去。其实，时过境迁后，冷静地反思这样的启蒙运动，我们不得不考虑其热情澎湃的感性背后究竟有多少理性成分，其实它在历史的进程中屡遭溃败的事实是显而易见的,其根本的原因在哪里,则是一个始终没有深入的话题,这个萦绕在我脑际的二难命题久久不能消停,直到新世纪来临,当中国面临着几种文化形态并置的情形后,我才有所顿悟:正因为"五四新文化"的"启蒙运动"是浮游在"智识人"层面的一种学术行为艺术,它始终被"革命"的口号与光环所笼罩和遮蔽,成为一群自诩为现代知识分子的小资产阶级学者试图"自上而下"地改造"国民性"的自言自语,最终只能以失败而告终,一切都恢复庸常,阿Q们依然是那个没有灵魂的肉体,亦如行尸走肉。所以,我在20世纪80年代初就提出了改革开放后的"二次启蒙"(也就是自20世纪以来的"第三次启蒙"),其核心元素便是:只有知识分子首先完成自我启蒙以后,才能完成启蒙的普及,虽然我们的高等教育已经达到了相当的普及程度,但是,我们的人文主义的启蒙还是低水平的,甚至在有些时空中是归零的。这就是我从"第二次思想解放运动"得到的对"五四新文化运动"的反思(当然,我认为"五四"是一个充满着悖论的文化运动,也就是说,在对"五四"的认知上,往往有两个不同走向的"五四"文化革命运动,即"启蒙的五四"和"革命的五四"。而最后的结果是:革了封建主义的命,却不彻底,甚至是走了一个圆;革了文化的命,则丢失了人性的价值),以及对现代启蒙运动之所以溃败原因的寻找结果,尽管用了二十多年的时光,但也是值得的。以此来观察中国作家作品近四十年来的脉象,我们将它们进行归类,也就会清晰地看出一条革命、启蒙、消费三者分离与重叠的运动曲线。所以,文学所担负的社会批判职责还是任重道远的。

　　无疑,"伤痕文学"之后的"反思文学"开始进入了一个较为深层次的理性反思的阶段,也就是说,批判现实主义在中国要成活下去,光是"诉苦把冤申"还不行,还得清除其滋生腐朽的封建专制土壤才行。于是,一批作家开始了深刻的反思,反思的焦点当然就是以往的历史,其反思就是批判的代名词,所以这种反思虽然是建立在广义的现实主义创作方法上,但是其核心内涵依旧离不开批判现实主义的支撑。茹志鹃的《剪辑错了的故事》和张一弓的《犯人李铜钟》之所以成为"反思文学"的代表作,就在于作者用批判现实主义的长镜头记录下了那一段历史的真相,其中我们看到的几乎就是纪录片式的真实历史影像，这让我想到的是"文革"后期在一本艺术杂志上看到的西方 20 世纪 60 年代兴起的"照相现实主义"艺术流派，和几乎是在中国画界同时出现的罗中立的油画《父亲》，它们同属一种创作理念和方法，只不过文学上的表现并没有那么强烈的视觉冲击力而已。

值得一提的是高晓声的创作，人们把注意力集中在他的《陈焕生上城》系列作品中，却忽略了他之前的反思更加深刻的作品，像《李顺大造屋》那样深刻反思的作品其批判现实主义的力度直指中国封建社会之要害，可算作当时最为深邃的作品了。高晓声之所以被人誉为大有"鲁迅风"，就是其反思的力度比其他作家略高一等，不过太过于艰涩的寓言式的批判，虽然深刻，但是看得懂的读者却甚少，像《钱包》《鱼钓》那样的作品，受众面是很小的。

这里不得不提的是另一位大腕级的作家王蒙了，他的"蝴蝶"系列作品被有些文学史定格为"反思文学"的代表作。显然，从内容上来说，他属于"反思文学"的范畴，也具有强烈的批判意识，但是，我为什么没有将其纳入"反思文学"的范畴，就是因为我这里框定的是一个狭义的"反思文学"，自设的标准就是连同创作方法都应该具备现实主义的元素。王蒙的这批作品我也十分喜欢，但是从创作方法上来说，它更有现代派的特征，同时也具备了古典浪漫主义的创作元素，读后让人回味再三，尤其是那种淡淡的忧伤，令人感佩其艺术的高超。但是，这与批判现实主义的代表作的创作方法相去甚远，如巴尔扎克的《人间喜剧》、司汤达的《红与黑》、狄更斯的《双城记》、哈代的《德伯家的苔丝》、莫泊桑的《羊脂球》等，所以，我在文学史的定位上，将其放在"新时期现代派起源"的典范作品之列。

对"伤痕文学"和"反思文学"为什么很快就被"改革文学"所替代的原因，我一直认为，这不应仅仅归咎于社会文化思潮变幻，更重要的是，由于政治原因所导致的批判现实主义的溃灭是理所当然的事情。

南京大学胡福明先生发表的那篇《实践是检验真理的唯一标准》正是在"伤痕文学"崛起之时。1978 年的某一天，胡福明先生来到中文系现代文学教研室（西南大楼的一间大教室）里，将这篇文章的初稿给董健先生看，那一刻我正坐在对面的办公桌上写一篇为悲剧作品翻案的文章（那就是我在 1979

年《文学评论》上发表的第一篇稚嫩的学术论文),听到他们的谈话,我对当时批判现实主义思潮复兴更加坚信不疑。

后来我对实践是检验真理的唯一标准这个命题发生了不可思议的叩问:其实不就是一个哲学的普通常识问题吗?而将它作为高端的学术问题来研究和探讨,这本身就是我们这个国家和民族在那个时代的一个悲剧,好在我们把这一幕悲剧当成了一场扭转乾坤的喜剧,也算是成功推动历史进程的一次批判现实主义的胜利。

当然,这个喜剧的最先得益者应该还是文学界,其首先引发的就是"新时期文学"的命名。1999年,我和我的博士生朱丽丽为《南方文坛》共同撰写了题为《新时期文学》的"关键词",追溯其来源时是这样描述的:"'新时期文学'是当代文学批评中使用频率最高的语汇之一,自'新时期文学'概念出现以来,它的内涵便自动地随着当下文学的进展而不断延伸。当代文学概念尤其是文学史分期概念往往是紧跟政治语境的变迁而变迁的,'新时期文学'作为一个伴随我们约20年的熠熠生辉的文学概念,它的浮出海面,从整体上来说也是得力于'文革'后国家政治语境的剧烈变动。发表于1978年5月11日《光明日报》上的著名的《实践是检验真理的唯一标准》一文最早正式提出了政治意义上的'新时期'概念。……就文学而言,进入新时期之后理论上的拨乱反正和由此引发的讨论主要有三次。首先是关于文艺与政治关系的讨论。70年代末,中国文学界在思想解放运动的背景上开始对文艺从属于政治的观点重新加以审视。《文艺报》编辑部于1979年3月召开文艺理论批评工作座谈会,率先对此命题进行了大胆的质疑与冲击。会议认为:'文艺不是一种可以受政治任意摆布的简单工具,也不应该把文艺简单化地仅仅当作阶级斗争的工具。'随后,《上海文学》于1979年4月发表了评论员文章《为文艺正名——驳'文艺是阶级斗争的工具'》,对文艺从属于政治的命题再度提出质疑。到第四次全国文代会上,邓小平代表中央在《祝辞》中明确指出:'党对文艺工作的领导,不是发号施令,不是要求文学艺术从属于临时的、具体的、直接的政治任务。'周扬也在报告中提出:文艺从属于政治、文艺为政治服务的口号,容易导致政治对文艺的粗暴干涉。1980年7月26日,《人民日报》发表社论,正式提出以'文艺为人民服务,为社会主义服务'取代'文艺为政治服务'的口号。这一口号的提出,使长期附庸于政治阴影之下的文学大大解放出来,进入更为自由更具活力的新天地。其次,新时期发轫之初,还进行了关于'写真实'和'歌颂与暴露'问题的争论。文学创作如何处理歌颂与暴露的问题是几十年间一直没有得到很好解决的一个问题。在争论中文学界进一步确认:文学固然可以歌功颂德,但它绝不能美化现实、粉饰生活、掩盖矛盾,更不应该回避严重存在的社会问题,不闻不问人民的疾苦。争论在理论上进一步确立了现实主义文学的主流地位,进一步否定了'文革'时期的'假大空'文艺。同时文学界对真实性问题也做了严肃的探讨。真实性问题是现实主义的基本原则和理论核心。文学首先应该说真话、抒真情、真实地反映社会生活、真实地表达人民的心声,'艺术的生命在于真实',真实性成为这个时期文学的最重要的价值标准。再次,是关于文学与人性、人道主义的讨论。在以往,人性和人道主义问题是创作和研究中的一个禁区。随着新的时代的到来,文学界普遍接受了如下观点:人性既有阶级性的一面,又有共同性的一面,共同人性是在人的自然属性基础上形成的社会属性与阶级属性的辩证统一体;人道主义并不只是资产阶级的意识形态,社会主义的文学也应该有它的一席之地。人们认识到马克思始终是把共产主义与人的价值、人的尊严、人的解放和人的自由等问题联系在一起的,马克思主义实际上是包含了人道主义的;社会主义社会也同样存在着异化现象。这一系列的讨论虽然难以取得统一的认识,但讨论本身极有力地推动了人们的思考。经过这一系列的讨论,文学走上了一个新的高度。这些讨论拓展了新时期文学发展的道路。正是在这样一个背景上,形成了新时期文学的启蒙潮流。"①

毋庸置疑,在整个人文领域内,思想最为活跃、创作力最为旺盛的就是那个时期批判现实主义的作家和批评家。如今许许多多经历过那场运动的人都还是在"怀念八十年代",犹如法国人怀想大革命已经成为一种民族的"集体无意识"了。然而,好戏才刚刚拉开序幕,冬天的严寒又袭面而来。于是,

---

① 丁帆、朱丽丽:《新时期文学》,《南方文坛》1999年第4期。

现实主义又变幻了一种方式出现在文坛上,那就是"新写实主义"的兴起。

(三)

显然,"新写实主义"又一次改变了中国现实主义发展的走向,它到头来就是一场对批判现实主义否定之否定的循环运动。那种对现实生活细节描写的"高度仿真",既实现了现实主义创作方法的写真效果,同时,过度地沉湎于琐碎的日常生活描写,带来的却是对现实生活批判性思维在一定程度上的消解。当然,批判现实主义创作方法在不同的作家那里,呈现出的是不同的表现形式,但就总体上来说,其批评生活的创作元素仍然是存在的。

我曾经在一篇文章中说过:在整个世界文学的发展格局中,每一次美学观念和方法的更易,都必然带来一次文学的更新,这种历史性的运动使得文学在一次次的衰亡过程中获得新鲜血液而走向复苏。作为一种美学观念和方法,20世纪20年代出现于德国、美国,后又遍及英法和整个欧洲的"新现实主义摄影"(亦称"新即物主义摄影")给西方艺术界吹进了一股新鲜空气。它鲜明地反对艺术作品中的虚伪和矫饰,摒弃形式主义抽象化的创作方法,要求表现事物的固有形态、细微部分和表面质感,突出其强烈的视觉效果。因此,它主张取材于日常的社会生活和自然风光,扬弃唯美主义的创作倾向,而趋向于自然主义的美学形态。

然而,真正在西方社会引起了巨大震动的美学运动,乃至于给世界文学艺术带来了深刻影响的,是在第二次世界大战结束后崛起的意大利"新现实主义"运动,尽管这个美学流派首先起源于电影界,但它后来波及整个文学领域,尤其是使小说领域的创作发生了革命性的变化,这是先前的倡导者们所始料未及的。这次美学观念和方法的更易,实际上标志着意大利的又一次"文艺复兴"。

首先,就"新现实主义电影"来说,它的美学原则(亦即柴伐梯尼提出的"新现实主义创作六原则")是:"用日常生活事件来代替虚构的故事";"不给观众提供出路的答案";"反对编导分家";"不需要职业演员";"每个普通人都是英雄";"采用生活语言"。就此而言,它不仅向传统的好莱坞电影美学提出了挑战,开创了电影发展史上摆脱戏剧化走向电影化的新纪元,而且也给西方美学乃至世界美学带来了深远的影响。正如温伯托·巴巴罗教授在《新现实主义宣言》中一再强调的"新现实主义"的写实风格那样，"新现实主义"的重要标志之一就是回到生活的原生状态中来。尽管诸多"新现实主义"作家的美学观念不尽相同，但是，在这一点上是没有歧义的。

回顾中国的现实主义理论体系的形成与发展，直到20世纪30年代"左联"成立以后，才由一批理论家从"拉普文学"理论中阈定出一整套规范，但这一规范难以运用到具体的文学创作中。而随着20世纪30年代前后的小说视点的转移和下沉，人们把丁玲创作的小说《水》作为中国现代文学史上的"新现实主义"力作。如果对这一创作现象进行重新审视，我们以为这个提法并不科学。在中国，无论是哪次现实主义的论争都未能逾越"写什么"的理论范围，所谓"现实主义的深化"也好，"广阔道路"也好，都很少涉及"怎么写"这个具有美学观念和方法的根本转变的命题。只有到了20世纪80年代，中国的理论界才真正触及这个关键性问题。我们并非说美学观念不包含"写什么"，而是说它更强调"怎么写"。"新写实主义"在1980年代的新鲜出炉，就是一种在现实主义绝望的悖论中诞生的结果。

如果说西方20世纪历次"新现实主义"美学思潮都是在对"现代派"艺术表示出强烈反感和厌倦的背景下展开的对写实美学风格的回归的话，那么在每一次美学流派的运动中对旧现实主义的美学理解却并无实质性的进展，换言之，也就是"新现实主义"中的美学新意并不突出，即便是像意大利的"新现实主义"对世界电影产生过如此巨大的影响，但必须指出的是，它的美学观念主张并没有逾越现实主义（包括批判现实主义）内容的界定，作家们站在人道主义的立场来反映普通人的生活，来揭示社会生活，这些和传统的现实主义并无区别。所不同的是，作家在强调真实性时，更趋向于表现生活的实录和原生状态，所谓"把摄影机扛到大街上去"的口号便是他们走向现实主义另一个极端的表现。而在整个创作方法上，"新现实主义"的各流派基本上是完全拒绝现代主义表现成分侵入的。在这一点上则和中国20世纪80年代后期掀起的"新写实主义"小说创作浪潮截然不同，因为20世纪80年代的中国在经历了现实主义几十年的统治后，又经过了现代主义的洗礼，所表现出的美学态度有极大的宽容性,当然,这也和世界美学发展的潮流有着密切的关系,20世纪40年代的"新现实主义"的倡导者们是绝不可能以高屋建瓴的美学姿态来把握人类美学思潮发展的历史进程的。因此当20世纪80年代中国的"新写实主义"倡导者们重新把握这一美学潮流时,便满怀信心地要表现出现实主义的新意和新质来。这种新意和新质就在于他们在其美学观念和方法的选择中,着重于将现实主义和现代主义的美学观念和方法加以重新认识和整合,将两种形态的创作方法融入同一种创作机制中,使之获得一种美学的生命新质。由此可见,采取这种中和、融会的美学方法本身就成为一种新的美学境界。我们之所以在前文顺便提及了西方(造型艺术的)"变异现实主义"与以往"新现实主义"的美学观念主张的不同点,就是因为它更有生命力,而关键就在于它能以宽容的胸怀融会两种对立的美学观念和创作方法,使艺术呈现出的新质更合乎美学史发展的潮流。同样,中国的"新写实主义"小说的倡导者和实践者们亦从未拒绝对于被历史和实践证明有着强大生命力的现代主义美学的吸纳和借鉴,并没有一味地回复现实主义(包括批判现实主义)的美学传统。换言之,他们对于现实主义的超越就在于不再是机械地、平面地、片面地沿袭现实主义的传统美学观念和方法,而是对老巴尔扎克以来的所有现实主义美学观念加以改造和修正。倘使没有这个前提,亦就谈不上现实主义的"新"。

　　中国的"新写实主义"既有左拉式的自然主义与老巴尔扎克式的批判现实主义的形态,又有乔伊斯式的意识流与马尔克斯式的魔幻色彩和形态。由此,真实性不再成为一成不变的静止固态的理论教条,而呈现出的是具有流动美感的和强大活力的气态现象。你能说哪一种真实更接近艺术的和美学的真实呢?中国的"新写实主义"者们打破的正是真实的教条和教条的真实,从而使真实更加接近于美学的真实。

　　现在回想起来,这些理论的归纳似乎还是有道理的,但是,在一个尚未有过真正的批判现实主义成熟期的中国文坛,这种不断变幻的现实主义理论和创作方法,带来的同样是使现实主义走上一条过眼云烟的不归之路的结果。这就是它很快就被消费主义思潮的"一地鸡毛式的现实主义"所替代的真正原因。

在对待现实主义的典型说方面,和一切"新现实主义"的流派一样,中国的"新写实主义"亦是持反典型化美学态度的,这一点当然不能不追溯至中国文坛对恩格斯典型说的曲解和实用主义美学观的强加过程。由于对那种虚假的典型人物表示厌倦和反感,像方方和池莉这样的女作家便干脆以一种对典型的藐视和鄙夷的姿态来塑造起庸俗平凡的小人物,这多少包含着作家对典型的亵渎意识。与西方"新现实主义"诸流派亦主张写小人物不同的是,方方们并没有将笔下的小人物作为"普通英雄"来塑造,而是作为具有两重性格的"原型人物"来临摹。这又和批判现实主义者笔下的"畸零人"有所不同,虽然有时他们亦带有"多余人"的色彩,然其并非被社会和作者、读者所抛弃的人物塑造。正因为他们是生活真实的实录,是带着生活中一切真善美和假恶丑的混合态走进创作内部的,所以,人物意义完全是呈中性状态的,无所谓贬褒,亦就无所谓"英雄"和"多余人"。从所谓的"新写实主义"的创作中,我们看不到"英雄"存在的任何痕迹,在具体的描写中,一俟人物即将向"英雄"境界升华时,我们就可看到作者往往掉头向人物性格的另一极描写滑动。这种美学观既是中国特有的社会哲学思潮所致,又包孕了中国"新写实主义"小说作家在一个多世纪的美学发展中的必然选择,这种选择的正确与否,在中国美学发展中尚不能做出明确的判断来,但就其创造的文本意义来看,我们以为这种选择起码是打破了现实主义典型一元化的美学格局,从而向多元化的人物美学境界进发。

中国的"新写实主义"者们基本上摒弃了尼采悲剧中的"日神精神"而直取"酒神精神"之要义:悲剧让我们相信世界与人生都是"意志在其永远洋溢的快乐中借以自娱的一种审美游戏";酒神的悲剧快感更是以强大的生命意识去拥抱痛苦和灾难,以达到"形而上的慰藉";肯定生命,连同它的痛苦和毁灭的精神内涵,与痛苦相嬉戏,从中获得悲剧的快感。在这样的悲剧美学观念的引导下,刘恒的《伏羲伏羲》、王安忆的《岗上的世纪》、方方的《风景》、池莉的《落日》等作品才显得更有现代悲剧精神,因为这样的悲剧不再使人坠入那种不能自拔的美感情境之中而一味地与悲剧人物共生死,陷入作家规定的审美陷阱之中，而它更具有超越悲剧的艺术特征，作家对悲剧人物的观照不再是倾注无限同情和怜悯的主观意念，"崇高"的英雄悲剧人物在创作中消亡。作家所关注的是人的悲剧生命意识的体验过程，以及在这一过程中咀嚼痛苦的快感，这就是我们理解《伏羲伏羲》这类悲剧时观察作家"表情"的关键所在。一般来说，在中国"新写实主义"小说创作的文本中，我们看到的是大量的"形而下"的悲剧具象性描写，却很难体味到那种"形而上的慰藉"，这恰恰正是作者们刻意追求的美学效果。从接受美学角度来看，读者参与可以就其艺术天分的高下而进入各个不同的阅读层面，但这丝毫不影响小说"形而上"悲剧美学能量的释放。

同样，弗洛伊德的心理学给中国"新写实主义"小说的悲剧美学提供了新的通道。对于我们这个"集体无意识"异常强大的民族来说，无疑，潜意识层面的开掘给现代人的心理悲剧带来了最佳的表现契机。而中国的"新写实主义"者们有效地吸收了20世纪以来所有现代主义对弗氏理论的融化后的精华，从潜意识的角度去发掘现代人的悲剧生命流程。从这个意义上来说，悲剧心理学的美学观照呈现出的人的悲剧动因再也不是现实主义悲剧的单一主题解释了，而是呈多义、多解的光怪陆离状态。艺术家并不在悲剧的结局中打上个句号，因此，悲剧美的感受就不能在某一悲剧的疆域里打上个死结。由此来看《伏羲伏羲》和《岗上的世纪》这样的作品，生命的心理悲剧流程就像一道光弧，照亮了"新写实主义"小说的一个描写领域。

"新写实主义"作为一种文学运动，产生于20世纪80年代中后期对现代文艺思潮的借鉴和融会的浪潮中，绝非偶然，确实已经具备了外部和内部的条件。

从某种意义上来说，它既是对批判现实主义的一种变形，同时又是一种对批判现实主义的一次宽泛的拓展，当然也存在着对批判现实主义的某种消解。

而随着对于旧现实主义创作方法的弊端的不满，20世纪80年代相继出现过诸如"现代现实主义"和借鉴拉美文学爆炸的"魔幻现实主义"、"心理现实主义"和"结构现实主义"创作思潮。到后来由于对现代主义与后现代主义

"先锋小说"创作思潮的抗拒心理,导致了"新写实"的崛起,这些正是对社会主义现实主义的一次次修正与篡改,是重新对那种毛茸茸的"活的文学"的重新肯定和倡扬。作为"新写实"事件的策划者和亲历者之一,我们在二十年前就试图从人性和人性异化的角度来解释"新现实主义"与"旧现实主义",尤其是与"颂歌"型的"社会主义现实主义"区别开来。回顾其发展变化的全过程,这个判断大致是不错的。我们不能说这样的概括就十分准确,但是,直到今天似乎它的生命力还在。我们不能说"新写实"是一个完美的现实主义的延续,但是,作为一种创作方法的反动,它在文学史上是有意义的。

再后来,"现实主义三驾马车"的兴起和新世纪"底层文学"的勃起,现实主义似乎又回到了"五四"的起跑点。然而,在现实主义的道路上,我们的文学似乎还是缺少了一个重要的元素,这恐怕就是"批判"(哲学意义上的)的内涵和价值立场。

历史的经验告诉我们:创作方法只有回到初始设定的框架之中,才能凸显出其作品的生命力。

四、中国乡土小说研究史的反思

"看文学史,文坛是常会有完整而干净的时候的,但谁曾见过这文坛的澄清,会和这类的'文官'们有丝毫关系的呢?"[①]鲁迅留下的这段话虽然不常被人引用,却道出了我们文学"史官"们的众生相。

百年中国乡土小说批评与研究并没有受到应有的关注与研究,梳理中国乡土小说研究自身的百年发展历史,总结其经验得失,辨识其学术价值,推进其发展,正是我们"研究之研究"的目的所在。因为,倘若真正想弄清楚中国社会与政治的变迁,文学是"晴雨表",而中国乡土小说则是这个"晴雨表"上最精密的刻度。百年来,它是如何从农耕文明进入工业文明、后工业文明,也就是它如何走进现代文明的脚印,都清清楚楚、形象鲜明地镌刻在这些乡土小说题材的所有作品中了。

---

① 鲁迅:《文床秋梦》,《鲁迅全集》(第五卷),人民文学出版社 2005 年版,第 307 页。

十七年前,我在《文学评论》上发表过一篇《"现代性"与"后现代性"同步渗透中的文学》,拙文就是想阐释一个观念:中国的农耕文明形态虽然日渐式微,"现代"和"后现代"文明随着中国城市化的进程不仅覆盖了中国的东南沿海,同时也覆盖了整个中原地区和西南地区,甚至也部分覆盖了西部地区。当广袤的农田上矗立起一排排高耸入云的大厦,水泥森林替换了原始植被的时候,我们却不能忘记的是:农耕文明的意识形态仍然会在这些灯红酒绿的奢华城市间穿行,以飓风的速度穿越城市的繁华,它带来的正负两极效应,我们看得见吗? 而且,资本主义尚无法解决的许许多多"现代"和"后现代"的问题,也同时叠加进了中国社会的地理版图中,形成了与西方社会和殖民地国家迥然不同的社会形态和文化形态,但是,我们的作家看到这些东西了吗? 他们有眼光、有能力去开垦这片世界上独一无二的文学创作的处女地吗?

如果他们不能,作为一个学者,我们的文学评论家和文学批评家能够在洞若观火中指陈这一现象,为乡土作家指出一条切入文学深处的"哲学小路"吗? 也许,像我们这样的批评家,即使体悟到了这一点,也无法像别林斯基那样去面对惨淡的人生和熟悉的作家。

于是,面对重新梳理文学史的我们,能否担当起客观评价这些特殊的文学文本的重任呢? 这是我的冀望,但是,在这部丛书中的著作书写中,显然还没有完全达到这样的要求和高度。这是让我们遗憾的事情。尽管我们可以强调种种不可抗拒的客观原因。

中国乡土小说研究之研究,首先要明确的是中国乡土小说研究的对象与范围,亦即要明确乡土小说之所指,从而确定"研究之研究"的对象与范围。20世纪最初的30年间,鲁迅和茅盾对"乡土文学"概念的界定和使用,产生了持久而广泛的影响,"乡土文学"便成为批评界普遍使用的概念。而在20世纪40年代的解放区,"农民文学"取代了"乡土文学"概念,一统天下。再后来,在20世纪50年代,文学中仅使用"农村题材文学"、"农村题材小说"概念。从这种概念内涵的变化中,我们可以看出文学史观和学术史观的分野。

中国乡土小说批评,最初是围绕鲁迅乡土小说进行的。从20世纪20年代到现在,乡土小说批评紧紧追随着中国乡土小说创作的时代脚步,在每个历史时期都出产大量的批评文章,从而成为中国乡土小说研究中文献最多、时代性最强的组成部分。但是,我们在梳理的过程中,还是看到了许许多多的遗憾,也就是说,中国乡土小说百年的批评和评论,能够真正毫无愧色地站在文学史舞台上的并不是很多,留给我们的只是一声叹息。

中国乡土小说的历史研究,最早可以从胡适的《五十年来中国之文学》说起。胡适在这篇文学史论性的文章中肯定了鲁迅的短篇小说:"从四年前的《狂人日记》到最近的《阿 Q 正传》,虽然不多,差不多没有不好的。"虽然胡适的这番话没有从"乡土文学"的角度去进行考辨,但是,他的眼光和气度,让《阿 Q 正传》早早地进入了文学史的序列。我们从中看到的是,专家学者的眼光与客观评判作家作品的尺度对后来文学史的影响。

但是,我们需要反省的问题恰恰就在于以下几个方面:

首先,我们要解决的是史实问题。

整个文学史的构成既然把文学批评和文学评论作为一个不可或缺的部分,那么,如何看待既往留存下来的"经典"的批评和评论文本?我们必须尊重的是客观存在的历史,也就是说,不管你认为是正面的还是负面的,只要是在那个历史时期引起过反响的理论和批评都要纳入文学史的范畴之列,它是呈现历史样态的文本,从中我们才能拂去现实世界给它叠加上去的厚厚尘埃,看清楚历史的原貌。这一点是文学史家必须尊崇的治学品格,否则我们就无法真正地进入历史的隧道空间来考察。所以,我对那些为了主动"适应形势"而把许多有价值的文本打入"另册"的做法不屑一顾,而对于那种迫于无奈用"附录"来处理一些文本的编辑方式,只能报以苦恼的微笑,因为我们也常常遇到这样的常识性问题,但这确实是无法解决的史学障碍问题。

一言以蔽之,百年文学史可以进入史料领域的材料很多,只有建立史料无禁区的学术制度,才是保证研究的前提和基础。

无疑,在我们编选的这套丛书之中,试图贯穿这样的史料原则,《中国乡土小说理论文选》、《中国乡土小说作家作品研究文选》、《中国乡土小说历史研究文选》和《中国乡土小说流派研究文选》是尽力采取比较客观的史实态度,虽然,我们阈定的是狭隘的"乡土小说"的概念,排除了那种含义诸多的

"农村题材"的概念和创作理论,但是"农村题材"的理论在某一个历史时期的理论恰恰又是对中国乡土小说理论的一种补充,以及对其自身概念和口号的一种理论反思。比如我们遴选了邵荃麟1962年《在大连"农村题材短篇小说创作座谈会"上的讲话》,文中提出的许多问题为什么被后人总结为"现实主义深化论",这其中的变异问题,至今仍然有着历史的现实意义。而后面收入的浩然的两篇文章《寄农村读者》(1965年)和《学习典型化原则札记》(1975年),不仅是作者个人创作的心路历程,而且也是中国乡土小说史那个时段宝贵的史料,都是可以被纳入中国乡土小说历史研究范畴之列的。

在这里需要检讨的人是,由于七八年前制定体例方案时,我们过于强调乡土小说概念范畴的狭义性,导致了选编的偏狭,造成了一些遗珠之憾。

其次,史学研究者面临着的最大困境就是史识问题。

史识不仅仅是胆识,而且还得拥有较高的哲学思维和美学鉴赏的水平,只有具备了充分的人文素养的积累,你才有可能具有重新评价以往的作家作品的能力,而且也获得对以往文学史家、理论家、批评家和评论家的言论进行重新评判的权力!所有这些条件,我们具备了吗?正是带着这样的疑问,我时常会侧目现存的文学史著作,同时在不断否定自己以往的文学史工作。我自以为自己这么多年的工作,只是提出了一种假想,离开真正撰史还差得很远很远。但是,我不能以强调外在的条件不成熟做挡箭牌,去遮蔽自己文史哲学养不足的可悲。

只有具备了史实和史识的两个基本条件,我们才有可能写出一部好的文学史著述来。无疑,我们现在还不具备这样的先天优势,所以,我们的工作只能是一种初始的工作,我们正在不断地补充着自己的人文素养,以求将来编出一部真正既有史实又有史识的鸿篇巨制的中国乡土小说史来,也希望有一天中国能够出现一部真正属于有史实、有史识、有胆识的中国百年文学史来。

中国乡土小说研究史论和史料的工作总结只是一个休止符,我们期待下一部更有学术含量的著述的问世。

我不相信学术的春天是赐予的,春天在于自身的努力之中。

目　录

乡土小说流派理论

“五四”乡土小说

"京派"乡土小说

"革命乡土小说"

"社会剖析派"乡土小说

"东北作家群"乡土小说

"七月派"乡土小说

凡　例

李兴阳

一、本卷所收录的乡土小说流派研究资料，起于 1910 年，迄于 2010 年。

二、资料收录范围，主要是期刊、报纸、著作等出版物有关中国乡土小说流派研究的文字，包括中国乡土小说流派研究论文、学术著作及关于乡土小说流派创作、批评和理论问题的论争等。

三、为了保留资料原貌，一般都收录全文。部分节选的，一是原来的文章篇幅过大，另一是其他部分与乡土小说流派关系较远。文章中有明显的错别字予以更正，其余的一律不变。

四、文章署名，以最初发表时为准。注释都是原有的，编者不另加注。为了保持格式的统一和阅读的方便，所有的注释，不论原文是什么格式，一律改成脚注，但保持原注释的信息不作改动。标点符号一般遵从原作，不作改动。

五、有的文章有摘要和关键词，有的没有。录入时，摘要和关键词一律不录。

六、篇末括号内注明材料的出处。

前　言

姬志海

　　中国乡土小说的百年历史,是与各种文学社团、流派相生相伴的,从社团流派的角度研究中国乡土小说的发展,不仅有充分的历史依据,而且有自己的学术传统。最早最有影响的是《中国新文学大系》的"小说一集"和"小说二集"。茅盾编选的"小说一集"与鲁迅编选的"小说二集",其编选的重要依据就是作家的"群体属性"。仅以"小说二集"而言,其集中编选的主要是我们今天所称呼的"五四"乡土小说流派作家的作品。至20世纪80年代,从社团流派角度研究中国现代小说流派,最有影响的是严家炎的《中国现代小说流派史》,这部著作对"五四"乡土小说、"社会剖析派"小说、"京派"小说等做了深入独到的研究。经过数十年的学术积淀,无论在乡土小说研究领域广度的开拓上,还是在乡土小说研究层次的深化上,中国乡土小说的流派研究都取得了丰硕的成果。

一

　　鲁迅开创的中国乡土小说流派,历经近百年的发展,这条最初滥觞于"五四"的长河巨川,业已成就了自身辉煌的创作景观。
　　第一个具有完整意义的现代小说流派,是出现在上世纪20年代初、中期的被鲁迅喻为"侨寓文学作家"的乡土小说创作群体。这个群体的成员,如蹇先艾、许钦文、王鲁彦、彭家煌等,是在鲁迅影响下走上文坛的。他们在表现方法、审美趣味和小说风格等方面怀有大致相同的主张和倾向,并以其不乏厚重的小说作品超越了早期"问题小说"的直白浅露,展示了白话现代小说的最初实绩。自此以后,在短短三十多年间便错综地涌现出"五四"侨寓型乡土小说、"京派"田园牧歌型乡土小说、笼罩着"革命+恋爱"浪漫蒂克薄纱的"革命乡土小说"、昭示着社会科学理性色彩的"社会剖析派"乡土小说、饱含着悲情流亡色彩的"东北作家群"乡土小说,洋溢着主观体验色彩的"七月派"乡土小说等流派和分支,它们彼此协奏,彼此对话,使中国乡土小说在整体上呈现出全面繁荣之格局。

进入"新时期",随着文学与政治关系的全面解冻、中国乡土小说作家主体性的空前觉醒和回归,这就有了激荡一个时代的"伤痕小说"、"反思小说"和"改革小说"等文学潮流。在 20 世纪 80 年代中期文化热的特定历史语境中,以"寻根小说"为旗帜,文坛上出现了"山药蛋派"、"白洋淀派"等乡土小说流派的复兴,继之有了"小说鲁军"、"小说湘军"、"小说陕军"等的崛起。这些彰显不同地域特色的乡土小说创作,给饱经摧残后终于走出低谷的整个中国当代文学创作撑起了新的海拔标高!

不同历史时期乡土小说创作的诸流派,不仅有千姿百态的音调和色彩,更有以"五四"反封建专制、改造国民性的启蒙批判意识等为相同标的之价值,它们共同构筑起了百年中国乡土小说五彩缤纷的文学世界。正是在 20 世纪中国乡土小说世界化、现代化的进程中,众多实绩突出的不同乡土小说流派不断涌现的客观事实,成就了它们作为研究对象的学理层面的合法性。

从流派的角度研究乡土小说,不仅有上述的历史依据,而且有其不可替代的理论优势。如严家炎所说,这种研究视角虽然不能取代对整个小说发展历史过程的研究,但它却利于发现和把握"小说发展史中脉络最清楚、特点最鲜明的部分……可以帮助我们掌握和分析纷纭复杂的文学现象,从中整理归纳出某些脉络,发现和总结小说发展的某些规律与经验,不仅能指出同一时期内横的分化,而且也能指出前后不同时期的纵的关联。再加上研究者对各个流派的文学价值的评价高低,组成了一个三维的坐标系,通过它,可以把现代小说发展的主要过程及其特点描述得更加准确更加接近于事实,而且能做到提纲挈领,简明适度"。①

　　在中国现代小说流派的研究中,研究者们多采用共时与历时相互结合的方法。以共时的眼光来看,小说流派自然是指在特定的历史时期内,思想倾向、艺术主张、表现方法、审美趣味和小说风格等基本相同或相近的小说家自觉或不自觉的形成的小说派别。任何一个小说流派的勃兴和发展,都是由一定的社会背景和文坛风气所制约的。而从历时的角度着眼,作为文学流派形式之一的小说流派,针对其兴衰流变的个案考察又须放进整个小说发展的"史"的过程中去,唯其如此,才能在使用这一研究方法时扬长避短,有效避免在操作过程中有可能出现的"过度阐释"倾向。

　　在纵向与横向两种视界的交汇融合中,就文学流派(亦包含小说流派在内)产生的条件、兴衰的原因这一问题,诸多学者均从不同的角度作出过回答。艾斐声称,小说流派的美学形态和艺术类型有多少种,其产生的条件就有多少种,基于此,他把文学流派统共分作"乡土型"、"思潮型"、"社团型"、"题材型"、"方法型"和"审美型"六种,并分别指出它们各自的产生土壤和美学表征。朱德发则引进了经典"结构主义"代表之一列维·斯特劳斯关于"结构"理论的界定,提倡对不同文学流派的形成及其内在机制作出整体的宏观透视与深入剖析,从而建构"新文学流派学"。严家炎把形成流派的众多因素分为深浅不同的两个范畴,他认为在诸如时代政治因素、中西哲学思想、时髦艺术理论这些浅层因素的下面,孕育和催生不同文学流派的更主要更持久的深层因素则是作家们运用的创作方法,接受的文艺思潮。他说:"创作方法、文艺思潮决定着作家的美学追求。只要考察'五四'以后三十年小说流派的发展,我们就会看到,在各种流派兴衰消长的背后,正是现实主义、浪漫主义、现代主义这三种创作方法与文艺思潮在错综复杂、此起彼伏地相互作用,相互影响,从而构成三条粗细不一的贯穿线索。"②

　　综合各家观点,可以看出,形成文学流派、小说流派,离不开四个因素:时代历史现场,中西艺术资源,同声相求、同类相聚的文人集团,建树标帜、被奉为领袖的

---

① 严家炎:《中国现代小说流派史》,长江文艺出版社 2009 年版,第 11 页。
② 严家炎:《中国现代小说流派史》,长江文艺出版社 2009 年版,第 15 页。

核心人物。首先,时代历史现场是文学流派得以形成的第一推动力,它为不同流派或流派外的作家提供了鲜活的时代抒写内容,不能反映时代鲜活主题的小说作品很难经受文学长河的淘洗,而没有经典文学作品的支撑,文学流派"毛将焉附"？其次,如果说时代历史现场为作家解决了"写什么"的问题,那么中西既有的艺术资源则在文学的思想价值取向上,尤其是在艺术形式、表现手法的"怎样写"的层面上,为之提供了源源不断的可以无限汲取的美学营养。再次,"居于"具体时代历史现场的不同小说作家,基于自身不同的生平遭际、艺术承传渊源、创作观的选择而势必分化成不同的创作群体,那些在文学主张、创作倾向和审美趣味上相似或相同的作家群体,有文学流派所需的内在凝聚力,为不同文学流派的进一步形成准备了条件。又复次,正如水汽要凝结成云雨,必须要有凝结核一样,文学流派的最终得以形成往往以个别成就卓著者为魁首,同好或追随者聚集左右,共同鼓吹该派别具体的文学主张,从而造成煊赫声势,得以自立于文坛之林。

文学流派与小说流派形成的上述因素,也是本卷在文献遴选时所持的参考尺度。

二

在史料搜集和选文成书的过程中,面对百年中国乡土小说流派既有的研究成果,触动和引发了我们不少深入的思考,譬如,如何看待百年中国乡土小说的"流派研究"这一研究方法和传统小说治史家单纯从具体小说作家作品的切入视角展开研究的区别和互补问题;如何看待20世纪80、90年代之交以来,随着生活观念和艺术观念的演变,随着当代乡土小说作家在思想和艺术上对民族文化和外来文化的两种资源的开掘、汲取、消化和整合的基础之上,其在创作中不断强化的"自我意识"与这种个体精神的凸现造成的风格的排他性问题,以及由此问题引发的乡土小说流派在整体上日益凸显的分化和解体的迹象表征等问题。当然,在这一具体的编纂过程中,我们也在乡土小说流派呈现出来的一些总体性问题上获得了很多有益的启示,限于篇幅,兹择其中二者,作简要的论述。

第一,如何看待中国乡土小说诸流派之间的纷争。

乡土小说流派的彼此并立和争鸣是乡土小说发展成熟的标识之一,主要集中在20年代末到40年代,既关乎以沈从文等为代表的"京派"乡土小说与以书写阶级斗争为主的乡土小说诸派别之间的门户角立,还包括在后者的统一阵营内不同派系之间出现的相互攻讦。当然,中国乡土小说诸流派的形成基础就在于各流派的小说创作者在创作倾向上声气互通的同人关系,于是乎对于自身创作思想和美学风范上的自我标榜和对其他流派的批评指责,就必然会引起不同乡土小说流派之间党同伐异、分庭抗礼的局面。

迄自1925年前后的"无产阶级文学"浪潮兴起开始,"阶级斗争"、"革命文学"的理论标签就开始在乡土小说身上打上了深刻的烙印。新兴的"革命乡土小说"和继起的其他具有左翼色彩的乡土小说流派显然对废名、沈从文一脉自动疏离时代"主题"的田园牧歌式乡土小说创作心存不满,因而对之大加挞伐。对此,沈从文在其分别作于1933年、1936年的《文学者的态度》和《〈从文小说习作选〉代序》两篇文章中,以看似模棱两可、似非而是的曲笔,在貌似对自己乡土小说创作中因时代使命感的缺失而揶揄自嘲的同时,不无尖刻地以志在书写"永恒健全的人性"主题来讽刺上述乡土小说创作中"功利性"乃至"工具性"的写作风气,表现了对乡土小说阶级性转向的不满。当然,即使在提倡"阶级斗争"书写的同一阵营内部,彼此之间亦不是完全同一的铁板一块,如茅盾等对"革命乡土小说"的创作流弊进行严厉的批评,以胡风为核心、路翎等为代表的"七月派",对沙汀等"社会剖析派"缺乏对题材、生活的"主观战斗精神"的突进而大加谴责,等等。

发生在20世纪30年代及其前后的这种流派纷争,无疑大大有利于打破文坛一元独尊的沉闷格局,为之输入新鲜的血液。事实也证明,正是通过争论使不同流派的小说创作观点得以深化、发展或修正、折中。例如,以蒋光慈、洪灵菲和阳翰生们为代表的"革命乡土小说"在其创作中凸显的"革命+恋爱"模式不仅为文坛上其他小说流派所抨击,更是遭到左翼内部清算式的激烈批评。茅盾等人坚持创作"社会剖析型"乡土小说,力求将乡土小说从廉价的"革命的罗曼蒂克"的浪漫主义偏向中重新拉回到现实主义轨道。当然,问题要一分为二地看待,在柔石、叶紫等作家的"革命乡土小说"创作中亦不乏成功之作。总之,"革命乡土小说"正反两方面的经验也都为后来茅盾开创的"社会剖析派"乡土小说、"东北作家群"乡土小说和"七月派"主观体验型乡土小说创作所汲取,成为左翼乡土小说在学步之初的不可或缺的创作准备。这种流派之间的论争对"京派"乡土小说的创作影响也是有迹可循的,进入抗战和40年代,在废名、芦焚等的"京派"乡土小说中,时代主题的色调亦不可避免地为他们原本澄明清净的乡土世界涂上了一抹悲哀的暗影。

20世纪80年代中期前后,在文坛上也有过关于"山药蛋派"、"白洋淀派"和"寻根小说"兴起后针对不同地域乡土小说流派的理论纷争,但这些争议的性质多是停留在对某种流派进行命名指认的层面,因此这里不拟展开讨论。当然,这些论争多少有益于促进乡土小说流派研究方法的成熟,其理论贡献还是可圈可点的。

第二,如何看待中国乡土小说诸流派发展演进中的艺术自律性。

中国现代乡土小说诸流派的运行轨迹似乎表明,从"王纲解纽"的"五四"到中华人民共和国建立前夕,以及新时期以来的20世纪80年代这两方历史时空,理应视为乡土小说诸流派(亦是其他小说各流派)在其发展流变中所经历过的两个"黄金时代"。这两个时期所释放出来的自由话语空间,为乡土小说诸流派的自由创作最大程度地提供了可资"众声喧哗、多元共鸣"的理想历史语境。基于此点,不少研究者认为,在中国乡土小说诸流派自主发展的身边一直都站着两个"不怀好意的巨人",一个是政治,另一个是经济。前者让其在中华人民共和国成立后的前三十年里几乎沦为政治规训的思想附庸,而后者则在20世纪90年代以后的社会转型中又让其变成沾染了商品化色彩的拜物奴婢。事实上,当我们把眼光投向中国古典文学和外国文学,就会发现文学流派自身主体性和自律性的问题与外在的政治、经济之间的矛盾和冲突,古今中外都一直存在。

中国古典文学与政治的关系见于文献中的、较早的记载,可以追溯到春秋时期孔子提出的"兴观群怨"说。到了西汉时,《毛诗序》就正式提出所谓的"诗教"和"美刺讽谏"说;对于"风"、"雅"的界定,《毛诗序》也显示出其根深蒂固的政治考量之眼光,认为"以一国之事,系一人之本,谓之风;言天下之事,形四方之风,谓之雅。雅者,正也,言王政之所由废兴也。政有大小,故有小雅焉,有大雅焉"。对此,日本学者铃木修次指出:"把政治问题放在个人生活的范畴里来加以领会的是'风'。把人类社会问题同政治联系起来加以理解的是'雅'。《毛诗序》中说明的'风雅'见解,在以后中国文学思想中一直继承下来。中国人认为真正的文学不能与政治无缘,不回避政治问题并且以它为对象的那才是'风雅'的文学、更好的文学,在'风雅'的作品中才有中国的正统文学精神。"①此说不无道理。以文学作为政教工具的传统观念,在中国古典文学的创作中长期居于主流的地位。这种文学与政治互为表里的紧密关系,视文学为经世载道工具的思想,从晚清提倡"小说界革命"的盟主梁启超,作为"五四"新文化运动旗手之一的鲁迅,到后来以"延安文艺座谈会讲话"为解放区文学、共和国前三十年文学定下基调的毛泽东,都是一脉相承的。

就欧美小说的发展轨迹来看,在西方小说重镇法国,早在 19 世纪末 20 世纪初,在报纸和一般读者的阅读趣味的刺激下,一些将缪斯的灵魂卖给市场的平庸小说作家们就大量地"生产"缺乏才华的小说"成品",各种为小说家颁发的文学奖的出现,如影响很大的设立于 1903 年的龚古尔文学奖等,更是为这种媚俗化创作趋势推波助澜。据统计,在当时法国每年出版的这类小说要超过 1000 种。其中虽然偶有佳作,但更为多见的则是思想和艺术上均属低劣的平庸小说乃至废品小说。由此可见,小说创作在彼时已经被商业化的触手所俘获。第二次世界大战前后的美国,更是出现了被阿多诺们所极力抵制和批判的"文化工业"的后现代意义上的商业文学大规模的复制性批量生产。

由是观之,中国现代乡土小说流派在其百年发展过程中所遭遇的政治、经济问题,并不是特例,而是古今中外文学发展中存在的一个极为广泛的普遍现象。

通过对历史教训的汲取,辩证地把握中国乡土小说流派在与政治和经济相处中的兴衰运转的内在规律,从而力避重蹈历史的覆辙,应该成为当下中国乡土小说文坛与评坛关注的焦点所在。中国乡土小说流派与政治、经济是长期共存无法切割的,应该主动祛除两种不同的极端化态度,一是唯政治、经济马首是瞻的奴才式

---

① ［日］铃木修次:《中国文学与日本文学》,吉林大学日本研究所文学研究室译,海峡文艺出版社 1989 年版,第 14 页。

仰望姿态,二是脱离政治、经济甚至对二者抱以避谈耻谈的自命清高。如前文所述,无论在西方还是东方,不管是以前、现在还是将来,都不会存在与乡土小说写作完全绝缘的没有政治、经济因素干扰的理想真空,恰恰相反,对于政治、经济考验下人性美的发掘与赞颂,正是古往今来中外各种文学流派所抒写的最大资源和最大母题!我们理应将政治、经济与伦理、道德统一起来,把政治意识与公民意识、经济意识与人性意识有机地结合,努力使文艺与政治、经济的关系从他律化为自律,使不同流派的乡土小说作家所秉持的创作观和美学理想重新回到对社会现实、人生和人性的终极关注的道路上来。

三

　　本书是一部旨在为展示百年中国乡土小说流派研究实绩而编纂的研究文集。除了两篇鲁迅发表于上世纪 30 年代的文章,本书遴选和收录在册的文章,全部是由当代学界的学人在不同时期所撰写的优秀研究文章。这部研究文选大体反映了 20 世纪 80 年代迄今在中国乡土小说流派这一学术领域内有一定代表性的研究成果,具有很高的史料价值。

　　本文选结构编排的基本思路是依照历时性的时间维度,将百年中国乡土小说流派大体按照其出现时间的先后顺序分为八个板块,另在前面加上一个有关乡土小说流派的理论研究板块,这样,本文选就分为了九个部分,它们依次是:乡土小说流派理论、"五四"乡土小说研究、"京派"乡土小说研究、"革命的乡土小说"研究、"社会剖析派"乡土小说研究、"东北作家群"乡土小说研究、"七月派"乡土小说研究、"山药蛋派"乡土小说研究和"荷花淀派"乡土小说研究。在中国百年乡土小说诸多流派研究的过程中,就某些乡土小说流派在文学史上的存在与否(譬如"白洋淀派"乡土小说)、其起始阶段的认定上准确与否(譬如"山药蛋派"乡土小说)、命名的内涵外延成立与否(譬如在对"东北作家群"乡土小说的界定上)等诸多问题,均出现过不同的争议。这九个板块的设计,既尊重中国乡土小说流派的发展历史,又能反映学术界对各个乡土小说流派的认识及不同观点之间的争论。

　　尽管从流派的角度研究乡土小说，并非十全十美的视角和方法，但是，探讨流派的思想倾向、风格特征及其兴衰替变，无疑会加深我们对于百年乡土小说总体品格和追求的理解，对于全面、深入、公允地品评具体的作家作品，也不无裨益。本文选的编选，不仅是对百年来特别是近三十年来中国乡土小说流派研究的学术巡礼，也可以为后来的中国乡土小说流派研究，提供一些研究上的便利。我们所做此番编选工作的意义，庶几在此。

乡土小说流派理论

为什么要从流派的角度研究现代小说史?

严家炎

　　"五四"以后的中国小说虽然只有几十年历史,但它的发展非同寻常,不仅篇幅浩繁,变化巨大,而且成就冠于其他各种文学体裁。要想准确而又概括地描述中国现代小说的发展过程,是摆在小说史研究者面前一个不算容易的课题。一些研究者正为此探索着多种多样新的角度和方法。

　　近年来山东文艺出版社出版的由田仲济、孙昌熙先生主编的《中国现代小说史》,也许就是这种探索精神的一个成果。这部著作系统地考察了现代小说人物形象的发展状况,全书八章,从第一章"反映着时代脉搏的知识分子形象"开始,二、三、四章分别考察了"解放途中的妇女形象"、"斗争中成长的工人形象"、"从昏睡到觉醒的农民形象",第五章论述了"具有前驱者和领导者姿态的革命党人形象",第六章论述了"改造和变化中的市民形象",第七章写的是"嵌着时代印记的历史小说中的人物形象",最后一章列述了其他人物形象——军官与士兵、地主与资本家、官僚和政客,等等。这种以不同身份的人物形象为纲的写法,确有它自己的特色。它的最大好处,是可以较清楚地显示出小说发展同时代发展的紧密关系,通过小说史从侧面反映出新民主主义革命的历史,看出时代车轮前进的辙印。但是,这种写法也容易带来两个问题:一是小说史可能成为人物系列论的汇编,不容易很有立体感地反映出现代小说丰富的层次和各个不同的方面。因为,构成小说的因素非常多样,绝不只是人物形象,除了通常所谓题材、主题、情节、结构之外,还有作者生活体验的不同角度,审美情趣的高低悬殊,创作方法手法的巨大差异,文艺思潮渊源的各不相同,艺术风格个性的千差万别,……这些都应该是小说史加以探讨的对象。只看人物形象的身份,很容易把小说的其他许多重要方面忽略过去。二是容易产生把作品割裂的毛病。因为,一部具体的作品很少只写一个人物或一类人物,而总是要写许多方面的人物,既写工人,也写资本家,既写农民,也写地主,还要写到知识分子、市民、仆人等等。像茅盾的《子夜》,李劼人的《死水微澜》到《大波》,老舍的《四世同堂》,巴金的《激流三部曲》,都写到了大群的多种身份的人物,如果按人物形象分类论述,势必一个作品要分散在好几章里讲到,这不是人为地制造出麻烦吗?

更通常的研究小说史的方法,是按历史顺序、时间顺序逐个逐个地写作家作品,写出小说作家思想的变化、艺术的发展及其与时代潮流的关联。这样的小说史,有时容易成为作家、作品的评论集,并不一定能真正完成小说史应该完成的任务。1+1+1<3,这看起来似乎荒唐,按系统工程学的观点说却是真理。小说史总不能光是罗列、介绍单个的作家作品,而应该进一步把藏在这些作家作品背后的更本质的东西揭示出来,应该交代各种不同的小说兴衰、演变的根由,发现和总结小说发展的规律和经验,有助于我们今天去思考种种问题。

这样,就很有必要从流派思潮的角度来研究小说史。流派是时代要求、文学风尚和作家美学追求的结晶;而且由于它不是只表现在个别作家身上,而是表现在一群作家身上,因此,这种文学现象也更令人注目。植物学家不能只重视研究单株树木,他们更重视考察各种自然形成的植物群落,从它们的分布、演化中找寻各类植物发展、变迁的规律。文学上也有自然形成的植物群落,那就是创作流派和思潮。研究小说流派,可以帮助我们掌握和分析纷纭复杂的文学现象,从中整理归纳出某些脉络,发现和总结小说发展的某些规律与经验,不仅能指出同一时期内横的分化,而且也能指出前后不同时期的纵的关联。再加上研究者对各个流派的文学价值的评价高低,组成了一个三维的坐标系,通过它,可以把现代小说发展的主要过程及其特点描述得更加准确,更加接近于事实,而且能做到提纲挈领,简明适度。

譬如说,某个时期为什么会有某种小说现象?后来为什么又转瞬即逝?当代的某些小说现象与历史上的文学潮流有些什么关联？——这些都需要从思潮流派的角度加以揭示。

譬如说，几年前，我们曾被当时出现的"伤痕文学"震动过，争论过，有些人还困惑过。如果我们研究一点五四时期的"问题小说"，研究一下历史上出现的文学现象和小说思潮，就不会感到困惑。我们会从历史上小说流派、思潮的发展中得到许多启示。

又譬如说，目前文学主体性问题引起了热烈的反响和争论。如果从小说流派、思潮的角度做一点历史的回顾，我们就会发现，这个问题其实并不是现在才出现的。诗人气质很重的一些创造社作家很早就提出要充分表现作者的主观。后来七月派的胡风、路翎等人，更是突出地强调了作者的主观战斗精神，把它看作是艺术的生命所在，不久却受到了批判，遭遇了厄运。对照着看，就会觉得非常有意思，就会觉得许多事情的发生，都不是偶然的，几乎是一种历史的必然。一位哲人曾经说过这样意思的话：历史上的一些事情，第一次出现是悲剧，第二次出现就可能是喜剧。这句话又一次地应验了。

当然，任何事物有优点也会有缺点，有便利也会有困难。所谓"流派"，顾名思义，是处在不断流动、发展、变化中的。没有发展变化的流派简直不可想象。就其成员来说，他们在不断地分化与组合：起先属于某流派，后来却脱离变化了；起先不是的，后来却参加进来了。以文学研究会的许杰为例：20年代前半期写了不少乡土小说，到后半期，却在创造社影响下接受弗洛伊德学说，写起许多性心理小说，30年代又转到写具有革命倾向的小说，其间变化非常大。就派别本身说，它也常常经历着从无到有、又从有到无的变化。同一个创造社，前后期就很不一样，代表着两种倾向，分属于两个流派。流派本身的这种流动性，给准确地说明它、研究它增加了某种困难。

此外，从流派角度研究现代小说史并不是什么问题都能解决。这是因为，小说流派史毕竟不能代替整个小说史。我们可以说，流派史是小说发展史中脉络最清楚、特点最鲜明的部分，但它远远不能包括小说史的全部。两者绝不可以等同起来。有些时候并没有明显的创作流派，而小说本身还是在发展着。再者，有些大作家并不一定属于哪个流派。像鲁迅，虽然对初期乡土派小说有着很大的影响，但他并不局限于这个流派,而是在实际上开辟了多种创作方法、创作体式的源头。还有像巴金,在青年读者中很有影响,却不一定就直接形成小说流派。因此,我们不仅无意于用现代小说流派史来规范或取代现代小说史,而是恰恰相反,认为只有把小说流派的兴衰、嬗变放在整个小说发展的历史过程中去考察,才能对它本身作出恰当的说明。

　　(录自严家炎著《中国现代小说流派史》,人民文学出版社 1989 年第 1 版,第 1—4 页)

形成小说流派的诸因素

严家炎

形成小说流派的因素或条件是什么？

应该说，形成流派的因素非常复杂多样。有时，时代的政治的因素可以起很大作用，如"东北作家群"的出现，就与"九一八"后东北沦陷这一特定情况有关；京派的出现，也与国民党的高压政策不无关系——虽然政治因素很难成为长远起作用的因素。有时，国际上某种文艺思潮的传播也可以起很大作用，如以蒋光慈为代表的"革命小说"派，接受了苏联"拉普"与日本左翼文艺思潮的重大影响；刘呐鸥、施蛰存、穆时英等的新感觉派小说，主要受了日本新感觉派与西方意识流文学等现代主义文艺思潮的影响。没有外国文艺思潮的影响，单以中国国内的条件来说，当时未必会出现这些流派。至于哲学思想对一些小说流派的影响，有时也非常明显。如弗洛伊德的精神分析学五四时期就影响了创造社一批重要作家，更影响了后来的新感觉派；历史唯物主义影响了茅盾、吴组缃、沙汀等社会剖析派作家；京派则较多接受了传统的儒、释、道乃至基督教哲学的某种影响。此外，大作家的带动和好作品的启示，对于乡土小说、社会剖析这些流派的形成，也直接起到了开辟道路的作用。而共同的文艺刊物，则往往成为一些流派的摇篮。

在众多的因素、条件中，对流派形成从根本上起作用的，恐怕还是作家们运用的创作方法，接受的文艺思潮。创作方法、文艺思潮决定着作家的美学追求。只要考察"五四"以后三十年小说流派的发展，我们就会看到，在各种流派兴衰消长的背后,正是现实主义、浪漫主义、现代主义这三种创作方法与文艺思潮在错综复杂、此起彼伏地相互作用,相互影响,从而构成三条粗细不一的贯穿线索。

下面,我们分别对这三种创作方法或文艺思潮在现代小说流派发展中的作用进行一些考察。

贯穿在流派发展中的现实主义这条线索,从 20 年代"乡土文学"到 40 年代解放区孕育的"山药蛋"等小说流派,可以说连绵不断,源远流长。由于现实主义要求作家按照生活本身的逻辑来反映生活,要求作家必须熟悉生活,扎根生活,因此,就给这种创作方法带来了防治生活贫血症的莫大长处,使这种创作方法具有先天的优越性。当然,现实主义也受过"左"倾幼稚病的干扰,走过曲折的道路,这就是所谓"辩证唯物论的创作方法"(在以蒋光慈为代表的初期普罗小说中表现得最为显著)。30 年代出现的社会剖析派,则是一方面作为心理分析小说的对立物,克服它的资产阶级倾向,另一方面又纠正了辩证唯物论创作方法的庸俗化错误,使现实主义回到科学的轨道上来。这个流派的出现,标志着现实主义在中国的重要发展。即使如此,现实主义也依然是广阔的,绝不是"只此一家,别无分店"。社会剖析派之外的京派小说,就可以说大体保持了"五四"现实主义的水平。同时,现实主义本身也并非完美无缺,它需要吸收其他创作方法的某些优点。鲁迅的小说尽管以现实主义为主体,但也运用和吸收了浪漫主义、象征主义等其他非现实主义的方法,这使他的作品极大地开扩了思想容量和生活容量。乡土小说派的一部分作家,如鲁彦、叶绍钧、台静农等也同样写过一些并非现实主义的象征性作品,给这个流派增添了新鲜的活力。后来路翎等也吸收了心理现实主义的某些长处。

除了现实主义这条线索之外,浪漫主义在现代小说流派发展中,也起过不小的作用。提倡现实主义的《新青年》,最初确实没有把浪漫主义放在眼里,陈独秀说:"吾国文艺,犹在古典主义、理想主义时代,今后当趋向写实主义。"[①]他提倡现实主义是对的,但他认为当时中国已经有了近代的浪漫主义,那就不对了。中国在"五四"以前,其实并没有经历欧洲那种扫荡古典主义、实现个性解放的资产阶级浪漫主义运动。陈独秀和《新青年》在理论上的这种不正确判断,后来由鲁迅和创造社

---

① 《答张永言信》,1915 年 12 月,《青年杂志》1 卷 4 号。

作了实际上的纠正。创造社狂飙突起,为浪漫主义争得了与现实主义流派并立的地位,弥补了新文学运动初年在一个方面的空白。这是创造社这个流派的重要贡献。但限于中国的社会历史条件,创造社的浪漫主义在小说中并没有欧洲浪漫主义的英雄气概和理想色彩(连诗歌《女神》中的那点气概也没有);相反,它倒是以感伤主义的形态表现出来,还带上了一点颓废的色彩(浅草—沉钟、弥洒等倾向浪漫主义的社团创作,同样具有这种感伤颓废的色彩)。这也表明,浪漫主义在中国是先天不足的。而从 20 年代中期起,随着左倾文艺思潮的传入,浪漫主义又被宣布为一种唯心主义和没落阶级的艺术方法,被贬入了冷宫。连郭沫若自己也在《革命与文学》中公开宣称:"我们对于反革命的浪漫主义文艺也要取一种彻底反抗的态度。"这就不但是先天不足,而且又落了个后天失调的毛病。它的命运除了在诗歌中略好一点之外,在小说中确实似乎有点奄奄一息的样子。但实践总会冲破理论的谬误,生活本身毕竟也需要理想。我们从 30 年代初期艾芜《南行记》一类作品中,从有些京派作家的小说中,从解放区一部分以专写美好心灵见长的小说作品中,以及从 40 年代国统区徐訏、无名氏等人的作品中,仍然看到了它的积极方面和消极方面的不同姿态、不同面影。

至于现代主义这条线索,过去人们长期采取回避的态度,以致到后来简直有点湮没无闻了。但它实际上在小说流派的形成、发展过程中,起着相当重要、相当活跃的作用。中国介绍现代主义各种思潮、作品,那是相当早的,可以说是同介绍和倡导现实主义同时并进的。《新青年》本身就介绍过柏格森、尼采这些与现代主义文学有密切关系的哲学家和哲学思潮。鲁迅早在"五四"前就翻译俄国象征派作家安特列夫等人的作品,后来又译介厨川白村深受弗洛伊德影响的《苦闷的象征》。创造社也大量介绍了从柏格森、尼采到象征派、表现派、未来派等的思潮和作品,他们自己的小说同弗洛伊德主义、同德国表现派有密切的关系,一部分小说还有明显的意识流成分。浅草—沉钟社还在他们的刊物上出过美国象征派、神秘派作家爱仑·坡的专号。未名社也译过安特列夫不少象征主义作品。此外,还有一些社团也与现代主义的传播密切相关,如狮吼社的拥护象征主义,摩社的介绍印象主义,等等。1923 年民智书局出版过一本《新文艺评论》,其中就收了这样一组介绍外国现代主义思潮、流派的文章:陈望道的《文学上各种主义》,汪馥泉的《文学上的新罗曼派》,沈雁冰的《未来派文学之现势》,刘延陵的《法国诗之象征主义与自由诗》,幼雄的《磜磜主义是什么》等。这些对现代主义的介绍尽管也有某些分析,但绝不像某些人想象的那样采取了什么"批判态度"。即使是一些先进人物,当时也是欢迎现代主义文艺的介绍的,像瞿秋白的《那个城》在《中国青年》上发表时就叫做"象征派小说",有个短剧《白骨》在《中国青年》上转载时就叫做"未来派剧本"(这同当时苏联文艺界一些人物也倡导现代派有关)。到 20 年代末,30 年代初,《小说月报》、《文艺月刊》、《现代文学评论》、《现代》、《文学》这几种杂志更进一步介绍了法国的象征派和超现实主义、英美的意识流、奥地利的表现主义、意大利的未来主义、日本的新感觉主义等思潮,并译载了阿保里奈尔、保尔·穆杭(以上法国)、沃尔夫、乔伊斯(以上英国)、福克奈(美)、安特列夫(俄)、横光利一、片冈铁兵(以上日本)等现代派小说家的代表性作品(仅横光利一的短篇小说被译载的就有十二三篇之多)。正是在这种情况下,我国才形成了刘呐鸥、穆时英、施蛰存等为代表的新感觉主义小说流派。这个流派的出现,标志着现代主义思潮已从创造社时期对浪漫主义的依附中独立出来。尽管新感觉派小说存在的时间并不很长,它的几个作者有的后来住手不写了,有的投向国民党政府的怀抱高升了,有的复归到现实主义道路上来,但他们在刻划人物心理和表现都市生活方面,仍然留下了有意义的开拓和尝试,使一部分作品具有新感觉主义和心理分析小说的色彩。此后,我们从一些流派的小说作品中,依然可以辨认出现代派留下的混血的后裔(有时属于同现实主义结合,有时属于同浪漫主义结合),以致从创作方法上说,有时达到了"我中有你,你中有我"的地步。总之,现实主义、浪漫主义、现代主义这三种思潮、三条线索在不同历史条件下相互扭结,相互对抗,同时又相互渗透,相互组合,这就构成了现代小说流派变迁的重要内容。其中的线索虽然时隐时显,却依然是有脉络可寻的。我们要研究流派变迁,除了注意作家作品之外,不可不同时注意文艺思潮和创作方法。

(录自严家炎著《中国现代小说流派史》,人民文学出版社 1989 年第 1 版,第11—15 页)

论中国文学流派的现实形态与发展规律

艾 斐

　　文学流派离现实的文学运动和创作实践愈近,就愈不容易被人认识。只有在经过历史的沉淀,变为"明日黄花",以凝固状的文学历史形态出现的时候,才容易得到人们的确认。

　　这是文学研究的一种幼稚和颠顶。为什么只能认识历史形态的文学流派,而不能认识现实形态的文学流派呢? 流派研究,实际上是以风格研究为基础的综合性和全方位的大型文学比较研究。这种比较研究,不仅能对创作实践和文学运动的总格局、总趋势,进行群体性的认识和把握,而且能够撄及文学创作与时代精神的融汇过程及其内在规律和本质特征,特别是它还能在多层次、多趋向和多品类的广泛比较中,从宏观上鸟瞰和审视当代文坛,并对现实的文学运动和创作实践作出科学的判断,得出肯綮的结论,进行能动的指导! 如果我们只能认识历史形态的文学流派,而不能认识现实形态的文学流派,那就势必要在很大程度上弱化流派研究的积极意义,使其难以对现实的或一作家群的创作活动和现实的文学运动的审美态势,进行有效的思想和艺术观照。所以,我们不能只满足于对历史上的文学流派的研究,不能只醉心于对西方诸多文学流派的津津乐道,而要回身转体,置身现实,从流派意义上对我们现实的文学运动和文学创作实践活动及其作家与作品,进行深入的研究,施以正确的认识,作出科学的判断。

　　中国当代文学流派之所以不容易被人认识,或者在认识过程中不容易把握得很准,主要是因为它现实性强,动态性强,交叉性强,可塑性强。"不识庐山真面目,只缘身在此山中",当代文学流派的涠成与发展,就在我们身边进行,它涵孕于昨天、今天和明天的现实的文学运动和创作实践之中,它在不断地变化着,并且不断地进行着多层次的交叉和融汇,使我们既不能用一个现成的模式去套它,又难以找到一个远距离的审视点,以便对其进行超然物外的艺术扫瞄,这就难免要发生置身庐山而看不见庐山的整体风貌的局限性了。

其实,置身当代而认识当代文学流派,是可以做到的。因为文学流派自有其生成和发展的历史,变化和演绎的规律、形态和质态的表诸、离异和趋同的轨迹。

要准确地认识和把握中国当代文学流派,关键是要掌握好以下几条原则:

第一条,规律—现象原则。要认识到文学流派的存在(包括形成—发展—嬗变—消亡的全过程),是文学在其自身发展过程中必然要出现的规律性现象,是文学得以存在和发展的一种基本形态,也是文学走向丰富和繁荣的一种力量和标志。在任何正常的具有相当规模和一定时间范畴的文学生态环境中,都可能产生文学流派,而且这种"可能"是带有普遍性和必然性的。区别只在于流派形成和发展的潜显程度、规模大小、时间长短和影响深浅等不同。在任何作家的创作实践和作品本身,都潜存着形成流派的条件和基因,比如群体性呀,地域性呀,民族性呀,题材的同一性呀,风格的趋同性呀,美感的共鸣性和思潮的共振性呀,等等。民族文化的集体无意识渗透及其所形成的文化基准模式和美学基本范式,同一时代精神和同一生活环境对创作主体的同构式的思想氤氲和美学熏陶,传统文化——文学的遗传基因和美学延展,一种思潮、一种民俗、一种审美习惯和美学追求,在作家的创作特点和艺术风格中的趋同呈显,是文学的基本事实和基本规律,而这些事实和规律,又恰恰是滋涠和形成文学流派的主要前提性条件。一个地域不可能只出现一个作家,一种思潮不可能只影响一个作家,一种范式不可能只有一个作家去追寻,一种美感不可能只有一个作家能体验,一种创作方法不可能只有一个作家去运用,一种生活不可能只有一个作家去描绘,一种文化不可能只有一个作家去承泽,一种心态不可能只有一个作家去表现。凡此种种,无不包容着一个作家群。这个作家群中的作家,由于所感受、所认识、所体验、所追求的生活、思想和艺术的不同程度的同一性,必然要形成他们在创作题材、表现方法、艺术风格、审美追求、文学思想和艺术素质素养诸方面的或一或几的相似性或者近似性。这样的作家群体和创作现象的出现,实在是一种文学的必然。而这样的作家群体和创作现象一旦出现,则又标示着某一文学流派的行将形成或业已形成。

文学流派的出现,是文学自身在发展过程中的一种必然现象,是一个文学的基本事实!它的存在是客观的。认识不认识、承认不承认,则是我们的事。对于中国当代文学流派来说,正是这样。不要以为中国当代文学缺乏良好的人文环境,遭受过不正常的政治气候的抑扼,就消失了自己滋育流派的天性,就逆转了自己含孕流派的规律;也不要以为中国当代文学流派的美学形态和艺术类型比较潜在和单一(这主要是指中国当代文学在前30年中的流派状况),就率性作出不符合实际的结论,甚至就索性否定中国当代文学流派的生成和存在。实际上,即使是在中国当代文学的前30年中,"乡土型"文学流派的形成与发展,还是相当突出的。至于进入新时期以后,流派的迭相竞优,就尤为赫然了。

第二条,比较—方法原则。文学流派的出现和存在既然是客观的,那么,我们认识与否又有什么要紧呢?有的。文学流派既然是文学自身发展过程中的一个规律性的事实,它就必然是体现一个特定时代、特定范围、特定性质和特定态势的文学现象和美学趋向的不可或缺的方面,无视或者忽视对文学流派的研究,势必要影响对那一特定时代、特定范围、特定性质和特定态势的文学的研究的深度、广度和准确度。任何流派都包括一个作家群,这个作家群中的任何一位作家,在通常情况下,都是有成就、有特点、有风格的作家,而任何一个作家的创作特点和艺术风格的形成与发展,又与时代、生活、思潮、心态、文化积淀、思维方式、社会观念、价值取向、经济基础和美学情趣等,关系极其密切,或者说,干脆就是这一切的择滤式的积聚和升华式的集成。这样,通过对文学流派的研究,不仅可以从鲜明的比较和映衬中洞悉群体作家的艺术风格和创作特点,而且也可以深知形成这一艺术风格和创作特点的社会原因、历史原因、文化原因、美学原因,以及隐匿于这些原因之中和之后的大背景和大趋势。

同时,由于任何一个流派都包含一个作家群。这个作家群中的所有作家,无一不是个性与共性的奇妙统一。一方面,他们每人都有自己的创作个性和只属于自己的艺术风格;另一方面,他们各个人的创作个性与艺术风格中又下意识或者有意识的潜藏着或者表现出某种程度的相近似的共同的东西。对于一个文学流派来说，这"一方面"和"另一方面"都是不可少的。缺了"一方面"，作家的创作便违反了文学的不可逆性，淡化或者泯灭了文学的个性和创造性，缺了"另一方面"，则又会失去组成流派的基本构架和维系流派的美学纽带。所以，举凡一个文学流派，其作家群中所有作家的创作，都必然和必须要以各自的方式，殊途同归地实现在创作特点和艺术风格上的个性与共性的结合与统一。既然这样，在对任何一个文学流派的研究过程中，实际上都是对这个流派的作家群中的所有作家的创作个性和共性的多层次、多角度、多内容、多质点的大范围的、综合性的比较研究。通过这种比较研究，不仅对整个流派的特点和性质能获得整体的、深刻的认识，而且尤其能够对每个作家的特点和风格、优长和缺陷、现状和趋向等，看得十分清楚，并在此基础上获得本质性和规律性的认识，得出正确的结论，进行恰当的概括，从而达到有力地驾驭文学发展和能动地指导文学创作的目的。

所以，对于文学流派的研究，在本质上，是一种大范围、多层次、全方位、广涵蕴的综合性、开发性的比较研究，是认识和把握文学规律和创作特点、艺术风格和美学趋向的一条最佳路线，一个绝妙窗口。我们的文学史虽然拥有多种版本，但结构框架和审美视角却基本上是一个模式。如果有哪位文学史家能从流派角度，以流派为线索写一部文学史，那将不仅会令人耳目一新，而且必定会有许多新的突破和发现。

第三条，范围—界定原则。当代文学流派之所以不容易引起人们的重视，甚至不容易得到人们的认定，主要原因并不是当代文学没有流派，也不是当代文学流派的形态不典型，特征不明显，而是因为人们对文学流派的构成因素和范围界定不明确。风格流派问题虽是文学(艺术)论坛上的热门话题，倘若认真起来，诘问一句：何谓流派？构成流派的要素和条件是什么？应当怎样认识和划定流派？可就要有些茫然了。问题就出在这里。没有对流派问题从学术意义上进行深入的研究，不清楚流派的要素、条件、范围界定和演化规律，只凭感性认识或主观想象对流派的内涵和范畴等妄作判断，就必然要把问题引向非科学化的紊乱之中，就会使讨论失去共同的基准和目标。其结果，当然是不妙的。

流派究竟是什么？概而言之，就是思想认识、创作特点、艺术风格和审美情趣等大致相近似或大体相近的创作群体。这个创作群体是充满动态感的,始终是一个张扬艺术个性和默契艺术共性的美学流程。这个创作群体的形成,可以是自觉的,也可以是非自觉的,而且在大多数情况下都是非自觉的,是一种在共同的文艺思潮、传统基因、文化积淀、生活特质、时代精神、民俗沿习、民族内曜、艺术形态和美学物体的综合效应中的艺术集萃。这个创作群体的出现是自然的文学现象,是文学发展过程中的一种基本形态,不以人的意志为转移。文学组织、文学社团、文学刊物、文学口号等,在特定情境中可以成为形成某一文学流派的外部条件之一,但它决不会成为主要外部条件,当然就更不会成为内部条件了。大如先秦的骚体诗派,小如唐代的"上官体"派、明代的"台阁体"派、清代的阳湖派等,其形成与解体都决不是一个社团、一个刊物或一个口号所能左右的,它们有着深刻的生活和时代原因,也有着同样深刻的心理和美学原因。当它们要形成的时候,谁也没有力量去阻止;当它们要解体的时候,谁也没有能力去挽回。

文学流派的出现,既是文学发展的基本形态之一,是文学的一种规律性现象,又以非自觉的、非人为的、非组织和非社团的形成形式为多数,为主体。同时,任何文学流派都充满动态感,都始终处于不停顿的变化之中,都是艺术个性和艺术共性的奇妙契合,其范畴、成员和作品的界定和认定,始终都是一个模糊值,只能是一个模糊值。凡是有文学的地方,就会有流派出现。流派不仅是文学的一种存在形式、一种发展形式,而且也是文学走向成熟、活跃和繁荣的一种标志。

在有了这个基本认识之后,我们再来看中国当代文学,特别是当代文学中的新时期文学,我们便会赫然发现,中国当代文学流派不仅十分活跃,而且也相当典型。诸如"山药蛋派"、"荷花淀派"、"探求者"小说流派、"茶子花派"、"渭河派"、"新边塞诗派"、"朦胧—意象诗派"、"京味小说"、"海派话剧"、"岭南散文"、"西部文学"、"军旅文学"、"西南乡土派",以及"北大荒文学"、"市井文学"、"意识流文学"、"寻根派"、"纪实派"、"文化派"、"民俗派"、"荒诞派"、"怪味文学"、"心态小说"等。这些流派,虽属于不同的类型,具有不同的形态,但从流派的本来意义上作考察,它们都从不同方面秉有了流派的主要因素和基本条件。西方现代派文学(艺术)中包括30多个分支流派,像先锋派、印象派、达达派、抽象派、野兽派、荒诞派、超现实主义、意象派、黑色幽默、新感觉派、立体派、未来派、表现派、新浪潮派、意识流派、魔幻现实主义、精神分析主义、存在主义、结构主义等,有的只有三五个成员;有的只存在了几个月就消失了;有的几个流派互相交叉和互相承替着,有的作家和作品同时属于几个流派;有的流派的作家群从来就没有明确划定过,也实难明确划定,也无须明确划定;有的流派只局限在一个很小的范围内;有的流派却横跨欧美和日本;有的流派的成员在不断变化中不断进行着新的组合;有的流派的艺术风格和创作特点在不断更迭中不断实现着创新;有的流派以创作思想和美学见解上的基本相似为依据;有的流派则以创作方法和艺术风格上的大致趋同为基准。

与这些流派相比,中国当代诸种文学流派如何呢?够成熟的了,够典型的了。我们为何一面对欧美这些时髦的文学流派津津乐道,另一面又对中国当代文学流派缄口沉默呢?

第四条,风格—艺术原则。风格的形成,是一个作家在创作上走向成熟的标志,也是一个有成就的作家必备的条件之一。而一群独具风格的作家的创作,在某种特定的艺术环境中所出现的由同一时代、生活、思潮、方法、民俗、文化、心理、气质等,造成的艺术风格上的某种相似性或近似性,倾向性或趋同性,感应性或观照性,便构成了流派。流派的形成方式、内涵意义、艺术形态、规模时限等,虽然是多样的,但都必须以其作家群的创作特点和艺术风格的大致相近似或大体相近为基础。没有这个基础,流派便没有合成力,当然也就构不成流派了。至少是构不成典型的流派。但由于作家的思想倾向、心理气质和创作特点,往往集中地凝聚和表现在作品的艺术风格中,这便使艺术风格往往成为构成文学流派之基石的主要材料,自然也是文学流派的主要尺度和主要标志了。

艺术风格在本质上是一种文学的表现形态,是从作品的整体上所呈现出来的代表性特点,是由独特的内容与形式相统一、作家的主体美学意识与作品的客观特征相统一所造成的一种难于说明却不难感觉的独特美学境界和艺术风貌,是创作主体的主观性(包括思想、感情、气质、素养、生活经验、审美理想、艺术情趣等)与其作品对现实生活和客观人性的反映与表现的准确—深刻程度和综合社会效应的和谐统一。艺术风格既是作家的创作特点和艺术个性的体现,同时又是时代精神和生活主潮的美学凝聚与艺术升华,所以,艺术风格常常会产生个性与共性、个体与群体的奇妙的迭印现象。在这个过程中,个性与共性、个体与群体不仅不是矛盾的,反倒是一种多层次的互渗和互补。只有真正感应了时代精神、生活脉搏和美学主潮的作家,只有具有创造性和进取心的作家,只有获得了深厚文化积累和意识积储的作家,才会在创作实践中形成并表现出自己独特的艺术风格,而一群这样的作家的同时或次第出现,则又往往会在个性——创造性的机体上形成一种群体风貌,也就是在若干个独具风格的作家的创作中,呈现出一种宏观的艺术风格的相似性。如,在中国现代文学中,以文学研究会为主体的一大批作家,尽管每个人都有自己的创作个性,但由于"为人生"这种创作意向的驱使,他们在创作特点和艺术风格上具有了"为人生"的共同点,亦即相似点。但是,这种相似点虽然使"五四"以后的中国文坛上出现了一个蔚为壮观的"为人生派"的文学流派,同时它的每一个成员,如茅盾、叶圣陶、朱自清、冰心、王统照、许地山、郑振铎等,并没有因此而丝毫泯灭自己的创作个性和抑制自己在创作实践中所表现出来的独特的创造性。再如当代文学中的"茶子花派"周立波及后起作家周建明、谢璞、古华、孙健忠、叶蔚林、张步真、谭谈等,每个人都有自己的艺术风格,但由于共同的三湘四水的历史、文化、生活、民俗、风物等的影响,又使他们每个人的艺术风格在不自意之中出现了明显的相似性。这种相似性不但没有冲淡他们每个人的艺术个性,反而为发展和强化他们的艺术个性创设了坚实的文学和美学载体,收到了相得益彰的效果。

别林斯基说过:"一个诗人的一切作品无论在内容和形式上怎样分歧,还是有着共同的面貌,标志着仅仅为这些作品所共有的特色,因为它们都发自一个个性,发自一个统一而不可分割的我。"[1]此种情况,同样可以推及到风格与流派的艺术关系上。一个作家的作品虽然千姿万态,各不相同,但却由于统一而不可分割的"我"的存在,便不可避免地要赋予它们一个共同的特色。一群作家的风格虽然各擅其长、各殊风貌,但由于对某一思潮、某一时代、某一生活、某一文化、某一民俗等的共同承受、感应和沤熏,也必然会产生一种大致相似或大体相近的"共有的特色"。

风格与流派的这种关系,决定了它们始终相依相托、互补互衬的命运。风格是

---

[1] 《别林斯基论文学》。

流派得以形成与发展的基础,流派则是风格得以显彰和强化的载体。它们有着深刻的内在联系和辩证关系,我们既不要把它们分裂开来,也不要把它们对立起来,它们本来就是一个有机的、多维联系的艺术整体,就是一条和谐运转、不断旋升的艺术生物链!

　　第五条,嬗变—发展原则。每个作家的创作特点和艺术风格,每个流派的美学形象和艺术风貌,虽说在总体上有其相对的稳定性,但在局部方面,在绝对意义上,它们却始终是处于变化之中的。比较起来,一个流派的总体结构和艺术风貌比一个作家的创作特点和艺术风格的变化更活跃,更普遍,更迅速!因为流派本来就是一种浮游式、拼合状的松散的艺术群体,它们的形成、发展与解体,在大多数情况下都是依恃生活和艺术的天籁之力的,都是社会环境和艺术规律的自然之作,所谓"钟灵毓秀天自成"是也!另一方面,作为流派所含融的作家群中的每一个作家,其思想认识、文化素质、创作特点和艺术风格等,既然始终都处于不断的变化之中,那么,流派自身的变化也就实在是必不可免的了。正是这种变化,赋予了作家及其所属的流派以盎然的生机和前进的力量。一个作家的创作和一个流派的机制如果真的凝固了,不变化了,那也就说明它的创造力开始衰竭了,艺术生命临近了尾声。所以,变化,无论对于作家的创作,抑或对于流派的发展来说,都是具有积极意义的。这种变化,在本质上是活力、创造力的爆发所致,是开拓的象征,是前进的足迹!这种变化不会使作家失去自我,只会充实、强化、丰富和发展自我,这种变化不会否抑流派,只会使流派充满活力、魅力和创造力。刘勰云:"……才有庸俊,气有刚柔,学有浅深,习有雅郑,并情性所铄,陶染所凝,是以笔区云谲,文苑波诡者矣。"①这可以说是把变化的内在根据讲透了。还有外在根据,那就是生活、时代、思潮、政治等的消长、转移与变迁。促成变化的外部条件和内部条件时时俱在,作家的创作特点和艺术风格,流派的美学形象与艺术风貌,又怎么能够不变化呢?当然,这种变化始终都是相对稳定中的变化,是逐渐的变化,是嬗变,是拓变,是发展。

　　促成文学流派发生嬗变的原因,除了作家群体创作特点和艺术风格的变化与

---

　　①　刘勰:《文心雕龙·体性》。

时代、生活、政治、思潮等的变化之外，另一个原因就是文学流派自身所具有的秉承性和张扬性。任何文学流派都有一个使其萌涵的母体，都有一个深深的"根"，都有一个或几个旗手作家和一部或几部"蓝本"作品，都有某种特定的社会原因或美学原因，都有一个胎始和形成的过程。任何流派的任何变化，都只能在这个基础上逐渐进行，所以它只能是嬗变。如，魔幻现实主义是从后期表现派发展而来的，在后期表现派与魔幻现实主义之间，就有一个嬗变的过程。而表现派又是从直觉主义、"新客观派"和抽象派综合发展而来的，所以在它们之间也有一个嬗变的过程。在中国当代文学中，从朦胧诗到意象诗，是一种嬗变，从意识流小说到诗化小说，也是一种嬗变。初始于"荷花淀派"的刘绍棠、从维熙，其后来的创作特点和艺术风格的发展，实际上就是对以孙犁为代表的标准"荷花淀派"艺术风貌和美学形象的嬗变，而从孙犁到从维熙、刘绍棠、韩映山、房树民、冉淮舟，再到铁凝、贾平凹、何亚京等，这既是"荷花淀派"的美学延伸和风格发展过程，同时也是这个创作群体及其每一个成员按照自己的生活道路、审美理想、创作个性和艺术追求等，在创作实践中所实现的艺术嬗变过程。

　　这便是流派的秉承性。这秉承性与张扬性不仅同构于流派的机体之中，而且也同时作用于流派的机制之中，以艺术之链的形式使流派得以在不失本体的变化中达到延续性发展的目的。秉承性使流派来之有源，变之有本；张扬性则使流派去之有向，弘之有嗣。如果说文学流派是一个美的发现、创造和发展过程，那么，秉承性和张扬性就是构成这个美学过程的承前泽后的艺术韧带和思想链条。没有这秉承性和张扬性，文学流派就会变成艺术旷野上的无根无梢的树和美学天昊中的无头无尾的鸟，而事实上这样的"树"和这样的"鸟"是不会产生和存在的，所以，任何文学流派便都具有了秉承性和张扬性，任何流派的承泽、延伸和发展便都是必然的和不可避免的了。这个过程，实际上是一个创作特点和艺术风格——美学形象和艺术风貌的群落式与个体式的参差交替、互融互补的嬗变过程。

　　嬗变，就是风格和流派的存在形式，嬗变的实质是开拓和发展。嬗变对于风格和流派来说，已是其内在美学机制的运动规律和蜕跃法则了。所以，风格和流派的不断丰富和发展，也就自然成了文学在美学流程中经常出现的一个基本事实。

　　以上五条原则，是认识和界定文学流派的基本原则。只要我们真正掌握了这些原则,并以之对中国当代文学进行科学的审视和缜密的分析,其诸流派的美学格局和艺术风貌,便会豁然呈现于眼前。这些流派不但形态各异,而且类型多样,纯然从一个全新的角度,展示了中国当代文学,特别是新时期文学的蹉容竞踊、异彩纷呈的斑斓景象。

[原载《天津师大学报(社会科学版)》1990 年第 3 期]

论文学流派的美学形态与艺术类型

艾 斐

要真切地认识和准确地划分中国当代文学流派,就必须首先了解文学流派的艺术类型和美学形态。这是一条准绳,这是一把钥匙。没有它,中国当代文学流派在我们面前就永远是一片混沌、一团云雾。

关于文学流派的艺术类型和美学形态,从未有人在理论上述及过,当然就更谈不上研究了。这里之所以首次把它作为一个流派命题提出来,并进行理论上的构建,是因为它对于真切认识和准确划分中国当代文学流派,具有极为重要的作用和意义。不仅关系到对流派形态的科学鉴定,对流派性质的科学分类,乃至对流派学基础的科学奠立,而且其重要性还在于:能够有效地拨开蒙在流派头上的面纱,披开缠在流派身上的藤葛,使文学流派比较清晰地裸露出其本来面貌。

所谓文学流派的艺术类型和美学形态,就是对文学流派的美学审视、审美概括和艺术归纳,就是对文学流派自身的艺术形式感的一种特殊的美学体验和分类认识,就是从艺术角度和美学意义上,使诸象纷纭的文学流派从形态上实现类别化。这个过程,不仅是美学与科学的综合效应,而且是客观自然的形式美与实践主体的知觉结构和认知能力的理性实现。罗丹在其《艺术论》中说过:"如果没有体积、比例、色彩的学问",那就会使即使是"最强烈的感情",也变成"瘫痪"的。长期以来,人们对中国当代文学流派在认知上所处的模糊状态,或曰"瘫痪状态",就是由于没有"体积、比例、色彩的学问"而形成的。连流派是什么、流派有哪些类型和形态都不清楚,又怎么会对流派有真灼的认识和科学的划分呢、人们对美的创造和欣赏,总离不开对色彩、形体、质料、音响、线条、节奏、韵律等感知因素的依赖和借重,它们是文学(艺术)作品得以安身立命的基础,同时也是引致审美愉悦的源泉。流派的类型和形态,就是要对它们在作家群体及其创作实践中的表现,进行美学认定和艺术分类,并通过这种认定和分类,实现在流派认识上的主客体"同形同构"与均衡和谐,使文学流派的美学形态类型化,使人们对文学流派的认识和划分科学化。

　　从美学形态和艺术类型上作考察,在通常情况下,文学流派主要有"乡土型"、"思潮型"、"社团型"、"题材型"、"方法型"和"审美型"六种。

　　"乡土型"文学流派,是在一定的民族、地域和文化基础上形成的文学流派。这种类型的流派,可以是偏重于民族性的,也可以是偏重于文化性的。当然,在更多的情况下,它们是以民族—地域—乡土—文化—历史的综合美学形态出现的。其最重要的特点,是始终带有浓厚的乡土气息,但大多是在一定的历史文化地域中形成并发展起来的。像魔幻现实主义小说流派,就是一个比较典型的"乡土型"文学流派。这个流派的名称的来源,虽然初始于德国文艺批评家朗茨·罗的一篇美术评论文章《魔幻现实主义,后期表现派,当前欧洲绘画的若干问题》,但当它被引入拉美小说创作领域之后,就赋有浓重的乡土文学流派的内涵,并逐步成为这一小说创作流派的特有概念符号了。专指以拉丁美洲、南美洲和加勒比海地区生活为题材,通过魔幻般荒诞、象征等手法,采取对神奇、怪异的人物情节和种种神秘莫测的自然现象的描写,达到曲折地富于民族文化传统基因和神话色彩地反映现实生活的目的的小说创作。这一文学流派,是以乡土性为其显著特色的。一旦离开或者背弃它特有的民族地域文化历史背景,它也就不存在了。因此,这一小说流派的代表作《百年孤独》(加西亚·马尔克斯)、《消失的脚步》(卡彭铁尔)、《金鸡》(胡安·卢尔福)、《雨》(乌斯拉尔·彼特里)、《玉米人》(安赫尔·阿斯图里亚斯)等,就都带有浓厚的拉美乡土特色。魔幻现实主义文学流派的"根",是深深地扎在拉美地区印第安人和黑人的乡土历史文化积淀层中的。这个流派,具有鲜明的乡土特色。或者说是一个比较典型的"乡土型"文学流派。

　　从中国当代文学流派的实际情况看,"乡土型"文学流派的形成与发展,相对说来是比较突出的。这有一个历史原因,就是长期的极"左"思潮对文学发展的有形无形的禁锢,在客观上一定程度地抑制了其他类型的文学流派的形成与发展,而只有"乡土型"文学流派是得之于地域文化、民族传统和民俗乡习的自然承传,且不带歧异的政治色彩,所以,即使是在以往非正常岁月中那种"左"的思想的浓重投影下,它也还是以自己特殊的方法和形式,悄悄地滋洇着和发展着,显得比其他类型的文学流派要丰富、发达一些。像有近半个世纪发展历史的"山药蛋派",早在五十年代就已形成的"荷花淀派",以及在五十年代后期至六十年代初期萌洇于湖南大地的"茶子花派",与此同时出现在四川和云贵地区,以沙汀、艾芜、李劼人、蹇先艾、刘澍德、王松、吴源植、李乔、彭荆风、公浦、季康等为主干作家的西南乡土派,以王汶石、柳青为代表的"渭河派",以秦牧、秦似为代表的"岭南散文派"等,就都是这样出现的。

进入新时期以后,不仅这些"乡土型"的文学流派,次第在丰富中发展了,在发展中嬗变了,在嬗变中出新了,而且还在肥沃的文学土壤上萌发了一些新的"乡土型"文学流派。如"新边塞诗派"、"西部文学"、"京味小说"、"市井文学"、"文化小说"等。这些新起的乡土文学流派,虽然不一定都很成形,都很具备流派的典型特征,但它们确实是"乡土型"文学流派的雏形,或者说是准乡土文学流派。"新边塞诗派"和"京味小说"派,比较成形,"西部文学"和"北大荒文学"正处于胎孕之中;"市井文学"和"文化小说"虽不具备构成流派的典型条件,但从某种意义和特征上说,它们也是颇有流派特色的,如贾平凹的商州系列小说,李杭育的葛川江系列小说,阿城的文化系列小说,汪曾祺和邓友梅的市井系列小说,程乃珊、王小鹰的海派系列小说等,都是具有"乡土型"文学流派的某一特征的。如其作家再能扩大一些,作品的影响和泽惠再能广泛一些,就是比较完备的"乡土型"文学流派了。

"思潮型"的文学流派,是以某种文艺思潮或美学思潮或政治思潮为主要形成和发展因素而兴起的文学流派。这种类型的文学流派,基本特征是以思潮作为洇酿、牵引和转移的"龙头",以思潮作为主体意识和总体构架,在思潮的观照和启动下实现思想和艺术的共振性组合,并见诸群体性的创作实践之中。它不受国度、地域、民族、民俗等的限制,也基本上不受民族文化积淀和民族意识承传的影响,它常常是一种世界性的文学现象。由于这种现象的产生具有深刻的社会、历史和现实原因,所以,其一旦产生,就极富美学的感应性,极易引起思想的共鸣,并结合各地的具体情况在文学运动和文学实践中产生强烈的、不可抑止的效应。

现代派,就是现代世界上典型的"思潮型"流派之一。现代派不仅风靡欧、美,而且在东方和其他一些发展中国家,也产生了广泛的影响。不论从哪种意义上说,它都是一个世界性的"思潮型"文学流派。特别是它所含纳的存在主义、表现主义、超现实主义、达达派、后现代主义、荒诞派、立体派、立体未来主义、神秘主义、颓废派、未来主义、象征主义、新小说、意象主义、印象主义等,对文学(艺术)的感染和影响尤为广泛。日本的"新感觉派"、"新思潮派",中国二十年代的"象征诗派"和已有半个世纪历史的台湾现代派等,就是受西方现代派思潮影响而形成的"思潮型"文学流派。

鲁迅早年在日本留学时,写过一篇题为《摩罗诗力说》的文艺论文,他在具体分析"摩罗诗派"的形成及特点时,也对"思潮型"文学流派的要义作了极为精到的阐释。"摩罗诗派"是一个典型的"思潮型"文学流派。它的成员不仅不是一个地区、一个国家的,而且彼此之间也并无任何组织联络,就连个人间的私交也谈不上,但因为他们共同受到一种思潮的影响,形成了相同的思想倾向、文学主张和大致相似的艺术旨趣与艺术风格,因而属于一个流派。如这一流派中的主要代表作家拜伦、雪莱、普希金、莱蒙托夫、密茨凯维支、斯洛伐斯克、克拉辛斯基、裴多菲等,在思想上,都"立意在反抗,旨归在动作,而为世所不甚愉悦";在创作上,都显示出"新声之别",且"至力足以振人","语之较有深趣";在艺术风格上,都"各秉自国之特色,发为光华,而要其大归,则趣于一:大都不为顺世和乐之音";在其作品所产生的社会效果上,都"动吭一呼,闻者兴起,争天拒俗,而精神复深感于后世人心,绵延至无已"。这是一个典型的"思潮型"文学流派。

在中国当代文学中,像这种"思潮型"的流派,基本上是在进入新时期以后才崭露头角的。此前只有台湾现代派可以算得上是个思潮型的文学流派,但它并不是在当代形成的,而是从现代文学中延伸下来的。为什么会出现这种情况呢?主要原因有二:一是在当代文学的前三十年中,文学思想比较封闭、单一,社会主义现实主义不仅居于主导地位,而且在客观上对其他思潮的涌入和勃兴,有意无意地起了抑制和排斥的作用,基本上形成了全国作家一种文学思想,一种创作倾向,一种审美追求。既然全国的作家都高度统一地进行创作,那当然不会出现"思潮型"的文学流派了。二是极"左"思潮所铸就的心理定势和思想惰力,使作家们的思维活力渐渐沉静下去,思想的潮头渐渐趋于平缓,并且已经习惯于循规蹈矩地在旧的思想轨迹和高度程式化、规范化的思维模式中,进行创作实践和艺术构思。这不仅为新思潮的产生设置了障碍,而且也为新思潮的冲击波修筑了堤坝,使作家们的文学思想在封闭体系中出现了"大一统"的凝固和空寂状态。于此情况下,要产生"思潮型"的文学流派,当然是不可能的了。

进入新时期以后,西方思潮的涌入和作家思想的解放,都为"思潮型"文学流派的产生创造了有利的主客观条件。于是,"朦胧—意象诗派"出现了,"意识流—心态小说"流派出现了,"变形—怪味文学"流派出现了,带有本我意识的"性小说"和含有达达派味道的"玩文学"也出现了。不过,若从流派的构成条件和基本要素上考察,这些流派都还仅仅是个雏形,是个模糊值。它们形成的要素还不全,出现的时间还太短,作家的群体还不兴旺,作品的召唤力还不强烈。但从其萌涵过程、基本特点和发展势头上看,它们确实是属于"思潮型"的。北岛、舒婷、顾城、杨炼、王小妮、徐敬亚等人的诗,在思想倾向、审美情趣、艺术风格、语言韵味诸方面,都是自成一格的,朦胧、神秘、抽象、怪异、疑糜、深邃、缥缈而旷远,显然是西方现代主义思潮在中国实现了感应式渗渍之后的艺术产物。毫无疑问,这是个"思潮型"的文学流派。刘索拉、残雪、祖慰等人的小说,充满变形、寂热和怪味的描写,显然是受到黑色幽默、表现主义和荒诞派的影响之后,结合自己的实际所进行的独特的探索和创造。由他们所组成的这一新起的作家群,显然是一个"思潮型"文学流派的雏形。至于以王蒙为泰斗的意识流—心态小说作家群,当然就更是一个"思潮型"的文学流派或准流派了。

"社团型"的文学流派,是指以文学社团或文学组织为先导和基础而形成的文学流派。文学社团并不等于文学流派,也并不必然能含孕和发展成为文学流派。但在文学社团的实践活动中,有一部分社团由于逐步具备了形成文学流派的基本条件和要素,所以也就慢慢地产生了文学流派的胎形,以至于最终发展成为一个文学流派。毫无疑问,文学社团对文学流派的形成和发展是有利的,因为文学社团本身已经为文学流派的形成准备了一定的条件,只要其他因素一旦具备,就很容易形成文学流派。当然,由文学社团形成文学流派的方式方法不是单一的,而是多样的。有的是社团与流派重合，同步发展，同步前进；有的是由文学社团逐步演化、发展为文学流派；有的是文学社团大于文学流派，甚至一个文学社团中包含几个文学流派，当然也有的是文学社团小于文学流派，一个大的文学流派中包含若干个小的文学社团；还有的是由文学社团嬗变为文学流派，或者由文学流派凝结成文学社团的。

在中国现代文学中，"人生派"即文学研究会，既是一个社团，又是一个流派，二者同辙并辕，融为一体了。"语丝派"、"沉钟社"、"太阳社"、"创造社"等，虽是不同形态的文学社团，却不是文学流派。"现代评论派"虽然不是一个文学流派，但当它演化、发展为"新月社"时，却成了一个文学流派，即"新月派"。郭沫若是创造社的主将，但他却是"自由诗派"的巨擘；徐志摩在新诗要有格律、要讲究形式美这一点上，与闻一多、刘梦苇、饶孟侃等形成了"格律诗派"，但在诗的思想意境、审美内涵方面，他又显然与李金发、朱湘等人形成了"象征诗派"。创造社前期打着"实现文学美"的旗号，实际上其成员中除张资平等少数几个人外，其他如郭沫若、郁达夫、田汉、成仿吾、郑伯奇、彭康等，其革命思想和斗争热情都相当明显。至于到了后期，虽然与鲁迅发生过理论上的争执，但实际上其主要成员经过实践考验和大潮择漉之后，大都投入革命斗争的洪流了。这可以说，它是一个典型的由进步走向革命的文学社团，但它绝不是一个文学流派。因为在其主要成员的创作特点和艺术风格上，实在找不到多少共同的东西。与此相反，文学研究会的情况可就不同了。茅盾、叶圣陶、郑振铎、王统照、许地山、谢冰心、朱自清等人，都是主张"为人生"的艺术，都是走现实主义的创作道路，都有着激进、求实、直面人生、改造社会、深沉朴实的创作特点和艺术追求。他们反对"将文艺当作高兴时的游戏或失意时的消遣"，旗帜鲜明地提出了"为人生"的文学主张，在创作实践中坚持现实主义创作原则。他们的文学主张及其创作得到了广泛而强烈的社会反响，产生了积极的意义和影响，与新文学的主将鲁迅的创作思想和审美追求不谋而合。所以，文学社团与文学流派的关系是相当复杂的，由文学社团发展为文学流派的形式、方法和途径，也是多种多样的。我们决不能简单地在文学社团与文学流派之间画等号，更不能把属于"社团型"的文学流派看成一种形态、一个模式。"社团型"的文学流派，仅仅是文学流派的一种类型。

　　由于长期的封闭、僵化和禁锢,中国当代文学流派中,几乎没有一个"社团型"的流派。台湾虽有一些小型的文学社团,但都并未发展成为文学流派,或者分别被"乡土派"和"现代派"兼容并纳了。大陆具有流派性质的文学社团,四十年间只有一个,就是江苏的"探求者"小说流派。进入新时期以来,文学社团虽如雨后春笋,蓬勃竞现,却没有一个能够构成流派,仅仅是文学社团而已,而且大都是小型的、松散的文学社团。仅仅一个"探求者"小说流派,还命途多舛,殇而有哀。以陆文夫、高晓声、方之、梅汝恺、叶至诚、陈椿年等为主要成员而组成的"探求者"小说流派,是与"探求者"文学社团同时发轫的,他们有主张、有宣言、有章程、有规划、有目标,也计划办一个同人刊物,但才刚刚开了个头,就被一场政治风暴摧垮了。这个"社团型"文学流派的中兴,是在进入新时期以后。但它作为流派虽然发达起来了,可作为"社团"却几于解体。所以,它终究是一个不完全、不典型的"社团型"文学流派。

　　"题材型"的文学流派,是指在一定的社会背景、历史条件和时空范围内,由大致写同一题材,并形成近似特点与风格、产生了较大或很大社会影响的作家群体和作品群落所构成的文学流派。题材,有广义和狭义之分,而对于"题材型"的文学流派来说,则既指广义性的题材,又指狭义性的题材。不过,在更多的情况下,它常常是狭义题材与广义题材的复性体现。由于题材既有相对的独立性,同时又是素材与主题的中介环节,它对偏重于自然形态的素材,要进行赋有主观因素的审美选择和艺术提炼,同时又对偏重于主观形态的主题,要施以具有客观内容的框架结构和范式处理,从而实现客观形态的东西与主观形态的东西在中介环节上取得和谐与统一。这就使"题材型"的文学流派从形态和质态上超出通常意义上的题材范畴,而获具了丰富的内涵。

　　在中国文学史上,盛唐时期的"高岑派"和"王孟派",可以算作有代表性的"题材型"文学流派。以田园山水为写作题材的,历来有之,晋朝的陶渊明,南朝宋代的谢灵运,就是颇负盛名的"田园诗人"。但他们却并未形成流派,究其原因,盖因同伍者子而追随者寡。进入盛唐时期,之所以出现了"王孟派",主要是因为孟浩然王维等人的诗不仅以田园山水为创作题材,而且写得多,写得好,风格鲜明,影响广泛,深刻地影响了当时的诗坛和尔后的文学发展。诸多诗人诗作、名篇佳句,熠世泽时,久而不已! 故此,这个"题材型"的文学流派,便势在必成。"高岑派"的情形亦然。作为"题材型"的文学流派,高适、岑参、王昌龄、陈子昂等人的诗歌创作的最大特点,首先是以写边塞风光为题材;其次是皆具有慷慨浩壮、凄清悲凉的艺术风格和审美意境;再其次是在表现形式上都采用了七言和五言律诗的写法。他们的诗,不仅在当时影响深广,就是今天也不失其灼异辟蹊之特色。一群行役边塞的诗人以其创作实绩自然而然地形成了边塞诗派——"高岑派",这是典型的"题材型"文学流派。

在中国当代文学中,纯粹的"题材型"文学流派尚不多见。台湾乡土派、北京的市井小说,虽然在题材上具有相对的一致性。但它们还有较此更为显著的特点,所以算不上是纯粹的"题材型"文学流派。相比之下,五十年代至六十年代出现在上海的一批工人作家,倒可以说是一度形成了比较典型的"题材型"文学流派。胡万春、费礼文、唐克新、肖木、张英等人的小说创作,从题材上讲,都是清一色的写工厂、写工人、写车间,从风格上讲,都趋于平实、质朴,充满现实主义精神和刚健乐观、积极向上的基调;从作家生活经历和文化素质上讲,他们都是工人出身,自学成才,具有丰富的实践经验,而且就在已经成为作家的时候,也还不曾脱离生产岗位,一身兼为工人和作家。在他们这个创作群体的外围,还有周而复、艾明之等作家,也主要是写工业题材的,只不过风格气质不同罢了。据此可以认为,在五十年代至六十年代出现在上海的"车间文学"创作群体,是一个比较典型的"题材型"文学流派。

"方法型"的文学流派,是指以独特的创作方法(这里指艺术表现方法)为主要特色而形成的文学流派。创作方法是作家借以抒情达意、陈事写人、描形绘景、托心喻理的手段和方式,是作家建造文学大厦的蓝图设计和施工技术。不仅是方法,它也是思想的,它也是本质的,它也是美学的。创作方法的意义很广泛,内涵也极丰富。它不仅是指技巧、形式、修辞、构思。所以,作家在艺术审美和创作实践过程中,选择、创造、使用、弘扬什么样的方法,往往也是其世界观、美学观的反映。方法与思想、形式与内容不仅是互融互补、相辅相成的关系,而且方法和形式一旦付诸实施,还会对作家的思想和作品的内容,起到回环观照的作用,会影响思想的深刻与否和内容的丰富与否。正是在这个意义上,"方法型"文学流派的独立形成才成为可能,才会有相对说来比较广阔的美学前景。

"方法型"的文学流派,在中国,应当首推"骚体诗派"。以《离骚》为代表的屈原诗赋,在写法上、形式上和语言上,都大大突破了《诗经》所开创的四言诗格局,创造了一种全新的诗歌写法和样式,除"形"壮、"辞"葳、"句"奇、"韵"迤之外,并用"兮"字谐调节奏,殊收回环往复、一唱三叹、熔情铸景、发意摇心之奇效。不仅对稍后的宋玉、唐勒、景差等,树立了学习的榜样,而且对整个秦汉时期的诗歌创作,产生了很大的影响,绵延滋长了数百年之久,从而形成了"骚体诗派"。"骚体诗派"虽然也有思想内容和艺术风格方面的特点,但比较起来,促其成为流派的最直接、最主要、最明显的因素,尤在于形式、写法和辞律诸方面的创造性和独到处,所以,在类别上,它当属于"方法型"的文学流派。

像这样的文学流派,在中国古代文学中尚有不少,但一般说来,其典型性和所达到的成熟程度,大都比较差一些。如,"文起八代之衰"的唐宋散文,对于东汉、魏、晋、宋、齐、梁、陈、隋的文学所进行的变革,其主要内容之一,就是表现形式和创作方法上的变革。六朝时出现的"齐梁体"(包括当时的"永明体"、"宫体"、"选体"、"徐庾体"等),也是以作品的词藻、音律上的绮靡蕤丽等特点而流传于世的。南宋戴复古在《望江南》词中所说的"诗律变成长庆体,歌词绰有稼轩风",实际上就是指中唐时从元和到长庆年间,元稹和白居易所倡导并形成的以求真、务实、平易、通俗为特点的诗歌运动,以及北宋时以辛弃疾为首的词作新风,对后世(南宋)诗词创作的艺术泽惠,而这种泽惠,往往十分突出地表现在写法、形式、辞章和韵律等方面。明朝时所出现的以三杨(杨士奇、杨荣、杨溥)为代表的"台阁体",也首先以方法、形式上的特点而明世。清代的桐城派,虽然是多元复合的,但形式、体裁和写法上的特点,则始终都是它的基本特点和主要特点。如以散文体为限,讲究义理、辞章和考据相结合等。直至近、现代之交,在谭嗣同、夏曾佑、黄遵宪、梁启超、蒋智由等掀起的"诗界革命"的基础上,泅滋发展起来的"初期白话诗派",方可以算做是一个比较典型的"方法型"的文学流派。之所以如此,是因为从"诗界革命"到"初期白话诗派",其注意力和独擅性、创造性和熠世处,都集中地表现在写作方法和表现形式的巨大变革上,并以此作为实现审美创造的主体和进行诗界革命的目的。如,"诗界革命"诸君明确宣布,他们在创作上力求"捃扯新名词以自表异",对诗歌形式进行了大胆的革新和拓异。胡适从"诗界革命"的实绩中受到启发后,大倡白话,遂有以《蝴蝶》打头,继而纂辑成册的《尝试集》问世。此后,"文当废骈,诗当废律"的呼声日见高涨,"诗体的大解放"已成不可阻挡的趋势,频有李大钊、沈尹默、刘半农、沈兼士、周作人、鲁迅、陈衡哲、陈独秀等人出来,为这大趋势助阵,与这大趋势为伍。于是,"初期白话诗派"形成了。这一诗派的主要特点是:在借鉴西洋诗的格式和继承中国古典诗的传统的基础上,对诗的写法进行了大胆的突破,创造了一些独特的诗的形式。故此,它是一个典型的"方法型"的文学流派。

中国当代文学,由于在近三十年的时间内都是现实主义——革命现实主义创作方法的大一统天下,所以"方法型"的文学流派长期以来就是一个空白。只有在进入了新时期以后,才慢慢出现了这方面的萌芽,如在意识流小说、寻根派小说、探索性话剧和意象性诗歌的创作中,就突出地表现了创作方法和表现形式的创新和拓异。像《爸爸爸》(韩少功)、《透明的红萝卜》(莫言)、《废墟》(张承志)、《黑树》(李本深)、《西藏:系在皮绳扣上的魂》(扎西达娃)、《山上的小屋》(残雪)、《冬天的话题》(王蒙)、《泥沼中的头颅》(宗璞)、《大公鸡悲喜剧》《减去十岁》(谌容)等小说,像《一棵棕榈树和两个女人》(马莉)、《峭壁上的窗户》(北岛)、《太阳和他的反光》(江河)、《诺日朗》(杨炼)、《会唱歌的鸢尾花》(舒婷)、《野马魂》(蒙根高勒),《穷,有一个凉凉的鼻尖》(顾城)等诗歌,像《车站》、《野人》、《魔方》、《陈毅市长》、《屋外有热流》、《WM》等话剧,它们的创新和突破,主要就表现在方法、形式和艺术语言上的大跨度的变革。潜化、闪回、时空交错、时序颠倒、心态表征、意象迭现、深层象征、多元比照、艺术变形、意识流动等创作方法和表现形式上的特点,成为这些作品最引人注目的所在,也成为这些作品灼奇熠世的艺术焦点。不过,若以流派的标准来要求,它们还不够成熟,还仅仅只是露出了"方法型"文学流派的端倪,或者说还只是处于雏形阶段。这个端倪,这个雏形,很重要。它们很可能是未来的完备的"方法型"文学流派的肇始和预示!

"审美型"的文学流派主要是从作家及其作品的美学价值、美学特点和美学意义上认识、判断并划定的文学流派。而在特定意义上(不是在广义上),文学流派的"美"学质子通常主要集中在它所含容的作家的群体审美情趣、审美理想和作品所趋同的艺术特点、艺术风格上,这就决定群体作家的审美追求及其在创作实践中所辐射和凝注于作品的艺术风格是"审美型"文学流派的主要标志。

对美的发掘和创造是一切艺术创作所共同追求的。"审美型"的文学流派不仅始终以群体作家的共同审美追求及其作品的趋同艺术风格,作为构成文学流派的基础和主体性框架,而且也始终以不断显化、强化和深化这群体作家的共同审美追求及其作品的趋同艺术风格,作为存在的价值和发展的方向。它的首要的、显著的特点,就是这个群体作家的作品所具有的独特而鲜明的、大体一致的艺术风格。人们常说的"汉魏风骨"、"盛唐气象",钟嵘的《诗品》和元好问的"论诗"绝句,其实就是从审美角度对这一流派意义的认识和阐发。

兴起于汉魏之交的"建安文学",是中国文学史上第一个比较典型的"审美型"文学流派。因为曹操在成功地继承发展《诗经》《楚辞》的基础上,结合自己的政治生涯、思想感情、文学气质和当时的时代特征,创作了诸如《短歌行》、《观沧海》、《龟虽寿》等诗歌名篇。这些诗融抒情、写景、议论、思辩、感怀、弘志、驭文、治武于一体,形成了刚健豪迈、清峻通脱、慷慨激昂、华丽悲凉的美学气质和艺术风格,直接滋养并刺激了曹丕、曹植和"建安七子"的诗歌创作,并且使其美学气质和艺术风格得以为继,在继承中得到了新的丰富和发展,铸成了特有的"建安风骨"。"建安文学"的"风"、"格"、"骨"、"气",充分地显示了"审美型"文学流派的艺术风貌。

中唐时,韩愈、柳宗元一反六朝以来的华丽、绮艳、浮糜、繁臞的文风,以开创格调高远、气势宏大、情理挚实、境界旷渺的散文风格,所形成的独树一帜的散文流派;从唐末、五代至北宋,在迁延数百年的词创作中,以婉约与豪放两种截然不同的风格,所形成的婉约派和豪放派;在中国现代文学中,30年代一度出现的把中唐诗人钱起的"曲终人不见,江上数峰青"(《省试湘灵鼓瑟》)奉为作诗的蓝本,把"醇朴""静穆"看成诗美的极致的新诗群,以及由汪(静之)、冯(雪峰)、应(修人)为主干成员的"湖畔诗派"等,都是比较典型的"审美型"文学流派。

由于任何文学创作都带有审美的性质,任何文学流派都带有审美的特点,所以,"审美型"的文学流派就绝非具有一般性审美特征的文学流派所能归入其内了。正是在这个意义上,严格说来,中国当代文学中还没有一个称得上是"审美型"的文学流派的。因为中国当代文学流派,均不以"审美"作为其形成文学流派的首要的、基本的和主体的因素,而只是一种并发性的因素。不过,尽管如此,中国当代文学流派的审美性质和审美特征还是明显的,并且越来越明显。特别是进入新时期以来,在诸多新兴文学流派的幼小萌芽中,从一开始其自身的审美主体意识就相当强烈,审美特点也相当明显。这无疑是一种好兆头,它标志着中国当代文学流派的审美特质必将不断趋于强化! 它预示着"审美型"的文学流派的思想和艺术因子,正在中国当代文学的实践和发展过程中,越来越快、越来越多地运动着和积聚着。它的脱颖而出,只是一个时间问题,而绝无有否之虞。

　　文学流派的艺术类型,是多种多样的。每一种类型中所含寓的美学形态就更是林林总总、绰约多姿。特别是在其形态与质态、类型与类型之间,并没有一堵墙或一道沟阻隔着,而是参差交互、兼容并蓄着。所以,我们既要科学地、准确地、辩证地认识、划分、驭握和运用文学流派的艺术类型和美学形态,但决不可将其呆板化、程式化、绝对化。最重要的是,要既从它们的实体中认识它们的形态和类型,又从它们的形态和类型中把握它们交互并存、融容与共的辩证关系和不断变革、不断适应的发展态势!

　　科学地认识、准确地把握和辩证地运用文学流派的艺术类型和美学形态,将使我们撷获发现、划定和评判文学流派的工具、武器和尺度。这工具、武器和尺度,是我们对文学现象进行规律性研究和对文学创作进行能动性指导所必不可少的! 是我们繁荣和发展文学理论、文学学术和文学创作的必假之物。我们一定要以善假而拓异,以善假而创新,以善假而致丰!

（原载《齐鲁学刊》1990 年第 6 期）

个体精神与群体意识①

丁　帆

　　无疑，乡土小说处在时代的交叉点上，它应该也必须在历史和现实的契合点上去寻找新的运行轨迹——它不仅在思想上有着更深刻的启悟，而且在艺术上亦有更新的探求。"寻根"派们并不囿于民族文化心理纵向的开掘，更重要的是对于外来文化的横向借鉴，以使两种文化在冲突和消长中达到交融，升华成为新的文化心理重新组合建构的新鲜活跃的再生细胞组织，也就是完成人们从"五四"以来就梦寐以求的国民性改造大计，把中国文化放在世界文化的参照系中进行平衡，使两者在演化中互渗、互补、互融而成为一个崭新的有机的整体文化系统。

　　随着生活观念和艺术观念的演变，作家们在创作中的"自我意识"的强化，个体精神的凸现造成了风格的排他性。也就是说，小说流派的业已趋于分化解体，几十年来人们期冀出现或即将形成的中国乡土小说流派，如"荷花淀派"和"山药蛋派"的进一步完善和发展似乎已成为幻影，而1983年异军突起的"湘军"亦在高涨的创作潮流中分化，"京派"小说群更是各呈异彩……所有这些都清楚地表明：时代已不需要在一种创作模式和创作风格下进行生产了，流派逐渐蜕化，取而代之的是强烈个性意识的主体性创作。这个时代产生不出流派，也不需要产生流派，它只冀望产生"巨人"。

----

① 本文录自丁帆著《中国乡土小说史论》，江苏文艺出版社1992年版。题目为编者所加。

考察"寻根"文学的创作实践,可以看到它们之间在艺术风格上所不能互相交融的现象。《爸爸爸》也好,"异乡异闻"系列也好,"葛川江"系列也好,"商州"系列也好,《老井》、《小鲍庄》也好……我们虽然可以看到它们对民族文化的历史积淀的揭示上有着相同点,然而,在艺术风格上却毫不雷同。同样是"土"的结构,但就各自的艺术视点和具体手法上来说却是不同的,同样被称为"文化"小说,但作家各自阐释出的审美观照却是相异的。

《爸爸爸》可说是破坏了韩少功自己正统"湘军"的形象,作品一反《西望茅草地》和《风吹唢呐声》式的审美观念,众采象征主义(包括神秘主义在内)、黑色幽默等现代主义艺术手法,用"土"得出奇的内容和语言,创造了多视角的主体性的艺术世界,也完成了韩少功新的创作的"自我"形象。同时更不应该忽视的是,韩少功的这次关键性的审美观念的突破,彻底地打破了"湘军"有可能在同一艺术风格轨迹上运行的理想。如果说何立伟在这之前只是在艺术风格和形式上稍有叛变的话——从再现向表现靠拢,从情节向情绪衍化。那么,韩少功的此次"壮举",可说是对"湘军"的一次严肃的背叛。他不仅展示出一个有多层意识的"空阔而神秘的世界",而且呈现出一个"使小说的时空含义以及整个美学精神超越它自身的天地"的艺术境界。这就使得"湘军"在这艺术大潮的冲击下由此分岔。可以说,韩少功的这次大跳跃不仅是创作界的一次深邃的审美艺术思考,同时也应唤起批评界的一次觉醒。我们不能再作陈旧死板的定向性思维了,只有作多维的思考,才不至于把作家与作品圈在一个狭小的艺术天地里玩味。当然,我们不可否认"湘军"在新时期乡土小说创作中的中坚作用,莫应丰、古华、叶蔚林、孙健忠、彭见明、刘舰平、何立伟、叶之蓁、吴雪恼、贺晓彤、钟铁夫、蒋子丹、肖建国……这蔚为壮观的阵容几乎有独霸南方之势。他们中间有许多风格相近或酷似之处。但事实证明,谁陷进了同一风格的框架中,谁就首先获得艺术的窒息。诚然,80年代初叱咤文坛的那一茬作家在80年代中期仍旧写出了许多有生命力的好作品,不仅此,"湘军"中亦有新生力量的崛起,诸如孙健忠的《醉乡》、杨克祥的《玉河十八滩》则是很令人瞩目的有丰富时代和思想内蕴的乡土风俗画小说。但我们不得不意识到,这些拥挤在同一风格胡同里的创作群体虽然创作出了许多可读性很强的作品,但他们中间毕竟还看不出能产生大家的表征。而且,随着时代艺术观念的演进,他们将面临全面的解体,最终各奔前程。只有在哲学上补充进当代意识和在艺术上进行突破性的发展——个性创作意识得以充分发挥,作家们才能走进真正的艺术王国,获得辉煌的成就。

"京派"之中能否形成正宗的乡土小说流派呢？这是刘绍棠期冀和人们热望着的。但经过几番艺术浪潮的洗礼,事实证明,林斤澜的艺术"变调"致使"荷花淀"早已解体,而汪曾祺又"另立门户"。新的大旗下又无出色的作品支撑着。无疑,"京郊"派乡土小说正处在一个危机时代,它始终进入不了创作的前列。而整个实力雄厚的"京派"之中,乖觉明智的作家们都在个体的创造中改变着自己,试图以此来影响文坛。郑万隆一改"当代青年三部曲"式的写法,《老棒子酒馆》式的"异乡异闻"系列是他突破自我封锁线的一次重大战役。在深沉的历史积淀意识的包裹物中显示出作者对国民性的鞭挞之深切,对人性忧患意识的裸露,这是他以前作品所不能企及的。作者在"寻根"中找到的不仅是思想内容的深化,更重要的是他找到了最适合表现这种思想的多元艺术世界。郑万隆似乎很清醒地把自己划出任何流派,使自己成为一个个性意识强烈的创作的"个体户"。张承志的小说历来被誉为新时期小说中最有民族风格和最有风土人情的楷模,可从他创作的几个阶段来看:《骑手为什么歌唱母亲》→《黑骏马》→《北方的河》→《黄泥小屋》,他是在不断地打破自己的艺术风格。可以这样说,《黄泥小屋》则是张承志小说创作的又一转折点,而这个转捩中,渗透着作者审美观念的变革。这部中篇小说试图以人物主体性加象征的艺术手法来创造出一种新的艺术风格,试图打破"独调"式小说的艺术结构(以巴赫金的"人物主体性"理论渗透自己的创作),使小说的主人公不只是作家意识的客体,而且也是自我意识的主体,于是,小说的整体象征的意蕴为我们提供了极大的艺术思维的多维空间。这不能不说是张承志的一次审美艺术观念的飞跃。当然,使用这种"人物主体性"的艺术手法者还大有人在。《中国作家》1986 年第二期刊载了陈源斌的《红菱角》,这部乡土中篇亦是一部既有客体、又有主体的二元艺术世界。笔力之雄健老到可见一斑。这些作家不把自己囿于一种创作模式中,况且自信力很强,突破别人,亦突破自己,不凝滞在一种风格的模式中。

作为当时呼声最高的"中国西部文学"(包括戏剧、电影、报告文学、小说等在内的多种样式的文学),就其乡土小说创作来看(当然他们把张承志的《北方的河》之类的作品亦归纳在内),虽然存在着相同或相近的异域风情,如《清凌凌的黄河水》、《麦客》等作品则是相当成熟的中国乡土文学的小说范型,然而谁也没有认为他们能够成为中国乡土小说流派的一翼。作为整个"西部文学",这些作品可能显示出自身的美学力量,但就单个作品来说,它们还毕竟只是停留在一个缺乏巨人意识、缺乏突破审美观念之气魄的档次上。张贤亮的小说不仅有十足的西部乡土气息,而且他的创作的个性极强,突破了一般的规范,获得了令人瞩目的地位。《绿化树》和《男人的一半是女人》则是个体创作意识的结晶,但他在突破自己风格模式上的努力甚少。

　　缺乏"巨人"意识这一致命弱点同时也成为窒息"山药蛋"派的艺术发展的"死亡地带"。可以说,今天山西并不缺乏像赵树理那样有深厚艺术语言功底的作家,但这批作家把自身置于一个封闭状态进行创作,不能站在更高层次用当代意识去观照艺术审美对象,酿成了一种超稳定的自戕力。这一点,即使赵树理活到今天亦难逃厄运。倘使我们仍旧促使他们在一种风格的模式下进行艺术的摹仿而不开拓他们的思维空间,促使他们分化,建立创作的个体意识和个体风范,恐怕在"山药蛋"派艺术风格的阴影笼罩下,这批作家的作品将会蜕变成"化石",爆发不出任何艺术的"火花"来。企图从这一"死亡地带"突围出来的是郑义,他的小说《远村》和《老井》是一种"乡土文化小说"的尝试,他也试图在"寻根"运动中寻找到自己的个性位置而区别于他人。

　　相对来说,陕西的一大批作家之中之所以能冒出像贾平凹、路遥、陈忠实等令人瞩目的作家,就根本原因来说,他们没有提出建立流派的口号,而是尊重个体性的创作思维,提倡开放式的而不是封闭式的文学观念。正如路遥所说:"每一个作家都是一个独立的天地,谁也代替不了谁。"①而贾平凹之所以成为新时期乡土小说创作的领衔人物,其根本原因就在于他不断地修正"自我"的审美艺术观念。从哲学意识的不断强化和艺术形式的不断衍变中(他甚至摹仿略萨的结构现实主义的手法写了小长篇《商州》)获得使自己立于不败之地的良好创作心态。他不想也不能做陕西创作群体中的流派先行者。如果这样,贾平凹就等于消灭了自己而趋

----

① 半知:《增强拓宽意识,推进长篇创作》,《小说评论》1985 年第 6 期。

向创作风格的僵死。这一点贾平凹当是很清醒的："从内容到形式要有自己的一套,有自己的一套哲学思考和艺术形式。"①

因此,任何指望中国文学领域里,尤其是在乡土小说中形成流派的理想看来已被时代艺术观念的大潮所吞噬,代之以希冀出现的应是"巨人"的时代。那种希望文学流派运动通过"最优化选择"而"达到最适宜的有序状态"②终究不能拯救流派在这个时代的消亡。那种自觉的"群体意识"只能是戕害和阻碍"巨人"成长与乡土小说发展的反动力。

（录自丁帆著《中国乡土小说史论》,江苏文艺出版社 1992 年第 1 版,第 189—194 页）

---

① 半知:《增强拓宽意识,推进长篇创作》,《小说评论》1985 年第 6 期。
② 张志忠:《论中国当代文学流派》,《中国社会科学》1985 年第 5 期。

『五四』乡土小说

侨寓者的文学

鲁 迅

在北京这地方，——北京虽然是"五四运动"的策源地，但自从支持着《新青年》和《新潮》的人们，风流云散以来，一九二〇至二二年这三年间，倒显着寂寞荒凉的古战场的情景。《晨报副刊》，后来是《京报副刊》露出头角来了，然而都不是怎么注重文艺创作的刊物，它们在小说一方面，只绍介了有限的作家：蹇先艾、许钦文、王鲁彦、黎锦明、黄鹏基、尚钺、向培良。

蹇先艾的作品是简朴的，如他在小说集《朝雾》里说——

　　……我已经是满过二十岁的人了，从老远的贵州跑到北京来，灰沙之中彷徨了也快七年，时间不能说不长，怎样混过的，并自身都茫然不知。是这样匆匆地一天一天的去了，童年的影子越发模糊消淡起来，像朝雾似的，袅袅的飘失，我所感到的只有空虚与寂寞。这几个岁月，除近两年信笔涂鸦的几篇新诗和似是而非的小说之外，还做了什么呢？每一回忆，终不免有点悽寥撞击心头。所以现在决然把这个小说集付印了……借以纪念从此阔别的可爱的童年。……若果不失赤子之心的人们肯毅然光顾，或者从中间也寻得出一点幼稚的风味来罢？……

诚然，虽然简朴，或者如作者所自谦的"幼稚"，但很少文饰，也足够写出他心曲的哀愁。他所描写的范围是狭小的，几个平常人，一些琐屑事，但如《水葬》，却对我们展示了"老远的贵州"的乡间习俗的冷酷，和出于这冷酷中的母性之爱的伟大，——贵州很远，但大家的情境是一样的。

这时——一九二四年——偶然发表作品的还有裴文中和李健吾。前者大约并不是向来留心创作的人，那篇《戎马声中》，却拉杂地记下了游学的青年，为了炮火下的故乡和父母而惊魂不定的实感。后者的《终条山的传说》是绚烂了，虽在十年以后的今日，还可以看见那藏在用口碑织就的华服里面的身体和灵魂。

蹇先艾叙述过贵州，裴文中关心着榆关，凡在北京用笔写出他的胸臆来的人们，无论他自称为用主观或客观，其实往往是乡土文学，从北京这方面说，则是侨寓文学的作者。但这又非如勃兰兑斯(G. Brandes)所说的"侨民文学"，侨寓的只是作者自己，却不是这作者所写的文章，因此也只见隐现着乡愁，很难有异域情调来开拓读者的心胸，或者炫耀他的眼界。许钦文自名他的第一本短篇小说集为《故乡》，也就是在不知不觉中，自招为乡土文学的作者，不过在还未开手来写乡土文学之前，他却已被故乡所放逐，生活驱逐他到异地去了，他只好回忆《父亲的花园》，而且是已不存在的花园，因为回忆故乡的已不存在的事物，是比明明存在，而只有自己不能接近的事物较为舒适，也更能自慰的——

　　父亲的花园最盛的几年距今已有几时，已难确切的计算。当时的盛况虽曾照下一像，如今挂在父亲的房里，无奈为时已久，那时乡间的摄影又很幼稚，现已模胡莫辨了。挂在它旁边的芳姊的遗像也已不大清楚，惟有父亲题在像上的字句却很明白："性既执拗，遇复可怜，一朝痛割，我独何堪！"

　　……

　　我想父亲的花园就是能够重行种起种种的花来，那时的盛况总是不能恢复的了，因为已经没有了芳姊。

无可奈何的悲愤，是令人不得不舍弃的，然而作者仍不能舍弃，没有法，就再寻得冷静和诙谐来做悲愤的衣裳；裹起来了，聊且当作"看破"。并且将这手段用到描写种种人物，尤其是青年人物去。因为故意的冷静，所以也深刻，而终不免带着令人疑虑的嬉笑。"虽有忮心，不怨飘瓦"，冷静要死静；包着愤激的冷静和诙谐，是被观察和被描写者所不乐受的，他们不承认他是一面无生命、无意见的镜子。于是他也往往被排进讽刺文学作家里面去，尤其是使女士们皱起了眉头。

这一种冷静和诙谐，如果滋长起来，对于作者本身其实倒是危险的。他也能活泼的写出民间生活来，如《石宕》，但可惜不多见。

看王鲁彦的一部分的作品的题材和笔致，似乎也是乡土文学的作家，但那心情，和许钦文是极其两样的。许钦文所苦恼的是失去了地上的"父亲的花园"，他所烦冤的却是离开了天上的自由的乐土。他听得"秋雨的诉苦"说——

> 地太小了，地太脏了，到处都黑暗，到处都讨厌。人人只知道爱金钱，不知道爱自由，也不知道爱美。你们人类的中间没有一点亲爱，只有仇恨。你们人类，夜间像猪一般的甜甜蜜蜜的睡着，白天像狗一般的争斗着，撕打着……

> 这样的世界，我看得惯吗？我为什么不应该哭呢？在野蛮的世界上，让野兽们去生活着罢，但是我不，我们不……唔，我现在要离开世界，到地底去了……

这和爱罗先珂（V. Esoshenko）的悲哀又仿佛相像的，然而又极其两样。那是地下的土拨鼠，欲爱人类而不得，这是太空的秋雨，要逃避人间而不能。他只好将心还给母亲，才来做"人"，骗得母亲的微笑。秋天的雨，无心的"人"，和人间社会是不会有情愫的。要说冷静，这才真是冷静；这才能够和"托尔斯小"的无抵抗主义一同抹杀"牛克斯"的斗争说；和"达我文"的进化说一并嘲弄"克鲁屁特金"的互助论；对专制不平，但又向自由冷笑。作者是往往想以诙谐之笔出之的，但也因为太冷静了，就又往往化为冷话，失掉了人间的诙谐。

然而"人"的心是究竟还不尽的，《柚子》一篇，虽然为湘中的作者所不满，但在玩世的衣裳下，还闪露着地上的愤懑，在王鲁彦的作品里，我以为倒是最为热烈的了。

我所说的这湘中的作家是黎锦明，他大约是自小就离开了故乡的。在作品里，很少乡土气息，但蓬勃着楚人的敏感和热情。他一早就在《社交问题》里，对易卜生一流的解放论者掷了斯忒林培黎（A. Strindberg）式的投枪；但也能精致而明丽的说述儿时的"轻微的印象"。待到一九二六年，他布告不满于自己了，他在《烈火》再版的自序上说——

> 在北京生活的人们，如其有灵魂，他们的灵魂恐怕未有不染遍了灰色罢，自然，《烈火》即在这情形中写成，当我去年春时来到上海，我的心境完全变了，对于它，只有遗弃的一念。……

他判过去的生活为灰色，以早期的作品为童騃了。果然，在此后的《破垒集》中，的确很换了些披挂，有含讥的轻妙的小品，但尤其显出好的故事作者的特色来：有时如中国的"磊砢山房"主人（屠绅）的瑰奇；有时如波兰的显克微支（H. Sienkiewicz）的警拔，却又不以失望收场，有声有色，总能使读者欣然终卷。但其失，则又即在立旨居陆离光怪的装饰之中，时或永被沉埋，倘一显现，便又见得鹘突了。

（节选自鲁迅《〈中国新文学大系〉小说二集序》，《且介亭杂文二集》，人民文学出版社 1973 年第 1 版，第 26—31 页）

论早期乡土派小说

黄育新

二十年代可以说是现代文学的黄金时代,鲁迅的现实主义小说、浪漫"自我小说"、"问题小说"、"乡土小说"、"普罗小说"相继构成了二十年代五大小说高峰。它们以各自的音调和色彩,共同构成了一个五彩缤纷的文学世界。

如果说,浪漫自我小说、"问题小说"、"普罗小说"是在先驱者们自觉倡导下,在一片片欢呼声簇拥下萌芽成长的,那么,乡土小说则是在静悄悄中崛起的。

乡土小说派形成之初,并没有发布什么宣言,没有统一的组织结构,也缺乏一个大本营来作为坚实的艺术阵地。但所有这些似乎都并不是它蓬勃生命力的依赖因素,那么,它崛起的秘密在哪儿呢?

文学现象总是特定历史时期社会文化现象的审美映射。尽管文学现象与社会现象之间的关系决非一个线性的因果决定,但它毕竟是必须首先加以考察的要素。沿着这一社会历史线索探寻,我们便能找到解答这一文学现象的比较清晰的答案:(1)乡土小说是五四文学精神的一种延续,五四前后之社会文化背景是乡土小说诞生的历史温床。乡土小说中高度自觉的现实主义精神与浓烈的批判意识,无疑是对五四文学一种有力的历史承接。没有广阔的五四文学背景作支撑,乡土小说即便诞生也会流产。(2)从新文学发展的横坐标看,乡土文学是对"为人生"文学、"人"的文学的一种展拓和深入。如果把"为人生"文学视作一个总的创作原则、一个兼容并包的文学海洋,那么,乡土文学则是它的一个详细注脚、一道奔向乡野的涓涓文学支流。"文学研究会和语丝、未名社是这个流派得以生根发芽的南北两块沃土。"(参见杨义《中国现代小说史》第 1 卷第 478 页)(3) 乡土小说之兴起与新文学作家们自觉或不自觉的引导有关。二十年代初期,周作人首先提出"文学上的地方主义"这一主张,稍后,玉狼、张定璜在评价鲁迅小说时,把"地方色彩"、"乡土艺术"当作一种具有重大文学价值的艺术素质、现象而加以肯定。1923 年王伯祥在上海《文学月报》上连续发表《文学的环境》、《文学与地域》,对乡土艺术特点进行了一些探索。1928 年,沈雁冰在《小说研究 ABC》第八章中,对乡土写实小说作了第一次较系统的论述。三十年代,新文学巨匠鲁迅、茅盾都把乡土文学当作一个独特的文学样式而加以肯定、倡导,并用它来概括王鲁彦、台静农等作家共同之创作特质品格。(4) 任何创作都是作家与现实发生强烈思想碰撞的产物,都是作家主体精神对客观世界的一种积极介入,因此如果我们要得出乡土小说兴起原因的比较完整的答案,就必须同时把审视的眼光投向作家们深层的心理背景。鲁迅曾把乡土文学称作"侨寓者"文学,的确一语中的。二十年代乡土作家们大多是远离故土、寓居京、沪的青年,他们逃脱偏僻的乡村,幻想到外面都市里寻找自己的理想世界,但都市并非他们理想之真正"栖息地"。乡村固然落后,都市也并不见得文明。这种双重失望加剧了他们的内心危机,同时也催生了他们时时把眼光"返视"乡村世界的心理机制。这样,这些侨寓者们苦闷时的思乡病,便在某种意义上成了乡土小说蓬勃发展之心理动力。

早期乡土小说派拥有一个为数不少的作家群,大致包括王鲁彦、蹇先艾、许钦文、许杰、台静农、徐玉诺、潘训、王任叔、王思玷、叶圣陶、彭家煌、废名、黎锦明、杨振声等作家。他们的作品大多刊载在北京《晨报副刊》与上海之《小说月报》上。

乡土文学作为一种复杂的文学现象,并非只有一种单一的表现形式,它是由拥有多种文学品格的文学作品构筑而成的文学世界。但从大致上讲,它一开始便显现出两种截然不同的表现形态:乡土写实小说与田园抒情小说。它们虽都以乡镇生活为表现对象,但从它们所描绘的乡村世界、所显示的文学整体风采来看,它们无疑又是隶属于不同的审美形态的。

乡土写实小说主要作家有王鲁彦、许钦文、蹇先艾、台静农、许杰、彭家煌等。他们中一些人早期也写过某些带有田园意味的作品,但田园抒情特色并非他们文学世界中的主导因素。他们都是些脚踏实地的淳朴的"地之子"，他们的文学风格也像他们自身那样熏满了乡间的土气。田园抒情小说之真正代表人物是废名、黎锦明，杨振声一部分作品也可归入这一派。田园抒情小说之兴起无疑是五四抒情文学不断高扬之产物。五四时期风靡一时的抒情小诗、小品散文无疑对它有某种深刻影响与启迪作用。它的兴起同时也是二十年代作家审美意识昂扬的历史表证。

概括来讲，乡土写实小说与田园抒情小说存在以下审美、思想上的差异：① 表现对象之差异；② 审美方式（创作方式，想像方式等）之差异；③ 审美形态之差异；④ 美学境界之差异；⑤ 形式特征（结构、文体）上之差异。

表现对象之差异是这两类小说第一个差异。乡土写实小说与田园浪漫小说虽都着力描写乡村生活，但由于这两类作家审美理想上的差异，因而他们对乡村生活的描写选择有明显的不同，对现代中国乡镇社会形态与生命现象之揭示也必然走向不同的描写方向：乡土写实小说侧重于展现现代乡村的偏僻荒凉及附着它上面的那种贫困、愚昧与野蛮（王鲁彦的《柚子》、《黄金》，台静农《地之子》，蹇先艾《蹰躇集》都是这方面的杰作），田园抒情小说则侧重展示现代乡村的自然风光以及在这种自然景色映衬下原始乡村古朴的人性美：在田园抒情小说里，乡村世界并非是狰狞可怖的，而是笼罩于温情脉脉的自然与人性光辉里，乡村世界成了一个与喧嚣都市社会相对立的宁馨世界。读一读废名的这类小说，便会更深刻体味到这一点。

由于题材处理上各自的独特性，因此，这两类小说在审美形态上所显现出来的差异便是不可避免的。乡土写实小说家们大多拥有浓郁的悲剧意识，他们的小说或则展现人与社会生存环境的对立，或则展现人与人之间的对抗状态，他们的笔端紧紧扣住乡村的苦难与黑暗，因而他们的作品总带有较浓厚的悲剧色彩。应该指出的是，这里所指的悲剧，并不仅仅是指作家们对现实世界的一种艺术态度，不仅仅是外附于作品的一种美学素质，不仅仅是一种艺术情调，它已经成了乡土写实小说的思想情感内核。乡土小说是五四悲剧文学又一次新的发展，它在很大程度上还促使了新文学人道意识的高扬与阶级意识的觉醒。相比之下，田园抒情小说之悲剧意识是比较淡薄的，积淀于作家们意识深层的是另一种美学意识：喜剧意识，一种淡淡的生命和谐感。这种淡淡的、略带超脱味的喜剧意识渗透到乡镇的土壤里,便构成了田园抒情小说亦甜蜜、亦浪漫的喜剧文学色泽。这种特色在小说里主要体现为:(1) 自然风景之瑰丽;(2) 美好之人性展示;(3) 自然和谐之生活方式;(4) 宁静、圆满之故事结局。田园抒情小说可以说是乡土抒情文学、农民喜剧文学的先驱。

　　每一种独特文学形态之出现总伴随着新的艺术创作思维方式的产生。乡土写实小说与田园抒情小说作为乡土小说两种表现形态,它们在创作方式上就存在很大不同。乡土写实小说家凭着客观真实态度去描写他们在乡村所见所闻,并采取白描手法去勾勒乡镇社会一幅幅真实的饥寒图案。他们虽以积极姿态投身于创作描写中,但他们同时又与真实的乡镇社会保持一定艺术距离,尽力避免主体精神过多地融入。田园抒情小说家则似乎把抒发自己的感情、描写美好人生理想作为自己坚实的艺术依托,因而在创作之时,他们的笔端往往饱蘸着他们内心主观的浪漫情愫,他们的思维表达往往服从于情感抒发的要求。想像方式上,田园抒情小说奇诡、雅致,乡土写实小说平实、冷峻。

　　乡土写实小说与田园抒情小说分别为我们展示了两种审美境界。乡土写实小说由于是以朴实的笔调描写乡镇中下层人民的悲剧际遇,因此,体现于他们小说里的乡村境界多是阴冷险峻、荒凉沉郁的;田园抒情小说由于多描写偏僻地区的方外之境、化外之民,又浸淫着作者较浓厚的理想色彩,因此小说中的境界多是宁静清丽的。

　　形式特征上的差异则是两者创作方法、思维方式不同的直接结果。先从结构、情节安排上看,乡土写实小说是由一个个有因果关联的情节组成的艺术整体,非常注重小说的情节性、情节之关联性,因此这类小说的结构大都显得严密、紧凑,保留了传统小说结构若干美学特征,田园抒情小说虽也注重故事性,但它更注重的是故事的传奇性与浪漫色彩,更注重作家个人感情的抒发,因此其结构更富弹性与张力,语言风格方面,乡土写实小说语言大多质朴、晓畅,并适当渗入当地一些民谣俚语;田园抒情小说则较注重语言艺术的运用,语言大多工整、流丽,富于诗情画意,只是个别词句因过分追求象征、暗示意味流于艰涩。

　　二十年代的乡土小说可以说是近现代中国乡镇生活全景式的文学百科丛书。它形象生动地展现了近现代中国乡镇村民们独特的生命形态、生存方式,展示了近现代乡村畸形的政治结构与经济存在方式,并在此基础上达到了对近现代乡村社会深层本质的准确把握。在中国新文学史上,很难找到第二个这样能把乡镇世界的悲与苦、乡间泥土的芬芳与苦涩真实生动地移到纸上的文学流派了。

乡土小说对近现代中国乡镇村民的生命形态及生存方式作了相当深刻的艺术揭示。如果你细细品尝王鲁彦《屋顶下》、台静农《地之子》《蚯蚓们》、黎锦明《出阁》、王思玷《偏枯》、蹇先艾《乡间的悲剧》等小说篇名的含义,你就不难发现它们其实是对旧中国乡村儿女们生命形式一种生动的艺术概括。我觉得,用蚯蚓来比喻旧中国乡民们的生命形态与生存价值,是再恰当不过了。这些乡民们就正像那埋在地下的蚯蚓们,永远辛苦地在大地胸怀里辛勤耕耘,一年四季总是弹着苦闷单调的歌曲,永远摆脱不了泥土般的重压,他们的生存价值也永远得不到贵人们的承认。尽管生存对他们来说总表现为一次次苦难的挣扎,但他们似乎又具有异常顽强的求生意志,所以又总是那样生生不息、永不泯灭。从这些乡土作家笔下所描绘的整体乡村图景来看,近现代乡民们之生命形态结构是扭曲的、脆弱的,他们的生活方式是简陋的、枯燥的、机械的、野蛮的。当然,这些只是大致而言,因为除此之外,还有部分小说(像废名的小说和黎锦明、蹇先艾的某些小说)侧重于对较圆满的乡村生命形态与美好的人生形式的描绘与展露。现代乡土小说对乡村现存生命形式之揭示首先是从它所塑造的一大批"乡民"形象而表现出来的。在乡土小说所描绘的乡村众生相里,除了纯朴的农民外,还有各式各样人物态相,诸如轿夫、盐巴客、苦力、小偷、石匠、艺人、小商人、仆人……,他们生活于旧中国不同区域,并且以各式各样方式生存着、挣扎着,他们或世代在泥土里辛苦滚跌,或终生在崎岖山路上驮货跋涉,或长年在别人家里当牛做马,或怨天尤人,或安天乐命,或玩物丧志,或奋起相争,或面目可憎,或心地善良,或行踪飘忽,或生死无常……。正是这种乡镇社会组构成员之复杂性及所代表生存方式之错综多方,才组成了二十世纪中国乡村生命运动一幅幅瑰丽多彩的广阔生活画面。

乡土小说是把旧乡村人民生命形式放在广阔的现代乡镇社会这一背景上来揭示的,也即通过对近现代乡村政治结构与经济存在方式的揭示,来展示人物各种生存活动的社会动因。乡土小说较完整地展现了近现代中国自给自足经济生活方式从兴盛走向解体这一历史过程,并且较有意识地显示了近现代农村经济生活的阶级性、自发封闭性等特征。叶圣陶的《晓行》、《苦菜》写现代地租剥削所带来农村经济凋敝之景象,徐玉诺《农村之歌》、台静农《蚯蚓们》写天灾人祸对乡村原有经济生活秩序的巨大破坏,从一个侧面探讨了近现代农村经济日趋式微的原因;王鲁彦《黄金》则通过对浙江沿海乡镇现代社会心理的急剧擅变,来揭示资本主义思想观念对沿海地带乡村社会经济生活之消极影响,汪敬熙《瘸子王二的驴》则是从军阀混战对农村自然经济的摧残这一独特视角,来展现近现代乡村经济生活必然走向没落的社会动因;即便是一向以描写乡村田园乐趣著称的作家废名,对近现代宗法制农村社会之解体,也有一种较清醒的历史意识。《竹林的故事》等小说并非仅仅是对半原始宗法乡村社会的一种礼赞,它们同时也是一曲曲为它送葬的挽歌。乡土小说不但较准确地展现了这一历史大趋势,它还对现代乡村的政治权力结构及其特质作了较深刻的艺术揭示。从这些小说所作的细致的艺术描写来看,近代乡村政治权力结构是一个层层相叠的金字塔结构,处于这个结构顶端的是地主、族长、乡长、富农豪商、土豪劣绅等,处于中间层次的是小私有者(中农、小商人等),贫苦农民、佃农、用人等显然处于最低层次,社会地位低微,所受的压迫负担最沉重。台静农《负伤者》、黎锦明之《尘影》便是描写乡村社会两极对立之杰作。在旧中国农村,除了存在乡政府这个"外权力"结构之外,还存在着一个宗族"内权力"结构。乡土文学中一部分小说便是揭示"宗族"这一畸形封建内权力结构之腐蚀性与反人道本质的。彭家煌的《怂恿》、许杰的《惨雾》写两族人在虚幻"宗族"利益鼓励下互相械斗,许杰《赌徒吉顺》与台静农《烛焰》则写封建夫权社会"夫权"对妇女命运的凌驾。这些小说都从根本上触及了封建乡村宗法权力结构之腐朽、反动。

早期乡土小说虽然在鲁迅乡土小说之影响启迪下走向成熟,但它并不是没有突破和发展。这种发展主要表现在下列几个方面:其一,表现区域的扩大,大量崭新的生活题材涌入乡土作家们的笔下。几乎大半个中国的乡村(湘、皖、鄂、黔、蜀、浙等地)生活都能在乡土小说里找到相应的表现形态。表现区域的扩大还同时带来了表现对象的丰富多彩。这时期之乡土小说,有写楚浙两地剽悍民风的,有写皖地贫困落后生存环境的,有写湘地宁馨乡村生活的,有写黔地野蛮、愚昧与陈规陋习的……,内容各各不一。乡土小说还提供了近现代乡村各式各样的人物形象:乡绅、佃农、商人、手艺匠、苦力脚夫、乞丐、要杂……这些都是现代文学人物画廊里独特的形象。其二,涌现出一大批具有较高思想价值的文学新主题。早期乡土小说在继承鲁迅所确立的反封建(剔发国民性)这一文学母题的同时,也力图创新,努力表现出作家自己对现代社会现实独特的思想认识。这些独特思想认识体现在具体文学创作上,便表现为一个崭新的文学主题。其中思想价值较高的文学主题有这几个:(1) 描写乡村社会的两极对立,暴露乡村统治者的凶残狠毒,如台静农的《负伤者》等;(2) 描写军阀混战对乡村的巨大破坏,揭露封建军阀的反动本性,如王鲁彦《李妈》、台静农《新坟》;(3) 揭露资本主义金钱观念对农村淳朴社会心理的戕害,如王鲁彦《黄金》;(4) 赞扬爱国志士,歌颂先进青年。这方面有台静农《我的邻居》、王鲁彦《一个危险的人物》等;(5) 描写现代农民运动的崛起,揭示农民阶级意识的觉醒,如黎锦明《尘影》等,(6) 颂扬美好人性,反衬现代都市社会之暗无天日,废名的小说便是这方面之杰作……。这些主题在中国文学发展史上都有某种拓新意义。其三,给现代乡村题材文学提供了新的文学色彩、文学风格。乡土作家们用他们独特的文学个性构建起一个广阔而又不乏魅力的文学世界。他们都有较强的个性意识与风格要求,都力图以自己独特的审美眼光去审视世界。因此,他们虽都描写朴实的乡村大地,但他们笔下的艺术世界又各不雷同,他们的作品大多拥有自己的美学风格。即便是描写同一区域的作家,像王鲁彦、许杰、许钦文,同写浙东农村,但王鲁彦的小说细密厚朴,许杰的小说粗犷豪放,许钦文的小说则更多表现为悲怆沉郁;同是描写湖南乡村,黎锦明的小说朴实浑厚、味如醇酒,废名的小说则写得平淡温婉、色似香酪。这种文学风格之绚丽多彩正是乡土小说繁荣蓬勃的主要标志,它同时也给以鲁迅开创的现代乡土文学带来了新的色调、新的境界、新的魅力,从而大大丰富了中国现代文学的艺术宝库。

二十年代乡土文学的崛起具有重大的文学意义。其一,乡土文学继承了五四新文学优秀的文学传统,并为现代新文学的健康发展做出了突出贡献。乡土写实小说继承了鲁迅小说的现实主义创作原则,以质朴的笔调去描写广阔深邃的乡土大地及同它一样朴素的大地儿女,去真实揭示这些大地儿女们的生与死、悲与欢,去描写他们畸形的生命形式,批判他们心灵的精神垢点,这无疑是对近代启蒙主义文学的一种自觉的历史承接,它同时也标志着现代阶级文学的萌芽、觉醒。田园抒情小说则继承五四以来浪漫主义主情文学,扩大了浪漫主义文学原有的表现范围,并在探索现代乡土小说现代化等方面作出了贡献。其二，乡土小说给二十年代文坛吹进了一股清新纯净的文学空气。二十年代不少作家都热衷于描绘"男女的悲欢，都会的明暗"。或陶醉于个人情感的抒发，或沉迷于虚幻的"爱"与"美"之颂扬，或流连于"革命＋恋爱"的浪漫情调。乡土文学则把乡土的质朴、泥土的芬芳移到纸上，在人们面前显现出另一幅广阔的乡村图景、另一种质朴、自然、清朗的美学境界，把深刻的艺术观照与严肃的社会批判完美融合起来，这无疑对现代新文学的选择去向、命运前途具有某种警醒作用。其三，早期乡土文学奠定了其在新文学整体格局中之重要地位，并为当代乡土文学的进一步发展奠定了坚实的艺术、思想基础。二十年代后乡土文学经历了几次审美嬗变，一是发展为四五十年代的"山药蛋"派小说与"荷花淀"派小说，一是变化为当今新乡土文学、寻根"文化"小说。乡土小说这几种新的文学变体虽然不论在思想力度上还是在审美境界上比早期乡土小说高远深邃得多，但二十年代乡土文学这种筚路蓝缕的开创之功毕竟是永远值得纪念与缅怀的！

［原载《广西师范大学学报（哲学社会科学版）》1988 年第 3 期］

初期乡土小说流派的贡献

严家炎

乡土小说作为一个流派,它的贡献在哪里呢?

第一,这个流派在近代以来小说史上第一次提供了中国农村宗法形态和半殖民地形态的宽广而真实的图画。初期乡土小说相当真切地反映了辛亥革命前后至北伐战争时期中国农村的现实生活,表现了农村在长期封建统治下形成的惊人的闭塞、落后、野蛮、破败,表现了农民在土豪压迫、军阀混战、帝国主义势力逐步渗入下极其悲惨的处境。从彭家煌的《喜期》、台静农的《新坟》、叶绍钧的《金耳环》、徐玉诺的《一只破鞋》等作品中,我们看到了半封建半殖民地中国所特有的兵灾带给人民怎样的痛苦:这些军阀乱兵任意骚扰农村平静生活,几乎毁灭了所有美好的事物,《喜期》中的静姑那样有美好心灵的姑娘,只好投水自杀。从许杰的《赌徒吉顺》、彭家煌的《怂恿》、许钦文的《疯妇》等作品中,我们又看到了那时的妇女过的是一种怎样的日子:吉顺的妻子可以任意被丈夫典卖;政屏的妻子二娘子被族人操纵,为两头猪去殉葬。从《陈四爹的牛》、《天二哥》等小说中,我们又看到了那时的农民流浪汉又过着怎样一种牛马不如、愚昧到难以想象地步的生活!鲁彦、许杰等江浙一带作家的乡土小说,同时也表现了沿海农村在资本主义发展过程中人们增长着的那种市侩心理和各种令人生厌、令人窒息的风气,以及中国农民在自己的土地上生活却要依靠插外国旗来保护的极其反常和可耻的社会景象(如叶绍钧《外国旗》、《潘先生在难中》所反映的)。台湾的赖和在大陆乡土文学影响下创作的小说

《一杆"称仔"》、《斗闹热》、《善讼人的故事》等，则表现了日本占领下台湾被殖民统治的畸形生活。北伐战争时期农民运动的风暴曾经怎样席卷南部中国，曾经怎样使地主乡绅恐慌，这在一些乡土小说中也有生动的反映(如罗皑岚《来客》)；彭家煌有篇小说《今昔》甚至批评了农民运动中的"痞子"现象。这些作品加在一起，简直成为了解那个时期中国农村社会经济、政治、思想、文化各方面状况的最宝贵的形象的史料，具有现实主义作品所特有的很大的认识价值。

第二，这个流派为现代文学提供了许多题材多样、色彩斑斓的风俗画。施蛰存在鲁彦的《黄金》重印题记中说："鲁彦曾译过一些欧洲的民间文学，也懂得一些民俗学，大概多少受到爱罗先珂、周作人、江绍原等人的影响。因此，他的作品里，明显地透露着他对民俗学的趣味。"其实，不仅鲁彦的作品如此，其他作家的乡土作品也是这样。由于乡土小说大多注重描绘风习民情，风俗画味道很浓，涉及的方面又很广，我们几乎可以从这些作品里看到形形色色、包罗万象的社会风俗画面。其中有两种不同情况：

一类风俗是相当野蛮残酷的。像蹇先艾《水葬》所写的贵州边远地区抓住了小偷要绑上石头沉入江河的风俗，像许杰笔下写到的浙江农村受封建宗法思想支配相互械斗以及丈夫竟然典出妻子的习俗，像台静农《烛焰》所写的未婚夫病重却要未婚妻嫁过去"冲喜"以致一辈子守寡的习俗，像彭家煌《活鬼》写到的小孩子娶大媳妇的习俗，以及像叶绍钧《遗腹子》所写的重男轻女观念严重到了由于接连生下七个女儿，当最后出生的男孩一旦病死的时候，做父亲的竟然跳河自杀的悲剧，等等，这些都可以说是长期封建社会所留下的相当野蛮、残酷的风习。作者在小说中通过客观描绘，对这些封建冷酷的习俗进行深刻的揭露和鞭挞，从而使作品具有鲜明的现代民主主义性质。

也有另一种情况：有些风俗并不那么野蛮残酷，它们只是体现了由于长期宗教、伦理、教育、文化所形成的民族传统心理，以及带有民族特点、地方特点的各种传统方式和生活习惯；这在乡土小说中同样有着反映。如鲁彦《菊英的出嫁》中所写的为死去的儿女举行"冥婚"(或称"阴配")的风俗，黎锦明《出阁》中所写的姑娘被抬上轿必须一路哭到夫家的风俗，台静农《拜堂》中所写的汪家在半夜子时郑重其事地拜堂的场面，以及《红灯》中所写到的阴历七月十五鬼节那天在河上放灯超度鬼魂的习俗,都属于这种性质;它们带有落后、迷信的成分,但称不上野蛮、残酷,写进作品去还可增添生活的情趣。事实上,这类小说写风俗的部分都相当出色。以写"冥婚"的小说为例,据我所知,二十年代就发表过好几篇(如《妇女杂志》一九二五年十二月出版的那一期上,就有车素英的《冥婚》),鲁彦的《菊英的出嫁》只是其中之一。这篇小说可惜结尾没有写好,缺少与开头呼应的一段文字,显得不完整,但通篇看还是很有特点的。作品完全采用倒装的写法:先用隐约其事的笔法写菊英的母亲怎样爱女儿,挂念女儿,要张罗着为她定亲。又接着写怎样办嫁妆,怎样送嫁,直等写到送亲的仪仗中出现棺材,读者才知道原来菊英已是死了多年的。点明了这是"冥婚"之后,然后倒转笔锋写菊英患病和死的情形。而写得最精彩的,正是冥婚的部分。为死去的女儿办婚事,也要合八字,讲门户,出嫁时也要用轿(纸的),而且还要置办一大套嫁妆(男方送来四百元大洋做聘金),一路上还有长长的仪仗队,从此活着的两户人家就成了亲家,这一切都使人感到十分有趣。尤其令人感兴趣甚至不免惊奇的是:菊英母亲为死去的女儿办这件婚事,丝毫不带一点应付了事、敷衍塞责的态度,她是极度认真、极度快乐地做着这一切的。在这位母亲的想象中,菊英此刻一定是既高兴,又害羞。作品对母亲的心情有这样一段非常传神的描写:

> 她进进出出总是看见菊英一脸的笑容。"是的呀,喜期近了呢,我的心肝儿。"她暗暗对菊英说。菊英的两颊上突然飞出来两朵红云。"是一个好看的郎君,聪明的郎君哩!你到他家去,做'他的人'去!让你日日夜夜跟着他,守着他,让他日日夜夜陪着你,抱着你!"菊英羞得抱住了头想逃走了。"好好的服侍他,"她又庄重的训导菊英说,"依从他,不要使他不高兴。欢欢喜喜的,明年就给他生一个儿子!对于公婆要孝顺,要周到。对于其他的长者要恭敬,对幼者要和蔼。不要被人家说半句坏话,给娘争气,给自己争气。牢牢的记着……"

可见,相信女儿在阴间需要结婚并且会对婚事满意,这种思想在菊英的母亲这里已经深入骨髓,到了如醉如痴的地步。在迷信的背后,这里隐藏着多么深沉的母亲对女儿的爱！这样的母亲，实在使我们既感到可怜，又很被感动。这些都是极其出色的笔墨。同样，台静农《拜堂》里所写的汪二结婚拜堂的情景，也是一幅泥土味极其醇厚的风俗画。汪二按经济条件，根本不可能结婚，他父亲主张把守寡已经一年的嫂子卖了再给汪二办婚事，汪二不愿意，他还是愿意跟寡嫂结婚。即使这样，也还必须当了小夹袄，才能换来一点举办仪式用的香烛。由于他们请不起客人，又因为叔嫂结婚被认为并不光彩，所以他们选了半夜子时才拜堂。但婚礼毕竟是关系一辈子的事，再穷也要郑重地办。因此，从堂上摆设到身上穿戴，也还是要按固有的风俗讲究一番。小说把这户特定人家的特定仪式，写得极有特色，极有情致：汪大嫂脱了戴孝的白鞋，换上黑鞋，扎上红头绳，穿戴得周周正正；汪二也穿了一件蓝布大褂，将过年的洋缎小帽戴上，于是，仪式开始。

　　烛光映着陈旧褪色的天地牌位，两人恭敬地站在席上，顿时显出庄严和寂静。

　　"站好了，男左女右，我来烧黄表。"田大娘说着，向前将表对着烛焰燃起，又回到汪大嫂身边。"磕吧，天地三个头。"赵二嫂说。

　　汪大嫂本来是经过一次的，倒也不用人扶持；听赵二嫂说了以后，静静地和汪二磕了三个头。

　　"祖宗三个头。"

　　汪大嫂和汪二，仍旧静静地磕了三个头。

　　"爹爹呢？请来，磕一个头。"

　　"爹爹睡了，不要惊动吧，他的脾气又不好。"汪二低声说。

　　"好罢，那就给他老人家磕一个堆着罢，"

　　"再给阴间的妈妈磕一个。"

　　"哈(还)有……给阴间的哥哥也磕一个。"

　　然而汪大嫂的眼泪扑的落下地了，全身是颤动和抽搐；汪二也木然地站着，颜色变得难看，可怕。全室中的情调，顿成了阴森惨淡。双烛的光辉，竟暗了下去，大家都张皇失措了。终于田大娘说：

　　"总得图个吉利，将来还要过活的！"

汪大嫂不得已，忍住了眼泪，同了汪二，又呆呆地磕了一个头。

小说作者就是在这番掩映如画的风俗描绘中，不知不觉揭示出人物感情的内在波澜，自然而然地将作品引向一个高潮。这些作品中的风俗画描摹，都使小说大为增色：艺术形象变得更加有血有肉，读起来倍感亲切，反映现实的深度既有增进，又给作品带来扑鼻的生活芳香。

风俗画对于文学，绝不是可有可无的。无数艺术实践的经验证明，文学作品写不写风情民俗，或者写得深沉不深沉，其结果大不相同：它区分着作品是丰满还是干瘪，是亲切还是隔膜，是充满生活气息还是显得枯燥生硬。世界上许多生活底子雄厚的大作家和大作品，都是注意写风俗民情的。约翰生在《莎士比亚戏剧集·序言》中，就说莎士比亚"是一位向他的读者举起风俗习惯和生活真实的镜子的诗人"。巴尔扎克也把"风俗研究"作为自己小说要完成的重要任务，他的《人间喜剧》可以说是那时法国社会的一部风俗史。风俗是民族历史的重要组成部分。按照卢梭的说法，历史往往只对轰轰烈烈的场面和突变事件感兴趣，而把风俗遗忘。真正记录了风俗史的常常不是历史学家，而是文学家。与作品内容有机地渗透在一起的风俗画的出现，实际上正是文学显示民族风格、民族特色的重要标志。乡土小说作为一个流派，其功绩也正在自觉地开拓了风俗这个前所未有的新的审美领域；它在促进新文学自觉地描绘风俗画、加深文学的民族风格方面，起到了良好的作用。

第三，乡土小说流派也促进了新文学地方色彩的发展。

文学作品的地方色彩问题是一个极重要的问题。鲁迅在三十年代写的一封信中曾经提出一个论断：文艺作品越有地方色彩，就越有国际性。他从木刻谈起，然后说："现在的文学也一样，有地方色彩的，倒容易成为世界的，即为别国所注意。"[①]这话恐怕是颠扑不破的真理。鲁迅、老舍的小说创作之所以受到世界读者的重视，这是个很重要的原因。老舍的第一个长篇《老张的哲学》，就被鲁迅称为"地方色彩浓厚"。他对北京市民特别旧北京下层人民——那些唱戏的、当巡警的、拉洋车的、吃皇粮的、游手好闲的那套生活（包括他们请安、作揖、赔笑脸、玩鸟儿、

---

① 鲁迅致陈烟桥信，1934 年 4 月 19 日。

斗蛐蛐之类)真是熟悉透了,因而作品里充满着北京地方色彩。乡土小说作家在这方面的贡献,实在也是不可忽视的。由于乡土小说家注重客观地描绘各地农村的现实生活,尤其注重描绘风土人情,这就使他们的作品自然地带来浓厚的地方色彩。有些作家笔下的景物描写也很有地方特点,如王任叔《龟头桥上》的写景,就很得浙东水乡的风韵。此外,乡土小说在语言上也有地方特点。作家有选择地用了不少方言(特别在人物对话中),这也增强了作品的地方色彩。像彭家煌写农村人物用湖南话,台静农写农村人物用安徽话,鲁彦写农村人物用浙江话,蹇先艾写农村人物用贵州话,这些经验都是可供借鉴的。这同样是乡土小说派的一个功绩。

第四,促进了小说创作中现实主义的发展和成熟。

比起《新潮》上那些小说,乡土小说的现实主义大为增进。正像鲁迅所说,《新潮》上的作品,尽管注意反映民间疾苦,但往往"过于巧合,在一时中,在一个人身上,会聚集了一切难堪的不幸"。而乡土小说则不是这样,显得平实自然得多。它不但摆脱了"大团圆"的俗套,而且改变了那种过于夸张的善则尽善、恶则尽恶的"戏剧腔"。这是很大的进步。这个流派还在最大程度上打破了全知式叙述角度,使小说在艺术上更显得逼真。在一些比较成熟的作品中,很少有间隔式的心理描写,作家尽量隐去,让画面和细节直接在读者面前显现,用人物的口吻代替作家的口吻,语言个性化程度大大增强。其中台静农的小说在视角运用方面尤其取得了最佳效果。一部分圆熟的乡土小说在美学上的贡献,是带来了意境。这也是乡土小说派的一个重大成就。

应该说明:乡土文学在乡下是写不出来的,它往往是作者来到城市后的产物。文学创作总要有点距离,有距离才能唤醒作者的审美感情,建立作者的审美视角,触发作者的审美灵感,才能激发、加深作者那些或怀恋,或沉痛,或神往,或惊悸的感受。对城市生活的厌倦与格格不入,也会引发、加深乡土之情,极易造成对乡村生活的反顾,导引作者去写乡土小说。所以,乡土文学题材虽是乡村,视角却属于城市——鲁迅甚至称之为"侨寓文学",就是这个道理。

有人说,乡土文学是任何民族、任何阶段都会有的现象。实际情形完全不是这样。在奴隶社会、封建社会中,何来乡土文学?那时有各种各样英雄传奇,有才子佳人小说,有田园诗、边塞诗,却没有乡土小说。那时的文人作者根本不会注意这类题材。中外都是这样。乡土文学总是在近代民主主义与现实主义这两种思潮传播的条件下才兴盛的。民主主义思潮使作家有可能将历来不受注意的下层人民特别是农民的生活收入自己的眼帘,正视并同情乡间民众的疾苦。现实主义思潮使作家有可能以审美眼光注视这类题材,从中感受到一种审美的情趣,使之成为艺术内容,并用生活本来的面目加以再现。在欧洲,乡土小说开始盛行于十九世纪。在中国,乡土文学只能产生在"五四"文学革命以后。

二十年代还只是中国乡土文学的形成期,但它为后来乡土文学的发展尽了开辟道路的作用。不同籍贯的作者,写不同地区的生活,而能构成一个流派,这只能在新文学发展初期这种特定历史条件下才会出现。三十年代的乡土文学已经不是一个统一的流派,随着创作倾向的不同,实际上作家们已经分道扬镳(如京派、社会剖析派),而且三十年代乡土小说的成就更多地集中在中长篇方面(像沈从文的《边城》、端木蕻良的《科尔沁旗草原》,萧军的《第三代》,萧红的《生死场》、《呼兰河传》等)。到四十年代以后,更朝向具有地区特点的流派(如山药蛋派、荷花淀派)发展。但这些都是由二十年代奠定了基础的。因此,二十年代以文学研究会成员为主的乡土小说流派的功绩,是不可磨灭的。

(录自严家炎著《中国现代小说流派史》,人民文学出版社 1989 年第 1 版,第 68—76 页)

五四乡土小说的启蒙主题

陈继会

1. 在 20 世纪中国乡土小说丰富的文学主题中,改造农民灵魂的主题,始终是一个重要的、引人注目的主题。表达这一主题的艺术实践,是本世纪初年风靡中国思想界的"改造国民性思想"在文学创作上的一种表现。这是先觉的志士仁人为重建民族文化心理、重塑民族文化人格的一次伟大而又艰难的跋涉。正是这一主题,划开了中国现代乡土小说与近代尤其是古代的乡土文学的层次。现代乡土小说这种理性批判精神,使其远远超出了古典文学或"唯农最苦"或"田园怡乐"一类表层的暴露、歌吟层次,在对农民灵魂的拷问中,跃上了一个新的、具有现代意义的层面。

在高张"科学""民主"大旗的"五四"启蒙运动中,以鲁迅为旗手的"五四"先行者们,开始了以文学为手段的启蒙艺术实践。他们信奉着"启蒙主义","为人生","而且要改良这人生"的宗旨,着重发露中国国民的劣根性,画出沉默的国民灵魂,以"致吾人于善美刚健"的"至诚之声","援吾人出于荒寒"的"温煦之声"①,深深地感召着中国人民久被蒙蔽的灵魂。农民作为中国社会一个最庞大的阶级,她常常是中国国民性格的最主要的、最集中的负载者。鲁迅在他一批以农民为主要描写对象的小说里,成功地实践了改造国民性的艺术探索。他既发掘农民身上的良好品性,更注重批判农民灵魂中愚黯的成分。取材于"病态社会的不幸的人们中",

---

① 鲁迅:《坟·摩罗诗力说》。

"揭出病苦,引起疗救的注意",喊出了中国现代农村小说创作史上振聋发聩的先声。由鲁迅开启先河的"改造农民灵魂"的艺术实践,是一次富有价值、意义深远的艺术创造。它遗风长存,余韵流贯,在现代作家手中,代代承传,发展。现代乡土小说,尤其对农民灵魂的剖析、"拷问",向我们展示了经由这"内宇宙"所透示的无限丰富的政治、经济、历史、道德、文化……的世界。

2. "哀其不幸,怒其不争",这是鲁迅对于农民以及所有愚弱的国民的基本态度。在他以改造农民灵魂为探索目标的小说中,"其怨愤谴责之切,与希冀之诚"①紧紧地交织在一起。唯其因为鲁迅对广大农民的"不幸"那么同情,他才对于他们的"不争"那么怨愤,他才那样尖刻地针砭农民精神的愚昧麻木。深深的同情与强烈的激愤在鲁迅那里是那样极为矛盾又极其自然地统一在一块。鲁迅在探索农民灵魂改造的艺术实践中,曾以一定的篇幅表现农民精神品格中的优秀成分,但他所着力暴露的是农民精神的劣根性,是对于"沉默的国民灵魂"的剖析。可以说,鲁迅改造农民灵魂艺术实践的最根本的意义、价值在于他作品的"批判"意向。他以他对于中国社会尤其是农村社会透彻的、独特的理解,以一个觉醒的现代知识者的眼光、思想、观察和思考,毫不留情地针砭了中国农民精神的劣根性,写出了他们精神的被虐杀。以其创作的深刻的悲剧性,提出了发人深思的社会问题,正是在这一点上,鲁迅改造农民灵魂的艺术实践显示出它的恢宏、博大,它的开拓、创造,表现出一种巨大的艺术生命力。

鲁迅在自己的小说中,表现了中国旧式农民人格、心态中的驯良、依附、愚昧、麻木、自私、保守、卑怯、苟安的特性,一种缺乏清醒的自我意识"游戏人间"的"集体无意识"。农民身上的这种痼疾,直接地束缚着中国农民的精神,使他们在"瞒"和"骗"的大泽中愈陷愈深,难于自拔,并自觉不自觉地成为封建统治的社会基础。

鲁迅在对造成"国民灵魂"沉默的原因的剖析中,既不忽视外部的来自封建统治阶级方面的原因,他又以较大的篇幅,从农民自身去寻找,挖掘病根。诚然,作为一个被压迫阶级、作为劳动群众,农民身上存在着许多自然形态的纯朴、勤苦、耐劳等美好的品德。这在鲁迅的小说中也得到了生动的表现。但是,与落后的生产方

---

① 鲁迅:《坟·摩罗诗力说》。

式相联系的农民阶级,历史地注定了不会成为具有独立的先进世界观的阶级。在中国漫长的封建社会里,中国农民阶级的思想,就其整体而言,始终没有也不可能脱离封建思想的藩篱。相反,与它相联系的私有的、狭小的、低下的农业自然经济,本质上是属于封建历史时代的经济形态的。中国儒家思想体系,有很大一部分内容,是适应这种经济的落后性,用将它凝固化,理想化的方式,以达到维护现存封建秩序的目的。这样,在农民阶级还没有最终和落后的生产力割绝联系的时候,在它还在这种生产力的限制下带有奴性依附、狭隘、保守、目光短浅等农民阶级的限有特征的时候,以儒家思想为代表的中国封建意识就极易于在农民的思想观念中寄殖和滋生,并成为束缚他们的沉重的思想桎梏。鲁迅关于农民群众精神麻木的艺术描写,以其令人震颤的画面,揭示了这种事实。

阿Q无疑是中国旧式农民上述落后思想观念的一个典型的代表。作为一位被压迫者,除了留下很少一点被扭曲的反抗情绪,他竟变得如此驯良卑怯,攀龙附凤,倚高接贵。他经常以与赵太爷同宗同姓而达到心理上的平衡。虽然挨打是一件肉体和精神上都十分苦痛的事,但却因为赵太爷所打而引为荣耀。阿Q缺乏一个受迫害者应有的人格、尊严、自我意识。他要"革命",竟向假洋鬼子征得革命的资格。把改变自己地位处境的希望寄托在他人身上,有时甚至寄托在制造着自身苦难的那些"圣人贤士"身上。这样,最终落在他头上的也不能不是糊糊涂涂被杀头的"大团圆"的结局。对于农民的驯良、依附心理的批判在其他小说中也是十分突出的。《风波》中村人衡鉴事体的标准是"皇法",是赵七爷的眼色、态度。就因为赵七爷是本地方圆数十里有地位的人,所以人们才格外怕他、敬他,一个个心惊肉跳、竭力赔笑。《离婚》中的爱姑,在七大人面前心情紧张、神不守舍,精神上先自我缴械投降。鲁迅尖刻地批判了农民这种奴性心理,并以其活生生的艺术画面向人们揭示:这种奴性心理、依附驯良的根性是构成中国农民悲剧的重要因素。

阿Q的落后、保守,使他对于自己经验以外的东西都统统予以怀疑、否定、排斥,而不管其是否正确,是否具有价值。阿Q轻视王胡的理由就极为可笑,只因为他"又癞又胡","阿Q的意思,以为癞是不足为奇的,只有这一部络腮胡子,实在太新奇,令人看不上眼",十足地表现出我们这个闭塞、守旧、老大古国可笑的狭隘性和片面性。阿Q"很有排斥异端的正气",小生产的狭隘、保守的生活方式养成他对任何背离常规的举动都持反感。因此，阿Q"以为革命党便是造反，造反便是与他为难，所以一向是'深恶而痛绝'之"。思想的狭隘、保守竟到了泯灭真伪、是非的程度。

阿Q身上所表现出的盲目乐观、陶然自得，以失败为胜利的思想观念，仍是基于小生产的意识眼光、思想方法。他不曾认识自己周围以外的世界，至穷至死也穷撑"面子"，维持一种虚假的、可笑的尊荣。他连自己的姓氏都还渺茫，却拼命自吹先前比别人阔多了。连家也不曾立起，却大吹"儿子"会如何比别人阔。他的主观、盲目、自信，常常使他失去常人的思想、行为，显得愚昧、麻木，并为自己带来诸多苦痛。他同王胡比捉虱子那个令人不可思议的奇观中，清楚地显示出这一点。这虽然是经过漫画化了，但它却有着不可否认的真实，阿Q只是盲目地追求高指标，盲目地追求"胜利"，却不管目的是什么，性质是什么。以虱子多而大为荣，以虱子少而小为耻辱（不多不大，不响不脆，有失体统），以至于美和丑，文明和野蛮，理智和偏见，庄严和滑稽，做事和做戏的界限都泯灭了，真是达到一种无差别的境界。为了盲目地维护一种莫名其妙的"面子"，补偿在虱子问题上的失败，于是他同王胡斗，结果吃了苦头，遭了大败，成为他"生平第一件屈辱"，他为了做出其他看客所要求于死囚的模样，死到临头还不自觉，竟要在那里唱几句戏。

主观想象的胜利，总是难以同实际上的失败相协调，于是自然转向怒目主义。或自认倒霉，主动退却，向对手说着"君子动口不动手"一类没有骨气的话，承认自己是"虫豸"，以取媚对手。或以"忘却"了之，求得苟且偷生。或者用"人生天地间，大约本来有时要抓进抓出"，"人生天地间，大约有时也未免要杀头的"的宿命思想自我排解，求得精神上的逃路。阿Q这种绝顶的盲目自信，他对于失败的不可思议的奇异的想法、独特的逻辑，是东方社会的产物，是中国几千年封建主义所造成的顽固保守落后思想在遭受沉重打击以后更加恶性发展的结果。是发展缓慢、停滞，具有"东方不动性"特点的社会制度和生产方式在世界历史潮流冲击下，行将覆灭时绝望挣扎的反映。生活在现代资本主义国度的人民，大约很难理解它的奥妙，但对于我们中国人民自己，是容易体会的。即使是在推翻了封建主义的几千年统治以后，我们不是还经常蒙受它的消极的精神遗产的侵扰么？长时间来，我们几乎难以从中国农民这种坐井观天式的见识，由自给自足、封闭式的小农观念所造成的思维方式、伦理道德、价值观念中超脱出去。鲁迅对于阿 Q 以及旧式农民精神缺陷的批判，时时昭告着我们：从传统的小农意识中解放出来，站得高点，看得远些，由狭小的天地走向一个广阔的世界。

鲁迅在画出农民"沉默的灵魂"的艺术实践中，特别注重从农民自身揭示造成这种悲剧的原因。鲁迅的小说告诉我们，中国农民的悲剧，不仅是在于主人公所经历的悲惨生活的本身，而且还在于他们以及他们周围人的不觉悟，在于他们对于共同利害的不认识。因此，往往同是被压迫者中间，对于别人的不幸，对于别人的悲惨命运，也并不理解，并不发生同情和共鸣。弥漫在鲁迅小说中的常常是一种普遍的冷漠、麻木的氛围，活动在这一环境中的，是一群精神冷漠、麻木了的"看客"。这不但使被压迫者的悲惨境遇带着更深的悲剧性，而且也延缓着被压迫者改变自己处境的进程。

鲁迅以其不凡的手笔，写出了中国社会尤其是农村社会所存在的一个广大的"看客"群。写出了他们精神的空虚麻木，思想的愚昧混沌。他们无目的感，无是非观，自私卑怯。对周围"从来如此"的阴冷环境麻木忍受，对新起的社会事变漠然视之。蒙昧，使他们缺乏诚和爱的力量；昏聩，使他们没有憎和恨的勇气。没有头脑，不会思想，从来没有认识到自己作为一个"人"的确切价值。这正是千百年来，封建统治者所要求的理想的公民形象，这类民众也不可能不是社会改革的巨大惰力。这也正如恩格斯在 1894 年曾指出的："作为政治力量方面的因素，农民至今都是往往只表现出他们那种根源于农村生活隔绝状况的冷淡态度。广大人口所表现的这种冷淡态度，不仅是巴黎和罗马国会贪污成风的大靠山，而且是俄罗斯暴君制造的大靠山。"[①]事实上，在整个旧中国，情况也完全如此。广大农民的不自觉，他们的冷漠、麻木，不仅直接酿成了自身的悲剧，而且实际上成为中国封建主义强有力的支柱，反过来又加深了他们的悲剧。鲁迅看到了，并且在小说中揭示出了农民这种冷漠、麻木、自私、愚昧，无疑是深刻的。它使所有立志改革的人们看到了这种可悲的灵魂，激发了他们拯救这种"灵魂"的紧迫感和自觉性。

3. 鲁迅改造农民灵魂的艺术实践，是中国现代乡土小说史上一个伟大的肇端。

---

① 　恩格斯：《法德农民问题》。

它像一面旗帜,导引着众多的现代小说家们在这一领域内探索、前进。稍后于鲁迅的二十年代一批被誉为"乡土文学"作家们的创作,是对鲁迅这一实践的最先响应,最早收获。毋庸讳言,这一批"乡土文学"在对农民沉默灵魂的剖析中,还缺乏鲁迅小说那种恢宏的气魄,洞彻世相的思想高度。或者换句话说,他们对于农民灵魂愚昧、麻木原因的解释还是无力的。但是,他们所提供的一幅幅现实主义的画图已构成了自身的价值,成为我们考察二十年代农村社会的不可缺少的材料;而且,他们也在自己的艺术天地内,进行了新的思索,做出了新的批判。表现因生活困苦、闭塞而造成农民精神上的愚昧、麻木,彼此之间的冷淡、隔膜,缺乏理解,缺乏同情,以及他们安贫知命、事法守天等精神劣根性,仍然是"乡土文学"作家们在改造农民灵魂这一主题的艺术实践中所首先注意的。

物质生活的困苦、艰窘,思想、文化的落后、闭塞,使得生活其中的农民们既不认识自己,更不理解他人,被狭小的生活天地所拘囿。他们互不交往,互不理解,自私、冷漠。精神的愚昧、昏聩,使得同一阶级、阶层的人们之间也缺乏最起码的诚爱之情,相互欺凌、嘲讽,玩赏他人苦痛。骆毛(《水葬》)被处以"水葬"之时,也像阿Q那样,无师自通地说出:"再过几十年,又是一条好汉。"对于骆毛的死,村人毫不同情,前后左右一大群男男女女,"都是为看热闹而来","好像觉得比看四川的'西洋镜'还有趣的样子"。许杰在《菜芽与小牛》中也揭示出农民精神上的这种麻木,愚昧。菜芽的父亲因为女人不生男孩,整日在醉酒和打骂老婆中生活。村里酒店的人们常常以此为乐,每每抓住菜芽问这问那,问她父母打架谁胜谁负,问她爸爸妈妈是否同床睡觉⋯⋯这些精神愚昧的农民以对一个小女孩的折磨来满足自己精神的空虚。

围绕着对于农民精神弱点的批判,"乡土文学"中出现了一批类似于阿Q的人物,构成初期乡土小说中的"阿Q形象系列"。《水葬》中的骆毛与村人;《菜芽与小牛》中酒店的人,无疑都带有阿Q气。其他还如鲁彦的《阿长贼骨头》、许钦文的《鼻涕阿二》以及台静农的《天二哥》等,都是集中表现这类形象的作品。

为生活计,聪明的阿长变成一位"天才的小偷"。他像阿Q一样,迷恋却又瞧不起女人。意识的昏昧,使他并不清楚爱谁,恨谁。为了报复一个曾发现他偷窃行为的村妇,他不仅撞洒那位妇女的油瓶,又趁妇女向他说理之机,用手往妇女的奶子上狠狠地一摸。"阿长心里舒畅得非常……终于给他报复了。这报复是这样的光荣,可以说,所有史家桥人都给他报复完了。"王鲁彦对于农民精神愚昧、麻木、自私、卑怯的焦虑,在他讥刺的笔下流露出来。无论是骆毛、运秧驼背,还是阿长、阿二,同阿Q一样,深至骨髓的愚昧已经腐蚀了他们的灵魂。

这些小说都程度不同地写出、批判了农民忍辱负重、安贫乐道的精神痼疾。在他们看来,"什么都是一定的",无须挣扎,无须苦求。阿二(许钦文《鼻涕阿二》)对于加给他们的每一苦难,"只是默默服从"。丈夫阿三沉水死去,婆婆把她卖给一家姓钱的。这如同嫁给阿三时服从她父母一样,"她并不觉得怎么样,并不因此对自己有所主张,正如平时一样并不想为着自己主张"。在默默承受重重苦难中,走完自己人生的长途,悄无声息地死去。

"乡土文学"在改造农民灵魂艺术的实践中,还常常从对野蛮乡村习俗的展露中,批判农民守旧迷信的心理。鲁彦的《菊英的出嫁》正是对这种心理的批判。他们相信人死后还可以变成"鬼",而且鬼也照样生长,和活人一样有婚嫁的要求。于是死去了十八年的女儿,母亲真诚地为她选定了"女婿"(也是一个鬼魂!),择好良辰吉日,隆重地抬着菊英的灵柩,举行了一场鬼与鬼的婚姻——"冥婚"。并不仅仅是菊英的母亲一人,所有参加者都是那样真诚。守旧迷信心理,使他们将做事和做戏混为一体,不分彼此。这是二十世纪东方中国的奇观,愚昧迷信几乎可以看作中国的"国粹"。直到一九三三年,鲁迅还沉痛地说过:"外国用火药制造子弹御敌,中国却用它做爆竹敬神,外国用罗盘针航海,中国却用它看风水;……"①本来是科学的东西,在中国都变成迷信的玩意儿。这种愚顽迷信之劣根性在远离现代文明缺少民主科学意识的农民身上表现得尤为突出,成为农民自身的精神羁绊。

如果说上述描写是作家们对农民精神愚昧的"古老的悲哀",那么一批"乡土文学"对于农民精神昏昧的"崭新的忧虑",则是"乡土文学"在探索改造农民灵魂的艺术实践中,较之鲁迅的一个新的变化、发展。一批作品写出了当缓步发展的现代文明冲击着古老农村之时,中国农村强大的"改造能力",中国农民巨大的精神的"同化能力"释放出来——旧的迷信和新的贪欲掺杂在一块,甚至老中国的儿女的

---

① 鲁迅:《伪自由书·电的利弊》。

愚蠢顽固，也被溶化在市俗化的恶习之中。愚昧、冷漠的精神并没有改掉，却很快地成为"危疑扰乱的被物质欲支配着的人物"[1]。《赌徒吉顺》中的吉顺迅速从另一意义上理解适应了"城市文明"，赌钱，喝酒，他只崇拜一个上帝——金钱。他曾毫不掩饰地内心独白："对呀！人生行乐耳！有了钱就有了幸福，有了钱就有了名誉；物质的存在，是真实的存在，精神不过是变化无常，骗人愚人的幻影罢了。"一味地享乐，使他把曾为爱情共同奋斗过的妻子典给有钱人家作生儿育女的工具。《黄金》中如史伯伯一家因为没有收到城里儿子的汇款，于是便遭全村人的冷淡和奚落。大女儿看得清楚，她"最懂得陈四桥人的性格：你有钱了，他们都来了，对神似的恭敬你，你穷了，他们转过背去，冷笑你，诽谤你，尽力地欺侮你、没有一点人心"。农民作为小生产者的那种自私、狭隘、缺乏同情的心理被表现得极为传神。市俗化的恶习同旧有的重名分、讲"面子"的愚顽道德观念融汇在一处。二十年代广大农民人与人之间精神上的隔膜，在"金钱"这一媒介物中表现得淋漓尽致。

改造农民灵魂这一主题，由鲁迅作伟大的先驱，"乡土文学"率先仿效、反映，形成了中国现代乡土题材小说辉煌的开端。展露、改造农民的灵魂的愚黯，唤醒、完善农民的灵魂，这一主题的价值几乎可以看作现代乡土小说作家们创作的原动力。在嗣后几十年的乡土小说发展中，这一主题在"变奏"中虽然有时显得"力度"不够，但它还是或隐或显地显示着它强大，久远的生命力。

[原载《河南师范大学学报（哲学社会科学版）》1990 年第 2 期]

---

① 茅盾：《王鲁彦论》。

"乡土文学派"小说主题与技巧的再认识

丁 帆

　　人们惯于将"五四"以后的"人生派小说"与"乡土写实派小说"进行分类（或者是按分期来进行归类）。其实,这种分类似乎不甚科学,因为"人生派"的许多作家一开始创作就是致力于"乡土小说"的。和鲁迅一样,"五四"以后许多小说家是从广袤的农业社区进入繁华喧嚣的大城市。在封闭落后的封建宗法制度和光怪陆离的现代文明之冲突中,一种强烈的心理反差迫使他们拿起笔来描写"上流社会的堕落和下层社会的不幸"（鲁迅语）。但就"五四"以后许多小说家的创作实绩来看,似乎他们更关注"下层社会的不幸"。从鲁迅的《狂人日记》到《孔乙己》、《药》,无一不是对乡土社区中下层农民的深切关注。继鲁迅之后的乡土小说作家中较突出的有"新潮"作家杨振声等,他的《渔家》和《磨面的老王》等着力刻画处于水深火热之中的农民的苦难。这不能不说是为开创"鲁迅风"式的"乡土小说"作了很快很好的应和。但是,像这样描写农民苦难的乡土小说,很少有人把它们归入"乡土小说流派"。其实,如果否定了这类小说的"乡土性",那么也就等于不承认鲁迅乡土小说的"乡土性"作为"乡土小说流派"的正宗地位。诚然,潘漠华、许地山、许钦文、王鲁彦、王统照、王西彦、台静农、蹇先艾、黎锦明、徐玉诺、王任叔、许杰、彭家煌、废名……,都是被生活驱逐到异地的人们,他们在师承"鲁迅风"上或许比杨振声们更酷似鲁迅,但无论如何,我们绝不能忽视与鲁迅同期（或是稍后一点）的乡土小说作家作品。

鲁迅将"乡土小说流派"的作家作品称为"侨寓文学",其用意并不仅仅像人们所阐释的那样,只是"隐现着乡愁"。我以为,鲁迅之所以将这个流派与勃兰兑斯的"侨民文学"(亦作"流亡文学")相比较,除去"乡愁"和"异域情调"的意义外,还有一个很重要的原因就在于,鲁迅和这一批"乡土小说"作家有着相同相近的观察社会与生活的共通视角,即童年少年时期的乡村或乡镇生活(这成为一个作家永不磨灭的稳态心理结构)作为一种固定的、隐形的心理视角完整地保留在作家的记忆之中,"乡村"作为一个悲凉的或是浪漫的生活原型象征,它是作者心灵中未被熏染的一片净土。当这些乡村知识分子被生活驱逐到大都市后,新知识和新文明给作家带来了新的世界观和重新认知世界的方式,"城市"作为"乡村"的背反物,使作家更清楚地看到了"乡村"的本质。于是,一方面是对那一片"净土"的深刻眷恋;另一方面是对"乡村"的深刻批判,从某种意义上来说,"乡愁"便包含了批判的锋芒;而"异域情调"又蕴涵着对"乡土"生活的浪漫回忆。这种背反情绪的交织,几乎成为每一个乡土小说家共同的创作情感。从鲁迅开始,我们发现了这样一种特殊的情感互换的表现视角,即乡村蒙昧视角与城市文明视角互换、互斥、互融的情感内容。也就是作者们采用的观念往往呈"二律背反"现象:有时是用经过文明熏陶的"城市人"眼光去看"乡下人"和"乡下事"、有时又站在"乡下人"的立场上去看待"城市文明"。于是,这"乡土小说"就在更大程度上延展了其多义性,使人在解读它的过程中,时常陷入一种莫名尴尬的情感境地。当然,这种情感还因各个作家不同的生活经历和艺术感觉的差异显现出不同的特征。

所以,就整个"乡土小说流派"作品来看,由于每个作家在处理题材时的世界观和艺术心境的差异,在表现悲凉乡土上的情感也就有所不同,所呈现出的对乡土社会的文化批判力度也就因人而异。正如鲁迅先生所言:"看王鲁彦的一部分的作品的题材和笔致,似乎也是乡土文学的作家,但那心情,和许钦文是极其两样的。许钦文所苦恼的是失去了地上的'父亲的花园',他所烦冤的却是离开了天上的自由的乐土。"我以为这两者的不同不仅仅是艺术手法的各异,更重要的是前者"隐现的乡愁"是哀叹中国农业社区传统文明的堕落;而后者则一方面用人道主义的情感去抚摸农民的累累伤痕,另一方面又以无情的笔尖去挑开蒙在农人心灵创口上的纱布,用批判嘲讽的目光来藐视国民的劣根性。这便是王鲁彦深得鲁迅先生艺术思想真谛的高妙之处。

在文化批判的视角上,这批被生活所放逐的"精神浪子"都在不同程度上接受了"五四"前后的启蒙运动,其人道主义的世界观成为他们衡量人和事的普泛准则。但中国的人道主义则又往往和"救世济民"、"匡扶正义"的传统道德紧紧相联。因此,由于各人对于事物的认识有所差异,也就在乡土小说的创作中表现出不同的文化批判内涵。这种文化批判的内涵大致上可分为三类:第一类是站在一个基本脱离了"乡下人"的小资产阶级知识分子立场上去悲悯乡土社会中的一切不合人道主义的农民苦难。须说明的是,同样是"自上而下"地俯视乡土社会,这种文化批判视角与鲁迅式的文化批判视角有着哲学境界上的本质区别,它只是一种传统文人士大夫的普泛的人道主义拯救农民于水深火热之中,成为他们"救世济民"的传统文化情绪。所以这类作家作品只囿于反映不幸农民的不幸。第二类同样是站在人道主义的立场上来拯救中国、拯救黎民,但其人道主义内涵却注入了"五四"反封建的主旨,他们试图从推翻整个封建制度入手,首先扫荡戕害中国人灵魂的精神鸦片——充满奴性意识的国民劣根性。这类作家作品完全承继了鲁迅《狂人日记》的主题,将文化批判的匕首和投枪磨砺得更加锋利,"哀其不幸,怒其不争",其力点最终落于后者。第三类是试图抛开一切尘世的烦恼,用浪漫抒情的笔调来构建一个田园牧歌式的世外桃源,用幻想编织如诗如画之梦境,以此来与人生的悲苦相抗衡,从中得到另一种宣泄的自足。这类作家作品表现的主体情感是以遁世来超脱苦难。与前两类相比,此类作家"为人生"的现实主义力度明显减弱,在无力反抗现实世界的苦难之时,他们只有用"采菊东篱下,悠然见南山"的情致去消隐"乡愁"带来的精神悲怆。显然,就三者的思想力度来说,第一类作品和第二类作品所体现的文化批判意识远远大于第三类,尤其是第二类作品所呈现出的深邃的文化哲学内涵犹如一簇民族精神的"圣火",足以照亮中国几代人的心灵,足够几代人的精神受用。

就单个作家来说,各人的作品所呈现出的文化批判意识的强弱是各不相同的,即便是同一个作家,其前后期作品的思想力度也是有所差异的。

王鲁彦一直是被作为"乡土小说流派"的中坚人物来看待的。他的乡土小说之所以有吸引力,正因为他能够非常准确地表现"五四"以来反封建的主旨——改造愚昧落后的国民劣根性。他的小说主题甚至有许多是鲁迅思想的诠释,或是鲁迅小说主题内涵的翻版。《柚子》是目睹浏阳门外杀头的"盛举",我以为小说不仅仅是描写统治者的残暴,其更深刻的内涵在于那批看客在观看杀头时的亢奋情绪正是软刀子割头不觉死的国民劣根性所在。这和鲁迅先生批判的"看客"心理是相吻合的。同样,被茅盾认为是王鲁彦"最好出品"的《许是不至于罢》和《黄金》也是有着深刻批判意义的力作,前者是表现乡村土财主守财时的恐慌心理,后者是描写乡间的"势利",表现了破产了的乡村小资产阶级在金钱压迫下的精神扭曲和心理变态。

其实,王鲁彦作品中文化批判更为犀利尖锐的创作要算《桥上》和《屋顶下》这样的作品。《桥上》是较早地将文化批判的视角停留在乡镇小商人在资本主义经济侵略下濒于破产时的恐惧心理上的佳作,作者站在哲学思想的居高点上揭示了这个阴森可怖的魔影死死缠住中国乡村(尤其是沿海地区农村)沃土的事实,从而将资本主义吃人的本质特征形象地展现在读者面前。《屋顶下》是通过乡镇中一个家庭生活的展示,即婆媳之间的仇隙,来批判封建宗法势力的顽固和强大。通过小说中的"恶婆婆"形象,可以清楚看到封建宗法思想已经深入其血髓,给其带来了不可逃脱的悲剧命运,同时也可以清晰地看到封建宗法势力在戕害人性的真善美时暴露出的凶恶本质。倘使前者表现的是农村在殖民化的过程中逐渐走上经济崩溃的景况,具有深刻的反帝意识;那么后者则是着力描写了民族文化心理积淀中难以隐忍的劣根性,更深刻地批判了封建文化为老中国儿女们造就的精神炼狱,反封建的主旨尤为深刻鲜明。由此看来,王鲁彦的作品在这一主题的阐释上紧扣着"五四"新文学的母题,在反帝反封建的历史内容中展示自己独到的文化批判思想,这也是和"文学研究会""为人生而艺术"的主张暗通的。

沿着这条道路往下走,王鲁彦写下了中篇小说《乡下》和长篇小说《野火》。无疑,这标志着王鲁彦的乡土小说进入了一个新的里程,作者不再单单用普泛的人道主义观念和犀利的批判锋芒去描写农民的痛苦和乡间的愚昧,而是重新塑造了反抗的农民形象。这两部作品中的人物较之前期作品中的人物应该说是更为丰满,同时也跳出了原始人道主义对事物的单纯审美价值判断,而代之以强烈的阶级意识。但是,无可否认的是这两部作品在艺术上尚不如前期的佳作,这不能不归咎于作者受着当时创作思想的影响,多少掺入了概念化的意识。

　　持这种姿态的作家当然远不止王鲁彦一人,寓居北京的诸多乡土小说作家中,最和鲁迅接近的作家大概就是许钦文。他的小说格调酷似鲁迅,这不仅仅因为作者与鲁迅是浙江同乡,而是许钦文仿照鲁迅作品,对其小说进行了"五四"新思想的灌输。无疑,当许钦文刚拿起笔来写乡土小说作品时,始终摆脱不了浪漫的田园牧歌和"童年视角"的美好记忆的情绪笼罩,鲁迅先生之所以形容他的苦恼是失却了地上的"父亲的花园",正是说明他前期的作品充满着对恬静的乡村牧歌的悲悼之情,对失却理想中的"花园"的哀惋之恋。也正是鲁迅的作品给了许钦文新的启迪,从《疯妇》开始,许钦文一扫哀怨的浪漫主义情调,仿照鲁迅小说尖锐犀利、深广优愤的格调,深刻地抨击了封建残余对人性的戕害。他的著名中篇小说《鼻涕阿二》以悲剧的形式深刻地揭示了一个妇女在封建势力的汪洋大海中沉浮的命运,从而将小说的主题上升到对整个社会制度的诘问上。如果说鲁迅的阿Q形象已成为整个中国民族文化心理的共名,那么"鼻涕阿二"的遭际就是中国妇女受难蒙昧形象的共名。

　　另一位倍受鲁迅青睐的寓居北京的乡土小说作家应是台静农了。这位"地之子"作者的作品被鲁迅先生誉为"优秀之作"。台静农的《建塔者》、《地之子》中的许多篇什并非严格意义上的乡土小说,只有其中的《天二哥》、《吴老爹》、《蚯蚓们》、《负伤者》、《烛焰》、《井》等作品才算正宗的乡土小说。作为鲁迅领导下的"未名社"成员,台静农与鲁迅交往甚密,无形中受了鲁迅小说风格的熏陶,他用饱蘸血泪的笔墨写下的《地之子》小说集是经鲁迅审阅过的篇什,其描写的手法酷似鲁迅,渗透着安特莱夫式的阴冷,活画出当时的"地之子"所受的重重压迫。在思想的力度上,有些篇什也包孕了近于鲁迅的较大哲学内涵。诸如《天二哥》中对天二哥的描写使我们想到了孔乙己和阿Q,而天二哥的悲剧之所以未能达到阿Q这个典型的共名效果,就是作者在模仿鲁迅小说时没有更新的创造,致使作品的哲学内涵不能逾越阿Q这一形象。师承"鲁迅风",抨击封建宗法制度对人性的戕害,这几乎成为一切仿照鲁迅的乡土小说作家的共同特征,台静农也不例外。《负伤者》中吴大郎被迫卖妻,《蚯蚓们》中李小卖妻,都是在一片封建宗法势力阴影的压迫下导致的悲剧。《烛焰》和《红灯》是以浓洌的乡俗描写来抒发少女的悲苦和丧子的切肤之痛。

这些作品以阴晦的色调勾画出中国乡村中老中国儿女们苦难而愚昧的塑像,在沉闷压抑的情调中,透露出作者绝望苦闷、撕人心肺的呐喊——中国农民的悲苦正是整个中国封建文化和封建制度所致;要揭开这个"铁屋子",将做人的权利还给农民。但是这种呐喊又透露出一个智者强烈的孤独感。台静农乡土小说中所呈现出的和鲁迅小说相似的这种不被凡人所理解的孤独感充分地显示出这个作家较深邃的哲学观念,从一个侧面显示了台静农小说在当时所能达到的炉火纯青的地步。

　　另外还有一位寓居北京的乡土小说作家则更是惹人注目,这个作家就是从"老远的贵州"走来的蹇先艾。和许钦文一样,他也是从充满了田园牧歌的"朝雾"(《朝雾》是他的第一个小说集)中挣脱出来,重新审视自己笔下农村的苦难现实的。有些学者认为,这位"侨寓作家"对故乡的情感是具有双重性的:作为破落的旧家子弟,他往后看,痛悼故家风物;作为接受新思潮的青年,他往下看,同情被挤压在社会底层的劳动人民。我以为这一双重心态只是蹇先艾作品的表层结构,只能说明作者所具有的同情怜悯下层劳动人民的普泛人道主义精神。而更深一层的双重性是作家一方面用"乡下人"的眼光去客观描写乡村中的人和风景,另一方面又用"城里人"的眼光去俯瞰芸芸众生,强烈的主观色彩透露出作者不可遏制的对封建愚昧的民族文化心理的抨击。这种双重情感使得蹇先艾的乡土小说呈现出主题意义的多义性:普泛的人道主义精神,新人文主义思潮,对静态的传统秩序的留恋,对封建愚昧劣根性的掊击……这些都交织在《到家的晚上》、《水葬》、《在贵州道上》、《踌躇》、《乡间的悲剧》、《盐巴客》等佳作中。毫无疑问,蹇先艾之所以被鲁迅先生看中,最主要的还是他小说中的乡土气息最浓郁。与台静农相比,蹇先艾的作品还缺乏那种较清晰和较深刻的哲学内涵,但他的小说呈现出的多义性却能够弥补这方面的不足。尤其是他的乡土小说所表现出的悲剧美学效果,使他的乡土小说的主题疆域富有弹性和张力。寓居大都市上海的乡土小说家也是很多的,其中最有成就的是彭家煌和许杰。彭家煌的作品被茅盾在《中国新文学大系·小说一集导言》中誉为当时最好的农民小说之一。彭家煌的乡土小说并不很多,但是它比其他题材的小说创作更能体现其个性和风格,也是彭家煌全部小说中的上乘精品。他仿照鲁迅的笔法,用诙谐幽默甚至调侃的喜剧手法来写那种痛苦到精神和骨髓之中的悲剧。一部《怂恿》写足了封建宗法制度下乡人的愚昧和乡村统治者的刁钻狡猾。作品通过充满着喜剧的情节和细节,辛辣地讽刺了乡民的劣根性和统治者的假威严。《活鬼》写得更为波俏诡谲,深刻地批判了封建包办婚俗的丑恶。以喜写悲,成为彭家煌乡土小说的鲜明特征。他的小说之所以在"乡土小说流派"中独树一帜,还因为他的小说技巧相当圆熟。正如茅盾在《中国新文学大系·小说一集》导言中所言:"彭家煌的独特的作风在《怂恿》里就已经很圆熟。这时候他的态度是纯客观的。(他不久就抛弃了这纯客观的观点)在这几乎称得是中篇的《怂恿》内,他写出朴质善良而无知的一对夫妇夹在'土财主'和'破靴党'之间,怎样被播弄而串了一出悲喜剧。浓厚的'地方色彩',活泼的带着土音的对话,紧张的'动作',多样的'人物',错综的故事的发展,——都使得这一篇小说成为那时期最好的农民小说之一。"我们不能说彭家煌的小说思想深度不够,像《陈四爹的牛》中猪三哈的精神胜利可以和阿Q比肩;《美的戏剧》中秋茄子在现实生活中的精彩表演是对民族劣根性的最无情鞭挞,但它们逊色于《阿Q正传》的原因正是没有把他们提炼到一个具有"共名"的人物典型意义上来,人物缺乏那种对国民劣根性的巨大哲学内容的涵盖力。但它们却给读者留下了具有无穷韵味的思索。

　　另一位寓居上海的浙江籍作家许杰常被人们誉为成就极高的乡土小说作家。他的小说笔法多变,往往是用双重视角来描写乡村的故事,他一方面把"童年记忆"中的乡村景色描写得美丽动人,另一方面,作者又在这样的基调上涂抹凝重而又灰暗的色彩,以示乡村的黑暗和混沌。许杰的代表作应说是《惨雾》,它历来被人们称为"文学研究会"乡土小说的力作,茅盾说它"是农民自己的原始性的强悍和传统的恶劣的风俗"。这部作品客观地描写了作家家乡鲜血淋漓的宗族械斗,人性恶的丑行被刻画得惊心动魄。其实,这部作品是作者站在一定的思想高度来批判民族文化心理劣根性的力作。封建的宗法制度造成了人与人之间的仇恨,同时也造成了民族的自戕、自虐性。1925年写就的《赌徒吉顺》描写了吉顺成为赌徒后最终"典妻"的故事,不仅刻画了无辜的妻儿所遭受的非人待遇,同时也通过赌徒吉顺的心理变化过程,细致地刻画了在层层压迫之下的农民被生活所抛弃时的畸变性格,正是我们民族文化心理劣根性的裸露。

　　我们不可能将"乡土小说流派"的作家作品进行逐一分析,从中提炼出带有普通规律的经典性结论,但我们可以看出"乡土小说流派"作家们在文化批判过程中所持有的与鲁迅先生同样的"五四"人道主义精神,同时也可以看到在这一文化批判过程中,这个流派的作家所本能地表现出的双重情感,这种背反现象扼制了作家对于"五四"文学精神的更清晰的表达,但又无形中使自己的小说涵量不断增值,情感的紊乱反而使小说的内涵呈多义,多义而扩张了小说主题的多元,从而增大了小说的审美疆域。

作为寓居大都市的乡土小说作家,这些作家的作品之所以给人以美的感受,无疑是因为这些作品中散发出的浓郁的"异域情调"。这"异域情调"给人的餍足应该说是不同的美学感受。对于异乡人,它给予的是新鲜而惊奇的美学刺激;而对于同乡人,它给予的是怀乡和忆旧的再现性美感。平心而论,在寓居作家那里,文明与野蛮、进步与落后、先进与原始的反差越大,就越能产生出"异域情调"来。因而,像蹇先艾写封闭保守的、初民文化保存得较完好的边远地域的山民生活,则更能产生出较大的美学效应。

这一时期的乡土小说的美学特征多表现在作家们集中对地域风土人情和风俗画的描写上。当然,这风俗描写多半是和抨击封建礼教的主题内涵相联系的。同是"典妻"风俗的描写,台静农、许杰乃至后来的柔石、罗淑等,无不注入了对封建礼教的抨击。但是,作为"为人生而艺术"的乡土作家们是有意识地将这一"五四"主题内涵纳入自己主观情感投射的轨迹的。如果缺乏这种自觉,乡土小说就会陷入另一种美学风范。作为"乡土小说流派"的作家,大都是"文学研究会"旗帜下的小说家,因此,他们不约而同地遵循为人生的宗旨,在涂抹风俗画面的同时,时时不忘对于人生和社会的强烈关注和介入。我们在众多的作品浏览中,可以看到这样一个事实:许多乡土小说作家在自己的风俗画面的描写之中,总是把故事和人物处理成悲剧结局。这足以证明这些作家所倾注的对人生和社会的情感内容。

蹇先艾把"老远的贵州"的风土人情展现在我们面前,正是要将一些新的东西提供给读者:《水葬》的残酷乡风并不止于抨击原始野蛮的习俗,而是以人道主义的胸怀去写人性的被杀戮,以及为鲁迅所说的展示伟大的母爱。《在贵州道上》是蹇先艾用川黔方言写成的地方色彩和异域情调最浓郁的一篇乡土小说,小说中的人和景,乃至语言,活脱脱地将蛮荒山地的风土人情跃然纸上。作者把自己的人道主义胸怀和对统治阶级的仇恨隐匿在描写的背后,使人在久久的美感回味中领悟到博大的思想内容。

江南小镇的风土人情,散溢着浓郁的地方色彩,有如鲁迅作品中的风俗描写,充盈着古朴清丽的美感,这在王鲁彦、许钦文、台静农、许杰等人的小说中同样得到了很好的体现。《菊英的出嫁》将宁波乡下"冥婚"的陋习写得栩栩如生,《黄金》中史伯伯"坐席"的规矩固然和人物的描写紧紧相扣,但没有这风俗方面的知识,却是难以表现主题的。许杰在《惨雾》中首先推出的一幅风景画和风俗画,渗透着浓郁的乡土气息,整个械斗过程附着的宗法氏族械斗规矩和程序的风俗描写,有力地体现了民族文化劣根性给人造成的灾难,反映出的是一种文化的积淀。台静农在《天二哥》中有着出色的风土人情描写,活脱脱画出了一个乡间流氓无产者的形象。如果没有对自己家乡的封建风俗礼仪的熟谙,断不能写得如此得心应手,游刃有余。

彭家煌这位生长于洞庭湖畔小镇上的乡土作家,所写之乡土小说最有"异域情调"的韵味,茅盾在《中国新文学大系·小说一集导言》中把他的乡土小说归纳为:"浓厚的'地方色彩',活泼的带着土音的对话,紧张的'动作',多样的'人物',错综的故事的发展"。毋庸置疑,彭家煌的乡土小说所呈现出的风土人情和乡土气息,在同时期的作家中是独占鳌头的。他小说中浓郁的"地方色彩"表现了作者对于充满着乡俗民情的"俗文化"的熟谙。宗族的械斗、邻里的勾心斗角、乡村统治者的政治生活、婚丧的礼仪风俗,以及那些约定俗成的乡间文化规矩,在他笔下得到栩栩如生的描写。《活鬼》是非常含蓄而巧妙地用平缓的叙述语调讲述一个非常平淡的乡间琐事,然而其韵味十足,十分巧妙地抨击了乡村中"大妻小夫"的婚俗。这种传宗接代的封建思想其本身就充满着扼杀人性的色彩,同时它又是使人堕落的深潭。整个小说简炼而富有韵味,其风土人情描写暗含在故事的叙述之中,真可谓"异域情调"引而不发,余味无穷。像彭家煌这样能将风土人情描写有机地融化在故事情节之中,融化在人物的言行中的乡土小说作家是为数不多的。

"乡土小说流派"的诸位作家都是十分注重"风俗画"描写的,用茅盾的评论来说是"在悲壮的背景上加上了美丽"。从鲁迅小说开始,这种"风俗画"的描写就贯穿于乡土小说创作之中,《故乡》中的景物描写渗透着苍穹之下童年的幻影和凋敝江南小镇的冷落,《社戏》中的夜景描绘充满着童趣和江南水乡的灵气,《祝福》中的雪景又孕育着江南悲凉氛围中的人间炎凉;《风波》中那幅恬静的"农家乐"图画的描绘饱含着对封闭凝滞死水一般的固态民族文化生活的揶揄和调侃……这些"风俗画"的描写给乡土小说作家们树立了典范。

许钦文《疯妇》和许杰的《惨雾》中对浙东水乡的美丽自然景物作了详细的描绘,这些"风俗画"的描写绝非是某种艺术的"点缀",而是和整个小说的主题内涵呈"反衬"状态。这就是"在悲壮的背景上加上了美丽"的艺术辩证法。

当然,尚有一些乡土小说作家并不注重"风俗画"的描摹,而是只注重风土人情的场面和风土习俗的事件本身的描述。与前者的"风俗画"描写完全不同,他们把风俗描写有机地融进情节、细节和人物,以及语言的描写中,如上文提及的彭家煌,就是一个典型的代表作家。

无论如何,"异域情调"的美学餍足,是每一个乡土小说作家必然的艺术追求,这种追求虽各呈异彩,但它是这一流派作家的共同守则。

"乡土小说流派"作家在其乡土小说的创作过程中并不是恪守一种现实主义的创作方法的,人们把这一流派的小说创作看作是现实主义创作方法的根据就是他们都是在"文学研究会"的"为人生而艺术"的大纛下行进的。殊不知,在这众多的作家中,将"再现"与"表现"加以融合的作家大有人在,而且在这一"融合"的过程中,他们创作出的作品均属一流。

王鲁彦的小说明显地带有"表现"的艺术内涵,有人认为这是抒情的浪漫主义色彩,我以为这是受了"新浪漫主义"(即"五四"以后的现代派)手法的影响。他的《秋夜》模仿的是鲁迅的《狂人日记》,带有鲜明的象征主义色彩,《秋雨的诉苦》是"我"与秋雨的对话,勾勒出了王鲁彦小说幻想和象征的特色。在王鲁彦的力作《菊英的出嫁》中,作者出色的表现就是用心理描写的手法来写菊英母亲为菊英操办婚事的经过。作品的扑朔迷离就在于小说消弭了真与幻、现实与梦境的临界点,虽然整个小说的叙述过程是线型状态的,但作者描写的视点最后是落在真与幻两者的边缘交叉地带,真假难辨,这就更加突现了主题的深刻性——陈规陋俗已成为民族文化心理的"集体无意识"了。可以看出,他在局部运用"表现"手法时,打破了写实手法的单一性。

许钦文的乡土小说也颇具象征色彩。《父亲的花园》是富有象征意味的小说。

但他真正的乡土小说力作《鼻涕阿二》等则是采用完全的写实手法的,倒是作者在写城市小知识分子题材的许多作品中,表现出更多的心理描写成分和"表现"的艺术技巧。

台静农是被誉为比鲁迅更具安特莱夫式阴冷的作家,他擅写幻觉梦魇,《红灯》中的亦真亦幻,《新坟》中四太太的幻觉,使人在阴森恐怖中感到另一种不可捉摸的情绪在作祟。

许杰是用两副笔墨来写乡土小说的。《惨雾》是写实的,而像《漂浮》和《暮春》则更多的是"表现"色彩,作者尽情地抒写"白日梦",注重对潜意识的发掘。这些心理分析方法的局部运用非但没有损害作品的内容表现,还有助于深化主题,而且更加强了作品的美学艺术特征。

最后,必须提一下"文学研究会"的另一个中坚作家王统照在二十年代末和三十年代初所写的一些乡土小说。王统照最著名的长篇小说是《山雨》,这部小说被誉为中国现代文学史上第一部描写北方农村生活的长篇力作。《山雨》所要表现的是"山雨欲来风满楼"的革命斗争烈火即将燃烧的主题内涵,作者用写实的笔法为现实主义的创作方法提供了一部辉煌的产品。而在这之后的长篇小说《春花》的写作,又改变了纯客观的写实风格,采用了象征、暗喻、意象和心理分析的手法,将"表现"的成分融进了小说的描写之中,从纯现实主义的创作方法中挣脱出来,开始了自身的艺术"转型期"。因而在王统照以后的小说创作中,象征成为小说的本体内容。

毫无疑问,在"乡土小说流派"的诸多作家创作中,绝不是像后来的文学史家们描述的那样铁板一块,千篇一律地用写实主义的手法来完成"为人生而艺术"的宗旨的。起码,在他们中间,有许多人是具有两副笔墨的,是善于将"表现"的成分纳入"再现"的写实轨道中去的,并有机地完成了两者的"融合"。这种"表现"和"再现"的交融现象虽然在这以后形成了一个历史的断裂带,直到 20 世纪八十年代的小说文体革命时,才使这种交融现象又重新复现。这是值得人们深思的,也促使我们追根溯源,重新审视二三十年代乡土小说的这一隐形现象。

（原载《江苏社会科学》1992 年第 4 期）

『京派』乡土小说

"京派"与"海派"

栾廷石

自从北平某先生在某报上有扬"京派"而抑"海派"之言,颇引起了一番议论。最先是上海某先生在某杂志上的不平,且引别一某先生的陈言,以为作者的籍贯,与作品并无关系,要给北平某先生一个打击。

其实,这是不足以服北平某先生之心的。所谓"京派"与"海派",本不指作者的本籍而言,所指的乃是一群人所聚的地域,故"京派"非皆北平人,"海派"亦非皆上海人。梅兰芳博士,戏中之真正京派也,而其本贯,则为吴下。但是,籍贯之都鄙,固不能定本人之功罪,居处的文陋,却也影响于作家的神情,孟子曰:"居移气,养移体",此之谓也。北京是明清的帝都,上海乃各国之租界,帝都多官,租界多商,所以文人之在京者近官,没海者近商,近官者在使官得名,近商者在使商获利,而自己也赖以糊口。要而言之,不过"京派"是官的帮闲,"海派"则是商的帮忙而已。但从官得食者其情状隐,对外尚能傲然,从商得食者其情状显,到处难于掩饰,于是忘其所以者,遂据以有清浊之分。而官之鄙商,固亦中国旧习,就更使"海派"在"京派"的眼中跌落了。

而北京学界,前此固亦有其光荣,这就是五四运动的策动。现在虽然还有历史上的光辉,但当时的战士,却"功成,名遂,身退"者有之,"身稳"者有之,"身升"者更有之,好好的一场恶斗,几乎令人有"若要官,杀人放火受招安"之感。"昔人已乘黄鹤去,此地空余黄鹤楼",前年大难临头,北平的学者们所想援以掩护自己的是古文化,而惟一大事,则是古物的南迁,这不是自己彻底的说明了北平所有的是什么了吗? 但北平究竟还有古物,且有古书,且有古都的人民。在北平的学者文人们,又大抵有着讲师或教授的本业,论理、研究或创作的环境,实在是比"海派"来得优越的,我希望着能够看见学术上,或文艺上的大著作。

　　　　　　　　　　　　　　　　　　　　　　　　　　一月三十日。

　　　　（录自鲁迅著《花边文学》,译林出版社 2014 年版,第 15—16 页）

乡村中国的文学形态

——《京派小说选》前言

吴福辉

一

　　每一个文化地域并非注定就能产生一种文学的流派。如果历史有幸让它产生了，那么，以这个地域来命名的流派，即便很难囊括产生于这块土地上的一切纷繁复杂的精神现象，却实在可以成为一部分文化的代表的。这里所谓的"京派"，与一九三三年鲁迅、沈从文、苏汶那场著名的"京派与海派"论争中使用的概念不同，仅指二十年代末期以后，当时北方中国确实存在过的一个不小的作家群，除了没有正式结社以外，其他的文学流派的特征，无不显露且发展完备。当时便有人用"京派"来称呼它，也有称其为"北方作家"或"大公报作家"的。似乎后面这两个历史名词都不及"京派"二字更来得简单明白，只需给它下一个明确的界说便成了。

　　"京派"导源于文学研究会滞留北方，始终没有加入"左联"的分子。逐渐地，清华、北大、燕京几个大学的师生合成了一个松散的群体，先后出版了《骆驼草》、《文学月刊》、《学文月刊》、《水星》等刊物。一九三三年沈从文执掌主编天津《大公报·文艺副刊》成为这个流派确立的标志。开初每周两刊，一九三五年九月后每周四刊，"京派"新人萧乾参加编辑，直到抗战前，使其成为北方文坛之重镇和"京派"文学的发祥地。一九三七年五月朱光潜为商务印书馆主编《文学杂志》,抗战中停办,一九四七年六月复出,流派壁垒更为分明。汪曾祺早期作品便在这里问世。另一重要之点是《文学杂志》通过《我对于本刊的希望》、《复刊卷头语》等文,直接提出了京派的文学主张和理想,认明文学"是一个国家民族的完整生命的表现",应"使文艺播根于人生沃壤",达到"宽大自由而严肃"。这就使京派文学终于汇成一股独立的、民族和民主的潮流。

以比较相近的人生目标和文艺追求相吸引,"京派"形成了自己的作家群落。即便持一种狭义的观点,以《大公报·文艺副刊》和《文学杂志》周围聚集的作家为主来加以认定,也便有小说家沈从文、废名、凌叔华、芦焚、林徽因、萧乾、汪曾祺等。到三十年代中期,"京派"内部产生类似"文艺沙龙"的聚会,比如在北平后门朱光潜家里按时举行的"读诗会",参加者甚众,也读诗以外的作品。① 另外,《大公报》文艺奖金实际上是一种京派文学奖,评选的主持人便是沈从文、萧乾等人,唯一的一次发奖在一九三七年五月,被评上的王长简(芦焚)的小说集《谷》、何其芳的散文集《画梦录》、孙毓棠的长诗《宝马》等,主要便是青年京派作家的力作。"京派"的作品这时也有了专门的结集,一九三六年林徽因受邀主持选辑了《大公报文艺丛刊小说选》,并在书前《题记》中较早试图归纳大公报小说总的创作倾向,所谓"趋向农村或少受教育分子或劳力者的生活描写",创作态度"认真","诚实的重要还在题材的新鲜,结构的完整,文字的流丽之上"。② 例指出的这几点,都敏感地接近着"京派"的本体。这个时候,"京派"已经形成了大体共同的文学思想特征及审美旨趣:对于现代人生的深入体味,对于当时社会现实的不满和政治上的中间态度,强调发挥文学自己本来的功能,尽力试验文体的完美程度,并有意让它与党派保持距离,充满一种执著追求民族文学重造的理想主义态度。它不仅有队伍、有阵地,甚至专门有集会、有评奖、有编集等活动,作为一种文学流派的形态,我们不能不承认其存在。

某些"京派"作家过去长期被视为右翼文人,一部分原因是由"京派"、"左联"的对峙关系往往被夸大所致。历史的误会还是要经由历史自身来清理、来辨正。"左

---

① 见沈从文《谈朗诵诗》,载 1938 年 10 月 1—5 日《星岛日报·星座》。也见陈世骧《对于诗刊的意见》,载 1935 年 12 月 6 日《大公报·文艺副刊》。

② 林徽因:《文艺丛刊小说选题记》,载《大公报文艺丛刊小说选》1936 年 8 月大公报馆版。

联"的历史功绩,革命现实主义文学的主流地位,自然显示了时代对文学的巨大选择能力。这样,有意远离政治斗争两极的"京派",便填补了中国现代左翼文学与右翼文学之间的广阔地带(包括其他各种民主主义作家的文学),发挥着自己独特的认识中国社会,用现代精神继承传统文化,努力探视文学内部规律的特长。只是因为中国的右翼文学太布不成阵了,倒使得"京派"经常以左翼文学对立物的面貌出现。这种误解是双方的,有时在彼此的评论文章中更显示出这种对峙性。实际上,"京派"代表民主派的文学思潮,是一个与中外进步文学息息相通的文学现象。"京派"文学显示了三十年代前后中国现代文学的丰富性。如果去掉了这样一个把中国乡土小说、中国抒情体小说和民俗文化小说发展得较为成熟的小说流派,则将无法追寻现代小说的多样的发展。如果忽视这样一个讲究艺术表现、艺术个性的写实派,也就无法描述中国现实主义文学演变进化的轨迹。仅有左翼文学和右翼文学,是展现不出中国现代文学的全貌的。这是"京派"的研究价值所在。

中国现代文学的流派发展并不完善。五四时期涌现过各种争奇斗艳的写实的、浪漫的、现代主义的文学派别,不久便退潮了。后来的许多社团往往以非文学因素作为识别标记,"中国左翼作家联盟",带有国民党背景的"中国文艺协会",和表明文艺界形成抗日统一战线的"中华全国文艺界抗敌协会",都很难当作一个文学流派来看,虽然它们结了社。而"京派"由于嫌恶一切党派,虽已具有高张某种文学旗帜的条件,却压抑了自己的流派意识、集团意识,声称追求一种广博的包容性,反转来使得创作缺乏一种更自觉的文学推动力。但是文学史的研究如果把流派作为一条线索,这对于探讨文学思潮此消彼长的矛盾运动,对于摸索文学发展的自身规律性,还是十分有益的。所以,中国现代文学史的研究家们应当对流派取一种宽宏的态度,大可不必那样严峻。事实上,像"京派"这样未曾结社或未曾明确喊出某种文学口号来的文学流派,在中外古今的文学史迹中是不乏先例的。所幸我们现在已能举出不少这样宽宏地认定京派的见解,比如丁玲一九八一年在美国介绍五代中国作家时,明确指出沈从文是"当年京派作家的领衔者"。① 姚雪垠也称沈从

---

① 丁玲:《五代同堂振兴中华》,收入《访美散记》。

文为"在北京的年轻一代的'京派'代表"。① 朱光潜回忆说,沈从文"他编《大公报·文艺副刊》,我编商务印书馆的《文学杂志》,把北京的一些文人纠集在一起,占据了这两个文艺阵地,因此博得了所谓'京派文人'的称呼"。② 司马长风提出"独立作家群"的名称,即指"以北平为中心,被人称为京派的一群作家"。③ 可以说,"京派"已经得到世人的承认。

　　新时期文学的广阔眼界必然带来不少历史的重新发现。这种发现往往便酿成了所谓"某某热",潮流一样地涌来涌去。这种"热",也曾加诸京派的某几位作家身上,引起了许多不同的回响。我们应当严肃地科学地面对这种现象。这种"热",不管是转瞬即逝也罢,经久不衰也罢,终究还是要逐渐地平静下去,冷却下去的。最后,便凝结为化石:真正的历史经验。

二

　　"京派"的小说作者如果单从文化背景视之,则既有沈从文这样来自蛮荒一隅、自学而成的"土著"作家,也有林徽因这样出身名门、学历高深的留洋作家。李健吾和萧乾自下而上,生于京畿贫民之区,靠自我奋斗进入名大学,又先后出过洋。京派一群,令人难以置信地将高层知识者与"乡下人"合为一体,他们是凭借着共同的文学精神特征、相似的文化心理结构和文化性格聚合而成的。

　　这主要便是充分继承了"文学研究会"的"为人生"的倾向。京派作家忠实于现实,却在三十年代日趋激烈的社会阶级斗争面前看不到政治前途,抱着对政治功利性、党派性及文学商品性的浓厚怀疑,他们要将他们文学的"希腊小庙"④建于政治漩涡之外,却并不缺少一份诚朴、正直和对历史文化的是非观念,从而深深地介入到中国的人生中去。借用周作人的譬喻,他们既非"叛徒",也非"隐士"。试读一读

----

① 姚雪垠:《学习追求五十年(一)》,载《新文学史料》1980年第3期。
② 朱光潜:《从沈从文的人格看沈从文的文艺风格》,载《花城》1980年第5期。
③ 司马长风:《中国新文学史·跋》,昭明出版社1978年12月版。
④ 沈从文:《习作选集代序》。

沈从文《巧秀和冬生》里美丽而野蛮的沉潭场面，了解一下芦焚《百顺街》那条衰微、腐败、荒诞的中国市镇街道，或者想想沈从文的《八骏图》、《绅士的太太》，季康的《路路》、凌叔华的《弟弟》、前羽的《享福》展露的现代爱情、现代婚姻和现代家庭关系、人际关系的一个角落，你会感到京派小说对中国人生范围内的封建文明的嫌恶和现代文明的疑惧。这种心境，显然不同于左翼小说反封建主义和反殖民主义的神圣憎恨和昂扬的战斗姿态，也不同于海派如穆时英小说对资本主义文明的空虚哀叹和禁不住的依恋。这有些接近英国的哈代，在现代工业文明侵入农村宗法社会后产生的那点复杂矛盾的心态。京派把人生看得大于时代，把时代称作狭义的人生，他们避开时代生活激流面前文学的政治选择，转而采用观照理想人生的文化选择，使得他们的缺乏政治批判力的小说，具备了文化批判的一定深度。比如"京派"小说针对现代道德沦丧而发的对传统道德、民间道德的呼唤，以传统文化的精华部分为标准，对农村、市井、知识阶层生活进行的厘定，就充满了博大的文化审视态度。这就产生了京派小说追寻过去的独特模式。如沈从文借作品中一个人物所感悟的："走到任何一处皆将为回忆所围困。新的有什么可以把我从泥淖里拉出？"[①]强调了对旧的留恋之深，造成思想感情上的某种回忆性。汪曾祺更从审美感情上加以总结，他指出："我以为小说是回忆。必须把热腾腾的生活熟悉得像童年往事一样，生活和作者的感情都经过反复沉淀，除净火气，特别是除净感伤主义，这样才能形成小说。"[②]这在京派小说里是运用得极普遍的。像林徽因《模影零篇》中的《钟绿》，对一个再难重现的美人的回忆，《吉公》对一个再难重现的被压抑的技术天才（在意象上正如《钟绿》的"薄命美人"的命题）的回忆，李健吾的《坛子》对卑屈女人一生如一个未成为瓶子的破坛儿的回忆，以及汪曾祺在人生的"过去"式之外加上的"最后"式，写出《戴车匠》对最后一个车匠的回忆，《鸡鸭名家》对最后一门孵化绝技的回忆，《异秉》对最后一次檐下设摊的回忆，都显示了京派小说这类平静地回溯人生的模式。这种模式，让你强烈感受到京派艺术的独立个性。这种"追寻过去"的从容、自然、通达，以及在斗争年代的曲高和寡，某种意义上正象征了他们

---

①　沈从文：《八骏图》。着重号为笔者所加。
②　汪曾祺：《桥边小说三篇·后记》，载 1986 年《收获》第 2 期。着重号为笔者所加。

人生追求与艺术追求的寂寞感。

京派小说家最普遍的文化特征还有他们的平民性，以及对于普通乡民、市民的平凡生活方式的肯定，对于俗人俗物的热爱与亲近。沈从文身上且有少数民族的血统，少年时代便长期生活在人民底层，谙熟川、湘、鄂、黔四省交界的那块土地及绵延千里的沅水流域，了解"湘西"的农人、士兵、店伙、商贩，终生漂泊的水手船工，吊脚楼的娼妓及这些人的喜怒哀乐和鲜明的"生命形式"。京派作家对淳朴乡情民俗、民间文化，都具有特殊的审美敏感。废名对农村静美生活的熟悉程度，芦焚的《谷》《里门拾记》等集表现出的北方农村的没落、停滞、倒退的情景，汪曾祺拥有的对苏北乡镇市井的生活知识，都是极其惊人的。就连生活在大学区内的杨振声、林徽因也知道一些渔民、挑夫、人力车夫的恩恩怨怨。他们从普通的人生命运中细加品味，加入自己的主观体验，挖掘平凡生活内层的诗意、哲理，寄托一定的社会、文化理想。仿佛普通人蝼蚁一样的生命，在京派作家眼中都是那样的庄重，任意而活的水手柏子(沈从文：《柏子》)、不觉其可悲命运的童养媳萧萧(沈从文：《萧萧》)、奴性的长工叉头老叔(芦焚：《人下人》)、大胆求生的丫环文珍(林徽因：《文珍》)、憨厚刚直的小贩邓山东(萧乾：《邓山东》)、阅历丰富而讲究实际的校工老鲁(汪曾祺：《老鲁》)，都个个历经磨难，过着可怜甚至愚昧的生活，但透过这可怜或愚昧，京派力图显示普通人的坚忍、倔强、极强盛的生命力，从而认为美即在平凡的生命形式之中，稳定而不表露的劳动具有它的永恒价值，黯淡也即光明。他们所创造的平民世界，提供了各样的"生活发现"，可以使人长久地玩味。当然，京派的平民性，由于其人道主义思想只是与民主主义结合，而未与社会主义结合，不免留下保守的一面。最明显的，便是他们虽写尽了生活中的"常"与"变"，但往往是由"常"看"变"的。京派从他们那种执拗的乡镇立场出发，从敬畏天命的小民立场出发，来看待二十世纪中国的动荡，就不由自主地会害怕变动。只能在变动中发现旧的美，不能在变动中发现急进的新。小说中的人物很少把人生的企求寄托在大变动之中，倒是喜欢退回到传统文化崇尚的淡泊、与世无争的境地，在自在状态的生活圈内获得自足。这一点，在某几个青年京派身上已经发生微妙的变化，封闭凝固的生活圈已在逐步被打破。这就反映出京派内部的"常"与"变"了。

　　京派作家的文化性格多笃厚、通达、从容、中和状,少昂扬激烈,其小说往往达到一种和谐、圆润、静美的境地,表现出一种纯情性。正因为一心追求纯美,包括生命之纯美和艺术之纯美的统一,才会使他们的作品那样热衷于表现一系列纯洁少女的形象,如沈从文《三三》中的三三,《边城》的翠翠,《长河》的天天,皆温柔、明净、晶莹剔透,从内心到外表都是姣好的。至于乡民,往往纯朴到浑然不觉,暗示着一种民族性格的内核。还有一个特点,是喜用儿童的视角来写成人的世界,从凌叔华的《弟弟》、《一件喜事》,叔文的《小还的悲哀》,林徽因的《吉公》、《文珍》,到萧乾的《篱下》,汪曾祺的《戴车匠》,这种叙述角度运用之广泛,反射出京派小说家的拳拳童心。由此,写出他们内心深藏的那块人类童年期的土地,保存的那点原始自然美、人情美的光影,象征着他们对明日人类社会、人性完美的无限向往。这种文学的纯情性,自然带有理想色彩,不切实际,特意与社会现实保持了距离。这个距离,给京派实现美文学的愿望留下了足够的心理平衡的空间。

　　与同时期的"左翼"小说相比,京派开放的民族性更为显著。京派刊物重视介绍当代的世界文学潮流,沈从文的小说观念与西方现代的心理学、人类学、哲学,与莫泊桑、哈代、屠格涅夫、契诃夫都有联系。大学经院的文化氛围自然使大部分京派作家修养深厚,眼界宽泛,思想上的民主意识、自由意识以及文学的现代意识,结合成他们的现代性。但是他们与海派小说有声有色地表现现代大都会的快速节奏、光怪陆离的光影情味、骚动着的爱欲和机械压迫下狂放的病态,与商业化和殖民地化地模仿欧美现代派的"穆时英笔调",实在大相径庭。中国三十年代洋场小说是西方现代派的赝品,而京派小说是牢牢地植根于民族生活、民族语言的土壤的。你可以通过读沈从文、林徽因、废名、汪曾祺,欣赏到一种富有中国气派的文化小说。它们非常注重人物的文化性格与人物活动其中的场所,这种场所经常不强调社会斗争的严峻性质,仅仅是人物精神成长的社会文化环境。比较一下沈从文的《丈夫》、废名的《菱荡》和汪曾祺的小说,每篇之前都有很长的环境交代,乍看起来显得拖沓、散漫,但确实汇成一种生活格调,一种浸染全篇的文化气氛,似乎环境也有文化性格。而京派最为欣赏的平民传统精神,如重义、轻利、守节,正是赖此形成的。京派小说家代表了"五四"以后由面向世界又重新回归到重视民族传统的一部分知识分子的心理。他们从北方文化出发进而表现中国文化,到最后提出民族性格和民族文化的重造。① 虽然这样一个历史课题加在京派身上显得格外的沉重,力不胜任,但它毕竟是被严肃地提出来了,而且成为京派小说民族性与现代性兼有的有力佐证。

三

"京派"小说并不限于表现旧北平,它的色调也不仅仅统一在地方性的京味上面。"京派"的文学世界远比这个广大。

如果只举李健吾、凌叔华、林徽因、萧乾这几位看,他们确实写出不少旧北平的角落。从北平城的上层官僚家庭、知识者家庭,直至城根下贫民大杂院的悲喜辛酸,一齐奔集到他们的笔下。但是更多的京派作家主要写的是农村。试看沈从文创造的湘西世界,废名的湖北故乡和北京的城郊世界,芦焚的河南果园城世界,汪曾祺的苏北乡镇世界,真是精彩纷呈,几乎无一不是中国现代小说史上极富社会、文化和艺术意味的章节。连同他们的城市描写,也统属于上述小说系统之中,成为一个乡村性的叙述整体。这样看来,京派甚至不能说只是表现北方的,进入他们文学视野的,正是他们心目中的那一个"乡村中国"!

乡村中国显示出中国特性。由一个端庄而变得衰落、颓败的农村世界,来刻画中国,大概很难突现一个前进中的中国形象,却很能反映我们这个古老、积弱,又不断地在自身内部艰难地酝酿新生的国家和民族。京派小说在总体上唱出了宗法社会日渐解体的美丽哀歌,它虽没有正面写出这一场"震动"的社会斗争画面,却暗示了在城市商业文明的包围、侵袭下,农村缓慢发生的一切。由于觉出宗法农村的逐渐消失并未伴随着一个健康社会的诞生,京派的历史文化的思考变得丰富而复杂。他们不仅看到中国令人痛心的衰败,礼教、宗族的野蛮统制,还有民族固有美德的失落,未蒙教化的原始文明的淳厚朴实,未遭现代文明侵染之前的一片干净土地。应当说,中国除了东南沿海小块发达地区之外,广大内地的城镇莫不是乡村社会的

---

① 见沈从文《风雅与俗气》、《〈边城〉题记》、《〈长河〉题记》诸文。

延长。从这个意义上看,无论是思想文化面貌、经济面貌与生活面貌,旧北平岂不是更像一个放大的县城? 京派所写的北平与内地城镇,岂不比左翼和海派集中表现的沪杭宁地区和东南沿海较发达的城乡,更像那个正在逝去的大多数人的中国?

可以说,茅盾等左翼作家是立足于中国的先进地区,来观察中国的。即便是审视农村,也如《子夜》所显示的那样,是从大工业的都会出发,明晰地看到了中国前资本主义(半殖民主义)和社会主义两个命运的激烈交战。京派小说家则是从中国沉落的地区,从历史脚步来得缓慢的地区看待中国的。他们用乡村中国的目光(经由一个从农村到城市的心理震荡)打量着都市中国,在这个城市与乡村的历史差距中,通过他们独特的审美体验来感受古老中国的崩坏和未来中国的朦胧之光。由于观察点的不同,造成了两种作家艺术世界的绝大差异。

以沈从文为代表,在京派乡村中国世界的描写系统里面,存在着乡村与城市两种文化的基本对峙,包括两种生活形态、两种文化环境、两种人性的对立性的描写。经过对这个基本模式的文化的、艺术的观照,寄托了京派丰盈的人生感情、审美理想和他们的历史哲学。

刻意描画中国内地乡镇与城市的两种生活形态,并有意营造为一个相互比较的艺术天地,沈从文可能是最自觉地这样做的。他用《八骏图》、《绅士的太太》里的城市世界来与他的边城世界相比,显出城市精致文化的虚伪、矫情,衬托出农村粗俗文化的自然之美,这里包含山川风俗之美、乡民生活之美、民情人性之美。《三三》从农村"生"的一面暗示城市生命的"死"和"萎缩"。《丈夫》反转来由城市丑恶暗示乡村生命的觉醒。京派其他小说家不同程度都从城乡两面,或者其中的一面来支持着沈从文建立的这一艺术世界。废名、芦焚、汪曾祺仿佛在补充着沈从文的乡镇图画,他们提供的也是一个自在、自足的乡村社会,一个与城市具有特异的人际关系、伦理标准、生活理想的社会,"礼崩乐坏"了,却依然美丽,没有人造的那一份丑陋。只是依据每个作家的艺术个性,废名的乡村更放达一些,芦焚的更哀伤一些,汪曾祺的更结实一些罢了。而一支笔纯朴得水一般柔和,强劲得水一样奔放的,自然是沈从文。凌叔华、林徽因、萧乾,又与沈从文一起,进行着城市文化批判的艺术努力。凌叔华描写中国城市家庭内部似网笼罩的人情、亲情关系,细致入微。林徽因、萧乾表现城市内部上层文化与下层文化的冲突,由于两人对城市憎恨程度的差别,在对前者进行嘲讽时,感情色彩有强弱不同,但都揭开现代城市人生虚假的帷幕。其艺术的成功都汇入京派城乡文化形态的总描写序列之中。

在京派眼里,偏僻乡民千年不变的生活状态,构成了我们整个社会的物质大厦和精神支柱。平民、小民的生活,才是人的生活,虽然落后,虽然不可避免地受到现代物质文明的侵蚀,仍是我们民族生活中最健康的部分。他们竭力否定城市的文化病态,包括性道德的畸形,物的生活对人的生活的压迫,人性的全面扭曲。从而对文明的进程提出自己的怀疑。这些描写,客观上暴露了二十世纪中国社会随着现代文明产生的种种罪恶,但在大部分京派小说家的主观世界上,主要是现实黑暗与其理想的人的自然蓬勃生命的严重对立。他们追求一种健全美好的生命体系,按照人类向上的理想,在小说中完成自然迸发的生命表现,赞美"一种'优美、健康、自然,而又不悖乎人性的人生形式'"。① 在京派看来,这才是他们的文学理想。因为生命的发展在以城市为中心的政治、文化生活中受到束缚、压抑,他们就在落后的农村去发现自由生命的对应物,一厢情愿地加以发掘、弘扬,企图用回归自然、返归农村文化来改造现代社会。在这种远非深刻的社会文化思索中,乡村中国的乡村,美的山水、人情与保守的文化道德、生活秩序(并不是不表现其受破坏)打成了一片,一切皆写得如此之美。京派充满时代变革矛盾性的城乡小说,究竟还是取得了审美的统一。

所谓矛盾性,也体现在通过文学提出的重建民族文化、重建民族性格的思想里面。民族,这是京派文学的崇高角度。他们在关心中国社会的要不要变革,及如何变革上面,经世济民之心,一丝也不差。不过是脱离了阶级政治的现实轨道,宁肯"很寂寞的从事于民族复兴大业"②。于是,反省"这个民族的过去伟大处与目前坠落处"③,不断探求"民族品德的消失与重造"④,成了他们的文学主旨和作品内涵。假若撇开京派单纯从"过去"与"消失"中寻求民族未来生机的陈旧一面,而注意到他们把文学提高到对新的民族文化、新的民族性格的追寻与对不可追寻的沉忧隐

---

　① 沈从文:《习作选集代序》。
　② 沈从文:《〈边城〉题记》。
　③ 沈从文:《〈边城〉题记》。
　④ 沈从文:《〈长河〉题记》。

痛的美的感悟,应当说这是一个不低的目标,虽然他们是在人性的范畴内来考虑民族性的。京派在对民族进行"'过去'和'当前'对照"时,他们仍采取以城市代表"当前",以乡村代表"过去"的模式,肯定乡村的文化和下层的人性,否定上层的文化和城市的人性,认为前者是人性与自然的契合,后者是违背自然的人性扭曲。显然,他们是要在乡村人民的身上构造起健全的民族性格,来寄托他们民族重造的希望。他们特别称赞粗人的"硬中软"的生活哲学,使人不禁想到中国古代哲人先贤的那些教导。沈从文的《虎雏》一类小说所写的湘西人的野性、不驯服、雄强,而又守信自约,杨振声的《报复》里的山东渔民对待恩怨的坦荡之态,李健吾的《陷阱》、萧乾的《邓山东》里北京市民小贩的仁义之情,无不显现出这种诚厚坚韧的品性。京派小说热衷描写底层人民生命力的强盛,在困苦环境下仍能保持的稳定、自尊的生活态度。沈从文《长河》里的老水手满满,饱尝艰辛,洞察世情,甘于贫苦而放达乐观,与汪曾祺大部分作品中人物的淡泊、自然、从容、静中有动的风貌,都是互相贯通的。这些平凡的人物,皆由一个极端自重的品格支撑,对人世具有坚强的信念,似乎是中国古代侠士、隐士和现代贫民的结合体。这些显然脱胎于传统文化的性格描写,曲折地表达了生于乱世的京派作家急流勇退、洁身自好,坚守人格独立的心态。其一心向往恬然、淳朴的人格品德,也是为了与那些顺乎时代潮流与政治斗争需要的急进、昂扬的人格特征,保持一个他们所需要的距离。包括所写人物的反抗意识,一般也属个人性质的,他们与充满集团意识的阶级反抗性格,自然迥异。对于"京派"来说,民族性格的建造,似乎仅仅是一种文化建设,一种教育,而与民族斗争的现实脱节。这一点是具有幻想成分的。

但是,与对城市人性极端的嫌恶态度不同,乡村人民对自己身上深潜优美人性的不自知,是使京派小说家深感忧虑的。所以,沈从文的《丈夫》、《贵生》,芦焚的《人下人》,写人性的觉醒,或者看沈从文的《萧萧》、《柏子》,写人性的不觉,都有目的相仿的呼唤作用。觉与不觉,"社会"在这里扮演的均是压抑人性的不光彩的角色。在这一点上,京派与左翼作家一样在做着批判不合理的社会的工作,只是思想的归宿和批判的着重点有所不同罢了。

如果由五四时期鲁迅开创的"改造国民性"的文学题旨来考察一下中国现代小说,我们将不难发现,三十年代的左翼作家已经把"国民性"的描写,转变为对阶级新人的描写,转变为对阶级使命、集体意识的觉与不觉的描写。到了抗日战争烽火一起,又迅速转变为对民族意识觉醒与不觉醒的描写。这些描写的重要特征是弃旧图新式,即人物将昨天的民族性的旧我因素埋葬在今日的新生之中。而作家们往往表现出捕捉萌芽状态中的民族新性格的高度敏锐。但是,"京派"小说几乎是长久地将"五四""改造国民性"问题保持在一个民族性与人性的范畴里面。在批判民族劣根性的时候,不是把笔锋指向奴性和"阿 Q 精神",不是对老中国的儿女,尤其是广大落后农民的精神创伤,进行深层的历史心理的挖掘,而是将目光转向城市,转向上层,着重批判它们的虚假文明。如果说奴性的发现是一种与百年中国的屈辱、与社会性的人的改造紧密相连的文学发现的话,那么,京派揭示人的非自然的"阉寺性",主要是一种文化认识,很难直接引向社会革新。在为了改变民族的落后现状而向民族以往的历史文化进行追踪的时候,鲁迅"改造国民性"的思考引发了"民族魂"的锻造,所谓发现民族的"脊梁"与继承百折不回、虽死不悔的韧性战斗精神,发扬的正是传统文化中的精华部分。京派为了聚集民族的精力,到传统文化中去与"原有的素朴与光明"①认同,不免芜精混杂,它赞美人的质朴、纯粹,含着简单、愚昧,平和、达观,透出与世无争,自信、自重,带有宗教式的热忱及对人类的悲悯。在一个政治斗争激烈的社会,把"任自然"的思想提高到一种很高的人生境界,其不合潮流的时代误会性是早就埋伏下来的。民族生活和民族性格重造的内容和途径究竟在哪里呢? 乡村中国的淳朴目光,给京派的文化判断带来限制;而这种判断与审美的一体化,又使他们的小说显出特异的价值。

四

　　三十年代的中国小说形态比较起五四时期已成熟得多了。文体意识自觉程度的普遍加强,成为一时的风气。各派作家大体如此。左翼作家在使文学与无产阶级斗争结合的同时,大部分人明确地致力于小说的风格化、个性化,夹杂着不断克

---

① 沈从文:《〈看虹摘星录〉后记》。

服自身对艺术的忽视倾向。海派有意引进外国现代派的小说观念,把中国的"鸳蝴体"洋化了,使文学走入异途,但它的出现不能不说是文体自觉化的标志之一,毕竟为了一种小说体便树起一个流派,这还是罕有的。在这样的文学大趋势面前,京派独树一帜,以强烈的审美意识压倒他们的社会意识,造成不断试验中国小说文体的热情,其艺术指向主要是对小说内部的深入探视。

"京派"文学本来直承文学研究会,这里可以有多种的承接与发展,小说的写实精神便是其一。重视观察,善于描摹人生世界,发挥小说内在的纪实特性和能力,文学研究会小说的视点一般是凌驾于物象、人象之上的。在这个基础上,京派特别强调感情、感觉在创作中的作用。沈从文简捷地称文学为"情绪的体操"①,便是这个意思。他自己说在运用文学叙述时,"习惯于应用一切官觉"②,使直觉印入物象,做到灵动而富生气。《八骏图》里意象丰满,其中的紫女、黄女,两点颜色的出色运用,全凭视觉发生对人物的想象。《边城》、《三三》这样的湘西小说,水一般柔和、清丽,感情平缓而深远,如自然生命之流注。废名的《菱荡》、《桃园》,芦焚的大部分作品,也都是这种诗意写实的例子,它们并不依靠第一人称的叙述功能,就将小说的视点由外面稍稍转向内面,做到内外兼得。在中国现代小说的发展中,京派在写实旗帜下融入主观感受的新机,辟出一脉支流,与茅盾等的社会分析小说正好各执一端。

由于京派的观念是将文学与生命并提,生命形态不愿受束缚,小说便自然要摆脱开重情节、重故事的文学成规,趋向生活化、散文化。所谓生活化,即是使现实进入作品时,较少人造痕迹,更逼近于生活的原状。如沈从文说的,"一切都带着'原料'意味。③ 这也是汪曾祺的看法,"小说是谈生活,不是编故事"。④ 所以,京派小说里的生活图画就像一张张素描,信笔写来,不事雕饰。有时有人物无故事,有时连人物也没有,只有点感情。这样的小说打破了小说的严格界限,有的简直像一篇随笔。好几个"京派"作家的小说结构常不随人物为转移,而围绕表现生活,想怎么

---

① 沈从文:《情绪的体操》。
② 沈从文:《情绪的体操》。
③ 沈从文:《新废邮存底·二十三——一首诗的讨论》。
④ 汪曾祺:《桥边小说三篇·后记》。

写就怎么写。开篇完全是散文式的,铺叙环境,写出气氛,认为背景即人物,气氛即人物。林徽因的名著《九十九度中》运用北平城里两个阶层人生片断互相穿插、勾连,像一串连续不起来的珠子。还有废名的《四火》,生活场景都是残简断片似的。这种结构就以接近生活本体为依据,认为生活本来就没有那样集中、严整。废名的小说与散文形式更难严格划分,《竹林的故事》《枣》《桥》各篇,往往被小说和散文的各种选本互选,他的散文化的小说从外国文学中获取某些意念,从中国古典散文中摄取叙述方式,从结构到语言,如生活本身,均散到不能再散。汪曾祺每一篇作品皆采用不起波澜、没有高潮的叙述法,也正是此意。在《戴车匠》的末尾,他故意加了这样一段:"我跟你说了这么些平淡而不免沉闷的琐屑事情,又无起伏波澜,又无体裁结构,逶逶迤迤,没一个完。""真没有法子,我们那里就是这样的,一个平淡沉闷,无结构起伏的城,沉默的城。"他这里用的是文学语言,他自然不是提倡无结构,他的美学追求恰是艺术形式与生活自然形态(乡村性)的胶合统一。可以说,京派小说的散文化,在一定程度上破坏了、也扩大了小说的功能。这在我们这个古典散文极其发达的国度,在笔记小说具有相当成功积累的民族文化中,都能找到它的有力的支持点。同时,与世界小说逐渐倡导打破故事叙述模式的现象相联系,也不难发现它的现代性的。

　　但是,散文化并非淡而无味。散文化了的京派小说读起来偏是声韵俱佳的。它依赖的是情绪、意念的支撑,创作中凡属开拓情绪、意念内涵的事,均不遗余力。他们的小说注重造境,写小说像写诗一样用力。沈从文说:"重要的,也许还是培养手与心那个'境'。一个比较清虚寥廓,具有反照反省能够消化现象与意象的境。"[①]《边城》构造的现实与梦幻结合的境界,颤动着能引人共鸣的体味人生悲凉命运的情丝,"反照反省"出"受过长期压迫而又富于幻想和敏感的少数民族"和"旧一代知识分子"的"沉郁隐痛"。[②] 这样,小说虽然以平凡生活形态展现在面前,你却能感受到它的纵深度。芦焚的《过岭记》极得李健吾(刘西渭)称赞,[③]因为这三

---

　　① 沈从文:《习作举例——从徐志摩作品学习"抒情"》。

　　② 朱光潜:《从沈从文先生的人格看他的文艺风格》。

　　③ 见《〈里门拾记〉——芦焚先生作》,称其为"动人的杰作"。又说:"无论是没有未来的退伍的老兵,无论是充满希望的健康的小茨儿,我们全该手拉手来翻山越岭——人生。"

人过岭的境界直如人生。废名运用中国古典诗词的意境化入他的小说，晦涩有味，极有工力（有时不免用力过度）。这就是京派小说圆润、蕴藉的格调，可以从中发现不少这样富有暗示性、寓意性的佳构。他们诉说人物的行状，扑朔迷离，故意留下无数空白，不予填补，以激起读者的创造性想象，造成情绪的绵延（见《八骏图》、《坛子》诸篇）。有时又竭力铺张，唯恐不用尽心力，汪曾祺的小说一写到民性民俗、劳动技艺，便不能自禁。《戴车匠》、《鸡鸭名家》里面，淡泊的生活态度与用桦木车床车二尺长的大滑车和极小的螺蛳弓的手艺，孵化鸭崽掌握火候（炕鸭）的绝活，都被描画得细致入微。这种铺叙显出丰厚、博大，有感情、知识的双重蕴含之美，读后也感余味无穷。

　　这一切，还得力于小说语言的创造性运用。京派作家的语言天分与修养，一般都较高。民间口语、歌谣、俗谚的熟稔程度，以及对中国文言、外国文人书面语的吸收，构成了他们有真意、去伪饰的新鲜词句。起初如早期的沈从文，还有废名，文白杂糅的痕迹明显，时有拗句，但已经可以看出精确而曲折的表达功能。李健吾尝试过京腔京白，得到朱自清的鼓励。① 林徽因、汪曾祺语言纯正，极有美感。它们总的特色是与一种追求美文学的目标相一致的，那就是纯真。汪曾祺说："小说当然要讲技巧，但是：修辞立其诚。"②这首先是情感的真诚。京派语言重感兴，每有所感必自然流出，纵情随意写去，达到自然、和谐、毫不造作。也讲究恰当，知分寸，知节制，字里行间闪露出静谧型的情感美、色彩美。它们是能泄露作者的心声，表现作者的真心情、真个性的。也经过锻造琢磨，如沈从文说的，"扭屈文字试验它的韧性，重捶文字试验它的硬性"③是对祖国语言文字的娴熟把握与发挥，并非天成。

　　京派的文学贡献之一还在于它发展了"五四"以来的多种小说体式，特别是抒情体小说和讽刺体小说。按照一般的理解，擅长抒情笔致的作家应当只喜爱牧歌情调、浪漫题材和诗，差不多是与粗重的暴露绝缘的。但是中国现代社会的特定条件决定了讽刺的广泛存在。京派反映乡土，使用的是抒情笔墨，当他们以乡村中国的眼光，转过来面对都市时，便不禁露出嘲讽的尖刺。沈从文《八骏图》、《顾问官》、

---

① 朱自清读李健吾《一个兵和他的老婆》后，写《给作者》。
② 汪曾祺：《桥边小说三篇·后记》。
③ 沈从文：《情绪的体操》。

凌叔华《弟弟》、废名《莫须有先生下乡》、芦焚《百顺街》、季康《路路》、前羽《享福》，都属于讽刺类。人们如果吃惊于此派讽刺之多，我这里特意强调的用意的一部分也便达到了。京派在左翼的社会讽刺、政治讽刺文学之外，专门致力于世态讽刺、风俗讽刺，其政治解剖力不强，却能挖掘到民族文化的病根，甚至还有芦焚的充满哀伤情调的传奇性寓意讽刺，都是颇出色的。当然，京派从废名到沈从文、芦焚的笔下，发展得最为完备的还是抒情小说，包含作家的人生体验的感情投射，象征的运用，抒情主人公的确立，纯情人物的描写，自然背景与人物的融合，抒情语言的色调等。这种抒情文体，根据情味的不同，在京派内互相渗透，又沿着两条线索流动：沈从文乡土的抒情气质可以从汪曾祺，从刘祖春、林蒲、邢楚均那里感受得到，带有古老牧歌情调，地方性浓重，质朴、清朗、微涩。凌叔华知识型的抒情气质，一直连贯到林徽因、杨季康(杨绛)、前羽，是一种智者的机敏，能深入社会人际心理的微妙处，细密、聪慧、流动。京派抒情小说在描写民俗民风，刻画妇女和两性，运用自叙传体，融进神话、自然、文化因素等方面，给现代小说带来的深远影响，一直延伸到今天，都是有一条线迹可寻的。

1987 年 2 月 12 日改定

（原载《中国现代文学研究丛刊》1987 年第 4 期）

三十年代"京派"文学思想辨析

李俊国

本文从地域文化角度,对中国现代文学史上三十年代的"京派"文学进行了考察。文章考察这一派文学当时形成的背景、原因,剖析了它的美学思想、人生态度、政治态度、文化心态等方面的特点和复杂性,论述了它的演变解体的原因,指出了研究这一历史"间隙"地带的文学群体的意义。

一、京、沪文坛的文学分野与三十年代"京派"的形成

从新文学作家的地理分布状况检视二十年代末三十年代初的中国文坛,便可以发现这样的文学史现象:现代中国作家大都分布在中国南北两大城市,即北京(当时称北平,并包括以北平为中心的天津、青岛、济南等北方城市)和上海(包括以上海为结点的杭州、苏州、南京等南方城市)。上海,不仅是进步的左翼文学的中心,而且是其他一些文学流派作家的汇集地。例如,其中主要就有以《现代》杂志为基地的戴望舒、路易士、南星、史卫斯等"现代"诗人作家群;以刘呐鸥、穆时英、施蛰存等为代表的"新感觉派"小说作家群;以张资平、曾虚白各为代表的新式言情小说作家群和"鸳鸯蝴蝶派"作家胡寄尘、赵苕狂、周瘦鹃、包天笑、张恨水等新式通俗小说作家群;他们都是上海文坛活跃一时的文学作家。和热闹繁杂的上海文坛比较,

北平文坛就显得平静和单纯得多。活跃在北平文坛的主要文学刊物是《水星》、《文学季刊》、《文学杂志》以及天津《大公报》、《国闻周报》等报纸的文艺副刊,以这些刊物为阵地聚集着的一批北方青年文学作家被称作"京派"作家,如沈从文、废名、朱光潜、萧乾、李健吾、梁宗岱、何其芳,卞之琳、李广田、芦焚、林庚、林徽因等。① 他们或长于小说,或工于诗文戏剧,或潜心于文学理论的研讨,并逐渐形成相近的文学旨趣和美学倾向,成为中国文坛当时具有共同地域文化特色的另一部分作家。

分布于上述两大城市的新文学作家,1933 年到 1934 年曾发生文学论争,中国现代文学史上的"京派"与"海派"也因此而得名。今天看来,这种文学论争并非像当时有的论者所认定的"只是因为南北生活环境的不同而引出来的封建性的理论的倾轧"②。它实质上乃是由于帝国主义侵略的程度和幅度的差异以及国内政治局势变化所形成的两类城市形态、两类文化区域的差别在文坛的反映。

从京、沪两地的政治态势来看,北京是东方古国的故都,又是"五四"新文化运动的发源地,它一直是中国的政治文化中心城市。但是,随着"五四"思想革命的深入发展和国内政治形势的变化,北平成为相对封闭和沉寂的帝都古城,而上海则迅速取代它成为新的政治文化的中心。因为,上海一方面是帝国主义侵略的重点和蒋介石南京政府统治的中心;另一方面,它又是以产业工人为主体的工业城市,有强大的无产阶级队伍,成为当时中国政治革命的前沿阵地,而以官绅阶层和市民为主体的北平,却不具备这个条件。由于可以利用统治者的矛盾和空隙,和其他一些地方相比,"在上海的外国租界里,尚有若干自由,尚可发表一些不同政见"③,从而为进步的政治文化活动提供了某些方便。

再从京、沪城市的经济形态考察。上海地处沿海,是在西方国家的经济入侵刺激下,迅速发展起来的现代工业城市和商业基地。上海的工业生产规模和商业贸

---

① 本文重新厘定三十年代"京派"的原则:一是着眼于作家的文学创作活动,对于如胡适、周作人、俞平伯、杨振声、闻一多、朱自清、罗念生、王了一等文人学者,他们虽直接地影响或促成了三十年代"京派"的形成,但由于他们这时或少有创作,或早已辍笔,转而从事学术研究,故不列入。二是着眼于三十年代北平文坛的新进作家。另外,也参照了沈从文、卞之琳、萧乾、李健吾关于三十年代"京派"文学活动的有关资料,此不一一注明。

② 参见杨晋豪:《本年度的中国文艺论战·京派海派之争》,现代书局《1934 年度中国文艺年鉴》。

③ 〔美〕梅尔·戈德里:《五四时期的中国现代文学·前言》。

易额一直为全国之冠,是近现代中国的经济中心城市①。比较而言,北平承袭着古国帝都的城市格局,地理环境相对封闭,它较少受到现代工业文明和商品经济的冲击。直到三十年代初,北平没有上海那样的大规模工业生产基地和商业金融市场,它依然保留着农业社会里古国帝都的消费特征。

北平和上海在社会风貌与文化上的差异也很显然。例如,在城市外观方面北平多古都风貌,皇家宫廷建筑与市民四合院并存;而上海多现代建筑,外国租界、工厂厂房、商埠码头、夜总会、跑马场等。京、沪两类城市文化特质的差异可以简单地说:重视物质、实用,趋新求异,力求适应商品经济规律,带上浓厚政治斗争色彩,成为上海的文化形态;聚集着东方文化传统,处处显出迟缓而单调、诗意而幻想、矜持而温和,则是北平的主要文化特性②。

诚如鲁迅先生所言,作家"籍贯之都鄙,固不能定本人之功罪;居处的文陋,却也影响于作家的神情"③。京、沪两类城市文化的差别,一定程度地影响到北平文坛和上海文坛文学创作面貌和文学思想意识(包括文学观念与文学审美意识)。上海文坛作家或密切地配合国内政治斗争形势,视文学为社会政治斗争的"工具",使新文学带有鲜明的政治色彩,如进步的左翼文学;或附会于商市行情,把文学当作赚钱牟利的商品,使新文学染上商业气息,如张资平、叶灵凤、曾虚白一类新式言情小说和张恨水、包天笑、周瘦鹃一类的新式通俗小说;或追摹洋场风情,以西方现代文学的艺术感知形式传达上海这座东方工业都市的"现代情绪",使文学表现出"现代性",如"现代"诗人和"新感觉派"的小说家。在上海文坛的政治色彩、商业气息、"现代性"的新鲜态势面前,"京派"作家表现出迥异于上海文坛风气的文学倾向。他们批评上海文坛作家"投机取巧"、"见风转舵"与"感情主义左倾"④。不无厌恶

---

① 美国学者罗兹·墨菲这样描述上海的都市规模:从 1843 年上海对外贸易开放到 1937 年抗日战争以前,上海拥有全中国对外贸易的半数和全中国机械化工厂的半数。上海的 400 万人口使它成为全世界最前列的五大都市或六大都市之一,它的幅员超过北京和天津的两倍(《上海——现代中国的钥匙》)。

② 一位现代作家曾这样描述北平文化:"浪漫而自由"的衣着服饰,悠闲缓慢的生活方式和生活节奏;"故作雅泰","喜好清淡","长于幻想",……构成所谓"北平的风度"。(徐舒:《北平的风度》,《文学》三卷一号。)

③ 鲁迅:《"京派"与"海派"》,《鲁迅全集》第 5 卷,第 432 页。

④ 沈从文:《论海派》,天津《大公报·文艺副刊》第 32 期。

地批评上海某些文学现象,是"流氓加妓女的文化"①,"名士才情"与"商业竞卖"相结合②。"京派"作家既不愿把新文学攀附到政治斗争中去,又不屑于使新文学流于商品化,也不让新文学过多地表现出艺术上的"现代性"。基于各自不同的文学立场和文学态度,京、沪两地作家日益呈现出文学分野。正是在这种文学分野的背景下,北平作家才逐渐聚合成一种文学家群体——"京派"。

　　作为一种文学家群体,三十年代"京派"形成于1933年前后。在此之前,随着军阀统治的高压政策,北平文化中心迅速南移上海。《语丝》被禁,《晨报副刊》停刊,《未名》、《沉钟》辍版,"大批教授和知识分子,都离开北平南下,或赴上海,或赴武昌,所以北京文艺界大有衰落之势"③。1933年,沈从文由上海北上,与杨振声合编天津《大公报·小公园》文艺副刊。从此,该刊成为全国影响很大的文艺刊物和北方文坛的重要阵地。它对于分散在北平、天津等地的何其芳、卞之琳、李广田、萧乾、芦焚等文学青年,起到了文学组织作用。同年,郑振铎、巴金也由上海来北平,与已在北平的章靳以、李长之、卞之琳创办《水星》和《文学季刊》,给寂寞的北平文坛带来了热闹的气氛;进一步促成了三十年代"京派"的聚合。④再加上李健吾、梁宗岱、朱光潜等旅欧作家于1933年前后学成归来,也扩充了三十年代"京派"的文学力量。自1933年到1937年"京派"不仅拥有《水星》、《文学杂志》等文学刊物和《大公报》、《国闻周报》等的文艺副刊,而且形成了比较整齐的作家队伍,成为北平文坛有代表性的作家群体。他们大都居处在京城,或执教或就读于北大、清华、燕京、南开等学府,且常以"文会"方式闲聚一处,磋商学理,畅言文艺。人们对他们以"京派"作家相称,他们自己也以"京派"自许。

　　实际上,在中国文学诸流派中,三十年代"京派"是一种"特例"。它既不是严格

　　①　参见周作人:《上海气》,《谈龙集》,开明书店1927年12月版。
　　②　沈从文:《论海派》,天津《大公报·文艺副刊》第32期。
　　③　王哲甫:《中国新文学运动史》,杰成印书局1933年9月版。
　　④　《文学季刊》虽不是"京派"的独家刊物,但它对"京派"的形成是有作用的。萧乾认为,《文学季刊》和《水星》的创刊,使"北方文艺界起了不小的变化"。他这样回忆:"就在这时(指1933年——引者注),从上海来了两位富有生气,富有社会正义感,对青年散发着光和热的作家——郑振铎和巴金。三座门十四号(即郑振铎和巴金初来北平的寓所——引者注)成了我们活动的中心。"(《鱼饵·论坛·阵地——记〈大公报·文艺〉1935—1939》)。美国学者夏志清把《文学季刊》的出版,视作"北京文坛复兴期"(参见夏志清:《三十年代的左派作家和独立作家》)。

意义的文学社团(如"文学研究会"、"创造社"那样有固定的组织形式和社团标志),又不是纯粹的地域性文学流派。三十年代"京派"作家及其文学活动虽与北平有直接关系,但他们多数不是北平古城的子民,其文学创作也不是(或不全是)以北平一地的风物人情作为自己的创作对象。所以,它不同于"江西诗派"、"公安派"、"竟陵派"等地方性文学流派,在籍贯方面有严格的谱系关系;也不似后起的"山药蛋派"、"荷花淀派",具有共同的地域性创作风貌。他们组织形式的松散性,作家范围的非确定性,作家人生经历和思想面貌的复杂性,都是三十年代"京派"文学流派的特征。

此外,三十年代"京派"一个根本性的特征在于:文人学者型作家的职业特点,共处于北平文化环境和"校园文化"氛围里所形成的文化心态。他们大都出自北大、清华、燕京、南开的中文系、外文系和哲学系。沈从文、废名、朱光潜、梁宗岱曾任北大、清华教职。萧乾、"汉园三杰"何其芳、卞之琳、李广田等文学青年皆为这些学府的就读学生。李健吾、卞之琳毕业后又曾在胡适主持的中国文化基金会任专职编撰。他们既属文人学者,又是文学作家,体现出文人学者与文学作家合二为一的职业特点。仍与上海文坛作家比较,"京派"作家的文人学者型特征更为突出。上海处在现代中国的政治、经济、文化变革的中心地带,上海作家较直接地感遇到时代变革对现代知识分子的分化力,再加之现代知识分子本来就是社会各"邻近"阶层的附属物这一社会属性,诸多因素使上海文坛作家较少保有文人作家的"纯"性,而兼备文人作家与其他社会阶层(或社会活动家或商人)的双重身份。如这个时期的郭沫若、蒋光慈、成仿吾、李初梨等一批革命文学作家以及后起的左翼新人沙汀、艾芜、蒋牧良、萧军、萧红等进步文学家,倒是更多地表现出社会活动家或战士型作家的特征。像张资平、曾虚白、周瘦鹃、胡寄尘一类文学作家则表现出书商型作家的职业特点。战士型作家有过身受反动政治迫害的人生经历,出于对国民党反动统治和对日本帝国主义武力侵略的愤怒,他们能够自觉地与无产阶级及其革命斗争相结合,而且,新文学作家无产阶级化、战士化,是现代中国社会对于新文学作家的时代要求,它体现了现代作家走向人民革命的必由之路(虽然,现代作家在通往这必由之路的过程中也留有历史的遗憾)。书商型作家置身于上海的商业气息中,不得不一身二用,既作文学作者,又兼报馆编辑和书店经纪人。这也体现了受现代经济变革冲击新文学作家逐渐趋近书商型作家的历史必然。① 较之上海文坛的战士型作家和书商型作家,三十年代"京派"文人学者型作家的职业特征,当然成为它区别于其他文学群体的流派一个标志。尤其是这种文人学者型作家所居处的文化区域,不是物质型、实用型、政治斗争色彩和商业气息甚浓的大上海,而是远离社会政治斗争和经济、文化变革中心的北平文化古城和大学学府。"校园文化"那种相对自由的学理风气,优雅而浪漫的艺术氛围,②与诗意而幻想、单调而懒散、矜持而温和的北平文化环境相糅合,形成了三十年代"京派"作家独有的文化心态。所谓"特有的文化心态",是指他们对待因西方文化渗透和国内政治局势变化所引起的现代中国政治、经济、文化(包括文学)变革的新鲜势态所采取的人生立场和文化态度,其基本表现是:远避于时代政治斗争以外,高蹈于现实功利之上;不趋新求奇,不迎俗媚时,在时代变革中,始终持从容矜持的学人风范和艺术虔诚的文人风度。他们的文学思想是以讲求"纯正的文学趣味"所体现出的文学本体观,以"和谐"——"节制"与"恰当"为基本原则的审美意识。他们以此显示出与上海文坛各种文学群体的根本区别。

二、讲求"纯正的文学趣味"的文学本体观

中国新文学作家爱谈"文"论"艺",因为,他们适逢一个毁坏、创造的时代,历史赋予他们建设"现代"文学观念和"现代"文学的使命。三十年代"京派"不以谈文论艺见长,却以"埋头创作"(沈从文语)著称。即便论文学,他们往往只重"趣味",讲究"趣味",必须"纯正"。用这个流派的理论家朱光潜的话来表述,即"现代"文学观

---

① 一位上海作家这样解释:"文人在上海,上海社会的支持生活的困难,自然不得不影响到文人,于是上海的文人,也像其他各种人一样,要钱,再一层,在上海的文人不容易找副业(也许应该说'正业'),不但教授没份,甚至连起码的事情都不容易找,于是在上海的文人更急迫地要钱。这结果自然是多产、迅速地著书。"(苏汶:《文人在上海》,《现代》四卷二期)。
② "校园文化"对三十年代"京派"作家的影响很大。此处所概括的北平校园文化特征,参见朱文长:《北大与北大人》,曹聚仁编《现代中国报告文学选》乙编,香港三育周书有限公司1979年10月版。

念体现为对"纯正的文学趣味"的追求①。

"纯正的文学趣味",不是严格意义上的文学理论术语,也缺乏明确的表意内容。但如果联系三十年代新文学发展的历史状况及三十年代"京派"文学自身的活动来考察,它包蕴着以下特定的文学思想内涵。首先,"纯正的文学趣味"是指体现为超然于文学的政治色彩之外的文学态度。由于"五四"思想革命迅速转入以工农为主体的社会政治革命,中国新文学已由"文学革命"发展到"革命文学"的新阶段。上海文坛的进步作家,率先顺应中国革命的时代要求,将新文学与中国革命的发展的政治要求结合起来,掀开了文学史上的崭新一页。然而,在三十年代"京派"作家看来,文学与政治是互不相关的社会门类。任何一种政治对于文学的干预或支配,都会损害"纯正的文学趣味",导致新文学的"堕落"②。因此,沈从文明白主张,文学家应该"同政治离得稍远一点"③,朱光潜则视新文学与国民党文化围剿的政治抗争为"易惹是非的时代",文学家"最聪明的处世法始终维持一种暧昧游离的态度"④。因此,在上海文坛发生的无产阶级革命文学与反革命文化围剿的政治斗争时期,三十年代"京派"对于斗争双方都持一种貌似公允,实则"暧昧游离"的态度,⑤不对任何一方表明自己的政治立场,也不屑于参与任何一方的政治斗争。他们无意去区别"政治"的阶级属性和历史进步性如何,一意拒斥任何一种政治对于新文学发展的影响或干预。这样就必然导致他们对进步左翼文学的贬辞,批评左翼文学"'为大众','为革命','为阶级意识',甚至于'为国防',都令人看到'文以载道'的浅陋"⑥,在文学观念和文学思想意识方面,始终对左翼文学产生误解。

超然于新文学一切政治斗争的"纯"文学态度,形成了三十年代"京派"文学创作很少关注和涉足时代斗争的现实题材的高蹈作风。三十年代初,左联根据国际国内政治、军事斗争局势的变化,从创作题材、方法和形式等方面,规定了"中国无

---

① 参见朱光潜《谈读诗与趣味的培养》、《谈趣味》等文。

② 沈从文把自 1922 年以来上海文坛的文学与政治结合、文学与商业合流的现象,都视为新文学的堕落。参见沈从文《新的文学运动与新的文学观》。

③ 沈从文 1934 年 12 月 25 日致施蛰存,《新废邮存底·五》。

④ 朱光潜:《我对于本刊的希望》,《文学杂志》一卷一期。

⑤ 朱光潜:《我对于本刊的希望》,《文学杂志》一卷一期。

⑥ 朱光潜:《我对于本刊的希望》,《文学杂志》一卷一期。

产阶级革命文学的新任务"①。在上海文坛，不仅像《北斗》、《前哨》、《文学月报》等
左翼文学刊物，都辟有"九一八周年纪念专号"、"上海战争文学专号"，直接反映民
族危难与革命斗争的社会现实。而且，即使写惯了"鸳鸯蝴蝶"曲的一些通俗小说
家们也都有所反应。"从成为他们的骄子的人《啼笑姻缘》的作者张恨水起，一直到
他们的老大家的程瞻庐以至徐卓呆止，差不多全部动员的在各大小报纸上大做其
'国难小说'。"②然而，三十年代"京派"文学创作，却少见"九一八"的狼烟，"一·二
八"的炮火。如沈从文一味从湘西那原始人性和边城风物中汲取创作灵感和理性
支撑力，构筑他的湘西文学世界；废名潜心地续写《桥》中那恬淡自然的山水风情与
乡野人性；何其芳醉心于编织"扇上的烟云"；梁宗岱专意捕捉"在刹那间里握住了
永恒的美"的诗境；林庚在低吟萧条而孤寂的"夜"景……总之，"京派"作家的文学
兴奋点不在表现时代政治斗争的现实题材方面。他们的艺术触角，伸延到远古的
时代、静僻的乡野、虚幻的永恒。和上海文坛进步左翼文学家迅疾追踪时代风云比
较，现实政治的风云变幻很少投射到三十年代"京派"的文学创作之中。③

　　"纯正的文学趣味"，在三十年代"京派"文学思想的实际内涵中，又表现为厌弃
商业化文学观。"京派"作家以文人学者型作家眼光看上海文坛，他们非常反感书
商型作家的文学商品化风气。在他们看来，新文学一旦受商市行情、金钱利润所支
配，最容易生成"玩具式"文学观，容易产生一些"高蹈和下流、肉麻和香艳"式的作
品和一味求消遣的文学倾向。前一类作品"在青年读者间所播散的病菌是无从计
算的"④，它"帮助了青年人在很不熟习的男女事情方面得到一个荒唐犯罪的方
便"⑤。后一种作品标举"谐趣"风格，"使人生文学失去严肃，琐碎小巧，转入泥
里"。⑥针对新文学发展中的文学商品化倾向，他们一面上书给主持中华文化基金

---

① 参见《一九三一年十一月中国左翼作家联盟执委会决议》，《文学导报》一卷八期（1931 年 11 月 15 日）。
② 阿英：《上海事变与鸳鸯蝴蝶派文艺》，《北斗》二卷二期。
③ 这是与左翼文学比较而言。沈从文《大小阮》、《菜园》；李健吾《这不过是春天》等作品，也一定程度
涉及当时的政治斗争。萧乾小说《栗子》，也是有感于"九一八"的激愤而作。然而，这一类作品毕竟为数
不多。
④ 萧乾：《美与善》，《书评研究》。
⑤ 沈从文：《郁达夫张资平及其影响》。
⑥ 沈从文：《风雅与俗气》，《水星》1935 年一卷六期。

会的胡适,吁请制止商业性文学的流弊,指出新文学"完全控制在一批商人手里(商人即唯利是图,所以几年来嘻嘻哈哈刊物特别多,正当刊物全失败,正当作品全碰壁)……近年来许多人都把文学寻开心,把写作寻开心,大家都向从前礼拜六派那条路走去"①,一面自己办"纯"文学刊物,不登广告,不载杂文小品,专刊纯文学作品,以与上海某些商业性刊物相区别。

既超然于文学的政治斗争之外,防止政治对新文学的支配,又高蹈于文学商业化文坛风气之上,杜绝商业气息对新文学的渗透,三十年代"京派"文学思想不仅与左翼文学显出了差别,而且也与上海文坛新式言情文学、通俗文学和幽默闲适文学廓清了界限。当然,现代文学史上的"新月"作家和后起的"第三种人"作家,也往往标举文学的超然立场,被海外文学史论者称为"独立作家"。但三十年代"京派"与所谓"独立"作家并不相同,他们的区别在于:所谓"独立作家"虽然貌似超然,但实则同进步文艺争"自由",客观上给发展着的左翼文学设置了障碍;而"京派"作家虽然表现出对文学政治色彩的超然与反感,但它又包含着以新文学介入民族前途的建设和"人生观再造"的文学使命感。这是他们讲求"纯正的文学趣味"的另一种思想内涵。

三十年代"京派"未曾忘却新文学与现实人生的联系。"像一般艺术一样,诗是人生世相的返照。""离开人生,便无所谓艺术。"②这不仅是他们对现代文学观念的理性认识,也成了他们文学创作的自觉追求。在"京派"文学刊物的编辑宗旨里,他们时时提防"艺术至上"的文学倾向。沈从文编辑《大公报·文艺副刊》期间所写下的书评、序跋、创作谈,再三强调作家"人事教育"的重要。"一切伟大的作品皆必然贴近血肉人生。"③萧乾接编《大公报》时,公开声明,本刊"不想去为'艺术至上'呐喊"。④ 朱光潜主编《文学杂志》明白表示,"十九世纪为艺术而艺术的主张是一种不健全的文艺观"。⑤ 由于重视新文学与实际人生的联系,三十年代"京派"文学思想表现出强烈的文学介入意识和社会功利观点。沈从文从来不把文学当作"玩

---

① 沈从文 1936 年 4 月 9 日致胡适,《胡适来往书信选》中册。
② 引自朱光潜《诗论·诗与谐隐》、《谈美·"慢慢走,欣赏呵"——人生的艺术化》。
③ 参见沈从文《新废邮存底·七》和《论穆时英》。
④ 萧乾:《美与善》。
⑤ 朱光潜:《我对于本刊的希望》。

具",而作为"可以修正这个制度的错误,纠正这个民族若干人的生活观念的错误"的"用具"①。他甚至主张把文学当作"一根杠杆,一个炸雷,一种符咒,因为它影响到社会组织的变动,恶习气的扫除以及人生观的再造"②。朱光潜写于这个时期的《文艺心理学》、《诗论》、《谈美》等美学著作,看似是对于文艺美学的纯学术研究,实际上,作者潜藏着"一个很单纯的目的,就是研究如何'免俗'"。如何以"人生艺术化"的美学力量,"洗刷人心之非"。③ 正因为他们重视文学的社会使命感,三十年代"京派"尽管对左翼文学强烈的政治色彩颇多微词,但对左翼文学"用具"式文学观却又作出肯定的评价,指出使新文学成为"用具"而不是"玩具",正是它的成功所在。④

　　这里需要辨析的,三十年代"京派"文学功利观,是一种超然于现实政治利益和阶级观点的文学功利观。它不与先进的无产阶级及其政党利益相联系,而是与一种宽泛意义的民族前途、"人生观再造"的社会理想相联系。在其表现形式和实现途径方面,它不是以政治的、阶级的斗争形式和内容来实现,而是以道德的美学的途径来表现。同是重视文学的社会改造作用,左翼文学是在革命与反革命的阶级搏斗中作出自己的政治选择,以鲜明的阶级内容和政治力量介入改造社会的时代课题。三十年代"京派"则是从"传统"与"现代"、"乡村"与"城市"、"野性"与"文明"的多重文化冲突中,作出自己的文化选择,以文学的道德力量与美学力量介入"民族自救"的历史发展进程。最有代表性的,无疑是沈从文和废名。他们始终以乡村道德视角(也即沈从文常说的"乡下人眼光"),观照现代中国的社会现实。认为现代中国的政治、经济、文化变革导致"道德"的沦丧与"美"的失落。因而,他们回到自己熟悉的乡村文化记忆中,从那些尚留有原始经济生活方式的人情美、人性美里,构筑一种"优美、健康、自然,而不悖乎人性的人生形式"⑤,以此作为对现代社会病相的反拨与补偿。沈从文的"湘西世界",废名《桥》里的系列篇章,与其说是他

---

① 《元日致〈文艺〉读者》,《大公报·文艺副刊》1934 年 1 月 1 日。
② 《新文人与新文学》,《沈从文文集》第十二卷。
③ 《谈美·开场话》,这是了解朱光潜美学研究动因的重要文章。
④ 参见沈从文《窄而霉斋闲话》。另外,他在《湘人对新文学运动的贡献》和《我们怎么样读新诗》等文中,对成仿吾、蒋光慈等普罗文学作家也作了高度的评价。
⑤ 沈从文:《习作选集代序》。

们各富特色的文学世界,不如说是他们以文学方式传达出的理想社会图景,其用意在于以这些"优美"的"人生形式",补救现代社会变革所带来的精神病相。与沈从文、废名近似,芦焚从乡民"老抓"那"充满野性的锋芒"形象里,发掘"抹布阶级""热爱自由、憎恶繁琐"、刚烈、豁达、淡泊的人格(《老抓传》);从中州大地传奇性人物所蕴含的,清苦而安详、温馨的道德情感(《行脚人》、《过岭者》)中,表达作家对都市"文明"社会的厌恶与恐惧和对古朴民风人情的企羡。

　　在文学与政治、文学与商业化关系方面的超然意识,在文学与实际人生和民族前途关系方面的介入意识,构成三十年代"京派""纯正的文学趣味"的基本思想内涵。超然意识与介入意识杂糅,既显出"京派"文学思想的复杂性,也显出他们与其他文学群体的区别,使他们成为现代文学史上的"特例"。正因为其复杂与特别,"京派"才易遭人误解,不论对他们是一味贬抑或是一意褒奖。

　　形成这种复杂性文学观念的原因,主要是"京派"作家在北平文化环境(包括"校园文化"环境)里形成的文化心态。从作家主观心理素质方面考察,"京派"作家在他们的青少年时期,适逢军阀混战的动荡岁月,污秽世俗的社会现实,既给他们单纯幼稚的心灵投下了暗影,也刺激他们形成身处浊世而刚直正派、嫉恶如仇的心理素质;使他们形成厌恶专制、暴力、党同伐异、政治纷争的人生倾向。[①] 他们鄙薄宦海、视政治为人生畏途。校园文化环境一方面使这些作家有条件崇尚学理,进行较高蹈的创作和研究,但另一方面校园环境的封闭性,也进一步培植或强化了他们主观的心理倾向和人生观点,使他们带有一定的偏狭性与保守性。他们严格划分文学家与政治家的区别,认定政治家的本能是"战斗","作家的本能"只能是"刻画或抒情",二者不可替代或混淆。他们主张,在政治斗争激烈时期,文学家"宁可暂

---

　　① 沈从文在二十年代初,放弃宦途只身到北京求学,对地方土著官僚传统表示反叛(参见《从文自传》)。朱光潜在中学时期已形成厌恶世俗和低级趣味的习惯,"不热心于党派斗争,以为不问政治,就高人一等"(《作者自传》、《从我怎样学国文谈起》,载《我与文学及其他》,开明书店 1943 年 10 月版)。何其芳少小憧憬"爱"与"美"的人生,立志走出平庸的生活圈子,为同代人"做一个榜样"(参见《一个平常的故事》,《何其芳文集》一卷)。萧乾、李健吾曾在"五卅"运动中走上街头,反抗暴政,坚持正义(参见萧乾:《一个忧郁者的自白》,《栗子》,上海文化生活出版社 1936 年 10 月初版)。梁宗岱因少年刚烈而被家乡岭南一带称为"中国的拜伦"。1931 年游学意大利,有感于日寇入侵中华,在日内瓦国际联盟"为争取和平的宗教和道德"大会上作《裁军的道德问题》演说,被大会选为该会永久理事(参见甘文苏:《梁宗岱的一生》,《新文学史料》1982 年第 3 辑)。

放下创作,也不为了表示能战斗而去写作"①。

"九一八"事变以后的民族危机刺激着"京派"作家。在这种民族危机时代形成的"京派"文学思想,很难忘却文学的介入意识与民族功利感情。中国知识分子传统的"国家兴亡,匹夫有责"的文化心理,对于文人学者型的"京派"作家不能不产生影响。他们即使是为了远避现实政治漩涡,也未曾忘却"士"阶层的民族感情和文学使命感。何况,"京派"文学的超然态度及其创作正是他们追求人生的"美感世界"和"生命形式"的一种曲折表现。②

三十年代"京派"文学介入意识的实现途径和表现方式是以道德的、美学的力量实现文学的社会效用。"京派"作家大都不是"老北京"。何其芳、李广田、卞之琳、沈从文、废名、朱光潜、梁宗岱等作家,都是从未受到现代文明浸染的边陲极地、穷乡僻壤流落或寄寓到北京城的。"在现代中国,这一转变无异于陡然从中世纪跌落到现世纪,从原始社会搬到繁复纷扰的'文明'社会"③,由单一纯朴、温情脉脉的乡村文化社区一下子进入多种文化形态的城市社会。"京派"作家来不及(也不可能)以历史的理性评判现代中国变革(这种政治、经济、文化变革主要表现在城市生活形态方面)的历史合理性与进步意义。他们只能以自己熟悉的乡村文化价值和文人审美眼光看待这种"繁复纷扰"的社会现实。他们试图从道德的、审美的角度(这又是农业文化社会里乡村文化价值的基本特点),揭示或抨击社会变革时代"美"的失落与"道德"的损伤,进而,又以文学方式重建一种"道德"与"美学"的社会图式,以干预现代社会的发展进程。

---

① 萧乾:《创作四试·前记》,《萧乾选集》第四卷,四川人民出版社 1984 年版。
② 对于人生的理解,"京派"有一种独特的人生理论。沈从文把人生分作两种形式,一是需要被超越的"生活形式",一是应该追求的"生命形式"。"生活形式"是指人们的衣、食、住、行,繁衍后代的婚姻行为。它是由现实的"功利得失"构成的(《水云》),专为满足"食与性"等人类低级需要的,"与低级生物相去不远"的人生形式(《烛虚·四》)。"生命形式"是指:"超越习惯的心与眼"(《烛虚·潜渊》),"超越功利得失和贫富等级"(《水云》),"超越个人经验之外",把生命"粘附到整个民族向上努力中"(《烛虚·白话文问题》),"对人类远景凝眸"(《从文自传》)的理想人生形式。与此相应,朱光潜也对人生世界作出"实用世界"与"审美世界"之分。"实用世界"是由人的生存需要所构成的,是"一个密密无缝的利害网",是"俗不可耐"的人生世界。"美感世界"是"超越利害关系而独立"的人生境界(《谈美·开场话》)。另外,像何其芳、卞之琳、梁宗岱、林徽因等作家一度迷缅于对"美感世界"的追求,其人生观都潜藏着上述人生理论的倾向。
③ 孟实(朱光潜):《〈谷〉与〈落日光〉》,《文学杂志》一卷四期。

三、崇尚"和谐"、"节制"与"恰当"的文学审美意识

三十年代"京派"文学创作,少见突兀、奇俏的艺术形式,没有富于新鲜感、刺激性乃至挑逗性的创作内容。在"京派"文学世界里,随处可见倒是柔和优美的风姿——"和谐"。"和谐",既是"京派"作家的美学风格,也成为他们的一种文学审美意识。

比较起来,三十年代"京派"不像上海文坛作家,直接感受对现代政治、经济、文化变革的冲击而形成新鲜、突兀、奇俏的美学追求。他们不仅依靠直觉感悟而且循着书斋研究式的思维路径形成自己的审美意识。他们或是由艺术与人生的"同构"关系的哲理思辨出发,意识到文学应是"相互和谐的整体"①;或是出于对生命万物的直觉,自觉地憧憬"和谐"的文学世界②。他们有的经过西方艺术哲理(如法国象征派"契合"理论)的启迪,领悟到"生存不过是一片大和谐",从而以此为最高美学原则;③有的又是通过东西方艺术精神和文学手法的某些"契合"关系,形成自己对"和谐"审美意识的追求。"和谐",作为一种审美意识,不仅被直接常用于文学批评④,而且也体现于他们的文学创作。在何其芳、卞之琳等人的诗文里,"和谐"表现为"精致"的形式与优美的意象的统一。在李健吾剧作中,"和谐"体现为戏剧冲突张弛有致的节奏感与近乎"三一律"范式的戏剧程式。在废名笔下,"和谐"不仅为文章组织的"纯粹",还表现为人物性情与山水灵性的化一。在沈从文那里,"和谐"体现在以《边城》一类小说所代表的山水风物、人性民情的诗意化特征。

三十年代"京派"的"和谐"美学意识,具体要求为文学组织的"均衡"与"完整",作家主观感情与创作对象的"妥贴"这两个方面。为了实现这两方面的"和谐",他们又规定艺术技巧的运用必须"恰当"和创作情感的表现必须"节制"这样两个美学

---

① 朱光潜:《谈美·"慢慢走,欣赏呵"——人生的艺术化》。
② 参见沈从文:《云南看云集·笑与爱》及《〈小说月刊〉一卷三期卷头语》。
③ 参见梁宗岱:《诗与真·象征主义》,所引文字为西方哲学家莱布尼茨文句。
④ 有关"京派"文学批评,参见拙作《三十年代"京派"文学批评观》,《中国现代文学研究丛刊》1987年2辑。

原则。三十年代"京派"以较多的注意力用于文学形式技巧的研讨。朱光潜的美学理论,李健吾的文学批评,沈从文、萧乾的作家论和创作论,都较多地阐发文学作家的创作技巧问题。他们对三十年代文坛忽视文学艺术技巧的现象普遍地表示反感。沈从文、萧乾曾以《论技巧》《为技巧伸冤》为题,对这类文学现象提出批评,提醒人们注意,"几年来有个趋向,多数人以为文学艺术是种不必注意的'小技巧'"①。"京派"这样诠释"技巧"的真正意义:是"求妥贴"、"求恰当";是"说其所当说,不说其所不当说";强调"艺术,大公无私,却更钟情分寸。无论精致粗糙,艺术要的只是正好"。② 基于"恰当"美学原则的规定,"京派"作家并不主张像前期"新月"作家那样,专求"技巧的周密和格律的谨严",结果是"逞才害意","才多露一分便是情多假一分"。③ 像沈从文、卞之琳、林徽因一度与"新月"关系密切的作家,都表现出对"新月"诗风的反动。④ 同样地,"京派"作家也不欣赏上海都市青年作家"新感觉派"的某些作品,过于追求文学形式、艺术技巧的奇俏,认为"技巧过量,自然转入邪僻","文字奢侈",致使作品失去了"亲切气味"。⑤ 总之,他们认为忽视技巧或滥用技巧,都会损伤文学作品的"和谐"。只有把握"恰当"这一技巧运用原则,才能实现文学作品的"均衡"与"完整"。

受制于"和谐"美学意识,三十年代"京派"对作家创作情感的表达方式也有相应的美学规定——"节制"。用沈从文的创作经验表述,这就是"情绪的体操","一种使情感'凝注成为深潭,平铺成为湖泊'的体操",⑥也就是一种驾驭、控制作家主观情感过分流露的、化热为冷、化悲为喜、化浓为淡的感情表达方式。卞之琳说得明白:"我写诗,而且一直是写抒情诗,也总在不能自已的时候,却总倾向于克制,仿佛故意要做'冷血动物'。"⑦不是没有热情和冲动,也不是没有悲愤与激昂,而是要尽力"克制"热情冲动,"节制"悲愤激昂,这就是三十年代"京派"作家情感的表现方

----

① 沈从文:《废邮存底·给一个写诗的》。
② 以上引文依次出于沈从文《论技巧》、梁宗岱《诗·诗人·批评家》,李健吾《咀华集·画梦录》。
③ 参见石灵:《新月诗派》。
④ 参见石灵:《新月诗派》。
⑤ 朱光潜:《诗的隐与显》,《孟实文钞》,良友图书出版公司1936年4月版。
⑥ 沈从文:《废邮存底·情绪的体操》。
⑦ 卞之琳:《雕虫纪历·自序》。

式。正是在这种美学意义上,他们特别欣赏蔡琰、杜甫、苏东坡等古代文学家善于"节制悲哀"的文学风度。① 看不惯"五四"浪漫的一代作家,"把精力放在诉苦上了"。说他们"烦闷的就扯开喉咙呼啸一阵;害歇斯底里的就发出刺耳的笑声;穷的就跳着脚嚷出自己的需要;那有着性的苦闷的,竟在大庭广众之下把衣服脱个精光"。这样过度地宣泄作家自己的苦闷情绪,使"五四"文坛成了"一个疯人院",②是不可效法的。照"京派"作家看来,现代中国到处都有悲不可睹的社会现象,它们随时都能引起作家的悲愤或冲动。如果不能"节制"这种情绪,一意放纵作家情感,不仅会伤害"和谐"的艺术美,而且也有失他们那种不偏不倚的超然政治立场和矜持从容的文学家风度。事实上,"京派"并不像人们所指责的,看不见现实社会"粗鄙而热辣的人生"③。而是他们担心自己会因为现实刺激过于强烈而容易产生明晰的政治倾向,把自己也卷入政治斗争中去,所以,他们才主张"节制悲哀"。因此,沈从文虽然也写出了许多扭曲人性的人生题材,芦焚虽然也在对故乡的回忆中写出了那些令人发指的人生世相,但是,他们又觉得"过于悲惨,不忍把它们赤裸裸的摆出来示众,也不想让别人明明白白的看见,于是便偷偷地涂上笑的颜色"④,把悲剧人生或化作具有讽刺意味的喜剧色彩,或处理成"冲淡而又深情"的艺术形态。

回溯人类艺术思维的发展历史,不难辨认,"和谐"审美意识,是东西方美学史上一个常见的美学概念。所不同的,西方智者侧重事物的对称性、色彩和透视原理、文学的结构关系等形式层面的"和谐美",而东方贤者则注重文学的情与理、心与物、刚与柔、悲与喜等人文层面的"中和美"。可以说,三十年代"京派"的"和谐"美学意识,基本承袭着东西方古典美学精神,尤其是它崇尚"节制"情感,更多地印有东方审美意识的古典色彩。从哲学意义上说,"侧重和谐就是侧重平衡和静止"。⑤ 它是建立在相对静止的物质观、时空观念上的美学意识。是人类对于宇宙

---

① 朱光潜欣赏蔡琰、杜甫的悲剧作品,"都是痛定思痛后的创作"(《诗论·诗与谐隐》)。李健吾推崇杜甫写悲哀的感情表达方式,"绝不呼天抢地","他越节制悲哀,我们越感到悲哀的分量"(《咀华集·画梦录》)。萧乾称赞苏东坡悲秋,尽力克制悲凉,却比叽叽哇哇哭诉孤寂秋意的词客高妙得多(《客观化些》)。

② 引文出自萧乾《理想与出路》。

③ 这是胡风对"京派"文学视野过于偏狭的批评,参见胡风:《"京派"看不到的世界》,《文学》四卷五号。

④ 芦焚:《野鸟集·前言》。

⑤ 朱光潜:《西方美学史》上卷。

万物的朴素认识在艺术思维方面的反映。①　再从东西方美学演变历史状况看,自上世纪末到本世纪初,文学方面陀思妥也夫斯基的心理裂变、卡夫卡式的绝望、加谬式的荒诞、乔伊斯式的迷狂、金斯堡式的呼号⋯⋯;艺术方面,毕加索、梵高式的怪诞,立方派、野兽派、抽象派绘画的变形与夸张等西方现代文学艺术猛烈地冲击着"和谐"的美学观念。中国现代文学,就是以毁坏"和谐"古典文学传统而拉开序幕的。鲁迅小说打破"大团圆"这种传统的中庸人生哲学的小说模式,郭沫若粗暴凌厉的诗歌抒情方式,郁达夫惊世骇俗、放浪形骸的感情宣泄姿态,都直接地冲毁了以"中和美"为标志的中国古典美学传统。三十年代上海文坛,左翼文学以反抗的叛叫、粗厉的艺术形式(当然不乏粗糙),"先锋意识"极强的中国式现代派作家那狂躁、突兀、奇俏的艺术姿式,都与"温柔敦厚"的传统诗教与古典审美意识无缘。处在世界性美学思维变革时代,三十年代"京派"作家标举"和谐"的美学意识,表现出比较明显的古典色彩。

即便如此,三十年代"京派"这种"和谐"美学意识,也有一定的文学史意义。诚如一位外国学者指出,中国新文学作家往往因为现实感太强,忽视或缺乏文学的艺术性②。"五四"文学忙于对旧文学的毁坏,在建设新文学观念和现代审美意识方面,来不及重视文学的艺术美感形态的研讨。三十年代上海文坛、书商型作家为金钱所奴役,粗制滥造,使低劣的文学作品充斥市场。左翼文学注重从新文学作家的政治立场、阶级观点方面,建设新型的现代文学意识,也一定程度地冷淡了现代文学的美感意识,产生过一些公式化、概念化的作品。在这样的文坛背景下,三十年代"京派"的美学注意力,不仅给文学创作带来了和谐优美的美学面貌,客观上也弥补了现代文学观念和现代审美意识形成过程中所存在的某些薄弱环节。只是在这种意义上,三十年代"京派"才被海外文学史家一意褒奖。然而,三十年代"京派"以"和谐"美学原则来补救新文学发展中的某些不足,自己反而陷在古典美学的局限中不能自如。

其一,从时代要求来看,三十年代"京派"文学思想妨碍新文学作家与时代的趋

---

　　①　参见〔英〕W·G·丹皮尔:《科学史:及其与哲学和宗教的关系》,商务印书馆 1979 年版。

　　②　参见〔捷〕雅·普实克:《论茅盾与郁达夫》,译文载中国社会科学院文学研究所编《国外中国文学研究论丛》。

合。"京派"作家虽也感受到民族生存危机的精神重压,并强调文学的介入意识与民族功利感,但是,由于恪守"和谐"美学原则,使得"京派"作家潜心于寻求艺术技巧的"分寸"、"恰当";以善于"节制"为创作准则。从而,不能表现愤怒的抗争时代和悲壮风格。

其二,从对于作家自身的艺术个性来说,"和谐"美学意识的过分追求也是一种人为的束缚。沈从文、何其芳、萧乾、李健吾、梁宗岱与"五四"浪漫派作家的艺术气质近似。他们并不是天生的谦谦君子,而是一批生活在历史变革期的"不安定的灵魂"。在他们身上,忧郁与狂躁交织、迷惘困惑与激昂亢奋情绪混杂、清高傲世与玩世不恭并存,表现为情感型的个性特征。但由于他们崇尚"和谐"——"节制"与"恰当"的美学意识,他们不得不在自身艺术气质与他们追求的美学原则之间,从事着艰苦的风格搏斗,从而形成了古典浪漫派的文学风格。如卞之琳不得不在"既放纵,又过分压缩"的诗形里表现繁复的意象。李健吾只能在近似于法国古典主义戏剧时空的有限框架里,以张力极强的矛盾冲突描写人物多重心理的分裂和搏斗。沈从文、芦焚勉强地为过于悲惨的人生"涂上笑的颜色"。"京派"作家过分地讲究情感"节制",甚至使他们怯于表现自己的爱情隐秘(这正是"五四"浪漫派作家所醉心于表现的题材)。《意大利游简》原是李健吾旅欧时期寄给情人的"一叠一叠的情书"。但在梓行时,作家却把它"删成'皮包骨头'的游简"。① 《梦之谷》,是萧乾描写自己初恋故事、充满浪漫激情的长篇爱情小说。但他迟迟不愿把自己那终生难忘的初恋写成小说,时隔六年,还是在友人催促下才动笔写作。② 恪守"和谐"美学意识,对于浪漫气质极明显的"京派"作家来说,无异于给自身艺术气质设置了一种人为障碍。他们虽然一定程度地克服了这种障碍,但毕竟是以自身艺术个性的损耗作为代价的。

"和谐"美学意识与"京派"作家超然于一切现实功利之外的文学本体观互为表里。他们奉守不偏不倚的人生态度,标举文学的超然意识,表现在美学趣味方面。当然是恶奇俏、厌新鲜、喜静穆、好"和谐"。况且,"和谐"美学世界,对他们这一群

---

① 参见李健吾:《意大利游简·前言》,《水星》二卷一期。
② 参见萧乾:《梦之谷·序言》。

身处动乱岁月又无直面人生勇气的文人作家来说，无疑是理想的审美境界。在这种审美境界里，进，他们可以从容地以文学介入社会人生的改造；退，又可以潜心地把玩艺术。何况，"京派"作家大都企羡"六朝人物晚唐诗"一类的乱世文人的人格美和文章美。① 他们比较冷淡文天祥、岳飞、陆游一类慷慨多气、豪迈奔放的文学家和西方的拜伦、雪莱、海涅、惠特曼等反抗型、战士型的文学家，而对或行吟于湖畔、或彳亍在旷野、或高蹈于现实的文人作家如英国的湖畔诗人、维多利亚时代的浪漫而哀婉的作家哈代、丁尼生、法国的高蹈派作家表示嗜好。他们所倾慕的文人作家大都具有一种"高士风"，在文学方面修养颇高，具有精致、典雅、温和、静穆的"和谐美"。这种美学风格对三十年代"京派"美学意识的形成，起着暗滋潜长的作用。

四、三十年代"京派"文学思想的局限性及其流派的解体

可以这么理解，由于西方文化对现代中国的侵入和渗透的程度与幅度差异，以及现代中国政治局势的变迁，才形成现代社会发展的不平衡状态——京、沪两类城市文化形态的差异。处在历史变更时代的"间隙"地带的北平，培植了三十年代"京派"以"纯正的文学趣味"为旨趣的文学观念和以"和谐"——"节制"与"恰当"为特征的文学审美意识。在历史"间隙"区域形成的文学思想，往往含有一些有益于新文学发展的新鲜意见，能够发现或弥补历史进程中的某些遗漏环节，如三十年代"京派"以文学的道德力量和美学力量介入社会人生的改造，以文学的美感效应纠正新文学发展中一度被忽视或冷落了的文学艺术性的倾向，等等。但是，历史"间隙"区域又往往与时代中心环节隔绝，其文学思想带有历史的局限性。这种局限性不仅是上文所辨析的，超然于现实政治之外的文学超然意识与保守的政治倾向、缺乏时代气息和壮美风格的美学趣味，更主要的，是"京派"作家偏狭和保守的历史发

---

① 有关"京派"作家对中外文学接受层面的选择，应作专文探讨。此处所论，参见次名《中国文章》《三点两点》、冯至《谈梁遇春》、何其芳《梦中的道路》等文章。

展观以及返朴恋旧、惧怕社会变革的文化态度。

诚然,中国由封建性的、自给自足的农业社会向"现代"社会演进的历史过程中,"每一个历史运动在扩大发展的过程中都不免裹进许多旧的、未经消化的、同它的本性相矛盾的东西"①。表现在中国现代经济改革方面,由于它是在西方经济入侵的刺激下发生的经济变革,所以,城市化、工业化(包括商业化)的经济发展,又导致人欲横流、贫富不均的社会病相,也刺激了文学商业化的拜金主义倾向。表现在政治形态方面,现代中国的政治革命又是在产业工人和乡村农民的自身素质、社会力量相对薄弱,国民的觉悟程度相对低下的历史条件下,提前发生并超常发展的。因而,极容易将政治革命的热情"转化为盲目性",出现政治革命的不成熟和"左"派幼稚病。即便如此,马克思主义历史观对此始终保持乐观态度。经典作家早就指出:"技术的胜利,似乎是以道德的败坏为代价换来的。"②在社会变革时代,在"历史"与"道德"二律背反的矛盾中,马克思主义者从不因为"道德"的失落而延误或恐惧"历史"的变革。马克思明确指出,即便机器给无产阶级带来苦难,但是,"蒸汽、电力和自动纺机甚至是比巴尔贝斯、拉斯拜尔和布朗基诸位公民更危险万分的革命家"③。现代中国的经济变革(这种变革主要体现为城市化方面),不仅直接冲击着传统的农业社会的文化、道德方式,也为先进的无产阶级政治革命提供了必要的社会条件。尽管中国的政治革命还不成熟,但它终于"打破了历史的时刻表。看来,这是使革命得以及时完成的唯一方式"④,并且是适合现代中国历史状况的唯一正确方式。遗憾的是,三十年代"京派"作家,囿圄在相对封闭的北平古都和学府深院,客观环境使他们与现代社会变革的时代大潮相隔膜。囿于偏狭而保守的文化态度和历史观点,主观上他们又不能理解这种变革所蕴含的历史合理性及其进步意义,尤其是无产阶级政治革命对推动社会进步的历史"杠杆"作用。他们过于担忧历史进程中的"道德败坏"与"美"的失落。封建军阀政治纷争的闹剧,使他们由厌弃军阀党同伐异的政治争斗,进而厌恶一切政治(包括进步的无产阶级革命)。

---

① 〔苏〕里夫希茨:《历史的风》,《马克思论艺术和社会理想》,人民出版社1983年版。
② 马克思:《在"人民报"创刊纪念会上的演说》,《马克思恩格斯全集》第12卷,第4页。
③ 马克思:《在"人民报"创刊纪念会上的演说》,《马克思恩格斯全集》第12卷,第3页。
④ 〔苏〕里夫希茨:《历史的风》。

城市化所导致的精神病相,使他们怀疑、恐惧、厌弃一切社会变革,进而趋古返朴,企图以一种混杂着乡村文化标准的传统文人趣味的"人生美化"的美学理想和"以'小说'代'经典'"的伦理构想,①来干预现代历史的发展进程。他们的文艺思想与梁漱溟、熊十力等专意弘扬中国传统文化精义的哲学思想,与蔡元培"美育代宗教"说,与江绍原、周作人所一度热衷的"人生艺术化"文艺思想,有些相通或近似,它体现处在历史变革"间隙"地带里的现代知识分子善良而狭隘的历史愿望和静穆、保守型的人格立场。

应该说,从伦理、美学角度介入社会人生,是文学家习惯性的"掌握现实"的审美方式。一部人类文化史,就是人类不断地追求真、善、美、不断地超越自我憧憬未来的人类变迁史。文学家则是循着伦理的、审美的思维路径,参与或代表着人类求真、求善、求美的精神追求历程。但需要指出的是,三十年代"京派"对于真、善、美的精神追求,没有建立在对于人类历史发展趋势的正确理解的基础上。例如,沈从文发掘的湘西世界那"野性"、"雄强"、"健康"、"自然"的人性美,那和睦、温馨的民情美;废名所抒写的乡土社会那种轻生死、乐人生、亲自然的人格美,②都是建立在原始的自给自足的经济甚至是物质极其匮乏、生产力水平极为落后的农业社会基础上的。它善则善矣,但却陷于原始和蒙昧。他们以这种传统农业社会的道德标准和印有古典色彩的美学标尺来衡量,介入现代社会变革,其所体现的文化性质,自然只能与"现代"社会变革相冲突。他们与进步的左翼文学事业相牴牾,就是这种冲突的一种表现。

建立在狭隘的历史发展观上面的三十年代"京派"文学思想,与急剧变化的现实社会之间必然发生矛盾和冲突,使这个文学群体日益面临危机。"七七事变"后,日本帝国主义发动对中国的全面进攻,民族矛盾急剧上升为主要矛盾,在民族危亡的紧要关头,原来基于不同的政治立场和文化态度而形成的京、沪文学分野,迅速

---

① 朱光潜"坚信中国社会闹得如此之糟,不完全是制度的问题,是大半由于人心太坏"。所以,"要洗刷人心,……一定要从怡情养性,做起""要求人心净化,先要求人心美化"(《谈美·开场话》)。沈从文由"中国近三十年内政最黑暗糊涂的时代",觉察出"社会的拙象"和"人的愚心"(《烛虚·三》),由此形成"以小说代经典"的伦理构想。"用'小说代经典',这种大胆看法,目前虽好像有点荒唐,却近于将来的事实"。因为,它"能把生命引导到一个崇高的理想上去,……激发生命离开一个动物人生观"(《短篇小说》)。

② 参见拙作《"梦之使者"——析废名小说的审美方式兼谈现代乡土文学的一种变体》。

被消解。作家们打破原来的文坛界限,迅速投入到抗日求解放的民族斗争中去,"用我们用熟了的文艺形式——小说,戏剧、诗歌、散文、漫画、木刻等等——描写出时代的危机"①。北平沦陷后,在中国大地上再也不能找到这批文人学者型作家所依凭的"间隙"区域。何其芳、卞之琳等人一度撤到四川,尔后又毅然投奔延安。他们告别了"夜歌",抒写出"慰劳"前线兵士、礼赞光明的"白天的歌",成为民族解放战争时期的新型文学家。沈从文、朱光潜、李广田在战火中转辗,先后随北大、清华、南开迁往西南联大。朱光潜依然沉湎于静谧的书斋与"和谐"的文学世界,而沈从文则已在为抗战作鼓吹②。萧乾由《大公报》派往欧洲,成为第二次世界大战欧洲战场上唯一的东方记者。萧乾干脆中止了纯文学创作,专门撰写最能反映现实生活的新闻、特写。芦焚、李健吾等作家撤离北平,寄寓在上海"孤岛",参与了现代作家讴歌光明、揭露国统区黑暗统治的斗争,其文风犀利、泼辣,失去了原有的"和谐"和优美。至于废名,折回家乡湖北黄梅,深居简出,执教于乡间。抗战后复出,文章风格也少了旧日的静穆,多了时代的忧愤。自此,作为文学流派意义上的三十年代"京派",不复存在。

　　由现代中国的政治、经济和文化变革而形成的社会发展的快节奏,容易淹没或遗忘那些存在于历史"间隙"地带的文学作家,三十年代"京派"就是一例。从特定历史阶段的地域文化角度,研究三十年代"京派"文学,不仅为三十年代左翼文学和其他文学现象的研究提供了一个比照系统,而且也有利于对中国新文学发展过程的全面把握。研究三十年代"京派"其价值主要不在于对它的历史进步性与保守性作出政治判断,而在于探讨它所包含的文学史意义和现代文化史意义。这,就是本文作者拟定这一课题研究的初衷。

(原载《中国社会科学》1988 年第 1 期)

---

　　①　《光明的态度》,《光明》一卷一期。
　　②　沈从文建议青年学生参加"军训",报效国家。战争"当然人人有份"(《给青年朋友》)。奉劝乡友以抗战为重,为国家效力(参见《给湘西几个在乡军人》)。

京派小说的风貌和特征

严家炎

京派作家的小说是一种什么样的小说？有些什么特色？我们试图从以下几个方面作些综合的考察。

一、赞颂纯朴、原始的人性美、人情美

京派小说第一个显著的特色，是着力赞颂纯朴、原始的人性美和人情美。

李长之这位京派理论家曾经认为："文学只应求永恒不变之美"，不必"描写现实"。[①] 事实上，小说完全不"描写现实"，那是不可能的。如前所述，京派作家的作品同样描写了一部分现实。但前一句话——"文学只应求永恒不变之美"，确实可能说出了京派作家的共同心声。他们真是以表现美作为文学的最高职能，作为创作的极致的。表现什么美？在京派作家说来，最基本、最核心的就是表现纯朴、原始的人性美、人情美。沈从文在他的《〈从文小说习作选〉代序》中，把自己的创作比喻为建造庙宇，说："这神庙供奉的是'人性'。"在《〈看虹摘星录〉后记》中，他称自己的一些短篇小说是在"用人心人事作曲"，"其间没有乡愿的'教训'，没有腐儒的'思

---

① 转引自姚雪垠发表在《芒种半月刊》一卷八期上的《京派与魔道》一文。

想',有的只是一点属于人性的真诚情感"。在《〈篱下集〉题记》中,他又说:

> 曾经有人询问我:"你为什么要写作?"
>
> 我告他我这个乡下人的意见:"因为我活到这世界里有所爱。美丽,清洁,智慧,以及对全人类幸福的幻影,皆永远觉得是一种德性,也因此永远使我对它崇拜和倾心。这点情绪同宗教情绪完全一样。这点情绪促我来写作,不断地写作,没有厌倦,只因为我将在各个作品各种形式里,表现我对于这个道德的努力。人事能够燃起我感情的太多了,我的写作就是颂扬一切与我同在的人类美丽与智慧。……"

的确,沈从文笔下的故乡人物,无论是农民、士兵、猎人、渔夫、水手、土娼、富家子弟、青年男女,都那么淳厚、真挚、热情、善良、守信用、重情谊,自己生活水平很低却那么慷慨好客,粗犷到带点野蛮却又透露出诚实可爱,显示出一种原始古朴的人性美、人情美。《会明》里那个做了十几年老伙夫的主人公,长期把蔡锷讨袁时说的话记在心里,把护园军的那面军旗视作无上光荣,珍惜地裹在身上,他对革命的忠不免有点"愚",却也正好表现了劳动者出身的下层士兵的性格本色。《月下小景》中那对青年情侣,在得不到自由的爱情时,宁可双双服毒而死,展现了一种使各式良辰美景相形之下都黯然失色的美好情操。《边城》中的爱情故事也许永远是个悲剧,但无论是一个死去、一个出走的天保、傩送兄弟也好,还是决心等待爱人一辈子的翠翠也好,都显示了各自的洁白无瑕的高尚心灵。——而且整个作品写到的那个环境,也都充满了淳厚朴实、老少无欺的古风。至于废名,朝写人性美这个方向作的努力比沈从文更早,而且比沈从文走得更远:他从二十年代后半期起,就在《竹林的故事》、《桃园》、《菱荡》、《枣》和长篇小说《桥》等一系列作品中,表现故乡极为纯朴的风土人情之美了。他笔下的人物,有老汉,有村姑,有牧童,有雇农,也有业主,却大体都有一颗善良闪光的心灵。《桥》中的史奶奶与三哑叔之间,《菱荡》中的二老爹与陈聋子之间,没有一般业主与长工的关系,他们都各自尽心竭力,不存利害芥蒂,保有良好的人性。京派作家往往喜欢称自己为"乡下人",连出生在北京的萧乾也说:"虽然你是地道的都市的产物,我明白你的

梦,你的想望都寄托在乡村。"①其原因就在于:他们认为朴野的乡村真正保留着原始、美好的人性。沈从文说得明白:

> 我欢喜同"会明"那种人抬一箩米到溪里去淘,看见一个大奶肥臀妇人过桥时就唱歌。我羡慕"夫妇"们在好天气下上山做呆事情。我极高兴把一支笔画出那乡村典型人物的脸同心,好像《道师与道场》那种据说猥亵缺少端倪的故事。我的朋友上司就是《参军》一流人物。我的故事就是《龙朱》同《菜园》,在那上面我解释我生活的爱憎……我太与那些愚暗、粗野,新犁过的土地、同冰冷的枪接近、熟习,我所懂的太与都会离远了。

这一切,就都是由他们的人性观所决定的。

在京派作家看来,淳厚、善良、美好的人性除保留在农村以外,还往往本色地体现在天真无邪的儿童身上。因此,京派小说有不少是以儿童生活为题材,表现和讴歌童真美的。像废名《桥》的上篇和《竹林的故事》中一些作品,凌叔华《小哥儿俩》集里的绝大部分作品,沈从文的《福生》和《三三》(前半篇),萧乾的《俘虏》,汪曾祺的《羊舍一夕》等,就都在写出孩子们的至情至性。凌叔华《搬家》中的枝儿,与四婆一家好到了不能分离的地步,"曾有两三次,被生人错认她是四婆的孙女"。如今,枝儿在全家搬到北京前,特意将自己心爱的花母鸡送给了四婆。四婆出于对枝儿的挚爱,杀鱼宰鸡,准备了许多菜,为她饯行。那鸡就是宰的枝儿的大花鸡。枝儿为此伤心得大哭了一场,饭也不吃,觉也不睡,发了好大的脾气。沈从文《三三》中的三三,常"坐在废石槽上洒米头子给鸡吃","什么鸡逞强欺侮了另一只鸡,三三就得赶逐那横蛮无理的鸡,直等到妈妈在屋后听到声音,代为讨情才止"。这些作品都细致真率地写出了孩子们喜爱小动物的天性和纯洁可爱的心灵。作者凌叔华在短篇集《小哥儿俩》的《自序》中说:"这本小书里的小人儿都是常在我心窝上的安琪儿,有两三个可以说是我追忆儿时的写意画。我有个毛病,无论什么时候,说到幼年时代的事,觉得都很有意味,甚至记起自己穿木屐走路时掉了几回底子的平凡

---

① 《给自己的信》,《萧乾选集》第三集,第274页。

事,告诉朋友一遍又一遍都不嫌烦琐。怀恋着童年的美梦,对于一切儿童的喜乐与悲哀,都感到兴味与同情。这几篇作品的写作,在自己是一种愉快。"这番童心未泯的话,在京派作家中可以说是有代表性的。

京派作家所以如此讴歌淳朴、原始、美好的人性,一个重要根源在于他们对近代中国特别是都市半殖民地化过程中人性异化现象的憎恶与不满。这些作家看到了帝国主义侵凌下大都市生活的丑恶与腐烂方面,看到了资本主义金钱势力怎样无孔不入地腐蚀着一切、扭曲着一切,看到了上流社会的极其堕落与荒淫无耻,因而更加怀恋和向往较多地保存着古朴民风的内地农村,尤其像湘西一带留存着不少原始风俗习性的农村。沈从文写过一系列小说(如《绅士的太太》、《八骏图》、《王谢子弟》、《大小阮》、《若墨医生》、《有学问的人》),揭露都市中"衣冠社会"的种种丑行,鞭打他们的投机、欺诈、虚伪、出卖以及生活的空虚无聊。他在《绅士的太太》中公开声明:"我是为你们高等人造一面镜子"。萧乾在《鹏程》中,塑造了王志翔这个灵魂被金钱腐蚀、人性完全丧失的典型。废名也写过《李教授》、《浪子的笔记》等揭露都市生活内容的作品。这些作家都对人性异化现象相当敏感和相当反感。沈从文说:

> 我是个乡下人,走到任何一处照例都带了一把尺、一把秤,和普通社会总是不合。一切来到我命运中的事事物物,我有我自己的尺寸和分量,来证实生命的价值和意义。我用不着你们名叫"社会"代为制定的那个东西,我讨厌一般标准。尤其是什么思想家为扭曲蠹蚀人性而定下的乡愿蠢事。①

又说:

> 禁律益多,社会益复杂,禁律益严,人性即因之丧失净尽。许多所谓场面上人,事实上说来,不过如花园中的盆景,被人事强制曲折成为各种小巧而丑

_____

① 《水云》,《沈从文文集》第十卷,三联书店香港分店 1984 年版。

恶的形式罢了。①

因此,京派作家有意把农村生活的纯朴、自然和都市生活的扭曲、堕落相对照来写。《〈从文小说习作选〉代序》中就有这样一段话:"请你试从我的作品里找出两个短篇对照看看,从《柏子》同《八骏图》看看,就可明白对于道德的态度,城市与乡村的好恶,知识阶级与抹布阶级的爱憎,一个乡下人之所以为乡下人,如何显明具体反映在作品里。"在沈从文心目中,《柏子》里那种"爱情"当然是畸形的,却毕竟多一点自然和真诚,远胜于《八骏图》里的虚伪、堕落、扭曲。沈从文和京派多数作家虽然也是人性论者,却并不承认"衣冠社会"与"抹布阶级"之间有相同的人性,这说明他们的许多看法是从现实的人生经验来的,比教条地贩卖外国文学理论的梁实秋优越得多。

二、扬抒情写意小说的长处,熔写实、记"梦"、象征于一炉

京派小说另一重要特色是:把写实、记"梦"、象征熔于一炉,使抒情写意小说走向一个新的阶段。这一特色是专就文体与创作方法而言的。

京派小说以抒情写意作品最为见长。京派小说的代表作,几乎全是抒情写意成分相当重的,有些简直就是小说体的诗。这种情况完全是作者有意为之。沈从文在二十年代末谈到废名小说时就说:"用抒情诗的笔调写创作,是只有废名先生才能那样经济的";他承认自己的《夫妇》等篇"受了废名先生的影响"。② 三十年代谈到自己乡土题材小说时,沈从文认为:"作品一例浸透了一种'乡土抒情诗'的气氛。"③即使到五十年代,在独尊现实主义的思潮盛极一时之际,沈从文为人民文学出版社编自己小说选集并写《题记》时仍然承认:他的"故事在写实中依旧浸透一种

---

① 《烛虚》,《沈从文文集》第十一卷,第 268 页,三联书店香港分店 1986 年版。
② 见《夫妇·附记》。
③ 《长河·题记》。

抒情幻想成分"①。八十年代初,在为湖南人民出版社编的《沈从文小说选》写《题记》时,他又说:当年那样写家乡生活,目的是想对人事哀乐、景物印象"试试作综合处理,看是不是能产生点散文诗效果"。② 凌叔华在《小哥儿俩》一书的《自序》中,也称自己的一部分小说是"写意画"③。至于萧乾、汪曾祺的小说,也是人们公认为富有诗意的。可见,在小说创作中渗透感情,凝结诗意,形成意境,这是京派作家们共同的审美追求。京派小说的写实成分自然是不少的。但是,也有一个很奇怪,很值得思索的现象:废名和沈从文这两位京派的代表作家都很喜欢把自己的小说和"梦"联系起来。废名在《语丝》一三三期上发表的《说梦》的文章,就承认:他的有些小说,是"与当初的现实生活隔了模糊的界"的"梦"。周作人为废名《桃园》写的《跋》中也说:书中"这些人与其说是本然的,无宁说是当然的人物"。沈从文在《烛虚》集《小说作者和读者》一文中说:小说"容许包含两个部分:一是社会现象,即是说人与人之间的种种关系;二是梦的现象,即是说人的心或意识的单独种种活动"。他认为:写小说"必须把'现实'和'梦'两种成分相混合"。他们两人所说的"梦",同弗洛伊德说的"梦"不一样,都是现实生活之外属于作家创作过程中主观孕育的范围,实际上是浪漫主义的东西。他们都觉得:只有把"梦"的成分羼和进去,小说才能成为有生命的。

那么,"梦"的成分有哪些呢? 大体上说,无非是融作家的"情"入小说,融作家的"意"入小说,融作家的想象入小说,融作家的美学理想入小说。像《月下小景》这篇爱情悲剧故事,用那样幽婉的笔调叙述,用那样神异的气氛烘托,用那样清丽的月色衬景,最后又用男女主人公双双含笑死去作结,在充满浪漫主义的想象中构成了和谐的境界。全篇小说完全是一首诗,或者说诗化了的小说。京派作家创作了不少相当出色的抒情写意小说,除上面已经提到的之外,如废名的《河上柳》、《阿妹》、《我的邻居》,沈从文的《灯》、《三三》、《边城》、《长河》,萧乾的《俘虏》、《雨夕》

---

① 《沈从文小说选集·题记》。

② 见湖南人民出版社 1981 年版《沈从文小说选》。

③ 还应指出:凌叔华所佩服的元代画家倪云林也是个有"写意"倾向的艺术家。他曾说:"所谓画者,不过逸笔草草,不求形似,聊写胸中逸气耳。"凌叔华的审美思想很受他这种"写意"主张的影响。她有篇小说就叫《倪云林》。

等,可以说都充满情韵。尽管有的作品从社会内容来衡量未免薄弱,而且废名后来所谓"写意"写的是佛教哲学的禅意,很怪涩,但作为抒情写意小说这种文体,它们是很好地完成了自己任务的。这些作品具有那么独异的风格,那么鲜明的创作个性,即使去掉署名,读者也不会猜错究竟是哪位作家的作品。

记"梦"之外,象征,在京派抒情写意小说的意象构成上同样是十分重要的因素。许多小说从题目到具体形象,都具有象征性,废名小说《桥》,沈从文小说《渔》、《泥涂》、《菜园》中的菊花,《夫妇》中的野花,凌叔华小说《凤凰》,萧乾小说《蚕》、《花子与老黄》,涵义都远远超过了形象本身。然而,这大多还只是局部性的象征。沈从文的长篇《边城》,则蕴蓄着较全书字面远为丰富的更深的意义,可以说是一种整体的象征。不但白塔的坍塌象征着原始、古老的湘西的终结,它的重修意味着重造人际关系的愿望,而且翠翠、傩送的爱情挫折象征着湘西少数民族人民不能自主地掌握命运的历史悲剧。朱光潜谈到《边城》时认为:

> 它表现受过长期压迫而又富于幻想和敏感的少数民族在心坎里⋯⋯那股沉郁隐痛,翠翠似显出从文自己的这方面的性格。⋯⋯他不仅唱出了少数民族的心声,也唱出了旧一代知识分子的心声,这就是他的深刻处。①

这个判断应该说是有根据的,有作品本身的艺术内容乃至情绪气氛可资参证的。总之,京派小说意象中象征性内涵的出现,大大丰富了作品的抒情容量,增强了含蓄性,扩大了小说艺术表现的空间。

现代抒情小说从鲁迅开辟源头以后,到废名、沈从文等作家手中,把各种人生形态和自然美景大量引进小说中来,扩大了小说的抒情领域和抒情容量,使这种小说获得很大发展,这个功绩,不能不归于京派。

---

① 朱光潜:《从沈从文先生的人格看他的文艺风格》,载《花城》1980 年第 5 期。

三、总体风格上的平和、淡远、隽永

　　京派小说再一个显著的特色，是总体风格上的平和淡远隽永。这是由京派作家的审美追求特别是他们选择题材、处理题材和艺术表现的特殊性所决定的。

　　京派小说往往具有温厚的牧歌情调，它对这个流派总体风格的形成大有关系。废名最有代表性的一些小说，像短篇《菱荡》、长篇《桥》等，都具有浓重的田园牧歌风味，《菱荡》写的是陶家村的风物，这里有美好的传说、美好的风光，更有人们美好的心灵。菱荡主人二老爹固然待人和善，他的长工陈聋子更是淳厚朴实。"二老爹的园是他种，园里的菜也要他挑上街去卖。二老爹相信他一人，回来一文一文的钱向二老爹手上数。""大家都熟识这个聋子，喜欢他，打趣他，尤其是那般洗衣的女人。"真是一派宁静和谐的田园风光，朴野可爱的生活情趣！令人怡然愉悦。废名小说里不止一次地引用一首由一到十数字编成的歌谣："一去二三里，烟村四五家，楼台六七座，八九十枝花。"也同样点染出这种情调。沈从文在论及废名小说时说："冯文炳是以他的文字'风格'自见的，用十分单纯而合乎'口语'的文字，写他所见及的农村儿女事情，一切人物出之以和爱，一切人物皆聪颖明事。作者熟悉他那个世界的人情，淡淡的描，细致的刻划，且由于文字所酝酿成就的特殊空气，很有人欢喜那种文章。"[1]这里说的就是他风格清淡悠远的方面。其实，沈从文自己的小说相当一部分也具有这种牧歌风味。他自己在《水云》中曾说："完美爱情生活并不能调整我的生命，这要用一种温柔的笔调来写爱情，写那种和我目前生活完全相反，然而与我过去情感又十分相近的牧歌，方可望使生命得到平衡。"[2]这大概就是《夫妇》、《雨后》、《三三》到《边城》一类作品产生的原因。作者谈到《边城》的写作时说："我要表现的本是一种'人生的形式'，一种'优美，健康，自然而又不悖乎人性的人生形式'。我立意不在领导读者去桃源旅行，却想借重桃源上行七百里路酉水流域

----

① 沈从文：《论中国创作小说》，《沈从文文集》第十一卷，三联书店香港分店、花城出版社联合出版。
② 《水云》，《沈从文散文选》，人民文学出版社 1982 年版。

一个小城小市中几个愚夫俗子,被一件普通人事牵连在一处时,各人应得的一分哀乐,为人类'爱'字作一度恰如其分的说明。"又说:"写《边城》"对"心若有所悟,若有所契,无滓渣,少凝滞"。《边城》风格之所以淡远隽永,正是由"温柔的笔调"和"心若有所悟"这类牧歌因素决定的。其他京派作家如凌叔华、萧乾、汪曾祺的作品中,温馨的牧歌情愫也随时可见,有时还混合着一层淡淡的悲哀。

与牧歌情调的追求有关,京派作家对大自然也怀有特殊的审美感情。他们主张"人与自然的契合"[①]。沈从文和废名都在不同程度上接受过泛神论思想。沈从文在《水云》、《潜渊》等文中多次谈到自己有"泛神的思想"、"泛神倾向"、"泛神情感"。《潜渊》中有这样一段文字:"美固无所不在,凡属造形,如用泛神情感去接近,即无不可以见出其精巧处和完整处。生命之最大意义,能用于对自然或人工巧妙完美而倾心,人之所同。"[②]中篇小说《凤子》中,采矿工程师在欣赏湘西大自然的美以后,就与人讨论了泛神论的问题,得出"神即自然"的结论。完全可以说,泛神倾向促进了沈从文对自然美的抒写与讴歌。而在废名那里,由于对哲学的研究,对庄子思想的研究,他作品中"人与自然契合",神往甚至陶醉于大自然的倾向,更是非常明显。有些作品干脆让写景抒情压倒写人叙事,形成情景交融的和谐境界。其他作家像凌叔华,原是山水画家;朱光潜说她"写小说像她写画一样,轻描淡写,着墨不多,而传出来的意味很隽永"。[③] 的确,凌叔华小说中的大自然特别富有绘画美、诗意美。试举《女人》集里《疯了的诗人》一段为例:

> ……到了山脚已是太阳要落的样子,往南行了一里看见流势汩汩的浑河,附近河边的是一些插了秧儿没有几天的稻田,望去一点一点韭苗似的新绿在杏黄色肥沃的地上,河岸上一排不过一丈高的柳树,薄薄的敷了一层鹅黄,远远的衬上淡紫色的暮山,河的对岸有四五个小孩子,穿着旧红的袄子,绕着一棵大柳树捉迷迷玩,可爱的春昼余辉还照在他们小圆脸上。
>
> "春水白于玉,春山淡若烟,闲乘书画舫,撑上蔚蓝天。"觉生悠然的记起这

---

① 《湘西·泸溪·浦市·箱子岩》,《沈从文文集》第九卷。
② 《沈从文文集》第十一卷,三联书店香港分店1985年版,第284页。
③ 书评:《小哥儿俩》。

一首诗……

蓝天、白水、黄土、新绿的稻秧、旧红的童袄、鹅黄的柳芽、淡紫的暮山、一派田园风
光都沐浴在春日余晖里,层次那么远近分明,色彩那么丰富和谐,意境那么恬淡悠
远,充分显示了作者那小说家兼画家、诗人的艺术气质。京派作家对自然美的这种
态度,无疑加强了他们作品总体风格上的一致性。

　　京派小说选取的题材一般是平和的。即使写到一些时代性强的尖锐的题材,
这派作家也有自己很不相同的处理方法。他们的作品中,很少有强烈激越的悲剧,
也很少有横眉怒目的姿态和剑拔弩张的气氛(如果有悲剧成分,也往往像《三三》那
样是淡淡的,或者像《边城》结尾的两句:"这个人也许永远不回来了,也许明天回
来!")。对此,他们有自己的看法。沈从文说:"神圣伟大的悲哀不一定有一摊血一
把眼泪,一个聪明的作家写人类痛苦是用微笑来表现的。"①又说:"要血和泪吗?
这很容易办到,但我不能给你们这个。"②这不能理解为京派作家对黑暗现实不痛
恨。他们其实同样是痛心疾首的,不过不用这横眉怒目、大声疾呼的方式表现而
已,"四一二"以后国民党政府对青年的血腥屠杀,沈从文在《菜园》、《大小阮》、《新
与旧》中就都是从侧面写去,采用"暗转"的方法来处理的。像穷苦人的妻子被迫卖
淫或被他人占有这类题材,如果到左翼作家笔下,一定写得义愤填膺,而沈从文的
《丈夫》、废名的《小五放牛》却不这样处理。他们避开事情本身,把冷酷的背景推向
远处,有时故意用些轻松的笔墨,或借不懂事的孩子的眼光来看待。因此,有人曾
经责备京派作家"缺少一点愤怒"。但其实,这种处理在淡远中发人深思。如果《大
小阮》里写小阮这类革命者的遇害作者可能有所顾忌的话,那么,对于大阮这类见
利忘义的投机者和飞黄腾达的新贵的鞭挞,理应醋畅地抒其愤懑;事实却不然。作
者在小说结尾时只轻轻落笔:

　　　　他很幸福,这就够了。这古怪时代,许多人为多数人找寻幸福,都在沉默

---

① 《废邮存底·给一个写诗的》。
② 作者在多处说过这一思想,如《〈从文小说习作选〉代序》等。

里倒下,完事了。另外一种活着的人,都照例以为自己活得很幸福,生儿育女,还是社会中坚,社会上少不得他们。尤其像大阮这种人。

点得似乎很轻,却在沉痛中流露出深深的鄙视;然而,这种感情一旦和怜悯相混合,又显得温厚蕴藉。这是典型的京派风度。它不仅仅由于追求艺术表现上的含蓄所致,而且同作家的美学理想直接有关。沈从文在《〈看虹摘星录〉后记》中说:"不管是故事还是人生,一切都应当美一些! 丑的东西虽不全是罪恶,总不能使人愉快,也无从令人由痛苦见出生命的庄严,产生那个高尚情操。"[1]在《长河·题记》中又说:"叙述到地方特权者时,一支笔再残忍也不能写下去。"正是这样一种审美追求,造成了京派小说平和淡远或接近于平和淡远的境界。此外,京派小说有时故意淡化情节,淡化故事发生的时代背景,叙述事件时故意采用信马由缰的散文笔法,给人超凡绝俗的空灵之感,使作品蒙上一层朦胧永恒的色彩,特别是用笔时故意留下空白[2],这些也增强了淡远隽永的艺术效果。

四、简约、古朴、活泼、明净的语言

京派小说还有一个显著的特色,是语言的简约、古朴、活泼、明净。就讲究语言这一点说,在中国现代各小说流派中,京派作家都程度不同地接受过欧美文学语言的影响。废名、凌叔华、萧乾曾直接诵读过不少英语作品(如废名之于哈代、艾略特)。沈从文、汪曾祺也曾通过翻译作品,大量接触外国文学。在创作实践过程中,他们都尝试以欧化语言(有的还尝试以现代派语言)写小说。但是,他们的代表作,都在吸收欧美文学语言长处的同时,出色地运用了自己的民族语言,显示了较高的中国文学的素养。

---

[1]　1945 年 12 月 8 日天津《大公报》,或《沈从文文集》第十一卷。

[2]　沈从文在《短篇小说》一文(《沈从文文集》第十二卷)中说:"重要处全在'设计'。什么地方着墨,什么地方敷粉施彩,什么地方留下一大片空白,不加过问,有些作品尤其重要处,便是那些空白处不着墨处,因比例上具有无言之美,产生无言之教。"可以说,强调留下空白,这是形成京派小说恬淡悠远风格的又一个重要的艺术因素。

　　京派小说最早的一位作家废名,语言运用上相当有特色。周作人曾说:"废名君的著作在现代中国小说界有他独特的价值者,其第一的原因是其文章之美。""废名君用了他简炼的文章写所独有的意境。"①这是说到了废名小说的一些独特贡献的。废名的文字极简炼,在白话文基础上,吸收了若干文言成分,显得古奥朴讷,平淡中见出优美;而人物对话则仍相当活泼,并能显示地方特点。但后来由于审美趣味的变化,语言的跳跃性过大,由奇僻走向晦涩,便成为沈从文所批评的"离朴素的美越远"②了。

　　沈从文小说的文字同样有古朴味,却更显得活泼清新。尤其是进入成熟期后写的那些湘西题材作品。一位研究沈从文很有成就的学者凌宇曾经精到地指出:

　　　　沈从文成熟期小说的语言,具有独特的风貌——格调古朴,句式简峭,主干凸出,少夸饰,不铺张,单纯而又厚实,朴讷却又传神。

　　　　这里显示出沈从文与周作人、废名等人在文字风格上的某些一致追求。沈从文曾将自己的小说与废名的小说做过比较,指出在表现人生方面,自己不如废名那样"经济",却又比废名"宽而且优"。表现在语言上,沈从文少废名语言的高度概括性与句与句之间的跳跃性,却无废名的晦涩与朦胧;无废名之雅——一种文人语言的气度,却多生活实感,富泥土气息。究其根源,周作人、废名语言风格的形成,更多地来源于中国文学的修养,而沈从文却是以湘西地方话为母体,经过提炼与加工,予以书面化的结果。③

　　人们可能对沈从文小说语言形成的因素有不同看法,然而这位作家语言的简朴、新鲜、有活力则是公认的事实。他摒弃各种浮文,也很少用虚词,很少用"的"、"了"、"吗"、"呢"这类字样,有浅近文言的那种简约精炼,却又保持着口语的活泼、亲切感和表现力。例如《长河》中的一段文字:

---

① 《〈枣〉和〈桥〉的序》。
② 《论冯文炳》。
③ 凌宇:《从边城走向世界——对作为文学家的沈从文的研究》,三联书店 1986 年版,第 318 页。

到午后,已摘下三晒谷簟桔子。老水手要到镇上去望望,长顺就托他带个口信告会长一声,问他什么时候来过秤装运。因为照本地规矩,做买卖各有一把秤,一到分量上有争持时,各人便都说"凭天赌咒,自己秤是官秤,很合规矩。大斗小秤不得天保佑"。若发生了纠纷,上庙去盟神明心时,还必须用一只雄鸡,在神座前咬下鸡头各吃一杯血酒,神方能作见证。这两亲家自然不会闹出这种纠葛,因此桔子园主人说笑话,嘱咐老水手说:

"大爷,你帮我去告会长,不要扛二十四两大秤来,免得上庙明心,又要捉我一只公鸡!"

又如小说《山道中》的一段文字:

这时节他们正过一条小溪,两岸山头极高。溪上一条旧木桥,是用三根树干搭成,行人走过时便轧轧作声。傍溪山腰老树上有猴子叫喊。水流汩汩。远处山鹊飞起时,虽相距极远,朋朋振翅声音依然仿佛极近。溪边有座灵官庙,石屋上尚悬有几条红布,庙前石条上过路人可以休息。

这两整段都没有一个"的"字。句子长短不一,简峭利索,很能绘声绘色。作者善于将描写转化为叙述,在叙述中杂以情趣,因而更收到古朴悠远的效果。这些长处的得来,很可能还是受了传统白话小说的影响。

但沈从文小说语言的长处,根本上还是得力于丰厚的湘西生活经验。他自己说:"我文字风格,假若还有值得注意处,那只因为我记得水上人言语太多了。"[1]无论是人物对话中那么多生动风趣的谐谑,还是叙述语言中那么多新鲜、贴切的比喻,都是从生活海洋中直接采来的珠贝,因而显得特别珍贵。

京派小说语言的简约、精炼、活泼,还同作家们努力借鉴中国古典诗歌艺术有关。废名说自己小说创作的表现手法,"分明地受了中国诗词的影响","我写小说

---

[1] 《废邮存底·我的写作和水的关系》。

同唐人写绝句一样"。① 沈从文在《短篇小说》一文中,也强调:"短篇小说的写作,从过去传统有所学习,从文字学文字,个人以为应当把诗放在第一位"。他指出,向古代抒情诗学习很有好处:"由于对诗的认识,将使一个小说作者对于文字性能具特殊敏感,因之产生选择语言文字的耐心。"这确是沈从文的经验之谈。可以说,古典诗歌的学习,给了废名、沈从文小说丰富的语言文字营养。

京派小说其他作家中,凌叔华语言朴实亲切;萧乾较多吸收现代派用语的长处,显得清新而富有诗意;汪曾祺则颇得废名与沈从文两家的长处。他们的语言各有个性,但又都洗练、活泼、明净并带有不同程度古朴的意味;因而具备一个流派的共同特点。

(录自严家炎著《中国现代小说流派史》,人民文学出版社 1989 年 8 月第 1 版,第 227—242 页)

---

① 《废名小说选·序》。

京派小说的形态和命运

杨 义

一

地域文化对文学流派和作家审美个性的养育生成,大抵存在两种方式:一为乡土因缘,作家出生于特定的乡土,受祖先世代沿袭的生活方式和文化趣味的笼罩,似乎带点遗传性地养成了某种文学气质。比如清代浙江文化以钱塘江为界,浙东重史,浙西重文,这种分野深刻地影响了鲁迅和郁达夫或近乎哲人或近乎才子的文学性格。另一种方式是文坛因缘,作家荟萃于特定的都市,受都市的历史传统和流行风气的浸染,相互间切磋呼引,朱赤墨黑,对自己的艺术取向和审美趣味作出自觉性的选择,并逐渐形成以某种文学旨趣为荣的作家群体。三十年代京派和海派的一个重要成因,就与这种荟萃和选择有着密切的关系。1933 年前后,主要以沈从文为一方、以杜衡(苏汶)为另一方的"京派海派之争",就是这两个文学流派已成气候,并且自为标榜、互为讥讽的表现。

究实而言,京派并非严密意义上的文学流派。它有集会,却未曾结社,有报刊,却喜欢容纳非同人作家的够水准的作品。然而,它代表了一种文学风气,在二十年代后期和三十年代政治派系和文学思潮激荡奔腾之际,在远离政治漩涡的北方学府,以静观的眼光谛视社会风云,在吟咏人性的常态变态中,建构自己高雅的艺术神庙。因而,它与蒸腾着时代血性火气的左翼文学,追逐外国新起文学思潮之光和色的海派文学,形成了不能说不是强烈的反差,高蹈飘逸地开拓着清婉如春风、明净如山泉、渺远如清梦的文学境界,一种亦真亦梦、入尘而脱俗的"自己的园地"。这派作家大体活动在以北平为中心,兼及天津、济南、青岛等北方城市,成员多出自清华、北大、燕大的中文、外文、哲学诸系,包括一部分滞留北方的语丝派、新月派、文学研究会的成员,和一批初出茅庐的文学新秀。报刊则有《骆驼草》、《学文月刊》、《文学季刊》,尤其是 1933 年出现的《大公报·文艺副刊》,1934 年出现的《水星》杂志,1937 年出现的《文学杂志》。沈从文这样描述着当时情形:

> 然而在北方,在所谓死沉沉的大城里,却慢慢生长了一群有实力有生气的作家。曹禺、芦焚、卞之琳、萧乾、林徽因、李健吾、何其芳、李广田……是在这个时期中陆续为人所熟习的,而熟习的不仅是姓名,却熟习他们用个谦虚态度产生的优秀作品! 因为在游离涣散不相粘附各自为战情形中,即有个相似态度,争表现,从一个广泛原则下自由争表现。……提及这个扶育工作时,《大公报》对文艺副刊的理想,朱先潜、闻一多、郑振铎、叶公超、朱自清诸先生主持大学文学系的态度,巴金、章靳以主持大型刊物的态度,共同作成的贡献是不可忘的。①

人们不妨从京派的存在中,进一步思考文学流派存在的方式和种类。流派似乎有两种:一种是"社团—流派";一种是"文学形态—流派"。前者以社团和刊物作为连接流派的纽结,后者则在同人刊物中创造一种文学风气和文学形态,因此流派纽结处予有形与无形之间。前者以凝聚力称著,后者以扩散性见长。由于京派是以扩散独特的文学空气和文学形态为基本特征的,分析其文化成果和文学观念,也就成为一项不可缺少的题内之旨。

---

① 沈从文:《从现实学习(二)》,载天津《大公报》1946 年 10 月。

二

京派的理论家主要是周作人、朱光潜。周氏重史,朱氏重论,建构了京派理论的纵横二轴。其余如梁宗岱、沈从文、萧乾、李健吾(刘西渭)也有理论批评文字,其长在于有才气,给京派理论增加了不少魅力。比起海派理论家杜衡之辈,他们的理论是高明得多、深细得多、精彩得多了。

这个流派崛起于十余年前曾是新文化运动发祥地,如今已消退了早期新文化激扬凌厉之意气的古都北平。他们是继承五四时期"人的文学"的精神的,不过他们在热情化为宁静之秋,同时也接上了明清帝都广博通达、雍容尔雅的文化风气,可以说,他们把"人的文学"精神加以古都化和学院化了。周作人在五四时期,是以倡导"人的文学"和"平民文学"而驰名的,不久他即在平民精神之中掺进贵族气息,认为"文艺当以平民的精神为基调,再加以贵族的洗礼,这才能够造成真正的人的文学"。① 数年后他为了安抚自己心头住着的两个互不相谋的"鬼",即绅士鬼和流氓鬼,既不愿在十字街头斗殴辱骂,又不愿到象牙塔里收心归隐,于是便别出心裁地在熙熙攘攘的十字街头之旁,造起一座自斟自饮的文艺之塔。他由提倡文学的宽容、个性、自我表现和地方色彩,进而对文学香炉两边的左派和右派"一对蜡烛台"大不恭敬,又进而从古代言志派文学中寻找精神维系。他把一部中国文学史描写成言志派与载道派起伏更替的历史,而神往于明末公安、竟陵的言志派文学思潮,自立一说地认为:"中国新散文的源流我看是公安派与英国的小品文两者所合成,而现在中国情形又似乎正是明季的样子,手拿不动竹竿的文人只好避难到艺术世界里去"。② 在这位京派作家的精神导师的手中,文学被赋予雅而超脱的品格,他们"古都化"的实质并不是庙堂化,而是多少带点山林化的意味了。

由于"避难到艺术世界里去",京派作家对审美意蕴有浓郁的兴趣和独到的精

---

① 　仲密:《贵族的与平民的》,《晨报副刊》1922 年 2 月 19 日。

② 　周作人:《燕知草·跋》,收入《苦雨斋序跋文》。

致体验之处。梁宗岱回忆道:"朱光潜先生是我底畏友,可是我们底意见永远是分歧的。五六年前在欧洲的时候,我们差不多没有一次见面不吵架,去年在北平同寓,吵架的机会更多了,为字句、为文体、为象征主义,为'直觉即表现'。"[①]这种分歧和争吵,正是他们潜入文学内部而发生的心灵上的对话与挣扎。其中,朱光潜以其渊博的知识和精细的艺术体验,在为中国现代审美心理学拓荒的同时,为京派文学理论铺设了基石。这就是他反复论证的"心理距离说"和"移情说"。他认为:"艺术和实际人生之中本来要有一种距离。所以近情理之中要有几分不近情理。""我们可以说,调配'距离'是艺术的技巧最重要的一部分。"[②]他对移情说更是推崇备至,强调"诗人和艺术家看世界,常把在我的外射为在物的,结果是死物的生命化,无情事物的有情化"。从而达到"在凝神观照中物我由两忘而同一,于是我的情趣和物的姿态往复回流"。[③] 应该指出,朱光潜的理论是渗透到京派作家的创作心态中去的。比如,萧乾就认为:"当我们从事制作一件艺术品时,我们不仅是在呐喊。相当的心理距离是必需的。艺术家表现的是净化的美。""你还得透视,感觉,把自己投进物象里去,才有'具体'的文章出现。"[④]

在这种调配距离、移情体物的审美原则之下,京派文学追求和谐、节制、圆融、完美的艺术境界。他们一再为技巧申辩,却又指责某些海派作品"技巧过量,自然进入邪僻",而力求消融技巧,达到"无巧之巧,自然天成"。在批评方面出色地揭示京派文学形态的这种特征的,是艺术直觉能力或悟性非常强的评论家李健吾(刘西渭)。因此沈从文称,自己小说的"最好读者,应当是批评家刘西渭先生和音乐家马思聪先生,他们或者能超越世俗所要求的伦理道德价值,从篇章中看到一种'用人心人事作曲'的大胆尝试"。[⑤] 翻转一层,人们又这样谈论:"不仅小说家沈从文写活了他的人物、他的湘西故乡,而且,批评家刘西渭也写活了他的人物、他的小说家沈从文!"[⑥]李健吾最拿手的一着,是透过作品的技巧和辞藻,体悟到它的生命与风

① 梁宗岱:《论崇高·作者附识》。
② 朱光潜:《孟实文钞·从"距离说"辩护中国艺术》。
③ 朱光潜:《文艺心理学·美感经验的分析(三)》。
④ 萧乾:《珍珠光·答辞》。
⑤ 沈从文:《看虹摘星录·后记》。
⑥ 唐湜:《含咀英华》,载《读书》1984年第3期。

格。他认为,优秀的作品应是"万象毕呈的完整的谐和"。因而对沈从文、巴金、曹禺、林徽因、萧乾、芦焚、何其芳,直至萧军、叶紫的作品,都能以灵感的火花,照见其风格上微妙的异同,颇有点"一直剔爬到作者和作品的灵魂的深处"之概。

<h1 style="text-align:center">三</h1>

　　京派高雅和谐的审美心态,使他们在创作中诗化了写实的技巧,交织进雅致的古典趣味和潇清的浪漫遐想。这种审美心态和现代商业都市的光、色、速率是属于不同的世界的,因而他们不能不怅然叹息。"我还得在'神'之解体的时代,重新给神作一种赞颂。在充满古典庄严与雅致的诗歌失去光辉和意义时,来谨谨慎慎写最后一首情诗。"①既然这派作家高雅和谐的心态无法与商品化的文明相调适,他们只好到清疏的乡野、蛮荒的边地、远离浊世的桃花源或未受浸染的童心中,寻找自己灵魂的归宿,寻找健全人性和血性道义的源泉。中国古代有一个"鲁戈挥日"的典故,写鲁阳公与敌人开战犹酣,眼见太阳即将下山,就挥戈制止太阳的运行,使它无可奈何地照耀着这片古战场。京派作家在表现他们所欣慕的某种"优美、健康、自然,而又不悖乎人性的人生形式"的,颇有一点"鲁戈挥日"的真诚和固执,或者说,他们是一批追求人类与自然、与带几分神性的人性相协调和谐的现代鲁阳公。如果说,三十年代的海派作家在展示都市风景线时,描绘了商品社会中人性尤其是性心理的骚乱与倾斜,那么京派作家就在展示疏野宁静的田园视境时,升华着质朴中顺乎自然、健全中不失强悍的人性了。他们分别为中国现代的田园小说和都市小说,留下了清晰的、不应抹煞的探索者足迹。

　　周作人说:"我不知怎地总是有点'隐逸的',有时候很想找一点温和的读,正如一个人喜欢在树荫下闲坐,虽然晒太阳也是一件快事。我读冯君(冯文炳,即废名)的小说便是坐在树荫下的时候。"②所谓"树荫下闲坐时读的书"这句话几乎写尽了

---

　　① 沈从文:《水云》。
　　② 周作人:《竹林的故事·序》。

田园小说早行者废名的小说的情调和趣味。废名《竹林的故事》写竹林,写茅舍,写菜园,写有若竹林一般苍翠、溪流一般清澈的乡村乡女三姑娘,散发着晨风牧笛的神韵。《河上柳》写柳树,写"东方朔日暖,柳下惠风和"的对联,写搬演木偶戏的民间艺人,闪烁着古朴的民俗画的光彩。他的作品以竹隐喻清新的村姑,以柳隐喻淳朴的乡叟,都于平淡朴讷之处蕴含着象征的抒情意味。他的作品也浸染着宗法制宁静乡风之失落的悲哀,但又擅长"节制悲哀"的情感表达方式。在这一点上,他是与沈从文相通的,即强调"极力避去文字表面的热情",认为"神圣伟大的悲哀不一定有一摊血一把眼泪,一个聪明作家写人类痛苦或许是用微笑表现的"。[①]

把经过节制和净化的感情,融合于白描的或印象式的人间画面,这就形成了相当数量的一批京派小说以民俗为经,以抒情为纬的"民俗——诗情小说"的审美特征。张秀亚按照一位西洋批评家的分类方法,把小说区分为"人的小说"和"诗的小说",强调指出:"一定要小说中有凸出的人物、复杂的情节,这是一种稍嫌褊狭的看法,诗的小说——尤其是现代的小说,皆是靠了一枝白描的笔来制造小说中的氛围,表现心理的变化,人物较少对话,甚至没有什么行动,往往服饰的描写、外貌也一概阙如,但并不因此而减损其价值。"[②]张秀亚《在大龙河畔》写乡村说书老人弹琴讴吟,期待因农村破败、进城做工、早已横死的儿子归来。宛若一首招魂曲,在疏淡的情节和浓郁的气氛中,散发着诗一般的薄暮情调。《杏子》写少不更事的乡镇姑娘在爹死娘病之时,领做针线活以养家活口,以种种娇嗔怨怪来折射着人物的天真无邪,似一阕宋人长短句一般愁云氤氲。张秀亚是承袭京派风气的新秀,实际上,小说与诗的融合早已在京派作家中获得共识。其最著者,如李健吾称沈从文的《边城》是"一部 idyllic(田园诗的,牧歌的)杰作","一颗千古不磨的珠玉"。[③] 其余如废名也宣称:

就表现的手法说,我分明地受了中国诗词的影响,我写小说同唐人写绝句一样,绝句二十个字,或二十八个字,成功一首诗。我的一篇小说,篇幅当然长

---

① 沈从文:《废邮存底·给一个写诗的》。
② 张秀亚:《两种小说》,收入《张秀亚作品选》,陕西人民出版社 1987 年版。
③ 刘西渭:《咀华集·边城》。

得多,实是写绝句的方法写的,不肯浪费语言。……到了《桃园》,就写得熟些了。到了《菱荡》,真有唐人绝句的特点,虽然它是五四以后的小说。[①]

张秀亚少年说愁,写的是忧郁的乡土抒情诗,但她的启蒙老师却是写城市贫民和高门巨族的萧乾与凌叔华。她说:"萧先生,可算是我文学上启蒙师","凌叔华女士,给了我极大的启迪"。[②] 其实,他们的影响除了创作态度之外,主要是那种诗化的写实风格。她这样回忆凌叔华:"多少年前偶读凌叔华女士的《花之寺》,书中叙写,委婉含蓄,如同隔了春潮薄雾,看绰约花枝;又像是一株幽兰,淡香氤氲,使人在若醉若醒之间。……读者心灵,完全沉醉于那种新丽的造句里,读罢掩卷,不禁心仪其人。"[③]凌叔华《绣枕》写深闺小姐把"红鸾照命"的期待精致地绣到一对枕巾中,而枕巾却在白总长家中被糟踏,流落到女佣手里。《中秋晚》写小康之家的妻室想让丈夫吃一块中秋团圆鸭,却因丈夫的外遇病危,丈夫未及下咽就出去了。她的怨怼,引起丈夫反感她"吊眼的女人最难斗",一味荒唐,导致家道衰落。这类作品都以春风利剪,精妙地剪裁着亦新亦旧的家庭生活片断,使某种亦哀怨亦悲凉的人物心理掩映其间,这也许就是张秀亚所称道的"淡香氤氲"了。

所谓京派小说的诗,不是自由体的引吭高歌,不是感伤派的情感泛滥,而是唐人绝句、宋人小令。或者渗进了几分陶渊明的清脱,李商隐的婉丽,和明人小品的清新。

四

京派作家往往以"乡下人"自居,在身居高等学府、心在宁静乡野的喜剧性背后,包含着某种人生的和艺术的诚实。他们何尝没有写城市,但他们几乎未曾描写舞场、影院、流线型汽车,之类的时髦文明,他们写的是由乡村中脱胎出来的古城一

---

① 《废名小说选·序》。
② 张秀亚:《皈依·作者自传》,山东保禄印书馆1941年版。
③ 张秀亚:《其人为王——忆闺秀派作家凌叔华女士》。

角。即便在古城一角，他们也有"陌生人"或"寄居者"的感受，从而显示了他们乡下人心态的纯真。萧乾的《篱下》写一个乡下小孩因父母反目，随母亲寄居城里的亲戚家，却由于"野性"难改，处处给母亲惹祸，只好在别人的白眼下离去。作品在抒写寄人篱下者的悲哀的同时，对城里人的礼教发出了反讽。到了写《道旁》之时，故事发生的地点已搬到城乡之交，它以郊外的黄昏好景，反衬出不顾矿井下作业者安危的工业文明是如何制造着人间悲剧。作家站在"赖非 Life 路"旁，思考着城市向农村扩展时可能给人带来的吉凶莫测的命运。

在伦理、情感、人性等命题上，这派作家也有一套独立的、厚道的系统。他们抱着田园诗人"抱朴含真"的理想，以超然静观的眼光，赞赏伦理的和谐，情感的真挚，和人性的健全。即便是写都市儿女的爱情，他们也不像海派作家那样拨弄着露水感情的倏忽和狂热，而是从中发掘一些真挚的、令人难以忘怀的东西。杨振声《她的第一次爱》写受宗教清规戒律束缚的法国乡下女郎，在与来自东方的留学生接触之后，顿然感到对异性爱的渴求，却又发乎情止乎礼，隐忍忧伤，憔悴病逝。作家对西洋社会神经质的浪漫保持距离，又对中古教规束缚人性表示厌恶，在情感的节制中，以生命的代价去完成对爱情的坚贞。《报复》实际上是一篇"反报复"，以京派忠厚的"乡下人"和宽容的"绅士者"的态度，唱了一曲睚眦必报之反调。渔夫高二因小翠娘贪财礼悔婚，就在小翠另婚前夕抢婚成功。刘五因未婚妻被抢，就乘小翠上山割草时把她奸污。两人结仇到了你死我活的程度，却在一次飓风沉船中，高二救起了刘五，后来刘五在高二夜间醉倒时，与窃贼搏斗，保护了高二的钱袋。于是两人杯酒释嫌。小说前半部分的情节，已见于作家数年前的短篇《抢婚》，这一番生发，主要是宣扬了一种不知儒家贞节观念，没有现代都市人敏感神经的"粗人哲学"："报仇不忘恩，冤家变成亲！"从《抢婚》重民俗，到《报复》重"粗人哲学"，京派借民俗发掘人性的审美思路，已完全浮现在人们的眼前了。

一种田园诗式的理想主义，引导着京派作家的"心灵下乡"。把这种心态特征表达得最为充分的，是沈从文。他说：

请你试从我的作品里找出两个短篇对照看看，从《柏子》同《八骏图》看看，就可明白对于道德的态度，城市与乡村的好恶，知识分子与抹布阶级的爱憎，一个乡下人之所以为乡下人,如何显明具体反映在作品里。①

《八骏图》借《穆天子传》著名的八匹良马为题,反讽八位来海滨城市讲学的教授名流侃侃而谈、人师自视,却掩饰不住性欲冲动的精神症状,为"衣冠社会"造了一面闪烁着冷光的镜子。这位来自湘西少数民族聚居之地的作家,是把至为充沛的热情,赋予《龙朱》、《神巫之爱》中那些边地王子、寨主千金和半神半人的巫师的。他为这些教化之外,流动着原始的血液,甚至已逝去百年的人物,写了一篇篇带有辞赋味道的风俗传奇。为了突出这类人物高峻的德行和生命的热力,他不惜采取某种古典的夸张,呼唤出一种雅拙美。且看他怎样写肖像:

> 族长儿子龙朱年十七岁,是美男子中之美男子。这个人,美丽强壮如狮子,温和谦驯如小羊。是人中模型。是权威。是力。种种比譬全只为了他的美。其他德行则与美一样,得天比平常人都多。

这种狮子与羊组合的人型,较之废名的翠竹(或古柳)与流水组合的人型,已带上了几分超凡入圣的光晕。沈从文除了继续发展了废名以乡村的宁静,反衬城市的喧嚣的艺术意趣之外,又进而以边地的山民原始血性和强悍品质,来冲击都市文明的虚伪卑庸了。这就是沈从文用楚文化的凄艳笔调所写的"人之初,性本善"。

五

在民俗的"活化石"中寻找现代人类的梦,这是京派小说带典型意义的一条思路。他们倒转历史,向往人类的童年,在时间坐标上带有逆向性。用他们的话来说,也许就是调整"心理距离"的一种独特的方式。这种独特的方式,沟通着古代和现代,城市和乡土,因而其艺术态度徘徊于入世与出世之间,在"心灵下乡"中隐含

---

① 《从文小说习作选集·代序》。

着心灵的开放。萧乾宣称自己是一个文学领域"未带地图的旅人"。他曾借鉴过曼殊斐尔、哈代、屠格涅夫、契诃夫、高尔基等作家,后期则浸染于福斯特、劳伦斯、伍尔芙夫人,以及海明威、詹姆士之间。凌叔华曾被人誉为"中国的曼殊斐尔",可是张秀亚却从她的作品中闻到契诃夫和莫泊桑的味道。周作人说废名的"文章之美"和明末公安派"信腕信口皆成律度"有着相通之处,废名本人则认为他是得益于乔治·艾略特、哈代,和人文主义时代的莎士比亚、塞万提斯。至于沈从文,尽管他自称借鉴过莫泊桑、哈代、屠格涅夫和契诃夫,但人们往往感受到的却是他与西方现代人类学、哲学和心理学的精神联系。从上述广泛的借鉴中可以发现一条相近的思路,他们大体对善于描绘自然风光、带点隐逸倾向,或者善假微妙的心理体验甚至印象主义的升华的外国作家,投以欣慕的青睐。他们是以消融西方艺术表现方式的途径,超越中西文学的某种隔膜的。

　　尽管前面突出地强调,京派小说的正宗文体是乡土的或民俗的抒情,但由于他们在文学借鉴上的开放心态和愿做"未带地图的旅人",他们的创作具有明显的试验性和多样性。他们往往以文体试验上的热闹,来消解"心灵下乡"时的寂寞。李健吾强调文体的根本性价值:"形式和内容不可拆离,犹如皮与肉之不可揭开。形式是基本的、决定的。辞藻,用得其当,增加美丽,否则过犹不及,傅粉涂红,名曰典雅,其是村俗。一个伟大的作家企求的不是辞藻的效果,而是万象毕呈的完整的谐和。""一件作品的现代性,不仅仅在材料(我们最好避免形式内容的字样),而大半在观察、选择和技巧。"①他的小说,几乎每篇都进行着变化叙事角度和表现技巧的试验。《终条山的传说》以神怪的仙窟的传说,渲染着山间俗民的原始信仰和神秘的遭际。《死的影子》以圆明园废墟的梦幻,反衬着满族世家子弟的末路。《末一个女人》则写老农妇摹仿官兵用凌迟的方法杀害她的儿子的情景,宰鸡款待这些官兵,以发泄对军阀借"剿匪"来残害百姓的仇恨。李健吾在小说文体试验上更值得注意的,是中篇《一个兵和他的老婆》和长篇《心病》,前者以一个大兵排长的腔调,自述他与一个乡绅女儿的奇异姻缘,乡音土语,可以同老向的作品相参照。后者写一个寄居母舅家的大学生被侵吞汇款、撮合婚姻,终于消失在"人世以外能够长久

---

①　《咀华集·九十九度中》。

安息的地方"。其不断调换叙述角度,如纺车抽线一般旋转着人物潜隐意识之处,令人想到伍尔芙夫人的意识流之作。

京派广泛的文体探索,使时空错乱、潜意识发掘等带现代主义色彩的表现手法,不再是三十年代海派的专利品。无论是萧乾《梦之谷》在海滨寻找不可再拾的恋情,充满心灵的自语,还是汪曾祺《复仇》在禅房浮想久寻未遇的宿仇,飘忽着无意识的云烟,都令人感到,京派尽管有田园山林风味的主调,但在文体探索上依然是一个驳杂不纯、摇曳多姿的群体。他们也许嘲讽过海派技巧过度的邪僻,但他们不曾收敛自己在文体上创新求异的笔锋。林徽因的《九十九度中》以深宅大院中老太太的寿礼,和豪华酒楼上新式男女的婚礼为两个辐射点,自由不羁的宰动着酷暑的北京街头,如牛马虮虱一般奔走攒动着的车夫仆役、衙门闲吏,以及哭丧的贫妇、享福的名医,在零零散散的生活片断的频繁转接中,构成了一幅生老病死、哀乐不均的市井浮世绘。京派批评家不以此为忌,反而称赞它"最富有现代性","奇怪的是,在我们好些男子不能控制自己热情奔放的时代。却有这样一位女作家,用最快利的明净的镜头(理智),摄来人生的一个断片,而且缩在这样短小的纸张(篇幅)上。我所要问的仅是,她承受了多少现代英国小说的影响"。①

文体的探索,给京派小说带来了不少的新鲜感。甚至可以说,那些在时间坐标上具有逆向性的作品之所以没有沾染林琴南式的遗老味和通俗小说的平庸性,就在于它们以新颖的艺术表达方式,对古风盎然的人生方式作出独特的哲学解释和心理解释。何其芳的历史小说《王子猷》取材于《世说新语》中东晋王徽之"雪夜访戴","乘兴而行,兴尽而返"的轶事。但它以诗人的敏感和才情,参悟着山川雪景的精魂,给魏晋名士的潇洒行事以深秀的心理证明,纯属"诗人小说"。老向也许没有这点灵性,自叹"我是天生的乡下人,仿佛连灵魂都包一层黄土泥,任凭怎样洗,再也不会洗去根儿。白天不土气了,夜里做梦也还是土气的。坐着不土气了,立着也还是土气的。"但他的《城姑下乡记》叙述一个富家小姐下乡考察平民教育时格格不入、屡闹笑话的心态和行为,一种土里土气的幽默洋溢于土腔土调之间,也可以引发人们对城乡差异的哲理沉思。古者,难以翻出新意,土者,难以点化诗情。京派

---

① 《咀华集·九十九度中》。

作家却偏偏在古的、土的素材中，施展犯中有避的章法，他们自恃独特的哲理心理体验，是可以点化文体的。

六

在多事之秋寻找纯艺术之路，既是心灵的超越，也是人间的讽刺。京派走过了三十年代前中期在艺术上相当辉煌的岁月后，便在一场浩大的民族劫难中一蹶难振，阵容零落。1937年5月朱光潜发刊《文学杂志》之时，还踌躇自得地宣称，要在"深广坚实"的文化思想建立新文艺发展的基础，不期数月之后，这种翩翩"君子风度"的书生之见即被战火中的呐喊所淹没。数年后，沈从文以"农人沉静与固执"吁请作家离开"商场"和官场，来"重造文学运动"，也招致了被救亡的热情烫灼着心肠的人们的驳难。此时京派成员已风流云散。除了元老作家周作人附敌之外，一批新起作家改变了艺术方向，张秀亚在沦陷区写了两部皈依宗教的中篇，萧乾用《刘粹刚之死》颂扬了不灭的民族精神之后，远去欧洲战场了。曾经以短篇集《谷》荣膺《大公报》文艺奖的芦焚，早就和京派貌合神离，在《百顺街》等作品中冷嘲了龌龊、卑庸、无聊的村镇"古风"，露出"反牧歌"的苦涩笑影。"孤岛"时期写成的中篇《无望村的馆主》，更进一步以一个依托祖荫、寻花问柳的乡绅子弟的沦落，去折射和概括一条村庄的兴衰史，弥漫着一派乡土浮沉的悲凉感。几乎与芦焚同时进入文坛的田涛在《旗手》中，还能以沈从文式的"乡下人"心态，为乡土社会中憨厚愚鲁的性格在危急时际的光焰迸射，发生由衷赞赏，到了作家经历离乱之后写成的《灾魂》，却已经在黄河溃堤的灭顶之灾面前，省视蕞尔农家坚韧的求生意志，以及这种坚韧的徒劳了。显而易见，京派阵容的溃散，究其原因，不仅在于人员的流徙，而且在于文学心态的裂变。在三十年代相对稳定的北方城市中形成的带点隐逸倾向的"乡下人"心态，已经没有足够的强度，在战火纷飞的环境中去维系那批对人生、对艺术充满探索精神的文学新秀了。

在民族战争巨潮冲击下，多少还保留着京派风度的，是这个流派的中坚作家废名、沈从文。但是，他们已经无法作为一个流派相互呼应了。而且他们的创作风格有所变异。沈从文的《长河》是呼应《边城》的:"用辰河流域一个小小的水码头作背景,就我熟习的人事作题材,来写写这个地方一些平凡人物生活上的'常'与'变',以及两相乘除中所有的哀乐。……还特意加上一点牧歌的谐趣,取得人事上的调和。"①不过,它在描绘湘西橘园父女和水手老少之时,已经怀着隐忧透露了为政者和保安队给这片半化外之地所带来的不安了。废名的《莫须有先生坐飞机以后》也曾谈禅说佛、自我解嘲,但还是不能不对乡间保甲制度和小学教育的弊端有所不平。换言之,京派中坚作家已在《竹林的故事》和《边城》时代的清澈心境中,略泛混浊的波澜了。1947年6月朱光潜复刊《文学杂志》,标志着一线孤悬的京派复出。汪曾祺陆续发表了《邂逅集》中的一批作品,其中《鸡鸭名家》堪称一时小说之选。这篇小说诗化了孵鸡赶鸭一类民间技艺,让水乡泽国的子民通过这类出神入化的技艺与自然相对,以见其淳朴,见其情趣,也见其寂寞。行文中设问:"'乡下人'会'寂寞'吗? 也许寂寞是人的基本感情之一,……人总要知觉到自己不是孤身地面对整个自然。"其实,复出的京派与时代巨潮脱节,它已经减弱了三十年代上升期的气势和朝气,陷入了一种寂寞的处境。只不过他们以寂寞为充实,在寂寞中参究天人之境。甚至汪曾祺在日后谈论京派中坚沈从文时,也如是说:

　　寂寞是一种境界,一种很美的境界。沈先生笔下的湘西,总是那么安安静
　　静的。边城是这样,长河是这样,鸭窠围、杨家岨也是这样。静中有动,静中有
　　人。沈先生擅长用一些颜色,一些声音来描绘这种安静的诗境。……

(原载《江淮论坛》1991 年第 3 期)

---

① 沈从文:《长河·题记》。

京派文学的世界（节选）
——作为文学流派的京派作家群

许道明

一 京派文学及其流派特征

现代中国的文学流派是借着"五四"郁勃的风雨发展起来的。大概军阀的穷兵黩武，以及这些军阀政治思想上的短视、文化层面上的怪诞，才使 20 年代上半期的中国文坛不因"五四"的落潮而衰颓下去，相反，各色名目的流派尽其所能都争着一显身手。茅盾在《中国新文学大系小说一集导言》中差不多用"雨后春笋"、"尼罗河大泛滥"之类的极言譬喻过。这绝无夸饰之嫌，倒是大体说得过去的。研究讨论现代文学的流派，这是一个不可多得的黄金时期。人们是有充分的理由也应有相当的热情去怀恋这个时期。消极地说，自此以后，流派的发展似乎再也没有那份富赡、那份辉煌；积极地说，因为有了先前的繁盛才有了可供后来伸延的因子。鲁迅在 30 年代确信无产阶级文学运动是当时唯一的文学运动，这种极端的概括无论从量从质，还是从实际影响而论，确乎是合理的标榜。不仅如此，后来文学的发展惊人地证实了他这一判断的正确性，似乎可以毫不夸张地说，他的这一判断甚至还笼罩着他身后的数十年。明白了鲁迅的这句话，也已经足以捕握现代中国 30 年代之后半个世纪文学流派发展的大半。

　　鲁迅的提示当然包含有某种愤激的情绪,它至少可以启发和引导我们必须聚精会神地关注和切实估衡无产阶级革命文学作为主流的地位和意义。但是它并不意味着可以扫荡其他,可以凭病态的尊严自乐。大致同自然界中的水系体貌一样,除无产阶级革命文学作为一股涤荡呼啸的主潮之外,自然相对包含着巨量的支流,甚至是逆流。对后者的剖析和研究当是文学历史科学本身的内容,唯其如此,才会有主潮的真正意义上的认识。

　　或许人们过重地看取文学流派的自觉流派,陶醉于林林总总的团体、阵地的突起,相对轻视深入地探视流派之间在社会思想、美学观念、创作实践等根本问题上实际存在的差异。倘若过于自信地用这类方式去描述中国现代文学流派发展的历史,我们深表怀疑。因为,在我们看来,考察文学流派,既要研究它们的自觉特征,同时也必须注意捕捉它们的非自觉特征。我们打算讨论的京派作家群,不只是我国 30 年代有别于无产阶级革命文学的一股重要支流,同时它们作为文学流派的存在,就带着自觉和不自觉的诸种特征。

　　京派作家群的出现,说来也奇怪,正值国都由北南迁,北京已易名"北平"。这批作家不因失"京"而南移,相反安于北方,写他们的梦幻,发他们的议论。他们虽大都有过身居京都的经验,有趣的倒是他们在失却京都的倚恃之后才成为京派文人的;而当北平回到人民手中,又为京都,北平重又易名为北京,时代苍茫,已使他们做不成京派作家了。

　　20 年代后期,随政治、文化中心的南移,——大批新文学初期的资深作家离开了北京,甚至还有不少如郭沫若等,改弦更张,参与了实际的政治运动。他们带走了"五四"史论般的气魄,带走了早期共产党人关于文学应是政治工具的信念,在中国南部,在上海这个近代商埠,和一大群志同道合者发育了无产阶级革命文学,算是演完了新文学第一个十年从文学革命到革命文学的历程。他们留在北方的东西也不少,其中就包括那份葱茏的自由主义,那份对发展个性的激情。于是,继续留在北平的那些作家既无法亲历并感受南方的那层恢宏的氛围,又依然迷恋着自由主义和个性主义,依然习惯于先前的方式,无论在思想上,还是在生活上。严格地说,政治文化中心的转移,多少使他们蒙领了程度不等的失落感,但是他们是一批特谙调和术的人物,他们借着相对平稳的文学空气,斯文有加地品味着"五四"果实的甘美，甚至有的还以"五四"精神的"当然传人"活跃在北方中国的这个古都之中。

就这样，北平的这些作家与上海滩的作家之间日渐多了一层隔膜，它见诸政治的见解，见诸文学的见解，甚至也见诸一般的行为方式。尽管老资格的叶圣陶、郑振铎、朱自清，新起的靳以、巴金做了许多实际的调和缓冲工作，终于还没有阻止沈从文捅出了他的那篇著名的讨伐海派的文学。就沈从文来说，他一生留下不少晶莹剔透的创作，但也写过不少不适时宜甚至多少有些迂阔的文章。他本意在针砭某种不健全的文学现象，却冠之以"海"，自然牵动了上海的各色文人，敏感以至于对号入座，硬充一个角色，大抵又是不难理解的时尚。鲁迅《阿Q正传》问世以后的种种，即可说明。来而不往，非礼也。上海应战者不乏其人，连鲁迅也掷下了三篇沉重的篇章。各唱各的调，大抵是这场论争的格式，彼此寻求互补，确乎是天真的想法。本无所谓"京派"，北平的这批作家因批评了"海派"却替自己戴上了"京派"的桂冠。同时，京派的作家不因为诸如"海派"的各色先锋性而退却阵地，放弃自己固有的追求。从他们由"京"的浸淫而流露出有点儿类似贵族的作派，指他们的部分并无大错，用以概括全体，倒是有些勉强的。在我们看来，某种不可为而为之的倔强，力求获取相应的补偿的执拗，才是他们多数人的真实心态。

京派的文学群是有所挟持的，它作为文学流派固然没有重结社团，也没有发表过像样的宣言，格局松散而疏朗，然而，它赖以生存的许多条件，确凿地表现出派别的特色。

同革命文学与后来的左翼文学相比较，京派作家群在数量上显得狭小了。究竟哪些作家属于京派，目下还无定说，大体而言，歧见的出现同判断京派作家的基准不一有关。这里有几个原则是必须注意的：首先，不能用单纯的地域概念来范围。诚然，京派作家毫无疑问主要生活在北方，特别是北平、天津和山东的几个城市，但不是凡活动在这些地方的作家都属京派，吴组缃、谢冰莹以及北平左联的作家，总不见得是京派吧。相反，如凌叔华，30年代后随其夫君陈西滢离开北平而至武汉，但她依然是京派作家。再者，也不能用单纯的政治概念来范围。京派本是一个相当松散的派别，所属作家的政治倾向也大有参差；同时京派也是一个发展的派别，用几个头面人物的政治态度去笼盖全体，大有可议之处，况且，即便这几个头面人物在思想上也是变动不居的。因此，同左翼作家、国民党御用作家相比，用"同政治有程度不同的距离"来说明,似乎比较符合实际状况。最后,京派不完全等于"京味"。张恨水的不少作品尽管京味十足,天桥、大栅栏、小胡同,如此等等,留给人们以深刻的印象,再给他乔装打扮,但谁都会认出他不是京派作家。而多数的京派作家,他们是因创作了不少绝无半点京味的作品而饮誉文坛的。总之,这里需要一个综合的标尺,这个标尺首先是文学的:文学的思想和创作的风格。沈从文在他的回忆文字中有过记载——

　　　　北方《诗刊》结束十余年,……北平地方又有了一群新诗人和几个好事者,产生了一个读诗会。这个集会在北平后门慈慧殿3号朱光潜先生家中按时举行,参加的人实在不少。北大有梁宗岱、冯至、孙大雨、罗念生、周作人、叶公超、废名、卞之琳、何其芳诸先生,清华有朱自清、俞平伯、王了一、李健吾、林庚、曹葆华诸先生,此外尚有林徽因女士、周熙良先生等等。这些人或曾在读诗会上作过关于诗的谈话,或者曾把新诗、旧诗、外国诗当众诵过,读过,说过,哼过。大家兴致所集中的一件事,就是新诗的诵读上,究竟有无成功可能?……①

　　沈从文无意在这里开列一张京派作家的名单,实际上既不全,有些也不能算是京派作家,但他确乎已泄露了一个相当清晰的消息:京派作家虽然相当宽泛,就其核心成员的背景看,多数似乎与北大、清华这两所名牌大学有因缘,其中包括一批于此前已知名的,也包括当时崭露头角的,需要补充的,还有着一些随京派文学的影响而不断被吸引进圈子里的。概括地说,他们包括以下几部分人:其一,20年代末期语丝社分化后留下的一批在小品散文上标能擅美的作家;其二,现代评论派、新月社留下的或与之关系较为密切的部分作家;其三,坚守"浅草—沉钟"阵地,继续难以忘情于文学的一些作家;其四,北大、清华等校的师生,主要分布在平津和山东。凡四个方面,以第四类为生力军、主力军,他们在创作、批评、翻译等多种部门都有相当的成绩,其中有些人以专攻一门取胜,更多的却以"通才"见长,一个人兼

---

① 《说朗诵诗〈一点历史的回溯〉》,香港《星岛日报·星座》1938年10月1至5日。

有几副好身手,令人叹为观止。

这批作家在学艺辈分上有差异,但多数习惯于相对固定的阵地上发表自己的创作和议论,大概这正是他们流派意识的不自觉外现。后期的《语丝》随时代因素的变迁日渐改变了它的初衷,却成了初期京派作家的摇篮。疏荡冲淡的趣味替代了暴躁凌厉的文明批评和社会批评,小品大师周作人的旗幡招引了徐祖正、冯文炳、梁遇春这一些稍微年轻的作家。尽管他们并不迷恋于骸骨,大部也无摩挲古董的雅兴,但大体是应《语丝》"提倡自由思想,独立判断,和美生活"而诉诸热情和希望的。与此同时,老牌的《现代评论》和《新月》,它们的那份资产阶级、小资产阶级上层的风仪,对艺术形式的极度敏感,尤其在政治上所谓"特立不倚"的标榜,借着第一次国内革命战争结束后的特殊气氛,也借着它们固有的"圈子"气质,同样发育或赓续了一批后来的京派中坚。

《语丝》的终刊不久,1930年5月,《骆驼草》周刊在北平创刊,这是一份京派作家稍带自觉意识的文学刊物。它的诞生,并不是为了接续《语丝》的香火,却依然带着《语丝》的余绪,随笔、杂感是其明显的胜场,也开始刊载创作小说,倒为《语丝》所无。俞平伯、徐祖正、废名、冯至、程鹤西、梁遇春等是其基本班底,而周作人依然是实际上的主帅。他的自由主义文艺观浓重地笼罩着这份新起的刊物。倘若把它同当时上海滩上层出不穷的带有左翼倾向的文学期刊相对照,便可以清楚地感受到它的存在,开始对平津部分作家有着不可忽视的凝聚力。原本可以理解的自足性,在宏观上发展成为日后派别的对抗性。顺便带一句:"新月"同人1931年1月在上海创办的《诗刊》季刊,仅有四期,但它的主张以及所发表的文字,已与京派连成一气。徐志摩大去后,它仍旧支撑着,它以其诗,而《骆驼草》以其散文,一北一南,遥相呼应。

《京报》、《华北日报》、天津《大公报》的副刊《文艺》,在《骆驼草》、《诗刊》之后,俨然成为京派作家驰驱的基本阵地。尤其是《大公报·文艺》,自杨振声、沈从文接编以来,成功地辐射着对北方文学青年的亲和力。它不只滋润和擢拔了一个优秀的青年京派作家——萧乾,排解了他由生活的迫力而生成的惨淡的梦,推动他坚实地走上文学的道路,并且还通过他实现了京派几代人的接力。这份副刊是京派文学群开展期的重要标志之一,也是存在得最久,历时最长,并且最富有连续性的京派文学阵地。1936年由它组织颁发文艺奖金，可称是一件盛举。这里自然包含有主编萧乾借鉴西方报业经验的灵感，但实际上则是一次名实相副的京派文学大检阅。裁判委员包括杨振声、朱自清、朱光潜、叶圣陶、巴金、靳以、李健吾、林徽因、沈从文和凌叔华，光就这份名单，已有显黯的色彩；至于获奖作品，戏剧归曹禺的《日出》，散文归何其芳的《画梦录》，小说方面，芦焚的《谷》最终换下了先前提名的左翼小说的模范——萧军的《八月的乡村》，这更是托出了这次"文艺奖金"的潜在背景。

1934年，巴金、郑振铎从上海来北平，他们同原先在北平的靳以、卞之琳等携手共进，先后创办了《文学季刊》和《水星》。这两份杂志本是为调和南北文学作家、丰富作品产生的，很难说是京派刊物，但实在地为当时的京派作家开辟了新的天地。巴金、郑振铎不是左翼作家，他们离开上海而北上办刊物，而刊物又主重刊载京派新老作家的作品，已清楚地显示了他们两位对京派作家的高度重视。事实大致可以这样解释，是京派作家的实际影响促成了郑、巴的北上，而郑、巴主持的刊物又进一步扩大了京派文学的影响。《文学季刊》特邀108人为"撰稿人"，其中几乎囊括当时京派作家的全部。《水星》尤为突出，该刊专登新作，散文具有相当可观的规模，而京派作家大体垄断了这块地盘。周作人、沈从文、李健吾、卞之琳，何其芳、李广田、萧乾、林庚等人的名字，几乎在每期的刊物上都能见到。

除北平和北方的期刊外，从全国范围看，南京中国文艺社的《文艺月刊》也吸引过不少京派作家，凌叔华、陈梦家、方令孺、沈从文、林徽因、卞之琳、何其芳、林庚、曹葆华时有作品在这份刊物上见世。《文艺月刊》的本旨是对抗左翼文艺运动的，京派作家对其趋赴的原因十分复杂，既有对左翼文艺一贯的不满，更多的是冲着它的特殊标举——"不说或少说政治，执着于艺术探索"。此外，赵景深主编的《现代文学》、施蛰存主编的《文艺风景》、康嗣群主编的《文饭小品》等非左翼刊物以其宽容的文学态度，先后为京派作家在左翼刊物占绝对优势的上海滩头露面。林语堂由《语丝》而至30年代在上海办《论语》、《人间世》等，算是很体面地走完了他由美刺向着闲适的路。他的这些刊物同样不是为京派文学的，但倒实在地为京派中的某些资深作家提供了可观的发表机会。

1935年一过，《水星》、《文学季刊》相继停刊。因华北时局的吃紧，一批京派作家开始陆续离开北平。萧乾的活动范围也由平津伸延至上海，组建《大公报》上海版，不过，他仍占着上海《大公报·文艺》的要津，而卞之琳、孙大雨、梁宗岱、冯至等联络戴望舒于 1936 年 10 月选择上海作为基地，创办《新诗》月刊。除创作外，这份刊物兼载译诗和诗论。其中的诗论特富色彩，不同于上海的多数诗歌杂志，它特别重视新诗艺术形式的探索，例如诗的押韵、朗诵诗的节奏，以及新诗发展的新途径等等，几乎成为集中京派理论批评家兴趣的重要课题。

　　抗战爆发前半年，北平文坛为外界形势的险恶而多少萧条起来，京派作家也开始出现不少变化。为维系京派在文学界的地位并有效地抵御分化的演进，1937 年 5 月在北平出现了一份自京派存在以来最为自觉的刊物，它就是《文学杂志》月刊。主编朱光潜后来说过它的缘起：

　　　　胡适和杨振声等人想使"京派"再振作一下，就组织了一个 8 人编委会，筹办一种《文学杂志》。编委会之中有杨振声、沈从文、周作人、俞平伯、朱自清、林徽因等人和我。他们看出我是初出茅庐，不大为人所注目或容易成为靶子，就推我当主编。由胡适和王云五接洽，把新诞生的《文学杂志》交商务印书馆出版。①

《文学杂志》一开张，一如既往地标榜"自由生发，自由讨论"的原则，不过它毕竟缺乏前几年那股凌空超拔的气势。《发刊词》主张"多探险，多尝试，不希望某一种特殊趣味或风格成为'正统'"。朱光潜后来在《自传》中表白，这是他的"文艺独立自由的老调。也可以说是站在弱者的地位要求齐放争鸣的权利"。这已清楚地道破了《文学杂志》时期的京派文学群已临对并不乐观的气运。即便他们在挣扎，并且在选稿方针上也尽量放大圈子，但在不自由的中国，文学的独立自由大抵是痴人说梦。最尖锐的事实还在：《文学杂志》出至 1 卷 4 期，旋即被日寇大举侵华的铁蹄扼杀了。紧接着那批身居北平的京派作家再也无法顾影自怜，再也无法继续保持那份雅洁从容的风度，由此倒也玉成了他们中间不少人新的选择，展开了生命史的新

　　① 《自传》，《艺文杂谈》。

篇章。一般地说,《文学杂志》在抗战前夕的出现,表现了京派作为一个文学流派争生存权利、重图布阵的努力,而它在抗战胜利后的重新复刊,居然又历时 3 年,出了 18 期,成为这个流派的印刷物中支持得最顽强的一种,这朗然地反映了京派作家坚持自身文学信念的执拗性以及并不缺乏的自信力量。后期《文学杂志》的基干已发生较大变动,30 年代的一大批健将因社会思想的转变已无热情关顾它,但也增加了一些新起的青年作家,如小说家汪曾祺、诗论家袁可嘉等,这大概只能从京派文学的实际影响的角度去理解。

京派作家群作为流派的特征同时还表现在,这个圈子的内部同新文学史上的其他有影响的派别一样,鲜明地散发着某种"嘤嘤其鸣"的亲和氛围,还生动地体现了我国新文学史上互相切磋、互相提携的优良传统。特别显明的事实还表明,在他们中间前有领袖后有核心。

胡适、周作人、叶圣陶、朱自清、俞平伯、郑振铎、杨振声等,大概是京派作家最为尊敬的前辈了;鲁迅虽同他们中间的不少人很有些龃龉,甚至有的还竟直以笔战相联系,但是对鲁迅之于新文学的第一等的贡献以及他的作品所表现出的为他人难以企及的艺术水准,他们的看法是平实的,恐怕连创造社中的不少头面人物也难能望其项背。任何夸大鲁迅同京派作家之间的不和,不仅不确,并且与心理上的变态有关。京派作家的实际发展多有和前辈作家相左的个例,但他们几乎没有一个人不是仰承了前辈作家的恩泽而成长起来的。鲁迅的那份肩负时代重闸放年轻的生命通向光明去的人杰气概,是京派作家幸运的原因之一。不过,话得再深些说,如果一般"五四"作家多以其业已形成的社会声望、他们的人品学识、他们驾驭文学的艺术等等影响着京派作家群,那么,胡适、周作人两位则以更其深刻的力量调拨着京派作家群的心灵竖琴。

文坛掌故家对胡适关照青年京派文人的行事摩挲再三的兴趣一直没有减却过,比如他是如何送沈从文这个"乡下人"第一遭登上大学讲坛的,又如何为负笈西欧学成回国的朱光潜取得北京大学教席的……至于周作人奖掖提携后学的史例更是不胜枚举。他喜好同青年人合作办刊物,在他的大量序跋文字中有相当的篇幅是为青年人的,其中显然有不少部分是同京派的青年作家相联系的。凡此种种,诚然说明胡、周他们与京派中人的契合,由此也可把捉到他们两人在情感上对于京派中人的优越地位。这些事实对纽结沟通文学派别以及其中的作家显然有着特殊的意义，但更为重要也更为基本的则是胡适的自由主义政治立场和周作人清涩隽永的文体风格，这两层恐怕是团结和吸引当时京派作家最有感召力的旗帜。

胡适作为官方或半官方学者的命运虽早有根由，但还是 30 年代才开的头。此前，他倒是与官还有某种距离的。《新月》时期的胡适，也即他和京派作家交往最密并最直接发生影响的这个时期，还恪守着他先前的自由主义政治立场。当时，他刚刚接受过美国和苏联两个截然不同的经验世界的洗礼，而又面临国共两党日益尖锐残酷的政治冲突，他所显示的批判智慧是属于左右两个方面的。直至《新月》2卷 4 期上的《新文化运动与国民党》与同一刊物 2 卷 10 期上的《我们走那条路》，两相一对照，大体可以找到他的思想脉律：既讨厌共产党，不满马克思主义，又对国民党的党治文化、钳制思想言论自由的所作所为，保持相当的认识。稍早于这两篇文章，同样在《新月》上发表的《人权与约法》大概可以看作胡适这样"非革命的民主派"、"民治主义者"的精确自画像。尽管胡适的这种立场在现代中国注定不会有任何作为，但却有着十分深广的影响，尤其而且主要在上层知识分子中不乏同情者和共识者。而京派作家中的大多数。虽无胡适的地位，然而对胡适的这种政治思想表示出程度不等的赞赏，说胡适是他们的精神领袖，并不夸张。京派作家群的不少头面人物在私谊上和国共两党都有关系，但是他们对国共两党的政治主张和实践，几乎都表示出无法苟同的倾向。传统知识分子的那份清高寄植在他们的思想行为方式中，而又实在地转化为他们在现代中国的全部天真和尴尬，他们有顽强的角色意识，但往往不是从现实中而是从胡适的那种改良主义观念中获取激情的。

和胡适不同，周作人是以其在"五四"时期建树的文学声望、冲淡的人文作风，以及他那特有的为他人难以匹比的文体风格吸引着大批京派作家的。沈从文曾这样说过周作人的文章：他"用平静的心，感受一切大千世界的动静，从平常眼睛所疏忽处看出动静的美，用略见矜持的情感去接近这一切"[1]。他甚至还标举自己的作风在当时大致与冯文炳同道，而他在专门评介冯文炳的论文中则津津乐道于周作人的泽被冯文炳：

---

① 《论冯文炳》，《沫沫集》。

　　在文章方面,冯文炳君作品,所显现的趣味,是周先生的趣味。……对周
先生的嗜好,有所影响,成为冯文炳君的作品成立的原素,近于武断的估计或
不至于十分错误的。用同样的眼,同样的心,周先生在一切纤细处生出惊讶的
爱,冯文炳君也是在那爱悦情形下,却用自己的一支笔,把这境界纤细地画出,
成为创作了。[①]

　　就周作人在小品散文方面所表现出的才情、心境和气象,对京派作家的影响,
恐怕较之胡适深重得多。这里有京派作家对供奉缪斯女神的虔诚,同时也从周作
人那里学得了某种对于政治重压的敏感和适应。周作人小品散文风格的最终形成
并吸引同侪、示范后学,其中也有巨量的政治因子。正是在这里,胡适与周作人思
想上不无相通的地方。不过前者不时做着他的既明白又曲折的政论,而后者爽性
关闭他对政论的喜好,在平和冲淡的腔调中夹带些讥讽和揶揄。既有“安全感”又
能导泄情绪,更是成就了一番文学的事业,这是周作人特有的智慧和选择。京派作
家的心仪周作人,并自觉以周作人为导师,原因大抵如斯。

　　胡适、周作人对京派作家的影响,从一个相当重要的方面反映了京派作家群和
“五四”新文学的深刻联系。当然,从京派作家的整个发展实际看,不适当地夸大胡
适、周作人的作用,也会令人踌躇不已。随时代因素的变迁,胡适,周作人各自的政
治生命也出现了新内容,而其中的不少部分则使这两位前辈对京派作家的号召力
和渗透力日渐失去以往的光彩。这时的京派作家已有了自己的热情、自己的向往,
甚至也有了自己的幅员和装备,沈从文和1933年夏天回国的朱光潜在他们的那个
文学圈子内表现出了特别重要的作用。朱光潜晚年在一篇记述沈从文的短文中表
白过:

　　　　他编《大公报·文艺副刊》,我编商务印书馆的《文学杂志》,把北京的一些
　　　文人纠集在一起,占据了这两个文艺阵地,因此博得了所谓“京派文人”的

----

① 《论冯文炳》,《沫沫集》。

称呼。①

　　这层因缘天然地给他们俩带来了京派作家群枢纽的地位，而目下已有相当的材料记载着他们在这四五年间的功劳。那些材料大致陈述了这样的事实：1933年北平西城达子营沈家和朱光潜1937年前后北平地安门慈慧殿寓所几乎是当时京派作家的"沙龙"和许多文学青年向往的地方。

　　不特如此，沈从文和朱光潜在他们各自的领域留给文坛的文字，恐怕是他们赢得尊重的根本原因。沈从文步入30年代后，随生活与生命进入稳定时期，他的创作也达到了最终的成熟，至抗战前夕，六七年间他竟有20余种小说、散文、文论集出版。他的一贯不从外部形式上附就"时代兴味"的思想，以及那些田园诗牧歌式的作品中所含蕴的理性的独立精神，正是京派同人普遍仰慕的心境。

　　如果沈从文是京派作家在创作方面的代表，那么朱光潜则是他们的理论家。他竭力张扬文学的自足性，护卫京派作品的尊严，用其华严的美学学养开展了他的理论批评。《文艺心理学》在我国不只是拓荒，并且滋味隽永地坦陈着作者的艺术观。朱光潜以分析美感经验为中心的美学础石建构他的艺术观，这种艺术观同时还深厚地适应着他的艺术化的人生态度。正是这类致力于调和人生与文学之间的关系，生动准确地概括了京派作家的基本形象，它是朱光潜享有他那个文学圈子普遍同情的真实原委。他在《文学杂志》"发刊词"中表达的自由主义文学态度——"文化思想方面的深广的坚实的基础是新文艺发展所必需的条件"，中国的文艺界，无论左还是右，"都缺乏丰富的文化思想方面的修养"，为此，思想文化应该"自由生发，自由讨论"，文艺"也应该有多方面的调和的自由发展"——这无疑已是京派争生存争发展的心声了。

　　沈从文、朱光潜俨然是当时京派文坛的中心，他们两人在不少方面赓续了胡适、周作人的传统，并且还在胡适、周作人偏离文坛正途而步入政治迷津乃至泥淖的情况下，通过自身的条件发扬了胡适、周作人正面的文学素质。他们两个的影响发萌于30年代而延续到40年代末。在40年代后期完全改变了的社会情势面前，

----

　　① 《从沈从文先生的人格看他的文艺风格》，《艺文杂谈》。

依然辐射着他们的光与热,勉力接续着京派文学的血脉。他们的作用贯穿于京派这个文学派别历史的全过程,而他们存在的本身便是京派作家群流派特征的具体体现。

京派作家之间不只有"群"的概念,并且还有发表作品相对集中的阵地,有号召和凝集"群"的中心人物,所有这一些,给他们提供了很好的现代文学流派的气息。它的没有形式上的结社,没有发表过明确的宣言纲领,那大半是由最初的不自觉性状所致,并不能也很难影响对它进行文学派别的概括。此外,作为一个流派,京派作家最后的也是最重要的根据是他们的作品,他们用以认识和表现生活的方式有着大体相近的特色。

他们不是一批阶级论者,尽管还没有忘情于现实周遭的阶级冲突,正直而向善的良知使他们真诚地同情被压迫被凌辱的弱小者,然而,他们又无法从弱小者可能的尊严和抗争中引出指向实践的结论,更谈不上发现弱小者身上负载着的历史主动精神。有时他们显得相当杰出,对人欲横流的都市怪诞景观表现出某种轻蔑和憎恶,但往往又会用类乎调侃、诙谐的笔触去弱化、柔化批判的锋芒。他们创作题材的观念驱使他们习惯于放弃吟诵"蝴蝶"的斑斓,而倾心于"毛毛虫"的稚拙,因而孩提时代的欢快、童心的纯朴,再三浮现在他们的篇什中;他们身在迷离的都市,心却滞留在宁静的乡里,甚至是荒蛮的异族,那里有着梦幻般的青山绿水,有着雄强、善良、热情、忠厚的人物,也有着值得诉诸温爱的人生;与之相适应,他们从各自的经验世界中抽取目迷五色的彩线,编织的故事往往总会有着"当前"与"以往"的鲜明反差。沈从文捧着他的那颗孤独而忧伤的心诉说过他们的衷肠:

> 我要表现的本是一种"人生的形式",一种"优美,健康、自然,而又不悖人性的人生形式"。我主意不在领导读者去桃源旅行,却想借重桃源止行百里路酉水流域一个小城小市中几个愚夫俗子,被一件人事牵连在一处时.各人应有的一分哀乐,为人类"爱"字作一度恰如其分的说明。①

① 《从文自传》。

　　京派作家中的多数人从不隐讳这一点感情,人性在他们的创作版图上具有特别的意义。他们摒弃乡愿式的教训,也摒弃营造夸张而紧促的场面,喜好在平凡的人事中描绘人性的美,已成为他们全部创作的出发点和归宿。梁实秋是同他们有相当关系的批评家,他遭到鲁迅和其他左翼作家的严正批评,他们也是看到的,但他们独有他们的自信。在他们的心目中,单纯的阶级性不仅拙劣而且也有背社会实情,而只有用人心人事去采撷生活、感觉生活,才会永葆情感的真诚。当他们从发扬人性的立场出发,对摧残人性的种种社会现象施以针砭时,他们无疑是清醒的。他们的作品也往往能够成为生活的镜子;而当他们执着于纯粹的人类感情,一味供奉万劫不复的人性神庙时,他们是迷醉的,他们的作品于是也变成了一片海市蜃楼。他们显然没有如此的思想装束——"在我们不得不生活于其中的,以阶级对立和阶级统治为基础的社会里,同他人交往时表现纯粹的人类感情的可能性,今天已经被破坏得差不多了"[①]。不过,有一点是不容抹杀的,在他们用人性作为参照来观察现实生活中的种种人性异化现象时,他们的艺术触角已冲破了现象世界的层面,并不缺乏某种启迪价值。

　　在外国作家中,华兹华斯和多数京派作家有直接或间接的关系。这位英国的湖畔诗人曾使青年朱光潜沉醉过一个相当时期,便是著例。华兹华斯在《〈抒情歌谣集〉序言》中申言过他通常选择微贱的田园生活题材的原因。在田园生活里,"人们的热情是与自然的美以永久的形式合而为一的"。京派作家喜好古朴的农村,童年的天真甚而至于对原始生命力的赞颂,大抵和华兹华斯有相近的考虑。他们并没有如同西欧浪漫派作家明确标举"返回自然",但他们的作品相当热情地为他们笔下自然状态或准自然状态的生活带去了浓重的想象色彩,让那些为人们习焉不察的生活在不平常的状态下呈现于心灵面前。因而,在很大程度上,京派属下的多为浪漫主义的作家,他们临对当时文坛大张旗鼓讨伐浪漫主义的时刻,却真诚地拘守着这块越来越小的领地。这表现在他们在题材选择的基本倾向方面,同时也表现在:为着对主体精神的尊重和张扬,他们在概括生活的过程中多取"表现"的方式,对"再现"的方式相对缺乏兴趣。"不以虚为虚,而以实为虚,化景物为情思,从

---

① 恩格斯:《路德维希·费尔巴哈与德国古典哲学的终结》。

首至尾,自然如行云流水"①,古人以为繁难的地方,却成了他们标能擅美的处所。他们中的理论家有滋有味地讨论着"意境说",如朱光潜;他们中的创作家又多热情丰沛地在作品中营建意境的氛围,将意象系统的特殊结构与审美知觉的整合作用看得特别紧要,如冯文炳、沈从文,原因盖于斯。

京派作家以表现人性美、人情美为创作极致,他们的浪漫主义实际上是将对都市"现代文明"畸形发展所带来的人性失落和伦理沦丧的否定加以理想化。它至少联系着两个方面:其一,他们对都市生活中泛滥着的腐化、无聊和庸俗感到忿怒,始终带有一种不协调的情绪;其二,他们并不清楚也不希望在他们当时的中国经由彻底的社会革命才会恢复人性的尊严和健全的发展。因此,他们的作品少有所谓的"亮色",往往带有某种特别沉痛和悲凉的色彩。我们说,他们这一批作家的长处和局限几乎都表现在这里。唯其如此,京派作家同时又不是一些纯粹的浪漫主义者。严峻的现实有时会迫使他们转换视角,改变运作手段,特别对那些热衷于探索新路、文体不拘常例的作家来说,更容易出现逼视现实的情况。沈从文所以一再自况他更多的受着契诃夫的影响,并不是偶然的。当然,对这种估计应有适度,京派作家的作品,理想的成分、浓郁的抒情、表现意境的自觉,毕竟是其基本。沈从文的私淑契诃夫,指他的部分作品可以,指他借鉴契诃夫力戒文字表面的热情,也可以,在沈从文与契诃夫之间作更多的相似相近的排比,如目下有些比较文学著述,则是不适当的。

浪漫主义的主情特征非常自然地使大批京派作家对文体有显著的侧重倾向。诗与散文,是他们最为钟爱、也是操持得最为娴熟的品种。似乎又和华兹华斯一样,他们将诗与散文作平等的考察,甚至有意模糊它们之间的界限,他们大抵是一批有诗心的散文家,或者说是一批倾心散文张力的诗人。京派中人几乎人人写散文,散文无疑是跟他们习性最亲近的体裁。这里有他们与"五四"传统相通的一面。鲁迅、朱自清、胡适、周作人、郁达夫诸氏对散文在整个"五四"文学中的地位确信无疑,而郁达夫在《中国新文学大系散文二集导言》中曾精警地揭橥过"五四"散文发达的原因——"作家个性的表现"、"描写范围的扩大"、"人性社会性与大自然的调

---

① 范晞文:《对床夜话》。

和"——无论从怎样的角度看，这些恐怕正是京派热衷散文、钟爱散文并且写得一手好散文的基本原因。严格地说，京派作家习惯的散文是狭义的散文，他们是承接着周作人的作风发育起来的，所谓的"小品"、"美文"才是他们真正的胜场。从总体看，他们不擅长说理，也缺乏铺排的野心，他们的长处大多表现在叙述的简洁和描写的玲珑，尤其以改造过的随笔式的文字俘虏广大的读者群，尽管他们的理论家如朱光潜等能写出一手迄今还为多数理论批评家难以企及的说理文。

当我们重视散文之于京派作家的意义，便不难发现他们中有的诗人，往往不是以诗却以散文实现自己的文学高峰的，有的干脆不写或少写诗，却不缺少诗意绵长的散文，前者如何其芳、李广田，后者如李健吾，也可算上沈从文。卞之琳、冯至虽以诗称世，散文也写得不错，而他们在新诗领域中的花样百出，甚至刻意为之，实在可以寻索不少来自散文的灵感。顺便还有两个例子：朱光潜和废名。前者最喜好诗并对他的《诗论》最富自信，但他不写诗，即便坊间也有流传，但那些行行句句，是很难称得上诗的。废名更为怪异，他是用散文的办法去写小说，算是将这两种文体的界限融和得最早也是最彻底的一个。周作人就说过："废名所作本来是小说，但是我看这可以当小品散文读，不，不但是可以，或者这样更觉得有意味亦未可知。"①流风所及，沈从文、萧乾，一直到殿军汪曾祺，他们的小说大抵也是这一路数。总之，京派作家是一群这样的人：他们仰慕、追求文学的自由精神，最怕束缚，最忌自己与"创造"两字无缘。散文，严重地说可以看成是他们自由创造心灵在文体选择方面的外化。从自由主义的人生态度到自由主义的政治立场，到自由主义的文艺观，最后选择了最具自由主义意味的散文文体，这或许就是他们的逻辑。

倘若将文学语言也引入我们的视野，那么在这一层面上，京派作家大致也有着相近的趋赴。朱光潜受克罗齐的影响已是众所周知，可是他对克罗齐的不少看法有保留，其中之一，他对克罗齐把语言文学的传达逐出审美创造，就不太恭维。相反，他给广大文学青年留下了许多关于锤炼提纯语言的甘苦慨喟，甚而至于，他还以语言问题干预过现代文坛。他将初期语体文的弊端概括为三种："较老的人们写语体文，大半从文言文解放过来，有如裹小脚经过放大，没有抓住语体文的真正的

---

① 《中国新文学大系·散文一集》导言。

气韵和节奏;略懂西文的人们处处摹仿西文的文法结构,往往冗长拖沓,诘屈聱牙,至于青年作家们大半过信自然流露,任笔直书,根本不注意到文字问题,所以文字一经推敲,便见出种种字义上和文法上的毛病。"①李健吾也非常激赏福楼拜语言的精纯——"我做一只火柴盒,要砍掉一整座森林"——福氏的这则著名坦白,不知被他援引过多少次。我们再去看看卞之琳的诗和何其芳的散文吧,前者的简炼和戏剧化处理,后者更是一派精雕细琢……这一些在京派作家群已不是偶然的倾向,而是他们甘愿耗费心力的理想。对语言艺术的自觉追求,一般使他们中的大部分并不满足于胡适体的"清楚明白",而周作人略带温情的絮语风式的书面语言,倒极为他们所崇尚。口语、俗语在沈从文的作品中活现出一派洗练轻盈、摇曳多姿的气象;而他们中的多数人因不乏古文和西方语言的修养,特别有志于将文言、现代语和现代口语熔为一炉。于是,朱自清的那种现代知识分子口语化的书面形式,在他们中间广有市场。对诗化语言的向往,大体又使他们的文学语言普遍带有抒情意味,至于废名一路,同是抒情的,但已溢出常轨,高度概括集中的语词,跳跃不居的句式,玉成了它们特有的张力,晦涩也罢,朦胧也罢,大抵还为不少京派作家所钟爱。

对人性的执着而深沉的呼唤,向往和谐广阔的自然和生活图景,有意识地将作者的情思渗透于其间,并且着眼于诱发人们的思索和想象,以及对散文灵活舒展特性的感悟,连同他们作品语言风格的意境美、神韵美、理趣美和文采美,这一些在京派作家身上体现为某种相互阐释、互相发明、相辅相成的关系。对艺术夸饰的本能反感,使他们的语言以至于结构,少了左翼作家惯常有的雄奇磅礴的气势,同时却多了一层含蓄蕴藉。朱光潜给大家说了一句意味深长的话:"一切美术作品,尽量表现,非惟不能,而且不必。"②而他们喜欢标榜的中庸有度的思想行为方式,往往又会使他们对表现粗犷淋漓的情欲、幻想的激动和不可抑制的内心风暴,显示出某种警惕和冷漠。生活的原先状态,他们与生活之间的一般所具有的适度距离感倾向,铸就了他们的语言如行云流水一般的明净、活泼和洗练,书斋的熏陶和民间艺

① 《敬悼朱佩弦先生》,《文学杂志》第3卷第5期。
② 《无言之美》,《民铎》第5卷第5期。

术的浸润,往往又使他们的语言带着某种雅驯和古朴的色彩。他们也正是借此编织他们艺术的梦幻,借此印证自己的才华、天赋和成功。

京派作家群在创作风格上的相似或相近,标示了他们在认识和表现生活上所具有的共通个性,这正是他们这批人具有流派性质的最有力的证据。也正是这些足以说明京派作家群的存在不是人为的罗致,也不是某一批人的偶然集合。这个文学派别是一个曾经长期被漠视、长期被抹杀的而今天不能再抹杀再漠视的历史事实,它有着对于现代中国的特殊理解,有着平衡政治与艺术的特殊方式,同时也有着艺术脉律搏动的特殊程度和轨迹。诚然,它说不上辉煌,但它毕竟有过生气郁勃的花季,在现代中国 30 年代文学史上,厕身于巨大的左翼文学,但决不是一个影影绰绰的幻影。

二、起伏消长二十年

20 世纪 20 年代后期至 40 年代末,在这 20 年间,京派文学有着自身的为其他文学派别无法替代的生命历程。这段生命史的始末,以及它所呈示的全部起伏消长的细节,完全可以被我国现代文学依持的基本背景所说明。离开这样的估计,京派文学即便自有其丰富的生命个性,也很有可能被概括为封闭的、僵死的或溢出时代范围的文学怪圈。甚至可以毫不怀疑地说,唯有揭示出京派文学和时代的关系,才有可能真切地获取这个派别对时代作出反应时所具有的特色,也才有可能把捉到它作为一种文学现象在多大程度上影响了时代的某些方面,从而也会自然地使我们得出如下结论:京派文学的历史并不游离于整个现代中国的历史,前者是后者的一个侧面,竟直是后者有机的、无法排斥的一部分。

京派文学的 20 年是一条流淌不息的生命流,其间也包含有阶段性的特征,大体而言,可以分为三个时期。

(一) 京派文学的发端期(20 年代后期至 1930 年)

1927 年国民党右派的反革命叛卖行径,拉开了现代史上最黑暗的一幕,它是现代中国的一次极其重大的事件,在相当深刻的意义上决定了现代历史的进程,同时也影响现代思想文化的发展。就当时的文坛来看,这一事件最终彻底分化了冲突不已但毕竟支撑了 10 年的"五四"文学革命统一战线。

　　鲁迅、周作人昆仲"大难临头各自飞"的事实,恐怕是再生动不过的例证了。问题并不在鲁迅走出了北京,最后定居南方,而周作人囿守旧地;问题也不在《语丝》周刊由同人刊物变成不同人刊物。不过,这些现象大抵可以帮助人们思索一些真实的原因。比如,《语丝》的变迁就不是偶然的现象。后期的《语丝》,鲁迅已很少为它写稿,他身为主编,多数文字在刊出之前却为他的双眼不能见。从表面看,这份刊物原先正儿八经的文化广告被"袜厂"和"立愈遗精药品"所逐出,从实际的作品看,人们不难味索出《语丝》在方向上已有所转变,其初衷越发被淡化。鲁迅最终由"彷徨"而辞职。一篇《我和〈语丝〉的始终》确凿地含有牢骚,集中到一点是这样的一句话:后期的《语丝》"最分明的是几乎不提时事,且多登中篇作品了,这是因为容易充满页数而又可免于遭殃"。

　　鲁迅的摆脱《语丝》,开始了他后期辉煌的生命,不只成为浪漫蒂克革命家的诤友,还进而成为无产阶级和劳动民众的真正的友人以至于战士;而周作人改变《语丝》的初衷,负隅于这块阵地,也开始昭告他的由叛徒走向隐士的新路子。这里表现了两种对立的对于政治重压的反应。"革命者不是那种在革命来到的时候才变得革命的人,而是那种在反动势力最猖獗、自由派和民主派最动摇的时候捍卫革命的原则和口号的人。"[①]列宁的这一论断用以概括周氏兄弟的最终分道扬镳的真实背景,是相当妥帖的。

　　鲁迅和周作人南北相对,各自凭借在"五四"时期建立起来的声望,进入了在"五四"文学革命统一战线分化后的重新整合的过程之中。鲁迅适应了无产阶级单独领导中国民主革命的新形势,成为 30 年代左翼文学运动的伟大旗手,而周作人慑服于政治压力的态度则在当时滞留北京的知识分子之中辐射着并不能低估的影响。如果说鲁迅同创造社、太阳社一批先前的论敌在上海渐次走上一路,那么,周作人则开始捐弃前嫌,和现代评论派、新月派中人携起了手。这种整合发生在文学

---

　　① 《政论家短评》。

范围内，而基本动力却在政治。唯其如此，这种整合，无论在上海抑或在北平，都是急促实现的，因而它们几乎都不可避免地相应缺乏文学上的充分准备。

> 革命文学之所以旺盛起来，自然是因为由于社会的背景，一般群众、青年有了这样的要求，当从广东开始北伐的时候，一般积极的青年都跑到实际工作中去了，那时还没有显著的革命文学活动，到了政治环境突然改变，革命遭受了挫折，阶级的分化非常显明，……而死剩的青年们再入于被压迫的境遇，于是革命文学在上海这才有强烈的活动。所以这革命文学的旺盛起来，在表面上和别国不同，并非由于革命的高扬，而是因为革命的挫折。①

鲁迅的这段话，本意是为着说明革命文学的，其实，京派文学发端的基本背景也正是在这里。它最初的指向甚至并不具备严格的文学意味，只是发展了"五四"文学观念中某些适应特殊情势的内容。京派作家在集结起来之前，临对突如其来的政治变动大都无法作出积极进取的抉择，他们对国民党新军阀在情感上有距离，但又没有勇气作出如同左翼作家那样的正面抗衡。于是，只能退回内心，追求所谓心灵的自由。他们多数信奉文学是"苦闷的象征"，以文学的理想境界来慰安惊吓、迷惘的心。这类情况在上层小资产阶级和部分资产阶级作家中有相当的普遍性，随着政治文化中心的南迁.留守在北平的一部分作家尤其如此。由他们进而还裹挟或影响一部分生性与政治有距离而又酷爱文学的青年学子，或为生存，或为发展，熙熙攘攘地吹胀文学的独立和自足，把文学推上了圣坛。

周作人1928年初在北京《晨报》上发表的《文学的贵族性》大致为后来的京派作家提示了一个理论中心，俨然是这一派别不是宣言的宣言。

> 文学是表现思想与情感的，或者说是一种苦闷的象征。当我对于社会不满，或社会加诸我不快，我对准这个和我相反的对象来表现我所想到的思想，所感到的情感，这种反映的苦闷的象征，就成为文学的立场和背境。

---

① 《上海文艺之一瞥》。

作为一种学理的阐述,知堂老人不失他的风度,但他接着笔锋一转,于是出现了哔哔剥剥的声音:

> 其实,文学家是必跳出任何一种阶级的;如其不然,踏足在第三或第四阶级中,那是决不会有成功的。
>
> 提倡革命文学的人,想着从那革命文学上引起世人都来革命,是则无异于以前的旧派人以读了四书五经、诸子百家等的古书来治国平天下的梦想!

周作人语言逻辑上的一贯严整性,在这里表现为他的思想逻辑发展上的合理性,具体而微地体现了他的自由主义文艺观是如何适应时代内容的转换的。当时的周作人还没有完全放弃人道主义者的立场,他的《谈虎集》还多有抗议国民党残酷屠杀与思想专制的文字,因而《文学的贵族性》本身并没有失却某种正面的素质,它借着作者无可动摇的声望,更以它超然的价值取向,很快在发端期的京派文学圈子内取得共识。

他对南方已经闹得如火如荼的革命文学的揶揄,近乎多事却又不然。虽属文学观念的相异,革命文学倡导者也确有他们的冲动和不成熟,他们的理论标榜也不乏某些破绽,但周作人这种主张的根子还在他的贵族主义的根性。他算是长衫马褂型的,身居当时的北平;上海洋场似乎也有响应者,那是一批西装革履型的,代表人物是新月派。梁实秋一离开美国哈佛的白璧德,踏上国土便匆促上阵,几乎是出自本能地同鲁迅对垒起来,从"人性论"到"翻译",着实地撑满了一个时期的中国文坛。这里虽一眼可见带着《西滢闲话》的余绪,但以往的个例至今被上升为一般,并且"殃及池鱼",连带地多少规定了京派作家群日后的态度走向。

不过需要指出的是,无论是周作人的标榜,还是梁实秋同鲁迅与革命文学家们的论争,还只是京派文学孕育的前导。周作人还不能说是严格意义上的京派作家,新月派与京派也不是同等的概念。京派文学,诚然是由诸如周作人等几个资深作家整合的结果,但这种整合不同于"左联",更多的是以北平为中心的一批作家在政治和文学的观念上不同程度的不自觉契合,充分的、成熟的派别性质尚未具备。能不能这样说,是周作人等始作俑,尤其是他们所代表的文学传统,他们业已取得的特殊地位，以及他们经过长期驯化的审美趣味，使一批京派作家滋生出文化趋同心理。周作人、梁实秋等人的言论和行为，作为标准，自然并且符合实际地对京派文学的破土有着不可忽视的意义，这种意义大抵犹如种子撒在田地里，种子与日后的禾苗，有承继的一面，也会有变异的一面，不宜同日而语。因此，在京派文学的发端时期，还没有特别值得重视的作家，周作人一般可以作为过渡性质或前驱性质的人物看待，梁实秋或许会有些微的不同，但大体而言，也可作如是观。

　　但是，我们没有理由不重视京派文学的发端期。它由政治刺激而生成的事实，集中体现了现代中国文学的根本特征，同时也不可逆转地规范了京派文学在日后发展的每一阶段中对政治所具有的特殊敏感，以及不得不作出的特殊反应。这里也含隐着京派作家的一般世界观，他们是一批企图同政治保持距离的人，但他们并不是通常所说的书呆子，在他们身上书生气是浓重了些，但他们没有一个人始终保持着非政治化的倾向。此外，发端时期京派文学对文学本体论的标举，既有不得已的成分，同时又不能怀疑其确实的真诚。一般地说，其中既包含对"五四"新文学某些方面的继续，又包含这一派别在特定时期的新追求。后来的事实再三表明，京派作家所接触的问题，他们的探索兴趣，以及表现在他们创作上的种种倾向，差不多都没有离开这一面旗帜。

（二）京派文学的开展（1930 年至 1937 年）

　　1927 年 8 月，徐祖正自《语丝》145 期始，便陆续发表他的"骆驼草随笔"。前有先声，后有激响。3 年后，《语丝》正式终刊，徐祖正联络冯至、冯文炳、徐玉诺、程鹤西、梁遇春等人，在北平创办周刊《骆驼草》。为提高刊物身价计，他们商请周作人、俞平伯等前辈，而周、俞倒实在给他们以不少的帮助，因此，外界一般会认定刊物的主编是周作人。循老例，这份周刊活脱是后期《语丝》的续身，不过，它已是京派首次正式亮相的刊物了。稍有声名的李健吾、杨晦已为主要撰稿人，后起之秀有吴伯箫。随笔、杂感仍是主要拳脚，散漫而疏荡，但废名的小说、冯至的诗、梁遇春的散文和徐祖正的文艺杂论已占不小的规模，开始显示出京派文学的实绩。

　　这时的南方，特别在上海，左翼文艺思潮势如破竹般扫荡着文坛，连施蛰存、刘呐鸥这批别有怀抱的作家,也表现出拥护的举措。《无轨列车》、《新文艺》上的创作,水沫书店出版的著作,尤其是五种《马克思主义文艺论丛》的问世,就有这类气氛。而北国的《骆驼草》则别有异趣,独来独往,天马行空。如果上一阶段的《语丝》的改变面貌大体采用曲折的方式,那么,《骆驼草》一问世,已有了同上海左翼刊物对峙的色彩。

此时的新月派,已大不同于以前,《新月》杂志政论篇幅的加强,迫使不少新月同人正式与京派煮成一锅,已不再像前期基本局限在上层的联络和呼应。他们在南方有绵密而广泛的社会关系,《诗刊》居然也在上海诞生。它本是徐志摩和邵洵美领衔的,"以诗会友"或许有相当的因子,但他们在办刊之前已铸就的成见更值得重视。"我们这少数天生爱好与希望认识诗的朋友,想斗胆在功利气息最浓重的地方和时日,结起一个小小的诗坛"——徐志摩在《发刊词》中的这番话,算是和盘托出了他们打算同左翼文艺相抗衡的决心。

其实早在《诗刊》创刊前,继沈从文之后,北平的京派作家和新月班底的一批作家已开始为南京中国文艺会主办的《文艺月刊》写稿。虽说《文艺月刊》的出世多少和"民族主义文学"有关,但它与典型的"民族主义文艺"刊物《前锋月刊》、《开展》等差别甚大。大抵是它不满于左翼文艺的标举,在文学领地坚持"人性论与天才论",以及所刊载的作品倾向于对艺术本身的执着探索,如此等等才真正吸引了京派作家。

《骆驼草》与《诗刊》一北一南,遥相呼应,中间再加上《文艺月刊》,是这样的幅员推动京派作家或脱颖而出,或深入切磋,甚至也使他们开始逐渐摆脱周作人等的牵引,走上独立为京派文学发展出贡献的台阶,并且也朗然地推出了京派文学区别于左翼文学的最初层面。

1933 年是京派文学在开展期最重要的年头,它的最重要的标志是,在这一年沈从文从杨振声手中正式接编天津《大公报》的副刊《文艺》。是时,《骆驼草》、《诗刊》已相继终刊,《大公报·文艺》通过沈从文成为京派文学培养新秀的摇篮,同时也名副其实地作为京派文学的堡垒矗立在北方文坛。关于前者,萧乾大概是最好的例证。当时的萧乾在燕京读书,他说,他的头六篇小说都是由沈从文揭载于《大公报·文艺》上的,那段时间,他偶有文章,"天即便已擦黑,也必踏上那辆破车,沿着遍地荒冢的小道,赶到达子营沈家"。① 当我们再翻检一下沈从文为萧乾第一部小说集《篱下》所写的题记——"至于他的为人,他的创作态度呢? 我认为只有一个'乡下人'才能那么生气勃勃勇敢结实"——实在是很使人感动的。这里所谓的"乡下人"并非"农村人"、"乡巴佬"一义,幼稚、善良而又很执拗,贫穷、羞涩而又有生活。沈从文难以忘怀他从湖南流落到北京时的艰辛,并且更难以忘怀类似郁达夫等前辈是如何提携他这位"乡下人"的。他将知遇之恩不仅报答于前辈,并且还以前辈为楷模,以"乡下人"的道德感泽披后学。至于说《大公报·文艺》还是京派文学的堡垒,指的是沈从文发难,抨击"海派",从而搅起了著名的"京""海"之争公案。

1933 年 10 月,沈从文在《大公报·文艺》第 8 期上发表《文学者的态度》,触发了京派和海派的论争。沈从文对学理探究并无特别的兴趣,他是有感而发的。他批评一些文人对文学创作缺乏认真的态度,染上了玩票白相的脾气,"这类人在上海寄生于书店、报馆、官办的杂志,在北京则寄生于大学、中学以及种种教育机关中。或在北京教书,或在上海赋闲","这类人虽附庸风雅,实际却只与平庸为缘",可怕的还在这批人"实占作家中的大多数",败坏着文坛的风气。此文一发表,苏汶在《现代》4 卷 2 期上撰文《文人在上海》与之驳难。身居上海的苏汶大概敏感并惊悚于一个"海"字,一厢情愿地在沈从文所指的"海派"和"上海作家"之间画上等号,并且以由他自己演绎的论点作靶子,争取舆论,俨然在为上海作家打抱不平。《文学者的态度》会开罪于部分上海作家,沈从文是想到的,至于像苏汶这样的答辩则为他始料所不及。为避免夹缠,他重撰《论"海派"》,着重正面界定"何谓'海派'"。他认为,所谓的"海派"是"名士才情"与"商业竞卖"相结合,也可引申为"投机取巧"、"看风使舵";"茅盾、叶圣陶、鲁迅以及大多数正在从事文学创作、杂志编纂的人(除吃官饭的作家在外)"都不属"海派"之列,并且进一步强调:"海派作家与海派作风,并不独独在于上海一隅"。最后还坦陈了他写《文学者的态度》并抨击海派的真实原委:海派有害于中国新文学的健康,"从'道德上与文化上的卫生'观点看来,这恶风气都不能容许它的蔓延与存在"。

沈从文与苏汶一开战局,引起南北文坛的关注,并受到鲁迅的重视。1934 年 1

---

① 《鱼饵·论坛·阵地》,《新文学史料》1979 年第 2 辑。

月 30 日,他一天内写了《"京派"与"海派"》(刊于 2 月 3 日《申报·自由谈》,署名栾廷石)、《北人与南人》(刊于 2 月 4 日《申报·自由谈》,署名栾廷石)。前文指出:"所谓'京派'与'海派'本不指作者的本籍而言,所指的乃是一群人所聚的地域"。倘不为贤者讳,鲁迅同样曲解了沈从文的原意,因为沈从文朗然地把海派的种种说成是南北皆有的"文坛风气"。不过,鲁迅毕竟胜人一筹,他发了一通论争双方都不曾想到的议论,《"京派"与"海派"》援引孟子"居移气,养移体"之说,有所谓"京派"的"帮忙"与"海派"的"帮闲"之类的结论;而《北人与南人》似乎积极得多,"缺点可以改正,优点可以相师。相书上有一条说,北人南相,南人北相者贵"云云,大抵是平实而有益的。当然,人们仔细味索鲁迅的文章,很容易看出鲁迅是有偏向的,与其说他对"海派"多有偏袒,无宁说他对"京派"中人有成见。这类成见并非偏见,有历史与眼皮底下的根由在,所以也是不难理解的。

　　长时期来,人们对沈从文批评海派的看法是欠公允的。将海派干脆指陈为"左联",这类陈陈相因的怪论一直很有市场。连晚年朱光潜在他的自传中也沿用这种说法,由于他的京派身份,作用就更不好。诚然,沈从文作为京派文学的代表,他对左翼也是有看法的,但他对左翼文学的批评自有其不同于批评"海派"的用语。整个 30 年代,他的看法一直相当稳定。他是这样说的:

> 谈及文学运动分析它的得失时,有两件事值得我们特别注意:第一是民国十五年后,这个运动同上海商业结了缘,作品成为大老板商品之一种。第二是民国十八年后,这个运动又与国内政治不可分,成为在朝在野政策工具之一部。因此一来,若从表面观察,必以为活泼热闹,实在值得乐观。可是细加分析,也就看出一点堕落倾向,远不如"五四"初期勇敢天真,令人敬重。原因是作者的创造力一面既得迎合商人,一面又得傅会政策,目的既集中在商业作用与政治效果两种事情上,它的堕落是必然的,不可避免的。①

　　沈从文仿佛也在进行两条战线的作战,他所说的"海派",更多的联系着商业

---

① 　《新的文学运动与新的文学观》,《烛虚》。

化,而他所说的"与国内政治不可分",别处还说"文学与政治结缘","文学的清客化"等等,部分指国民党的党治文学,主要倒是指左翼文学。因此,"海派"在沈从文的言论中是一个专门性的概念,相对有着狭义的性质。它不同于上海的"左联",也不完全等同于清末民初生成于梨园中的"海派",同今天上海文艺界的前卫吹红了半边天的"海派"更是浑身不搭界的。

沈从文的根本用心在于追求文学自身的独立价值。在他看来,文学对一切外在力量的依附或屈从,一切脱离文学本身价值的功利趋势,都是不健康不公正的,也是为他所无法忍受的:

> 我们实在需要些作家!一个具有独立思想的作家,能够追究这个民族一切症结的所在,并弄明白了这个民族人生观上的虚浮、懦弱、迷信、懒惰,由于历史所发生的坏影响,我们已经受了什么报应,若此后再糊涂愚昧下去,又必然还有什么悲惨场面;他又能理解在文学方面,为这个民族自存努力上,能够尽些什么力,且应当如何去尽力。[①]

这里不乏迂阔,但有不少真诚!把握了这一点,才比较有可能测度到沈从文的瞩望和期许,才可能多少冷静地评估他在 1934 年前后同海派文学作斗争的目的。

整个 30 年代的前中期,也即京派文学的开展期,京派作家中的大部分都带着如许的气息。他们面临的是矛盾丛集的文坛,对于多层面的冲撞,他们凭借着自身的条件,致力于调和,融合。犹豫于左右,倾向于综合,不只是他们的世界观,也即是他们的方法论的根源。美国学者邦尼·麦克杜哥借用维尔几尔亚·沃尔夫评论1914 年和 1925 年开始写作的两代英国作家的看法,称朱光潜"从倾斜的塔上瞭望19 世纪 30 年代的美学和社会",见地削切,比喻生动。朱光潜本人也供认不讳:"这是一种清醒的估计"。[②] 扩大一点说,朱光潜的那种左右瞭望代表了京派作家当时的一种特殊心智和立场,在政治力量的左右冲突面前,在政治与艺术的冲突面

---

① 沈从文:《元旦致〈文艺〉读者》,《大公报·文艺》1934 年 1 月 1 日。
② 《朱光潜美学文集·作者说明》。

前,在中西文化的冲突面前,在现代观念与传统观念的冲突面前,……在所有这些冲突矛盾面前,京派作家有他们的不安、焦虑、惊慌、愤怒,但持守的还是中庸的法度,企图通过调和开辟通向理想境界的道路。关于这些我们在以后的篇幅中要作出比较详尽的讨论。在这里,我们仅仅想说明,京派文学的基本体貌成熟于它的开展期,评估它的主要性质及其在整个现代中国文学历史中的地位,也主要着眼于它的这一时期。

顺便需要提及的是作家的辈出、阵营的全面构成以及创作的繁荣也是这一时期京派文学的重要特征,甚至较之其他方面,都更具体而显著地体现了这个文学派别的生机和活力。

京派作家如前所述在这一时期已甩开了前辈的拐杖,当刘半农代表"五四"文学前辈对急速发展的文学态势,发出"恍如隔世"的慨叹时,沈从文所代表的京派创作界,朱光潜所代表的京派理论界迎来了自己花团锦簇的岁月。作为文学作家,他们留给人们的印象还是相当富有生气的,尽管他们只能相伴在左翼文学的巨大身影旁边,但他们并不是一批同时代脱节的人物,对现象世界还诉诸了人们可能有的批判的热情。沈从文甚至对《论语》、《人间世》的文字作出讥讽,这里就包含了学生对老师的批评,反映了时代生活投烙在他身上的印迹。沈从文、朱光潜与主要是新月班底中分化出来的一批作家如凌叔华、林徽因等,在这一时期已是资深人物了,北大、清华等学校毕业的一批作家,比如"汉园三诗人"卞之琳、何其芳、李广田,比如吴伯箫、萧乾、李长之、林庚等,已经坚实地在各自熟习的领域用各种不同的文体作出斐然的贡献。从天津《大公报·文艺》的版面上看,更从《文学季刊》、《水星》等披露的作家踪影看,规模已相当可观。一些更为年轻的新手,比如在40年代末被文学史家称作"九叶诗派"中的某些人,也是陆续在这个时期的文坛上露出头角的。

这真是京派文学大丰收的季节——沈从文关于湘西生活的小说散文,散发着厚重的忧伤;丁西林用他的机智装扮了当时的戏剧世界,那些亚赛英国米伦作风的轻喜剧俨然是30年代戏剧的一个重要侧面;卞之琳刻意求工的诗歌融和着现代与传统、中国与西方的滋养;梁遇春异趣特立的散文堪称独步;何其芳的那份超达深渊、柔美工巧的技术使世人刮目;芦焚手中的那支笔糅合纤细与简约;萧乾用作家兼新闻记者的眼睛捕捉的景观,其中所有的深层意蕴无疑都是时代给他的恩赐;朱光潜向现代学术界奉献了亘古未有的新品种;李健吾展示着咀含英华的评论;李长之的《鲁迅批判》显示了一个青年学者的胆与识……实在是一份很难胜数的收获,其中包含有大量能够传世的成分,现代文学史也因此多了不少珠圆玉润、溢光流彩的篇章。可以毫不夸张地说,丢开了这一些,轻视了这一些,现代文学史恐怕会是另一番面目了。

京派作家在这一时期的最后 2 年开始出现新的动向。虽说 1936 年的《大公报》文艺奖金热闹了一阵子,但是时代生活中的新的潮汛已逼近到他们面前。北平相对平静宽泛的氛围无法樊篱多数青年的活泼泼的心,不少人开始带着各自的经验,被生活深层激荡不已的诗情所吸引,饥渴地探寻着新的人生与文学之路。于是才有了《文学杂志》的问世。这份杂志本意在重振京派的,但共出四期,最终由它垂下了京派文学开展期的帷幕。问题是简单的——偌大的北平已安放不下一张平静的书桌,京派文学的生力军连同《文学杂志》的几个主持人几乎都被日寇的炮火轰出了北平,尽管它的前驱跌入了最肮脏的泥淖中。

(三)京派文学的终结(1937 年至 1949 年)

神圣的抗战爆发,京派文学阵营在上一时期末已出现的离心倾向,至此已发展为风流云散。民族救亡的主题使他们在校正了自己的民族感情之后,开始出现最深程度上的相互呼应,他们对周作人的附逆表示出一致的惋惜,同时也在最深刻的程度上使这个文学派别出现了分崩离析的征兆。他们终于难以布阵,其中的一些中坚,有的去了海外,有的暂住香港,有的滞留于孤岛上海,有的则选择了延安,不过,多数随北大、清华、南开等学校奔集于大西南。一经分散,命运使他们最终失去了重聚的机会。即便昆明西南联大在抗战胜利后复员北国旧地,朱光潜又复刊《文学杂志》以期重振京派,沈从文成了大忙人,一身兼任平津四家大报的文学副刊的主事,也无法圆成他们复兴京派、"重造经典"的梦想。尽管有相当一部分与北大、清华有关系的文学青年仰慕他们的高名,比如小说家汪曾祺、"九叶派"中的几位很有才华的诗人,但从总体看,规模远不如 30 年代,创作实绩并不显著。朱光潜、沈从文确有延续京派文学命脉的真诚,最终未成正果,江河日下,演成了京派文学生命史的终结。

京派文学在这一时期的演变有其内在的逻辑,并为它的根本生命特征所决定。它的代表人物并不甘寂寞,然而,他们的顽强和执拗,在这里通通变成了盲目。上一时期的一切终成明日黄花,他们确乎走进了迷津,更迷惘,更苦痛;也挣扎,也呼号,这些缪斯女神的忠诚仆役,终以悲剧与闹剧相兼的形式把京派文学送上了祭坛。

当抗日烽火燃遍祖国大地,文学以变了形的激情直奔抗战这第一等主题的时候,广大文学作家已失去了平时的从容和余裕,生命、人格、意志、情感,所有的一切都被推入民族存亡的狂涛之中,极度地悸动着,震颤着。然而,正在这当儿,有人主张文学"与抗战无关",有人议论"反对作家从政",也有人吁诉"文学的贫困"。这些人不是别人,正是业以参加进民族抗日统一阵线的梁实秋、沈从文和朱光潜! 郭沫若在《新文艺的使命》一文中,曾经予以驳斥:

> 自然,在这种洪涛激浪的澎湃当中总也不免有些并不微弱的逆流的声息。起先我们是听见"与抗战无关"的主张,继后又听见"反对作家从政"的高论,再后则是"文艺的贫困"的呼声——叫嚣着自抗战以来只有田间式的诗歌与文明戏式的话剧。这种种声息,无论出于有意或者无意识,都以说教的姿态出现,而且发出这些声息的人又都是不屑和大众生活打成一片的人。民族已经膺受着空前的浩劫,——而一二文学教员们却要高喊"与抗战无关",究竟是何用意;真正令人难解。

平心而论,郭沫若的指责是合理的,因为他尊重并维护了文学为抗战的感情,多年来,梁实秋、沈从文、朱光潜等人的这些言论为世人诟病,也是可以理解的。人们没有理由怀疑他们的民族感情,甚至也不必去怀疑他们的动机,但他们确确实实地在错误的时间、错误的地点,作了错误的张扬。经院学派对学理一贯性的坚持,驱使他们进一步地不去顾及现实中国的实际。他们信奉文学的独立自足性,支持文学的审美价值,本无可深究,但是现代中国文学发展的基本特征,尤其在抗战刚刚兴起的年头文学实践可能有的内容,他们都不作切实的估计。他们在意识的层面上进入了抗战的氛围，但在元意识的层面上，依旧保持着浓重的书斋的氛围。当时急进的批评家对他们的批评，正是在这个意义上同他们划清了界限。至于论争双方在某些问题上的看法，措辞有偏失，大抵是上一时期左翼文学与京派文学相异的继续。从这里，我们多少可以领略到沈从文、朱光潜这批学者、作家的天真，甚至也可以味索到他们身为大学教授却依然有着中国"乡下人"认死理的倔强。

相对而言，沈从文、朱光潜等在这一时期的社会思想方面的苦闷和动荡，较之他们的文学思想更值得注意。对国民党统治的怀疑而至普遍失望，犹如阴影一样沉重地压在他们的心头。朱光潜由于卞之琳、何其芳的影响，周扬的鼓励，一度萌生去延安的念头，但终未成行，相反阴差阳错地被推上了国民党监察委员的位置，抗战胜利后，又相当同情《新路》杂志代表的"第三条路线"。沈从文对"文协"的成绩是看到的，但他有感于文坛的龙蛇不一，曾拒绝老舍相邀出任云南文协主席；他在本质上倾向于"第三条路线"，但又深恶政治派别的"特殊包庇性"，竟然不顾萧乾的一片热诚，辞谢参与《新路》杂志的筹办。萧乾以他的新闻采访的职业优势，对国民党的腐败看得太清楚了，但他热衷的却是欧美的民主政体，为"第三条路线"东奔西走……他们或矛盾不已，或将自己与任何政治之间深筑鸿沟，或迷恋于西方政治理想，这些和孕育他们的现代中国社会的特殊环境太不和谐了。尽管他们是一批有正义感也有良知的文化人，当他们正处中国两种命运两种前途殊死搏战的当口，实在迂阔到极点。郭沫若有《斥反动文艺》一文，因由批判对象的巧合，几乎是一篇扫荡京派作家的檄文，从当时埋葬蒋家王朝迎接人民新政权的最高使命的角度看，郭文的偏激也是不乏根据的。

不过无论怎样，沈从文、朱光潜、萧乾等人是支撑到最后的一批京派作家，他们对文学青年的诱导奖掖，他们继续为文坛贡献的作品，类乎朱光潜对克罗齐美学连及近代西欧唯心主义哲学的清理工作，都是富有学术和文学的意味的。在这一时期内，他们对祖国和人民的那层潜藏得非常深厚的关怀，使他们做成了不同于周作人的选择，并且继而还做出了不同于胡适的选择。萧乾最终于打破了"第三条路线"的梦，接受《大公报》的中共地下党组织的引荐；沈从文严拒陈雪屏送来的飞机票，尽管处境困难，精神近于崩溃，但不愿与国民党亡命南下在他还是十分清楚的；朱光潜本在国民党政府拟定要拉拢的"知名人士"中位居第三，他还是接受北大地下党的劝阻,留在北平,与广大人民一起迎接解放,甚至为此而兴奋地说:"我像离家的孤儿,回到了母亲的怀抱,恢复了青春。"

　　作为一个文学派别的京派就这样走完了自己 20 年的路程。这一派作家几乎都是特别讲究生命人格的独立的,都以独立于政治之外相标榜,但他们却因政治而集结,最终又因政治而风消雨歇,这是很有深长意味的。

　　(录自许道明著《京派文学的世界》,复旦大学出版社 1994 年 12 月第 1 版,第 1—35 页)

京派乡土小说的浪漫寻梦与田园诗抒写

丁　帆

　　京派小说是中国现代文学史上有着独特创作个性和美学风格的小说流派。20世纪20年代中期显露其风格雏形,30年代中期进入鼎盛时期,40年代因战乱而风流云散,但其影响至今绵延不绝。以废名、沈从文、凌叔华、萧乾、芦焚、林徽因、李健吾、何其芳、李广田等为代表的京派作家,是一个疏离政治的自由主义作家群体。他们站在中国古今文化与中外文化的交汇点上,以文化重造的保守主义姿态,规避激进的时代主流话语,高蹈于现实功利之上;以自身不同流俗的生命感悟与取向别致的现代意识,从容平和地融会中国传统文化的深厚底蕴与西方现代主义思潮的审美特质;以"和谐、圆融、静美的境地"为自己的美学理想,创造出具有写意特征的独具美感的抒情小说文体,在中国现代小说艺术中独树一帜。综观京派作家的全部小说创作中,虽然其都市小说的成就不容忽视,但乡土小说才是寄寓京派作家文化态度、生命理想与艺术追求的"神庙"。以沈从文为代表的京派作家大都以"乡下人"自居,他们虽然侨寓都市,但其小说主要是以自己的乡村经验积存为依托,以民间风土为灵地,在风景画、风俗画、风情画的浪漫绘制中,构筑抵御现代工业文明进击的梦中桃源。他们偏于古典审美的"田园牧歌"风格的浪漫乡土小说艺术探索,其意义是在"启蒙的文学"之外,赓续虽不彰显却意义深远的"文学的启蒙"。

一

　　在中国现代诸多小说流派中,京派是最富有乡村情感的作家群体。他们侨寓于城市,却"在"而不属于其置身的都会,淡淡哀愁的心灵不无矛盾地漂泊在现代都市与古朴的乡村之间,大都毫不掩饰自己对城市文化的隔膜和厌恶,或如萧乾那样把城市体验为"狭窄"而"阴沉"的所在,或如芦焚那样把都市视作"毁人炉"。其中,沈从文对城市的解析与批判或许最有代表性,他认为:"城市中人生活太匆忙,太杂乱,耳朵眼睛接触声音光色过分疲劳,加之多睡眠不足,营养不足,虽俨然事事神经异常尖锐敏感,其实除了色欲意识和个人得失外,别的感觉官能都有点麻木了。这并非你们(城市人)的过失,只是你们的不幸,造成你们不幸的是这一个现代社会。"①都市空间的物质化与欲望化,使都市人难以达到"优美、健康、自然,而又不悖乎人性的人生形式"②。因此,他们在批判现代城市文明的同时,将精神寻梦的目光转向他们曾遗落在身后的乡村。沈从文始终以"乡下人"自居,废名也一直以乡村生活为其精神归宿;萧乾则在《给自己的信》中说:"虽然你是地道的都市产物,我明白你的梦,你的想望却都寄在乡野。"③芦焚亦在自我解剖中辨识自己的文化身份与精神气质:"我是从乡下来的人,说来可怜,除却一点泥土气息,带到身上的亦真可谓空空如也。"④在这里,城市与乡村,已不是通常意义上的地域概念或社区概念,而是文化概念;在某种意义上,它们分别是现代工业文明与传统农耕文明的代表。"城市人"与"乡下人",也不是通常意义上的社会身份,更主要的是一种文化身份。他们对"乡下人"的自认,其实是他们对自我文化身份的选择与辨识,同时也标示了他们对宗法乡村所象征的传统文化的宽容和认同心态。正是出于这种内蕴复杂的文化认同与价值选择,他们在贬抑城市的同时,极力美化乡村,挖掘并张扬

　　①　《沈从文选集》(第5卷),四川人民出版社1983年版,第230页。
　　②　《沈从文选集》(第5卷),四川人民出版社1983年版,第231页。
　　③　《萧乾选集》(第3卷),四川人民出版社1984年版,第274页。
　　④　刘增杰:《师陀研究资料》,北京出版社1984年版,第49页。

乡土中国的人性美和人情美。例如,在废名的《竹林的故事》、《菱荡》和《桥》等作品中,"充满了一切农村寂静的美。差不多每篇都可以看得到一个我们所熟悉的农民,在一个我们所生长的乡村,如我们同样生活过来那样活到那片土地上。不但那农村少女动人清朗的笑声,那聪明的姿态,小小的一条河,一株孤零零长在菜园一角的葵树,我们可以从作品中接近,就是那略带牛粪气味与略带稻草气味的乡村空气,也是仿佛把书拿来就可以嗅出的。"①在《边城》、《长河》和《萧萧》等作品中,沈从文构筑了一个化外的"湘西世界"。现实中的湘西,因为交通闭塞,远离沿海,直到清末民初还处在与世隔绝的环境中,根本感受不到新世纪传入中国的现代文明气息。这与17、18世纪西方自由主义思想家所设想的"自然状态"有着相通之处。但是,沈从文始终把这种状态下的人性看作人类精神文明最完美的体现,是重造民族道德理想模式的最佳选择。在这块德性化和理想化的古老土地上,人们完全凭借他们的一套道德准则与他人、自然和社会和谐相处,没有现代社会中那种高度的紧张、自我的膨胀与心灵的焦虑,处处流淌的是人情、亲情和古朴淳厚的民风,人性在这里被充分浪漫化了。在这些与都市文明截然相反的乡村图景里,废名、沈从文、林徽因、芦焚等京派作家以自己的文化寻梦和生命信仰苦苦支撑起人性美与人性善的"神庙"。

京派乡土小说着力表现自然状态下人性庄严、优美的形式,这种生命形式虽然大都如废名、沈从文的乡土小说那样被安置在未被现代文明所侵蚀的偏远乡村,但在萧乾、凌叔华、汪曾祺等作家的部分乡土小说中,也有被安置在喧哗都市的。在高度物质化与欲望化的现代都市里,那些进了城的"乡下人",依旧保持着在宗法乡村铸就的人性之"真"与"善",成为与现代都市文明相碰撞的"城市异乡者"。正是这些"城市异乡者"的出现,使京派乡土小说有了"结庐在人境,而无车马喧"的另一种别样人生境界与叙事形态。

萧乾自称是一个"不带地图的旅人",他以乡村人文精神的价值取向来反观都市生活与都市人生。萧乾自述说:"《篱下》企图以乡下人衬托出都市生活。虽然你

---

① 《沈从文文集》(第11卷),花城出版社1984年版,第97页。

是地道的都市产物,我明白你的梦,你的想望却都寄在乡野。"①在这种倾向支配下,他以自己早年的小说创作,加入到京派小说的文化形态之中。在萧乾大多数的都市题材小说中,《邓山东》、《雨夕》等作品与"乡下人"和"乡村"直接相关,可视作京派乡土小说的另一种形态。萧乾说:"我的小说是以北平为背影的,几乎都写北平城里的生活,只有一篇《雨夕》是写农村……比起他们来,我的创作似乎更注重表现人生,暴露社会黑暗。"②这是萧乾在"文化大革命"后说的话,他把《雨夕》放进了"为人生"的社会批判系列,虽然不无道理,但更多的是作者劫后余生的自我保护策略。小说中那个可怜的乡村女人,被丈夫遗弃后变疯,在外面又遭人强暴,如此不幸的女人连下雨天在磨棚中躲雨也遭人驱赶。这确有"暴露"的意味,却并不声嘶力竭,而是让城里来的孩子用与成人迥异而接近人类纯真本相、不带杂质的是非观,来判断和同情一个疯妇。在孩童天真的目光中折射出人生的忧患和世态的炎凉,在清澈中渗透着淡淡的苦涩。《邓山东》写的是"城市异乡者"的故事,小说中的邓山东是一个流散到都市的军人,以挑担贩卖杂货糖食谋生。他有着乡里汉子的粗犷,却出人意外地知道了孩子们的趣味,他的担子上也装满了孩子们喜欢的东西:"有五彩的印画,有水里点灯的戏法,有吓人一跳的摔炮,甚至还有往人背上拍王八用的装有白粉的手包……凡是足以使我们小小心脏蹦跳的,他几乎无一不有!"他更懂得孩子们对慈爱、尊重与信任的需要,他以自己诙谐、豪爽、体贴的性格,充当儿童世界的和事佬,甘愿代学生挨校方的无理罚打。他虽然经历过战争与流血,但不改耿直仗义的本色;虽然饱经沧桑,但依旧满是童心童趣。这其实就是人性的"真"与"善",是对传统美德的皈依。简言之,萧乾书写乡村与"城市异乡者"的悲境,注重的主要不是对现实的社会关系与阶级关系的解剖,而是"世道人心",是传统文化心理积淀的惰性,其作品因此表现出强烈的生命意识和可贵的人性深度。

　　凌叔华的作品数量并不多,但她注意发掘自身的女性经验和文化优长,颇为专注地叙述女性故事,即使没有后来的那些作品,仅薄薄一册《花之寺》,即可奠定她

---

① 《萧乾选集》(第3卷),四川人民出版社1984年版,第274页。
② 王嘉良,马华:《京师访萧乾》,《浙江师范大学学报》1989年第4期。

在中国现代小说史上的地位。凌叔华的小说在用温婉细密的笔调写"旧家庭中温顺的女性"①和新女性们的家庭生活的同时,也以充满人道主义悲悯情怀的目光,注视进城打工谋生的乡下女性,书写这些"城市异乡者"朴素的情感与良善的人性,《杨妈》《奶妈》就是这样的作品。前者写穷苦用人杨妈唯一的儿子在家不务正业,跑出去当兵又杳无音信,她每天晚上为儿子做棉衣,最后抱着棉衣踏上寻找儿子的渺茫之路。小说就这样在"劳动妇女的善良灵魂"的刻画中,"写出一种混合着愚昧与伟大的执著的母爱"②。后者写一位贫穷母亲为挣钱养家,无奈丢下自己三个月的婴孩去做富家少爷的奶妈,却因此而不幸夭折了自己的爱子。母爱,就这样因为贫穷而夹杂了愚昧,也因为自私地掠夺他人的母爱,而体现了残酷。凌叔华书写母爱的小说,显然与冰心、冯沅君、苏雪林等歌颂母爱的小说不同,她并非仅仅着眼于母爱的伟大和神圣,而是以女性的敏锐和体验写出了她眼中的母爱,使人性、女性与母性在社会、文化、贫富等的纠结中,显出全部的复杂,并带给读者沉重的思索。她的文字依旧温婉和美,却能在她所特有的清逸风格和细致的敏感中,同萧乾一样表现出强烈的生命意识和可贵的人性深度。

汪曾祺被誉为"京派最后一个作家"③。《邂逅集》则可看作是其早期小说创作的主要成就。多年后,汪曾祺在其短篇小说选自序里说:"我以为风俗是一个民族集体创作的生活抒情诗。我的小说里有些风俗画成分,是很自然的。但是不能为写风俗而写风俗。作为小说,写风俗是为了写人。"④在他早期的乡土小说中,这一创作原则已得到贯彻。《鸡鸭名家》以特有的"城乡结合"的方式,细致生动地描绘了故乡养鸡、养鸭的生产、生活场景和风俗民情,刻画了余老五、陆长庚两位有庄周"庖丁"神韵的风俗人物。余老五是城里孵小鸡的炕房师傅,小说把他照蛋、下炕、上床的孵鸡的繁复过程和技术,描写得出神入化。陆长庚诨号"陆鸭",是乡里养鸭子的好把手,小说把陆鸭发出各种声音,呼唤逃散在芦苇丛中的三百余只鸭子集聚于岸边的情景,叙写得有声有色。这种风俗描写,既使小说充溢着微苦而又温馨的

①　《鲁迅全集》(第6卷),人民文学出版社1981年版,第250页。
②　严家炎:《中国现代小说流派史》,人民文学出版社1989年版,第221页。
③　严家炎:《中国现代小说流派史》,人民文学出版社1989年版,第225页。
④　《汪曾祺全集》(3),北京师范大学出版社,1998年版,第219页。

日常生活气息,又为塑造余、陆两位风俗人物营造出一种淡雅而朦胧的氛围,而作者在这两个"城乡巧人"身上,赋予了一种特别的生命"神性",使作品在平静叙述中涌荡着魅人的浪漫情趣。

20世纪30—40年代的中国社会是正在试图向"现代"迈进的乡土中国,但总体上还是前现代性的。正因如此,无论是从社会文明发展还是文学自身发展的角度,"反现代性"在某种意义上都是一种不合时宜的奢侈。废名、沈从文、芦焚、萧乾、凌叔华、汪曾祺等京派小说作家对以城市为象征的现代工业文明和以乡村为象征的传统农耕文明的文化心态,显然是十分复杂的。在他们的乡土小说创作中,无论是写乡村还是写"城市异乡者",都把原本并不美好的前现代农耕文明及"乡下人"理想化,挖掘乡土中国的人性美和人情美,试图以传统文化的伦理力量去对抗和融化西方文明及现代都市文明,但这并非表明他们就是彻底的"反现代性"。如果说鲁迅及其"人生派"和"乡土写实流派"的乡土小说面临着两种文化情感困惑的选择的话,那么,废名、沈从文等京派作家也同样面临着这样的选择。他们一方面鄙视"城市文化"对"乡村文化"的侵袭,另一方面又渴求现代文化,当他们拿起笔来写乡土小说时,其心境表现得异常复杂。

废名、沈从文等京派作家的乡土小说流露出的"乡恋"(而非"乡愁")情感和怀乡情绪,显得"过分"浓郁。他们对"风俗画"、"风情画"和"风景画"如醉如痴地描绘,很容易使人感到作家对传统文化规范的认同和对一种静态文化失落的哀婉,而忽略了他们的乡土小说中隐含着的另一种情感,即对现代文化的某种无可奈何的认同。沈从文曾说过这样愤激的话:

> 这种时代风气,说来不应当使人如何惊奇。王羲之、索靖书翰的高雅,韩幹、张萱画幅的精妙,华丽的锦绣,名贵的瓷器,虽为这个民族由于一大堆日子所积累而产生的最难得的成绩,假若它并不适宜于作这个民族目前生存的工具,过分注意它反而有害,那么,丢掉它,也正是必需的事。实在说来,这个民族如今就正似乎由于过去文化所拘束,故弄得那么懦弱无力的。这个民族的恶德,如自大、骄矜,以及懒惰、私心、浅见、无能,就似乎莫不因为保有了过去文化遗产过多所致。这里是一堆古人吃饭游乐的用具,那里又是一堆古人思

索辩难的工具，因此我们多数活人，把"如何方可以活下去的方法"也就完全忘掉了。明白了那些古典的名贵的庄严，救不了目前四万万人的活命，为了生存，为了作者感到了自己与自己身后在这块地面还得继续活下去的人，如何方能够活下去那一些欲望，使文学贴近一般人生，在一个俨然"俗气"的情形中发展；然而这俗气也就正是所谓生气，文学中有它，无论如何总比没有它好一些！①

因而，我们应当看到沈从文在文化选择上的两难情感，以及他的文学理论和创作实践上的二律悖反现象。《边城》、《萧萧》、《丈夫》等乡土小说，表面上是对静态传统文化的讴歌和礼赞，甚至充满着古典浪漫的情感色彩，但却不能忽视其中所包孕的"反文化"倾向。沈从文正是通过对文化的消解来达到反封建的目的，甩掉文化造成的人的困顿，让人走向自然，这才是作者的本意。所以，我们绝不能将他对一种原始生命意识的认同和张扬与对现代文化的渴求对立起来看待。恰恰相反，他正是想通过对这种生命形式的肯定来达到对现代文化的某种认同，无论这种认同带有多少不由自主和多少无可奈何的情感。面对双重的文化负荷，沈从文及"京派"乡土小说显示出他们特别的文化意义：在反对封建文化上，它是与"五四"新文化站在同一战线上，以人道主义为武器与传统文化搏斗；在"文化制约人类"、扼杀人性和自然的前提下，它又是反一切文化的压迫，包括现代文化对于人与自然的物质和精神的虐杀。因此，他们所面临着的是对双重文化压迫的抗争。简言之，京派作家的乡土小说创作有"恋乡"和"恋旧"的倾向，但并未因此而迷失自己。在与"新"和"旧"的双重文化抗争中，虽然心态无比复杂，但却始终保持着较为清醒的状态，在审视的态度中含有批判的意识，写尽了人生之"常"与"变"。

二

沈从文曾怅然叹息："我还得在'神'之解体的时代，重新给神作一种赞颂。在

---

① 《沈从文文集》(第4卷)，花城出版社1984年版，第330页。

充满古典庄严与雅致的诗歌失去光辉的意义时来谨谨慎慎写最后一首情诗。"①这其实是沈从文对自己的创作自律，也是京派小说作家共同的艺术追求。他们的乡土小说在这种美学风格的追求中就成了"充满古典庄严与雅致的诗歌"，也就是偏于古典审美趣味的"田园牧歌"。德国哲学家和美学家叔本华曾制订了一张诗歌体制级别表，将各种基本文体按等级分类，依次是：歌谣，田园诗，长篇小说，史诗和戏剧。叔本华这种分类的依据，是各种文体表现主观理想的程度。叔本华认为，戏剧最为客观，而田园诗则最接近纯诗，最为主观。但是，在中外诗歌理论中，田园诗最主要的特征，是因为不满现实而产生的对古代单纯简朴生活的幻想，是对现实的回避态度，并不是主观理想。在艺术上，田园牧歌则强调抒情性手法的运用，具有悠长、舒缓、优美的特点。偏于古典审美趣味的田园牧歌风格的京派乡土小说，在文体上的一个重要特征，正如沈从文所说的那样，把小说当诗来写，促进了小说与诗、小说与散文的融合与沟通，强化了作家的主观情绪，从而发展了"五四"以来的抒情小说体式。

京派乡土小说作为抒情小说的特征之一，就是淡化传统小说以情节为中心的结构模式。废名曾宣称："无论是长篇或短篇我一律是没有多大的故事的，所以要读故事的人尽可以掉头而不顾。"②沈从文也表达了类似的看法："照一般说法，短篇小说的必要条件，所谓'事物的中心'，'人物的中心'，'提高'或'拉紧'我全没有顾全到。也像是有意这样做。"③汪曾祺则直言："小说是谈生活，不是编故事。"④他们淡化小说情节使其诗化和散文化的艺术途径是多样的，或侧重主观的意念、情感的把握，做做"情绪的体操"⑤，把小说创作视为生命的追求和生命观的自然流露；或抛开小说情节的连续性，并置非连续性的叙事单元，而"对一个因果关系的线性结构的抛弃至少导向了一个有机的生活概念，在这种生活里，与其说事件是一条线上可辨明的点，倒不如说它们是一个经验的无缝网络中的任意的（而且常常是同时

①　《沈从文文集》（第10卷），花城出版社1984年版，第294、266页。

②　废名：《桥·附记》，《骆驼草》第14期。

③　《沈从文文集》（第3卷），花城出版社1984年版，第90页。

④　《汪曾祺全集》（3），北京师范大学出版社1998年版，第462页。

⑤　《沈从文选集》（第5卷），四川人民出版社1983年版，第40页。

发生的)偶发事变"①。京派乡土小说所并置的非连续性叙事单元,有不同的形象系列、情节片断、场景和细节。而其中最突出的,是并置在京派乡土小说中的大量的自然风景和民俗风情。

民俗风情是京派乡土小说田园牧歌风格构成的基质。民俗风情所体现的相对独立的民间文化是在长期的社会生活中经过创造、继承、衍化后自然而然形成的,大都体现了民间对世界的理解,对美好生活的向往与现实的生存策略,传达了民间社会日常生活中的文化趣味,也就成了京派乡土小说作家用以传达文化理想与文学理想的叙事凭借。废名为了构筑他的"梦乡",自述《桥》"全部的努力都放在当地的风土人物的描写上,对故事本身的展开是完全忽略的"②。《桥》里,有史家奶奶为小林与琴子两个未成年人的婚事奔走,还有"唱命画"、"送路灯"、"放猖"等乡村传统习俗;《竹林的故事》、《我的邻居》和《半年》等作品里,有端午节扎艾、吃粽子和鸡蛋,有大年三十夜围炉守岁、讲故事,有正月里游龙灯、赛龙灯;《鹧鸪》里,有出嫁的姑娘在枕头上绣上两个"柿子同如意",表示"事事如意";《阿妹》里,有"祠堂做雷公公,打鼓放炮";《河上柳》里,有"清明时节,家家插柳"等。沈从文更是在其乡土小说中娓娓叙述龙舟竞渡、月夜渔猎、村寨聚会、山间野合、橹歌声声、情歌阵阵的湘西民间风习;还有乡间仁爱友善的淳朴民风,跋涉险滩激流、搏击虎豹豺狼的坚韧顽强的生命活力,甚至还有那大胆热烈、充满野趣的爱情生活方式。京派乡土小说中对民俗风情的描绘,提高了中国小说的造境功能,丰富了中国小说的文化蕴涵,同时也是中国小说人物性格的形成之文化背景或成因。

京派小说作家大都很注重绘制"风景画",把自然背景与人物巧妙地融合为一,传达出抒情的格调。他们营造的亦是"世外桃源"的美境(除了田涛的乡土小说格调有所殊异外),有些大段的景物描写可谓精彩纷呈。例如"京派作家"中的凌叔华,她原是位画家,其乡土小说颇得风景画之神韵,虽然她并不在外在视觉上注重风景画描述,但其小说的"内心视觉"颇具元明山水画之神韵。尤为值得称道的是萧乾小说的写景更有诗一般的情韵,在他的小说《俘虏》中有这样一段文字:

① 约瑟夫·弗兰克等:《现代小说中的空间形式》,北京大学出版社 1991 年版,第 166 页。
② 编者:《书评·〈桥〉》,《现代》1932 年第 1 卷第 14 期。

　　七月的黄昏。秋在孩子的心坎上点了一盏盏小莹灯,插上蝙蝠的翅膀,配上金钟儿的音乐。蝉唱完了一天的歌,把静黑的天空交托给避了一天暑的蝙蝠,游水似的,任它们在黑暗之流里起伏地飘泳。萤火虫点了那把钻向梦境的火炬,不辞劳苦地拜访各角落的孩子们。把他们逗得抬起了头,拍起手,舞蹈起来。

　　凌叔华和萧乾虽不是“京派小说”的中坚乡土小说作家,但这种把散文和诗的写法植入小说的做法,却成为其共同特征,写景成为他们美学思想的外在显露。最末一位“京派小说”作家,自诩为沈从文学生的汪曾祺在 20 世纪 80 年代仍坚持着小说这一做法:“散文诗和小说的分界处只有一道篱笆,并无墙壁(阿左林和废名的某些小说实际上是散文诗)。我一直以为短篇小说应该有一点散文诗的成分。”[1]废名和沈从文的乡土小说的鲜明特征就是将小说诗化及散文化,其中很重要的一个因素就是注重风景画(景物描写)的象征性铺陈。

　　京派乡土小说还注意在风俗画与风景画的描绘中,采用象征暗示的方法,使风俗画与风景画转换为小说中深邃幽远的意象。原型批评家弗莱把原型定义为“典型的即反复出现的意象”,它“把一首诗同别的诗联系起来,从而有助于把我们的文学经验统一成一个整体”。[2] 在废名的乡土小说中,“桃园”、“翠竹”、“桥”、“树阴”,沈从文乡土小说中的“菊花”、“橘园”、“水”、“碾房”,芦焚的乡土小说中的“果园城”、“古塔”等,既是风俗画与风景画,又是反复出现的意象。这些意象都具有很强的象征性,其象征意味又是多重的。一方面,这些意象中的大多数与中国的文化传统相连,在它们所负载的文化意义里已经积淀了民族传统的文化价值体系和对之进行接受的文化心理。譬如,“翠竹”这一意象早已衍生出多层文化含义,它既可以象征一种清静淡和的人生态度,又可以喻示傲世独立的人格信仰,同时也预先规定了后来者读解这一意象时的审美体验和情感体验;另一方面,京派小说作家在营构这些意象时,赋予了自己的精神取向与价值选择。譬如,废名《竹林的故事》就把

---

①　《汪曾祺全集》(3),北京师范大学出版社 1998 年版,第 324 页。
②　张隆溪:《20 世纪西方文论述评》,生活·读书·新知三联书店 1986 年版,第 62 页。

"竹林"这一意象同三姑娘联系起来,以竹的品性象征三姑娘纯真、善良的天性。而"树阴"这个意象则是废名对现实感到不满和失意,由现实退入内心,禅思生命的精神孤旅的象征。简言之,京派乡土小说中的风俗画与风景画,特别是那些反复出现的风俗画与风景画,大都被建构为有象征意味的抒情性意象,在与传统文化和作者自己的文化诉求建立关联的同时,拉开了与现实生活的距离,创造了一个朦胧美的艺术世界。

废名曾说:"对历史上屈原、杜甫的传统都是看不见了,我最后躲起来写小说乃很像古代陶潜、李商隐写诗。"①把小说当诗来写,差不多是京派小说家共同的艺术追求。中国的诗骚传统,不仅使京派小说家都讲求小说与诗歌的结合,注重对"情调"、"意境"、"象征"方式的把握,而且也为这种小说的诗性追求提供了资源。废名小说中的茅舍、桃园、竹子、庙塔等几种意象的设置,在陶潜、李商隐的诗文中,都可以寻找到源头。萧乾的篱下、矮檐意象,芦焚的废园、荒村意象,都可以在《诗经》、《楚辞》以及唐诗宋词中寻觅到它们的踪迹。在注意京派乡土小说借用中国传统诗文资源的同时,还应看到京派小说家对传统的改造与创新。实际上,不少评论家都注意到,沈从文的《边城》颇有唐诗的意境。1934 年《太白》第 1 卷第 7 期对《边城》即有如下评价:"文章能融化唐诗意境而得到可喜成功。其中铺叙故事,刻镂人物,皆优美如诗,不愧为精心结构之作,亦今年出版界一重要收获也。"融化唐诗意境就是改造与创新,这使京派乡土小说在承续传统的同时,又具备鲜明的时代与地域特征。在京派乡土小说的文化源流中,显然还有外来文化资源,这里就不一一置论了。如废名所说:"在艺术上我吸收了外国文学的一些长处,又变化了中国古典文学的诗……我从外国文学学会了写小说,我爱好美丽的祖国语言,这算是我的经验。"②其实,这也可看作是京派乡土小说作家的共同经验。

金介甫曾言,沈从文和"京派"文人在现代文学中的悲剧性"命运",也许正是其"价值"之所在。他指出:"他们在创作中崇奉的道德是,作品要出自个人心声。它不为'关系'所左右,而要成为抒写自我完善的工具",他们这是在"另走新路",是通

---

① 《冯文炳选集》,人民文学出版社 1985 年版,第 393 页。
② 《冯文炳选集》,人民文学出版社 1985 年版,第 395 页。

过"为自由歌唱,将自己的梦想与挫折作为'原料'来建设新文学"①。此论说当是精辟的。京派乡土小说家寄希望于重振民族理想和人性信仰,要求在文化和道德的层面上进行变革,在当时中国社会风云激荡、阶级矛盾异常尖锐的时局下显然是不合时宜的,也是行不通的。京派乡土小说家最高的精神指向就是充满爱、美和自由的理想人生状态,这也有着明显的偏颇和不足。前现代性的农业文明让位于现代工业文明是人类历史发展的必然趋势,人性的变异在某种程度上讲,也许是难以完全避免的一种现象,他们所向往的理想社会恰恰与人类社会进程的现代化、都市化相悖,这就是京派小说的孤独和悲剧所在。他们的文化理想与文学理想虽然注定是寂寞的,但是,如果不是怀抱过分偏激的历史进步意识论或激进的功利论,就可以认识到,他们的努力不是没有意义的。

(原载《河北学刊》2007 年第 2 期)

---

① 金介甫:《沈从文传》,湖南文艺出版社 1992 年版,第 77、78 页。

京派研究的鲁迅背景

许祖华　孙淑芳

从"星星之火"到"燎原之势",京派研究走过了一个坎坷曲折的历程。统观对京派的研究,我们可以发现在京派研究中始终或隐或显地存在着一个背景,这就是鲁迅。从一定意义上讲,鲁迅成为学界评说京派,特别是京派的两位旗帜性人物周作人与沈从文的一种底色。尤其是近30年里,这种背景不仅被拉到前台还被自觉地扩大了,扩大的结果一方面是研究的视野开阔了,另一方面也出现了一些值得我们思考的问题。

一、作为文学背景的鲁迅

这一背景下的京派研究,成就最突出也最可观。早在20世纪30年代,郁达夫在评论鲁迅与周作人的创作时就如是说:鲁迅、周作人"他们的文章倾向,却又何等的不同","鲁迅的文体简练得像一把匕首,能以寸铁杀人,一刀见血……周作人的文体,又来得舒余自在"。① 陈子展认为,沈从文受到"鲁迅先生诙谐的风趣,郁达

---

① 郁达夫:《中国新文学大系·散文二集·导言》,《中国新文学大系·散文二集》(影印本),上海文艺出版社2003年版,第14页。

夫先生感伤的调子"的影响。① 苏雪林则认为："沈氏作品艺术好处第一是能创造一种特殊的风格。在鲁迅，茅盾，叶绍钧等系统之外另成一派。"②正由于有鲁迅这一背景作为参照，京派两位旗帜性人物周作人、沈从文创作的特色不仅得到了凸显，其文学史的意义也得到了较为中肯的定义。新中国成立前的文学评论中，研究者多从艺术风格方面给予京派作家以褒扬，而在作品思想意蕴方面则以"为人生"、"为革命"的时代标准对其真实性典型性进行质疑和否定。

进入新时期的 30 年中，新中国成立前着重艺术风格的研究格局在恢复的同时更得到了强化。尽管多数研究者在形式上没有将京派的两位主要人物的创作直接与鲁迅创作的风格等进行对比，但，潜在的对照则是如影随形的。其比照不仅表现在鲁迅创作的峭拔、沉郁、幽默与京派大师创作的平和冲淡或浪漫清新方面，也表现在鲁迅的为人生并要改造人生与京派的牧歌情调的整体艺术目标方面。比照的结果在清晰地展示了京派创作特色的同时，也鲜明地揭示了中国现代文学的两种创作类型。

基于 1936 年鲁迅给予沈从文文学史地位意义的高度评价："自从新文学运动开始以来"，"所出现的最好的作家"，③和海外汉学家将沈从文与鲁迅相提并论的极大赞誉："一般认为，在那个历史时期，不管在卓越的艺术才华上，还是在把握二十世纪中国社会本质的能力上，沈从文都接近了鲁迅的水准"④，越来越多的研究者认识到鲁迅对于京派研究的特殊意义，并将这一背景迅速拉到前台，近距离观察、比较、研究鲁迅与京派作家及其作品。根据较为细致的查阅，20 世纪 80 年代以来，内地公开发表的文章和研究生撰写的论文中，直接将京派作家主要是周作人、沈从文与鲁迅进行比较研究的就有 79 篇之多。研究者主要从以下几个方面进行了研究：

---

① 陈子展：《沈从文的〈旧梦〉》，《青年界》1932 年第 1 期。

② 苏雪林：《沈从文论》，《文学》1934 年第 3 期。

③ 尼姆·威尔士：《鲁迅与斯诺的一次谈话》，《中国新文学史料》1978 年第 1 期。

④ 〔美〕金介甫：《沈从文笔下的中国社会与文化·引言》，虞建华、邵华强译，华东师范大学出版社1994 年版，第 1 页。

（一）美学风格及文学审美理想

研究者首先探究了鲁迅和沈从文美学风格迥异的因素，认为进入文学创作的切入点即第一关怀是首要基因。鲁迅的第一关怀是以救治国民性为己任，以改变社会面目为矢的，这决定了其作品必将形成凝重深刻、沉郁顿挫的理性美学风格。内涵的深刻性和沉痛的揭示性是鲁迅竭力追求的终极价值。而对生命价值的关怀和自然美学观使沈从文爱悦一切存在，形成了他平宁冲淡、鲜活轻盈的诗性美学风格。在鲁迅眼里，触目皆丑，饱含着对社会的激愤；在沈从文眼里，触目皆美，显示出其温和的人生态度。面世态度的不同形成了鲁迅积极入世、一切以社会效应为重的儒家范式美学风格，沈从文淡然安详、一切以自然本色为重的道家范式美学风格。鲁迅将大容量的抽象性思考纳入小说，形成其冷静的"寓主观于客观"的主观美学观，而强调感受第一、批评次之的纯客观美学观则是沈从文艺术魅力的源泉。鲁迅接受了文学为政治为道德的功利美学观，在批判理性指导下，其作品透发着强烈的逻辑性和明确的指向性。而沈从文则倾向超功利的美学观，追求文学的独立与自由，其作品呈现出扩散性感性化的泛爱天性。[1] 有的研究者从生命美学的角度研究鲁迅与沈从文，认为他们都走上了同一条审美人生道路，同为生命悲剧与热情的歌者。"憎"与"爱"、"行路"与"搭建"、"反抗绝望"与"诗意栖居"是他们不同的生命美学，体现了他们对悲剧性生命进行审美自救中的不同选择。[2] 更多的研究者选择了乡土的视角，认为鲁迅与京派的乡土小说代表的是写实与写意的不同审美追求，呈现的是现实与梦境的不同选择。贾丽娜在《名士风范的传承与超越——论京派的文化情致》[3]中或借用鲁迅对京派的评价反衬京派创作的艺术风格，或将鲁迅与京派作家的作品直接放在一起比较分析其不同的审美情致。从 20 世纪 20年代始至 80 年代，京派创作的主体风格都是一种恬淡的具有田园诗风的抒情小说。京派作家秉持名士风范，与以鲁迅为首的 20 年代乡土写实小说家群是不一样的，"鲁迅的回忆是带有血丝，他一直都是一个清醒的现实主义者，深刻而冷峻。废

---

① 裴毅然：《鲁迅与沈从文美学风格比较》，《杭州大学学报》1994 年第 1 期。

② 罗飞雁：《鲁迅与沈从文生命美学比较论》，安徽师范大学文学院硕士学位论文，2005 年。

③ 贾丽娜：《名士风范的传承与超越——论京派的文化情致》，《语文学刊》2009 年第 5 期。

名的回忆是冷寂孤绝的，难掩士大夫的清高之气。而在汪曾祺的回忆中，人世的寂寞、悲凉、温暖与超脱是混在一起的"。周作人赞同废名平淡隐逸的审美趣味，认为文学不是实录乃是一个梦。章永林在《鲁迅与周作人新诗比较》中也指出："在新诗审美特性的选择上，周作人强调艺术的美，鲁迅则更强调艺术的真。"①

当然研究者也并非用二元对立的方式将鲁迅与京派作家的美学风格及文学审美理想绝对化、简单化，而只是在以一方为背景的映衬下使另一方在某一方面的特色更加突出。研究者也认识到其实鲁迅作品中也有"梦"，但无不浸透着现实主义的精神；京派作家也没有无视乡村黑暗现实，但深深浸润着浪漫主义的情致。

对于鲁迅与京派散文美学风格的比较，研究者多集中于鲁迅与周作人的论述。周作人散文内容书写闲适情趣，风格是冲淡平和的，而鲁迅散文内容有强烈政治倾向，风格是犀利尖锐的。② 周作人纯散文是一种温情的流露，呈现出平淡的风格；而鲁迅纯散文是一种热情的倾吐，呈现出深切的风格。③ 鲁迅的散文呈现出以文为刀枪的战斗精神，周作人散文中飘荡出独特的个人气质。④ 在《新青年》时期，他俩散文一样的立意新颖，一样的忧愤深广，一样的尖锐泼辣，一样的犀利凝重，一样的短小精悍，一样的击中要害，形式上一样的丰富多彩。从 1924 年到大革命失败，周作人的杂文总体上仍然显示了他"金刚怒目"的一面，但另有一些散文显示了他"悠然南山"的一面，冲淡、明净、平和、含蓄，追求知识性、趣味性。1928 年后周作人谈时事政治的散文显得比较含蓄、苦涩，有的还染上了油滑和玩世不恭的色彩，谈身边琐事、苦茶古玩、抄古文又显得隐逸、闲适、古雅、苦涩。而鲁迅仍很凝重、沉郁、犀利、精悍，显得更加执著和深邃，尽管也用曲笔，也有晦涩，但表现了前所未有

---

①　章永林：《鲁迅与周作人新诗比较》，《河北师范大学学报：哲学社会科学版》2009 年第 4 期。

②　叶贤书：《双峰并峙 二水分流——周氏二兄弟散文思想内容、性格比较》，《昭通师专学报：社会科学版》1996 年第 4 期。

③　肖剑南：《平淡与深切——周氏兄弟散文风格比较研究》，《福建师范大学学报：哲学社会科学版》2006 年第 2 期。

④　王晓杰：《花开两朵各有千秋——周氏兄弟散文理论比较谈》，《安徽文学：文艺理论版》2007 年第 2 期。

的从容不迫、游刃有余的风度。[1] 沈从文早期散文创作继承了鲁迅《野草》的独语体风格,他们的独语体散文,有着相同的审美追求——情感变异、语言变异、文体变异,正是这种看似实验性的创作变异,折射出两位散文大家的孤独灵魂。[2]

(二) 从叙事学的理论看文本的叙事

研究者运用结构主义批评,从人与现实(历史、现在)的结构关系入手,分析出鲁迅与京派小说所选择的叙事视点、叙事行动方式的不同:解构与重构,瓦解与整合。鲁迅孜孜不倦地拆解着破旧的历史;而京派则一往情深地编织着理想的花环。在鲁迅的小说中,他以解构的方式讲述中国的故事,展开历史叙事。将中国文明史解构为一部"吃人"的历史,非人的历史。鲁迅希望告诉我们的是,中国这个大故事是一个荒诞不经、不堪卒读的故事。既然在鲁迅看来,人的荒谬性存在与人的历史的荒谬性存在互为因果关系,那么对文本的叙事内容和结构方式进行彻底的拆解,就意味着其对现实与历史的决绝批判。而京派作家始终不能忘怀的是他们的"梦",他们希望通过"梦",通过对个人心灵的重读,来重建历史叙事逻辑和信仰,再造民族的也是人类的新的神话。[3] "文艺以自己表现为主体,以感染他人为作用,是个人的而亦为人类的,所以文艺的条件是自己表现。"[4]鲁迅多用第一人称行文,突出其主观感受。沈从文则多用第三人称来写,且站在一旁淡叙清描。鲁迅视角自上俯下,沈从文视角自下仰上。在结构上,鲁迅多采用"点"状结构,很少有场景的渲染和情节的铺叙,写作视点牢牢投注于作品人物,高度概括,大跨度省略;沈从文因追求自然追求整体,作品脉络清晰,呈明显的时序性线性结构,人物与环境达到高度的融合,节奏徐缓,悠扬舒展。[5]

---

[1] 陈韶麟:《周作人散文新论——兼与鲁迅散文比较》,《佛山科学技术学院学报:社会科学版》2001 年第 1 期。

[2] 张秀英,赵静琴:《沈从文早期散文的审美追求——兼与鲁迅野草的比较》,《鞍山师范学院学报》2006 年第 5 期。

[3] 查振科:《解构与重构——鲁迅与京派文学》,《安徽师范大学学报》1995 年第 4 期。

[4] 周作人:《文艺上的宽容》,《晨报副刊》1922 年第 2 期。

[5] 裴毅然:《鲁迅与沈从文美学风格比较》,《杭州大学学报》1994 年第 1 期。

(三) 人物形象的塑造

研究者对鲁迅与京派作家笔下的人物塑造进行了附带性的论述,没有专门的文章研究。但从论者较为细致的比较,仍能明显看出京派作家迥异于鲁迅的人物塑造。裴毅然在《鲁迅与沈从文美学风格比较》①中认为:在作品人物的类型上,鲁迅只写了三类人:农民、妇女、知识分子。沈从文则写了七色驳杂三教九流各式人物,体现出他以泛神论为灵魂的泛自然审美观。鲁迅文学人物抽象性极强,"如狂人、孔乙己、阿Q、祥林嫂等,其丰富的内涵便非抽象概括而不能为"。"反映在具体作品中,鲁迅文学人物的现实性和客观现场感显然不如沈从文。沈从文作品中人物具体、独特的个性,读者只消从感性上便能接受他的小说和散文,而鲁迅则必须从理性上才能读懂其作品。"马海娟在《鲁迅与沈从文乡土小说差异的文化生态学考察》②中进一步指出:与鲁迅笔下僵死、暗淡的人物相比,沈从文小说中的人物则鲜活而明亮。贾丽娜在《名士风范的传承与超越——论京派的文化情致》③中研究了其他京派作家对人物的塑造:废名笔下人物多是翁媪、少女和孩子,朴素淡泊、远离世俗。汪曾祺善于在民间凡人小事上,发现超越凡俗的人性之美。

(四) 语言特点的比较

在语言方面,研究者对于鲁迅和沈从文多侧重于小说语言的比较,对于鲁迅和周作人则多倾向于散文语言的比照,但也基本上是散见于文章中的部分论述,对于鲁迅与京派作家的语言特点还没有全方位地透彻地进行研究。不过很多研究者也做出了一些精辟的总结。如鲁迅以绍兴官话为基本语汇,句短字精,文白杂用,简洁传神而鲜活不足。沈从文以现代白话为主,引入湘西方言,鲜活生动、新颖细腻,多用长句,很少用虚字浮词。④ 鲁迅的语言直接书写现实感受,而沈从文的语言富

---

① 裴毅然:《鲁迅与沈从文美学风格比较》,《杭州大学学报》1994年第1期。
② 马海娟:《鲁迅与沈从文乡土小说差异的文化生态学考察》,《延安大学学报:社会科学版》2004年第6期。
③ 贾丽娜:《名士风范的传承与超越——论京派的文化情致》,《语文学刊》2009年第5期。
④ 裴毅然:《鲁迅与沈从文美学风格比较》,《杭州大学学报》1994年第1期。

有灵气,追求纯真美、情感美、色彩美,明净澄澈,有诗的意蕴。[①] 废名对笔墨很是吝惜,语言极其简洁含蓄,造成大面积的空白,颇有禅意。[②] 1980 年以来,不少研究者在与鲁迅的比照下,细致地发掘出了周作人的散文(包括纯散文、散文诗、杂文、随笔)语言从文学革命到大革命失败后的不同时期的特点,个别研究者还从两人的新诗方面进行了比较,使周作人的语言风格得以更充分的显示,以往对鲁迅散文语言风格被遮蔽的一面也得以重现。

从 20 世纪 20 年代中期即开始的,鲁迅与沈从文的隔阂,与周作人的分道扬镳,已经暗示了鲁迅与京派作家难以弥合的文学观。这也吸引了一些研究者通过对比来探察他们不同的文学思想价值取向与艺术特色。以鲁迅为比衬的研究,可以更鲜明地展示京派文学独具一格的艺术理念与艺术形式,但有一种倾向应该警惕:将鲁迅为代表的创作主流与京派创作对立,在认可京派创作的同时有意或无意地忽视甚或贬损为人生并要改造人生的文学。如,有论者认为:沈从文实际上超越了中国现代启蒙文学奉为圭臬的进化论观念和理性崇拜传统,他是中国现代主义文学最杰出的代表。这种倾向作为一种情绪是可以理解的,但作为对历史存在的文学现象的透视则是有悖研究的科学性的。走向另一端的是,有些研究者过于强调鲁迅文学作品的思想性而忽视其艺术性,认为:鲁迅因思想性而获誉,从而在与京派对比研究中对其艺术性方面的成就挖掘不够,没有充分显示鲁迅作品完整的艺术特色。

二、作为文化背景的鲁迅

以鲁迅为代表的新文化,具有自觉、鲜明的历史责任意识,其构造的启蒙、改造国民性的文化主题与中国现代革命反帝反封建的直接价值目标和人的解放的最终

---

① 马海娟:《鲁迅与沈从文乡土小说差异的文化生态学考察》,《延安大学学报:社会科学版》2004 年第 6 期。

② 马海娟:《鲁迅与沈从文乡土小说差异的文化生态学考察》,《延安大学学报:社会科学版》2004 年第 6 期。

价值目标一致。正是这种一致,使其成为时代的主流,也得到了学界的普遍关注,其研究的成果汗牛充栋。当京派在近三十年中受到学界重新关注后,在很大程度上推动了关于京派的深入研究。这些成果切中了京派尤其是周作人与沈从文另类的文化理想,也为文学史的文化书写提供了别样的视野。

　　研究者注意到了新文化对京派的影响,只不过在影响的程度上,还有不同的意见。但大都承认京派在以鲁迅为代表的新文化的历史语境中形成了自己独特的文化理想,这种文化理想指向传统、指向民间。刘勇、艾静的《京派作家的文化观》①在肯定新文化对京派文化滋养的前提下,概括出京派文化观相似的三个方面:自然人性观;古典审美情结;中立包容、沉稳宽厚的文化姿态。这三个方面体现了京派作家在中西文化交汇语境中始终坚守对传统古典文化的崇尚与追随。而对宇宙和人的终极问题的思考成为他们将自己的社会关怀与文学理想联系起来的重要枢纽。京派作家的贡献是将新文化的某些理想融入传统文化的表达之中,实现了传统文化的现代转换,对传统文化作出了某些创造性的重释和革新。向骏的《从未庄到边城——沈从文、鲁迅笔下乡村视野之比较》②一文观点有所不同,他强调沈从文对民间文化的认同,从另一个角度肯定了沈从文文化选择的意义。论者认为:作为新文学的创始人,鲁迅从启蒙主义的立场去理解乡村刻画乡民,其揭示民族精神病态和改造国民性的主旨沁入他目光所及的一切领域,体现了上层启蒙知识分子对社会理想和文化理想的观照。而沈从文则以知识分子的民间立场描绘乡村世界,更多的是把自己置于乡村之中,从其内部发现"乡村"的意义,体现出其对民间文化内容的认同。但沈从文也是有着与鲁迅一样强烈的社会责任意识的人道主义作家。他同样在严肃地思考着新的国民的塑造与社会的当前和未来,追究民族痼疾与劣根性的症结所在。只不过他是用悲剧的美学效果,采取"微笑"的方式来反映生活在乡土社会底层农民的不幸与悲苦。因此沈从文的乡土小说与其说是一种对"田园牧歌"的真善美的赞颂,毋宁说是一种乱世文人救世理想在文化层面上的努力和探索。

---

　　①　刘勇、艾静:《京派作家的文化观》,《北京师范大学学报·社会科学版》2008 年第 2 期。
　　②　向骏:《从未庄到边城——沈从文、鲁迅笔下乡村视野之比较》,《安徽文学》2007 年第 6 期。

在研究京派文化的时候，研究者始终将鲁迅所执著的启蒙文化作为一个最凸显的背景，京派作家对启蒙文化的秉承与态度得以衡量。肖向明在《民间信仰文化与鲁迅、周作人的文学书写》①一文中，认为鲁迅与周作人都受到民间信仰文化的浸染，但综观两人的鬼文化研究，"如果以启蒙祛魅为主轴，鲁迅经过自己对'民俗鬼'的独特文化沉思之后，始终奉行这一主轴；周作人则于这一主轴上下波动，以学术兴趣为其关注'民俗鬼'的动力，常常陷入启蒙与审美、现代意识与古典情怀、直面现实与躲进书斋的两难。由此，一种对于'民间信仰'的记忆，引发了鲁迅与周作人两人不同的文化与文学想象"。1924 年后，当周作人对启蒙失望后，关注个人生命的倾向便愈加明显。安刚强的《鲁迅、沈从文的爱情观及其爱情作品略论》②从鲁迅与沈从文的爱情观入手来观照两人不同的文化品格。作者认为，鲁迅对爱情婚姻有着更多的清醒深刻的现实主义认识，他强调爱情婚姻建构的基础是两性同等的经济地位，"人必生活着，爱才有所附丽"。这体现了作为五四新文化先驱者——鲁迅在对待民族传统文化上彻底反叛、否定的态度。而沈从文爱情观中凝聚着他对生命事实的哲理感悟，有比较深厚的生命底蕴与强烈的生命气息。他作品中狂热的示爱方式与现实的格格不入，洋溢着他对古老湘西原始的旺盛生命本能和坚强的生命意志的顶礼膜拜，同时隐示了他对现代社会、现代人的文化批判锋芒。

对于传统文化，研究者们并没有简单地认为鲁迅就是持批判态度，沈从文就是亲和态度。而是将他们继承选择的传统文化与揭露反叛的传统文化小心地区别开来。夏明菊在《同一符号的两种阐释话语——鲁迅、沈从文小说中的传统文化观》③一文中，从符号学的角度对鲁迅与沈从文的文化价值取向作出了新的阐释。她认为：同一套符号可以有许多种不同的编码方式，即同一种文化存在着不同的阐释话语。在中国传统文化符号这一体系内，就存在两种不同的话语：一是官方

① 肖向明：《民间信仰文化与鲁迅、周作人的文学书写》，《中国现代文学研究丛刊》2008 年第 6 期。
② 安刚强：《鲁迅、沈从文的爱情观及其爱情作品略论》，《中文自学指导》2009 年第 3 期。
③ 夏明菊：《同一符号的两种阐释话语——鲁迅、沈从文小说中的传统文化观》，《新疆师范大学学报：哲学社会科学版》2001 年第 4 期。

文化,即规范文化;二是民间文化,即非官方文化。鲁迅与沈从文都对传统文化与外来文化有过双重的吸收。他们的小说作品,构成了现代关于传统文化的不同阐释话语。传统文化赋予知识分子的社会责任感敦促鲁迅举起启蒙的大旗,他以西方文化为尺度,对传统规范文化在社会心理的历史积淀和它所造成的精神创伤,即对国民性弱点进行了反省、揭露与批判。沈从文与鲁迅小说创作中传统文化的所指有很大的不同。传统文化对沈从文的影响更多表现为古老淳厚的世俗民风的浸染与乡土人情的渗透。沈从文对这种原始质朴的传统文明报以向往和追求、依恋与赞美的心态。他用共时性的人性尺度,代替了鲁迅历时性的国民性尺度。

在新与旧和中与西的交煎之下,现代作家在价值选择上常常处于情感与理智的矛盾状态中。中国作家的行为和思想选择一般来说是非常富于理性的,但又充满了理性的痛苦。① 一些研究者认为沈从文与鲁迅一样,他们的身上都打上了那个时代的烙印,都有着五四的启蒙情结。这就在一定程度上肯定了两人所受到的西方文化的熏染。但有的研究者将沈从文的启蒙归为鲁迅一类的启蒙显然有失妥当,而有些研究者却在同一启蒙话语下阐释出两者有所区别的启蒙侧重,显得比较客观,也展示出两人同中有异的文化心理。周红在《鲁迅、沈从文小说创作文化心理比较》②一文中认为,20 世纪 20 年代鲁迅以西方精神文化为武器,对儒道文化进行了整体性的反叛,意图达到改造国人传统的、粗俗的文化心理的目的。沈从文也汲取了西方精神文化中的一些观念,对造成人性异化、社会堕落的儒家文化、西方物质文化和现代文明进行猛烈的抨击,他所取向的文化,是以湘楚为主的湘西"过去的传统"文化。不同的是西方文化中的人道主义情怀促使鲁迅更加坚定地批判国民的劣根性,而沈从文则从西方人道主义中找到了人与自然融合的切入点,更促使他执著地倡导恢复湘楚文化。鲁迅、沈从文小说创作的文化目标大同小异,都想用文学拯救中国社会。在以革命斗争为中心的 20 世纪 30 年代,沈从文坚持文化

---

① 龙泉明:《在历史与现实的交合点上——中国现代作家文化心理分析》,陕西人民出版社 1992 年版,第 381—382 页。

② 周红:《鲁迅、沈从文小说创作文化心理比较》,《安徽教育学院学报》2002 年第 1 期。

启蒙,不如鲁迅富于前瞻性。作出进一步论述的是刘晓丽,她在《鲁迅与沈从文启蒙功用之比较》①一文中认为,鲁迅与沈从文启蒙思想的核心是"立人"。鲁迅在启蒙理性与审美抒情之间更倾向于以他者启蒙的方式凸显启蒙,而沈从文则钟情于"情感教育"的审美启蒙,提倡通过自我启蒙的方式涵养神思,提升境界。两人的作品也都体现了对启蒙神话的反叛。

　　有些研究者从地域环境方面探讨了鲁迅与京派作家所生成的不同的文化品格,深入挖掘了鲁迅与京派作家文化价值取向的根源。马海娟在《鲁迅与沈从文乡土小说差异的文化生态学考察》②一文中就从文化生态学的视角考察了鲁迅与沈从文乡土小说创作呈现出差异的成因,认为异质的地域文化、不同的童年记忆和教育经验等起着十分重要的隐性或显性的作用。不同的文化生态环境铸就了鲁迅和沈从文不同的文化精神与文化品格。鲁迅继承了吴越激烈的文化品格,接受了长期系统的中国传统文化教育和近代西方文化熏陶,而生长在主要由湘西文化氛围中的沈从文拥有的却是"边缘社会和文化体验",相异的文化底蕴影响了他们对乡土文化的基本态度,从而使其乡土小说在整体上呈现出解构与建构的不同倾向。

　　综观以上研究者的论述,更多的研究者认同京派作家在现代与传统之间的文化心理。一般认为,鲁迅汲取了西方精神文化、中国传统的儒家文化、激烈的吴越文化的营养,而将批判的矛头坚决指向中国传统规范文化、西方物质文化、无为的道家文化、民间信仰文化。京派则汲取了民间文化、中国古典文化、道家文化、西方精神文化的营养,批判的对象则是西方物质文化和现代都市文明、儒家文化、乡土野蛮文化。面对社会转型时混乱失序、"礼崩乐坏"的局面,京派怀抱一种类似"重振纲纪"的使命感与责任感,具有重建文化秩序的宏愿,对传统文化、乡村文化、民间文化的认同成为京派文化中一个引人注目的特点。

---

　　①　刘晓丽:《鲁迅与沈从文启蒙功用之比较》,湖南师范大学文学院硕士学位论文,2006年。
　　②　马海娟:《鲁迅与沈从文乡土小说差异的文化生态学考察》,《延安大学学报:社会科学版》2004年第6期。

　　但是在研究中也出现了这样一种错误倾向,就是将京派人性的文化主题与京派对时代的超然姿态一起不加区分地给予赞赏,甚至将其人性的文化主题获得的原因归于其与时代的隔离。由此则在有意与无意之间将鲁迅为代表的具有强烈历史责任意识的新文化放在了京派文化理想的对立面,忽视了文化存在的历史与时代维度,从而留下了京派文化研究的一个足以致命的硬伤。如,有论者以鲁迅对中国社会现实与人类历史发展的认识为标尺,对沈从文进行了彻底的批判。论者认为沈从文缺乏历史的眼光,更多的是从道德的观念来解释历史,评价现实社会,因而不能正确地认识中国的现实与发展,看不清历史前进的方向。另外论者还以鲁迅致力于改造"国民性"所具有的积极的现实意义为认同标准,而批判沈从文笔下完美的"人性"是一种缺乏历史分析的抽象,缺乏具体的现实内容和时代气息而空洞,造成对现实文明的简单否定。还有论者认为,与鲁迅相比,沈从文缺乏学贯中西的学力,所接受的文化濡染则是故乡一隅的自然和人文,特别是一条沅水及其各条支流带给他的真切的人生启悟。

三、作为思想背景的鲁迅

　　研究者注意到了这样一个事实:鲁迅与京派都追求自由。在他们的思想中,自由是人与人性解放的基本条件。但两者对自由的认识与追求却有本质的不同。在鲁迅看来,自由不是谁恩赐的,而是自己争取来的,所以,反抗是自由的前提与基本条件,尤其在现代时期的中国更是如此。鲁迅如此认识,在行动上也是如此做的。而京派却以信仰与坚守来搭建自己的自由王国。纯人性的信仰与纯艺术的坚守即是他们的"梦"。

　　在杨义的《中国现代小说史》中,为了凸显沈从文疏政治而亲人性的思路,展现沈从文笔下自然人性的宿命感,论者多处借用鲁迅作映衬的背景来进行对比研究。通过对比,论者透视出沈从文在"天人合一"的湘西化外世界的生命形态的悲剧中发掘的不是残酷而是优美:"在鲁迅从作为封建文明之象征的杭州雷峰塔的倒塌中体验到快感的十年之后,沈从文从湘西'灵气所钟'的溪畔白塔体悟到原始'人类爱'的惆怅与悲哀。"①沈从文的《边城》归根结底还是悲剧,但作家并未将悲剧的根源指向万恶的社会制度与噬人的封建文化,以加剧人与环境的矛盾和对立,促使人物的反抗;相反,他将悲剧的根源归于宿命,归于自然对人的命运的主宰,在那些自然人性、美好人性的面前,无所谓谁是谁非,只让人生出淡淡的哀愁与无名的叹息。沈从文对人性的执著与膜拜,论者用了"一个有趣的对比:当鲁迅的'过客'鸠形鹄面地在人生的瓦砾和丛莽中赤足奋行的时候,沈从文的如蕤却容光照人地在人性的海滨和山峦上如流星般飞驰。这种飞驰是灵的而不是肉的,不因少女出身名门而受名分的羁束和社会的非议。人性在这里被纯化和浪漫化了,人性追求者不是把鲜血滴在大地上,而是有若朱光潜所形容的古希腊诗神,'俯瞰众生扰攘,而眉宇间却常如作甜蜜梦'"。② 杨义认为,沈从文融会着理性选择与浪漫情调的乡土情愫使其向往氏族社会的纯朴遗风,因而产生对古朴的、糅合神性与野性的边地人物的特殊审美追求:"当鲁迅《故乡》从这种人物身上感到温暖后的悲凉之时,沈从文则感到忧郁中的温暖。他们的心都联系着旧中国农民,但联系以不同的思维方向。当鲁迅由此而向前探索那条亮色朦胧的'路'之时,沈从文由此而频频反顾这盏亮色朦胧的'灯'。"③这盏灯照亮了沈从文整个思想与艺术世界,它象征着沈从文笔下至情至美的人性,与其亲历目睹的处于半封建半殖民地的现代都市社会中扭曲异化、沉沦堕落的人性相对立。沈从文就是以自己的湘西世界来与现代文明、黑暗社会相对抗的。对现实世界的失望与愤慨使沈从文转向别一个世界——一个乌托邦世界,企图重塑民族道德与民族品格,在想象中获得人类的自由与解放。通过论者的比较,可见两位伟大的文学家都在走自己的"路",他们在以不同的方式实践着自己的社会、伦理和审美理想。沈从文完全背离鲁迅所强调的"立意在反抗,旨归在行动"的创作思想,而是以超然的态度坚持纯艺术道路上的人性的探索。

---

① 杨义:《中国现代小说史》(第二卷),人民文学出版社 1988 年版,第 614 页。
② 杨义:《中国现代小说史》(第二卷),人民文学出版社 1988 年版,第 607 页。
③ 杨义:《中国现代小说史》(第二卷),人民文学出版社 1988 年版,第 619 页。

　　京派作家与鲁迅从表面上看,似乎相背而驰,但相背亦将相遇。他们相会之处是对人类的悲悯之心和救助人类的博爱之心。后来的研究者明确地将人性作为鲁迅与沈从文的共同话语,将"立人"作为两人的精神原点。罗飞雁在《鲁迅与沈从文生命美学比较论》一文中指出,面对物质文明与封建文明交织所造成的现代中国独特的城市文明给人类生存带来危害的事实,鲁迅、沈从文提出了弘扬人性力量的疗救主张,为现代中国人找回了自然人性、明澈童心、情感价值以及狂欢精神。在"生命何为"(价值论命题)的道路上,二人伸向了不同的远方:沈从文从认清生命的悲剧性实质到弘扬人性力量,最终走向了"澄明"之境,温暖的爱成为通往终极生命与拯救众生的唯一的心灵与情感路径;鲁迅从认清生命的悲剧性实质到弘扬人性力量最终却走上了反抗绝望的道路。[①] 同为立人,鲁迅"执著于现实",以批判的精神接受西方人学影响,从"个"与"类"两个方面强调既要实现个人内在的独立与自由,又要获得政治、经济社会方面的外在自由。而沈从文更侧重从情感、审美和道德方面寻求人之为人的本真,以湘西美好人性作为参照,提倡审美的自由。[②] 对于周作人,研究者亦充分肯定了其追求人的自由解放的思想,但也认识到他的"人性"是抽象的人性。刘堃在《从散文看鲁迅与周作人精神特质比较》一文中指出,在五四新文化运动中,周作人与鲁迅一样都举起了"立人"的大旗,意图击碎违背"人性"、违背"人"的基本生存原则的封建旧道德。五四的落潮使他对启蒙、对群众失望而转向"静观"、转向"个人",而鲁迅则是走向"过客式"的拯救。对蒙昧的"庸众",周作人主张对人性作"明净的关照",对国民性作"狂妄与愚昧"的察明,主张细致考察中国的人情物理,期待中国人能够科学地认识人性,达到人性的解放,而鲁迅对国民的劣根性则毫不留情地加以批判。[③] 鲁迅与京派作家同为追求理想的人生、理想的人性,但其追求的方式及所表现的人生形式是不相同的,这是因为他们在生命形态中所寄予的社会、伦理和审美理想不同。

　　京派被学界称为自由派并认为京派文学价值的获得就在于他们始终如一地追

① 罗飞雁:《鲁迅与沈从文生命美学比较论》,安徽师范大学文学院硕士学位论文,2005年。
② 刘晓丽:《鲁迅与沈从文启蒙功用之比较》,湖南师范大学文学院硕士学位论文,2006年。
③ 刘堃:《从散文看鲁迅与周作人精神特质比较》,《鲁迅研究月刊》2004年第10期。

求自由,这是有一定道理的。但我们也要看到,京派在思想与行动上所追求的自由,主要是一种于退让中追求的自由,即在反对"从政",主张脱离纷纭复杂的派别束缚,在波诡云谲的时代风云中独善其身的自由。这与鲁迅所追求的自由有着本质的不同。首先他们追求自由的基点就不一样:一个是传统,一个是现代;一个是向后,一个是向前;一个是平和,一个是反抗。如果研究中不加区别地将两种自由混为一谈,那就不仅仅是对自由理解不当的问题,更是京派自由主张研究的歧路。有的研究者过于夸大了京派追求自由的现代理性意识、启蒙意识。如,有论者将沈从文的《丈夫》归为鲁迅作品一类,认为:无论是表现人的精神追求的被压制,还是人的基本生活要求的被践踏,都揭示了封建主义的本质,从而提出了广大劳动人民及妇女的解放和独立的问题。这种观点应该说是不确切的,沈从文当时还没有这么自觉的意识提出"妇女解放与独立的问题"。这种误读也许反映了一些研究者为能够让"沈从文与鲁迅相提并论"而努力寻找依据的思想,其实这种思想恰恰忽视了两人不同的特色对于丰富中国现代文学史的意义。

　　"如果沈从文与鲁迅不在同一档次上,那么,二人的比较也就失去了基础和意义。"①从越来越多的研究者将两者并置于同一平台上进行研究来看,沈从文所代表的京派越来越显示出其巨大的阐释空间与美学魅力。在以鲁迅为背景的研究下,京派作家的文学特点、文化根基、思想追求得到最大限度的彰显,京派文学的价值被不断地挖掘出来并得到广泛的认可。这为深入认识研究京派提供了一个与众不同的视角,为言说京派选择了一个最佳衬景。然而根据收集到的资料来看,将鲁迅与整个京派放在一起系统研究的著作还没有出现,文章只有一篇(查振科《解构与重构——鲁迅与京派文学》),所见到的基本是将鲁迅与京派中的两位大师周作人与沈从文,尤其是沈从文放在一起研究。这固然是因为研究者看中了他们在京派中的杰出代表地位,另一方面也因为京派作家中在艺术目标整体一致下也存在着彼此的矛盾与分歧。但是很多研究者注意到鲁迅确实成为研究京派难以回避的存在。正因为有了这样一个背景,京派才显得更具特色,成为中国现代文学多元艺

---

　　①　裴毅然:《鲁迅与沈从文美学风格比较》,《杭州大学学报》1994 年第 1 期。

术世界中一道亮丽的风景。已有的关于鲁迅与京派的研究成果为京派的研究开辟了一条绵延不止的思路,但仍有未研究到或者有待继续深入研究的地方需要更多的研究者参与进来。比如鲁迅与京派除周作人、沈从文以外的其他作家的近距离研究还未涉及。在文体研究上不深入不全面,表层意义、深层意义都存有值得深入挖掘的地方,特别是从文体表层进而深层分析其文本含义的研究和批评还很少。

(原载《中国文学研究》2010 年第 2 期)

「革命乡土小说」

"革命小说"的功绩和特色

严家炎

以蒋光慈为代表的革命小说流派，在中国现代小说史上显示了自己的功绩和特色。

它的一个重要的功绩和特色，就是站在鲜明的革命立场上，反映属于时代尖端的现实革命斗争题材，将革命史上一些重大历史事件和真实的历史人物引进了小说创作的领域。初期无产阶级小说采用某些真实的历史事件和报告性的材料，这几乎成为一种国际性的现象。苏联的《恰巴耶夫》、《铁流》、《毁灭》，便程度不同地具有这种性质。以蒋光慈为代表的革命小说派虽然艺术上远没有富尔曼诺夫、法捷耶夫那么成熟，但他们将一些重大历史事件和现实革命斗争题材写进小说，使小说兼有报告文学的某些长处，这也是具有开创意义的。例如，《少年漂泊者》通过主人公汪中的经历，展现了从"五四"到"二七"再到"五卅"这个时期的社会斗争风貌，其中"二七"大罢工林祥谦的牺牲等部分就写得相当有声有色。《短裤党》满怀激情地正面描写了中国共产党领导下的上海工人第二次、第三次武装起义，而且在起义取得胜利后十一二天就写成了书，其取材和写作速度都是令人惊异的。正像作者所说，"本书是中国革命史上的一个证据"，证明中国无产阶级具有何等的英雄气概和首创精神。《咆哮了的土地》表现大革命时期的农民运动以及最后向井冈山的进军，其题材更具有重要的意义。郭沫若的《宾阳门外》、《双簧》、《骑士》这几篇小说写了北伐军攻打武汉以及占领武汉后的斗争生活，也为第一次国内革命战争摄下了一些颇有意义的侧影。当然,题材本身并不能决定创作的地位,比题材更有意义的,是小说在表现作者较为熟悉的一部分革命者形象方面所取得的成就。以《短裤党》为例,这里写了许多真实的历史人物。作者在书前小序中说:"我真感谢我的时代! 它给与了我许多可歌可泣的材料!""当写的时候,我为一股热情所鼓动着,几乎忘记了自己在做小说。"书里的许多人物都是有模特儿的,有些人物连名字简直就是真名。反面人物中,像"沈船舫"其实就是孙传芳的谐音,"张宗长"就是直鲁军阀张宗昌,"李普璋"就是上海防守司令李宝章,国民党右派人物"章奇"就是西山会议派的张继。如果说,这些反面形象相当简单化、漫画化的话,那么,一些革命者形象写得就比较有生活实感。"史兆炎"其实就是赵世炎,他政治上清醒沉着而恋爱上羞涩胆怯,这两个方面真实、和谐地统一在一起,显示了革命者纯洁、坚强的性格。杨直夫和秋华这一对夫妇写得也很亲切感人。"杨直夫"者,杨之华之夫也,就是瞿秋白;"秋华"者,秋白之华也,就是杨之华;这两个形象完全根据蒋光慈最熟悉的瞿秋白夫妇实写的。秋华作为一个受过现代教育的妇女,既看重妇女独立的人格,又非常爱直夫,她为直夫感到骄傲。小说写道:"她为着直夫不惜与从前的丈夫、一个贵公子离婚;她为着直夫不顾一切的毁谤,不顾及家庭的怨骂;她为着直夫情愿吃苦,情愿脱离少奶奶的快活生涯,而参加革命的工作。"这些可以说都是杨之华思想经历的真实写照。至于杨直夫的形象,更在相当程度上把瞿秋白的气质表现了出来。作品通过秋华的观察和思考,用这样一段文字介绍了直夫:"这个人倒是一个特别的人! 他对我的温柔体贴简直如多情的诗人一样;说话或与人讨论时,有条有理,如一个大学者一样;做起文章来可以日夜不休息;做起事来又比任何人都勇敢,从没有惧怕过;他的意志如铁一般的坚,思想如丝一般的细。……他无时无地不想关于革命的事情,……"甚至发着烧、患着很重的肺结核病仍不请自到地赶去参加党的江浙区委会议,显示出高度的革命责任感;这些描述都是相当真切感人的。小说里还写了一位党的重要领导人林鹤生,他三十岁不到就一把大胡子,两眼炯炯放光,对革命极其忠诚,富有自我批评精神,这个人物写的是谁? 熟悉历史的读者想一下就会明白:周恩来! 可以说:《短裤党》在写这些真实的历史人物方面,尽管不丰满,却还是取得了一定成就的。有趣的是,二十年代末三十年代初,小说里写瞿秋白的远不止一篇《短裤党》,像郭沫若《骑士》中的白秋烈,丁玲《韦护》中的韦护,便都是以瞿秋白为模特儿来写的(《骑士》写于 1930 年,发表已到瞿秋白牺牲之后,所以人物取名"白秋烈")。这几篇小说中的瞿秋白形象,可以说各有千秋:《短裤党》写出了瞿秋白文静从容的气质,突出了他对革命的忠诚和对工作的深思熟虑,看问题的一针见血;《骑士》着重描写了瞿秋白的潇洒的风度,机智的谈吐,以及某种浪漫诗人的性格特点,同时也表现了他在关键问题上观察的锋利和深刻;《韦护》是丁玲根据瞿秋白和最早的爱人王剑虹的恋爱故事加以改造虚构而成的[①],事迹不一样了,性格的热烈真诚则依然如故。这些作品今天读来仍饶有风味,使我们了解到从一般作品中很难了解到的当年革命者的真实的思想风貌以及那种多少有点罗曼蒂克的生活情趣和袒露着的内在灵魂,完全没有后来有些作品那种由矫揉造作而产生的"隔"的味道。此外,像《宾阳门外》里写的邓演达和纪德甫,《双簧》里的"我"和李鹤龄,《咆哮了的土地》中的李杰、张进德,也都不失为一些写得比较生动真切的革命者形象。这些成就的取得,首先由于作者对人物本身相当熟悉,同时也与法捷耶夫《毁灭》、富尔曼诺夫《恰巴耶夫》对中国革命文学的好的影响有关。

革命小说派的代表作是蒋光慈的《咆哮了的土地》,它也是蒋光慈最好的、接近于成熟的一部作品。这部小说不但以写湖南农民运动和最后向井冈山进军的题材的重要性引人注目,而且在描写革命和革命者本身的复杂性方面也取得了一定的成就。小说初步而又比较生动地写出了农民在革命斗争中需要自我教育也能够自我教育的过程。由于封建思想的长期统治和毒害,由于私有制和小生产本身的局限,农民身上是有不少弱点、毛病的:一方面落后、迷信、不觉悟,另一方面小部分农民还沾染了一些不良习气、游民习气(如赌博、虐待妻子、互不团结等)。作品没有把革命群众神圣化,而是大致上写出了农民在斗争烈火中既改造着农村、也铸炼着自己的过程,写出了他们从不觉悟到觉悟、从落后到进步、从存在着各种毛病到逐渐克服这些毛病的过程。小说以生活本身的逻辑证明:农民中有痞子存在,但不能简单地把共产党领导下的农民运动归结为"痞子运动"。同时,小说也立体地相当

① 丁玲并不属于"革命小说"派,虽然《韦护》如她自己所说,有点陷入"光赤式的井里"(见《我的创作生活》)。

深刻地写出了革命者、革命知识分子本身的复杂性。书里面有两个革命知识分子：一个李杰，一个何月素，他们背叛了自己出身的地主阶级，跟农民站在一起反过来向封建阶级进行斗争，从而取得了农民的拥护、爱戴。但这是要经过痛苦的自我斗争的。他们必须经过几个"关"：生活关（在农民家里吃住）、感情关（是孤芳自赏、格格不入还是同农民打成一片）、家庭关（直接斗争到自己家庭时怎么办）。特别最后这一关，是最严峻的考验。小说相当成功地写出了李杰所经历的激烈的思想斗争：烧不烧自己家的房？在革命锋芒直接对准自己家庭时还能不能坚决同农民群众站在一起？这里经历着一场灵魂的拷问、灵魂的苦刑，小说真实地写出来了，因而具有惊心动魄的效果。当然，《咆哮了的土地》在思想和艺术上毛病都还不少，对它的评价也不宜过高。

在形式上，革命小说也做过一些新的探索与实验。有些作品故意采用串联式的结构方式。不少作品把真实的文件、新闻报道、事实材料、流行歌曲都引进小说，以增强真实感和新鲜感。正因为这样，三十年代甚至产生了"报告小说"这种名词。所有这些，都同向国外同类小说的借鉴有关（如《短裤党》就借鉴过里别津斯基的《一周间》）。

革命小说流派也有自己的风格特色。

革命小说是创造社转变方向的产物，许多作品相比前期创造社，增多了现实主义成分，但也还有相当一部分小说保留着前期创造社的风格：放任感情，直抒胸臆，袒露作者的浪漫主义气质，是表现而非再现。以洪灵菲的《流亡》为例，这是一部生活实感较重的长篇，但风格上仍有前期创造社的特点。作者竭力要把激荡奔放的感情，直接从笔尖流泻出来。如写革命者沈之菲刚流亡到香港时，用了这样的笔墨：

> 下午四点钟的时候，之菲离开杨老板的住家，独自在街上走着。街上很拥挤，印度巡捕做着等距离的黑标点。经过了几条街，遇见了许多可生可死的人，他终于走到海滨去了。
>
> 这时候，斜阳壮丽，万道红光，浴着远海。有生命的，自由的，欢乐的浪花在跳跃着，在奔流着，在一齐趋赴红光照映的美境下去！他们虽经过狂

风暴雨之摧残,轮船小艇之压迫,寒星凄月之诱惑,奇山异岛之阻隔;他们却始终是自由的,活泼的,跳动的!他们超过时间空间的限制,永远是力的表现!

岸上陈列着些来往不断的两足动物。这些动物除一部分执行劫掠和统治者外,余者都是冥顽不灵的奴隶!黑的巡捕,黄的手车夫,小贩,大老板,行街者,小情人,大学生……满街上都是俘虏!都是罪人!都是弱者!他们永远不希望光明!永远不渴求光明!他们在监狱里住惯了,他们厌恶光明!他们永不活动,永不努力,永不要自由!他们被束缚惯了,他们厌恶自由!他们是古井之水,是池塘之水,是死的!是死的!他们度惯死的生活,他们厌恶生!

"唉!唉!死气沉沉的孤岛啊!失了灵性的大中华民族的人民啊!给人家玩弄到彻底的黑印度巡捕啊!我为尔羞!我为尔哭!起来!你披霞带雾的郁拔的奇峰!起来!你以数千年文物自傲的中华民族的秀异的人民!起来!你魁梧奇伟,七尺昂藏的黑印度巡捕!起来!起来!大家联成一条战线!叱咤喑呜,使用我们的强力,把罪恶贯盈的统治阶级打倒!打倒!打倒!打倒!我们要把吮吸膏血,摧残自由,以寡暴众的统治阶级不容情地打倒!才有面目可以立足天地之间!……"之菲很激越慷慨地自语着,这时他对着大海,立在市街上挺直腰子,两眼包着热泪,把拳头握得紧紧,摆在胸前。

"全世界被压迫阶级联合起来,打倒资本帝国主义!国民革命成功万岁!世界革命成功万岁!……"

这几个被他呼得成为惯性的口号,在他胸脑间拥挤着。

视活泼涌动的浪花为追求自由的象征,以居高临下的心态俯视芸芸众生,时时处处都要进行革命的鼓动:这些景物描写具有多么强烈的抒情成分和主观色彩!我们从中难道不能感受到郁达夫、郭沫若的气息吗?!这类作品虽然以革命的面目出现,却实在是些没有郁达夫的郁达夫式的小说。无怪乎后来孟超也直言不讳地说:洪灵菲"以浪漫主义的表现方法,在革命的故事中糅杂了不少的恋爱场面,我们也不能否认在风格上是受了郁达夫的影响(自然他没有郁达夫的颓废的一面)"。① 其实,岂止一个洪灵菲如此,蒋光慈一些作品何尝不是这样。即如钱杏邨的小说,也常常是革命的愤激和个人的穷愁混合着的,而且喜欢插进清代薄命诗人黄仲则的许多伤感的诗句,分明同样有着郁达夫的情调。总之,革命小说虽然是革命化的产物,已有了不少现实主义成分,但骨子里仍渗透着浪漫主义的抒情气质,这是革命小说的又一个特色。

革命小说流派的再一个显著特色,是在作品中注意塑造群像,以此体现集体主义思想。当时的作家和理论家都把能否塑造群像,作为是否具备"无产阶级小说(或'新小说')特征"的一个重要标志。这种思想在二十年代末期和三十年代初期,曾经牢固地掌握着一部分左翼作家。蒋光慈在写完《短裤党》以后半年,写过一篇题为《关于革命文学》的论文,其中说:

　　　旧式的作家因为受了旧思想的支配,成为个人主义者,因之他们所写出来的作品,也就充分地表现出个人主义的倾向。他们以个人为创作的中心,以个人生活为描写的目标,而忽视了群众的生活。他们心目中只知道有英雄,而不知道有群众,只知道有个人,而不知道有集体。……

　　　革命文学应当是反个人主义的文学,它的主人翁应当是群众,而不是个人;它的倾向应当是集体主义,而不是个人主义……

因为要体现集体主义思想,于是作品主人公竟然不能用个人,必须用群众,这在今天看来是一种多么幼稚可笑的思想! 对于典型概括的理论是多么无知! 然而它在当时却得到许多作家的真诚信奉。譬如,沈端先在1930年写的《到集团艺术的路》一文(《拓荒者》第四期)中说:"从来的文学,——尤其是小说,彻底地拘束在个人主义性这一种致命的艺术样式之内,一方(面),一切被选为小说之内容的东西,都是个人的劳力所造成的以个人的思想感情乃至行动为主题的作品;他方(面),赏鉴这种作品的也都是隔离了的个人。在现在这样一个伟大的革命的飞跃时代,这种个人主义的性能,对于从来的文学形式——尤其是小说——招致了一个致命的障

---

① 孟超:《我所知道的灵菲》,见开明书店1951年版《洪灵菲选集》。

碍。"怎么办？他认为无产阶级文艺要从描写个人的圈子中摆脱出来，表现的"对象也不该是'孤立地把握了的个人'"。洪灵菲的《普罗列塔利亚小说论》所论述的无产阶级小说第一个特性，就是它的集团的力量；他认为无产阶级小说应该表现集团力量，而不是个人，因此提倡写群像。冯雪峰在《北斗》二卷一期上发表《关于新的小说的诞生——评丁玲的〈水〉》一文中，也把塑造群像作为新小说的一个特点来看待，他称赞丁玲"有了新的描写方法；在《水》里面，不是一个或两个的主人公，而是一大群的大众，不是个人的心理的分析，而是集体的行动的开展"。巴尔在《文艺新闻》第四十三号上发表文章批评穆时英《咱们的世界》、《南北极》时，也说："若照着新小说观点必是集团的一点来说，作者更是失败了。"[1]这种理论观点从哪里来的呢？是中国左翼作家自己的发明吗？不是，它是从苏联来的。苏联"无产阶级文化"派的头目波格丹诺夫，很早就给无产阶级诗人们开出了处方：应该用"我们"来取代"我"字，认为以"我"为抒情主人公的是资产阶级诗歌，以"我们"为抒情主人公的才是无产阶级诗歌。[2] 在这类观点影响下，不仅苏联产生了包括《铁流》(绥拉菲摩维奇)、《铁甲列车》(伊凡诺夫)、《一周间》(里别津斯基)在内的"塑造群像"的小说，连德国的约翰内斯·贝歇尔(1891—1958)、维利·布莱德尔(1901—1964)、安娜·西格斯(1900—1983)也从 20 年代中期到 30 年代初期分别创作了没有主人公、只有群像的一批长篇小说，像《莱维斯特或唯一正义的战争》(约翰内斯·贝歇尔)、《N 和 K 机器厂》(维利·布莱德尔)、《同伴们》、《人头悬赏》(均安娜·西格斯)。美国作家约翰·杜司·帕索斯(John Dos Passos, 1896—1970)曾被称为"新的社会主义写实主义者"，他的第一部写群像小说《曼哈顿中转站》出版于 1925 年，30 年代又写了《四十二纬度》、《一九一九》等，"在他的小说里，我们看不到个人，只看到整个的活的社会在向前行进着，书中几个比较清晰的人物，他们的任务，也只是在完成这社会的使命而已。"[3]而据说，这位"新起的帕索斯的作品在苏联造成甚至比在美国更大的轰动"[4]。可见，无产阶级小说不写中心人物而塑造群像，实在

---

① 见《一条生路与一条死路——评穆时英君的小说》。
② 参阅中国社会科学出版社出版的《列宁和俄国文学问题》一书第 439 页。
③ 赵景深：《美国小说之成长》，《现代》第 5 卷第 6 期，1934 年 10 月。
④ 《现代美国文学专号导言》，《现代》第 5 卷第 6 期。

是一种国际性的思潮。郁达夫 1932 年在《现代小说所经历的路程》一文中谈到世界范围内小说的发展时说:"目下的小说又在转换方向了,于解剖个人的心理之外,还须写出集团的心理;在描写日常的琐事之中,要说出它们对大众、对社会的重大的意义。向这新的小说方面,大胆奋勉地作不断尝试者,是许多新俄的少壮的作家。"[1]其中透露的正是这种信息。沈端先则谈得更明确具体,他在《到集团艺术的路》中说:"依据布格达诺夫(按,即波格丹诺夫——引者)所指出的布尔乔亚艺术特质,我们可以从尖锐地对蹠的和这种艺术对立的普洛列塔利亚艺术里面,找出它的特有的性能。"[2]他还提到苏联"拉普"在工农兵通信员写报告文学的运动中,形成了所谓"集团艺术"的论点[3]。这就证明,中国左翼作家中流行的这种简单化庸俗化的理论,直接间接地都是从苏联来的,尤其是从无产阶级文化派那儿来的。我们过去研究中国革命文学所受的"左"的影响时,往往只归根于"拉普",这其实是不确的。应该说,"左"的影响首先来源于"无产阶级文化派"。他们很早就提出了"要把佛罗贝尔、普希金扔进大海"这类口号。蒋光慈所以会在 1925 年初发表《现代中国社会与革命文学》那样否定叶绍钧、冰心等作家的"左"的文字,就因为受了"无产阶级文化派"的影响。"拉普"实际上并不像中国无产阶级文学倡导者那么"左"。他们是提倡现实主义而反对浪漫主义的。"拉普"成员法捷耶夫就写过《打倒席勒》的著名文章,反对把人物形象作为时代精神的传声筒。他们还主张在坏人身上要表现可能有的好的东西,在好人身上要表现可能有的不好的东西;甚至主张搞"心理现实主义"。20 年代苏联最优秀的几部小说像《毁灭》、《铁流》、《恰巴耶夫》、《静静的顿河》第一部等,全是"拉普"派作家写出来的,这点很值得我们深思。"拉普"也有"左"的错误,有宗派主义。但如果把"左"的根源全归之于"拉普",这就与历史实际不甚符合了。要讲苏联来的写群像这类"左"的影响,首先应该注意"无产阶级文化派"这个根子。

　　总之,由苏联传入的"写群像"这种理论,曾影响了国内的小说创作,削弱了小

---

① 《现代》第 1 卷第 2 期,1932 年 6 月。

② 沈端先:《到集团艺术的路》,《拓荒者》第 4 期。

③ 沈端先在该文中说:"和其他的部门一样,(小说)这里也已经产生了集团艺术的雏形。由工场、农村、兵营等特殊群集体通信员所产生的报告、记录,——包含一切正确、机敏、频繁地传达各种战线的战争情况和生活状态的通信,这些,都是唆示着集团主义文学的新型。"

说中典型形象的塑造和人物个性的刻画,给左翼文学的发展带来了挫折和偏差(当然,作为一种试验,也未尝不可)。它既是革命小说的一个特点,又是这个流派的一个弱点。

(录自严家炎著《中国现代小说流派史》,人民文学出版社 1989 年第 1 版,第 110—120 页)

"革命小说"的弱点和不健康倾向

严家炎

此外,以蒋光慈为代表的革命小说派的创作,还有两个弱点或不正确倾向,同样值得我们注意:

其一,作者思想虽然革命化了,但生活感受和感情变化这两方面都还跟不上去。因此,作品中的工农形象多数比较苍白甚至概念化。洪灵菲《流亡》三部曲写革命知识分子的流亡生活较有实感,但一到《大海》写农民的生活斗争就大为逊色了。生活上不熟悉,只好靠空想去填补,在这种情况下,作者原有的小资产阶级感情就容易暴露以致泛滥,这也就形成了当时小说作品中相当突出的"革命的浪漫蒂克"倾向。所谓"革命的浪漫蒂克",是指作品里表现出来的革命小资产阶级知识分子的狂热情绪,对革命的不切实际的幻想,以及把恋爱作为生活调料,脱离特定生活内容故意在作品中安排一些"革命加恋爱"的情节,等等,它与我们通常说的"革命浪漫主义"毫不相干,一贬一褒,含义恰好是相反的。以作品为例,蒋光慈《丽莎的哀怨》一类小说里的芜杂内容且不去说,即使像阳翰笙的《地泉》三部曲,那里面也有不少为鲁迅在"左联"成立会上所指出的对革命抱有的不切实际的幻想。如第一部《深入》中,革命者汪森振臂一呼,群众蜂拥而上,地主的庄园就被攻克,革命变得意外地容易,以致暴动的农民欢呼起来:"不难,不难!啊啊不难!"老罗伯也连连感慨:"我还没有料到我们竟会这样轻轻便便地就把陈镇完全占据了啊!——硬拼的结果,我们终究把料不到的胜利得到了。"阳翰笙自己在《谈谈我的创作经验》中

提到《深入》时说:

> 《深入》,我本想去反映那时咆哮在农村里的斗争的,但我在写的时候,却把本来很落后的中国农民,写得那样的神圣,我只注意去描画他们的战斗热情,忘记了暴露他们在斗争过程中必然要显露出来的落后意识。这样的写法,不消说,我是在把现实的斗争理想化。[①]

有的作品甚至把革命胜利仿佛看作是唾手可得的事,如洪灵菲的《家信》中,主人公认为:"假若我们把这(未来的)美丽的社会比作一只鸟,那么这一只鸟,是在我们的鸟笼里面,而不是在空中,在林际,在田野上,只要一伸手,便可以把它得到了。"这种纯粹出于空想的情况,在蒋光慈作品中确实不少。《菊芬》和《最后的微笑》中的主人公,都把对付反动统治者的希望寄托于暗杀之类的个人恐怖手段(李守章的《秋之汐》,倾向也与此相同)。《冲出云围的月亮》中的女主人公王曼英,则以肉体为"武器"去"报复"敌人,作者为她的堕落涂上一层革命的油彩:"从前曼英没有用刀枪的力量将敌人剿灭,现在曼英可以利用自己的肉体的美来将敌人捉弄。""曼英是在向社会报复,曼英是在利用着自己的肉体所给与的权威,向敌人发泄自己的仇恨。"这类空幻不切实的内容,实际上只表现了作者感情深处存在着许多不健康的东西。此外,夸张式的描述,突变式的人物,都表明了这类作品带有比较严重的主观随意性。郁达夫在《光慈的晚年》一文中曾经这样回忆说:"我总觉得光慈的作品,还不是真正的普罗文学,他的那种空想的无产阶级的描写,是不能使一般要求写实的新文学读者满意的。这事情,我在他初期写小说时,就和他争论过好几次……"(《现代》三卷一期)这番话说得相当中肯。蒋光慈本人却对"革命的浪漫蒂克"缺乏分析辨别的能力,他在《革命与罗曼蒂克——(论)布洛克》一文中说:"诗人——罗曼蒂克更要比其他诗人能领略革命些!""唯真正的罗曼蒂克才能捉得住革命的心灵,才能在革命中寻出美妙的诗意,才能在革命中看出有希望的将来。"[②]

---

① 见天马书店 1933 年 6 月初版的《创作的经验》一书。
② 见丁丁编《革命文学论》,泰东书局 1928 年 3 月出版。

在《死去了的情绪》一文中,他直白地说:"有什么东西能比革命还有趣些,还罗曼蒂克些?"①可见,蒋光慈归根结底是个浪漫空想气质很重的作家。

其二,简单化地理解艺术与思想、艺术与政治的关系,把革命的艺术简单地还原为革命的政治,一方面接受"拉普"的说法,把浪漫主义粗暴地等同于唯心主义,似乎很肯定现实主义;另一方面却又背离现实主义原则,在创作中演绎哲学思想和政治思想。苏联的列夫派曾经鼓吹复述政治事件本身就是革命的文艺,这使中国无产阶级文学的倡导者也受到影响。钱杏邨、阳翰笙作品中都有不少议论、说教的内容;其他一些作家的作品中即使没有直接的议论、说教,形象本身有不少也还是相当概念化的。瞿秋白、茅盾等批评《地泉》时,都指出了这方面的问题。瞿秋白在《革命的浪漫蒂克》中说:《地泉》里面那些"最肤浅的最浮面的描写","连庸俗的现实主义都没有能够做到";他认为:"《地泉》正是新兴文学所要学习的'不应当怎么样写'的标本。"茅盾也在《地泉》序中说:《地泉》三部曲"只是'深入'、'转换'、'复兴'等三个名词的故事体的讲解","缺乏感情地去影响读者的艺术手腕";他还认为:《地泉》的这些毛病"不是单独的,个人的,而实是一九二八到一九三〇年顷大多数(或者不妨说是全体)此类作品的一般的倾向"。这些批评都是相当尖锐而又切中要害的。《地泉》作者阳翰笙同样也认识到这一点,他在《谈谈我的创作经验》一文中,不但承认《地泉》有"解说多于描写,概念化而不形象化"的缺点,而且认为这三部曲"严格的说,都还不是唯物辩证法的现实主义的作品"②。

列宁说:"世界上任何地方的无产阶级运动都不是也不可能是'一下子'就产生出来,就具有纯粹的阶级面貌……。无产阶级的阶级运动只有经过最先进的工人、所有觉悟工人的长期斗争和艰苦工作,才能摆脱各式各样的小资产阶级的杂质、局限性、狭隘性和各种病态,从而巩固起来。"(《俄国工人报刊的历史》)文学运动也是这样。"革命小说"派是无产阶级文学建立初期一个带"左"倾幼稚病的流派。随着实践本身的发展,这个流派的"小资产阶级的杂质、局限性、狭隘性和各种病态",才被人们逐渐深入地认识。"左联"成立后,对革命小说创作中的不健康倾向就进行

---

① 见丁丁编《革命文学论》,泰东书局 1928 年 3 月出版。
② 见 1933 年 6 月上海天马书店出版的《创作的经验》一书。

了"自我批判"。1930 年 5 月,阳翰笙在《读了冯宪章的批评以后》中曾明确表示:
"现在是我们坚决地实行公开的'自我批判'的时候了。"长篇《咆哮了的土地》(蒋光
慈)和短篇《盐场》(楼建南)等在《拓荒者》上连续出现,表明这个流派的一些作家为
摆脱幼稚病、争取走向成熟所进行的艰巨而有成效的努力。但真正标志着"革命小
说"派的错误倾向得到克服的,是 1932 年《地泉》合订本的出版和书前五篇序的发
表。它显示着左翼文艺思潮史上的一大转折,说明中国左翼作家对"革命的浪漫蒂
克"之类"左"倾幼稚病有了新的觉悟,坚决实行自我清算。这是现代小说发展史上
的一件大事。没有对"左"的错误的自我批评、自我清算,《子夜》就不容易出现,社
会剖析这样的新小说流派更不容易诞生。从这个意义上说,无论是革命小说派的
成就、挫折、经验或是教训,都应该成为我们一笔重要的思想财富。

(录自严家炎著《中国现代小说流派史》,人民文学出版社 1989 年第 1 版,第
120—124 页)

悲壮的史诗：论左联作家的乡土小说

杨剑龙

　　滥觞于五四时期的中国现代小说至三十年代发生了显著的变化。"从题材、背景和性格刻划来看，中国现代小说的进展清楚地显示了从二十年代早期以城市为背景的自传体裁转变到三十年代以后描写农村范围的乡土文学。"①描写乡村社会农人生活逐渐成为三十年代小说创作的主要题材，以至于当时甚至有人惊呼"几乎所有的作家全写农村去了"②。其中左联作家的乡土小说创作获得了突出的成就。

一

　　中国的三十年代是一个动荡的年代，三十年代的中国乡村是一个灾难的骚动着的世界。1935 年任白戈在《农民文学底再提起》中说："目前中国底农村，不待说是正在一天一天愈加破产下去。除了原来受着的封建势力底剥削和压迫愈加剧烈以外，一般的农民还得受国际资本主义及其买办等底种种榨取……连年不断的内战，人为造成的灾害，早已使一般的农民流离失所了，再加上叠出不穷的苛捐勒派，

---

① 李欧梵：《论中国现代小说》，《中国现代文学研究丛刊》1986 年第 3 期。
② 转引自《农民文学底再提起》，《质文》1935 年第 4 号。

杂税预征，结果只有一般的农民咆哮起来为他们底生存而战。"左联作家的乡土小说，真实展现了中国乡村这一历史画卷，不啻是现代中国的悲壮史诗。

二十年代末的"普罗小说"，有一些描写乡村生活的作品，如华汉的《暗夜》、洪灵菲的《大海》、刘一梦的《雪朝》等，他们的创作或源于对童年乡村生活的依稀记忆，或萌于对当时农村现状浮光掠影的了解，为了强调文学的革命鼓动宣传作用，他们往往在描写农村的反抗暴动时将现实斗争理想化，因而创作带有概念化、模式化的倾向。而创作乡土小说的左联作家，大多出生于农村，较深入了解故乡的生活，他们常将对过去乡村生活的记忆和对现时乡村境况的了解融为一体，从而能真实展现中国乡村的衰败与骚动。茅盾、王任叔、柔石、王西彦、魏金枝等描画了浙江乡村的颓败凋敝，丁玲、叶紫、蒋牧良、张天翼、彭家煌等展现了湖南湘乡的社会风貌，沙汀、艾芜、周文的笔下剖露着四川山乡的时代痼疾，萧军、萧红、李辉英的眼底摄下了东北山野的历史烟云……，对于乡村生活的深刻了解和真切感受，对于时代风云的客观摄取和朴实描写，使左联作家的乡土小说比"普罗"作品更具感人魅力和史诗意义。左联作家以清醒的阶级意识和政治责任感，自觉地将反映时代最迫切问题和新兴阶级解放的历史重任担在肩上，他们认为"世界正处在一个大变动的时期，尤其是中国"，"希望此后能够抓住变动的中心，写出一点比较切实的文章"，①他们努力"冲到时代的核心的核心中去"，在时代的核心中把握伟大的题材，②"都企图要把自己的作品极力与时代融洽"③，并努力"探求着更适合于时代节奏的新的表现方法"④。因而，在某一时期，有的事件成为许多作家热衷摄取的创作题材。甚至出现了同样题材、相同篇名的作品。如蒋牧良的《旱》和徐盈的《旱》都透露了三十年代初西南六省的旱情。前者描写在苦旱煎熬下农民金阿哥的家破人亡、走投无路，意在剖析老一代中国儿女传统的文化心理，后者叙述在大旱威胁中十六个村的农民一起开展抗租运动，旨在展现淳朴乡民们的觉醒和抗争。叶紫的《懒捐》和蒋牧良的《懒捐》以相似的构思揭露了反动政府横征暴敛苛捐杂税给农

---

① 何家槐：《竹布衫·后记》。

② 叶紫：《从这庞杂的文坛说到我们这刊物》，《无名文艺旬刊》创刊号。

③ 张天翼：《天翼的信·二》，《人世间》第 1 期（1939 年 3 月）。

④ 茅盾：《子夜是怎样写成的》。

民带来的灾难。叶紫揭示了老一代农民的恋土观念和新一代农民的反抗意识,蒋牧良剖露了在猛于虎的苛政压迫下老一代农民绝望的抗争。

在左联作家的乡土小说中,我们可以看到急剧变动的三十年代中种种重大的社会事件:丁玲的《水》、欧阳山的《崩决》叙写了农村特大水灾酿成的惨状和灾民们在绝境中的自发抗争,可以说是三十年代初全国十一省遭受水灾的缩影。茅盾的《春蚕》、《秋收》,叶紫的《丰收》、《火》以相似的人物设置、结构布局展现了三十年代初中国农村"丰收成灾"的畸形社会现象和新一代农民的觉醒反抗。茅盾意在揭示"帝国主义的经济侵略以及国内政治的混乱造成了那时的农村的破产"[1],叶紫力图揭露"'谷贱伤农'以及地主的剥削、苛捐杂税的压迫"[2]。丁玲的《奔》、谢冰莹的《一个乡下女人》叙写了衰败乡村中破了产的农人去都市谋生的落魄遭遇,再现了三十年代中国城乡的严重经济危机和农民的悲惨命运。萧军的《八月的乡村》、萧红的《生死场》展示了日伪统治下东北沦陷区人民"对于生的坚强,对于死的挣扎",萧军笔下描写东北人民革命军和日本侵略者的浴血奋战,充满了抗日的英雄气概,萧红的眼底摄入东北沦陷区人民的痛苦呻吟和反抗的呼号,凝聚着不屈的民族精神。

由于左联作家有强烈的政治参与意识和历史责任感,他们常常在作品中迅速反映时代的重大事件。李辉英完稿于 1932 年的长篇小说《万宝山》,取材于 1931 年 7 月日本帝国主义挑拨中朝关系、屠杀中国农民的"万宝山惨案"。耶林发表于 1931 年的《村中》通过飞机炸死无辜村民的一场小景的描写,揭露了同一年国民党反动派对中央苏区的军事围剿的血腥罪行。王任叔写于 1934 年的《乡长先生》通过抓壮丁事件抨击了国民党政府"先安内后攘外"的卖国政策。彭柏山发表于 1934 年的《崖边》描写了国民党军队围剿时苏区人民有组织的斗争,是最早反映苏区人民斗争生活的作品之一。

左联作家的乡土小说描写最多的是在重重压迫、剥削下的农民的觉醒和抗争及农村革命不断深入的历史现实。沙汀的《野火》、《战后》、《夫卒》以白描的手法勾

---

① 茅盾:《我怎样写〈春蚕〉》。
② 茅盾:《几种纯文艺的刊物》,《文学》第 1 卷第 3 期(1933 年 9 月)。

画了川北农人们在赋税、拉夫等逼迫下"忍耐和苟安绞成的纤绳挣断了"的愤怒反抗。马子华的《沉重的脚步》、《他的子民们》以曲折的情节叙写了失掉土地的农民们,在南中国僻地当盐脚夫、淘金工,同压迫者作殊死的反抗斗争。丘东平的《通讯员》、《沉郁的梅冷城》、《红花地之守御》再现了广东地区农民运动壮阔的斗争生活,"用着质朴而遒劲的风格单刀直入地写出了在激烈的土地革命战争中的农民意识变化和悲剧"①。夏征农的《禾场上》、《萧姑庄》、《春天的故事》以朴素的文笔"揭露出当时农村阶级斗争的实质;一方面是地主豪绅对农民的欺侮、剥削和压迫,一方面是农民们在地主豪绅的压榨下的呻吟、反抗和斗争"②。左联作家自觉地全力分担民族和时代的忧虑,在他们笔下帝国主义的经济侵入、反动政府的横征暴敛、封建地主的残酷盘剥、水旱灾害的肆虐袭扰、古老乡村的日益颓败、土地革命的不断深入、贫苦农民的不幸遭遇、如火如荼的群众运动、抗日斗争的蓬勃兴起、红色苏区的反围剿斗争等等,都得到了生动的反映,展现了极其广阔的社会生活。

三十年代左联作家的乡土小说,有着与二十年代乡土文学不同的内蕴。如果说二十年代乡土文学具有浓郁的伦理批判色彩,使其呈现以反封建为内容的基本主题的话,那么左联作家的乡土小说则融入了鲜明的政治参与意识和阶级意识,展现了反帝和反封建相交融的深刻内涵。左联作家们不再一味批判农民身上因几千年封建文化浸淫而积淀的落后民族心理,而是努力展示在帝国主义、反动政府和封建势力重重压迫下乡村的衰败与骚动。

二

二十年代末三十年代初,左翼作家曾大力反对文学创作以个人生活为圈圈,极力提倡描写群众生活、塑造人物群像的作品,并将其提到作家的思想意识、阶级立场的高度。丁玲的《水》是当时倍受推崇的群像小说的代表,被称为新小说,三十年

---

① 胡风:《忆东平》,《希望》第 2 卷第 3 期。
② 《征农文艺创作集·序》。

代初成了创作的范本。丁玲的《奔》、沙汀的《野火》、张天翼的《仇恨》、夏征农的《萧姑庄》等作品,都致力于场面的描写、氛围的创造、集体行动的开展,而忽视了人物性格的刻画和典型形象的塑造。

左联作家的乡土小说刻画了众多的乡村人物形象,形成了具有鲜明时代色彩的人物形象系列,以迥异于二十年代乡土文学人物的风韵出现于中国现代小说的人物画廊。1935 年任白戈在《农民文学底再提起》中说:"最近十年,一种历史转动底轮机课到了中国农民底身上。农民再不是以往那样不识不知的了,他必得张开自己底眼睛用自己底手腕和头脑来创造一个新世界。"这使自觉担负起新兴阶级解放的历史使命、努力揭示历史的行进和社会发展真相的左联作家笔下的人物别具风采,形成了属于三十年代的老一辈农民、新一代农民、乡绅阶级等人物形象系列。

倘若说,二十年代乡土文学着力揭示的是国民性的愚昧麻木的话,那么左联作家努力展示的是农民的逐渐觉醒、走上反抗道路的心理历程,这突出体现在茅盾笔下的老通宝,叶紫笔下的云普叔等老一辈农人身上。在他们身上,勤劳、善良、忠厚、俭朴的优良品质和懦弱、保守、固执、落后的小农意识并存,他们难以摆脱根深蒂固的传统的价值观念、人生态度和思维模式,他们总企望以辛勤的劳作去获得自我的翻身,以容忍的态度去维持奴隶的地位。但他们已非鲁迅笔下的闰土、阿 Q。在动荡的时代里,在激烈斗争的现实面前,在走投无路的处境中,他们或愧于过去的作为,趋于朦胧的觉醒;或终于忍无可忍,走向愤懑的反抗。茅盾的《春蚕》、《秋收》中的老通宝经历了春蚕和秋收两场灾难后,似乎已感到儿子多多头是对的。叶紫的《丰收》、《火》中的云普叔在丰收的谷子被抢劫一空后,隐约地了解儿子立秋不常在家的原因了。沙汀的《老人》中啰嗦顽固的老人,在田里的谷场尽数给官兵抢走后,"第一次亲切地想起了他的儿子和他儿子干的事体。"戴平万的《村中的早晨》里省吃俭用的老魏,在看到当了××党的儿子率队伍打败了侦缉队后,"他似乎对儿子了解了些了"。在左联作家的笔下,三十年代的中国儿女不再似闰土、七斤那样逆来顺受了,在地主劣绅贪官污吏的残酷剥削压榨下,他们奋然自发抗争,他们身上可见出时代的投影,如蒋牧良《高定祥》中的高定祥、夏征农《禾场上》的泰生、叶紫《向导》中的刘嫂妈、吴奚如《公道》中的叶伯,他们或忍无可忍当面怒斥剥削者,或铤而走险拼死反抗压迫者。出于许多作家从小在乡村里生活,对耕耘于土地上的老一辈农人分外熟悉,因而老一辈农人成了左联作家乡土小说中最为血肉丰满、真切生动的形象。

左联作家乡土小说的突出成就之一是塑造了前所未有的新一代农民的形象系列,在老一辈农人形象的烘托映照下,这一类形象显得更光彩照人,他们身上既有勤劳善良、忠厚俭朴等优良品质,又有思想敏锐,性格开朗的特点,集中于他们身上与父辈迥异的秉性是对现实社会的强烈不满和反抗精神。他们与父辈的冲突体现了进步与保守的矛盾,他们与剥削者、压迫者的斗争表现了不甘于被侮辱被损害的中国农民正在走向觉醒,他们对黑暗社会的抗争已不似父辈们那种自发的孤立的抗争,而是趋于自觉的有组织的斗争了。茅盾农村三部曲中的多多头参加了组织饥饿的农民"抢米囤"的风潮,并夺下了"三甲联合队"的枪。叶紫《火》中的立秋和癫大哥联络了九个村的农民一起抗租,最后捣毁地主的庄园逃往雪峰山。夏征农《春天的故事》中的老二组织各村的农民们与前来清乡的保卫团拼一拼。徐盈《旱》中的勃郎宁在刘永智的启迪下组织十八个村一起抗租,并拿起武器和收租的官兵抗争。然而,在左联作家的笔下,与老一辈农民形象的塑造相比,新一代农民形象的刻画显得比较单薄,缺少生活的厚度。

左联作家有较明确的阶级意识,在乡土小说中描画了众多贪婪残忍的地主形象:有私吞修坝捐款作开矿股本而酿成旱情的财主赵太爷(蒋牧良《旱》);有为钱财砍倒山林,引起暴雨后山岩倒塌活埋全村人的地主玉喜先生(王任叔《灾》);有为一条马腿杀死两条人命的张地主(萧红《王阿嫂的死》);有威逼丈夫被关进监狱的发新嫂出卖贞操的恶霸九爷(张天翼《笑》)。乡绅阶级大多与地方政权有不可分割的联系,有恃无恐地欺压百姓、鱼肉乡民。但在乡村日益颓败、农人逐渐觉醒的时候,乡绅阶级往往以更加狡诈险毒的面目出现。左联作家的笔下,还有以谦卑的笑容对付造反的农民,却请来军队将造反首领活埋的地主三太爷(张天翼《三太爷和桂生》);有一向以慈善家面目出现,却纵火烧死灾民的陈浩然(东平《火灾》);有设计破坏佃农的抗租运动失败后请来团丁硬收租谷的何八爷(叶紫《火》),等等。与不能完全割断和封建旧家庭情感联系的二十年代乡土作家不同,左联作家是将乡绅阶级作为中国革命的主要对象来描写的,乡绅阶级的形象塑造体现了作家坚定、鲜明的阶级立场。

　　左联作家的乡土小说还勾勒了不少革命者的形象,他们启迪民众,组织斗争,是革命的火种。如徐盈《旱》中从"自己种的自己吃,谁也不挨饿"的地方回来的刘永智,沙汀《醉》里启发农民大圆"得推翻一切"的小学教师,李辉英《万宝山》里从城里来的、向乡民们揭露日本人租用万宝山的真相的大学生李竞平,叶紫的《丰收》中组织农民抗租的癞大哥……对这类人物,作家们不够熟悉,缺少真切的感受,因而描写都显得苍白无力,有的甚至只是影子而已,就如茅盾批评的"飞将军似的从天而降,到这农村来说教"而已[①]。这类人物的描写成功的不多。

<h1 style="text-align:center">三</h1>

　　1932年郑振铎在《新文坛的昨日今日和明日》中指出:"总括起来说。五四改变了文学的形式,五卅使我们走上应去的道路,九一八则开始了文学的新使命。体裁、内容,均将大有变化。……一个人,假如不是麻木不仁,大约可以感到现在不是伤感的时代了。不是我们追求时代,时代已逼到我们头上来。"左联作家的创作,已不再如五四时期的创作以自叙传的体式描写个人的悲欢离合,他们也逐渐摆脱了"普罗小说"过于理想化的"革命的浪漫谛克"的影响,将眼光投入时代投入社会,以较客观的写实笔调录写历史风云,勾画民众。其中许多创作显示了独特的审美风格:丁玲的炽热粗豪,叶紫的悲愤粗犷,张天翼的泼辣豪放,沙汀的深沉苦涩,萧军的豪爽浑厚,萧红的清逸雄迈……在土地革命不断深入发展的三十年代,由于左联作家共同的反映革命斗争中最迫切问题的文学观念、历史使命感以及"前卫眼光"与客观精神相结合的新写实主义创作方法的倡导,他们的创作已没有五四时期自我小说浓郁的伤感色彩,也没有二十年代乡土文学的悲凉情韵。刘西渭这样评叶紫的小说:"这里什么也不见,只见苦难,和苦难之余的向上的意志,我们不妨借用悲壮两个字形容"[②],悲壮已成为左联作家乡土小说的主色,在特殊的风土人情的

---

①　《征农文艺创作集·序》。
②　刘西渭:《咀华二集·叶紫的小说》。

描画、重大事件的场面叙写、"脊梁式"人物性格的刻划诸方面都呈现出以悲壮为主色的总体审美风格。

"左联"作家的乡土小说中较多"特殊的风土人情的描写"(茅盾语)。沙汀笔下沉滞的川北风光,叶紫眼底悲愤的湖南洞庭山水,马子华记忆里的南国僻地山林,周文眼中雄浑的川康边地风雪,萧军小说里有沦陷区荒甸野林中的强悍气息,萧红笔下哈尔滨乡村田野中的"雄迈的胸境"。这些特殊风土的描绘,给作品染上了各具地域特征的乡土色彩。乡土小说中对一些具有古老民族传统文化色彩的风俗、场景的描绘,更增添了作品的悲壮气氛。如蒋牧良的《旱》、叶紫的《丰收》等作品中对声势浩大的求雨风俗的细节描写,艾芜的《端阳节》对失去土地的农民携刀枪"赶韩林"、"游百病"习俗的描画,无不使作品呈现出和这块土地的历史相契合的阳刚之美。

左联作家的乡土小说在着力描写农人们共同对于命运的挣扎时,还常常择取一些重大事件,以恢宏的场面描写来揭示古老乡村的衰败与骚动,不幸农人的觉醒与反抗。一些着力塑造农民群像的作品,在惊心动魄、气势恢宏的场面描写中,或摄下农人们抗洪抗旱的壮观场景,或再现水旱灾害对乡村的肆虐摧残,或展示陷于绝境的乡民们愤怒的抗争,创造出种种悲壮的氛围(如丁玲的《水》、沙汀的《野火》、夏征农的《萧姑庄》,天虚的《懊伤》)。在他们的笔下,中国沉睡了几千年的乡村苏醒了,在死亡线上挣扎的有志气的中国儿女纷纷走上了反抗黑暗社会的道路。种种疾风暴雨式的农民运动场景,怒涛汹涌式的土地革命斗争事件本身就具有悲壮色彩。茅盾的《秋收》和《残冬》,叶紫的《火》、蒋光慈的《咆哮了的土地》、李辉英的《万宝山》等都再现了一幕幕悲壮的农民运动。而有些作品对农民反抗运动最终失败的结局的描写,更使作品具有悲壮情韵(如马子华《他的子民们》、张天翼《三太爷和桂生》、蒋牧良《高定祥》)。

五四时期,鲁迅曾孜孜于剖析国民性的弱点,塑造了阿Q、闰土等老式中国儿女的形象,三十年代鲁迅小说中出现了大禹、墨子这些中国脊梁式的人物,体现了鲁迅思想的发展。左联作家的乡土小说也刻画了众多的民族脊梁式的人物,他们具有坚毅刚强的性格,或与压迫者、剥削者作殊死的抗争,或为新兴阶级的解放而斗争,这类人物的不幸结局的描写,亦增添了作品的悲壮色彩。如叶紫《向导》中的刘嫦妈在子女被屠杀的悲愤中舍生取义,向反动军队复仇;聂绀弩《两条路》中的参加革命工作的桂英遭丈夫出卖而被害;丘东平《通讯员》里沉毅而热情的革命战士林吉因工作失职而自责,饮弹自尽;马子华《沉重的脚步》中的彪悍豪侠的老海为盐脚伕们与剥削者斗争的胜利而勇于献身,都回荡着同样悲壮的主旋律。

当然,我们也应该看到,左联作家的乡土小说也有一些不足之处。有的作家在强调阶级意识和时代色彩的时候,对笔下的人物有时只注重于阶级性、时代性这共性的一面,而忽略了人物个性的丰富性和复杂性。

然而,正如列宁所说:"判断历史的功绩,不是根据历史活动家没有提供现代所需求的东西,而是根据他们比他们的前辈提供了新的东西。"[1]在中国现代小说发展中,"左联"的乡土小说作出了杰出的贡献,它不似五四时期的问题小说注重社会问题、人生哲理的探索而缺少文学形象的描画,也不似浪漫抒情的身边小说注重身边琐事、自我内心的抒写而无意于广阔生活的摄取,左联作家的乡土小说以切近时代的艺术自觉努力关注和反映"全般的社会现象",以广阔的艺术视野、生动的文学形象,恢宏的社会画面,真实的时代风貌,展现出深广的社会生活和多变的历史风云,不啻是中国三十年代的壮阔史诗。在左联的乡土小说塑造的众多个性鲜明的人物形象中,新一代农民形象的出现丰富了中国现代小说的人物画廊,对四十年代解放区小说创作中小二黑、赵玉林等新型农民典型的塑造产生了深刻的影响。五四以来,中国文坛上一直多阴柔之风,少阳刚之气。尽管鲁迅、郭沫若等人一再呼唤"力"的文学,但力的文学的创作始终未成为时代风范。普罗小说追求狂风暴雨般的粗犷力度,但对艺术美的忽略和概念化、标语口号化的倾向,使普罗作品呈现出一种空泛的激情,缺少内在的力度和阳刚之气。而左联作家的乡土小说,以其悲壮、崇高的美学风范凝结成了三十年代小说的阳刚美。由于左联将文艺的大众化提到了一个突出的地位,左联作家在乡土小说的创作中有意识地朝大众化的方向努力,土语俗语的运用、民风民俗的描写、传统形式的借鉴、浓郁的地方色彩、鲜明的民族特色等等,使在欧风美雨滋润下成长起来的中国现代小说朝民族化的方向迈进了一大步。

---

① 列宁:《评经济浪漫主义》。

　　三十年代,除了左联作家以外,王鲁彦、许杰、许钦文、蹇先艾、沈从文、废名等蜚声二十年代的乡土作家继续在乡土的沃野里耕耘,创作出许多颇有影响的乡土佳作,叶圣陶、罗淑、王统照、李劼人、吴组缃等受左翼文学影响的作家也创作了不少引人注目的农村小说,它们与左联作家的乡土小说一起汇成三十年代乡土文学的创作大潮。

(原载《学术研究》1991 年第 3 期)

论"革命十恋爱"式乡土小说的变异

丁　帆

中国现代乡土小说向"左"发展的一路,因不同的历史机缘,竟也出人意料地生发出多样的历史形态与审美形式。"革命十恋爱"式的乡土小说是 1928 年前后对革命文学主题和写作方式的一次大胆探索。这种创作模式,在一定程度上形成了审美效应的负面化,损害了"左翼"文学的艺术价值。但也有成功之作,如柔石等作家的"革命乡土小说"不仅含有丰富的政治、历史文化内涵,在某种意义上也是一种源于生命内在体验的青春书写,为"左翼"文化阵营以后的文学运动提供了成功经验。因此,"革命十恋爱"式的乡土小说自有其认识价值与历史意义。

"革命小说"随着 1928 年无产阶级文学的倡导和 1930 年"左联"的成立,一时风起云涌,成为中国现代小说史上虽然持续时间不长,但至今还众说纷纭毁誉不一的红色文学思潮。一些革命者在经历过浪漫蒂克的现实革命斗争生活以后,用笔来抒发自己内心的情感,创作出了一批充满"革命的浪漫蒂克"的作品。"革命"与"恋爱"是其中一些小说的重要叙事元素,"革命"的欲望在"革命小说"的文本建构中,由原来"非存在"的状态"折回到自然状态",文本将这"趋于未来和趋于根本变化的冲动系统地物化",改造成"感觉"和"心理属性"①。而"革命"的欲望与"个性解放"的欲望(这里主要体现为"恋爱")可以相互置换,即"革命"成为"情欲"得以满

---

① 〔美〕弗雷里克·詹姆逊:《政治无意识》,中国社会科学出版社 1999 年版,第 179 页。

足的承诺,后者对前者又有绝对的依赖性,从而形成被人诟病的"革命＋恋爱"的叙事模式。在这类小说中,有一部分是反映乡村斗争生活的乡土小说,如蒋光慈的《咆哮了的土地》,阳翰笙的长篇小说《地泉》的第一部分,柔石的《二月》,叶紫的《丰收》、《火》、《电网外》,丁玲的《田家冲》等。这些"革命＋恋爱"式的乡土小说有异有同。

　　由于对中国社会和中国革命缺乏更本质的认识,一些"革命＋恋爱"式的乡土小说的产生,大多是作家的主观意念的复现。他们脱离了乡土现实生活的土壤,将小说情境的营构和人物的塑造,悬置于一个浪漫的充满着小资产阶级情调与狂热的理想空间,致使小说大都有着概念化的弊端。从这一点上说,是背离了"五四"新文学的精神的,与"乡土写实"作风的小说也相去甚远。这些倾向受到了当时许多革命家和作家的批评。瞿秋白认为,像《地泉》这样的作品,正是新兴文学所要学习的"不应当这么样写"的标本。茅盾认为,《地泉》一类小说失败的原因有二:"(一)缺乏社会现象全面的非片面的认识,(二)缺乏感情地去影响读者的艺术手腕。"[①]同时,茅盾还批评了蒋光慈小说由于机械主观主义的弊病而给小说带来的用"脸谱主义"的方法去描写人物,以及用"方程式"去布置故事情节的通病。"作家们还当更刻苦地去储备社会科学的基本知识,更刻苦地去经验复杂的多方面的人生,更刻苦地去磨练艺术手腕的精进和圆熟。"[②]尽管有人为蒋光慈和阳翰笙等人的作品寻找其历史存在的意义,认为"这些作品就单个说,只反映农村社会的一个方面,或者是山村一隅,或者是革命的一个横断面,但合起来,就是一幅农村破产、革命发生发展的壮丽图画。这些作品没有停留在客观的表述,而是进一步挖掘造成灾难的根源,从根本上接触到了反帝反封建的主题,从中揭示了人民所以要革命的原因。"[③]但我们不能不说这些"革命小说"开了"主题先行"、"概念化"、"脸谱化"的先河,给后来的主流话语系统的小说创作和理论批评留下了深远而巨大的影响。

　　这类小说可以称之为"革命的乡土小说"。它们与以鲁迅为首的"乡土写实派"

　　① 茅盾:《〈地泉〉读后感》,《茅盾论中国现代作家作品》,北京大学出版社1980年版,第169页。
　　② 茅盾:《〈地泉〉读后感》,《茅盾论中国现代作家作品》,北京大学出版社1980年版,第172页。
　　③ 马良春、张大明:《左翼文艺创作的巨大成就》,《中国现代文学研究丛刊》1980年第2辑。赵遐秋、曾庆瑞在《中国现代小说史》(下)中也对马、张一文的观点持赞同意见。

以及以沈从文为代表的"田园牧歌"乡土小说不同的是,忽视了小说的一个最本质的特征,即作为"间接"的艺术表现,与"直接"的理念图解是有着本质区别的,它们中间这条鸿沟是不可逾越的,这就是马克思、恩格斯一再强调的不能成为"时代简单的传声筒",而是时代和社会的复杂的艺术折光。蒋光慈、阳翰笙等作家的政治思想观念,积极而狂热的情绪,以及他们试图反映的大革命后风起云涌的土地革命斗争的现实内容,都是与时代同步的。但是,他们在试图来解释革命斗争时,从根本上忽视了具有新人文主义内涵特征的人道主义精神的体现,也忽视了无论写实主义和浪漫主义都注重的乡土小说的本质特征,即"异域情调"和"地方色彩"的风俗画面的再现与表现。当然,这些"革命的乡土小说"中也不是全无"地方色彩"的蛛丝马迹,而是作者们根本就没有将这"悲凉的图画"放在眼中,没有以之作为"艺术的手腕"去感染读者。在《地泉》中,且不说"左"倾幼稚病的影响,就作者对于农民暴动的描写的失实来说,便可以看出作者充满着小资产阶级浪漫蒂克的情调的主观理想成分对小说真实性的侵袭。小说中那种幻想的革命手段是何等的幼稚可笑,仿佛一夜之间就把一个充满悲凉氛围的异常顽固强大的封建农村社会摧而毁之。这其实就是对"五四"反封建的深刻性与中国社会革命的艰巨性认识不足。更重要的是作者并不是用"艺术手腕"来进行"间接"的表现和再现,而是将作者的思想直接宣泄出来,这正是"普罗文学"最突出的艺术缺陷。

蒋光慈认为:"革命这件东西能给文学,宽泛地说的艺术以发展的生命;倘若你是诗人,你欢迎它,你的力量就要富足些,你的诗的源泉就要活动而波流些,你的创作就要有生气些。否则,无论你是如何夸张自己呵,你终要被革命的浪潮淹没,你要失去一切创作的活力。"①"革命就是艺术,真正的诗人不能不感觉到自己与革命具有共同点。诗人罗曼蒂克更要比其他诗人能领略革命些。"②蒋光慈从诗的角度来理解和想象社会革命,将主要存在于政治和经济领域的社会革命,与"心灵"、"情绪"等连接起来。"革命"的作用是供给作家源源不断的创作灵感,激发天才的力量来创造文学艺术,后者又反过来推进革命。蒋光慈的"革命小说"就是这种理念的

---

① 蒋光慈:《十月革命与俄罗斯文学》,《蒋光慈文集》(第4卷),上海文艺出版社1988年,第57、68页。
② 蒋光慈:《十月革命与俄罗斯文学》,《蒋光慈文集》(第4卷),上海文艺出版社1988年,第68页。

形象演绎。在蒋光慈的诸多"革命小说"中,《咆哮了的土地》是以乡村斗争生活为题材的有代表性的小说。这部作品所关注的是乡村社会阶级之间的冲突,注意发掘的是年轻革命者在"革命"与"爱情"中的转变与成长。茅盾曾就这个问题批评蒋光慈说:"作品中人物的转变,在蒋光慈笔下每每好像睡在床上翻一个身,又好像是凭空掉下一个'革命'来到人物的身上;于是那人物就由不革命而革命。"[1]茅盾的批评是有道理的。譬如,小说中的毛姑由一个懵懂羞涩的村姑"转变"成为坚强的女战士,就显得过于容易也过于轻松。突变式的精神转换,把政治革命中的一些复杂因素简单化或虚化,体现了作家急进乐观的青年心态。但并不是所有的人都能如此完成这一过程,主人公李杰的"转变",就经过了一番残酷的"考验"。在撤退时,李杰面临着革命与亲情的剧烈冲突,为革命他必须忍看同伴放火烧死自己的生身父母与胞妹,但生命深处又隐隐涌动着一股强大的抗拒力。此时不论作何种选择,对李杰来说都是残酷的。蒋光慈很好地抓住了这一艺术契机,对李杰的这种错杂心态予以展露:"李杰在绝望的悲痛的心情下,两手紧紧地将头抱住直挺挺地向床上倒下,他一半失去了知觉",李杰这种株连无辜、大义灭亲的壮举,虽然表现出了一种极"左"式的大无畏的无产阶级彻底革命精神,但从反封建的视点来看,这种"转变"方式是与"五四"人道主义母题相悖的,它本身就是非无产阶级的封建意识的体现。毫无疑问,在主人公李杰甚至还有张进德的身上,都有作者自己的思想的影子。对于蒋光慈和他的话语,我们也可以理解。然而必须指出的是,革命是一个由各种各样政治、经济和社会因素构成的复杂机制,不应该以如此主观的方式予以描述,不能把它仅仅看作是一种极为有趣和富有浪漫色彩的现象。[2]《咆哮了的土地》尽管存在许多显而易见的不足,但它标示着蒋光慈的创作由此迅速走向成熟,也显示出了他横溢的才华与极大的艺术潜质。如郭沫若所说,蒋光慈"可惜死得早了一点,假如再多活得几年,以他那开朗的素质,加以艺术的洗炼,中国为什么没有伟大作品的呼声怕是不会被人喊出的罢"。[3]

---

① 茅盾:《关于创作》,《北斗》创刊号 1931 年 9 月 20 日。
② 〔斯洛伐克〕玛利安·高利克:《中国现代文学批评发生史》,社会科学文献出版社 1997 年版,第142—143 页。
③ 郭沫若:《创造十年续编》,《蒋光慈研究资料》,宁夏人民出版社 1983 年版,第 200 页。

《咆哮了的土地》等小说特别关注的是现实社会的政治经济乃至军事斗争问题,是革命者意识形态观念的转变,而很少注意风景画、风俗画、风情画的描写,乡土小说最基本的特质从这里消失了。或许是这些革命家不屑于此吧,或许他们认为这是小布尔乔亚的情调。与之有所不同的是,柔石等作家试图从"普罗文学"的弊病中挣脱出来,创造出一个既不失革命色彩,又更合乎历史逻辑的乡土现实。

柔石的《二月》写大革命前后的农村社会,同样还具有抹煞不掉的"革命的浪漫蒂克"的痕迹,但是其主题的表现,却是鲁迅所说的"曲笔"式的。虽然作者在设计人物时用了"三角恋爱"的公式,但在萧涧秋、陶岚和文嫂之间形成的纠葛正是"五四"以后青年的心境描写。我以为《二月》最成功的一笔就在于萧涧秋在追求"五四"个性解放的同时,没有忽视"五四"最基本的命题:即人道主义精神成为人的个性解放的根本起点。显然,萧涧秋救文嫂而不得不弃陶岚而去,正表现了这一代人反封建的任重而道远,也体现了这一代青年的彷徨情绪。这部小说与"革命的乡土小说"的分道扬镳,就在于小说在情节的波澜起伏中展开了风情画、风俗画的描写,回复了乡土小说的艺术特征。因此鲁迅也称赞这部小说是"用了工妙的技术所写成的"[①]。这种试图回复乡土小说艺术特征的意图更鲜明地表现在柔石1930年创作的《为奴隶的母亲》里。同样是写"典妻",《为奴隶的母亲》在思想艺术上比许杰的《赌徒吉顺》、罗淑的《生人妻》等作品都要高,其原因就在于作者的阶级意识在被进一步强化的同时,依旧没有抛却"五四"人道主义精神的烛照。这只要深入分析小说中春宝娘的人生遭际及其情感归属,就可以得到印证。毫无疑问,春宝娘被"典"的人生遭际,揭示了贫富悬殊的阶级地位所带来的人的不平等,是对阶级压迫下的罪恶的暴露,但柔石的叙事视角显然超越了这一意识形态层面,而是站在以人为本,尊重人,特别是尊重女性的现代文化的角度,在浙东地域"风俗画"的描绘中揭露与批判"典妻"这种反人性的地方文化恶习。于是,这个"典妻"的民俗故事就有了复杂的现代伦理内涵,从下面这段表意复杂的心理描写文字,就可见一斑。"在孩子的母亲的心里,却正矛盾着这两种的冲突了:一边,她的脑里老是有'三年'

---

① 鲁迅:《柔石作〈二月〉小引》,《鲁迅全集》(第4卷),人民文学出版社1981年版,第150页。

这两个字,三年是容易过去的,于是她的生活便变做在秀才的家里的用人似的了。而且想象中的春宝,也同眼前的秋宝一样活泼可爱,她既舍不得秋宝,怎么就能舍得掉春宝呢?可是另一边,她实在愿意永远在这新的家里住下去,她想,春宝的爸爸不是一个长寿的人,他的病一定是在三五年之内要将他带走到不可知的异国里去的,于是,她便要求她的第二个丈夫,将春宝也领过来,这样,春宝也在她的眼前。"

春宝娘作为被"典"者,她明白自己的身份和地位,知道自己不过是替人生子的工具,同时也是"用人";但作为女人,她已隐约地生出了对"第二个丈夫"的"恋情";而作为母亲,她对自己两个家庭的孩子都充满了难以舍弃的亲子之爱。显然,她的"恋情"与"母爱"是超阶级的"人"的生命愿望。柔石没有让她把这种"人"的生命愿望转移到"左翼"作家所推重的集体性的社会愿望中去,而是始终让她保持个体性,并进一步展露她既无法实现而又不愿放弃自己的生命愿望的痛苦与哀伤。如果说时尚的"革命＋恋爱"的小说叙事,其革命的主题实际上常常遮蔽了对人自身的关注,那么,柔石所注目的是个人在现实重重围击下的现实遭际与伦理困境。由此,柔石表现出了自己小说创作的复杂性,一方面,他有了"左翼"作家观察理解社会的意识形态观念;另一方面,他以自我生命体验的积存为凭借,倾听来自生命深处的呼唤,从而与"五四"启蒙话语保持着链接。简言之,当"左翼"文学在整体上表现出意识形态化的创作倾向时,柔石虽然未能免俗,但他尊重生活的逻辑,不为宣传自己的政治观念随意拔高人物,不塑造突变式的时代英雄,也不去寻找或编造革命的反抗故事,因而其作为一种诗性活动的小说叙事,既深刻体现了新的时代特点,又与"五四"启蒙文学有着深刻的精神联系。柔石的复杂性及其独有的小说叙事,在当时虽为一些革命文学理论家所不屑,但得到了鲁迅的肯定:"我从作者用了工妙的技术所写成的草稿上,看见了近代青年中这样的一种典型,周遭的人物,也都生动,大概明敏的读者,所得必当更多于我,而且由读时所生的诧异或同感,照见自己的姿态的罢?那实在是很有意义的。"[1]柔石的乡土叙事既有个人话语的独特性和丰富性,同时也使"左翼"文学显现出别一种风致,确实是很有意义的。

---

① 鲁迅:《柔石作〈二月〉小引》,《鲁迅全集》(第4卷),人民文学出版社1981年版,第150页。

　　丁玲20世纪30年代的一些作品亦带有"革命的浪漫蒂克"的色彩。可以说，丁玲在自觉接受这一创作模式时，就明显地抛弃了像《梦珂》、《莎菲女士的日记》那种"主观"（即人物主体性）的"表现"手法，在思想大于形象的描写中徜徉。在丁玲的"革命的乡土小说"《田家冲》中，同样犯有蒋光慈和阳翰笙那样的概念化弊病，这篇小说的发表正值"左联"成立时期，它带有明显地图解农村革命的印痕。而那篇人物性格写得很突出的《奔》，虽然要比《田家冲》高明得多，描写了农村破败的图景，但仍不免留下了图解当时革命"真理"的痕迹。丁玲在1931年发表的《水》历来被人们奉为"新现实主义"的实绩，说它是标志着"革命＋恋爱"的公式被清算，而使小说进入了表现工农斗争的新视野的境界：是"从离社会，向'向社会'，从个人主义的虚无，向工农大众的革命的路"；"《水》的最高价值，是在最先着眼到大众自己的力量，其次相信大众是会转变的地方"。① 不错，这部以1931年十六省水灾为背景的乡土小说充满了农民斗争的色彩，农民阶级革命化在小说中得以尽情地表现。但是，我们不能不深深地惋惜作品在塑造中国农民时依旧存在着隔膜，整个农民群像的描写虽然颇具性格特点，但毕竟这是在图解某种概念。我以为这部小说最大的特点就在于作者在渲染氛围上有独到之处，它起着烘托人物的重要作用，人物群像依托着氛围描写才有了些活气，否则，这部小说完全是一种当时理论的图解。需要提出来加以特别讨论的是，这部小说之所以不同于《田家冲》、《奔》，乃至于《咆哮了的土地》和《地泉》之处，就在于它具有乡土小说的"地方色彩"和"风俗画面"，形成了某种程度上的"异域情调"。当然，这不仅仅表现在小说的方言描绘上，也不仅仅体现在对乡土社会人际关系的传统习俗的描写上，小说中的景物描写也是构筑"异域情调"的艺术要素，如："沸腾了的旷野，还是吹着微微的风。月亮照在树梢上，照在草地上，照在那太阳底下会放映点绿油油的光辉的一片无涯的稻田，那些肥满的，在微风里噫噫软语的爱人的稻田。"显然，作为一种"反衬"的景物描写，它增强了小说表现的张力。可以这样说，《水》是丁玲小说的思想和艺术的"定型"和"定格"，也就是说它给丁玲的小说创作带来了两种固定的"情结"：一种是为表现某种主题思想而设置的人物行动路线图，即人物模式图；另一种是作者尽力使用"艺

① 冯雪峰：《关于新的小说的诞生》，《冯雪峰选集》（论文编），人民文学出版社2003年版，第8页。

术的手腕"加强小说中的"地方色彩"描写,把"风俗画"、"风景画"作为一种表现主题的"对应物"和"润滑剂"。前者往往会使其小说陷入概念化的模式之中不能自拔;后者则又往往将其拉入乡土小说特有的情境之中,使其艺术魅力掩盖着图解思想的苍白。这两种"情结"的相互矛盾,使得作家陷入一种两难的"怪圈",它成为作家的一种潜在的"创作情结",一直表现在她的乡土小说创作之中,如《我在霞村的时候》就明显还带着这种创作的痕迹。即便是到了作者小说创作的最辉煌时期,如写作《太阳照在桑乾河上》时,仍旧保留着这样的创作心态。

　　叶紫却是"革命乡土小说"的一个另类。鲁迅在给叶紫的小说集《丰收》作序时说:"作者还是一个青年,但他的经历,却抵得太平天下的顺民的一世纪的经历,在转辗的生活中,要他'为艺术而艺术',是办不到的。"[①]叶紫是和着自身的血泪进行创作的,在短暂的人生与文学活动中,留下了短篇小说集《丰收》、《山村一夜》,中篇小说《星》等作品。同样是从湖南走出来的乡土小说家,叶紫作为"无名文艺"的中坚,他所创造出的20世纪30年代农村的悲惨生活情态以及农民反抗的斗争画卷是令人瞩目的。鲁迅和茅盾非常看重叶紫的小说创作,在"丰收成灾"的众多乡土写实作品中,茅盾认为:"'丰灾'是近来文坛上屡见的题材,但是我们要在这里郑重推荐《丰收》,因为此篇的描写点最为广阔;在二万数千言中,它展开了农事的全场面,老农落后意识和青年农民的前进意识,'谷贱伤农'以及地主的剥削,苛捐杂税的压迫。这是一篇精心结构的佳作。"[②]叶紫的小说并不从概念出发,而是从那种具有原生状态的真实生活出发来写农民自发性的反抗斗争。区别于"革命的浪漫蒂克"乡土小说的特征主要表现在这样几个方面:首先,由于作者一生苦难的经历,使他对于下层农民有着更深刻的本质性认识,所以在他的小说中没有英雄人物出现,多是那些悲凉乡土上农民苦难生活的剪影。从《丰收》到《火》和《电网外》,再到《偷莲》、《鱼》、《山村一夜》、《湖上》、《星》、《菱》等,叶紫虽然描写了农民的斗争,但这并不是那种在无产阶级政党领导下的有自觉意识的斗争,而是在不能活的情况下采取的个体性的自发革命行动,它真实地反映出大革命失败前后农村土地革命

---

　　①　鲁迅:《柔石作〈二月〉小引》,《鲁迅全集》(第4卷),人民文学出版社1981年版,第219页。
　　②　茅盾:《几种纯文艺的刊物》,《叶紫文集》(上),湖南人民出版社,1983年版,第5页。

的情形,正如作者在《星》的后记中所说:"因了自己全家浴血着一九二七年底大革命的缘故,在我的作品里,是无论如何都脱不了那个时候底影响和教训的。我用那时候以及沿着那时候演进下来的一些题材,写了许多悲愤的、回忆式的小品,散文和一部分的短篇小说。"从这个意义上来说,叶紫的这些乡土小说中所涉及的农民革命内容,揭示了大革命失败的原因正在于没有更充分地发动起农民,而"五四"的启蒙主义思想根本就没有进入农民的文化心理。因此,叶紫乡土小说的总主题是异常深刻的。和茅盾1929年写的《泥泞》一样,叶紫的中篇《星》揭示出大革命和"五四"的狂潮根本就没有进入农民的文化圈。正因为如此,梅春姐才从那个浮浅的革命憧憬中又回到了悲惨如故的生活逆境中去,而"革命"也如许多谣言一样,在农民心里是将女人进行"裸体游乡大会",是杀掉老人和儿童。从中不是可以看到"阿Q式"和"假洋鬼子式"的"革命"的"叠印镜头"了吗? 叶紫小说的深刻之处就在于他在描写农民的苦难时,想到的是用鲁迅的笔法来总结革命的惨痛教训,而非廉价乐观地去图解理想化的革命幻影。当然,作者也常常在自己的小说结尾添上一个预示光明的尾巴:如王伯伯(《电网外》)在家破人亡之际,却终于"放开着大步,朝着有太阳的那边走去了!"又如《星》的结尾是梅春姐在死去的儿子呼唤的幻听中走向了光明:"你向那东方走吧! 那里明天就有太阳啦!"这些描写只是表现作家的一种确信人类必将走向光明的理想,当是无可非议的,虽有硬性植入之嫌,但于整个小说结构并无大的妨害。作家写农民的反抗并不采用如火如荼的斗争场面,有时甚至是采用具有诗情画意的场面和谐趣的喜剧手法来写农民自发的带有原始色彩的反抗。如在《偷莲》中,地主少爷设计玩弄少女桂姐儿,反而被村姑们绑在船上晾了一夜,文笔清新谐趣,轻描淡写。小说中的乡风民俗的描绘也是颇有趣味的。当村姑们愚弄并捆绑了地主少爷,"每只小船都装满了莲蓬,心里喜洋洋的"满载而归时,她们低声而欢快地唱起了有趣而感伤的民歌:"偷莲……偷到月三更啦……/家家户户……睡沉沉……/有钱人……不知道无钱人的苦……/无钱人……却晓得有钱人的心上……"在美丽如"荷塘月色"的风景画里,听到这样一阵阵清脆的歌声,看到这样一群泼辣机智的妇女,就仿佛又感受到了《江南·采莲弄》的情致。在《鱼》中,农民对偷鱼的湖主黄六少爷的调侃、讽刺和嬉笑怒骂,都是在轻松诙谐的笔墨中展开。凡此种种,作者之所以能够描写出如此真实生动的农村生活图景,主要还有赖于作者深厚的苦难农村生活的经验，以及作家选取生活的美学态度。其次，叶紫乡土小说的浓郁乡土气息，不仅表现在对悲凉乡土上的苦难的摹写，而且与前期写实的乡土作家一样，能够描摹出洞庭湖的山光水色。一片碧绿的荷叶点缀着的朵朵嫣红的荷花、菱角的芬芳、蓼花的清馨，……这些大自然的景物描写作为一种情绪的"对应物"展现在叶紫的乡土小说中，更增添了魅人的色彩。如《鱼》中有这样的拟人化风景描写："驼背的残缺的月亮，很吃力地穿过那阵阵的云围，星星频频地眨着细微的眼睛。在湖堤的外面，大湖里的被寒风掀起的浪涛，直向漫无涯际的芦苇丛中打去，发出一种冷冰冰的清脆的呼啸来。湖堤内面，小湖的水已经快车干了，平静无波的浸在灰暗的月光中，没有丝毫可以令人高兴的痕迹。虽然偶然也有一两下仿佛像鱼儿出水的声音，但那却还远在靠近大湖边的芦苇丛的深处呢。"这段描写不但和全文情境相合，而且其叙事的视点完全是站在一个渔人的立场上来进行由外向内扫描的，像这样的景物描写在叶紫的乡土小说中比比皆是，无疑是增加了其乡土小说的美学品位。它往往使我们想起了废名和沈从文"田园抒情诗"的描写笔法。

从叶紫乡土小说的成功中，我们可以看出，同是革命作家，由于农村生活功底的深浅不同，也由于作者的美学观念和世界观的不同，所写出的作品格调就不同，在反映生活的真实性上也就形成了差距。由此可见，革命作家光有革命的热情，并不能写出好的作品，倘使没有一个正确对待艺术的认识方法，是难以赢得读者的。

概而言之，"革命＋恋爱"式的乡土小说是 1928 年前后对革命文学主题和写作方式的一次大胆的探索，真实地表现了在时代的震荡下知识分子由"小布尔乔亚"向普罗列塔利亚的靠拢和转向。这种创作模式，凸现了文学功能中的工具性和功利性，它在一定程度上形成了文学创作上审美效果的负面化，使小说叙事流于"公式化"、"概念化"、"脸谱化"乃至"口号化"，失去了鲜活生动的形象，从而损害了"左翼"文学的艺术价值。因此，它从诞生起就受到"左翼"内部的严厉批评。但要看到的是，"革命＋恋爱"式的乡土小说不是没有成功之作，柔石、叶紫等作家的"革命的乡土小说"不仅含有丰富的政治、历史文化内涵，在某种意义上也是一种源于生命内在体验的青春书写。还要看到的是，"左翼"文化阵营在以后的文化运动尤其是延安文学运动中，事实上充分吸收了它的成功经验。革命文学运动与延安的工农

兵文学运动可以看成两次性质相当的革命启蒙运动,只不过前者面对的是小资产
阶级知识分子,后者面对的是广大农民。因此,"革命＋恋爱"式的乡土小说自有其
既不能简单肯定也不能一概抹杀的认识价值与历史意义。

(原载《广东社会科学》2007 年第 1 期)

河流·湖泊·海湾

——革命文学、京派文学、海派文学略说

王富仁

一

严格说来，"京派"不是一个"派"，"京派文学"也不是一个"派"的文学，而是中国新文学发展的第二个十年期间在北京这个特定城市从事新文学创作的新文学作家（我们现在所说的"京派"），以及由他们创造的新文学（我们现在所说的"京派文学"）。他们之所以不是一个"派"，就是因为他们实际是没有一个彼此共同服膺的文学思想和文学主张的，彼此的性格及其文风也有太大的距离，构不成一个同气相求、同声相应的文学流派。大概周作人在内心深处就不怎么样看得起沈从文的小说，沈从文常常以"农民"自诩，他的小说既有些"土气"，也有些"蛮气"，而周作人在其气质上就是一个传统的士大夫，是很爱面子的，浑身上下都是"雅"气逼人；朱光潜很推崇沈从文的小说，沈从文对朱光潜其人也没有恶感，但他们仍然不是"一路人"。在文化身份上，沈从文是个土包子作家，不大买"洋文化"和"洋教授"的账，即使对现代中国的"城市人"，特别是对那些一句粗话也不敢说的"绅士"们，就没有多少好感，而朱光潜恰恰是一个满肚子"洋墨水"的"洋教授"，是一个地地道道的现代中国的城市人，并且是一个文质彬彬、温良恭俭让、不会说粗话的"绅士"。实际上，

朱光潜之推崇沈从文，也有点降格以求的味道，正像在农家菜馆吃饭，没有龙虾、鱼翅，一盘小鸡炖蘑菇也不失其新鲜可口的味道。朱光潜内心所注重的，是西方和中国古代那些文学大师和美学大师的著作，对中国现代文学的评论，只是他作为一个文学编辑所不能不做的事情罢了，对于他，未必是那么认真、那么严格的。至于像何其芳、卞之琳、李广田这样一些青年作家，实际还没有自己固定的人生目标和艺术追求，到了后来，其变化都颇大，既与周作人有着无法跨越的距离，也与沈从文、朱光潜有着不同的思想倾向和文学倾向。硬说他们是哪一派，都是没有实际意义的。废名的枯寂是一个男性的枯寂，凌叔华的精致、林徽因的温婉，是女性的精致和温婉，在艺术上是不搭界的；沈从文的湘西世界，师陀（芦焚）的河南果园城世界，汪曾祺的苏北乡镇世界，不但是各不搭界的外部世界，而且他们反思各自世界的人生观念和审美观念也是截然不同的，从文学的角度，很难说他们就是一个流派。这在文学批评中，看得更加清楚，周作人、朱光潜、李健吾、李长之，在现代文学批评史上，都是举足轻重的人物，但他们的文艺思想和批评风格，是各不相同的，不是一派……但是，这是不是说他们之间就没有共同性了呢？不是！但他们的共同性不是由他们共同的文学主张规定的，也不是由他们的文学风格决定的，而是由其地域文化特征规定的——他们共同构成了一个地域文学的共同体。这正像现在北京的诸多中国现代文学研究专家未必都有共同的思想主张或学术主张，但他们却构成了北京的中国现代文学研究共同体，这个共同体是与上海、南京、武汉、济南等城市的中国现代文学研究共同体并不完全相同的。

二

北京文化，从鸦片战争到"五四"新文化运动，更像是河流文化，并且是一个大河文化。它像一条大河，是奔流不息的，是"奔流到海不复回"的。"五四"新文化运动的倡导者们，大都相信进化论，即使鲁迅，也无法否定进化论对自己的影响，实际是他们身处在这种大河文化的冲击下，即使在理论上不相信进化论，在具体言行上，也是身不由己的，不能不承认文化是进化的，是可以进化的。从中国固有的文化传统,到复古派、洋务派、维新派、革命派、"五四"新文化运动,一浪高过一浪,并且都朝着同样一个方向,朝着我们现在所谓的"现代化"的方向,似乎有势如破竹之势,是不由得人不相信文化的进化的。在这样一种大河文化的冲击下,一个知识分子所能意识到的,不是为自己建构一座"希腊小庙",不是为自己建构起一种什么样的固定的文化体系,一种什么样的固定的文艺思想,而是要推动中国文化、中国文学的发展,并且自己也随着这样一个变化的趋势不断向前走,走向中国文化、中国文学的未来的辉煌,也为中国文化、中国文学未来的辉煌尽到自己的一份责任。这正像河流中的鱼,它游着,但并不留恋它现在游动着的这块水域,也并不特别珍惜它现在游动的姿势和态势,而是为了最终游入大海。那时的北京文化,就是整个中国文化的缩影,所以"五四"新文化运动的倡导者们,都有一种革新中国文化、推动整个中国文化发展的感觉;他们对整个中国文化、中国文学的关心,超过对自我思想成就和文学成就的关心,至少在他们自己的感觉中,他们所做的主要不是为自己而做,而是为整个民族而做,为整个中国社会而做。在"五四"新文化运动之后的近十年间,在"五四"新文化运动倡导人的学生们那一代,虽然由于河道突然加宽、水流的速度已经缓慢了许多,但仍然有其大河文化的余绪,傅斯年、顾颉刚、郭沫若、茅盾一代知识分子,仍然有一种"创建中国新文化舍我其谁"以及"后来者居上"的感觉,以为自己的思想倾向体现的就是中国新文化的发展方向。但在这时,中国文化的发展却改了河道,由纯粹的语言文化革命转到政治革命的方向上去了。其后的大河文化,是政治革命的文化,不再是纯粹的语言文化了。这甚至也不同于孙中山领导的辛亥革命,辛亥革命还是以知识分子的宣传鼓动为主的,而到了北伐战争及其以后,就是以玩枪杆子为主了。它也是一浪高过一浪的,也是"奔流到海不复回"的,像大河的流水,一直流到1949年中华人民共和国的成立。不过这已经不是文学家的事,而成了职业政治家、职业革命家的事。在这时,北京也失了首都的地位,国民党定都南京,政治中心转移了,"北京"也改名"北平"。但在这里,还留下一些大学,一些大学的教师和学生,"五四"新文化与新文学在这些大学的教师和学生中,已经成了一种传统,回不到鸦片战争之前的固有文化传统之中去了。也就是说,中国文化的大河改了道,不流经北京了,但这里仍然不是干涸的,仍然留下了新文化与新文学的一片积水。它已经不是一条大河,不是奔流不息的了,不是"奔流到海不复回"的了,而是更像一个大的湖泊,除了原有的积水,也将全国各地的知识分子吸引到这里来,像一条条小溪流入湖泊,至少在中国新文学的第二个十年,这个文化的湖泊不但没有枯竭,而且积水越来越多,仍然是中国新文化、新文学发展的中心地区之一。所谓京派作家,实际就像在这个文化湖泊中生长着的鱼:像周作人、废名、凌叔华、杨振声,是原来就在北京的新文学作家,留在了这个"湖"里,而像沈从文、何其芳、萧乾、芦焚(师陀)、卞之琳、李广田、李长之则是新从外地进入北京的,游到了这个"湖"里。他们都是这个湖泊中的鱼,都在北京这个文化城市从事着自己的文学创作,不但"湖鱼"不同于"海鱼"或"河鱼",而且"此湖"之鱼也不同于"彼湖"之鱼,他们成了一个文学共同体,至少在形式上,就成了一个"派"。我认为,"京派"之"派",就是在这样一个意义上形成的。

我们研究中国现代文学的,首先遇到的就是"五四"新文化革命,再后来,就是中国共产党领导的政治革命,因而我们的文化观念和文学观念,往往首先是建立在这两个革命基础之上的,用我现在的说法,就是建立在河流文化的基础之上的,是以纵向的流动为主体的(从文学研究的角度,它更接近社会历史学派,是从社会历史发展的角度感受和理解文学的)。但是,我们很少注意到,这种文化,实际上是最不利于文学的成长和发展的,正像河流并不利于鱼的生长一样。在这里,我们至少应当考虑到下列几种情况:一、尽管长江、黄河、珠江、黑龙江这些大江、大河都流入了大海,成为中国自古至今并未干涸的几大河流主脉,但并不是任何溪流都是能够流入大海的。更多的溪流流着、流着,就在半路干涸了、消失了,其中的鱼也就干死在半路上。在开始的时候,是谁也分不清哪些溪流将会成为大江大河,而哪些溪流将会干涸在半路上的,所以从来都是死在干涸的小溪流河道中的鱼是大量的,而有幸生在大江、大河中的鱼则是极少的。20世纪20年代的文学家,立志成为文学革命家的人多矣,像高长虹、向培良这样的青年文学家,未必就不是诚心诚意地要成为文学革命家的人,但走着、走着,就走到绝路上去了,就半路夭折了。高长虹、向培良还是我们能够说出名字来的,而在他们身后还不知道有多少爱好文学的青年,都无声无息地夭折了。实际上,这就是多数"河鱼"的宿命,是不能埋怨别人的,而生长在一个大的湖泊中的鱼,就没有这种选择的险境。湖在,鱼就在;鱼在,就能生长,就能越长越大。二、即使生长在大江、大河中的鱼,河道也是窄的,水草也是少的,供鱼游动的空间小,供鱼食用的养料少,并且越是接近河流源头的鱼,越常常表现出营养不足、发育不良的特征。例如胡适的新诗,在其革新的意义上,是没有人能够与之相比的,但就诗论诗,我们就不敢恭维了。河流中的鱼,是注定要不断向前游的,不游,就成长不起来,壮大不起来。就是鲁迅,假若只有一篇《狂人日记》,人们也是不知所云的。他的《狂人日记》之所以显得如此丰满,就是他此后的作品不断丰富着人们对它的理解。但是,"河鱼"的这种低劣的生存条件,决定了"壮志未酬身先死"的多,而游入大海、成为我们现在所说的"文学大师"的少。仅从文学而言,陈独秀、李大钊、钱玄同、刘半农、沈尹默甚至胡适,都没有游出多远,也都没有多么光辉灿烂的文学成就。湖里的鱼则不同了,几乎从小鱼秧子开始,就有优裕的生活条件,发育是健全的。在这里,我们不能不想到京派的林徽因。从我这个近70岁的人看来,她在当时只不过是一个小女孩子,但她的诗却写得像她这个人那么美丽,绝没有在河鱼中常见的那种干瘪和枯瘦。三、河流文化是一种长度文化,一条河,要流经许多地方,地貌不断变化,气候不断变化,水质也不断变化。我是山东人,对黄河比较了解。黄河下游的水夹带着大量的泥沙,这在上游是没有的。在我想象中,黄河上游的一些鱼类,当游到像黄汤一样的下游的水中,肯定会因窒息而死的。这就像延安的王实味,在开始,挺顺的,一到了延安整风,就无法适应了,就被"呛死"了。更严重的是,每到干旱季节,偌大一个黄河,整个下游竟会滴水无存,干涸得像一个干瘪的老女人,那黄河上游整个河道中的鱼,不就全部庾死于途中了吗?虽然新的雨季到来之后,又是一河浩浩荡荡的大水,革命最终还是要胜利的,但这些在暂时的失败中牺牲的革命者,却是永久地牺牲了。革命,是一件极其残酷的事情,不论是文化革命,还是政治革命,都是有困难的,有艰险的,像左联五烈士,像应修人、潘漠华,像李大钊、瞿秋白,像杨铨、闻一多,都是在革命文化的河道中牺牲的。这对于湖中之鱼,则不是一个问题。四、从河流文化与鱼的关系来说,也是不利于鱼的生长的。实际上,在河与鱼的关系中,鱼靠河,没有河,鱼就无法生存,无法生长,鱼,要靠河水养活自己,而河里并不一定要有鱼。河里有鱼是条河,河里无鱼也是一条河。河,不是为了养鱼的,是为了将多余的水排泄出去的,而无水的地方则是靠河灌溉的。水才是河的主体,鱼是附丽于水的。在延安,有丁玲、周立波、赵树理、孙犁、李季等文学家及其文学作品,有中国共产党领导的政治革命，即使没有他们，也有中国共产党领导的政治革命。也就是说，革命文学是在革命的基础上建立起来的，而革命却不是在革命文学的基础上建立起来的。革命与革命文学的关系是一种偏正关系，而不是一种并列关系。在开始，很多延安作家认识不到这一点，碰了很多钉子。实际上，政治革命是这样，文化革命也是这样。在文化革命中，文化是为自己的民族而存在的，而不是自己的民族是为文化而存在的。直至现在，我们对"五四"新文化运动还是有各种不同的看法的，并且所有这些看法都有存在的理由和根据，因为自然这个运动的意义是对于整个民族的意义，这个民族的所有成员也都有依照自己的感受和理解对它进行评价的权利。这种情况，在湖泊文化中是不会发生的。在湖泊文化中，湖泊与鱼是一个整体，是相互依赖、相互发明的关系。鱼，有赖于湖，无湖，鱼无以为生，而湖，也有赖于鱼，无鱼，湖就没有生气。大河奔流，本身就是一个自然的奇观，更不必依赖鱼的游动，这正像两万五千里长征，本身就是一个壮举，这期间有没有文学作品产生出来，都不失为人类历史上的奇观，而湖是静的，没有鱼的游动，湖就活不起来了，就不美了，就成为一个死湖、臭湖了。那时的北京，是靠着京派文学才有了精神，有了生气的。直至现在，一想起古典诗词的优美和现代白话诗的平淡，还不能不怀疑乃至怨恨胡适的白话文革新，但恐怕没有任何一个人从内心深处就厌恶林徽因的诗，尽管她的诗也是用白话文创作的。这似乎是一个悖论，但其中并不是没有原因的：河流中的鱼，是向前游动的，它对现在的占有，同时也意味着对过去的遗弃，而湖泊里的鱼则没有遗弃什么，它只给它存在的世界增加了情趣和美感。五、河，有急流，有险滩。鱼游在河中，难免不被石壁撞断几根筋骨、不被石棱划上一些伤痕，即使侥幸游入了大海，在大海的五彩缤纷的鱼类中，也早已不是多么美丽可爱的鱼类。像胡风、冯雪峰、丁玲、萧军和艾青，到了 20 世纪 50 年代，已经是浑身错误，反不如那些没有"革"过"命"的作家显得纯洁可爱了……

　　总之，河流，并不是多么适于鱼类生长的；革命，并不是多么适于文学发展的。

三

与"京派"对举的是"海派"。

如前所述，"京派"不是一个"派"，但我们过去所说的"海派"，却是一个地地道道的文学倾向、文学派别。

上海，是在西方现代资本主义影响下在中国首先发展起来的一个现代商业城市，被我们称为"十里洋场"。我们现在所说的"海派"，指的就是那些与这个"十里洋场"有着更直接联系的文学作家及其文学作品，就是与现代商业城市滋生出来的城市消费群体的消费生活直接联系着的文学作家及其文学作品。20世纪30年代的张资平、叶灵凤、施蛰存、穆时英、刘呐鸥，20世纪40年代的张爱玲、徐訏，就常常被我们归为"海派"文学作家。

但是，我们过去所说的"海派"，与我们现在所说的"京派"，实际上是没有对应性的，因为既然"京派"不是一个严格意义上的文学流派，而是一个城市文学作家及其文学创作所构成的文学共同体，与之对应的也不应当是一个严格意义上的文学流派，而应当是一个城市文学作家及其文学创作所构成的文学共同体。实际上，这也牵涉到我们对现代资本主义及现代资本主义城市的理解。现代资本主义在人类历史上带来了生产力的迅速发展，带来了人类物质生活以及物质生活方式的巨大变化，但这绝不意味着现代资本主义的文化就是单一的物质文化或消费文化，或者是在物质文化、消费文化的基础上将人类各种不同文化倾向高度统一起来的文化。恰恰相反，资本主义文化的特征不是人类文化的更高程度的统一，而是人类文化更高程度的分化乃至分裂。在社会关系上，资产阶级的发展与工人阶级的壮大是共时性发展着的两种不同的社会倾向，资产阶级与工人阶级的分裂远远超过了封建时代地主阶级与农民阶级的分裂，将社会阶级之间的分裂发展到了前所未有的高度，从而公开撕下了封建关系的那层温情脉脉的面纱；在政治、经济、文化的关系上，资本主义经济权力的发展与资本主义政治权力的发展、资本主义文化权力的发展是共时性发展着的三种不同的社会权力，其对抗的力量远远超过了中世纪贵族政治、农业经济和宗教权力之间的对抗,将社会各项事业及其从事社会各项事业的人之间的对抗发展到了公开化的程度,传统社会那种所谓人类统一的价值观念体系在资本主义社会的条件下终于走向了瓦解:"上帝死了。"这种分裂也带来了文学自身的分裂,资本主义时代是个"主义"丛生的时代,资本主义时代的文学也是"主义"丛生的文学。不同的"主义"有不同的立足点,彼此是平等竞争的关系,而不是相互替代、相互包容的关系。显而易见,资本主义文化的这种特征也是当时上海文化的特征。所以,我们与其将"海派"理解为由一种文学倾向构成的文学流派,不如将其视为由各种不同文学倾向构成的一个城市文学共同体。

如果这样理解海派,我认为,当时的海派文化实际上更是一种海湾文化。海湾文化的首要特征就是与外海的直接联系,在海湾与外海之间是可以直接流通的,中间没有将其绝对隔离开来的堤坝,外海的鱼可以直接游到海湾中来,并成为海湾鱼类之一种。湖泊文化是独立的,海湾文化没有湖泊文化那种相对完整的独立性。周作人在"五四"时期是不计较外与内的差别的,但到了后来,就将"新文学"传统主要归到晚明知识分子那里去了。但这也是他由大河文化转化为湖泊文化、由"五四"文化转化为"京派文化"的开始。朱光潜是一个西方美学家,写过《悲剧心理学》,但他在具体评论文学作品的时候,用的却不是西方美学的标准,而更多是中国传统文学的标准,他对更带西方悲剧美学特征的鲁迅小说并不十分赞赏,倒是对与西方悲剧美学特征有更明显距离的沈从文的小说,有着更高一些的评价。他们都很注意与海外文化的区别,在海外文化与中国新文化之间筑起一道堤坝,使之明显隔离开来。周作人的小品散文、沈从文的小说、废名的小说都异常突出地表现出了这样一种特征。到了海派文人那里,情况就大不相同了。他们大都是直接认同海外的一种文化派别的,并以海外这种文化派别的徽帜作为自己的徽帜。我们知道,在当时上海文化界具有广大影响的左翼知识分子群体,就是公开打着马克思主义的旗帜的,除了鲁迅,他们谁也不会认为自己的思想实际是与马克思的思想有着严格的区别的;按照当今的标准,我们甚至可以控告梁实秋的著作是对美国白璧德著作的抄袭,因为他的文艺论著中的主要观点,都是对白璧德文艺思想的转述,而在当时,甚至连与梁实秋争得脸红脖子粗的鲁迅都不会在意这些;"论语派"之于英国的"幽默",新感觉派小说家之于日本的新感觉派小说,都是只重"同"而不求"异"

的，像是海湾中的鱼，可以在外海与海湾之间穿梭般往来，出来进去都是一个样，它们觉不出这之间会有什么根本的变化……

湖泊是静的，所以湖泊里的鱼即使是成群结队地游着，也是各自独立的，彼此没有什么约束，也不必有什么约束；它们是个人主义者，各自有各自的想法，各自有各自的打算，不必考虑别人喜欢什么与不喜欢什么，更不必为别人牺牲自己，在其内部的精神上是十分分散的，但这种精神上的分散并不影响它们集体的生活，它们总是成群结队地游着，即使不是同一个族类，彼此也没有不可克服的矛盾和斗争，所以在形式上它们更是一个群体，组成的更是一个"和谐的社会"。海湾对于外海，当然平静多了，但对于湖泊，却仍然是动荡不宁的，仅仅潮起潮落，就使海湾的鱼不能不受到海流的影响。在这动荡不宁的海流中，不同族群的鱼是有不同的活动轨迹的。整个海湾中的鱼，并不给人一种整体的感觉，彼此的差异是十分明显的，并且各有各的命运，各有各的盛衰历史，其喜怒哀乐并不相通，但具体到一个族群，又是有其集体意志和集体主义精神的。特别是在狂风恶浪中挣扎求生的鱼群，那种在艰险中不退缩、不掉队、不离群、不四散逃生的场景，至今还是颇令人感动的。我们知道，在当时的上海，最突出地表现出这种特征的就是左翼知识分子群体，但却不限于这个群体，同时还是当时上海所有独立文学派别的特征：上海时期的"新月派"、"论语派"、民族主义文学派、新感觉派乃至自由人、"第三种人"，哪一个文学派别又没有为自己的独立生存与发展进行过斗争呢？哪一个派别又不是在彼此的论战中将自己的身影镌刻在中国现代文学史上的呢？这是海湾文化的特征，是海湾鱼类的基本生存方式。如果说生在静态社会背景下的京派文学，总是表现着一种自由悠游的神态，而在汹涌海流中的海派文学，则是有战斗性的，则是敢于在自己的论敌面前"亮剑"的，当时上海几乎所有文学派别，都曾公开亮出过自己的思想之剑、文学之剑。向海外求同、向国内求异、党同伐异、远交近攻，几乎是海派文学的一个总体特征。

实际上，海湾文化也是不那么适于文学发展的，特别是在中国现代文学的历史上。这里的原因是明显的，海湾里的鱼大都是从外海游进来的，那些在外海能够得到自由发展的鱼，由于不适应海湾的特殊环境，可能活不很长时间，而那些迅速适应了海湾的特殊环境、活了很长时间的鱼又可能长不很大，这在"全球化"程度还很低的中国现代社会,尤其如此。所以,"海派"有"海派"的苦衷,"海派"有"海派"的困境,它们大都是崇拜外国文化的,但外国文化却未必钟爱它们。这种状况,直到现在,依然存在。例如,中国的自由主义者大都是崇拜美国文化的,而美国文化却并不特别钟爱中国的自由主义者,倒常常更加重视与中国的自由主义者立于相反立场的保守主义者。海湾与外海原本是没有一个有形的堤坝的,内外可以自由通行,但在人们的观念上还是能够清楚地意识到海湾与外海之间的界限的,对海湾之鱼与外海之鱼各有不同的评价标准,这就使海湾里的鱼类陷入了一种尴尬的境地:外海的鱼认为它们是内陆的,不那么喜欢它们。而内河的鱼又认为它们是外海的,也不那么喜欢它们。甚至连它们自己也不知道到底应该用什么标准衡量自己,一忽儿这样想,一忽儿又那样想,搞得自己没有一个主心骨,在文学创作上也是摇摆不定的,无法将自己的"主义"贯彻到底。此其一。外海是广大的。在外海,尽管不同的鱼类之间也有差异和矛盾,甚至可以互相残杀、互相吞噬,但由于空间太大了,每一种鱼都有较为充分的回旋余地,所以尽管天敌甚多,作为一个族类,也不容易被敌人消灭。在世界范围内,马克思主义和白璧德主义是天敌,但马克思主义以苏联为大本营,白璧德主义以英、美为根据地,在近距离的战斗中,各自都能取得自己的胜利,但在远距离的战斗中,谁也不能够消灭谁,反而构成了一种互补共存的世界文化格局。到了中国的"海派"文化中,情况就大不相同了。在彼此面对面的斗争中,就成了你死我活的,彼此没有退让的余地。此其二。由于以上两种原因,海派文化内部的斗争,常常只是理论上的斗争,是口水战,彼此的分歧来不及通过具体的文学创作表现出来,并且构成像西方现实主义、浪漫主义、现代主义那样的真正的文学流派。思想上的差异更大于文学作品之间的差异,名不副实的现象是海派文学的普遍现象。严格说来,茅盾的《子夜》并非真正意义上的无产阶级革命文学,施蛰存的小说也不是弗洛伊德精神分析小说,林语堂的散文并不那么"幽默",自由人的文学并不那么"自由",民族主义文学家的作品也未必真正是民族主义的。这正像每一个去外国留学的学生都为自己起了一个外国名字,但却并不因为有了一个外国名字便成了外国人一样。此其三。

在动与静的比较中,海鱼与河鱼是类同的,革命文化要"革命",海派文化要"争斗",都不能不动。它们是以"动"为贵,以"动"为荣的,都在自己的方向上表现出一种激进的姿态。湖鱼则另成一类,它们需要的是"从容"。但从内外关系上考察,河鱼与湖鱼都是淡水鱼,独有海鱼是咸水鱼,味道是不同的。革命文化要革命,最终还要落实到中国老百姓身上,这就有了中国的土气,京派知识分子重视的更是自己的中国经验,即使从外国接受过来的东西,也早变了味道,没有海鱼的咸味了。上海是"洋场","洋货"最受欢迎,其次便是出口转内销的中国货,与内地的趣味是截然不同的。上海的左翼作家在其社会追求上是与中国共产党领导的政治革命遥相呼应的,从上海到延安解放区的作家也相当多,而京派作家则与中国共产党领导的政治革命没有多么紧密的联系,此后成为解放区作家的人数也较少,但上海的左翼作家讲"意德沃罗基",讲"奥伏赫变",还是洋味十足的,到了延安解放区,就有了"小放牛",有了"逼上梁山",中国味十足了;在思想倾向上,沈从文、废名、萧乾、师陀这些京派小说家,都不是革命者,但从小说创作风格的角度,他们与其说更像张资平、叶灵凤、刘呐鸥、穆时英、施蛰存这些非革命的小说作家,不如说更像鲁迅、赵树理、孙犁这些革命的小说作家——他们的作品都可归入"乡土小说"的一类。

总之,革命文学、京派文学、海派文学是在三种不同语境下中国现代文学的三种不同的文学形态,就其特征,革命文学更接近河流文学,京派文学更接近湖泊文学,海派文学更接近海湾文学。我认为,时至今日,中国文学仍然是在这三种文学形态既相互纠缠、相互冲撞、相互制约而又相互吸引、相互补充、相互融合的过程中演变和发展的。

四

如上所述,我们过去的中国现代文学的观念,主要是由革命文学的观念构成的,在前有"五四"文学革命,在中有左翼文学运动,在后有解放区文学,三者连成一个统一的历史线条,构成了一个统一的文学历史的骨架。李何林、王瑶、唐弢等学术前辈就是以这样一个骨架建构起最初的中国现代文学史的整体框架的。他们对中国现代文学史上的各种文学现象都有涉及,但仍然是以革命文学的特征作为唯一合理的文学标准分析和评价所有这些现象的,这就在具体叙述中国现代文学的历史过程的时候发生了严重的失衡现象。这种失衡现象集中表现在 20 世纪 30 年代,而在 20 世纪 30 年代则集中表现在对京派文学历史地位估价的严重不足与对左翼文学之外的海派文学(我称之为"狭义的海派文学")发展倾向的简单否定。实际上,在 20 世纪 30 年代文学的历史上,左翼文学运动承上启下的历史作用及其具体的文学成就是不可忽视的,但京派文学的文学成就却并不像我们描述的那样不值一哂。时至今日,我们已经能够看到,在当时的京派文学中,包含着在"五四"新文化运动中成长和发展起来的新文学的开山者之一、作为中国现代小品散文魁首的周作人,包含着一个继鲁迅之后最杰出的短篇小说作家、同时也是 20 世纪 30 年代最杰出的短篇小说作家的沈从文,包含着中国现代学术史上的一个最杰出的学院派美学家的朱光潜,周作人、朱光潜、李健吾、李长之的文学批评在中国现代文学批评史上各成一派,并且都堪称中国现代文学批评史上的重头人物;沈从文之外,废名、师陀、萧乾、汪曾祺的小说也都独树一帜,在中国现代小说史上是不容忽视的;到了后来,何其芳、卞之琳都成为中国现代文学史上的著名诗人,而凌叔华、林徽因则是为数不多的中国现代女性作家中的两个;周作人之外,废名、李广田、萧乾、汪曾祺也都是中国现代文学史上的著名散文家;现代话剧仍不发达,但到底有李健吾的戏剧作品,并不是一片空白;标志着现代话剧艺术最高艺术成就的曹禺的作品,走红于上海,但其创作,却始于北京。所有这些,都是不能仅仅从革命政治立场的角度得到充分说明的。也就是说,他们不是"革命的",但其文学成就却是不容忽视的,而像蒋光慈、潘漠华、应修人、胡也频等大量革命作家,在中国现代革命史上的贡献当然是不容抹煞的,但在其具体的文学创作上,却未必能够超过京派作家的贡献。革命文学,是中国现代文学的一种独立的文学形态,但又不是唯一的文学形态,用单一的革命文学的标准,并不能对京派文学做出全面而贴切的分析和评价。

"文化大革命"结束后的中国现代文学研究,对于京派文学和狭义海派文学研究的加强是一个重要的趋势,在"文革"后第一代硕士研究生的毕业论文中,凌宇的《从边城走向世界》是一个标志性的成果之一,它同时也开创了新时期以来的沈从文研究,将沈从文研究提高到了同鲁、郭、茅、巴、老、曹研究同等显豁的水平,体现着新时期以来中国现代文学研究的新发展,而在另外一个方向上,以舒芜的《周作人概观》、钱理群的《周作人论》和《周作人传》为标志的周作人研究,也以直逼鲁迅研究的气势迅速发展起来,所以"京派文学"虽然是一个新的概括,但这个概括却并不空泛,以京派文学研究为论题的专著和学术论文也相继涌现出来。显而易见,这是一个合乎规律的中国现代文学研究现象。但是,"文化大革命"结束后的中国现代文学研究,是在社会政治领域的翻案风的影响下发展起来的,它或明或暗地仍然承袭着"文化大革命"前所流行的是非判断形式的影响,这就使京派文学研究常常是在与左翼文学研究的对比乃至对立的关系中得到彰显的,因而也以另外一种形式影响到对整个中国现代文学研究的感受和理解。我认为,将革命文学、京派文学、广义的海派文学作为迄今为止的中国新文化发展的三种主要的文学形态加以研究,而不是将其作为完全对立的文学倾向和文学流派,是当前中国现代文学研究应当注意的一个重要问题。

革命文学,是有较为清晰的创作目的的,尽管这个目的未必是实利性的目的。所以,革命文学在其内部结构中必然存在着两个极点,其一是作者的理想(社会的或精神的),其二就是"现实"。前一个极点在中国现代文学史上往往受到西方文化的影响,但不是西方文化的本身,而是西方文化对作者本人的影响结果,是在其思想或精神中的"已有";"现实"则是中国固有文化传统(其中也包括已经被中国文化所吸收了的外来文化)在当下社会的结晶体。所以,革命文学常常表现出反传统的倾向,因为它希望改革的现实就是中国固有文化的折射板。凡是优秀的革命文学作品,都不可能完全脱离中国固有的文化传统,但中国固有的文化传统必须通过这个折射板极为曲折地表现出来,将中国现代革命文学与中国固有文化的联系平面化、直接化,就有模糊其革命性的危险,这在我们的研究活动中是必须注意的。中国现代革命文学与西方文化的联系,更应是精神的,而不是形式的,在中外比较文学研究中,脱离作者本人思想的和精神的要求而单纯地比较文学形式的异同,就有将革命文学作品虚无化的危险。革命文学的根本是革命,而革命是有实际内容的,只讲形式,不讲内容,革命文学就不成其为革命文学了;广义的海派文学,是在与西方文化直接交流中发展起来的文学,这种文学具有更加明显的反传统的性质,但只要它能够比较成功地将西方文学的精神或形式输入到中国,它就是有其价值和意义的文学。它体现着中国文学的跳跃性变化,可能一闪即逝,也可能多年以后才在中国文学中发挥其实际的影响作用。而京派文学的文学联系则是与中国固有文化传统的联系。它是前一个时期文学革命的结果，但就其自身，则是具体运用这种成果进行个人化的文学创作的结果。在这时，中国固有的文化传统更多地被纳入已经革新了的文学形式之下发挥自己的作用，是新文学与中国固有的文化传统在更大的范围和更内在的精神上进行融合的结果。京派文学是"五四"文学革命的结果，但它本身从事的不是文学的革命，而是个人化的文学创作。

　　我们看到，京派文学在 20 世纪 30 年代几乎是最丰腴、最精美的一种文学形态，而到了 40 年代，周作人就陷入了他平时极为厌恶的政治的泥坑，并且是绝大部分中国人都不愿陷进去的一个外国侵略者的政治泥坑，演出了一出类似《红楼梦》中的妙玉的人生悲剧，而在 1949 年之后那段政治化的年代里，除了像何其芳这类早已离开了京派文人圈子的京派作家，原来的京派文人大都以退出文学或固有的文学立场为代价而获得了物质性的生存权利。如果说那时还有胡风集团、丁玲、冯雪峰、艾青、邵荃麟、李何林这样一个不断遭到整肃、也不断趋于瓦解的左翼文学阵营的话，这时却早已没有"京派"也没有"京派文学"了。——京派文学形态的再度出现是在"文化大革命"结束之后，在这时，具有文学革命精神的知识分子在"五四"文学革命传统的旗帜之下重新开辟了一个新的文化空间和文学空间，而在此后得到更为充分发展的却不是革命文学，而是类似于 20 世纪 30 年代"京派文学"的文学潮流，周作人、沈从文等京派作家的影响不论在其理论界、创作界，还是在其文学接受群体中间，都逐渐取代了鲁迅的影响，而文化平和主义对文化激进主义的胜利则是这个时期中国文化发展的总体特征。但尽管如此，在近三十年的文学发展中，我们仍然不能低估京派文学形态在其中发挥的重要作用。

　　冬天有松柏，春天有桃李。——这就是文学，这就是文学的历史。

（原载《中国现代文学研究丛刊》2009 年第 5 期）

『社会剖析派』乡土小说

中国现代文学史

论"社会剖析小说"

王友琴

《子夜》,作为中国现代长篇小说成熟的标志,作为茅盾个人创作的高峰,已经在现代文学史研究中得到了高度评价和广泛注意。本文所注重的,是关于它的一个富有启发性却还未被充分研究的现象:在它之后,出现了一批创作方法、美学原则及风格等与之相近的小说。一个文学巨浪的涌起带来了一道流量充沛、富于个性的小说河流。我们把这个小说流派称为"社会剖析小说"。

当我们使用这一特殊名词时,主要指这样一些小说:茅盾的《子夜》、《林家铺子》、《春蚕》、《霜叶红似二月花》等,吴组缃的《一千八百担》、《樊家铺》等,沙汀的《在其香居茶馆里》、《淘金记》等,以及艾芜的《山野》、《故乡》一类小说。

这并非一个一呼群应而形成的文学派别。但假如不把明确的纲领、宣言或盟主作为定义流派的首决条件,我们会发现把它们归为一个流派是有道理、有意义的。首先,这些作家有比较一致的创作主张并互相理解。他们曾互相评论作品,或赞扬,或批评,通常出自他们共同的创作主张。他们之间的讨论切磋,并非出于原则的对立或分歧,恰恰相反,是要使他们共同的美学原则在作品中体现得更加完善。① 另

---

① 见吴组缃《新书介绍·〈子夜〉》,北平《文艺月刊》创刊号,1933 年 6 月;茅盾:《〈法律外的航线〉读后感》,《文学月报》第一卷第五、六期合刊,1932 年 12 月;沙汀:《感谢之辞》,《新华日报》1945 年 6 月 30 日;茅盾:《〈文学季刊〉第二期内的创作》,《文学》第三卷第一期,1934 年 7 月;茅盾:《〈西柳集〉》,《文学》第三卷第五期;等文。

外,他们都曾在个人创作道路上经过相当一段时期的摸索或试验,甚至是在经历了某种转变之后才进入一种相近相似的创作状况的。这种探索过程说明他们有相当高的自觉性。他们创作主张方面的一致不是偶然的、表面的,而是深思熟虑的结果。

然而,这些小说之间最重要、最深刻的联系,在于小说内部要素的选择及结构方面的共同性。每篇小说各有独特的生活场景、人物性格、故事和情节,面目各异。但是,它们在某些层次上显示出重合现象。同时,这种重合不是孤立的、零散的点的重合,这些重合部分是有机地结合起来的。并且,这种结合主要决定了小说的整体风貌及特征。这种共同性是把这些小说组合成一个流派的最有力的纽带。

这种共同性还决定了这些小说和以往作品的差异,而这种差异正是这些作家对现代小说发展进步作出的贡献所在;这种共同性也决定了它们和同时代其他小说,比如沈从文、施蛰存等的小说的区别。如果忽视这些差异和区别,对小说发展史的描述将是朦胧的、含混的。同时,这些小说在发表时影响较大,至今仍拥有相当多的读者,说明其美学原则有较普遍而长久的价值。所以,在历时性研究和共时性研究方面,在历史的研究和美学的研究方面,考察这些小说的共同性都很必要。如果拘泥于只有正式发动和组织的小说运动才能称为流派,那么就脱离了中国现代小说发展的历史状况,放弃了一种说明小说史的较好方法。

对于这种共同性的内涵,在这个流派的命名中已作了最扼要的概括。前人曾论及这个特征。瞿秋白在《子夜》发表当年指出:"在中国,从文学革命后,就没有产生过表现社会的长篇小说,《子夜》可算第一部。"①捷克的普实克、日本的尾坂德司也曾指出这一特征。② 但这些说明毕竟还很不够。对小说来说,把作者的愿望和意图,通过"小说化"的方式具体展现给读者是最为重要的。所以,本文的讨论角度,是从小说的内部要素及其联系出发,在这些小说的表层模拟、因果认识和价值判断三个层次上,阐明、分析、评价这些小说的共同性。

流派研究为小说史的研究提供了一种新的思路,为小说运动的整体现象和作

---

① 瞿秋白:《读〈子夜〉》,署名施蒂而,《中华日报》1933 年 8 月 13 日。
② 普实克为捷译本《腐蚀》所作《后记》,尾坂德司《〈子夜〉日译本译后记》。

家个人创作研究之间提供了一个中介,作用类似化学中的分子层次研究。这是一种亚宏观的分类研究。已有的小说分类模式,有从篇幅长短分,有从创作方法分,有从题材分,有从人物分。流派研究不采取这些分类模式。作为一种类型研究,本文强调把一个流派的小说当作一个艺术的整体结构来看,分类的依据当来自结构和构成因素的差异。同时,由于强调从小说历史、从小说本身的实际情况出发,希望能将本文纳入一个更具有中国现代小说意味的批评体系之内。

一

《子夜》第一章近结束处,一个人物回答"我们这社会到底是怎样的社会"说:"你只要看看这儿的小客厅,就得到了解答。这里面有一位金融界的大亨,又有一位工业界的巨头;这小客厅就是中国社会的缩影。"——这里所说的客厅,是小说里的客厅,所指的人物,是小说家布置在客厅里的人物。这段话提示了理解作者艺术部署的线索:他在小说中要展示的是"中国社会的缩影"。

《子夜》展现了三十年代中国社会生活的广阔场景,地涉都市和乡村,事及经济、政治、文化,甚至军事,描写范围之广,中国现代小说中无能企及者。当然,《子夜》是三十万言长篇,声势浩大,但是即使在吴组缃几千字的速写《黄昏》中,也总体性地表现了处于经济崩溃中的中国农村的惨状。

一般说来,各种小说都具有以某种方式模拟生活的表层形态。"社会剖析小说"着重于对社会生活的"缩影"式描写。这种描写有两个特点。首先,它是写实的、仿真的、客观的,而非理想化的、变形的或象征的。甚至,这些小说都带有某种程度的历史纪实性。其次,它是全面的、整体化的、综合性的,而非个人化的。这些小说把巨大的社会框架容纳进来,形成所谓"全景性"的作品,而不只进行局部的放大。即使在部分描写某个人遭遇的短篇小说中,个人的遭遇也不是偶然的,不是个人的因素造成的,作家试图引起读者注意的首先是决定这些个人遭遇的社会整体。

几乎可以在任何一部小说中找到某些描写"社会"的东西,"社会剖析小说"和其他小说在这方面的质的区别,在于描写规模之大、比重之多和真实性之高,以及充分的自觉性。茅盾曾明确表示他有"大规模地描写中国社会现象的企图",①他甚至把这种企图称为"野心"。② 为了保持作品的完整和精致,小说家们往往小心翼翼地择取素材,而这派小说家却大胆提起闸门,让广阔复杂的社会生活洪水涌进作品。

作为小说家,他们不能用户籍统计、经济产值、法律文件之类的材料或数字来说明和描述社会。他们没有这类专门化的武器。但是,他们却有一支可供调遣的灵活多变的影子部队——小说人物。他们给予人物各种身份,用各种社会关系把虚构的人物联系起来。这些小说通常有较多人物数目,人物关系有横向的,也有纵向的。有的人物形象不乏某种哲理或道德化身的意味,但作者首先强调的是他们的社会角色。小说中的人物关系是对社会结构的直接模拟。小说中建筑起的虚构社会和现实社会形成一对相似形。

这种人物设置是和题材选择密切相关的。社会或其某些层面的总体再现,必须依靠于一定数量的人物群。比如《淘金记》中的人物,就孤立的一个两个而言,他的所作所为可能被理解成是个人在道德方面的弱点使然。但作者展现了一群,几乎是基层权力结构中有势力者的全套代表。他们没有法律观念,没有实业意识,贪婪、懒惰、虚伪、鄙俗,现代化的气息几乎吹不进。当小说有些意外却又合情合理地写出事件结局时,读者能领悟到造成这一切的并非只是个别人物的品质。个别人物的行为已经融合成一种整体性的东西。一张似乎看不见然而又大又粘的强有力的网子控制着生活的进程和结果。读者的批判力自然被引导向那张可以被称为"社会"的关系网上。"社会"是这里实际的"主角"。沙汀在对中国社会基层组织的经济、权力结构和实权人物的文化观念的揭示方面,作出了重要的贡献。他和其他"社会剖析小说"作者在社会关系的整体描写方面的成就,表明了他们对一个哲理性问题的深刻理解:从一滴水就可以知道每一滴水的内容,但是一滴水却形不成风浪。人们往往强调小说要"以小见大","从一滴水看大海",实际上,整体描写具有某种不可取代性。

---

① 茅盾:《〈子夜〉后记》,《子夜》,开明书店 1932 年 4 月版。
② 茅盾:《〈子夜〉后记》,《子夜》,开明书店 1932 年 4 月版。

这种对社会整体的描写也有助于对个人形象的刻画。比如知识分子形象,"五四"以来,小说多有写及;迄今为止,知识分子在中国现代化进程中的境况和作用依然是非常吸引人的主题。《子夜》中的经济学教授李玉亭,着墨不多,但关于他的塑造、评价方式却很有特点。利用小说中现成的社会框架,李的私人情感生活和职业性活动是同时在两个区间中进行的。通过不同层次的社会关系和交往,展示了人物性格的多种层次及其内部联系。这个人物的真实性、丰富性,使人对茅盾想在《子夜》中写入"一九三〇年的《新儒林外史》"[①]的计划未能实现而深感遗憾。现代社会使人的内心世界日趋复杂,也使人和人的关系、人和社会的关系日趋复杂并联结紧密。现代小说在心理描写和社会描写两个方面分别作着努力。"社会剖析小说"的描写重心显然是在后者。这些小说体现了这样的美学见解:长在大树枝头的一片树叶和放在抽屉里的一片树叶是不等同的。这些小说中的人物被放进了政治的、经济的、意识形态的、伦理的、血缘的等等关系中,并主要通过这些关系得到表现。

《林家铺子》、《春蚕》、《天下太平》等小说,由于篇幅限制等原因,比较集中地写了某个人、某个家庭的遭遇,但是这些个人的历史在某种程度上代表了社会的历史,社会在这些小说中不是个人经验的可有可无的背景。《春蚕》中,茅盾把养蚕的经过及仪式、把农民的虔诚和勤劳描写得如此动人,以致连对小说的社会主题不以为然的夏志清也表示赞赏[②]。但是,《春蚕》主要意在通过养蚕丰收反倒破产的严酷事实,揭示农村经济破产的惨痛情况。感人的养蚕过程描写,使悲惨的结局更加震动人心。这和沈从文的小说《会明》恰好成为对比。一个军队的老伙夫沉醉于照料一群可爱的小鸡,并不含什么功利的目的。沈从文通过这些,表现的是人对生命、生活的天然的纯良的热爱之情。那是一个有关人生哲学的主题,而非社会的主题。同样是关于人和所饲养的小动物的故事,在两种不同流派的小说中所表示的意义相差很远。事物的总体特征并不是由它的组成部分简单叠加而成的,系统论的这一原理在小说流派研究中可以看得很分明。

---

①　茅盾:《〈子夜〉后记》,《子夜》,开明书店 1932 年 4 月版。
②　夏志清:《中国现代小说史》,第六章。

　　表现社会全景的创作意图直接影响了这派小说的叙事结构。这些小说少用个人传记式的"向心"结构，往往注重把一些人的命运联系起来写。在《一千八百担》、《黄昏》中，甚至完全放弃了主要人物，也把全文组织得紧凑、有序，因为个人背后那个最大的主角"社会"起着强有力的黏结作用。这派小说比较注重大场面的描写，比如《一千八百担》中的祠堂聚会，《子夜》中的吴老太爷出殡等。这派小说的时空性也有特点，由于描写空间非常开阔，篇幅总有限度，时间延伸便往往缩短。除了《霜叶红似二月花》这种准备以多部形式的漫长篇幅展开的小说，这派小说中的时间跨度往往较小，同时保持了一种对生活横断面的完备的、明晰的、详尽的描写。

　　注重表现社会生活和社会问题，在中国小说中并不自"社会剖析小说"始。十七世纪中叶的《儒林外史》，就曾被晚清小说评论者奉为"社会小说"的楷模。晚清，严重的国家和民族危机中，《官场现形记》、《二十年目睹之怪现状》等成为广有影响的抨击社会弊病的作品。除极个别的例子外，"谴责小说"和《儒林外史》一样，由一些有相当独立性的人物故事组成一种链环式结构。"社会剖析小说"则把各种人物的命运和性格发展有机组织起来，贯穿始终，形成一种整体性很强的网络结构。这表明了它在小说叙事形式及把握复杂的社会面貌方面的进展。作进一步的比较，我们还将发现，区别不仅在于"社会剖析小说"具有更深厚自觉的对社会历史客观性的追求，还表现在下文要分析的两个层次上。

二

　　小说不能仅仅向读者罗列生活的表面现象。作为思维产品，它应该能穿透生活的可见层面，去发现那些比较隐蔽、比较暧昧的因果关系和制约关系；它应该超越一般人的表面经验，探索生活的深邃过程。事实正是这样，只看见苹果落在树底下的芸芸众生终只是物理学的门外汉，发现了"万有引力"法则才使牛顿成为伟人。一部小说的深度，一个现实主义小说家影响的广度和持久性，很大程度上取决于对生活的理解和认识。对社会生活的理解、认识和剖析，是"社会剖析小说"成绩最大的一个层面。在这派小说中，这种认识和分析主要是通过情节和动因、人物和环境的关系表现的。

"社会剖析小说"的情节,大多取于某桩事——开公司、开矿、养蚕、破产,等等。经济活动在这些小说里占了重要的分量。这是中国小说中前所未有的。《红楼梦》写了乌进孝交租,甚至还列出了全部详细的账单。尽管这一部分曹被捧得很了不得,其实在整部小说中作用并不大。"五四"以后的小说,也少有对经济关系的直接的、正面的描写。在"社会剖析小说"中,各个人物奔波来往,忙忙碌碌,或悲或喜,似乎都有各自明确的个人动机或愿望,组织着各自的生活。然而,作者写出他们都和经济生活的漩涡相关。小说形象地展现了,是经济利益的考虑主要决定了人们的行为并导致他们之间的复杂的矛盾冲突,多是经济生活潮流决定了情节的发展过程和故事的结局。在这派小说中,主要决定个人命运的是社会经济体系,而不是个人的主观动机或品德善恶,也不是由于某种误会或巧合。这派小说着重指出了在人物一系列活动背后支配着生活现象的物质力量。吴组缃曾写信给茅盾,说他想在小说中"从经济上潮流上的变动说明这些人物的变动和整个社会的变动"。①这也是对"社会剖析小说"的一个很好的说明。

这些小说是形象的、具体的、生动的,又是逻辑的、深入的、严密的。这些小说揭示了中国现代社会经济发展过程中的一些重要问题,以致被认为可以当作学习研究中国经济的书来读。②《子夜》中有一段描写:吴荪甫失败后,暴怒、叫骂、颓丧,然而想着想着"又忍不住笑起来,觉得万事莫非前定,人力不能勉强"(第十七章)。这个精明强悍、刚愎自用的人物,失去对自己命运的支配后转向了迷信。可是作者已经在小说中揭示了他失败的原因,指出了中国民族资本主义难以发展的社会根源。这使人想起了马克思的话:"相当长期以来,人们一直用迷信来解释历史,而我们现在是用历史来说明迷信。"③——"社会剖析小说"正起了这样的作用。

"礼会剖析小说"广泛揭示了中国社会的结构和阶级关系、阶级的演化和变迁、经济利益的驱使作用、权力的转移和使用等等,但经济的动因并不被简单化地表现为直达于人物的行为动作。这派小说表现的不仅是经济和日常生活的直接相关关

---

① 转引自茅盾《〈西柳集〉》,茅文详见本文首页注①。
② 钱俊瑞:《怎样研究中国经济》。
③ 《马克思恩格斯全集》第1卷,第425页。

系,还表现了社会生活变动的复杂过程,表现了经济因素是怎样通过文化的、道德观念的改变而作用于人的行为的。描写社会经济活动是和描写人的理想、价值观念结合在一起的。这派作家对他们同时代人的精神风貌,对贯彻在社会实际生活中的人们内心的行为原则有深刻的了解。他们生动地、鲜明地、具体地描写并对比了中国社会中各个集团的文化模式。鸦片烟枪、天天喝猪牙巴骨汤的"肥人"养身法,刮了一半要睡上一觉的刮脸法(《淘金记》);手抄本《太上感应篇》,丽娃丽姐游乐村(《子夜》);"刀板咒"(《黄昏》)……各自代表了某种文化类型,与某种经济生活方式相联系。同时,这些小说还表现了在社会转变时期像用了"缩时术"一样同时出现的不同的"文化代",表现了不同的生产和生活方式产生的几代人之间的"代差"。曾经有人认为,国民党政府抗战期间迁到重庆,文化环境变了,直接统治基础从宁沪地区的资产阶级变成了四川的土豪劣绅,在道义方面彻底腐败了。[①] 从《子夜》和《淘金记》所写的社会文化生活的对照中,我们可以看到后者确实更加蒙昧、顽固、腐朽、僵化。这种对中国社会文化的清醒而明晰的剖析,体现了作者敏锐的洞察力和精微的分辨率。

道德问题在"社会剖析小说"中也占有一定位置。这些小说注重历史地、具体地展现社会怎样造就和改变人们的道德观念。正是在社会问题和道德问题的这个交叉点上,小说把社会主题和道德主题结合起来了。吴组缃的《樊家铺》、《小花的生日》等作品,对经济破产中的皖南农村在道德人心方面受到的冲击作了深切的描画。社会主题因道德主题的出现而深化了,道德主题因和社会主题结合而不显空玄。但这两个主题孰轻孰重,这派作家有自己的原则。茅盾曾批评《樊家铺》某些虚实处理不当,"会使许多读者滑过了这篇小说的严重的社会性,而误以为是一篇'伦理'小说"[②]。夏志清的说法相反,认为《樊家铺》所表述的,"与其说是女儿的经济需要,毋宁说是一个更能吸引人的道德课题——线子嫂对于母亲的仇恨"[③]。不同的评价说明他们各自所持的批评原则不同。夏认为道德主题最高贵,茅盾则强调社会主题。《林家铺子》中,困境中的林老板面前还留有一块道德选择的余

---

① 费正清:《美国和中国》第 12 章第 3 节"道义威信的丧失"。

② 茅盾:《〈文学季刊〉第二期内的创作》,《文学》第三卷第一期,1934 年 7 月。

③ 夏志清:《中国小说史》第 12 章。

地——是否把女儿给局长做妾以保全店铺。但是茅盾未在这里多作文章,他不愿对道德问题的讨论——尽管这可能很有吸引力、很耐人寻味——影响了对社会问题的剖析。

对一部小说来说,对生活的因果关系的认识深度是很重要的。中国戏剧《玉堂春》和列夫·托尔斯泰的《复活》,情节梗概相似。对情节背后的动因的不同认识,是造成二者之间文学水准的巨大差别的主要原因之一。当然,情节本身就含有某种因果关系。按时间顺序,前面部分的情节导致后面部分的情节,是很自然的事。比如在《淘金记》中,如果没有关于金矿的传说,也就不会发生争夺开采权的恶斗。在简单的或肤浅的作品中,因果分析可能仅限于此。《玉堂春》中苏三的不幸便被理解成由于个别人的陷害所致,于是便由她的情人做了大官审清案子而告团圆结束。《复活》中玛丝洛娃的不幸却被追寻到社会等级、法律、道德等各个层面上。在"社会剖析小说"和《儒林外史》、《官场现形记》、《二十年目睹之怪现状》之间,也存在类似的差别。后者批评了社会生活,但对其认识,却还脱不出儒家思想体系。在"社会剖析小说"中,则形成了情节和在情节背后支配整个情节的社会经济政治文化体系两个层次。这种离析使小说的认识科学化了,也使小说的内部结构丰富复杂了。

人物和环境的关系,也是小说内部结构中一个非常重要的问题。自然主义小说和存在主义小说的区别首先就在于对这种关系的不同处理中。[①]"社会剖析小说"注重揭示人物性格和环境的联系,人物的社会关系、职业、地位、经历和他们的精神风貌之间的联系,注重阐释人的行为的发生基础。茅盾曾批评《樊家铺》中一个人物的动作不符合其穷家女儿身份,吴组缃则批评《春蚕》中的老农显得太敢冒险。[②] 两种批评,根据的是同一条原则,即人物性格应符合形成这性格的环境。一人对环境的抗争,人的叛逆和探索,这些主题曾在茅盾早期的另一类型的作品《蚀》、《虹》中非常强烈地表现过,但他后来转换了角度。在"社会剖析小说"里,探讨的重心是在科学地揭示人及他们的命运、理想对社会关系及整个社会发展趋势

---

① 萨特:《存在主义是一种人道主义》。
② 茅盾:《〈西柳集〉》,见本文首页注①。

的依存性方面。把握小说的这一特征,才能更全面深入地理解这些小说。比如林佩瑶和雷鸣的爱情,就事件本身而言,有可能写得充满罗曼蒂克气氛、心灵的颤栗及挣扎等等,但《子夜》中,作者的笔调是冷静的,描写是克制的。林只会对着旧时纪念物叹气落泪,雷也许不乏其情,却又和别人逢场作戏地调情。不必再费笔墨去展开那些似乎可以大加渲染的道德考虑和内心活动,因为那些东西实际上已不能影响他们的行动或结局了,作者要指出的就是这种爱情在金钱、等级和既成事实面前的软弱无力,这些人物在社会栅栏格子里跳腾了几下,便再走不远了。指出这些可能使人不快,但是揭示生活的真相,会使有积极生活态度的读者意识到自己和环境的关系,并避免完全被环境左右。

　　这些小说在展现人物性格成长的过程中,注重说明社会对个人的影响。《淘金记》中的地主少爷何人种,在无聊的生活中抽上了鸦片,他想在开发金矿中振作起来,但保守、封闭、腐败的经济体制及政治文化氛围使开发计划成为泡影,他又重新拿起鸦片烟枪,沉沦下去。这种描写是真实的,也是比较深刻的,这对那种把人物定格化为"好人""坏人"两大类的写法是种有力的矫正。同时,"社会"也正是通过对千千万万个人命运的影响和支配,才显露出它的实际面目。在这里,作者通过一个青年的腐败,揭示了社会的腐败。这派小说在描写人物心理时,注意揭示人物怎样受到即时利益和在以往生活中形成的道德、价值观念的支配,而前者往往是更重要的。他们着重考察的是在社会环境中变化的社会心理,并且总是把心理发展过程放在环境变动之上——社会因素是更基础性的、有更多决定作用的。这些小说还特别出色地揭示了人物被迫接受某种情势后心理的突变过程,如《淘金记》结尾处何寡妇的态度突然转折,《子夜》中吴荪甫在失败后发生了人格倒退。这种在社会动态系统中表现人物心态的方法,生动、真实、深刻。相形之下,同时代的"新感觉派"小说从心理学原理出发,不能很好地结合社会情况,缺乏对生活的独特而具体的感性经验,以致小说显得单薄狭窄了。

　　一般说来,"社会剖析小说"对人的内心活动、内心冲突的正面的、直接的描写比较少。一方面,这些小说客观的、科学的观察态度,决定了它们通常通过人物外显的行为而不是通过内省方式展示人的灵魂;另一方面,这可能也更符合某种社会真实。有的人物,根本没有内心冲突,比如《淘金记》中的龙哥,"可以毫无恶意、毫无打算和毫无愧色地攫取任何自己高兴的物事"(第十七章)。这种人物,做着坏事,却没有罪恶感,也没有羞耻心,这是一种更加可怕然而又分明存在的残酷。在这些小说中,甚至知识阶级也并不对环境及自身表现出多少自觉意识,对自己的人生哲学也少有思考和反省。普遍的自觉意识的匮乏和怀疑精神的短缺,一个贫困僵化的社会导致了良知的贫乏和麻木。这些小说着力表现的不是生活"应该"怎样,而是它"是"什么样以及"为什么"这样。

三

"社会剖析小说"模拟社会,剖析社会,它还必须评价社会。对于人类的生活和历史,不能当作物理粒子世界来作纯客观的研究,而必须对其作出价值评判。这种价值评判是小说内部重要的一个层次。事实上,对生活只作客观描述,不作主观评价的小说也不存在。

然而,小说把作者的价值评判传达给读者的方式,不仅一般是不直接说出来的,而且是形态各异的。以"五四"以后的一些小说流派为例,"问题小说"中,作者通过对生活的质疑来批判生活;"普罗小说"中,作者的观点意见和小说中的革命者几乎保持一致。此外,把人物分成"好人"、"坏人",讽刺手法,悲剧或喜剧手法等等,也是常被小说使用的、能表达作者倾向并使读者领会的传统方法。"社会剖析小说"显然吸取了各种写法。《子夜》中写曾沧海父子含有闹剧味道。沙汀的讽刺手法在现代小说史上是著名的。《子夜》中吴荪甫、屠维岳二人的命运带有某种悲剧色彩,这种写法还曾受到批评,认为这使小说成为一部英雄的个人悲剧,背离了描写社会的企图。[①] 吸收多样化的手法是重要的,否则小说可能显得死板单调,缺乏光彩,同时,它又必须有一种在整体中占优势的、独特的表现及传达手段,也就是可以称之为"风格"的东西。悲剧手法或讽刺手法,都不是这些小说的主要手法。如果说"社会剖析小说"的故事结局几乎全是一种失败,如公司破产、计划落空、铺

---

① 韩侍桁:《〈子夜〉的艺术、思想及人物》,《现代》第四卷第一期,1933年。

子倒闭、家庭败落等等,那么,这种失败是社会生活的逻辑的发展结果,而非作者有意制造,以便给他不赞成的人或事一个坏下场以示惩罚,或者给他赞成的人或事以悲剧结尾来增添英雄色彩并博取读者同情,也不是为了取得某种效果而故意夸大其辞。这派作家强调亲自接触社会各界人物,搜集生活素材,掌握第一手的材料。这些作家追求小说情节和生活事实发展的一致性。他们写了破产、苦难和衰退,是因为现实生活就是这样,因为现实生活中的人们的命运就是这样。他们尽力把握生活的复杂性,避免用简单的好坏善恶来划分人物类型。他们显然同情吴荪甫发展民族工业的雄心,但也揭露他的道德弱点以及和工人的尖锐矛盾(《子夜》);他们同情林老板的软弱无助的境遇,但也描写了那些比林老板更不幸的人,甚至那些人的灾难部分是由林老板直接造成的(《林家铺子》);他们对那个烟榻上的寄生虫何人种无甚好感,但对他受压抑的一面也不无同情(《淘金记》)……在这些小说里,首先表现了一种尽可能逼近生活真实的努力。这些小说主要是通过描写生活来评价生活的,是通过描写社会来评价社会的。

"社会剖析小说"描写了种种生活的失败结局,描写了经济体制的畸变、社会生活的凋敝、文化风尚的腐败及人民生活的困苦艰难,描写了中国社会前现代化时期那种在泥泞中一步一跌的艰难情势。小说真实地展现了这种历史发展的阻滞现象。在指出这种历史的阻滞现象之后,历史发展和现存社会关系、经济制度、文化体系之间的强烈冲突便被揭示了。作者通过这种冲突表现了对后者的批判态度,以及道义上的否定。在展现了社会的真正危机之后,小说推动读者去理解和认识社会更新的必要。在客观的描写和冷静的分析背后,埋藏着革命和理想的主题。

小说所表现的这种历史的、道义的冲突,和作品中的情节冲突是不同的。这些小说的意义显然不能归结在两个乡村地主白酱丹和何寡妇的对立(《淘金记》)或两个资本家吴荪甫和赵伯韬的争斗(《子夜》)之中。小说的意义超越了种种情节冲突。这些小说揭示的冲突是多层次的,不仅表现在情节之内,也表现于情节之外。多层次的冲突揭示了多层次的主题。这种情节线索和主题线索的某种程度的分离或者可以说是更高水准的结合,是研究小说结构时值得注意的一个方面。

四

以上三节,提出了一个三层次的小说模式并对"社会剖析小说"作了具体的阐释和分析。这三个层次不是孤立隔绝的。对复杂纷繁的社会生活的细致了解和真切反映,才能使有关的分析是具体的、令人信服的;从而也才能使有关的价值评价是有根据的、负责任的;另外,也由于有了这种渗透在材料中的价值倾向,小说材料才对读者产生了更多的意义和感染力量。三者结合,使小说成为一部完整的艺术作品。

在这一节里,我们把这些小说看作一个整体来评价它的文学意义。

"社会剖析小说"注意广泛描写社会生活,展现社会总体结构,揭示社会问题,使生活在半径有限的社会经验圈子里的读者,能由此超越个人的见闻,以一个较高的观察点来审视自己生活于其中的社会整体。这些小说不但告诉读者关于社会现实状况的知识,而且激发读者认识、思考、评价社会问题的自觉意识。据说,在西方,"自我本质"的观念是现代社会中对人们的意识造成最大影响的一种思潮。中国的情况也许不同。在中国现代史上,社会意识的增长最显突出。在封闭的、僵化的传统社会中,很难有什么"社会意识"。儒家思想可以为改朝换代的权力转移提供根据,却并不寻求新的社会体制。人们把社会当作天空一样接受下来的东西,自然不会去思考它甚至试图改变它。上个世纪中国面临的严重的内外危机,使人们开始怀疑传统的一切。随着时间的推移,人们越来越认识到人的解放是和社会改革紧密相连的。中国的社会问题如此深重,倘不改革社会,其他改革可能都将流于空谈。"五四"之前,鲁迅就发出了"救救孩子"的响亮呐喊,九年以后,他说,"倘再发那些四平八稳的'救救孩子'似的议论,连我自己听去,也觉得空空洞洞了"①。他常常强调文学家应该正视社会。茅盾说过:"在被迫害的国度里应该注意这社会

① 《鲁迅全集》第3卷,《答有恒先生》。

背景。"①社会主题在新文学运动一开始就被重视,在"社会剖析小说"中得到了最着力最集中的表现。这些小说中没有优美迷人的自然奇景描写和曲折生动的浪漫故事,也不回避具体的社会历史而直入人生哲学的玄妙高深的境界。这派小说向读者提供了关于社会问题的严肃认真的思考。从另一意义上说,这些小说也是中国现代社会意识发展的珍贵记录。

有一种文学观念,似乎认为描写社会问题的小说是低级的,描写道德问题或别的一些比较空玄的问题的小说才是高级的、有文学性的。这是一种由于对小说内部结构缺乏认识而产生的含混的说法。对一部小说来说,写什么是重要的,但是作者以什么认识深度和价值标准去写,也是重要的。这是种必要的区分。否则,很难讨论小说的文学成就的高下。"社会剖析小说"的产生,体现了现代作家认识能力的提高和使文学更接近现实的基本问题、接近千百万人命运的努力。这些小说所表现的对于人民的痛苦的同情和对于社会黑暗势力的揭露批判,证明了作家怀有严肃的使命感和强烈的道义感。如果文学对与千万人命运相关的社会问题置若罔闻,在黑暗势力面前保持缄默,这倒成为一个值得注意的道德问题了。

人们生活在社会中。社会生活的变动发展,就是历史。一个人的命运也是历史的一部分。决定历史进程的是些什么? 支配个人命运的是什么? 个人怎样看待自己在历史中的作用? 古代小说有过一些解释:权奸亡国论;女色亡国论;或者,"一饮一啄,莫非前定";或者,是在某种"册子"里注定了的……"社会剖析小说"发扬了"五四"的科学精神,客观地、真实地、逻辑地揭示生活的内部联系及转变过程,从历史出发来呼唤生活的改革和更新。这些小说的结束,往往又是问题的开头。小说里洋溢着严肃的探索精神。这派作家对社会科学理论有较深兴趣并予以钻研;同时,他们强调亲身实地搜集材料,做笔记,写提纲。中国社会各阶层之间流动性不大,一些有丰富人生经验的人未必会转而写作,这样,那些学生出身、阅历比较简单的作家钻研社会科学理论,有目的地、深入地搜集材料并在写作过程中反复琢磨,对克服文学的简陋、苍白、单薄是很重要的。他们对中国社会历史的认真思考表明了他们追求真理的激情。他们也称得上是中国现代文学中的"思维人物"(维

---

① 茅盾:《社会背景与创作》,《小说月报》第十三卷七号。

克多·雨果:《巴尔扎克葬词》)。这些作品体现了一种理性的、思考的人生哲学。

以现实为依据,以认知为目的,使一些可能曾被看作无关紧要或缺乏趣味的社会生活素材进入了"社会剖析小说"。小说的表现范围被扩大了,小说的叙述手段也随之发展了。这些作品显示出一种朴素、准确、明白晓畅而并不浮泛浅露的文字特色,在对错综复杂的社会生活的描写中,建立起了一种有条有理、繁而不乱的叙事程序。另外,这些小说通过小说特有的构成要素的联系及结合,把作者的思想传达给读者。它们达到了现代小说的一种较高境界:把生活呈现在读者面前,让读者自己得出预料中的结论。这也许不符合传统的读者欣赏习惯,但读者的习惯又往往是由作品培养起来的。"社会剖析小说"提供给读者的不是离奇古怪的趣事,它要读者去认识和理解原先习见而注意不够的社会生活。读者在阅读时不能一头扎入情节冲突的某一方面去感受小说中的故事或气氛,而必须从中超脱出来,去体会情节之上更开阔的思维天地。这派小说示范给读者一种把握和体验生活的比较复杂的方式,提高了读者的鉴赏能力。

"五四"时期,"文学革命"的前驱者们曾致力于文学观念的改造和重建。"社会剖析小说"中所贯彻的对社会、人生问题的关切态度,写实的、科学的、批判的精神,历史感和道义感,正是"五四"文学传统的主体部分。这些作家是"五四"文学观念的继承者和实践者。同时,中国处于现代化前夜的曲折复杂的转变进程中,其间变动的社会生活,如同一片巨大的少经开发的富矿,为这派小说提供了无比丰富的材料。文学观念,时代需要,加上作家个人的才能,产生了这一批优秀的小说。事实上,"社会剖析小说"是中国现代小说流派中成就最高的一个。

关于这一流派小说的缺陷与不足,可在两个不同的范围内予以讨论。一种是作家在具体作品中贯彻本流派美学原则过程中的不妥或失误。小说家追求把自己创作的本源意图体现在一种贴切的方式中,但这并不是轻易便能达到的。事实上,这个流派内的各个作家,在各部小说中达到的水准是各不相同的,由于这里把一个流派当作一个整体加以考察,对这一层问题不作讨论。另一种缺陷或不足则是和流派的特点并存的流派美学体系本身的局限性。对这方面的批评,应该慎重。有不同的流派,每个流派有自己的美学原则。用一个流派的原则去批评或否定另一派的原则,好像硬要苹果有梨的甜味,结论可能是缺乏说服力或无意义的。或者,作家可以这样做以维护他的流派,研究者却应避免这种偏见。需要批评的往往不是某个流派的特点,而是它的缺陷。比如,这派小说对人的心理结构和变动揭示不够,对道德和人生哲学的探索也不充分,等等。要克服局限性,一方面将通过发展和扩大流派的美学体系来达到;另一方面,缺陷将由新的小说流派来填补。事实上,一种包罗一切、至高无上、可以永世长存的小说典范模式并不存在。

小说史上出现过众多流派。各个流派都在某些方面带来了小说的进步。现代小说在流派的更替迭代中发展着、成长着。单一模式的小说发展只能带来小说的僵化。流派现象对小说发展的作用,增添了流派研究的意义。

不同流派的小说,像交相辉映的星辰,装点着民族的文学天空。今天,社会正经历着改革。"现代化"成为最有吸引力的主题。人们呼唤着表现社会历史的史诗性作品。面对社会的现实和文学的现实,我们有理由期待"社会剖析小说"所确立的美学原则的复兴。

［原载《北京大学学报(哲学社会科学版)》1986 年第 5 期］

《子夜》和社会剖析派小说

严家炎

几乎是在新感觉派的都市文学和心理分析小说获得发展的同时,以《子夜》为代表的另一种路子的都市文学也应运而生了。《子夜》的出现还带来了社会剖析派小说①的崛起。这样,在三十年代,新感觉派的都市文学与左翼作家的都市文学,心理分析小说与社会剖析小说,这两类作品就互相映衬、互相竞争,并在某种范围内互相影响、互相渗透。初步研究了新感觉派和心理分析小说之后再来考察与之对峙的左翼作家的社会剖析小说,我们将能看到小说史上一些很有趣的现象。

《子夜》的出现和社会剖析派的形成

1932 年 1 月,茅盾的长篇《子夜》由上海开明书店出版。它在当时读者和文艺界中迅速引起了热烈的反响。小说印出后"三个多月销至四版,可见轰动之概"②。据北平《晨报》1933 年 4 月报道,该市某书店一天内竟售出《子夜》一百多册。文学

---

① "社会剖析小说"或"社会剖析派"这个名称,原是我 1982 年为研究生讲课时提出的,我希望它能够比较准确、贴切地概括这个流派创作的特点。吴组缃先生对此表示赞同和支持,近年出版的有些教材也开始采用这个名称,我谨在此表示感谢。

② 吴组缃:《评茅盾〈子夜〉》,1933 年 6 月 1 日出版的北平《文艺月报》创刊号。

评论家纷纷撰文给予这部作品很高的评价。瞿秋白说"1933 年在将来的文学史上,没有疑问的要记录《子夜》出版","这是中国第一部写实主义的成功的长篇小说"。① 朱自清在《〈子夜〉》一文中也说"这几年我们的长篇小说渐渐多起来了,但真能表现时代的只有茅盾的《蚀》和《子夜》"。② 可见,《子夜》在中国现代小说史上的划时代意义,当时就为一些文学界人士所觉察和承认。

从茅盾个人来说,《子夜》是他自觉地改变创作道路的一个重大收获,是他创作的一个里程碑。他自己在《子夜》出版后的第二年说:"1927 年中国大革命失败以后,我开始写小说。对于布尔乔亚的文学理论,我曾经有过相当的研究,可是我知道这些旧理论不能指导我的工作,我竭力想从'十月革命'及其文学收获中学习;我困苦地然而坚决地要脱下我的旧外套。"③《子夜》就是他要脱下旧外套的实绩。

《子夜》杰出的成就和贡献在于:

第一,它是中国现代文学史上第一部以科学世界观为指导的社会剖析小说,是运用革命现实主义方法熔铸生活、再现生活的出色成果。《子夜》通过对三十年代初期上海各阶层生活的真实描绘,力图科学地剖析中国社会,艺术地给以再现。就在《子夜》创作的过程中,茅盾曾经写过这样一段话:

> 一个作家不但对于社会科学应有全部的透彻的知识并且真能够懂得,并且运用那社会科学的生命素——唯物辩证法;并且以这辩证法为工具去从繁复的社会现象中分析出它的动律和动向;并且最后,要用形象的言语艺术的手腕来表现社会现象的各方面,从这些现象中指示出未来的途径。④

作者对此显然是身体力行的。当时,思想界已经爆发关于中国社会性质问题的论战:托洛斯基派在《动力》杂志上发表文章鼓吹中国已走上资本主义道路;左翼知识分子则在《新思潮》杂志上撰文,批驳这种观点,指出中国社会依然是半封建半

---

① 《〈子夜〉和国货年》。
② 《文学季刊》第 2 期,1934 年 4 月 1 日。
③ 《答国际文学社问》,1934 年 3 月写,《新港》1957 年 11 月号。
④ 《〈地泉〉读后感》。

殖民地性质。《子夜》通过对生活本身的深刻描绘和剖析,有力地回答了思想界提出的问题。主人公吴荪甫发展民族工业计划的可悲失败,证实了所谓"中国已走上资本主义道路"这类说法的虚妄。正像瞿秋白所指出的:"应用真正的社会科学,在文艺上表现中国的社会关系和阶级关系,在《子夜》不能够不说是很大的成绩。"①

第二,《子夜》在现代文学史上第一次以相当宏大的规模描绘了上海这个现代化大都市,第一次以相当可观的深度刻画了中国民族资产阶级的典型形象。《子夜》是现代都市文学的杰出代表,吴荪甫这个"魁梧刚毅,紫脸多疱",曾经游历欧美,俨然要充当"二十世纪机械工业时代的英雄、骑士和王子",最后却在现实的墙上撞得鼻青脸肿的人物,是《子夜》的出色创造,是读者在以前的其他作品中从未见过的。和表现都市生活的内容相适应,作品的内在节奏也加快了。穆时英在 1936 年初完成的长篇小说《中国行进》,据良友文学丛书广告,其内容"写 1931 年大水灾和九一八前夕中国农村的破落,城市里民族资本主义和国际资本主义的斗争"②。显然受到了包括《子夜》在内的左翼小说的影响。

第三,《子夜》是"五四"以来第一部真正具有宏大而复杂的现代结构的长篇小说。在此以前,我国新文学虽然已经出现了不少长篇,但大多数线索单一,结构单纯,实际是些中篇,而不是真正现代意义上的长篇小说。《子夜》则完全不同。在这个作品里,多条线索同时提出,多重矛盾同时展开,小说情节交错发展,形成蛛网式的密集结构。仅以第二章为例,通过为吴老太爷举丧的情节,引出全书许多重要物和多条矛盾线索:借雷鸣出场引出吴荪甫家庭内部矛盾,借徐曼丽出场引出吴荪甫与赵伯韬的矛盾,借费小胡子的告急电报引出吴荪甫与农民的矛盾,借莫干丞的报告引出吴荪甫与工人的矛盾,借客厅里人们的高谈阔论点出军阀混战的背景以及朱吟秋等实力不厚的资本家的处境。这样一些纷繁的线索头绪,就将主人公吴荪甫置于矛盾的中心,立体化地显示其性格,同时也便于宽广地展现出时代的风貌。这种多线索的复杂结构,大大扩展了《子夜》表现时代社会生活的容量。同时,《子夜》的结构又是有张有弛、张中有弛、活泼多变、富有节奏感的,因而读起来毫不显

① 《〈子夜〉和国货年》。
② 此广告载于《良友》图画杂志第 113 期。

得刻板。虽然作者由于健康的关系力不从心,第四章确实显得游离,但总的看来,《子夜》的结构艺术达到了相当高的水平。

《子夜》的成功,开辟了用科学世界观剖析社会现实的新的创作道路,对一个新的小说流派——以茅盾、吴组缃、沙汀和稍后的艾芜为代表的社会剖析派的形成,起着重要的推动作用。茅盾本人在这一新的创作道路上,先后完成了《春蚕》、《林家铺子》、《霜叶红似二月花》、《锻炼》等一批社会剖析小说。吴组缃、沙汀也从三十年代中期起,陆续写出了各自的代表作。到四十年代中后期,艾芜也踏上了这条新的创作道路。

应该说,社会剖析派在中国产生是有其历史必然性的。只要以托尔斯泰、巴尔扎克为代表的重视社会解剖的欧洲现实主义能够传入中国并在这块土地上生根,只要马克思主义唯物史观的社会科学能够传入中国并在这块土地上生根,只要这两种思潮能够在文学实践过程中相互结合并且确实造就出一批具有社会科学家气质的作家,那么,社会剖析派的形成就是不可避免的。我们可以说,社会剖析派乃是五四"现实主义向前发展、趋于革命化的产物,是一部分作家用社会科学消化自己所熟悉的现实生活的产物,是左翼文学界用作品参加社会性质大论战的结果,也是蒋光慈为代表的"革命小说"的"左"倾幼稚病得到克服的一种结果。如果客观条件不具备,即使是《子夜》这样杰出的作品,也不可能带出一个流派来。事实上早在茅盾的《子夜》出现以前,就有一些作家已经在独立地进行许多思考和探索。

以吴组缃为例,他从 1931 年前后起就在从事着社会解剖的工作。他自己安徽泾县的家庭是在 1928—1929 年世界经济危机的冲击下破落的,他也亲眼看到那个时期像他家庭那样倒闭的商店难以计数,这就迫使他去研究这类社会现象产生的原因,其结果,如他自己所说:"1929 年进大学就念马列主义。"[①]九一八事变后,他和他的哥哥吴半农[②]等一起参加编辑《中国社会》半月刊,研究中国社会经济问题;并且参加了"社会科学研究会"。这些分析研究使他终于相信:唯物史观确实是真理,当时的中国的确并不是资本主义社会,而是半封建半殖民地社会。随着社会思

①　吴组缃:《克服主观主义,在工作中锻炼自己》,1951 年 10 月 18 日《人民清华》第 24 期。
②　吴半农,原名吴祖光,经济学家,北伐战争时期加入共产党。

想发生变化,他的文艺思想也发生变化。1931 年 11 月,他写了一篇文章叫《谈谈清华的文风》,其中提出:"要暂时把趣味放开","在我们可能范围内,多多注意和社会接触","放开眼,看一看时代,看一看我们民族的地位,看一看社会的内状,使我们意识到我们现在这种生活的内里,并不是多么美满,我们实在不能偷生苟安,视现状而麻然木然。我们该在现有的生活里抓住苦痛、悲慨,在我们现有的灵魂里抓住它的矛盾处,而后再用 Serious 的笔向沉着处写"。他自己在这创作的农村题材的小说,写阶级压迫已达到相当可观的程度——如《官官的补品》,只是暂时还没有找到一种最适合的艺术表现方式。

沙汀比吴组缃接触马克思主义更早。他是四川安县人,1927 年就加入中国共产党。1931 年与同班同学艾芜在上海相遇后开始写作,最初《法律外的航线》等短篇小说,表现的虽是社会革命的题材却只是"凭一时的印象以及若干报纸通信拼制成"[①],"单用一些情节、一个故事来表现一种观念、一种题旨"[②],可以说远未摸索到对他来说最适当、最能发挥他的长处的艺术道路。

正是在这种情形下,《子夜》的出现使他们眼前一亮,打开了一种新的境界,看到了自己应该走的具体道路,在很大程度上满足了他们的要求。只要读一读吴组缃在《子夜》出版才三个月时写的一篇评论文章——《评茅盾的〈子夜〉》,就能体会到当时一批青年左翼作家的兴奋心情。吴组缃说:

> 中国自新文学运动以来,小说方面有两位杰出的作家,鲁迅在前,茅盾在后。茅盾之所以被人重视,最大原故是在他能抓住巨大的题目来反映当时的时代与社会,他能懂得我们这个时代,能懂得我们这个社会。他的最大的特点便是在此。有人这样说"中国之有茅盾,犹如美国之有辛克莱,世界之有俄国文学"。这话在《子夜》出版以后说是没有什么毛病的。

吴组缃具体指出,《子夜》"这本气魄伟大的巨著"的贡献在于:它"用一个新兴

---

① 沙汀:《〈兽道〉题记》。
② 《这三年来我的创作活动》,《抗战文艺》第 7 卷第 1 期。

社会科学者的严密正确的态度","暴露了民族资产阶级的没落,在积极的意义上宣示着下层阶级的兴起";它写得非常紧凑集中,"时期大约在 1930 年夏间的两个月的期间。地点是在上海——中国社会一身病毒的总暴发口。……全书重要人物不下三四十人,每一个人的性格都表现得十分明显。旧小说《红楼梦》、《水浒传》的艺术手腕也不过如此。"与此同时,吴组缃也论述了《子夜》的某些不足与缺陷。吴组缃这篇写于《子夜》出版之初的评论文章,实在是三十年代评价《子夜》的最好的文章之一,也是我们研究社会剖析派小说的一篇很重要的文献。文章实际上已经说到了同整个社会剖析派小说创作有关的一些特点。就在这篇文章发表几个月后,吴组缃陆续写出了《黄昏》、《一千八百担》和《樊家铺》等代表作,体现他小说作风的转换。他本来已经创作过《菉竹山房》、《卍字金银花》等相当圆熟精致的小说,这时更运用圆熟的技巧去再现处于动荡破产过程中的农村生活,创造了一批脍炙人口的名篇。

社会剖析派另一位代表作家沙汀,也从茅盾《子夜》、《春蚕》以后的小说创作受到教益。沙汀本来受过蒋光慈等"革命小说"的影响,后来才转上现实主义道路。他在茅盾五十寿辰那天写了一篇文章,题目叫做《感谢》,不但称茅盾的《霜叶红似二月花》为"精进不已"的作品,而且说茅盾"曾经帮助我克服创作上的危机"。沙汀最早的小说常常采取松散的印象式的写法,茅盾给他写过短信,指出过这一毛病。沙汀说:"那时以后,我所走的路子才是当路,同时更认清了先生的诱导之功,而《老人》、《丁跛公》这几篇东西,正是我改换作风的起点。"到抗日战争时期,他就写出了《代理县长》、《在其香居茶馆里》、《淘金记》等代表作。

社会剖析派几位作家之间,常有书信往还,讨论创作问题,而且还相互间评论对方的作品。除吴组缃评论《子夜》外,茅盾还评论过吴组缃的《西柳集》,评论过沙汀的《法律外的航线》等。正是在这种共同讨论、相互影响的过程中,这一派作家形成了大体相似的审美趣味和艺术见解。

小说家的艺术社会科学家的气质

有一位外国文学评论家把世界上的小说作家分成两种类型:一类具有诗人的

气质，一类具有社会科学家的气质。我们的社会剖析派作家，可以说都是些具有社会科学家气质的小说家，他们对于用科学态度去分析、解剖社会，对于借鉴法国、俄国十九世纪现实主义作家作品，都显示出浓厚的兴趣。我们知道，法国十九世纪现实主义文学是人类认识史上一个特定阶段即科学实证阶段的产物，其特点是相信一切社会现象和自然现象都服从于一些"不变的自然规律"①，力图用观察、分析、推理的科学方法加以探究。巴尔扎克公开宣称："我爱好科学研究"，"我喜欢观察我所住的那一郊区的各种风俗习惯，当地的居民和他们的性格"。② 因此，他被泰纳称做"开始写作不是按照艺术家的方式，而是按照科学家的方式"③。佛罗贝尔1862 年 7 月在致皆奈特夫人信中，呼唤作家们"多需要科学胸襟！"。④ 在写作《包法利夫人》时，他尤其坚信"越往前进，艺术越要科学化"⑤左拉则甚至打出"实验小说"的旗号，认为小说应以科学实验方法研究人生。连托尔斯泰，在《艺术论》中也认为科学对艺术有指导、引路的作用。这些作家堪称"科学越来越渗透到艺术领域这个世纪的真正儿子"！茅盾从"五四"时期起，就醉心于十九世纪法国现实主义文学这种"科学的描写法"。1921 年，他在《纪念佛罗贝尔的百年生日》一文中，认为佛罗贝尔的科学的描写态度，能够"校正国内几千年文人的'想当然'描写的积习"。同年，他在《文学和人的关系及中国古来对于文学者身份的误认》一文中，不无偏颇地提出："文学到现在也成了一种科学。"1923 年，在《文学与人生》的讲演中，他又说："近代西洋的文学是写实的，就因为近代的时代精神是科学的。科学的精神重在求真，故文艺亦以求真为唯一目的。科学家的态度重客观的观察，故文学也重客观的描写。"茅盾所看重的小说创作中这种科学理性精神，到他接受马克思主义之后，就发展成为唯物史观基础上的社会剖析，对他的创作发生深刻的影响。左拉谈到巴尔扎克等作家时说："从来没有人把想象派放在巴尔扎克和司汤达的头上。人们总是谈论他们巨大的观察力和分析力；他们伟大，因为他们描绘了他们的时代，

---

① 参见孔德《实证哲学教程》。
② 《法奇诺·加奈》，《译文》1958 年 1 月号，第 117 页。
③ 泰纳：《巴尔扎克论》，译文见《文艺理论译丛》1957 年第 2 期，第 54 页。
④ 转引自李健吾译《包法利夫人》译者序，人民文学出版社，第 5 页。
⑤ 《西方古典作家谈文艺创作》，春风文艺出版社，第 394 页。

而不是因为他们杜撰了一些故事。"①茅盾也认为,创作不应凭一时的灵感冲动或想象,诱导创作的真正动机应该是一种在观察基础上产生的分析的渴望。所以叶圣陶在四十年代就说:茅盾"写《子夜》是兼具文艺家写创作与科学家写论文的精神"②。吴组缃的情况也很相似。他最初上清华大学读的是经济系,而且参加《中国社会》半月刊的编辑工作,被社会分析解剖所吸引。他们的这种气质渗透融合到了小说艺术的许多方面,构成独特的审美内容,使广大读者、研究者都能感觉到。捷克汉学家普实克在为捷译本《腐蚀》写的《后记》中,认为用"科学的、理性的,甚至是一种分析解剖式的态度去观察生活和社会",乃是茅盾特有的艺术审美的敏锐感受"③。日本汉学家尾坂德司在一篇文章中,也称茅盾的《子夜》为"中国现实社会的解剖图"④。海外学者程步奎、郑培凯等也指出:吴组缃自《一千八百担》起,在小说创作上显示了浓重的社会解剖色彩。⑤ 可以说,把小说艺术和社会科学结合起来,以前所未有的规模从各个角度再现中国社会,剖示近代中国社会的性质,这正是社会剖析派小说的一个基本特征,也是这个流派在小说史上的一大贡献。

现实主义的小说作品都是对生活的再现。社会剖析派作品的独特性在于:它们力图对社会生活作出总体的再现,全貌式的再现。社会剖析派所尊崇的俄国作家列夫·托尔斯泰很喜欢采用"全貌"式的写法,他的朋友史屈拉克霍夫谈到《战争与和平》时,曾经归纳成这样几句话:这"是人生的全貌,是当日俄国的全貌,是所谓人民历史和人民挣扎的全貌,在其中人们可以找到他们的快乐和伟大、忧郁和屈辱:这就是《战争与和平》"⑥。社会剖析派作家学习借鉴的,正是这种"全貌"式的写法。茅盾在《创作的准备》一书中,主张作家要对现实生活"从社会的总的连带关系上作全面的观察"⑦,这是他一贯的具有根本性的创作思想。这种思想体现在作

① 左拉:《论小说》,《古典文艺理论译丛》第 8 辑。
② 《略谈雁冰兄的文学工作》,1945 年 6 月 24 日《新华日报》。
③ 李岫编:《茅盾研究在国外》,湖南人民出版社,第 250 页。
④ 《日文版〈子夜〉译后记》,李岫编《茅盾研究在国外》,第 147 页。
⑤ 程步奎的长篇论文《战斗的号角响了——吴组缃短篇创作的艺术成就》,1975 年香港《抖擞》第 8—10 期。
⑥ 转引自毛姆:《托尔斯泰及其〈战争与和平〉》,《世界十大小说家及其代表作》,徐钟珮译,台北重光文艺出版社 1961 年版。
⑦ 《茅盾文学艺术》,第 319 页。

品中,就成为注重现实生活的整体性。社会剖析派作品中描绘的生活内容与人物关系,往往是现实社会的某种模拟或缩影。茅盾在《蚂蚁爬石像》一文中说:文艺作品是要反映"真实的人生"的。然而一篇文艺作品只能把片段的人生描写了进去。这片段的"人生"或者代表了"全体",那就是社会生活全体的缩影;这样的作品就可说是"真实人生"的反映。①

　　这种借"缩影"来显示"社会生活全体"的写法,正是社会剖析派作家所经常采用的。《子夜》通过吴荪甫为中心的人物群的活动,显示了三十年代上海这种大都市的半殖民地特质。《一千八百担》、《淘金记》通过各自的艺术内容,显示了中国农村社会浓重的封建性、地主阶级的腐朽性以及由此而来的尖锐矛盾。艾芜的《山野》则借助一个山村的抗日活动,显示了抗战期间整个农村的阶级分野。即使像《黄昏》这样一篇很短的速写,作者吴组缃也在这里借一个回乡知识青年的耳闻目睹,集中展现了世界经济危机冲击下中国农村面临破产的一幅"全景性"图画:破落户"家庆膏子"(鸦片烟鬼)因"年头不好",到处行乞似的叫卖;三太太的儿子、媳妇因商店倒闭、债主逼债而双双被迫自尽,如今孙子又得了天花;松寿针匠失业后成了疯子,夫妇二人"一天哭三顿,三天哭九顿";可怜的桂花嫂子赖以为生的七只鸡被偷,她只好伤心而又狠绝地"砍着刀板咒";这一切都是在人祸频仍、"南京新近向美国借了五千万棉麦"的背景下发生的。作品的结尾是:

　　　　我向屋子里走着,不知几时心口上压上了一块重石头,时时想吐口气。桂花嫂子的咒骂渐渐的有点低哑了。许多其他嘈杂声音灌满我的耳,如同充塞着这个昏黑的夜。我觉得我是在一个坟墓中,一些活的尸首在呻吟,在嚎啕,在愤怒地叫吼,在猛力挣扎。我自言自语说:
　　　　"家乡变成这样了,几时才走上活路?"我的女人没答话。

　　全篇虽然只有五千多字,却同样是一篇具有"全方位视角",有力地传达出三十年代农村凄厉郁怒的时代气氛的作品。

---

① 《话匣子》,良友图书公司1934年版,第142—143页。

　　注重从经济的角度再现社会生活,揭示社会现象背后的经济动因,也是社会剖析派小说独特性所在。这个流派的作品写了大量的经济生活内容,如养蚕、经商、开矿、办实业、搞投机、争公产、放高利贷、同行吞并(大鱼吃小鱼),等等。巴尔扎克曾经被毛姆称为"认识日常生活中经济重要性的第一个小说家"①。社会剖析派作家更向前推进,自觉地用唯物史观来观察和反映社会生活。吴组缃在给茅盾一封信中谈到自己想写一部长篇的创作计划②时说:他打算"从经济上潮流上的变动说明这些人物的变动和整个社会的变动"③。其实,不仅吴组缃的一部长篇如此,整个社会剖析派作品都有这个特点。应当说明,小说中写经济活动,并非从社会剖析派作品开始。《金瓶梅》里早就写了西门庆开药店、开当铺;《红楼梦》里更写了乌进孝交租、探春理家、王熙凤放高利贷。问题在于,过去小说中这些描写主要出于交代情节或刻画性格的需要,并非明确地自觉地体现作者的基本创作意图。切菜刀和解剖刀虽然同样可以宰杀一只鸡,然而这两种切割的性质却大不相同。社会剖析派作家所做的是:自觉地从经济入手来剖析社会,发现社会现象背后的经济活动,从而深刻地揭示出某些规律,以完成自己的社会使命和艺术使命。茅盾在创作《子夜》时,就搜集研究了大量经济事实。仅从他当时写的《都市文学》一文所透露的下列经济史料,就可以知道他在这方面下了多少工夫:

　　……两年前上海有一百零六家丝厂,现在开工的只有十来家。"五卅"那时候,据说上海工人总数三十万左右,现在据社会局的详细调查,也还是三十万挂点儿零。上海是"发展"了,但发展的不是工业的生产的上海,而是百货商店的跳舞场电影院咖啡馆的娱乐的消费的上海!上海是发展了,但是畸形的发展,生产缩小,消费膨胀!

　　正因为这样,《子夜》出版后曾被有些经济学家推荐为研究中国现代经济的重

_____

　　① 毛姆:《巴尔扎克及其高老头》,《世界十大小说家及其代表作》,徐钟珮译,台北重光文艺出版社1961年版,第34页。
　　② 这部计划中题名《绿野人家》的长篇,实际上未写成。
　　③ 转引自茅盾评《西柳集》的文章,《文学》第3卷第5期,1934年11月。

要参考书。① 吴组缃评论《子夜》时也说过："社会科学者用许多严密精审的数字告诉我们：中国社会经济已走上怎样的一个山穷水尽的境界。——但这些都只是抽象的数字的概念。如今《子夜》就给我们这些数字的抽象的概念以一个具体的事实的例证。"可贵的是，社会剖析派作家虽然注重从经济角度再现生活，却并不忽视社会政治、文化、道德、心理多种角度的综合反映。在他们的作品中，经济动因并不简单地直接诉诸人物的行为言语，而是穿越政治、文化、道德、习俗、心理诸层次，经过它们的过滤方起作用。《樊家铺》中女主人公线子并非有预谋地图财害命却杀死了母亲，《子夜》中"海上寓公"冯云卿由原先讲究"诗礼传家"而终于寡廉鲜耻地出卖女儿，《淘金记》中地主何寡妇由最初关门相拒到后来扩大对金矿的认股，这些出人意料的转折都有较坚实的心理、文化、道德、习俗的基础；正因为写出人物有悖初衷，才更使读者为之震惊。此外，《子夜》中还有不少相当出色的心理描写和关于丽娃丽妲村这类"都市文化"的透析；《淘金记》写到的四川农村政治、文化、道德、习俗诸般状况，更是相当深刻。我们完全有理由说：运用唯物史观对中国现代社会从经济到政治、文化、心理各方面作出创造性的有力描绘，正是社会剖析派作家在现代小说上的独特贡献。直到今天，这个经验依然值得我们借鉴。

社会剖析派作家的再现生活，其根本意图和侧重点在于向读者剖示中国社会的性质。他们用社会科学观察社会，得出对中国社会性质的明晰判断。如茅盾经过观察验证，认为中国民族工业不能发展，中国按现有道路走下去依然是半殖民地半封建社会——这个判断在《子夜》、《林家铺子》、《春蚕》等一系列作品中都得到了表现。吴组缃经过观察验证，认为中国农村面临破产，这种破产局面不是偶然的，不是由于农民本身的原因，而是世界经济危机与外国资本主义加紧对中国经济入侵的结果——他的这个看法体现在《一千八百担》、《黄昏》、《天下太平》、《樊家铺》等一系列作品中。沙汀观察四川农村，认为中国内地的农村依然是封建势力盘根错节的黑暗王国，在那里开矿、办实业谈何容易——这在长篇《淘金记》和《在其香居茶馆里》等一系列短篇中同样得到了很好的表现。他们得出的这些结论不但是正确的，而且是深刻的、独到的。如果要讲"意识到的历史内容"，那么，应该说社会

---

① 见钱俊瑞《怎样研究中国经济》一书，上海生活书店 1936 年 9 月出版。

剖析派的作品所包含的"意识到的历史内容"是相当丰富的。三十年代写农村破产、丰收成灾的短篇小说数以十计，有点名气的，就有叶圣陶的《多收了三五斗》，叶紫的《丰收》，夏征农的《禾场上》，蒋牧良的《高定祥》等。《现代》杂志的编者施蛰存、杜衡在 1933 年曾说："近来以农村经济破产为题材的创作，自从茅盾先生的《春蚕》发表以来，屡见不鲜，以去年丰收成灾为描写中心的，更特别的多，在许多文艺刊物上常见发表。本刊近来所收到的这方面的稿件，虽未经过精密的统计，但至少也有二三十篇。"在这么多描写农村破产、丰收成灾的作品中，社会剖析派作家茅盾、吴组缃的小说占有突出的地位，他们不是局限于反映一些现象，而是深入接触到问题的本质。尤其像《春蚕》，是这类小说中最早的具有开拓意义的作品。正因为这样，茅盾才被捷克的普实克称为"一位毫不隐瞒真相的外科医生，准确无误地解剖着社会的肌体"。

以上这一切，都是社会剖析派作家把现代小说的描写艺术和社会科学的精密剖析出色地融合起来的结果。

当然，这样做也要冒一点风险：如果理论与生活的关系处理不好，如果从理论出发还是从生活出发不明确，那么小说作品就可能社会学化，就可能产生某种概念化。但社会剖析派作家在这个问题上处理得相当好。他们坚持从生活出发，而不是从理论出发。如果生活经验不足，他们宁肯临时抱佛脚，也要争取在构思过程和创作过程中设法补足（茅盾写《子夜》时就曾到交易所去继续观察、体验）。在茅盾身上，"主题先行"这种情况也是有的，但这主题本身也还是来自生活，并非作家的主观空想，也不是书本上来的理论概念。例如《春蚕》这篇小说，据茅盾自己说，是从报纸上一则消息引起的，那则消息大意是："浙东今年春蚕丰收，蚕农相继破产！"[1]这则消息引起了作家的思索，特别是"丰收"和"破产"这种尖锐矛盾的现象震动了作者，使他联想起新近回乡看到的种种情形，于是决意要写这篇小说。茅盾曾说："生活经验的限制，使我不能不这样在构思过程中老是先从一个社会科学的命题开始。"[2]这确实也是一种"主题先行"，但这种"主题先行"有时不可能完全避

---

① 转引自李准《真人真事与艺术加工》一文，《文学知识》1954 年 4 月。
② 《我怎样写〈春蚕〉》，《青年知识》第 1 卷第 3 期，1945 年 10 月。

免,在这个问题上我们要想得复杂一点。林彪、"四人帮"的"主题先行"是从他们反党夺权的反革命妄想出发的,我们必须否定;但不能误解为"主题先行"一概都是要不得的,都是违反艺术创作规律的。不能以简单化对待简单化。王蒙在1980年8月20日那次讨论他作品的会上发言,就说他的作品有时是人物先行,有时是故事先行,有时是场面、感觉先行,心理活动先行,也有时是主题先行。王蒙说:"我觉得每篇作品的具体情况是不同的。有时候主题先行。你真正有生活的话,如果再得到主题的启发把生活挖掘出来,写了就一定失败?也不见得。但原则上不赞成这样。"这就说得比较科学,比较实事求是,没有对"主题先行"绝对地采取一棍子打死的态度。所以,问题的关键主要不在是否"主题先行",关键在于这"主题"是否从生活中来,而且获得这种来自生活的主题之后有没有相应的生活体验做后盾。茅盾写《春蚕》,不但主题是从生活中来的,而且在创作过程中调动了他少年时期的关于养蚕的一些生活积累,因而从总体上保证了作品的成功(虽然并非没有缺点)。

应该说明,在这个问题上,社会剖析派中比较年轻的一些作家与茅盾的态度并不完全一样。他们更多地强调从生活出发,直接从生活中获取主题。社会科学理论对他们来说只是观察生活的一种工具,他们根本不赞成从理论出发来创作,而是强调现实主义。吴组缃很早就这样评论茅盾创作的弱点:"他作品的主题,往往似乎从演绎而来,而不是从归纳下手,似乎不是全般从具体的现实着眼,而是受着抽象概念的指引与限制。因此,他的一部小说,往往似乎只是为社会科学理论之类举出一个例证;作为艺术的创作者,就似乎缺少一点活生生的动人心魄的什么。最明显的是他的人物描写。……这些人物都是作者根据推理设想出来的,而不是根据深刻的实际观察与体验创造出来的;使人对这些人物感觉隔膜、邈远,不可把捉。"[①]吴组缃、沙汀等人自己的作品,则不但显示着社会的根本性质,而且充满着生龙活虎般的人物与迎面扑来的生活气息。他们在这点上比茅盾是有发展的。

①　吴组缃:《关于〈霜叶红似二月花〉》,《时与潮文艺》第3卷第4期,1944年6月15日。

横断面的结构，客观化的描述

　　社会剖析派作家经常采用截取横断面的方法来解剖社会，而将作者的感情倾向尽量隐蔽在生活断面描写的背后。这是他们的小说创作的又一个基本特点。

　　横断面的描写方法是社会剖析派作品的显著优点。由于截取了横断面，把宽广丰富的内容集中到一个断面里来，通过有限的时间空间加以表现，因此，艺术上就要求相对的严谨和精致，表现上就要求朝深处开掘，而且更加要求写好场面和对话。这个流派的所有代表作，几乎都在这方面显示出很大的长处。吴组缃评《子夜》时，就认为这部长篇写得很集中："全书共分十九章，时期大约在 1930 年夏间的两个月。地点是在上海——中国社会一身病毒的总暴发口。故事的纵的方面是以野心的大企业家吴荪甫的一场发达民族工业的奢侈的噩梦为主要线索，写金融资本如何的操纵工业资本，……故事的横的方面牵连了许多纷繁的头绪……"吴组缃赞赏地说："作者安排与表现这些复杂的东西很用了一番艺术手腕。"①吴组缃自己1933 年以后的一些作品，也都采取横断面为主的写法，而且达到了相当高的成就。《一千八百担》和《樊家铺》，就是两篇很有代表性的作品。

　　《一千八百担》的副标题是"7 月 15 日宗氏大宗祠速写"，它写了封建大家族成员为了从一千八百担谷子的义庄财产捞取好处而进行的一场激烈的争夺。地点是宋氏家族的祠堂，时间只有一两小时。小说只写了宋氏大家族将要开会前的场面（实际上会议并未开成），却把这个先前很有名望、出过好几个举人的封建大家族内部的丑恶、腐朽、各谋私利、分崩离析表现得淋漓尽致，揭示了复杂丰富的社会内容，显示出鲜明的时代特点。先后出场的二三十人，他们各怀鬼胎，会前就勾心斗角，不可开交。商会会长子寿想以松龄要用钱安葬祖先骨殖的名义，让义庄买下他家没人要的竹山，便于自己捞取好处。义庄管事柏堂坚持要将这一千八百担皆先用来归还欠宋月斋的借款连本加利一千五百元，以便自己可以贪污一笔利息。区

---

　　① 吴组缃：《评茅盾〈子夜〉》，北平《文艺月报》创刊号（1936 年 6 月 1 日）。

长绍轩主张从义庄拿出钱来支付所谓"剿匪壮丁队"的开办费，以便自己侵吞。小学校长翰芝主张用这一千八百担的钱办学校。省城中学教员叔鸿声言自己有紧急用途，要向义庄借款。讼师子渔等人干脆提出："瓜分义庄，先分稻，后分田，大家平分。我们先来个共产。"豆腐店老板步青，草药郎中兼风水家渭生，也各有一套奇妙的言论。除了宋氏家族明争暗斗这条线外，小说还有一条暗线，就是祠堂外饥饿的农民聚会和抢粮。作者把这方面情节发展大部分放在后台来进行，直到最后才转到台前。就在宋氏大家族成员争得不可开交时，断粮的客民和佃户，成群结队、敲锣打鼓抢粮来了。他们抓住义庄管事和区长两人，从库里分走了稻谷。值得注意的是，连宋氏这个地主大家族中，也出了革命者、共产党人，就是竹堂。这个人物最初在小说中还是出了场的，他在农民抢粮斗争高潮中上台讲了话、叫了口号，是这场斗争的实际组织者，收入《西柳集》时作者才删去这一段。总之，《一千八百担》在祠堂这个单一的场面里，通过描写和对话，先后有条不紊地刻画了二十个左右身世不同、各有性格的人物。一个短篇小说能达到这样高的成就，实在不多见，它显示了作者对有关生活的熟悉和高度的组织情节、驾驭文字的能力。彭柏山有篇小说叫《忤逆》，也是写饥民在忍无可忍的情况下抢分了祠堂里的公积谷。题材与思想倾向几乎与吴组缃的《一千八百担》完全一样。彭的作品写于 1934 年 8 月，还在吴作之后。然而这两篇作品艺术上颇有高下之分。彭作从农民昌喜家这个角度来写，充满同情地写农民不得已而分了祠堂的祭祀谷，艺术上比较一般化。《一千八百担》则从地主家族内部争占公积谷的角度来写，把饥民推到幕后，时间地点都极为集中，艺术上精致得多。两篇作品一对比，社会剖析派的特点就显示得很清楚了。

社会剖析派小说场面描写的出色，又得力于人物对话的成功，社会剖析派作家大多是写人物对话的大师，他们非常重视人物对话的真实自然，吴组缃说："写人物最忌成为作者观念的傀儡，他必须自己生活着，合乎客观的规律，那才真实。"茅盾也说："作者千万不要将自己的嘴巴插进书中去'发议论'，也不要将自己的嘴巴插进书中'作结论'。"他们完全按生活逻辑展开故事，事情的发展好像没有经过谁的加工处理，而是自己在显示自己，以吴组缃《一千八百担》为例，其对话有几个特点：一是口语化，不拗口，很自然（尽管叙述语言用的是书面语言）。二是性格化，语言很符合人物身份、经历、文化教养、个性特点,有些人物还有自己的习惯用语,使读者闻其声如见其人。三是符合规定的情景,动作性强。这些对话的确是生活的呈现(不像有些作品里的对话一望而知是作者硬编派的),并且成为情节发展的重要组成部分。四是富有地方色彩,用了一些方言,却又并不生僻。试读以下一段对话:

在西厅里榻上躺着默默想心事的子寿,那位商会会长,这时忽然沉着脸,走到正堂里来,大声嚷着说:

"柏堂兄,今天这个会你是存心不打算开了?"

柏堂望望子寿那张想寻是非的脸,苦笑了说:

"老弟,你这话是个什么意思? 我怎么有意不打算开? 是在等月斋老叔——"

"宋月斋死了呢! 我们姓宋的不活啦! ——大家诸位,我们是受人家的欺! 我要打倒把持公堂侵吞义庄的白蚂蚁! 我……"

大家对这突如其来的事莫名其妙,吃一惊,都瞠眼望着他。柏堂堆了满脸的苦笑,走上去说:

"老弟,莫走气门,莫走气门,犯不着,犯不着!"

"犯不着? 你这个笑面虎就是白蚂蚁! 你和宋月斋勾串好了侵吞义庄! 今天这个会,不是大家催迫你,你是不会召集的;现在你借口等人,你就是延宕着想不开这个会! 一千八百担好让你两个盘剥上腰包!"

"什么事? 什么事?"大家争着问。

"你们还不晓得什么事? 这笑面虎掐宋家子孙的咽喉! 他把持这一千八百担!"

"我把持? 我是承大家推我做管事呀!"

"你鸟管事! 你只晓得饱私囊! 东官厅漏了你都不修! 你和宋月斋狼狈作奸,一手遮天! 你们就想侵吞这一千八百担!"

"老弟官,犯不着! 犯不着! 你不过是生意失败了,债务要发作,想拿义庄的稻去维持! 你拿着个松龄官来唱'托傀儡戏';没唱得成,你就恼羞成怒。你纵然是狗急跳墙,可也真不通世务。这一千八百担,有多少正用?怎么挨到你来沾?打开天窗说亮话,那个野梦你不必做。"

商会会长像一只疯了的野狗,跳过去就要抓住那位一脸干笑的义庄管事。大家拉开了,说:

"这是祠堂里,不能这么撒泼!都是一家人,有话好说。现在就派人去请月斋老来。也不必等了,就开会!就开会!"

从描写大场面和运用人物对话的成功来说,吴组缃确实可以和茅盾媲美。由于场景集中,对话活泼,他的短篇小说已经非常接近于戏剧(连那篇速写《黄昏》都有这种味道,显得非常精致)。但究其实,这并非因为受了话剧的影响,而是和茅盾一样,主要是学习借鉴了托尔斯泰等作家的现实主义小说的结果。茅盾曾说,他"最爱读"的书是托尔斯泰的《战争与和平》和《安娜·卡列尼娜》。"关于这两部巨著,值得我们佩服的,就不单是人物性格的描写了。一些大场面——如宴会,打猎,跳舞会,打仗,赛马,都是五彩缤纷,在错综中见整齐,而又写得多么自然,毫不见吃力。这不但《水浒》望尘莫及,即大仲马的椽笔比之亦有逊色。然而托翁作品结构之精密,尤可钦佩。以《战争与和平》而言,开卷第一章借一个茶会点出了全书主要人物和中心的故事,其后徐徐分头展开,人物愈来愈多,背景则从圣彼得堡到莫斯科,到乡下,到前线,回旋开合,纵横自如,那样大的篇幅,那样多的人物,那样纷纭的事故,始终无冗杂,无脱节。……所以我觉得读托翁的大作至少要做三种功夫:一是研究他如何布局(结构),二是研究他如何写人物,三是研究他如何写热闹的大场面。"①茅盾的这些经验之谈,吴组缃也曾在另外的场合用几乎同样的话语谈到过。可见这至少是社会剖析派一部分作家的共同体验。至于艾芜长篇《山野》在结构方面的集中、横断面运用方面的成功,特别是沙汀短篇小说《在其香居茶馆里》等运用横断面的出色,更是众所周知,简直无须我们再来分析论述了。

同截取横断面来呈现生活、解剖社会这一特点相联系,社会剖析派作品常常将感情倾向隐蔽在断面的背后。沙汀曾经这样谈到自己创作的特点:"我在创作上长

---

① 《"爱读的书"》,《茅盾文集》第 10 卷,第 145 页。

期倾向于现实主义,喜欢写得含蓄一些,自己从不轻易在作品中流露感情,发抒己见。"①这也正是社会剖析派作品的普遍特点。在这方面,又显示了社会剖析派所受法国现实主义文学的影响。佛罗贝尔说过一句名言:"艺术家不该在他的作品里露面,就像上帝不该在自然里露面一样。"②的确,法国十九世纪现实主义作家力求在创作中隐去作者自身的态度,尽力做到"客观"。茅盾很欣赏这种创作思想。他在1922年致吕蒂南信中说:"文学上的自然主义与写实主义实为一物,……法国有巴尔扎克著的《人间喜剧》已取客观的描写法,其后又有佛罗贝尔的作品,描写亦纯取客观态度。"在《西洋文学通论》中,茅盾谈到《包法利夫人》的作者佛罗贝尔时又说:"在小说中表现出来的他的态度,是异常冷静,他是这样努力克制着自己的主观感情,不使混进在他的作品中。"③三十年代茅盾创作的《子夜》等作品一脉相承地体现了这种创作思想。但因此,也就容易招来一种误解——被一些批评家认为是"客观主义"。社会剖析派几位主要作家,从茅盾,到吴组缃,再到写《淘金记》的沙汀,几乎没有例外地被人认为犯有"客观主义"毛病。茅盾的《春蚕》、《秋收》、《残冬》发表以后,有位署名"凤吾"的左翼评论家就责备茅盾采取"超阶级的、纯客观主义的态度",没有"完成其前进作家必然担负的任务"④。当时的左翼文学领导人瞿秋白等也都是强调反对客观主义的,茅盾本人后来大概也接受了这种看法,所以当吴组缃《西柳集》出版以后,茅盾评论其中的《一千八百担》、《黄昏》等作品时,竟也说吴组缃的写作态度"太客观"、"纯客观"⑤。抗战期间沙汀的《淘金记》及一些短篇发表后,胡风、路翎(冰菱)以及稍后的季红木在他们好几篇文艺论文(如胡风《关于创作发展的二三感想》、《现实主义在今天》,冰菱对《淘金记》的书评)中,都一再指名或不指名地批评沙汀的小说具有"客观主义的倾向",缺少革命"热情",只是"静观","含着一种淡漠的、嘲弄的微笑","不能给你关于那个高度的强烈的人生的任何暗示",说《淘金记》"是典型的客观主义的作品",《替身》体现着"沙汀的客观主

① 沙汀:《关于〈许茂和他的女儿们〉的通信》。
② 佛罗贝尔1875年12月致乔治·桑的信。
③ 茅盾:《西洋文学通论》,书目文献出版社,1985年,第103页。
④ 转引自茅盾:《回忆录(十四)》,《新文学史料》1982年第1期。
⑤ 惕若(茅盾):《西柳集》(书评),《文学》第3卷第5期,1934年11月。

义态度"等等。[1] 这些批评对吗？我认为都不对。因为这些批评指责其实并不符合作品的客观实际：作品本身尽管有缺点，但政治倾向性都很鲜明。批评家们所谓的"客观主义"，实际上无非是现实主义的客观描写而已。把"客观性"等同于"客观主义"、"旁观主义"、"自然主义"，这是极大的误解。别林斯基说得好："客观性完全不是冷淡无情；冷淡无情是破坏诗意的。"[2]在三四十年代这些并不正确的批评里，既有当时"左"倾思潮的影响，也有属于不同流派之间（如胡风、路翎等本来就属于强调主观精神的一派，而社会剖析派则历来强调客观描写）一些未必合理的要求。到今天，我们决不能再把某些流派的特点，当作缺点来看待了。

复杂化的性格，悲剧性的命运

社会剖析派作家放弃了革命小说那种简单划分"正面人物"、"反面人物"之类的流行观念。他们的作品大多采用多声部叙述的方法：在众多的人物中，作者不是通过一个人物的眼睛去看、去想、去听，而是让很多人物来看、来想、来听，这样，作者对各个人物都能保持相当的间隔，超越了小说中人物之间那些矛盾纠葛。因而塑造了处于种种复杂环境里的种种复杂人物，提供了许多富有认识意义、使人难以忘却的典型形象，如《子夜》中的吴荪甫、屠维岳，《林家铺子》中的林老板，《腐蚀》中的赵惠明，《淘金记》中的白酱丹、龙哥，《天下太平》中的王小福，《樊家铺》中的线子姑娘，《铁闷子》里那个逃兵，等等。这些人物的性格都相当复杂，作者对他们的态度也相当复杂。像吴荪甫、林老板、赵惠明，《铁闷子》里那个逃兵，都不是能用简单的"正面"或"反面"，"同情"或"批判"说得清楚的。以《腐蚀》中的赵惠明为例，学生时代也曾参加救亡运动，却由于严重的虚荣心和利己思想，在特务头子威逼利诱下，堕入阴森黑暗的罗网，参与罪恶害人的勾当，成为一名特务。但她并非嫡系，在

---

① 四十年代对沙汀的批判，除胡风、吕荧的文章不点名外，路翎、季红木的文章都是指名道姓的。路翎（冰菱）的文章发表在1945年12月出版的《希望》第1集第4期上。季红木《从替身感到的——对沙汀小说的一二感想》则发表在《中原·文艺杂志·希望·文哨》联合特刊第1卷第4期上。

② 《莎士比亚的剧本〈汉姆莱脱〉》，《别林斯基选集》第1卷。

特务组织内受到排挤、侮辱,尚未完全泯灭的良心常常使她感到矛盾和痛苦。作品通过日记这种最能显露内心隐秘的体裁,揭示了主人公复杂的心灵世界。写出赵惠明终于在被捕的革命者小昭谆谆规劝以及他被害这一事实感召下,决心弃暗投明,救出了即将陷入魔掌的女学生 N。这样的人物确实异常复杂,很难简单定性。她是不折不扣的特务,但"人之所以为人"的东西又未完全泯灭,最后还做了点好事。在"左"倾思潮泛滥时期,这一形象曾受到责备,有人批评作者美化赵惠明,同情特务,立场模糊。同样,吴荪甫和林老板两个形象,在六十年代上半期也受到过批评。吴荪甫是否为"反动资本家",作者是否对人物同情过多,就产生过争议。至于根据小说改编的电影《林家铺子》,更受到过公开的连篇累牍的批判,罪名是"美化资本家","对抗社会主义革命"。茅盾小说中这么多人物受到怀疑、批判,甚至几乎弄到要为这些形象设立专案组的地步,这不是偶然的,确实说明人物本身的复杂丰富。这是社会剖析派作品共有的特点,是社会剖析派多声部叙述小说的光荣。吴组缃小说《铁闷子》里那个逃兵,不也是一个曾经"抢劫、强奸",做过不少坏事的角色吗,却又在关键时刻牺牲自己,做出了惊人的贡献。连五六十年代改写或创作的李劼人的《大波》、姚雪垠的《李自成》,也发扬、推进这一传统,塑造了端方、夏之时、崇祯、卢象升、洪承畴、张献忠、郝摇旗、李信、袁时中等一系列极其复杂、完全冲破正反面界限的人物形象。社会剖析派这些作品可贵之处在于:不是为复杂而复杂,不是人为地去编造,而是立足生活,真实地、深刻地写出性格本身的逻辑,写出生活固有的丰富性,写出作者本身对生活的独到的发现。拿吴组缃的《樊家铺》这个短篇来说,堪称左翼作家写的一出性格悲剧。贫苦的农家妇女线子,为了拯救入狱的丈夫,打点衙门上下,去向母亲借贷,却遭到有些积蓄并且放着高利贷的母亲的拒绝。母亲反而势利地劝女儿改嫁。线子无奈,趁夜间母亲熟睡时想偷她的钱,不料被母亲发觉,线子在情急时失手用烛台戳死了母亲,放火烧了茅屋,路上恰好碰到因土匪破了县城而从狱中逃出的丈夫。小说中母女二人性格刻画得都很突出:母亲的贪吝、冷酷、狡猾、势利,一心向上爬,羡慕富有者;线子的泼辣、坚强、善良,对贪婪者的憎恨,对丈夫的深情和忠贞。两种性格发生了尖锐冲突,以至于酿成悲剧,性格冲突里显示了丰富的社会内容,这应该说是写得很成功的一个例证。

　　社会剖析派小说人物塑造的另一特点是:充分尊重生活本身的逻辑,不以作者的主观愿望、主观感情而随意改变人物的命运。像老通宝、林老板、吴荪甫、王小福等形象，显然都赢得过作者的同情，有的人物在一定程度上还代表了正义所在，但他们并不因此就获得好运而避免走向失败，甚至像《腐蚀》里那个革命者小昭最后还遭特务杀害。这都表明作者在塑造他们时"爱而知其丑"，坚持了严峻的现实主义原则，同中国过去一些作家那种"爱之欲其生，恶之欲其死"的主观主义态度是根本绝缘的。

值得重视的是，社会剖析派作家在认识、处理人物和社会环境的关系方面，积累了一些重要的经验。他们既不像新感觉派有些作家那样把历史看成由某些个人意志、个人变态心理决定的，却也并不简单地认为社会环境决定人物的一切，个人无所作为。在他们看来，首先当然是社会存在决定社会意识，不同的社会环境决定着人们不同的思想性格；但同时，每个人物又以自己的行动作用于社会环境，影响着社会环境，每个人也是现实社会环境的构成者；不过归根结底，个人行动还是离不了周围的社会条件，人们只能在特定的社会历史条件下生活和行动，个人虽然并非对命运无能为力，却未必都能决定自己的历史命运，关键还在于能否顺应客观历史潮流。他们就用这样一些比较复杂、比较辩证的认识消化着生活，指导着创作，相当深刻地揭示了人和环境的关系，创造着典型环境中的典型性格。他们笔下的不少人物，确实是与命运抗衡而不免失败的人物，具有浓重的悲剧性。捷克的中国文学研究家普实克认为，茅盾小说有种悲剧感。他说：茅盾作品中的人物虽然都在活跃地行动着，但他们的行动并不能决定自己个人的命运。《子夜》中的女工们在英勇斗争，吴荪甫也在野心勃勃地施展抱负，"农村三部曲"里老通宝一家如牛负重地劳动，但这些行动都不能决定他们个人的命运。"这命运是由在他们背后的，比他们强大得多的另一种力量支配着的。""看来，茅盾的作品似乎和希腊古代悲剧以及欧洲自然主义者如左拉的作品有些相像，都抒发了'人不能主宰自己的命运'这个在文学中由来已久的悲剧感。""但他的作品又和古希腊的、左拉的悲剧根本不同。古希腊悲剧中人的命运的主宰是神的预言；欧洲自然主义作品里的那种力量是生物性，是遗传。茅盾作品中背后的力量却是社会，是社会各种经济政治力量相互冲击抗争而产生的一种复杂的物质力量。古希腊人和左拉写的是个人或一个家庭、一个家族的悲剧命运，茅盾写的却是某一群人。"普实克还认为，从《子夜》开始，茅盾对这种主宰人的命运的力量的认识达到了相当科学的程度。"在《子夜》里,这背后的力量就描写得极为科学、准确。在《腐蚀》里,作家在表面的杀气腾腾下清楚地写出了这种力量到末日的预感。"普实克的这些看法,对我们理解茅盾作为社会剖析派的开路人的创作特色是有帮助的。其实,不仅茅盾写到了不少悲剧性人物,吴组缃、沙汀等又何尝不是如此! 吴组缃《天下太平》这篇小说中的王小福。沙汀《困兽记》这部长篇里那些"困兽犹斗"似的主人公们,不都是悲剧性的人物吗? 他们同社会进行着抗争,却不是由于本身的过错,或者说主要不是由于本身的过错而失败了。王小福是一个做了二十三年店员的极其老实、勤苦的人,后来却失业了。他们全家做尽了种种努力和挣扎:卖油条,卖奶水,饿死了婴儿,结果还是落个家破人亡。如果要说王小福有缺点,那就是对旧社会还有小生产者的幻想。到他处于绝境、失去幻想的时候,已经晚了,只好偷窃穷邻居的东西;最后,在神志未必正常的情况下去偷庙顶上面的古瓶,终于坠落身亡。小说剖析着人物,实际却同时解剖着社会,剖析人物的每一笔,对于社会来说,也就是切中社会病理的一次次解剖。应该对普实克的意见加以补充的是:茅盾和社会剖析派作家不仅写了悲剧扮演者的形象,也写了悲剧制造者的形象。像《子夜》中的赵伯韬,《腐蚀》里的特务头目和陈胖等政客,《锻炼》里的"简任官"严伯谦,以及沙汀《淘金记》里的白酱丹、龙哥等,这些形象也是实实在在、正面地写出来了的。他们决不像希腊悲剧或自然主义作品里那些背后支配人的命运的力量那样不出场,——这种不同正好显示了社会剖析派作品里人物形象的真实性、科学性和深刻性。尤其像沙汀《淘金记》里白酱丹、龙哥这些反面典型,够得上是社会剖析派的出色的创造。不读一读《淘金记》,不亲自感受白酱丹、龙哥这些人物的谈吐与动作,我们就等于对中国内地封建势力的统治是怎么回事一无了解。四川号称"天府之国",可是在地方军阀的中世纪式的统治下,生活像死水般沉滞,霉烂发臭,又充满骇人听闻的暴行和丑事,是个十足的黑暗王国。白酱丹、龙哥就是这样一个黑暗王国里的产物,是这样一个特定环境里的特定性格。尽管已经是所谓"民国"时代,这里的封建统治依然是盘根错节、十分牢固的,是集三位于一身——土皇帝强盗流氓式的。他们都是吃了人肉连骨头都不吐的角色。龙哥本身就曾经是这一带有名的土匪,以后又参加哥老会,如今是北斗镇一镇之长。他的凶恶专横以一种无须掩饰,直率得令人吃惊的方式表现出来。

当着众人的面,他可以从公款中抓一把票子给饭店老板付账;吞下同样是地主的何寡妇的公债钱之后,他还吼叫着说:"老子吃就吃了,我不相信她敢告我龙闷娃一状。"他和整个黑暗王国的环境气候是如此协调,以致他根本不必像白酱丹那样采用计谋,只凭他的直觉办事就已足够。作品里有这样一句话:龙哥的直觉有时"简直同精密的打算不相上下"。这是惊人的准确的一笔,是洞见人物肺腑的一笔。作者了不起的地方,就在于他抓住了龙哥这种性格同整个环境的血缘关系来做文章,不得不使人感到惊异和发出赞叹!

除了创造悲剧扮演者、悲剧制造者的形象以外,社会剖析派作家也写了一批悲剧铲除者的形象,像《腐蚀》里的革命者小昭,《锻炼》里"背负十字架"的地下工作人员陈克明,等等。有些人物写得也还相当深沉。

总之,社会剖析派创造的人物典型是复杂而丰富的,多棱面的。这除了化为血肉的唯物史观此一认识上的原因外,与他们采用多声部叙述方法所获得的艺术效果也有关系。这里的表现特点和艺术经验值得总结研究。

社会剖析派是现代小说史上最重要的流派之一。他们贡献了一批有分量的作品,不但在左翼作家中占有重要地位,而且在整个现代文学史上产生过巨大的影响。后来的一些作家,像创作了《上海的早晨》的周而复,创作了《李自成》的姚雪垠,五十年代重写了《大波》的李劼人,实际上都程度不同地受到了这个流派的滋润,有的作家在自己的实践中还有重要的新发展。今后,在这个流派开辟的创作道路上,也将会有新的来者。

1983 年 1 月初稿

1986 年 2 月修改

(原载《茅盾研究》第五辑,文化艺术出版社 1991 年版)

中国社会剖析派的西方渊源

阎浩岗

在中国文学史上，所谓社会剖析派小说，主要是指茅盾《子夜》以后的大部分小说，以及吴组缃、沙汀受《子夜》影响以后创作于 30—40 年代的小说。社会剖析派在创作方法上不同于"五四"以来的现实主义作品及同时或稍后的各个流派，它与中国传统现实主义文学关系较淡，更多受到的是西方特别是法国文学影响。其西方特色表现在创作宗旨、创作对象与创作原则三个方面。

一、创作宗旨：揭示现实生活真相，探索社会发展规律

笔者以为，任何一种具体的创作方法都包含有创作宗旨、创作对象、创作原则三个方面的因素，其中创作宗旨制约着另外两种因素。文学史上在创作方法上独具特色的作家或流派，其创作方法的特点也表现于这三个方面。在中国现代各小说流派中，社会剖析派的作品与 20 年代文学研究会的问题小说以及乡土小说、30—40 年代的七月派小说、40 年代的"山药蛋派"小说基本都属于现实主义类型。然而，社会剖析派之外的其他几个流派，在创作宗旨方面继承的是中国传统现实主义文学将功利性置于客观性之上的传统，不论文学研究会倡导的"为人生"，七月派强调的"主观战斗精神"，"山药蛋派"坚持的为解决具体问题而创作，说到底都是将

文学的社会功利作用放在首位,在这些作家心目中,"善"是高于"真"的。与此不同,社会剖析派作家更多受到的是西方影响,特别是西方 19 世纪以来批判现实主义以及自然主义文学的影响。

社会剖析派作家十分熟悉西方现实主义文学名著及文学理论。西方的哲学和美学历来重视求真,西方现实主义创作理论把追求艺术描写的真实性、客观性放在首位。泰纳就认为巴尔扎克"开始写作不是按照艺术家的方式,而是按照科学家的方式"①,福楼拜则宣称伟大的艺术应该是科学的、客观的。狄更斯表示,他的作品"目的就是追求无情的真实"②。到了自然主义作家那里,甚至直接把文学创作视为一种特殊的科学实验、科学研究,有时为了"真"而忽视了善、牺牲了美。这种将真视为至高无上准则的美学、文学观念在中国古典文学中并无渊源。中国小说的源头,一是志怪、志人、传奇一脉,一是讲史平话。前者自不必说,即使后者,亦多叙帝王将相叱咤风云之举,虽有史实为据,虚构却多传奇色彩。除却《红楼梦》等凤毛麟角之作,很少把真实再现日常生活本来面目作为最高艺术追求。"五四"以后的现实主义文学,多以救国救民为己任,功利色彩有增无减。因此,社会剖析派一经出现便不同凡响,也引起不少争议。虽然茅盾等人也深受"五四"启蒙文学熏陶,茅盾还是文学研究会发起人之一,并且有很强的政治热情,但在美学及艺术观上,社会剖析派作家却倾向于西方式的现实主义和自然主义。他们把政治倾向寓于真实客观的艺术描写之中,认为:"文学的职务乃在以指示人生向更美善的将来这个目的寓于现实人生的如实地表现中,⋯⋯文学者决不能离开了现实的人生,专去讴歌去描写将来的理想世界。"③社会剖析派作家并不否认文学应发挥使人向善向美的社会作用,但在他们看来,揭示现实的真相,让读者认清社会的病根,有助于改良社会、改善人生。所以,揭示社会真相便是他们创作的直接目的。"五四"以来绝大部分现实主义小说作家或流派则更多强调文学的功利目的,其真实性也多限于生活直感,不像社会剖析派那样,把社会生活作为一个整体,以科学的态度、宏观的视野把握现实,以科学的理论来解释、剖析各种具体生活现象。

---

① 《欧美古典作家论现实主义和浪漫主义》(二),中国社会科学出版社 1981 年版,第 186 页。
② 黄伟宗:《创作方法史》,花山文艺出版社 1986 年版,第 133 页。
③ 《茅盾全集》,人民文学出版社 1989 年版,第 18 卷,第 539—540 页。

　　尽管茅盾曾译介过自然主义,他的早期作品亦受其影响;尽管40年代七月派也曾指社会剖析派创作为客观主义和自然主义,但依今天文艺理论界对现实主义和自然主义的理解,社会剖析派的创作无疑更接近于巴尔扎克等人的现实主义,而非左拉的自然主义,因为它所认为的现实真相是人与人的各种社会关系。茅盾等人认为决定人物命运的是社会经济、政治因素,而非生理、病理因素。特别是,社会剖析派作家大都具备社会科学家的头脑和眼光。茅盾早年便钻研过社会科学与文学理论。在《我的回顾》一文中,他指出:"一个做小说的人不但须有广博的生活经验,亦必须有一个训练过的头脑能够分析那复杂的社会现象;尤其是我们这转变中的社会,非得认真研究过社会科学的人每每不能把它分析得正确。"①1934年,他在《思想与经验》一文中又说:"没有社会科学的基础,你就不知道怎样去思索;……不会思索的人去'搜集形象'只是盲子摸死蟹。"②茅盾所说的"社会科学",实际主要指马克思主义的历史唯物主义和政治经济学。如果说他早年对于如何运用科学观点把握现实尚在探索之中,《子夜》及其以后的《林家铺子》、《春蚕》等便是运用科学理论把握现实社会关系的成熟之作了。除茅盾外,吴组缃"一九二九年进大学就念马列主义",③沙汀青年时代比之于文学作品"更喜欢看社会科学方面的著作"④。他们运用自己所学的社会科学知识,特别是马克思主义的历史唯物主义与政治经济学原理来分析当时的社会现象,力求把握社会现实的深层本质,探索社会发展规律。在这一方面,他们也确实做出了世人公认的成绩。茅盾的《子夜》对30年代中国社会性质的把握达到了与当时最先进的马克思主义者同样的准确度,《春蚕》等作品不仅真实描绘了当时农村"丰收成灾"的现象,还揭示了造成这种现象的社会原因。吴组缃、沙汀、艾芜也为我们描绘了一幅幅30—40年代中国乡镇的真实图景。为了细节的真实准确,他们特别重视实地观察与搜集材料。他们的创作虽不及巴尔扎克《人间喜剧》那样为人们提供了大量法国社会的真实生动的资料,但其历史认识价值却也不可低估。它不像古代历史演义那样侧重于记述帝王将相的行

---

①　《茅盾全集》,人民文学出版社1991年版,第19卷,第406页。
②　《茅盾全集》,人民文学出版社1990年版,第20卷,第59页。
③　吴组缃:《克服主观主义,在工作中锻炼自己》,《人民清华》1951年10月18日。
④　黄曼君等:《沙汀研究资料》,中国社会科学出版社1986年版,第64页。

为事迹,而是像巴尔扎克那样通过民间生活形态的变迁来揭示社会现实的本质,揭示历史发展的动因与规律。

社会剖析派小说与后来的"社会主义现实主义"及"两结合"作品同样以马克思主义世界观为创作的指导思想,但两者又有根本的区别。社会主义现实主义与"两结合"是作为最先进的创作方法通过行政的方式要求所有作家执行的,它们的理论观点是由上级灌输给作家,再由作家通过"改造思想"予以接受并体现在创作中的。这种得自灌输的理论观点或世界观随形势、政策的变化而不断变化,作家必须不断适应、不断"改造思想"予以接受。而社会剖析派的马克思主义观点是建立在观察体验与独立思考基础之上的,它与作者的具体感受融为一体。茅盾声称自己"遇事好寻根究底,好独立思考,不愿随声附和"。① 他认为:"作家们应该觉悟到一点点耳食来的社会科学常识是不够的。"②此外他还强调,作家的政治思想、政治立场与艺术眼光并不是一回事。在《夜读偶记》中他指出:"一个作家或艺术家对于现实有怎样的认识和他们对于现实抱怎样的态度,也不是常常一致的。"③茅盾所说的"态度"实际指的就是作家的政治立场、理论观点,比如巴尔扎克的保皇党立场;而所谓艺术眼光或"认识"则指作家具体的生活感受和审美感受。当两者产生矛盾时,社会剖析派作家并不"为了观念的东西而忘掉现实主义的东西",④他们不肯把得自书本或由外部灌输而未与个人具体感受融合的理论观点作为创作的指导思想、作为小说的主题。

社会剖析派另一不同于社会主义现实主义与"两结合"之处,是它并不致力于塑造正面英雄、描绘理想形象,在作品中旗帜鲜明地表明作者的政治立场、思想倾向以教育读者;他们的作品多为"暴露文学"。为此,当时曾受到左翼文坛某些人物的批评。沙汀笔下的川西北农村黑暗沉闷,令人感到压抑。何其芳便认为他未能摆脱旧现实主义名著的限制,没能"写出今天的人民的英雄与指出改造现实的出路"。⑤ 七月派则把这种创作方法称作"客观主义"。笔者以为,这恰恰反映了社会

---

① 茅盾:《创作生涯的开始——回忆录》(十),《新文学史料》1981 年第 1 期。
② 《茅盾全集》,人民文学出版社 1991 年版,第 19 卷,第 211 页。
③ 《茅盾全集》,人民文学出版社 1996 年版,第 25 卷,第 212 页。
④ 《马克思恩格斯选集》,第 4 卷,第 345 页。
⑤ 黄曼君等:《沙汀研究资料》,中国社会科学出版社 1986 年版,第 233 页。

剖析派将"求真"作为最高准则的创作宗旨。在作家本人并未见到英雄且熟悉英雄之前,他们不去虚构英雄;在面对黑暗时,并不硬性为之添加光明。

二、创作对象:民族经济的衰落与社会政治的腐败

社会剖析派的创作虽然体现了西方式的求真精神,但这些作家毕竟生长于中国的土壤之上,身处于社会危机异常紧迫、社会矛盾异常尖锐的 20 世纪 30—40 年代。他们不可能有福楼拜、左拉式的纯科学的创作态度。相反,他们都有很强烈的政治热情,密切关注国家民族的兴衰存亡。这种求真精神与政治热情的融合,使得他们将自己小说反映、分析和研究的对象确定为"社会",确定为 30—40 年代的中国社会。社会剖析派小说的基本反映内容,不外乎民族经济的衰落与社会政治的腐败。

纵观中国现代各小说流派的创作对象,有的集中反映具体社会问题,有的重在抒发个人情感,有的长于将写实与记梦结合,有的直接表现革命斗争或人物的心灵搏斗。虽然互不雷同,但基本着眼于具体的人和事,着眼于社会之一角。唯有社会剖析派,以社会科学家般的目光鸟瞰全局,将整个"社会"作为研究剖析的对象;他们当然也要写具体的人和事,但着眼点却在于社会全貌。早在 1920 年,茅盾就指出:"文学家所欲表现的人生,决不是一人一家的人生,乃是一社会一民族的人生。不过描写全社会的病根而欲以文学小说或剧本的形式出之,便不得不请出几个人来做代表。他们描写的虽只是一二人、一二家,而他们在描写之前所研究的一定是全社会、全民族。"①吴组缃、沙汀等人的小说虽无《子夜》之史诗般气势,但他们仍是借小说、借人物与事件反映现实生活的本质与社会发展的规律。社会剖析派将剖析社会的切入点定为社会的经济关系及其发展态势,以及建立在特定经济基础之上的社会政治面貌。

社会剖析派小说给人印象最深的,是民族经济的衰落:在《子夜》中,民族资本

---

① 《茅盾全集》第 18 卷,人民文学出版社 1989 年版,第 9 页。

家吴荪甫虽精明强干,但在以金融买办资本家赵伯韬为代表的帝国主义经济势力压迫紧逼之下终遭惨败;《林家铺子》中林老板兢兢业业,但农村的破产、农民购买力的衰减,以及战争的影响、官府的敲诈、同行的排挤,使他的小铺子终于倒闭;《春蚕》中老通宝一家虽用一月辛苦换来蚕花丰收,但外货倾销导致民族丝织工业濒于破产,养蚕人也随之折本负债。茅盾这三部代表作类似于巴尔扎克将《人间喜剧》中的"巴黎生活场景"、"外省生活场景"和"乡村生活场景"等,分别表现了都市、城镇和乡村民族经济的状貌。这些作品互相阐发、互相补充,构成了 30 年代中国经济的全景图。茅盾小说已涉及了经济困窘带来的社会伦理道德观念的嬗变,吴组缃的作品则把这种变化推向前台:在《一千八百担》中,我们看到农村宗族制度已近乎崩溃,几千年"以农为本"的观念已经动摇。《天下太平》中大半生安分守己的店员王小福因失业后生计无着而沦为盗贼。《樊家铺》中线子嫂的母亲为保个人体己钱全无骨肉亲情,而线子为弄钱救夫而终于杀母。导演这一幕幕悲剧的恰恰就是那藏在幕后的"经济"。社会剖析派小说没有一般地去表现"人穷志不穷",而是表现了经济的压力如何使人物性格和心灵发生扭曲而导致整个社会文明产生裂变。

社会剖析派小说往往给人以古希腊悲剧式的宿命感:个人无论怎样奋斗、无论如何有力,终逃不过覆灭的结局。然而,它与命运悲剧有着根本的区别,那就是它并不把造成悲剧的原因归结为抽象的"命运",而是归之于客观存在的经济规律。中国现代文学史上有不少以失败告终的个人奋斗者形象,如吕纬甫、魏连殳、倪焕之、骆驼祥子、郭素娥、蒋纯祖,以及茅盾早期作品中虽投身革命却仍不免幻灭、动摇的青年们。这些人物都毁灭于黑暗的政治及传统文化势力。而茅盾、吴组缃笔下的吴荪甫、林老板、老通宝、王小福等则主要败于某种经济势力,政治文化因素起的只是推波助澜的作用。吴组缃小说《天下太平》故事发生的大背景是不断传来"哪里哪里打仗,洋炮轰死几千几万人了,外国人杀死多少中国人了,什么地方屠杀或逮捕多少革命党或过激党了,东洋鬼子又占了什么地方了"之类消息的年代,但作者没有去描写战争。主人公生活的丰坦村一带因地处偏僻,不曾遭受战乱,是一角相对"太平"的天地。然而,由于"村上妇女纺的纱,织的布,早不能在镇上销售",村民大多陷入破产境地。辛辛苦苦从学徒熬成朝奉的王小福也终于失了业,全家受病饿煎熬难以忍受之际,忠厚老实的他竟偷了同样贫困的邻居阿富嫂一床旧棉被和半罐子米,最终走向毁灭。沙汀笔下的白酱丹绝非正面人物,但他尽管机关算尽,到头来也被经济这个魔法师耍弄。作者越是突出表现主人公的精明强干或拼命苦干,越显示了经济力量的不可抗拒。它说明的其实就是经济基础决定上层建筑、决定人的思想道德观念这个道理。难怪七月派会那么激烈地批评社会剖析派:这种将经济、政治力量与个人主观意志进行对比而突出前者之强大的写法,与胡风、路翎等人倡导的"主观战斗精神"确实相去甚远。

　　社会剖析派小说并未忽视上层建筑对经济基础的反作用。茅盾、吴组缃、沙汀的小说都涉及了政治黑暗、思想观念的落后保守对民族经济发展的阻碍作用。其中,沙汀的作品更突出、更集中地暴露了国统区社会政治的黑暗腐败。它为人们客观展示了在腐败社会肌体之上寄生虫们的生存状态与思想行为方式。沙汀与鲁迅都着力揭出民族的病根,鲁迅是从被压迫、被扭曲的弱者身上发现精神奴役的创伤,沙汀则集中展现那些压迫者、掠夺者的丑态,剖析他们之间、他们与下层贫民之间的社会关系,重在指明社会的痼疾。为了揭出这痼疾,沙汀用现实主义的手术刀不露声色地披露了国民党基层官僚进行腐败行为的具体细节,如兵役制度、赈灾活动中的弄虚作假、巧取豪夺,投机分子如何借抗战名义大发国难财等等。这些作品其意义不只在于批判暴露个别腐败现象,而且有助于读者对中国几千年来的政治文化进行研究和反思,即使在今天也有借鉴意义。

　　文学是人学。小说的表现对象应当是个体生命的具体存在,而不是抽象的"社会",人物不应是借以演绎某一社会科学命题的傀儡。社会剖析派将创作对象确定为社会,若分寸把握不好,是很容易陷入概念化、公式化的。然而,茅盾、吴组缃、沙汀、艾芜等人由于有丰富的生活积累和对社会人生细致深刻的观察研究,他们笔下的人物都是活生生且富于个性的人,并非某种思想观念单纯的传声筒。他们写社会并不忘写人,他们既准确揭示了人与人之间错综复杂的社会关系,又发掘了人性的丰富内涵,吴荪甫、林老板、老通宝、白酱丹、王小福、线子嫂等是现代文学史上无可替代的典型形象。另一方面,也不可否认,社会剖析派小说因过于专注于经济问题,加之有些作品头绪繁多、事件琐碎,个别章节确有沉闷枯燥之感。这一点在茅盾作品中尤为突出。这说明,从经济、政治角度把握人物关系、人物性格,有助于确立人物身份与性格基调;但如果忘了人物才是小说的主干、写社会是为写人,真的像茅盾所说的那样为写社会病根只是请出几个人来做代表,那必然会有败笔,甚至像《第一阶段的故事》、《劫后拾遗》那样导致整篇作品基本失败。茅盾等人的成功之作其实恰恰在于人物塑造的成功,社会关系的揭示能够与人物性格塑造有机融合。吴组缃与沙汀的创作理性化色彩不像茅作那么浓,因而沉闷枯燥之感较淡。其中沙汀的作品有时直录所见,让社会科学思考潜在地发挥作用。他曾谈道:"《防空》的题材,它的人物和故事,可以说大部分是根据事实来的。"①吴组缃的《樊家铺》、《天下太平》扣紧人的内心冲突来展示社会冲突。这些作品相对较为亲切生动。

三、创作原则:客观的显示,冷静的剖析

从 20 世纪 30 年代到 40 年代,文学界一直有人指责社会剖析派的创作方法为"客观主义"。这主要因为社会剖析派作品继承了福楼拜的传统,作者在作品中尽量不流露自己的思想倾向和主观情感,在作品中以叙述和描写为主,几乎从不抒情,极少议论;即使叙述和描写,也不常用巴尔扎克式的夹叙夹议,而往往通过作品中某一人物的视角、某一人物的感受来写其他人物,或通过对话交代人物关系、情节线索。以七月派为代表的左翼文坛对社会剖析派的批评,实乃 19 世纪乔治·桑与福楼拜关于作家应不应该在作品中露面、应不应该表明个人倾向这一创作原则问题争论的继续。福楼拜在给乔治·桑的信中说:"我郁结了满腔的愤怒,就欠爆炸。然而说到我对于艺术的理想,我以为就不该暴露自己,艺术家不该在他的作品里露面,就像上帝不该在自然里露面一样。"②沙汀说:"我这个人平常很容易激动,但写作品却很冷静,别人都说我冷。"③"我在创作上长期倾向于现实主义,喜欢写

---

① 黄曼君等:《沙汀研究资料》,中国社会科学出版社 1986 年版,第 126 页。

② 伍蠡甫:《西方文论选》(下卷),上海译文出版社 1979 年版,第 210 页。

③ 黄曼君等:《沙汀研究资料》,中国社会科学出版社 1986 年版,第 249 页。

得含蓄一些,自己从不轻易在作品中流露感情,发抒己见。"①其观点如出一辙。

社会剖析派小说给人以冷静、客观的印象,这与其创作宗旨、创作对象密切相关,是作者有意追求的一种艺术境界。作品中人物本身的性质,他与作者个人经历及思想情感距离的大小,是尤为不容忽视的因素。茅盾早期作品《蚀》三部曲较少给人这种印象,因为作品中主人公的感受几乎就是作者本人的感受,作者与人物距离很近。而他后来的社会剖析小说中的人物,都与作者有相当大的距离。沙汀在致黄曼君的信中就说他自己"自传性的作品极少"。②茅盾的社会剖析小说及吴组缃的大部分作品也无自传色彩,这与郁达夫小说恰成对比。但这也并不像七月派所指责的那样是冷漠的旁观而无"体验"。相反,恰恰因作者能对笔下的人物设身处地,从人物的角度观察世界,而非从作者角度直接评述,才给人以客观冷静的印象。只是,七月派的"体验"主要指从作者角度、用作者的"主观战斗精神"进行体验,而社会剖析派的"体验"是从人物角度对世界加以体验。由于社会剖析派小说中人物多为作者内心深处批评或否定的对象,有些纯粹是反面人物,作者既不可能予以赞赏,又不肯直接褒贬,七月派便认为他"自得其乐地离开对象飞去或不关痛痒地站在对象旁边"③,社会剖析派的不直接流露作者感情被误解为冷漠无情,"客观主义"。

社会剖析派主要代表人物茅盾曾屡次表示,他虽读过不少巴尔扎克的作品,鼓吹过左拉的自然主义,但更喜欢托尔斯泰。我认为,这并不意味着他的创作方法离托尔斯泰比离法国作家更近。他所谓"近于托尔斯泰",指的是"经验了人生以后才来做小说"④,以及钦佩托翁的场面描写艺术。为了追求客观再现,也与西方19世纪后期以来让作者"退场",由"讲述"变为"显示"的小说美学的发展趋势相一致,社会剖析派开始进行将小说戏剧化的尝试。虽然《子夜》之类小说的基本构架还是"讲述",但某些篇章中戏剧化色彩极浓,作者特别重视"场面"或"场景",借场面交代人物关系、展开故事情节。尖锐的冲突,高度集中的时间、场景与人物,以及借人

---

① 黄曼君等:《沙汀研究资料》,中国社会科学出版社1986年版,第263页。
② 黄曼君等:《沙汀研究资料》,中国社会科学出版社1986年版,第164页。
③ 胡风:《胡风评论集》(下册),人民文学出版社1985年版,第22页。
④ 《茅盾全集》,人民文学出版社1991年版,第19卷,第176页。

物本身的语言展示性格、推动情节是戏剧文学的主要特征。用这一标准衡量,吴组缃的《一千八百担》和沙汀的《在其香居茶馆里》完全可以看作是小说的戏剧化或戏剧的小说化。《一千八百担》开头四段可看作是有关时间、地点、场景的"舞台提示",小说主干部分基本是人物的对话。每个人物上场时只有其身份、年龄的简单交代,其他信息便由读者通过人物对话获悉。《在其香居茶馆里》与老舍话剧《茶馆》相比,除篇幅较短、人物较少、容量较小外,就是多出一些简单的心理描写。戏剧化小说虽未必代表小说发展的必然趋势,但在 20 世纪 30 年代中国文坛上除诗化小说、散文化小说之外,再有这么一种戏剧化小说,应当视为小说文体探索的一项成就,有利于文学园地的百花争艳。当然,借戏剧性场面塑造人物、展开情节的写法,倘若分寸掌握不好,也易产生弊端。正如珀西·卢伯克在《小说技巧》一书中所指出的那样,戏剧性场景不可滥用,"要保证尽可能少向场景施加压力"。① 如果头绪过于庞杂,令读者目不暇接,便会给人以凌乱模糊之感。特别对于习惯了中国传统叙述模式的读者来说,面对那种人物较多、所谈内容他们又不太熟悉的对话,就极易产生枯燥沉闷之感。在这方面,社会剖析派的某些作品不无失度之处。

很久以来,不少人认为茅盾等人的小说在创作方法上与"社会主义现实主义"以及"两结合"是一致的,甚至把茅盾当作主流创作方法的代表。我却以为,由于其西方渊源,社会剖析派小说的创作方法与主流创作方法具有显著差异。比如它追求客观再现而不把政治宣传放在首位;比如它常以资产阶级、小资产阶级人物为主人公,侧重揭露社会阴暗面,并不塑造可为社会楷模的工农兵英雄人物;比如它并不将作者的倾向性在作品中明确表现出来。正因如此,作为一个流派,社会剖析派在 1949—1979 年的中国文坛上基本消失了。

[原载《东方论坛(青岛大学学报)》2002 年第 5 期]

---

① 《小说美学经典三种》,上海文艺出版社 1990 年版,第 192 页。

论"社会剖析派"的乡土小说

丁　帆

　　20 世纪 30 年代伊始，茅盾、吴组缃、沙汀、艾芜等作家，创作出了一批对社会人生世相加以冷峻剖析的作品。对这些风格相近但并无社团联系的作家及其创作，学术界一直没有一个确定的指称，严家炎首倡"社会剖析派"这一提法，是有其学理意义的。严家炎从发生学的角度，阐释了"社会剖析派"出现的必然性，他认为："应该说，社会剖析派在中国产生，是有其历史必然性的。只要以托尔斯泰、巴尔扎克为代表的重视社会解剖的欧洲现实主义能够传入中国并在这块土地上生根，只要马克思主义唯物史观的社会科学能够传入中国并在这块土地上生根，只要这两种思潮能够在文学实践过程中相互结合并确实造就出一批社会科学家气质的作家，那么社会剖析的形成就是不可避免的。"①现在，"社会剖析派"已被文学史界的部分研究者所认同，我亦基本同意这种提法。这批作家的小说有相当一部分是写乡土的，本文因此将这批作家创作的乡土小说指称为"乡土社会小说"。

　　"社会剖析派"的代表作家是茅盾，这是毋庸置疑的。茅盾一生创作宏富，而在其全部小说创作中，乡土小说是他的短篇小说创作中最有成就的部分。他的"农村三部曲"和《当铺前》、《林家铺子》（城乡交叉点上的乡镇题材）以及《泥泞》、《水藻行》等作品，堪称"社会剖析派"的"乡土社会小说"的代表。其实，茅盾小说一旦进

---

① 　严家炎：《中国现代小说流派史》，人民文学出版社 1995 年版，第 179 页。

入"乡土"视阈,就显现出思想和艺术的深邃与精湛。我们当然不能简单概括为"乡土的童年视角"给小说带来的新鲜感,但有两点则是肯定的:一是由于"为人生"的思想观点拨动着"五四"反封建主题的琴弦,作者因此能在悲凉的封建土壤上看到革命后的更深刻的悲剧。拯救民族和农民于危难之中的忧患之心,促使作者把时代的选择和农民的悲剧置于描写的中心。二是由于"乡土小说"给人以风土人情之餍足,最能满足一种风俗民情的审美需求,这种审美形态对于发掘整个民族文化心理结构恰恰又呈现出一种和谐的对应关系。三是有自觉的乡土小说理论作指导。茅盾是乡土文学的积极倡导者之一,其乡土文学理论在不同的历史时期有所改变。20世纪20年代初期,茅盾与郑振铎在周作人的影响下一起倡导"乡土文学"。他把鲁迅的《故乡》、《风波》之类的小说归纳为"农民文学","文学上的地方色彩"。在茅盾看来:"地方色彩就是地方底特色。一处的习惯风俗不相同,就一处有一处底特色,一处有一处底性格,即个性。"①当然,这种概括未必就准确,但可以看出,茅盾等人在"乡土小说"尚未形成之前就特别强调了作为"农民文学"题材的艺术特征。1928年,茅盾在撰写《小说研究ABC》时,特别为"地方色彩"这一乡土小说的重要特征作了诠释:"我们决不可误会'地方色彩'即是某地的风景之谓。风景只可算是造成地方色彩的表面而不重要的一部分。地方色彩是一地方的自然背景与社会背景之'错综相',不但有特殊的色,并且有特殊的味。"随着阶级观念的逐渐强化,茅盾在给乡土文学进行最后规范时,把重心移向了作家世界观和人生观这一主体,他说:"关于'乡土文学',我以为单有了特殊的风土人情的描写,只不过像看一幅异域的图画,虽然引起我们的惊异,然而给我们的,只是好奇心的餍足。因此在特殊的风土人情而外,应当还有普遍性的与我们共通的对于运命的挣扎。一个只具有游历家的眼光的作者,能给我们以前者;必须是一个具有一定的世界观与人生观的作者方能把后者作为主要的一点而给与了我们。"②笔者以为,即便在理论上,茅盾也同样陷入了一个"怪圈":一方面是在倡导写实主义时要求作者对生活采取冷峻、客观、中性的创作态度;另一方面在"表无产阶级之同情"的世界观的促动下,

①　《民国日报》副刊《觉悟》,1921年5月31日。
②　茅盾:《关于乡土文学》,《茅盾文艺杂论集》(上集),上海文艺出版社1981年版,第576页。

作者又不得不时时想跳出来直接"表白",这一矛盾现象困扰着作者。于是,在茅盾的乡土小说创作中,我们似乎时时看到他窘迫尴尬的面影,但又不得不佩服作者在二者之间穿梭时游刃有余的艺术功力和技艺。

茅盾乡土题材的短篇小说《泥泞》、《小巫》、"农村三部曲"(《春蚕》、《秋收》、《残冬》)、《林家铺子》、《当铺前》、《水藻行》等,皆可谓名篇佳作。茅盾曾在回忆录中提到《泥泞》,自认为"那是写得失败的,小说把农村的落后,农民的愚昧、保守,写得太多了"①。这篇小说虽然是茅盾创作农村乡土题材小说的第一次尝试,但技巧相当圆熟,作家试图以不带感情色彩的笔墨去描摹一场带有闹剧成分的悲剧。整个作品不断幻化出黄老七对那幅标致的裸臂女人画像的馋涎——这就充分地揭示出农民革命动机的盲目性,他们根本没有认识到革命的本质究竟是什么。作品从中传达出的悲观情绪当然和大革命后茅盾的心境相吻合。在技巧手法的运用上,作者淡化了背景的描写,增强了小说的多义性。而最值得注意的是作者采用了"意识流"等"现代派"手法,用"幻觉"来组接黄老七的意识流动,以此来揭示主题内涵。整个小说的隐喻层面,似乎就悬系于黄老七眼前不断浮现幻化出的"画像",从而把革命动机与个人本能欲望之间的联系勾画得丝丝入扣。作者几乎是以中性的客观描写来结构全篇,却又让人体味到作者世界观和人生观渗透于其中的悲苦哀号。这种悲苦的哀号并不就是悲观失望的情绪,它终比那种盲目的极"左"情绪要高明得多。茅盾后来因各种政治原因对《泥泞》所作的否定性评价,显然既不真诚,又不客观,不是应有的历史和美学的分析。

茅盾的《小巫》历来不被人们注意,茅盾自己亦很少提及它。究其原因,当然是多方面的,而最主要的是因为它与公认的名作《子夜》不甚吻合。茅盾说:"为什么我正好在1932年转向了农村题材,而且以后几年又继续写了不少农村题材的作品呢?这也有它的机缘:其一,在最初构思《子夜》时,如上所述,我原是打算其中包括一个农村三部曲的,因此,也有意识地注意和搜集了一些农村的素材;现在《子夜》既已缩小范围,只写都市部分了,农村部分的材料就可以用来写其他

---

①　茅盾:《〈春蚕〉、〈林家铺子〉及农村题材的作品》,《我走过的道路》(中),人民文学出版社1981年版,第137—141页。

的东西。"①茅盾和茅盾研究者们似乎只注意《林家铺子》、《当铺前》以及"农村三部曲"的主题格调与《子夜》的和谐统一,它们弥补了《子夜》未能完成的农村线索的构图——帝国主义的经济侵略导致了农村经济危机,使农村各种矛盾日益尖锐化,这些都回答了中国的命运和前途的理论命题。而《小巫》在其发表后的"革命文学"高涨的年代里,当然要被打入"另册"。茅盾自己对这部小说的感情当然也是随时而变的,但在他的心灵深处还是喜爱这部作品的,因为在茅盾的选集、文集中,这部小说屡被选中。从写作日期上来看,写《小巫》亦正是作者为华汉(阳翰笙)的《地泉》写再版序(《地泉读后感》)之时。在这篇文章中,茅盾借题发挥,批判了"革命文学"的失败乃是作家"(一)缺乏对社会现象全部的非片面的认识,(二)缺乏感情的去影响读者的艺术手腕","一个作家应该根据他所获得的对于社会的认识,而用艺术的手腕表现出来",而不是靠"脸谱主义"去描写人物,靠"方程式"去布置故事情节。正由于茅盾满怀激情地批判了非文学性、非艺术性的小说倾向后,才把这种对于文学的见识溶化在他精心创作的《小巫》中,即总体把握全部社会现象,抽象出具有本质内容的主题,用炽烈的感情去艺术地描写人与事件。作品由此既有观点的"闪现",又充满了魅人的艺术力量。

茅盾作为一个政治和文学的"狂乱混合体",他的政治观念和文学观念亦是一个"矛盾体",当他兴奋于政治运动时,往往会忽略文学的特殊规律,而当他在政治场上失意时,则又沉湎于文学的艺术性和审美性。"农村三部曲"之所以成为不朽之作,就是因为茅盾在"革命文学"的浪潮中,恪守了现实主义小说的精义,将观念隐藏在画面、场景、人物、事件之中。"农村三部曲"《春蚕》、《秋收》、《残冬》前后相续,写农民从破产走上自发革命道路的过程,而每一单篇又为一个独立事件,构成一种象征:《春蚕》是农民在充满着绿色希望的蚕事中走上悲剧道路,《秋收》是农民在金色的希望田野上幻灭的现实,《残冬》则是在饥寒交迫之下的农民的最后挣扎。作者在总体构思中就异常明确地试图以象征、隐喻来完成对农村悲剧现实的概括。其中最下功夫的要算《春蚕》,用象征和隐喻来贯穿整个作品,使人物、事件、场景等

---

① 茅盾:《〈春蚕〉、〈林家铺子〉及农村题材的作品》,《我走过的道路》(中),人民文学出版社1981年版,第137—141页。

都具有寓意。譬如,老通宝一家在蚕事活动中的表现,以及荷花偷蚕等情节所构成的意义恰恰是一种本体的象征:单凭勤劳俭朴能够得到应有的补偿吗? 再如,开篇时作者通过老通宝的视角所看到的那幅绝妙的情景足以回答农民必将遭受灭顶之灾的最后的悲剧命运;两岸农民用石头砸小火轮的细节描写也不是"闲笔",它道出了农民对于"小火轮"的一种本能的、直觉的也是盲目的反抗情绪。总之,整个小说紧扣着农民命运这一主旨展开,在阐释观念时,作者不采用直露的"画外音"或"旁白"的形式,而是用象征表意,把艺术想象的空间留给读者。茅盾在"农村三部曲"创作中的成功尝试,在一定程度上把正在向蒋光慈那样的"革命文学"迅速滑坡的乡土小说创作的危险形势作了适时的调整,使乡土小说向 20 世纪 20 年代的写实主义方向皈依。这就是它在中国乡土小说史上的重要意义。

在"农村三部曲"之后,除《当铺前》和《林家铺子》外,茅盾只写过一篇短篇乡土小说,这就是《水藻行》。《水藻行》是茅盾 1936 年 2 月中旬受鲁迅先生之约,为日本改造社的山本实彦先生在《改造》杂志上介绍中国现代文学作品所特地撰写的,这亦是茅盾唯一的一篇首先在外国发表的作品。茅盾之所以珍爱这篇作品,恐怕不仅仅是珍爱他和鲁迅的这份友谊,还有一个重要的因素就是"想塑造一个真正的中国农民的形象,他健康、乐观、正直、善良、勇敢,他热爱劳动,他蔑视恶势力,他也不受封建伦常的束缚。他是中国大地上的真正主人。我想告诉外国读者们,中国的农民是这样的,而不像赛珍珠在《大地》中所描写的那个样子"[①]。这段话是茅盾在 20 世纪 80 年代所补充的创作目的,这和创作《水藻行》的初衷究竟有多大的距离,难以判断。但有一点可以相信,即作品的主旨是在描写农民的积极的生存态度,反对封建伦常,崇尚健康的自然的两性关系,同时弘扬扶助赢弱之民风的可贵,将这部小说的主题内涵引向重返大自然。全文充满着对风俗野趣的描写,尤其是民谣中的性饥渴描写,作者并没有简单地予以批判,而是与全文的情节线索紧紧相扣,表达了作者对于这种自然本能属性的某种认可的态度。这种返璞归真的社会观念,在茅盾的小说中是很少出现的。那种在逆境中表现出的豁达的生存意识,以及执著于现实生活本身的向上意识,支撑着民族繁衍的力量,使人读后

---

① 茅盾:《抗战前夕的文学活动》,《我走过的道路》(中),人民文学出版社 1981 年版,第 355 页。

为之一振。

综观茅盾的乡土小说创作,可以看出,茅盾虽然在每一篇什中表现出"客观"和"主观"之间的矛盾状态有所不同,但他基本上遵循了写实主义创作方法,与20世纪20年代的乡土小说流派的创作情形相一致。难能可贵的是,在整个创作过程中,茅盾试图将象征、隐喻等手法变成一种中介,以缓冲主客观之间的矛盾,减少两者之间在作品中的"摩擦",从而架起两者之间不可逾越的桥梁,做出了有益的尝试和贡献。

在茅盾之外,"乡土社会小说"中成就较为突出的要算吴组缃。吴组缃能用多种笔墨写他运用社会科学理论细加剖析的乡土,有巴尔扎克式的现实主义方法,冷峻、客观而细腻地摹写社会生活的原生态,也有现代派的技巧,不乏反讽与诡异的笔调。《樊家铺》、《一千八百担》、《菉竹山房》、《黄昏》等作品,大多都弥漫着"冷观"的近于自然主义的色彩,作者通过异常冷峻客观的描写来展示农村社会畸变、衰败和丑恶的图景。《官官的补品》从第一人称的叙述角度来写一个地主大少爷把人奶当补品来吃的故事,创造出了"反讽"的艺术效应。叙述者的情感似乎是站在体面人家一边,但读者却读出了一个"吸血鬼"的形象,读出了农民和地主不可调和的阶级矛盾,读出了农民生活在水深火热之中的悲凉图景。这便是作者"反讽"的笔调所起的作用。像这样的小说非但在吴组缃的小说中是少见的,即便是在同期的许多乡土小说家中也难有这样的"曲笔"。在这一点上,吴组缃继承了"鲁迅风"。吴组缃的乡土小说注重风景画的描绘,这是其突出的艺术特点之一。在风格诡异奇崛的《菉竹山房》中,大量的景物描写真乃一幅幅绝妙的图画。那段"邀月庐"的夜景,不是田园牧歌式的写景,而是充满了阴森恐怖的"鬼气"。二姑姑和兰花在风雨大作中"低幽地念着晚经",给人的感觉是"秋坟鬼唱鲍家诗"的情境;"加以外面雨声虫声风弄竹声合奏起一支凄戾的交响曲,显得这周遭的确鬼气殊多"。对"鬼气"的渲染,绝不是与小说情感和意境游离的孤立的文人志趣,而是与人物孤寂压抑的悲凄心境相契合。小说像一篇写景状物、细描人物的散文诗,给人一种视觉美享受,在视觉美中又透露出隐晦的知觉美来。景物描写的增强,无疑是使吴组缃完全不同于消弭了风景画描写的"革命的乡土小说"的艺术特质。风景画的描绘,一直延续到他1940年代的小说创作,如长篇小说《鸭嘴涝》(后由老舍改名为《山洪》)。这部长篇一开始就以很大的篇幅展开景物描写,这种风景画所造成的艺术效果弥

补了小说在某种程度上的激情显露的弊端,"当时凭的是一点抗战激情和对故乡风
物的怀念或回忆,勉强写下去"。于是,吴组缃认为"这本小说是个次品"。① 但我
以为这部小说比之当时的一些概念化的作品来说,还是一部"上品",这是由于小说的
景物描写和风土人情描写形成的"故乡风物"色彩补救了概念稍嫌显露的情节和人物
塑造。

风俗画在吴组缃的乡土小说中也显得异常鲜明豁亮。无论是在写景、写物、写
人,还是写事上,作者均流露出浓郁的故乡风土人情的描写风韵。这首先表现在作
品对山乡口语土话的运用上。"原稿用山乡土话过多。我过去总想从对话的言词
语调和神情意态多多表现人物内心性格以及生活气氛;所以放手摹拟说话人的声
口。"②失度的村言俚语之描写固然会造成艺术的反效果,但倘若没有这样的描写,
其"地方色彩"和"异域情调"的风俗画特征就会受到影响。风俗画的另一特征就是
小说中所采用的乡俗描写,例如《一千八百担》开始时对祠堂上下左右的景物描写,
以及人物的言行描写都渗透了乡间的风土人情和习俗情调。《鸭嘴涝》《山洪》的
描写重点之一,也是"地方色调或山乡风貌"。即便是在为这部小说起名时的动机
不同,也能体现出不同作家的不同审美风格。吴组缃自己起《鸭嘴涝》这个又平淡
又土气的书名,本身就蕴含着对特定"异域"乡土社会的风俗化描写;而老舍所起的
《山洪》这个文气又蕴藉的书名,则是他着意以这一自然景观来隐喻象征风起云涌
的革命斗争要扫荡旧世界的必然性。由此可见吴组缃风俗画描写目的之一斑。

在艺术手法的运用上,与现实主义大师鲁迅一样,吴组缃的"乡土社会小说"在
"再现型"的结构框架下,有时也融入现代的"表现"技巧。例如《菉竹山房》对于神
秘恐怖氛围的描述,充满着"表现主义"的象征、神秘色彩,作者试图从"感觉"上造
成一种特定的视、听、味、嗅的立体效果。这都呈现出了小说的"表现"特色。由此
不难看出,着重于社会剖析的"乡土社会小说",由于借鉴了某些现代派的"表现"技
巧,其小说的批判力度和艺术魅力也因此得到增强。在鲁迅以来的乡土写实小说
作家中,有很多人在自己的小说中作了这种尝试,吴组缃的这些乡土小说也不例

① 吴组缃:《山洪·后记》,人民文学出版社1982年版,第210页。
② 茅盾:《〈西柳集〉》,《茅盾论中国现代作家作品》,北京大学出版社1980年版,第221页。

外。事实证明,这种尝试多半是成功的。现实主义的乡土小说也只有在"取精用宏"中才能得以发展。

茅盾在为吴组缃的《西柳集》写评论时,批评吴组缃的乡土小说"太客观"和"纯客观"了,他认为:"一个作家的写作态度倘然是纯客观的,他就会使得他作品所应有的推进时代的意义受到了损失。"①因此他要求作家把自己"正确"的世界观、人生观加进去,"再现在作品中"。有意味的是,与吴组缃乡土小说有着相似的"纯客观"特点的沙汀乡土小说,也受到了胡风等批评家的批评。在胡风等人看来,沙汀小说缺乏那种"主观战斗精神"和"革命的热情",是"典型的客观主义"作品。因为只是用一种"静观"的态度、"含着一种淡漠、嘲弄的微笑"来看待沸腾的斗争生活,所以沙汀的小说"不能给你关于那个高度的强烈的人生的任何暗示"。② 胡风派批评的主观精神理论是令人钦佩的,但作为正统的现实主义理论家,他们恰恰忽视了一个最根本的艺术事实,这就是沙汀小说并不是直线型的写实小说,而是具有强烈"反讽"意味的"乡土社会小说"。

沙汀作为一个把自己感情隐藏得极深的艺术家,其"乡土社会小说"呈现出的是纯然的场面描写和具有力度的人物性格刻画。值得注意的是,沙汀的"乡土社会小说"规避了以往现实主义常常用到的抒情和议论等表达手段,即便是面对着最惨淡的人生悲剧,作者也能抑制内心的情感,不作任何即时性的议论和抒情。这无疑是对"革命的浪漫蒂克"小说的一个强烈的反动,而这种反动的意义却是合乎艺术发展规律的。

沙汀的"乡土社会小说"与艾芜的"乡土社会小说"的不同点可能就在于前者只重人物和场面的描写,而后者则注重景物和情节、人物的融合。沙汀乡土小说的浓重"地方色彩"和"异域情调"的显露,主要来自作者对于四川乡镇和农村生活中人物性格的活灵活现的描摹。作者将"风俗画"的基点放在富于戏剧性的人物性格刻画中,具有表现力的丰富的四川口语和乡村俚语的运用,以及特定场景的氛围渲染,为其乡土小说染上了浓郁的"川味"。沙汀的前期小说还带有一些抒情色彩,他

---

① 茅盾:《〈西柳集〉》,《茅盾论中国现代作家作品》,北京大学出版社 1980 年版,第 221 页。
② 转引自严家炎:《中国现代小说流派史》,人民文学出版社 1995 年版,第 197 页。

的《法律外的航线》在景物描写上尚有"主观"的渗入,但《土饼》以后的作品则很少有景物描写出现,其乡土风俗画的地方色彩主要体现在人物性格的描写和场面描绘之中。如《在其香居茶馆里》,邢么吵吵、联保主任、新老爷、张三监爷、黄牦牛肉等人在相互冲突中的各种情态表演,充满着粗鲁的恶俗和尔虞我诈的帮会色彩,以及四川乡间的富有表现力的口语和行帮黑话,真可谓绘声绘色。再者,作者在进行场面设计和描写时,往往用一个固定的然而又最能体现民俗风情的场所,如茶馆、祠堂、镇公所等这一类人物集散地作"风俗画面"的载体,将故事放置在这种特定的环境中,使其具有丰富的民俗内涵。作为对一种顽劣的民族文化形态的批判,沙汀的情感锋芒确实被这种生动的人物性格表演和富有浓郁"地方色彩"与乡土气息的风俗画面所湮没。但是,作为对民族文化心理深层结构的批判,沙汀将自己饱含血泪的情感化作更加深隐更加尖锐而犀利的解剖法,将文明与野蛮的反差、人性中触目惊心的厮杀,用"冷笑"的方式予以再现,用"轻喜剧"的手法来写悲剧题材的乡土小说,形成了沙汀乡土小说更为深刻的现实主义风格。其实,沙汀的乡土小说从思想内涵到艺术精神的表现,都与鲁迅的乡土小说有着血缘上的联系,它们像鲁迅小说一样,深沉、冷峻、辛辣、尖刻,做到了"无一贬词而情伪毕露"。《在其香居茶馆里》作为这种小说的范型,它为中国现代小说的历史发展进程提供了多样化的范例。

　　20世纪40年代以后,沙汀的长篇"三记"(即《淘金记》、《困兽记》、《还乡记》)中的《淘金记》和《还乡记》都是乡土小说。前期的"鲁迅风"在这两部小说中逐渐消退。但是,很明显的是,作者对充满了血污的乡村原始情景的客观描写,对内地"土著"人物与国民党勾结起来大发国难之财的社会现实进行了深刻尖锐的讽刺,其批判的锋芒较为直露。《淘金记》这部小说一发表就受到各方的赞扬。沙汀在这部长篇小说的结构中加强了情节的冲突,其人物性格描写尚保留着前期小说那种浓郁的川西风味,其讽刺艺术仍然魅力不减,其场面描写蕴含着的风土人情的"异域情调"仍然隽永绵长,真有美国西部小说之风韵,可称为较早的中国西部小说。1946年写成的《还乡记》却明显地背离了沙汀乡土小说的那种独特的解剖社会的视角和方式,融进了大量的"主观情绪"。我们对小说所表现的思想内容是无可指责的,但为沙汀在这个长篇中失却了自身的艺术风格而惋惜。讽刺的消弭、文化批判力的减弱、人物和场景生动性的削弱、风土人情描写的隐退,都是这部小说较为逊色的原因。

沙汀"乡土社会小说"卓然独立的现实主义品格,奠定了他的小说在中国现代乡土小说史上应有的地位。艾芜作为"双子星座"的另一颗星,也以自身独特的艺术风格开创了乡土小说的新领域。

艾芜的那段漂泊生活充满传奇色彩,如此独特异常的生活经历为他的小说创作提供了富有"异域情调"的丰富素材。在工笔描摹具有"异域情调"和"地方色彩"的风景画和风俗画时,艾芜选取了与废名、沈从文大致相同的叙事视角。艾芜认为文学是要认识人生、评论人生和描写人生的,他描写人生,常以自己的经历为参照。艾芜喜欢唐诗宋词寄情于景、以景抒情的艺术方法,认为文学不能只描写人和他的生活,还要把所见到的各种各样的自然风景写进去,要把风俗画和风景画,综合在一道,画成画卷。与沙汀的现实主义有所不同的是,艾芜在风俗画、风景画的描写中渗透着饱满的情感;与沈从文试图在"田园诗风"描写中表现原始生命力的张扬不同,艾芜在风俗画、风景画中注入的是对下层劳动者的深深的同情。这种人道主义精神与"五四"知识分子"自上而下"的人道主义情感不同的地方,就在于作者本身就经历了最下层的生活苦难,他的情感是真切而不矫饰的"原始情感",或者说是"原点情感",是"自下而上"的人道主义呼号。在他的《南行记》等小说集里,短篇小说大都表现"边地"乡间的苦难,点缀着冷酷、野蛮的习俗,隐现着悲苦的乡愁,同时也"在悲壮的背景上加了美丽"。这些特点,在某种意义上是早期"乡土写实派"艺术特征的重现。周立波敏锐地发现了艾芜乡土小说独有的艺术特征,他说:"遭受外人多年蹂躏的南中国,没有一处不是充满忧愁;然而流浪诗人的笔,毕竟不能单单写忧愁,他要追求生活,寻找生活里的美丽的东西。""这里有一个有趣的对照:灰色阴郁的人生和怡悦的自然诗意。在他的整个《南行记》的篇章里,这对照不绝地展露,而且是老不和谐的一种矛盾。这矛盾表现了在苦难时代苦难地带中,漂泊流浪的作者心情:他热情地怀着希望,希望着光明,却不能不经历着,目击到'灰色和暗淡'的人生的凄苦。他爱自然,他更爱人生,也许是因为更爱人生,他才爱自然,想借自然的花朵来装饰灰色和阴暗的人生吧?"①周立波的这段评价是敏锐而恰切

---

① 周立波:《读〈南行记〉》,《中国现代作家选集·艾芜》,人民文学出版社 1986 年版,第 255 页。

的。作者就是要在这反复的自然美和人生丑的矛盾渲染中,用"描画山光水色的调色板"①来编织人生的希望。这成为艾芜乡土小说审美特征的总走向。

艾芜早期的作品(如《南行记》)注重于旖旎多彩的边陲风光的描绘。山峰突兀,惊涛裂岸,铁索桥寒,寥落晨星,轰鸣涛声(《山峡中》),构成了一幅险峻阴郁的图画;山谷里白蒙蒙的光雾,光景像湖面的小岛,菌子、艾蒿的气味,参差映地的惨白月光,小溪的流水声响,黑郁郁的林子,远处的犬吠……(《月夜》),构成了空朦的月景图;从视觉到味觉、再到幻觉、听觉,作者构织的是一幅诗意盎然的艺术画面。艾芜作品中的景物描写,"异国情调"很浓郁,如《我的旅伴》中就有这样美妙的文字:"对面远远的江岸上,一排排地立着椰子树和露在林子中的金塔,以及环绕在旷野尽头浅浅的蓝色山影,都抹上了一层轻纱似的光雾,那种满带着异国情调的画面,真叫人看了有些心醉。"中缅边境的芭蕉寨、茅草房、大盈江水、山岚瘴气、椰林、金塔、山影、光雾、树林、田野、农舍等,这些充满着他乡异彩的风景画面使人陶醉。作者将这些充满着诗情美意的风景画看成是小说不可缺少的构成要素,即使是描写人物的悲剧命运,也照样有这种明朗清丽的画面描绘,正如周立波所说,作者是"想借自然的花朵来装饰灰色和阴暗的人生吧"?② 与沈从文乡土小说相似的地方是,艾芜将自然的美留在永恒的记忆中,织成诗的锦缎,以此来抗御人生的丑恶。"这山里的峰峦,溪涧,林里漏出的蓝色天光,叶上颤动着的金色朝阳,自然就在我的心上组织成怡悦的诗意了。"(《在茅草地》)

艾芜乡土小说的思想内涵,基本上是"五四"人道主义的,其小说并不以思想的深刻性见长。这是他与沙汀的相异之处。如果从人物、情节描写的角度来看,艾芜的乡土小说基调是现实主义的;倘若从大量的风景画和风俗画的描写来看,它又具有浪漫主义的特征。勃兰兑斯在描述法国浪漫主义特征时提出,法国的浪漫主义表现了三个主要倾向,其一,"努力忠实地再现过去历史的某一片断,或现代生活的某一侧面——'真'的倾向";其二,"努力探索形式的完美,把它领悟为表现方面的仪态万千和历历如画,或者音律方面的严格及和谐,或者一种由于简洁单纯而不朽

---

① 周立波:《读〈南行记〉》,《中国现代作家选集·艾芜》,人民文学出版社1986年版,第255页。
② 周立波:《读〈南行记〉》,《中国现代作家选集·艾芜》,人民文学出版社1986年版,第255页。

的散文风格——'美'的倾向";其三,"热衷于伟大的宗教革新观念,或社会革新观念,即艺术中的伦理目的——'善'的观念"。① 以此来概括艾芜的乡土小说应当说是很合适的。第一,作为"努力忠实地再现过去历史的某一片断,或现代生活的某一侧面"来说,艾芜的乡土小说遵循了浪漫主义和现实主义的共同守则——用"真实"的原则去创作人物和情节,尽管在其前期小说中并不注重人物性格和情节曲折的营造。第二,注重形式美,尤其是用画面和音乐来构筑散文风格之美,这是艾芜乡土小说的浪漫主义特质。和沈从文、废名小说一样,这种浪漫主义的气质造就了中国乡土小说作家对于这种形式美的刻意追求,它影响着几代中国乡土小说作家。第三,宗教情绪和社会意识同样渗透于像废名和沈从文这样的乡土小说作家作品中,而艾芜小说中形成的"善"的审美特征,主要方面是来自社会意识的冲击,这一点确实是承继了"五四"的人道主义观念,艾芜在自然美与人生丑的极大反差中,所要得出的终极结论就是伦理道德中"善"的人性体现。因此,同样是继承"五四"现实主义的传统,同是反映西部文学的"乡土社会小说"作家,又同样表现出浓郁的"地方色彩"和"异域情调",然而由于审美方式和角度的不同,沙汀和艾芜的艺术风格的差异却是惊人的。

如严家炎所说:"社会剖析派是中国现代小说史上最重要的流派之一。"其乡土小说创作以科学的理性精神,追寻历史的真实与艺术的真实,在剖析纷杂的历史事态、激越的时代风云中,真实地反映了当时中国农村的现实状况,从而使得以茅盾为代表的"乡土社会小说"在半个多世纪以后仍具有重大的历史价值和认识价值。在意识形态话语的笼罩中,对具有浓郁的"地方色彩"及"异域情调"的风景画、风俗画的多种艺术方法的描写,既是对早期"乡土写实派"的历史回应,又开创了新的乡土小说范式,为20世纪40年代乃至新中国建立后的乡土小说创作提供了有益的资源和发展路径的启示。

[原载《福建论坛(人文社会科学版)》2007年第1期]

---

① 〔丹麦〕勃兰兑斯:《法国的浪漫派》,《十九世纪文学主流》(第5卷),李宗杰译,人民文学出版社1982年版,第19页。

论 1930 年代"社会剖析派"作家群的生成及运作

顾金春

　　我们探析"社会剖析派"群体的生成及运作,不仅能进一步加强这个流派的内涵建设,为命名的合法性增加说服力,同时对于重新阐述"社会剖析派",乃至拓展视阈研究现代文学其他群体流派都具有一种重要的启发意义。

一

　　严家炎在给"社会剖析派"命名时,把这个流派的生成归结于两个方面的原因:一是欧洲现实主义和马克思主义唯物史观两种思潮在中国土地上的结合;一是《子夜》创作成功对于这个流派的形成起到重要的推动作用。[①] 这个分析确实非常准确精到,但是严先生更多关注的是这个流派文本创作上的共同倾向,立足之处仍在于文本现象。笔者认为文学流派蕴涵着丰富的文化因素,在社群的生成背后必然活跃着成员聚合的身影,存在着互相之间的影响。毫无疑问,"社会剖析派"是一个以茅盾为中心的社群流派,那么社群成员如何聚集在茅盾周围并形成一个相对稳定的团体的,这应该成为研究的重要方向和关注焦点。"社会剖析派"群体生成除

─────────────────

　　① 严家炎:《中国现代小说流派史》,人民文学出版社 1989 年版,第 178—179 页。

了严家炎先生所说的上述两个原因外,至少还有群体政治兴趣的指引、知识权威的确立和社会实践经验的积累等三个关键性的因素。

1. 政治兴趣的指引

"就 30 年代文学而言,如果不顾历史的氛围,忽略文学产生的特殊政治背景,仅从纯文学的角度切入,可能难以对 30 年代各种文学现象、作品作出合理的评价"①。政治是现代社会的重要文化支撑点,对现代文学群体的酝酿和发生发展具有调节功能,政治因素在中国现代社群流派形成中扮演着重要的角色,甚至有时起着至关重要的作用。与其他社群流派相比,"社会剖析派"的成员都对政治表现出超乎寻常的兴趣和热情,他们如饥似渴地阅读社会科学的著作、共产主义的作品,并且身体力行地投入到实际的革命斗争的实践之中。可以说,政治兴趣的指引是这个群体生成的基础。

在这个群体中,茅盾的革命经历无疑具有典型意义,他一直徘徊在政治家和文学家双重身份之间。20 年代初在商务印书馆期间,他的主要工作重心还是放在文学方面,但从 1924 年开始,他几乎把全部精力投入到各种各样的社会工作之中,先在上海担任共产党中央联络员,再去广州担任国民党中央宣传部秘书和代理部长,后又赴武汉主编左派报纸《民国日报》。这时的茅盾完全身处革命漩涡的中心,已经成为职业的社会活动家。1927 年大革命失败后,为了谋生才成为专业作家。尽管如此,他并没有放弃政治,一有机会马上就通过写作评论来表达自己的政治见解,并很快加入左联。对于当时的茅盾来说,写文学论文和从事政治活动并行不悖,两者本来就互相关联,都是热忱改造社会的途径。这样的热情和经历也使他具有了一般作家所无法具有的优越条件,为其"社会剖析派"小说的创作积累了丰富的社会科学理论和社会政治知识。

沙汀和艾芜同样对政治兴趣浓厚,热衷于实际的政治运动。两人在四川省立第一师范学校求学期间就研读了河上肇的《社会组织与社会革命》、恽代英翻译的《共产主义 ABC》等社会科学著作。沙汀 1927 年参加了中国共产党,并在家乡先后从事以国共合作为基础的国民党县党部和共产党支部的筹建工作。1932 年加

---

① 朱晓进:《政治文化与中国二十世纪三十年代文学》,人民出版社 2006 年版,第 4 页。

入左联,曾担任过左联常委会的秘书。这样的政治经历培养了阶级观点,为他以后"社会剖析派"小说的创作提供了深厚的基础。艾芜则是 1925 年怀着"半工半读"的理想,经历了长达 6 年的漂泊生涯。其间他参加了缅甸共产主义小组,从事实际的革命工作,1931 年被遣返回国。在上海因为投稿《北斗》而被邀请参加丁玲主持的编辑部座谈会,逐步向左联靠拢,并在 1932 年春参加左联。加入左联后他发展工人通讯员,参加"飞行集会",因参加政治活动而被捕入狱,1933 年 9 月出狱以后才专心致志从事创作。

吴组缃的政治兴趣可能更多是受到他兄长吴半农的影响,他 1929 年考入清华大学经济系时,就开始阅读马克思主义的社会科学著作。1931 年在清华大学参加了"反帝大同盟"和"社会科学研究会",并且经常参加这两个团体组织的马克思主义理论学习和讨论,同清华大学中共地下党负责人李兆瑞有密切联系。这一年他阅读了《资本论》、《学生底马克思》,日本河上肇的《唯物史观研究》、《社会组织与社会革命》、《经济学大纲》、《资本论入门》等中译本,李达的《辩证唯物论与历史唯物论》。1932 年,他又参加了吴半农等人创办的《中国社会》半月刊的部分编辑工作,吴半农在该刊发表的《中国经济蜕变中的绝大危机底到临》等分析中国社会性质的论文,对吴组缃认识中国社会和小说创作产生很大影响。[①]

所以,从"社会剖析派"的成员生活经历中,我们可以看出他们浓厚的政治兴趣和热情,可以断言:如果没有浓厚的政治兴趣,就不会产生"社会剖析派"小说;政治兴趣的指引是"社会剖析派"产生的前提和基础。

2. 知识权威的确立

"在现代中国文学社团的运行中,知识权威乃是最根本的支撑。绝大多数文学社团都是因为知识权威的作用得以形成并顺利运作。"[②]在"社会剖析派"这个社群中,茅盾是关键人物,他的地位如同林语堂在"论语派"或者吴宓在"学衡派"中一样,显得不可或缺,缺少了他这个社群也就无从谈起。这个社群的其他人当时对茅盾非常佩服,把他当成一个前辈,一个导师。虽然这个社群内部成员交往的次数并

---

① 方锡德:《吴组缃生平年表》,《新文学史料》1995 年第 1 期。
② 朱寿桐:《中国现代社团文学史》,人民文学出版社 2004 年版,第 29 页。

不太多,但茅盾对于其他一些成员创作的影响几乎是起到决定作用的。

　　艾芜最初的文学创作动因实在是为生活所迫,流落到上海后不得不靠卖文为生,因而最初的创作如《鸡不司晨狗乱叫》、《男女都不著裤儿》等,从标题上来看,充其量只能算是满足人们猎奇心理的"缅甸漫话",不能算是真正意义上的文学创作。其创作态度的转变在于他《人生哲学的一课》的发表,这篇敲开上海文学界大门的小说是经茅盾审阅后发表的,因此艾芜感激地说:"在这以前,我也在别的刊物副刊上,发表过文章,但我觉得这都是在有意无意之间从事写作的,有着写亦可不写亦可的心情,即使发过研究文艺的宏愿,也总有半途懈怠下来的情形以及缺乏自信的动摇发生。只有在茅盾先生这一鼓励之下,我才有了对于终身从事文艺习作的志愿,更加努力不懈,坚定不移。"[1]

　　沙汀把自己走上文学道路归功于茅盾的一张纸条和一篇评论。一张纸条指的是沙汀寄了三篇小说给《文学月报》,茅盾在一张纸条上随意写下几句评语,大意是说东西还写得可以,只是他不怎样喜欢那种印象式的写法。能得到大作家茅盾的指点,所以沙汀拿到这张纸条后的感觉是"高兴得了不得"。一篇评论则是指《法律外的航线》出版了之后,茅盾专门为此发表了一篇书评,文章说:"在这本短篇集里,沙汀君显露出他的没有多少刺戟力,和煽动性;然而这一种缺乏,并不掩蔽了作者的艺术的才能","无论如何,这是一本好书"。[2] 对于一个初出茅庐的青年作家来说,茅盾的奖掖提携显得十分宝贵,因而沙汀认为是茅盾帮他"克服了创作上的危机",对他走上创作道路有着"诱导之功"[3]。

　　吴组缃的情况比较特殊,30 年代初他在北京求学,由于远离上海,所以与茅盾接触不多。但他对茅盾也是仰慕已久,茅盾每有新作,他就马上创作书评进行评论,由此可见对茅盾的关注。而 1934 年 1 月他发表的短篇小说《一千八百担》,采用的就是类似《子夜》的社会剖析的写法。毋庸置疑,吴组缃的创作或多或少也受到过茅盾的影响。

---

①　艾芜:《记我的一段文艺生活》,《文哨》1945 年第 3 期。
②　《法律外的航线》,《文学月报》1932 年第 1 卷,第 5、6 期合刊。
③　沙汀:《感谢》,《文哨》1945 年第 3 期。

3. 社会实践经验的积累

文学是社会生活的反映,没有生活就没有文学。与左翼革命文学不同,忠实反映社会现实是"社会剖析派"孜孜不倦追求的目标,反映在他们的创作中,就是踏踏实实立足于现实生活而很少有想象的因素,所以,社群丰富的实际生活经验对"社会剖析派"的生成来说尤为重要。

茅盾早期的小说关注的是大革命中知识分子的命运,到了 30 年代初,他的关注对象逐渐发生了变化,在《子夜》创作之前,他经常接触到的是商人、民族资本家,经常去证券交易所,也许政治的想象因素不可或缺,但是如果没有细致入微的生活观察与知识积累,是难以写出这部皇皇巨著的。由于对农村生活体验不足,《子夜》中关于农村部分的描写往往被认为是这部小说的致命伤,这也从另一方面反证了经验对于茅盾"社会剖析派"小说创作的重要性。《林家铺子》创作的成功,茅盾认为主要得益于 1931 年 5 月送母亲回乡所获得的较丰富的乡间生活经验。而《春蚕》的创作,是因为"这次奔丧回乡(按:1932 年 10 月其祖母去世)的见闻,又加深了我对'丰收灾'的感性认识,于是我决定用这题材写一短篇小说,十月份写成,取名《春蚕》"。所以茅盾说:"我是真实地去生活,经验了动乱中国的最复杂的人生一幕"之后,"想要以我的生命力的余烬从别方面在这迷乱灰色的人生内发一星微光,于是我就开始创作了"。①

沙汀也是如此,最初的处女作《俄国煤油》写的是小知识分子的生活,作品沉溺于琐屑的细节描写和纤细的心理描写之中,模仿俄国文学的痕迹相当明显,总体上并不是很成功。1932 年出版的第一个短篇小说集《法律外的航线》,由于描写了他所熟悉的生活,作品获得了成功,并得到茅盾的赞扬。然而 1933 年、1934 年,他的创作又陷入了一个低潮,忙于参加左联的工作固然是一方面,生活经验的匮乏恐怕是最关键的原因。为此,1935 年 7 月他携妻小躲到青岛,专心创作以改变窘境,然而效果不佳。1935 年冬天因母亲病故而奔丧回四川安县,并在家乡居住了一段时间,这段乡间生活某种意义上对沙汀来说是浴火重生。正是有了这段经历,才有了1936 年 7 月出版的短篇小说集《土饼》,才有了 1937 年 7 月出版的短篇小说集《苦

---

① 茅盾:《我走过的道路》,人民文学出版社 1984 年版,第 29 页。

难》。所以沙汀说促成这次改变的重要原因"是我 1935 年回过一次故乡,重新接触到了生活"。

艾芜的创作经历无疑带有浓厚的传奇色彩,这个浪漫的社会主义者早年经历了在西南茅草地和仰光的挣扎,这段生活经历给他留下了难以磨灭的印象,也成为他以后津津乐道的创作素材。在《洋官和鸡》、《伙伴》等作品投稿失败后,1932 年《人生哲学的一课》的发表终于使他打开了上海文艺界的大门。凭借着对流浪生活的经验和回忆,他基本采用第一人称的写法进行创作,大量以南行生活为题材的作品在他笔下汩汩而出,又源源不断地出现在各地的报刊上,艾芜也一跃而成为"1933 年文坛上的新人"。而其 40 年代的一些创作,多数也是建立在对故乡生活回忆的基础上。

吴组缃是一个创作上量少质高的作家,1933 年之前的小说基本上属于心理分析小说,比较有代表性的如《离家的前夜》,描写一个年轻的母亲在理想和儿子之间艰难的选择,重复的依然是五四问题小说思考的范畴。1933 年之后他的创作发生了转变,开始写他熟悉的题材。由于作者自幼生活在败落的封建宗法社会环境里,耳闻目睹了宗族亲友之间腐败堕落的生活,加上 30 年代他的家庭经济在江南农村破产的大潮中日益没落衰竭,正是这样的生活经验和家庭境遇使得他对农村社会生活产生深刻的思考,对破产农村和农民内心世界进行了深入体验,熟悉的题材使得作者如鱼得水,下笔有神,他连续写出了《菁竹山房》、《卍字金银花》和《一千八百担》等一批脍炙人口的社会剖析小说。

如上所述,政治兴趣指引是"社会剖析派"产生的前提和基础,知识权威的确立使"社会剖析派"形成了强烈的内聚力,而社会实践经验的积累使得"社会剖析派"的写作具有了群体的特征,因此这三个方面成为"社会剖析派"群体生成的关键性因素。

二

一般认为社团研究应以人事梳理为重点,流派研究则以文本分析为旨归,但现在文学社群的研究方法已不再拘泥于这样狭隘的理解,因为流派本身就是社群的一种类型,而文学社群是一个丰富的知识文化谱系,其中活跃着复杂的人事交往,反映着多种心理和行为倾向,蕴含着人事背后深层的主客体因素。社群的运作其实就是社群文化生态的一种反映,是以一种特殊的视角来考察社群中群体和个体的活动方式,所以研究社群的运作对于揭示社群内部的复杂关系具有重要价值。以这样的思路来观照"社会剖析派",我们发现"社会剖析派"的运作主要依靠三种方式:

1. 刊物加强联系和凝聚

出版物对现代社群来说意义重大,它是社群成员发表言论和主张的场所,某种程度上是社群赖以存在的基础。如果没有《论语》,当然也就谈不上"论语派";如果没有《七月》,那么"七月派"的存在也是很难想象的。与 20 年代的情况有所不同,由于国民党建立了出版物审查制度,加强了对出版物的管理,30 年代的出版物基本上都表现出"短命"的特征,这尤其体现在左翼文学的刊物上,有的仅仅出版一两期就被国民党查封,这样 30 年代的出版又造成了一种繁荣的假象,出版物的种类远远超过了 20 年代。尽管如此,"社会剖析派"仍然拥有一个相对比较固定的阵地,那就是《文学》月刊,"社会剖析派"有相当一部分作品是发表在这个刊物上的。

茅盾在"社会剖析派"的运作中起到至关重要的作用,虽然没有挂上主编的头衔,但从《文学》月刊的最初策划开始,他就对这个刊物倾注了巨大的热情,并为其长期坚持办下去做了大量工作,所以他既是《文学》月刊的幕后策划者,也是前期的实际主持人。在最初构思时,茅盾就说:"内容以创作为主,提倡现实主义,也重视评论和翻译,观点是左倾的,但作者队伍可以广泛容纳各方面的人。对外还要有一层保护色。"由此可见,在办刊的宗旨上,他是有着鲜明的取舍倾向的,"现实主义"和"观点左倾"显然是重点考虑的方面。在编辑过程中,茅盾有意识地发现、支持、培养新进作家,他推荐发表新人新作,使得新人有了崭露头角的机会。30 年代的艾芜、沙汀、夏征农、何谷天等都是在茅盾的奖掖下、在《文学》月刊的哺育中走向成熟的。也正是由于茅盾对"社会剖析派"年轻作家的关怀与培养,才使这些年轻人都聚集在他的周围,与《文学》结下了不解之缘。如果再从发表的数字上来考察,茅盾是《文学》月刊的主要撰稿人,从《文学》月刊第一卷开始到第五卷,他就变换笔名写下了近百篇书报评论文章。另据初步统计,《文学》从 1933 年 7 月创刊到 1937 年 11 月上海沦陷终刊,在此期间沙汀共创作了 24 篇短篇小说,其中就有 7 篇发表在《文学》月刊上,大致占其创作的三分之一。再来看看艾芜,他在《文学》月刊上一共发表了 13 篇作品,也是他发表文章数量最多的报刊之一。吴组缃的创作数量在这几人中应该说是最少的,1933 年到 1937 年期间他只发表了 16 篇小说和散文,发表的刊物也比较零散,但其中有 5 篇集中发表在《文学》月刊上。

"嘤其鸣矣,求其友声",每个社群都需要出版物来反映社群成员的集体声音,而《文学》月刊成为"社会剖析派"言说的主要阵地。"社会剖析派"群体借助《文学》月刊使得成员相互召唤呼应,找到了集体的归属感,同时《文学》月刊让他们感到意气相投。惺惺相惜,表现出群体相近的艺术追求方向。

2. 成员私下沟通和交往

刊物是凝聚社群的一种方式,它使得社群有了一个交流的公共空间,但仅此仍然是不够的,社群成员需要有更多其他的方式来积极对话,所以成员私下的交流或者传统的书信交往成为"社会剖析派"群体运作的另一种方式。

沙汀和艾芜的关系比较特殊,既是同乡同学,又有共同的爱好,交往比其他成员之间更为密切。当时艾芜流落到上海时偶遇沙汀,艾芜说:沙汀"把当时穷迫的我,拉到他的家住着,使我每天都得安心地无忧无虑地从事研究,写作。又在研究和写作的路上,热心地给了我无穷的指示"。在此后的创作中,两人互相鼓励,互相支持,一直是文坛挚友。1933 年 10 月因为一同参加"左联"的常委会,沙汀第一次见到茅盾,两人就有了面对面交流的机会,相同的兴趣爱好使他们马上就转入创作问题的探讨中,"在我讲了讲自己的经历后,他鼓励我写个中篇。并且,他不是一般的鼓励我写中篇,还对作品的结构和总体艺术处理作了不少指教"[1]。因为居住在不同的城市,吴组缃与茅盾的交往只能依靠通信,我们能了解的是 1934 年夏秋间他曾专门写信给茅盾,谈了自己写作一部长篇小说《绿野人家》的计划。[2] 可以设想,如果不是把茅盾当作知己和引路人,吴组缃是不会写这样的信的。

① 沙汀:《一个"左联"盟员的回忆琐记》,《中国现代文学研究丛刊》1980 年第 2 期。
② 方锡德:《吴组缃生平年表》,《新文学史料》1995 年第 1 期。

　　艾芜1933年3月被捕关押在苏州第三监狱时,他写了短篇小说《咆哮的许家屯》,买通看守寄给了茅盾,是茅盾交黄源发表在《文学》月刊的创刊号上。虽然1934年4月"左联"改选执委会,茅盾、艾芜、沙汀都当选为执委,但两人未曾谋面。一直到1937年春天,《申报·文艺周刊》的编辑吴景崧约他去茅盾家,两人才有了第一次见面的机会。

　　此外,"月曜会"为"社会剖析派"成员的交往提供了更多的机会。1937年春,为了与青年作家加强联系,交流感情,茅盾组织召集了"月曜会"。"月曜会"是星期聚餐会,谈论的内容是"从国际国内的政治形势,文坛动向,文艺思潮,个人见闻,以至在座的某位作家的某篇佳作",沙汀和艾芜是"月曜会"的常客,茅盾亲切地称他们两人为"老相识的",可见关系非同一般。可惜"月曜会"存在的时间不长,因"八一三"上海抗战的爆发而被迫中止。

　　3. 书评促进相互交流

　　由于30年代初期的社会环境和时代背景的影响,白色恐怖笼罩下的上海不允许"社会剖析派"成员相互之间进行频繁交往,如艾芜所说:"当时虽然都是住在上海的,只以格于环境,会见极不容易,且怕引起茅盾先生的不便。"[①]所以"社会剖析派"群体之间更多采用发表书评的方式,对彼此作品进行赞扬或者批评,以此加强联系,反映出成员间意气相投、同心同德的群体姿态。对于彼此的创作,他们的赞扬是发自内心的,批评也显得非常诚恳。

　　茅盾在这个方面做得非常突出,他为这个社群的其他成员写了很多的书评。当沙汀第一个短篇小说集《法律外的航线》出版后,茅盾马上写了《〈法律外的航线〉读后感》,对沙汀大加揄扬。当艾芜的中篇小说《春天》发表后,茅盾又马上写了《〈春天〉》,对艾芜大加赞赏。虽然从未谋面,茅盾一开始就对吴组缃的创作非常关心,当最初《卍字金银花》发表时他只是认为"作者的一支笔驱使材料,毫不吃力,自然动人……",而一个月后《一千八百担》发表时,他则认为作品"有令人不能不注意的光芒",作者是"生力军","已经证明了他是一位前途无限的大作家",给予了吴组缃很高的评价。1934年7月,茅盾又专门用较长的篇幅论述了吴组缃的创作,一

---

① 艾芜:《记我的一段文艺生活》,《文哨》1945年第3期。

方面认为《樊家铺》"写出了必然的动向",盛赞"作者技术高明",同时又认为"在人物的配置这一点上头,我觉得《樊家铺》也有些毛病"①。1934 年 10 月又写了《〈西柳集〉》,详细介绍了吴组缃的创作。

投桃报李,《子夜》一经发表,吴组缃就立刻撰写了《评〈子夜〉》,对茅盾大加赞赏:"茅盾之所以被人重视,最大原故是在他能抓住巨大的题目来反映当时的时代与社会:他能懂得我们这个时代,能懂得我们这个社会。"②同时他也诚挚地指出作品有四个瑕疵。

1944 年他又写了《关于〈霜叶红似二月花〉》,高度评价了茅盾小说的思想意义,同时又指出茅盾作品主题受着抽象概念的限制,几个人物不够鲜活真实。对于"社会剖析派"的其他成员的创作,吴组缃也是非常关注,1941 年 12 月他应余冠英《国文月刊》约稿,介绍抗战以来的优秀作品,选择的是艾芜和沙汀的四篇小说,认为"在当代的小说作家中,艾芜先生和沙汀先生我个人认为是成功的作者之中出人头地的两位",说《在其香居茶馆里》"不止在抗战来的文艺中这是一篇超拔的作品,即在整个中国新文艺史上,可以相与伦比的作者亦不多见",并且强调"实在是我个人诚心悦服的说话"③,表现出社群成员之间强烈的认同感。

(原载《江汉论坛》2011 年 12 期)

---

① 茅盾:《〈文学季刊〉,第二期内的创作》,《文学》1934 年第 1 期。
② 吴组缃:《评茅盾〈子夜〉》,《文艺月刊》1933 年 6 月创刊号。
③ 吴组缃:《介绍短篇小说四篇》,《国文月刊》1941 年第 11 期。

『东北作家群』乡土小说

东北作家群创作的乡土色彩

逢增玉

一

在"五四"以来的中国新文学史上,乡土文学的出现、延续和发展,是一个非常引人注目的现象,它贯穿于新文学史的各个历史时期。"九一八"事变后流亡在关内的东北作家群创作,在大致相同的时间内,取材于同一地域的生活,抒发同样的民族情与乡情相交织的心灵旋律,表现出同样严肃的主题内容,作品具有异常鲜明而又相似的地方色彩,可说是完全意义上的乡土文学。

东北作家创作的乡土色彩,除因作者们曾长期在东北生活过,不可避免地会在创作中露出"乡土"痕迹,主要还是作者们的有意追求。端木蕻良就曾说自己"在创作过程中,追求四种东西:风土,人情,性格,氛围"。[①] 他立下的创作规则是"三分风土能入木,七种人情语不惊"[②],明确地将风土人情作为自己的美学追求。

不过,单单有意追求乡土色彩还不够,重要的是将它作为作品的有机组成部

---

① 端木蕻良:《我的创作经验》,《万象》1944 年第 4 期。
② 端木蕻良:《我的创作经验》,《万象》1944 年第 4 期。

分,并形成作品的审美特色。茅盾曾反对"游历家眼光的作者"的"乡土"描写,认为那"只不过像看一幅异域的图画,虽然引起我们的惊异,然而给我们的,只是好奇心的餍足"。① 真正出色的"乡土"描写,应该"发掘到生活的深处,概括了深广的社会历史内容,从人物活动的特定环境,从人物之间社会关系的交织中体现出来"。② 或者如雨果所说:"地方色彩……该在作品的内部,甚至作品的中心……自然而然地由内而形之于外。"③东北作家对乡土色彩的理解正确而又较为深刻。如端木就说过:"风土是方志,是历史,是活的社会经济制度,是此时此地的人们的活动的总和。人情是意识的形象,是人格的自白,是社会关系的总表征。"④理解的正确决定了东北作家在乡土色彩审美表现上的较为出色,他们不为"乡土"而"乡土",不炫异猎奇,而是通过乡土色彩描写,更真实地反映东北地区的社会生活,写出"社会关系的历史"。⑤

二

首先,东北作家在其所描绘的东北地区的典型环境、社会生活内容及其塑造的人物形象中,表现出乡土色彩。

旧中国由于经济发展不平衡,加上交通落后、军阀割据等原因,各地区都有一定特异性。东北土地辽阔肥沃,高山密林,平原大川,自然环境瑰奇而雄美。历史上,这里一直是兄弟民族牧马狩猎、叱咤习武之地,剽悍雄勇的遗风绵延不绝。清代时关内人民始向这块所谓"龙兴之地"移居,用汗水开发了这片沃土。近代以来,日俄帝国主义不断在这里争夺角逐,清王朝垮台后又长期为军阀所割据。"九一八"的炮声在这里轰响,抗日的烽火最早在里点燃。这一切,构成东北地区不同于中国其他地区的独特环境和社会生活内容,也构成了东北作家群创作内容的特色。

---

① 茅盾:《关于乡土文学》,《文学》6 卷 2 期。
② 王瑶:《〈论沙汀的现实主义〉序》。
③ 《雨果论文学》,第 92 页。
④ 端木蕻良:《我的创作经验》,《万象》1944 年第 4 期。
⑤ 转引自瞿秋白编译:《谈马克思恩格斯和文学上的现实主义》。

端木的长篇小说《科尔沁旗草原》,描写东北大草原从清朝直到"九一八"前夕漫长而复杂的生活历史。小说开始,作者以滞重惨厉的笔触,描绘出关内农民因黄河大水而向东北逃亡的一幅凄楚的流民图。其后,以纵横交错的手法,叙写草原上大地主家庭丁府从发家兴盛到衰落的过程。丁府的创始人原也是逃到东北的流民,他利用迷信和欺骗奠定了大地主家业的基石。到其子四太爷手里,以勾结官府、宗教迷信、弱肉强食等手段,使财富迅速膨胀,成为科尔沁旗草原上的首户。丁府发家过程中,对农民的压迫也极为残酷:随意砍掉偷马者的头颅,打死欠租的农民,玩弄霸占民女,种种经济的与超经济强制的剥削,呈现出"土皇帝"的威风和原始野蛮的压迫形态。惨重压迫造成尖锐的阶级仇恨与对立,激起农民持久而强悍的反抗,在农民反抗的打击和动荡不安的社会变动中,丁府不断衰败,终于在"九一八"前夕笼罩在一片烟火中。在上述内容的表现中,作品还穿插描述了草原的蒙茸洪荒、神秘古老的传说、荒诞的跳神迷信,以及日俄战争、土匪作乱、大地主家庭内部的溃乱等社会生活的各个方面,将"九一八"以前东北地区的历史发展、社会环境真实而广阔地表现出来,充满逼真的立体感,因此郑振铎当年称赞端木"把科尔沁旗草原直立起来"[1]。

被人称为"史诗"的萧军的长篇《第三代》,在某些内容上同《科尔沁旗草原》有相近之处。二者都写东北的过去、历史、土地和人民。《第三代》背景是辛亥革命前后东北辽西山村和殖民地化的都市长春。在宏大的历史画卷中,萧军涂写着东北地区广阔的社会生活和各种矛盾纠葛,状绘变幻的历史风云。作品展现了地主、官府同农民、胡子之间压迫与反抗的尖锐冲突,帝国主义侵略瓜分的加深与人民反帝斗争的高涨……生动绘写了农民与胡子的善良和雄犷、地主的凶残狡诈、日本浪人与俄国流氓的骄横无耻、英国修女的伪善……真实再现了东北地区特定的社会生活和社会关系的历史。

此外,骆宾基写于抗战时期的长篇小说《混沌》,叙写"五四"前后东北边境一座中、朝、苏之三国交界处的小镇的生活,将历史的脉络、现实的纠葛、各民族的来往纷争、阶级与民族的压迫和斗争,以及东北大森林的原始神秘气息,描绘得真实而

---

[1] 转引自秦牧:《漫记端木蕻良》,见《文坛老将》一书。

诱人,展现了东北边陲社会生活历史与风俗的图画,充满浓郁的地方色彩与异域情调。

如果说上述作品展现的是东北地区"九一八"以前的历史环境与生活,那么,萧红在《生死场》中,是将过去与现在联系起来,从她自己的与上述三位作者不同的观察生活、思考问题的视角,再现东北地区的社会环境与生活。

萧红在作品中描绘了她所看到的"九一八"以前的东北乡间:沉重的压迫,历史的惰力,自然的灾害和瘟疫,交织在一起,共同制造着贫困、蒙昧和不幸,制造着一出出人生悲剧:王婆被生活逼得服毒自杀;小金枝被粗暴的父亲活活摔死;月英嫂身体瘫痪,得不到任何照顾,以致肉里生蛆;女人们受着生育的折磨……人同动物一样乱糟糟地生与死。年轻的萧红以凄厉的笔致描绘"黑暗王国"中人民艰难挣扎的惨图。"九一八"炮声打破山村死一般的寂静,降下了民族灾难:太阳旗升起来,宣传"王道"的汽车开进村庄,女人受辱,男人被杀,田地荒芜起来……灾难也激起了村民们的生存意识与民族意识,他们第一次感到有一根线将彼此的心连在一起。于是,在四月里一个明朗的天光,村民们歃血盟誓:誓死不当亡国奴!悲壮的呼喊使天地为之动容。萧红敏锐地捕捉、写下了历史变动的信息,力透纸背地表现出北方人民"生的坚强,死的挣扎"的特异内容。这些,无一不渗透出地方色彩。

东北作家塑造的带有一定特异性的东北农民形象,也从中表现出了地方色彩。因为,同一民族的中国人民,就大致情况而言,是存在性格差异的。鲁迅就曾指出南北方人性格的不同。这种不同很久以来就反映在中国文学史上,形成南北文学的不同。出现于黄河流域的《诗经》和出现于长江流域的《楚辞》,差别显而易见。南北朝民歌中,"万里赴戎机,关山度若飞"的花木兰和"婉伸郎膝上,何处不可怜"的江南女子,"天苍苍,野茫茫"的苍莽浑朴与"郎歌妙意曲,侬亦吐芳词"的委婉柔媚何等不同。直至交通发达的今天,梁晓声、张承志、邓刚挟风带电,如他们笔下的大野、大川、大海般的雄犷豪迈与叶辛、古华、王安忆的柔秀风格,差别又是多么明显。南北方的不同已经渗透到我们的意识里和生活中。所谓"河溯贞刚,江左清绮","燕赵自古多慷慨悲歌之士"等等。甚至长相也分为"南相"与"北相",球类比赛也有"南派"打法和"北派"打法……南北方人们性格的差异乃至文学作品风格的不同,是客观存在,问题是如何作出正确解释。历史唯物主义为我们提供了解释这一问题的钥匙。普列汉诺夫说:"任何一个民族的艺术都是由它的心理决定的;它的心理是由它的境况所造成的;而它的境况归根到底是受它的生产力状况和它的生产关系制约的。"①生产力的状况决定了与它相适应的生产关系,由此决定了人类社会发展的不同阶段和各地区社会发展的不平衡,构成不同的境况。境况包括社会环境和它置于其中的自然环境。人的性格心理首先是由一定的社会环境、历史条件决定的;其次,自然环境也有一定影响,特别是在征服与改造自然的劳动实践中,自然条件会对人们的意志性格产生影响。此外,历史传统、遗风习俗的承传熏染,也会一定程度地影响人们的性格心理。弄清这些,就可以理解,为什么同样处于农业的中国,南北方农民及南北方各自不同区域内的人们,性格会有一定差异。

所谓东北农民的特异性,也要联系到东北的境况加以解释。如前所述,东北的环境较为特殊:帝国主义很早就在这里瓜分掠夺,阶级压迫又格外原始野蛮。人们常说,压迫愈重,反抗愈烈。民族与阶级的双重压迫,养育了东北农民坚强不屈的反抗精神。此外,东北农民常年与风雪严寒、高山密林、苍莽草原、辽阔大地打交道,自然条件的特殊与艰巨的劳动,再加上历史留传的遗风,交织在一起,共同形成了东北农民善良淳厚又特别犷悍雄勇的性格。

在东北作家笔下,东北农民是那么淳朴诚笃,连内在生活也和外在生活一样单纯。"如一个人在伤心,那么,在他的胸膛里,一定可以听见心的一寸一寸的破裂声;如在哭泣,那滴落的泪珠,也会透出一种颤动的金属声的。"(端木蕻良《大地的海》)而感情表达的方式也是那样独特和直率:

　　农夫有着和肩膀一样宽的灵魂。有时会不着边际的哀伤自己,有时又在粗鲁的大笑。对着生人,常怀着磅礴的热烈和粗鲁。对着自己的亲人,有时在脸上则反而流露出疏远的神色,因为他们不会在作态上表示感情,他们以为真

---

① 普列汉诺夫:《艺术论》。

实的感情是无须表现的,倘一表现便显得琐碎卑下。年老的祖父,叨叨咕咕地谈上一个夜晚,而白发的婆婆,在梦中又会寂寞地吹土(老年人因为牙齿脱落,在熟睡时,呼吸就有一种声音,像故意吹气一般。有一种迷信说法说,这是给自己坟头吹土,到吹够了,人就死了。——作品原注)。第二天早起来对孙子唠叨:咳,真是土埋半截了呢!

——《大地的海》

东北作家描绘的东北农民又是那样犷悍雄强、骠勇刚烈。端木说:"我每看到那戴着貉绒大风帽的车老板子,两眼喷射出马贼的光焰,在三尺厚的大雪地里,赶起车来,吆喝吆喝的走,我觉得自己立刻健康了,我觉出人类无边的宏大。"[1]"我每一接触到东北农民,我便感悟到人类最强烈的求生意志。"[2]东北农民以这样的形象出现在人们面前:

> 北风逞着荒寒的挺劲,在青年的红萝卜皮色的鼓挣挣的小腮帮上,写出自信、要强和傲慢来。在老人的额角的皱纹上,则蘸满了古铜色的金粉,狠狠画出两条不可调和的固执和粗鲁的折痕。

——《大地的海》

这群高大粗犷的"大地之子",饱涨着旺盛的生命力与反抗的原始强力,多么沉重的压迫都难以使他们屈服。《科尔沁旗草原》中的农民大山,几代人的仇恨使他具有"纠缠如毒蛇,执着如怨鬼"般的强烈的复仇渴望,不屈地对抗着大地主的凶恶势力。当得知受地主愚弄的农民无辜惨死,他狂怒地将地主少爷捆在林中树上,向其头顶连击三枪。《憎恨》中的农民,在大风之中点起烈焰,将地主管家活活烧死;《浑河的急流》中那位青年猎人金声,将一棵大树刮去皮,写上"小口木"三字,然后

---

[1]　《科尔沁旗草原·后记》。
[2]　《科尔沁旗草原·后记》。

一排尖力飞去,准确地分别在口字里木字下各填一横,表达他杀死"小日本"的民族复仇的愿望。此外,《大地的海》中艾来头,面对大自然时诗意地喷发出的巨大力量,艾老爹像脚下的大地一样的粗犷苍莽……正如国外一位论者所说,端木"描写东北大草原的粗犷豪迈和居民们的坚忍不拔,与肖洛霍夫在《静静的顿河》中表现哥萨克人的方式颇相类似"。[①] 岂止是端木蕻良。萧军《第三代》描写的东北山村,充满剽悍尚武的风习:"凌河村的男子不会打枪,那是耻辱。"而这村中的农民井泉龙,一个参加过义和团反帝斗争的老英雄,正如其名字一样,是条闪耀着英雄色彩的跃动不息的巨龙。"若说真佩服,那我还是佩服楚霸王那样的人,他并不借别人的灯光吃烟……我是不爱刘备那样用眼泪打江山的人。"这位白发银须,身躯高大,说话带着金属味,时常开怀大笑的老英雄,反抗似乎是他的本性,或者说,他简直就是反抗的精灵。天地不惧的豪勇性格使他不仅嘲笑地主的淫威,搅得大地主寝食不安,也蔑视天上的神仙龙王。春天干旱的时候:

> 井泉龙从村东到村西,胡子在胸前盘结成一个疙瘩走着。两只手挥天划地向着人们,领导着人们……开始对于天和神喷放着咒骂……
>
> 今天井泉龙把村西端一座神庙里泥做的龙王爷的脑袋给拧掉下来,并且一只手挽卷着龙王爷脑袋上的胡须,站在庙前的树台上……

在没有经历过像湖南农民运动那样的农村革命的东北农村,又是在辛亥革命前后这样的历史条件下,井泉龙的这一行动堪称一个壮举。

不仅如此,这些农民生时如雄鹰烈马,死时也显得犷悍威烈。萧军绘声绘色为之传神写照的"胡子"海交,一个"逼上梁山"的绿林好汉,英勇不屈地同官府地主反抗战斗了一生,受伤之际,毫不犹豫地开枪自尽,如一支巨大的英雄交响曲戛然而止,悲壮而肃重。

端木与萧军笔下的那些东北大地林野的女儿们,同她们的父兄、情人一样桀骜

---

① 葛浩文:《漫谈中国新文学》。

不驯,有一种原始粗犷野性的美。萧军作品中的大环子,面对强暴,毫不畏惧,痛打野蛮的兵痞;巾帼豪杰翠屏,复仇心切,毅然抛家别子,入山为"寇"。端木作品中的杏子姑娘,美丽倔强,傲视权势淫威;水芹子则如古代的英雄女儿花木兰,执枪肩刀,向侵略者射出复仇的枪弹。这些女性,同样具有英雄的性格,大勇者的襟怀胆略。

　　东北作家在对上述形象的描绘中,经常采用诗意的抒情与浪漫主义的手法。不过,这些形象所具有的犷悍雄强的性格特征,主要来自生活的真实,有历史真实的基础。了解了辽阔苍莽的东北大地,就会了解生长在这块土地上的东北农民。

三

　　东北作家创作的乡土色彩,还表现在他们描绘出的自然景物、风气习俗,以及地方性的语言中。

　　作为环境的一个有机构成因素,东北作家几乎都在作品中描绘东北大地独具特色的风貌。把他们的描绘加在一起,就构成一幅东北大野自然风光的多彩图画。从这画图中,会使你对那片神奇土地的辽阔雄美有所了解。独特的自然风光的描绘,是形成东北作家作品的审美特色,并唤起读者审美兴趣的一个因素。

　　　　严冬一封锁了大地的时候,则大地满裂着口,从南到北,从东到西,几尺长的,一丈长的,还有好几丈长的,它们毫无方向的,便随时随地,只要严冬一到,大地便裂开了。

　　　　　　　　　　　　　　　　　　　　　　　　　　　——萧红《呼兰河传》
　　　　雪爬犁在积雪上划出苏解的声音,有两道银屑被驰行的滑木刨削起来,向四外飞迸,后边便拖着一条烟雾的尾巴,像凫在大海里的汽艇。

　　　　　　　　　　　　　　　　　　　　　　　　　　　　　——端木《雪夜》

端木作品中描绘得最为出色的,是那散发着诱人色彩的东北大地:

> 多么寂寥呵!比沙漠还要幽静;比沙漠还要简单。一支晨风,如它高兴,准可以从这一端吹到地平线的尽头,不会在中途碰见一星儿的挫折的。倘若真的,在半途中,竟尔遭遇了小小的不幸,碰见了一块翘的突出物,挡住了它的去路,那准是一块被犁头掀起的淌着黑色血液的泥土。
>
> ——《大地的海》

正如一位评论者所指出的,在现代文学史上,还没有看到过哪位作家像端木那样对土地作了如此诗意的描绘。东北大地是这样苍莽辽阔,它和鲁迅称道的俄国作家描绘的广大的俄罗斯黑色的土地,有相似之处。这里,不禁令人想起高尔基的一段话:"您所描写的不只是大自然,而是比自然更大的东西——是大地,是我们伟大的母亲。在任何一个俄国作家的作品中,我没有遇到感觉到像在您的作品中所看到和感觉到的那种对大地的热爱与对大地知识间和谐的结合。"[1]端木对东北大地立体感的出色描绘,对当时关内的人民来说,"不知给多少人开了眼界:我们的大地,我们的草原,原是这样的啊……"[2]

风气习俗的描绘也是构成乡土色彩的一个方面。东北作家对此不仅有意追求,而且在描绘中往往包含着他们的艺术用心。端木在《科尔沁旗草原》和《大江》中,用很多篇幅描写东北地区的宗教迷信——跳大神,以至使人有失之太过的感觉,是为了强调突出东北的神秘、原始与闭塞。萧红在《生死场》中描写的王婆服毒,自杀未死,几个汉子将木杠压在她身上,直压得口吐白沫、眼珠翻转的惨厉情景;村民们杀鸡歃血的结盟方式,《呼兰河传》中描写的盂兰会、放河灯、野台子戏、娘娘庙逛会,以及为了"治病"而"好心"地将小团圆媳妇放在大缸里用热水烫的野蛮习俗,主要也是为了表现那里的闭塞与人生的悲凉。

一个地区的环境构成是复杂的,同样,那里的风气习俗也非单一的。闭塞造成

---

① 高尔基:《论普希金》。
② 李辉英:《中国现代文学史》,香港文学研究社出版。

了原始与落后,同时也阻挡了"都市文明"的侵袭,保留了一些淳朴的民风。萧军《第三代》中,农民们毫不客气地喝掉了林青为女儿祝生的酒,为的是听听他的胡琴,然后又加倍地偿还他,以毫无恶意的粗鲁的笑骂表达彼此的亲昵;端木《大地的海》里,艾老爹、朱老爹每到秋天就把打下的粮食送一些给幼时的伙伴、现在开酒店的郝老爹,虽然他们从不去酒店喝酒,打到了猎物,也总要几人一起吃。这些淳厚的风气,表现出劳动人民质朴真挚的美情美德。

东北作家也在作品中大量使用地方语言。胡风当年曾指出方言土语的使用是《生死场》的一大特色。东北作家创作中,叙述语言带有一定的乡土痕迹,但最足以表现出乡土特色的,还是人物的语言:

> 这枪真通人性,指哪儿打哪儿……听说! ……你,说它认人不是? 它真不欺生,也不眼差,……是个好看家的! 我吃过多少险头,都是它救我出来的! ……
>
> ——《大地的海》

短短一段话中不仅充满众多的方言,而且,从那一连串省略号上,有过东北生活经历的人不难品味出东北老年农夫说话时那种悠缓拖长的语调。这类语言,喷发着浓郁的乡土气息。

[原载《湖南师院学报(哲学社科版)》1984 年第 5 期]

关于"东北作家群"名称的质疑

孟 冬

中国现代文学史教材中的"东北作家群"这一名称,提法本身有其不严密的地方,质疑如下:

一、目前现行的文学史教材并无沦陷区文学的介绍,因此,"东北作家群"之说,容易使人把它同沦陷区文学相等同,然而,"东北作家群"的创作并不等于沦陷区文学,他们的创作也不能够完全代表沦陷区文学的全部精华。所以,"东北作家群"这一名称在概念上容易使人模糊。

二、据笔者统计,所说的"东北作家群"在沦陷区的文学活动时间过于短暂,如萧红、白朗:二年;萧军、舒群:三年;罗烽:六年;骆宾基、端木蕻良、李辉英、穆木天等都是在关内开始文学活动。这些作家创作成就的取得,基本是离开沦陷区之后。如果把他们称为"东北作家群",那么诸如山丁、秋萤、陈隄、关沫南、李克异等始终在沦陷区坚持写进步文学的作家,又该如何称谓?遗憾的是,这些作家尚被拒之于文学史的大门外,"东北作家群"的行列竟然无他们的位置。况且,在"东北作家群"中,并不写或极少写沦陷区生活、只是籍隶东北的作家,如穆木天等,只能叫做"东北籍作家"。使用"东北作家群"这一名称,应该名实相符。

三、笔者认为:文学史教材应将在关内从事文学活动(主要反映沦陷区生活)的"东北作家群"改为"流亡的东北作家群";将始终在沦陷区从事文学活动的作家,冠之以"沦陷区的东北作家群"这一名称。这样,便于使人理解两个群体相联系而又相区别的性质,对文学史编写东北文学这一章,也有把握的凭证。

（原载《学习与探索》1986 年第 1 期）

试论东北流亡文学研究的几个问题

沈卫威

　　"一个国家的文学，只要它是完整的，便可以表现这个国家的思想和感情的一般历史……可以用来推断这个国家在各个历史的时期如何思想如何感觉。"①"东北流亡文学"在现代文学史上是一个完整的系统，其再现的生活、表现的情感、传达出的信息和曾得到的历史的裁决，在今天无疑都给我们提供了一定的认识价值和审美价值。作为批评的主体，历史的文学观念使得我们在不同的时代，在获得不同的思想方法时，也获得了不同的眼界，这时，就会在旧的文学艺术中看到许多新的东西作为"东北流亡文学"，它之所以能够存在，是因为它有自己独特的"状态空间"，所以，我们就可以在一定程度上，用决定它的内在机制的一组对应的值来描述，并借助于这些值，在动态中审视。

当代性·历史性

　　在往日对"东北流亡文学"的研究中，由于方法的简单和机械，因此在更深更高

---

　　① 勃兰兑斯：《十九世纪文学主潮》序言，收入《西方文论选》下卷，伍益甫主编，上海译文出版社1979年版，第472页。

层次上的文化上的东西面前,或视而不见,或望而却步,致使许多复杂的问题没有得到较为圆满的解决。

就"时代的精神"而言,"东北流亡文学"诞生于"九一八"事变之后那血与火的年代里,其"时代精神"作用下的文学自然是不言而喻的。其文学的"当代性"(又称"时代性"),几十年来,一直为我们的研究工作者所注目。历史已证明,这无疑是正确的。因为在当时那特殊的历史条件下,构成"东北流亡文学"许多必要条件中,"当代性"雄居第一位,作家比任何人都更表现为自己时代的产儿,尤其是他们的"流亡文学"代表了东北几千万沦于水火的人民的心声。成为东北人民的感官和喉舌。作家的创作是靠对敌人的恨、对故乡的爱这种自觉而近于本能的爱国主义激情来实现的。而这种热情又首先萌发于民众的心灵深处,给以表现的只是东北作家。就创作主体而言,东北作家失去了家园,成了无家可归的流亡者,他们经历了人类最严酷的流浪生活。民族特殊的命运决定了他们,使他们的欢乐和痛苦都深深地植根于社会和历史的土壤里,使他们借助于文学艺术把个人的能力用来表现他们生活在其中的那个时代的观念和事物,用来向公众诉说自己良心的呼唤和愤怒的呐喊。而社会也正需要他们的文学能像警钟一样响亮,能惊劝一切、震撼一切,推动社会前进,致使我们今天通过"东北流亡文学"便可以听到"一个垂危民族的生活的最后回声、人民的最初的希望、最初的要求"。正因为这样——东北作家把他们所处的时代精神印在他们"流亡文学"之中,才有了几十年来,读者和批评者对此"当代性"的青睐。概观整个"东北流亡文学",其内容无外乎写日寇的暴行、人民的灾难和铁蹄践踏下的奴隶之子的抗争。这无一不是作家直面残酷的血与火的现实生活的产物。这种创作倾向在"东北流亡文学"的最初两个时期表现得尤为明显和集中。几乎是东北作家自觉的群体意识下的审美选择,成了他们的"心理共同体"("我们感"而非"他们感"),并在他们的作品上烙上了东北作家独特的印记。由于这种"群体意识"所主导的"心理共同体"的作用,流亡到关内的东北作家在当时就有"东北作家"的称呼,而又被后来的文学史家誉为"东北作家群"。

由于国难当头,民族危急,在主张文学要有"当代性"的批评者看来,一篇作品如果没有强有力的、发自时代主导思想的主观冲动,不是痛苦的哀号或热情的赞美,那么作品便不具有成名性。因此,东北作家的大部分作品都比较符合时代要求,在当时和后来都被抬到十分重要的位置,受到过特殊的待遇。但是,随着社会的前进,历史的发展,作为批评的主体,就必然会变换审视的角度,由较浅层次上的"当代性"——所谓的时代精神,转向较深的文化历史层次。

概观"东北流亡文学"的大部分作品后,我们会发现一些尚未被开掘的东西。较突出地表现在一些长短篇小说中"土匪"(胡子)们的争斗,反抗豪绅地主,有组织的抗日和由此而产生的"尚武"精神,而且这种"尚武"精神不仅表现在客体上,同时也渗透在主体的自我张力上。

就"土匪"问题和由此体现在文学中的"尚武"精神。这是个文化历史问题,是我们民族历史的重负在特定历史时期突出的表现,并由此体现出了作品的历史深度和广度。这些"土匪"在作品中被称为"胡子",作家对他们大都采取肯定和正面描写,作为正直、正义和邪恶势力抗争的代表。《八月的乡村》里的"人民军"(义勇军)的前身为"胡子"兵,《边陲线上》那支"义勇军"也是"胡子"兵,《科尔沁旗草原》中的"老北风"、"红胡子",《遥远的风砂》中的"煤黑子",《大江》中的"李三麻子"均为土匪,并且都是抗日的主要力量,萧军用长达十几年完成的长篇《第三代》,更是以"土匪"为对象,全面地展示他们可歌可泣的斗争生活。但这些只是文学上的一种现象。同时需要我们进一步从文化——历史这个层次上追寻一些实质性的东西。

东北大地原是满族集中的地方,是满人的故乡。他们多生活在马背上,能征善战,靠金戈铁马,打败明朝老大帝国,建立了满人的基业,以至统治中国近三百年,而满人入关坐定天下后,便产生了一批坐吃山空的败家子弟。靠吃皇粮的人逐渐变得无所事事,使东北大片土地荒芜。而这时关内河北、河南、山西、陕西、山东的劳动者,由于家乡生活无着,便流亡关外(闯关东,《乡亲——康天刚》有所反映),而去的人又都是些人生的开拓者,如美洲人开发西部一样(《红玻璃的故事》中去淘金的故事,《科尔沁旗草原》中大地主的发家故事)。加上满人官僚大地主逐渐移居都市(多是封王),土地便一步步落入闯关东的汉人地主手中(《科尔沁旗前史》有所反映)。清朝末年,内忧外患,清廷无暇顾及东北他们的家园,东北于是成了天高皇地远的地方,并完全落入汉人地主控制。而不满地主统治的无地产农民,便自发地组织起来和官僚地主斗争,便产生了"土匪"。清廷倒台后,关内军阀混战,东北随之崛起大批人生冒险者,拉起队伍,争夺地盘,东争西夺,导致东北的军、政、财大权完全落入土匪出身的军阀手中。地理上偏远、闭塞、高寒,使民风粗犷、豪放,人性剽悍、粗野,所以东北作家中萧军、舒群、端木蕻良、巴来抗战前都有过军人的生涯,李辉英、骆宾基都在抗战时的战地服务团服务过。在这种特殊的历史条件下,当日寇开始侵占东北时,张学良正规的"东北军"退居关内,最先起来武装反抗的便是为求生活之路而加入"绺子"("土匪"组织)的那些"提着脑袋"出生入死的所谓"义勇军"。

值得注意的是,这些"土匪"抗战,起初有的并不是接受先进政党(共产党)的号召和组织,而是自发的行动,随着时势的变化,民族危急,他们大都组织起来接受共产党的领导。(杨靖宇等将各路由"绺子"起家的"义勇军"改组为"人民军"——"抗日联军"。)少数"绺子"成了伪满洲国的伪军。被组织起来的"土匪"军队,靠集体的力量和日军斗争,并且许多人献出了自己的生命。所以在东北作家的创作中,塑造了大批成功的"土匪"形象,成了如高尔基所说的"奴隶之国的孤子,一旦感受到集体主义原则的创造力量,便在这种原则的魅力的影响下,在精神上变成具有罕见的美与力的战士的典型"①。共同的社会理想(抗日保家)把这些作为个人的"土匪"从个人生活中的畸形变态的状况(原是靠抢杀生活,枪口对内),改变并提到历史的必然性的高度(转向枪口对外)。东北的"土匪"是历史的积淀,是全民族复兴崛起前历史的重负。抗日使我们民族历史上的这个"重负"改变了性质,直到抛掉它(解放后曲波《林海雪原》标志着这一重负的彻底抛掉,并在文学中得到反映)。作为反映社会生活的文学,东北作家中不少人选取了这一题材,在当时文坛上大呼狂唤"当代性"的情况下,他们以自己独特的方式,较为真实地表现了这一历史的内容。使其创作上的"历史感"水乳般地融入"当代性"之中。

在"东北流亡文学"的一系列作品中,还有一部分富有"历史感"的展示东北社会结构、社会性质的力作。《科尔沁旗草原》、《呼兰河传》两部长篇小说可视为代表。前者作于一九三三年,后者作于一九四二年,都是正面描写抗日题材的作品。前者形象地揭示了"九一八"之前,东北农村经济败落、阶级关系复杂化、东北工商

① 高尔基:《论文学续集》,冰夷译,人民文学出版社1979年版,第84页。

业被挤垮的全过程。较明确地指出了日本帝国主义在武力侵略中国前对东北的经济侵略和由此带来的种种矛盾(农民与地主、农民与商人、地主与地主、地主与工商业者、工商业者与日本商人或日本人扶植起来的买办等等)。作品渗透着作者较为自觉的历史意识! 给读者也带来了较凝重的历史感。《呼兰河传》反映的是民国初年的生活。古老的乡村小城,看上去荒凉、幽寂、呆板、单调、停滞,那里的人民表现得麻木、愚昧、残酷,那里的故事古老、凄婉、怪诞,一切都如那条形象化了的"呼兰河"一样,水慢慢地流着,冲刷着古老的河床,而古老的河床又是默默地被冲刷,以自己的身躯使水翻起一个又一个波浪。它既不同于端木蕻良的故乡科尔沁旗草原上的故事,也不同于萧军故乡那闭塞、粗犷民风下的"土匪"的传奇,更不同于骆宾基的家"珲春"那看上去发达的小城镇……这是我们审视"东北流亡文学"之后以得到的最基本的历史感,即由此可知东北作家将中国东北的社会历史状况所展示到怎样的程度。

功利性·审美属性

在一部成功的作品里,应该是真善美的统一。其作品的真实性、功利性、审美属性应是一个有机的整体。而读者和批评者也必然会从中获得一个完整的印象。但是特殊的时代、环境常使作家在创作中有所侧重、有所选择。而社会对作品的要求也会依时代风尚而作为审判标准。"从历史上说,以有意识的功利观点来看待事物,往往是先于以审美的观点来看待事物的。"①就诞生于血与火中的"东北流亡文学"而言,作家创作时,往往是先以功利主义的判断去看待他所要表现的生活,而读者、批评者也必然是从功利观点来观察他们的作品。只是后来才站到审美的观点上来看待他们。这是艺术辩证法中一个较为特殊而又普通的现象。

从作家主体来讲,在当时的创作中,他们首先考虑的是文学的功利价值,即社会效果。其选取的题材、表现手法、注入的情感,都是功利化了的。流亡文学萌生

---

① 普列汉诺夫:《没有地址的信》,曹葆华等译,三联书店出版 1964 年版,第 132 页。

期痛苦的呻吟,东北作家群崛起时愤怒的呐喊,抗战开始后时代的颂歌,抗战后期对故土的眷恋,无一不是急功近利,使作品政治性、时代感、真实感亢进,艺术的审美属性弱化。因为他们这些无家可归的流浪者的大部分作品都是用血和泪写成的,它像一团火似的燃烧,也使读者燃烧。甚至为了某一个目的,或达到一种预期的效果,他们不惜禁锢艺术之神,有意割舍其艺术的审美属性,使之充当宣传工具和斗争武器。当然这是亡国迫在眉睫时有良心的作家所必然做出的选择和牺牲。必要时还放下笔杆,拿起枪杆投入战斗,参与社会生活。这是特定历史时期作家们的一种崇高的艺术献身(为政治、社会而牺牲艺术)。特别是抗战开始后辗转到延安的东北作家,更是响应先进政党的号召——文艺为工农兵服务,使自己的创作大都就范于"工农兵文学"模式。

从社会关系来看,"任何一个政权只要注意到艺术,自然就总是偏重于采取功利主义的艺术观。它为了本身的利益而使一切意识形态都为自己所从事的事业服务,这也是可以理解的"。[1] 在这种社会文化氛围下的读者和批评者也跳不出这个大众艺术观念的圈子,对作家和作品的功利性,自然成为第一个也是最重要的一个要求。因此,东北作家的大部分创作给读者的突出印象便是时代感、真实感强,而且影响到后来的批评,多数评判者还是从这点入手,停留在这个表层上。例如抗战后期流亡香港、桂林的萧红、端木蕻良、骆宾基,由于一段紧张的流亡生活,他们在精疲力竭之后,艺术的知觉开始有了变异,由以前写东北火热的现实斗争生活转向自己充分体验过、感受过、熟悉的东西,较注重艺术的审美属性,并产生了一些如《呼兰河传》、《初吻》、《早春》、《幼年》等带有自传性的作品。其艺术的审美属性,远远大于它的功利性。于是就遭到了当时一些批评家的斥难[2]。同时影响到后来的文学史家,认为他们的创作脱离了时代,走进了个人狭小的生活圈子里,使作品失去了时代的亮色。这便是典型的功利主义的批评。

随着中国抗战时空的加大,我们对东北作家的作品自然可以从功利转向审美,从政治走向文学本身。这样我们艺术批评鉴赏便可获得一个新的天地,从中找到

---

① 普列汉诺夫:《没有地址的信·艺术与现实的关系》,曹葆华等译,人民文学出版社 1962 年版,第216 页。

② 石怀池:《论萧红》,收入《石怀池文学论文集》。

过去不曾也不可能得到的东西。只要更多地注意艺术的审美属性,便可得到一些总体性的审美特性,诸如"流亡文学"的艺术氛围,情感传达系统(创作主体的心态与客体的移入及读者的心理感应),复杂人物性格的塑造("土匪"、"亡国奴"形象)、"自我"形象的底蕴、受难者与反抗者群像、与作品主人公相映生辉的拟人化了的大自然形象("呼兰河"、"珲春"、"科尔沁旗草原"等),地域文学的美学特性。也可以在"东北流亡文学"内部的比较研究中得到一些不曾有过的美感:《八月的乡村》、《边陲线上》、《大江》三部长篇军事题材小说结构、人物、叙事角度的"平行比较"和"影响比较"(后两部均受前者影响而作,但同时又都受苏联文学中《铁流》、《毁灭》的影响)会使人感受到现代军事题材长篇小说的雏形和外来影响输入的途径和回应效果;三部经历自传体长篇《科尔沁旗草原》(附带《科尔沁旗前史》)、《呼兰河传》、《幼年》的体例、结构(包括布篇手法),叙事视角,主人公"自我"形象和与之相应的情感化了的"科尔沁旗草原"、"呼兰河"、"珲春"自然形象的比较,可以得到一种现代小说叙事角度、结构形式的变异后,艺术魅力的感染与小说叙事学的最基本的艺术直感和理性判断。也可将现代、当代文学贯通纵向比较研究,得到一些艺术的启示:同一作家,如马加解放前《登基前后》、"文革"前《寒夜火种》(据原来的《登基前后》改写)、新时期《北国风云录》比较,看一个作家不同时代,创作心态、风格、色调、人物、情感的变化;不同作家,从萧军《第三代》到曲波《林海雪原》的时代变迁,看作家对题材、对作品中"土匪"问题的审美判断及功利观念的处理,从萧红《呼兰河传》与林海音《城南旧事》,萧红《生死场》与王安忆《小鲍庄》的对比,看两代作家在结构、叙事视角、情调、色彩、氛围上的异同和美感效应。这样将会大大开拓我们研究者的视野,给文学研究灌注以新的血液,使之在新的历史条件下,于比较鉴别中,于审美判断立足点的变移中,显示出固有的艺术价值和美的规律(限于篇幅,这部分从略,另有文详谈)。

感性·理性

关于"东北作家群"能否算上一个流派,这是近年来引研究者注目的问题。其实这完全是一个"名词"和"概念"上的争执,正如美国一位专栏作家在《自传》中所说,过去几千年哲学和神学上的论争,往往是在名词和概念上打转,谁赋予这一名词或概念以自己的内涵,就必然产生自己所想要的结论。

也同样是这批作家,在三十年代中期,由于他们从关外流亡到关内,当时就有了"东北作家"①的称呼,并且被社会所普遍接受。这种称呼一直延续到"现代文学"的结束(一九四九)。到了五十年代初,文学史家王瑶在《中国新文学史稿》中,第一次起用"东北作家群"的名字概观这批作家。后来既是东北作家,又是文学史家的李辉英沿用此说,并写进自己的《中国现代文学史》、《中国小说史》。三十年后,即八十年代初,在王瑶"东北作家群"说的基础上,又有人认为"东北作家群"是个"不够典型,不够完善的文学流派"②,也有人认为是一个"准流派"③。更使人感到困惑的是,几位健在的"东北作家",在接受笔者采访时都对此"流派"说不知如何回答是好,舒群在一九八五年七月接受笔者采访时,竟说自己只知道三十年代曾受过"东北作家"的称誉,但根本不知有"东北作家群"这一说,直到一九八一年在一次会议上,听作家邓友梅称呼他们一批人为"东北作家群",才知有此一说。笔者认为"东北作家群"是一个无组织、开放性、运动性的流派(系)。

事实上,就"东北流亡作家"和他们的创作而言,远不是一个什么名词或一句话就能概括得了的。没有全面、系统、多层次的研究,必然得不出较准确的结论。纵观之,在现代文学史上,自一九三一年"九一八"事变到一九四五年"八一五"抗战胜利。东北沦陷十四年,笔者认为这种特殊的政治气候下,如自然界植被的生长一样,在文学上产生两种性质不同的文学,即"东北沦陷区文学"(关外)和"东北流亡文学"(关内)。前者又明显地表现出两种不同的政治倾向:"汉奸文学"(又称"满洲文学")和"反满文学";而后者由于流亡关内长达十四年,在不同的历史时期,又表现为不同的文学特质,但主流还可以一言以蔽之曰"流亡文学"。这是从文学本质而言的。若从作家队伍看:一九三三年,在哈尔滨的进步文艺工作者,形成了以萧军、萧红、舒群、巴来、罗烽、白朗、塞克为主力的"哈尔滨作者群",后来这批人大都

---

① 李辉英:《三十年代初期文坛二三事》。
② 白长青:《论东北作家群创作的艺术特色》,收入《东北现代文学研究论文集》。
③ 严家炎 1985 年 9 月答笔者问。

到了上海（除巴来一九三六年牺牲），与原在上海的李辉英、穆木天、蔡天心，和由沈阳、北平辗转来的于黑丁、端木蕻良、孙陵、骆宾基、秋耕合群，形成了崛起于一九三六至一九三七年的上海"东北作家群"。后来上海、武汉相继沦陷，大批集聚上海、武汉的东北作家再度迁徙、流亡。到了一九四二年前后，人员基本上又趋于群聚，即形成延安的"东北作家群"和桂林的"东北作家群"。从自觉的组织关系、组织形式看，他们只有过两次：一九三六年在上海为纪念"九一八"五周年，七位东北作家合出《东北作家近作集》；一九四一年"九一八"十周年时在延安成立了由十九人参加的"九一八文艺社"。具体从文学的特质看，小说创作为其共同的文学创作形式（只有少数诗作和剧作）。若从既有的人们对"流派"的认识水准，将作家作品及组织形式结合考察一下，可以这样说："东北流亡作家群"是一个典型的小说创作流派。其特性在于它的无固定组织，呈开放性、运动性。这是我们由感性到理性的最基本的认识。以系统结构层次的方式概括，可见（图一）。

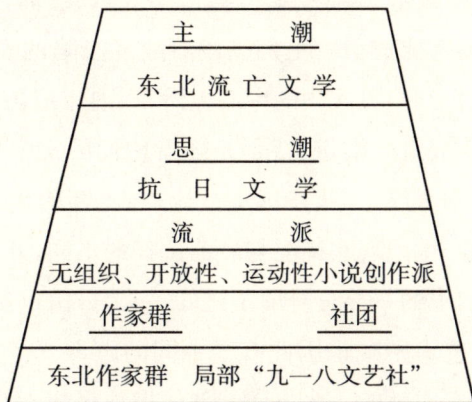

```
┌─────────────────────────────┐
│          主      潮          │
│       东 北 流 亡 文 学       │
├─────────────────────────────┤
│          思      潮          │
│        抗  日  文  学        │
├─────────────────────────────┤
│          流      派          │
│  无组织、开放性、运动性小说创作派  │
├─────────────────────────────┤
│     作家群          社团     │
├─────────────────────────────┤
│ 东北作家群   局部 "九一八文艺社" │
└─────────────────────────────┘
```

图一

（原载《绥化师专学报》1987 年第 4 期）

"流亡"文学群体的民族意识与生命意识

——论"东北作家群"的乡土小说

丁　帆　李兴阳

　　"东北作家群"不是地域文学的"坐地户",而是出现在空前惨烈的现代民族战争中的"流亡"文学群体,萧红、萧军、端木蕻良、骆宾基、舒群、罗烽、白朗、李辉英等文学青年是这一群体的主要成员。他们满浸着故乡沦陷的哀痛与血泪,从东北的黑土地流亡到关内,流亡到左翼文学的中心上海,漂泊流浪仿佛就此成为他们不可逃脱的宿命。随着民族战争的推进,特别是随着他们的文学恩师与精神导师鲁迅的逝世,他们又从上海到武汉,一步步远离故土,在不断的生离死别中深化对战争苦难和人生境遇的体验,也因现实境况与政治选择的不同,开始了各自不同的人生漂流与精神漂泊。他们中的一部分奔向了延安,一部分由重庆转道桂林,最后到香港,他们的生死歌哭与艺术呐喊也因此有了不同的声音。在"东北作家群"的小说创作中,乡土小说是颇有成就的一个方面。他们把浓得化不开的乡土情结、炽热的民族情感、北国的血泪,还有不屈的剑与火凝聚于笔端,写出了既富有东北地域色彩又质朴粗犷甚至充满野性力量的乡土小说,是中国现代乡土小说史上的重要创获。

一

　　在"东北作家群"中,最突出的代表作家之一,应是萧军这位具有传奇性的人物。在半个多世纪的历史风尘中,萧军的生活和创作道路,虽然异乎寻常地艰难曲折,但他从来也没有畏惧退缩,而是以一种罕见的大勇者的精神,在文学路途上顽强地"跋涉",写下了长篇《八月的乡村》、《第三代》(又名《过去的年代》),短篇集《羊》、《江上》等。《八月的乡村》不是萧军艺术上最成熟的作品,但是他影响最大最有代表性的作品。小说以粗犷的笔法、惨烈的场景展示出作者喷薄欲出的愤怒呐喊和那种拯救民族和人民的慷慨之心,是用"力的美"奏响的义勇军进行曲。

　　就如同时代人所赞誉的那样,"《八月的乡村》的伟大成功,我想是在带给了中国文坛一个全新的场面。新的题材,新的人物,新的背景"①。所谓"新的背景",既是时代的,同时也是地域的,它以浓郁的"地方色彩"强烈地吸引着读者。在萧军笔下,有田畴、沃野、一望无际的高粱地;有田野上的农夫农妇,茅屋上升起的炊烟。但萧军的注意力不在这些"田园牧歌"般的风俗画上,他最喜欢书写的乡风民俗,多与"侠"有关。小说中的反抗者,不论他们最初的身份是农民、苦工、胡子、旧军人,还是知识分子,都有东北的"胡子气"。他们大都处于社会底层,是受侮辱与受损害的苦难者,残酷的生活现实迫使他们像"侠"一样,投身"绿林",拿起武器,反抗压迫,实现自己的复仇愿望;行侠仗义,使下层人的正义要求得到合理伸张。虽然他们已被整合进有明确政治理论主张的阶级队伍中,但"侠"的精神已成了他们的英雄"底色"。显然,这既与萧军的个性气质有关,也与东北独有的地域文化有关。就前者而言,萧军个性倔强,有终生不改的"野气",小说中的"侠"有萧军的影子。就后者而言,东北这块蛮荒的土地受中原文化的影响较小,东北的生存条件酷烈,民族间的争斗因此十分频繁,而移民的大量涌入也为这片土地带来了敢于冒险的风气,这一切都使当地民风远比关内要粗犷强悍。而这样的乡风民俗,就成了小说

---

① 乔木:《八月的乡村》,《时事新报》1936 年 2 月 25 日第 23 期。

"力的美"之源。

在具有东北地域色彩的风景画的描绘上,《八月的乡村》亦颇显才情。与对风俗画的书写一样,小说对风景画的描绘,其意味显然也是多重的。譬如,小说第三章《第三支枪》中,有一段关于九支队司令部驻地王家堡子盛夏午天景象的描写:

> 高粱叶显着软弱;草叶也显着软弱。除开蝈蝈在叫得特别响亮以外,再也听不到虫子的吟鸣,猪和小猪仔在村头的泥沼里洗浴,狗的舌头软垂到嘴外,喘息在每个地方的墙荫,任狗蝇的叮咬,它也不再去驱逐。孩子们脱光了身子,肚子鼓着,趁了大人睡下的时候,偷了园子的黄瓜在大嘴啃吃着。
>
> 这好像几百年前太平的乡村。鸡鸣的声音,徐徐起来,又徐徐地落下去,好沉静的午天啊!

在这段充溢着浓郁乡土风味的写景抒情文字里,萧军描绘出了一幅"好像几百年前太平的乡村"的沉静、淡远的田园风景。显然,作者不是要发思古之幽情,也不是要如废名、沈从文那样构筑出寄寓理想的乌托邦。萧军是逃离东北黑土地的流亡者,又在抗日的硝烟中走上文坛,对失去的故土怀有一种永久的思念。因此,他要传达的首先是对沦陷的家乡、对黑土地的"乡愁";其次,与后文将要描写的遭受日寇烧杀抢掠后的破败景象形成对照,凸现侵略者对东北人民犯下的滔天罪行。概而言之,《八月的乡村》中的风景画描绘,其蕴含的叙事意义是多重的,既有对故土往昔平静生活的回味与眷恋,又有对日寇烧杀抢掠暴行的控诉,更有对祖国前途命运的担忧。风景画已不是单纯的艺术美的装饰,其中蕴含的"乡愁"也已远远超过了知识分子精神还乡的叙事指向。

鲁迅说:"我却见过几种说述关于东三省被占的事情的小说。这《八月的乡村》,即是很好的一部,虽然有些近乎短篇的连续,结构和描写人物的手段,也不能比法捷耶夫的《毁灭》,然而严肃、紧张,作者的心血和失去的天空、土地、受难的人民,以至失去的茂草、高粱、蝈蝈、蚊子,搅成一团,鲜红的在读者眼前展开,显示着中国的一份和全部,现在和未来,死路与活路。凡有人心的读者,是看得完的,而且有所得的。"①鲁迅虽然认为《八月的乡村》在艺术上要逊色于法捷耶夫的《毁灭》，但对这部小说对东北沦陷区的现实苦难和民族抗争的反映，对东北地域风俗画和风景画的描绘，都给予了注意和肯定，充分估价了这部小说独有的艺术成就。需要指出的是，鲁迅是站在拯救国民灵魂的高度来解剖这部小说的。鲁迅希望抗日的烽火能够点燃熄灭已久的死寂的国人灵魂的激情，以达到从民族斗争中来唤醒和改造国民性的目的。这也成了萧军此后小说创作的一个重要的精神向度。

二

在"东北作家群"中，声名远胜于萧军的，是萧红，他们被并称为"二萧"。萧红一生不幸，一生都在逃亡，一生都在贫病交加之中，体味到了生命的苍凉。如果说流浪哈尔滨和青岛时的萧红主要还是凭借着自己独特的人生际遇、生命体验和才情进行创作的话，流亡到上海后的萧红便逐渐形成了自己的文学创作观念。1938年，在武汉的抗战文艺座谈会上，萧红提出："现在或是过去，作家写作的出发点就是对着人类的愚昧！"②同年，她从这一角度谈到了自己对鲁迅小说的认识："鲁迅的小说的调子是低沉的。那些人物，多是自在性的，甚至可说是动物性的，没有人的自觉，他们不自觉地在那里受罪，而鲁迅却自觉地和他们一起受罪。"③这些都表明了萧红文学创作的一个重要的精神向度，即不只是关注现实的苦难，更关注人类心灵的痼疾。在乡土小说中，萧红总是借地域风情的描绘和乡土中国的记忆，揭示人性的丑陋，鞭挞人的愚昧，质疑生命的存在，不断追寻生命存在的意义，也在生命寂寞的底色上绘就自己的"田园牧歌"。

《生死场》是萧红的成名作，其叙事话语的精神指向是多重的，其超越所处时代的，是它独有的生命意识和对人的精神状态的关注。这是萧红全部创作的主导倾向。《生死场》中人是"蚁子似的生活着，糊糊涂涂地生殖，乱七八糟地死亡，用自己

①　鲁迅：《田军作〈八月的乡村〉序》，《鲁迅全集》（第6卷），人民文学出版社1981年版，第287页。
②　萧红：《现时文艺活动与〈七月〉——座谈会记录》，《七月》1938年3月第15期。
③　聂绀弩：《序〈萧红选集〉》，《聂绀弩全集》（第9卷），武汉出版社2004年版，第73页。

的血汗、自己的生命肥沃了大地,种出了粮食,养出畜类,勤勤苦苦地蠕动在自然的暴君和两只脚的暴君威力下面"[1]。在胡风看来,萧红笔下的人物都有着很深的"精神奴役的创伤"[2]。对此,《生死场》有更简洁而诗意的表达:"在乡村,人和动物一起忙着生,忙着死",显然,这句意蕴复杂的慨叹,正是《生死场》生命意识的凝聚点。在对王婆、金枝、月英、赵三、二里半等乡村人物的日常生活的书写中,萧红凸现了他们生命意识的麻木与心灵的荒凉。由此,萧红对生命与存在的沉思达到了相当的深度。最后,不可忽略的一个方面是,在论者们已多加指证的愚昧、麻木、冷漠、保守、惰性等文化人格之外,《生死场》还写出了东北人特有的顽强、坚韧、充满生命力的个性特征。鲁迅在为《生死场》作序时所强调的也正是这些特点:"叙事和写景,胜于人物的描写,然而北方人民对于生的坚强,对于死的挣扎,却往往已经力透纸背。"[3]东北土地广袤,自然环境恶劣,生活在这里的人大都具有雄强的生命力,一旦遭遇厄运(如月英生病,金枝的孩子被摔死,王婆服毒),当事人自己和亲友都不会沉浸在悲痛之中,他们会一如既往地生活,在貌似愚昧、冷漠、无情的背后,透露出的却是生命的韧性与坚强。他们也会在苦难中,体味俗世生活的欢欣。譬如,"五月节了,家家门上挂起葫芦","全村表示着过节,菜田和麦地,不管什么地方都是静静的,甜美的。虫子们也仿佛比平日会唱了一些"。即使是迷糊的二里半,也会感受到节日带给他的愉快,也会想到摘几个柿子给孩子过节,传达出本然的父爱。萧红就这样以"女性作者的细致的观察和越轨的笔致,又增加了不少明丽和新鲜"[4]。

《呼兰河传》虽然承续了《生死场》的生命主题与文化批判格调,但比后者更为"明丽",萧红在苦难的另一面发现了生命存在的欢欣。在她笔下,"除了因为愚昧保守而自食其果,这些人物的生活原也悠然自得其乐"[5],由此显出不少生命的亮色。譬如漏粉的一家住在会"走"的房子里,不但不担心房屋随时会倒塌,反而为在房顶上找到大蘑菇而不断向周围人夸耀;与漏粉人的安然相媲美的有二伯的恬淡、

---

① 胡风:《〈生死场〉后记》,《胡风全集》(第2卷),湖北人民出版社1999年版,第431页。
② 胡风:《〈生死场〉后记》,《胡风全集》(第2卷),湖北人民出版社1999年版,第431页。
③ 鲁迅:《萧红作〈生死场〉序》,《鲁迅全集》(第6卷),人民文学出版社1981年版,第408页。
④ 鲁迅:《萧红作〈生死场〉序》,《鲁迅全集》(第6卷),人民文学出版社1981年版,第408页。
⑤ 茅盾:《〈呼兰河传〉序》,《茅盾论中国现代作家作品》,北京大学出版社1980年版,第292页。

冯歪嘴子对生命的珍爱、赶马车一家的"为人谨慎，兄友弟恭，父慈子爱"。还有那些最悲苦的女性，她们聚在大炕上，彼此开着粗俗的玩笑取乐，丝毫没有忸怩作态之势，表现出率真的天性。

萧红所写的"凄婉的歌谣"，也是羁旅漂泊中的怀乡之歌，记忆中的故乡呼兰河就成了"一幅多彩的风土画"。这里有春夏秋冬四时的山光水色，有生老病死所遵从的乡风，有婚丧嫁娶的习俗，有年节祭祀的礼仪，有跳大神、放河灯、野台子戏、赶庙会等民俗活动。萧红对放河灯这类东北"风俗画"的细致描绘，虽然也有批判"人类的愚昧"的一面（如跳大神），但更多地表现了民间少有的"狂欢"。而绘声绘色地描绘这些具有民间"狂欢"意味的"风俗画"，其实也透露出童年萧红从中获得了难以忘怀的欢乐，是永远回荡在萧红心灵深处的"田园牧歌"。而最为悠长也最为纯净的"田园牧歌"，应是"后花园"：

> 我家有一个大花园，这花园里蜂子、蝴蝶、蜻蜓、蚂蚱，样样都有。蝴蝶有白蝴蝶、黄蝴蝶，这种蝴蝶极小，不大好看。好看的是大红蝴蝶，满身带着金粉。
>
> 蜻蜓是金的，蚂蚱是绿的，蜂子则嗡嗡地飞着，满身茸毛，落到一朵花上，胖圆圆的就和一个小毛球似的不动了。
>
> 花园里边明晃晃的，红的红，绿的绿，新鲜漂亮。

萧红彩笔绘就的"后花园"，虽说是"我家"的，其实仅仅是属于"我"的。因为，在家人的眼里，"后花园"不过是一片可耕种的土地，一笔私有的财产。但在萧红的生命意识中，"新鲜漂亮"的"后花园"是属于她的唯一净土，是精神的家园。一到后园里，立刻就另是一个世界了。绝不是房子里的狭窄的世界，而是宽广的，人和天地在一起，天地是多么大，多么远，用手摸不到天空。而且地上所长的又是那么繁华，一眼看上去，是看不完的，只觉得眼前鲜绿的一片。这里的"宽广"与"狭窄"相对，不仅是空间的，更是心理的。宽广而鲜绿的"后花园"既是童年萧红逃避肉身惩罚的避难所，也是她消解精神寂寞的伊甸园。童年的萧红，除了祖父，她没有得到更多人的爱，也就一直陷在爱的匮乏中。如小说所述："等我生来了，第一给了祖父

的无限的欢喜,等我长大了,非常地疼爱我。使我觉得在这世界上,有了祖父就够
了,还怕什么呢? 虽然父亲的冷淡,母亲的恶言恶色,和祖母的用针刺我手指的这
些事,都觉得算不了什么。何况又有后花园!"在"后花园"这个融自然万物为一体
的生命空间里,童年萧红寻找到了完全属于自己的人生欢乐。而这样的童年欢乐,
使她能够抵御遭受亲人厌弃与惩罚的心理恐惧,暂时忘却亲情匮乏的孤独苦闷,并
在放纵自我中体味到精神人格的绝对自由。"后花园"这片纯净的天地,也就成了
生命欢欣与精神自由的象征。童年的萧红遇到了不愉快、不顺心的事,总是跑到
"后花园"里,"我就在后园里一个人玩"。而一生都在逃亡中的萧红,对"后花园"的
书写,就不仅仅是童年记忆的复现,更主要的是安顿漂泊灵魂的梦中家园。而装点
着"后花园"的呼兰河,在萧红的生命记忆中,虽然它的基调是"寂寞"与"荒凉",但
是一首永远吟唱不尽的"田园牧歌"。

三

　　端木蕻良是东北作家群中与"二萧"并重的作家,长篇小说《科尔沁旗草原》是
他的成名作和代表作。端木蕻良在《科尔沁旗草原》的结构上作了一些别致的探
索。他采取电影底片的剪接方法,上半部取大草原的直截面,下半部取它的横切
面。上半部可以表现出它不同年轮的历史,下半部可以看出它的各方面的姿态,试
图以此真切地写出他心中的故乡科尔沁旗草原。所谓大草原的"直截面",其实就
是丁氏家族的盛衰史及其体现出来的科尔沁旗草原社会结构、经济制度的变迁史;
所谓"横切面",就是以土地为核心,以草原首富丁氏家族"作圆心,然后再伸展出去
无数的半径",把草原社会的过去与现在,草原社会与外部世界,高墙大院里的地主
与墙外的农夫,政治的与经济的、历史的与文化的各种生活连接起来,从而展露出
草原各方面的姿态。不论是"直截"还是"横切",其最显在的理路就是作家运用他
当时所获得的马克思主义经济学说和阶级学说对科尔沁旗草原进行社会历史的剖
析,并试图从这样的高度去表现东北历史和现状。社会剖析与社会批判的有意识
的运用,使《科尔沁旗草原》具有了一定的社会理性色彩。但值得注意的是,地主与

农民的阶级矛盾，以及矛盾尖锐化而必然导致的反抗，并没有像其他左翼小说那样成为小说叙述的核心，端木蕻良所突出的是他独有的草原生命意识与启蒙观念。在写地主时，端木蕻良对丁家三代地主的奸诈、阴狠与凶顽持否定态度，但对他们那开疆拓土的才干、运筹帷幄的机谋、敢作敢为的野性和极度张扬的生命活力，持肯定态度。在写农民时，端木蕻良的叙事态度也很复杂，一方面对他们的受侮辱与受损害充满人道主义同情，另一方面又对他们的愚昧与怯弱进行了批判；一方面对他们能否成为科尔沁旗草原的主人、能否给科尔沁旗草原带来新的生命活力充满疑虑，另一方面又把科尔沁草原未来的希望寄予在大山等农民身上。而把这样复杂的阶级意识、民族意识、生命意识与启蒙观念纠结在一起，就构成了主人公丁宁心灵世界的全部。

丁宁是草原"新人"，他一开始就是作为科尔沁旗草原乃至人类的拯救者出现的。而其拯救意识及用以拯救的思想的获得，与丁宁所具有的"草原之子"和"新知识分子"的双重身份认同有关。丁宁首先是"草原之子"，辽阔雄浑的草原既传给他"一种生命的固执"，也熏染了他"忧郁和孤独"的气质；既形成了他最基本的人生观念和世界观念，又培养了他对故乡的深厚的爱，这使他获得了拯救故乡的情感动力与归属感。丁宁同时也是"新知识分子"，他在关外接受了新思想的影响，并在"关内文化"与"关外文化"的碰撞中，形成了"民粹主义＋利己主义＋感伤主义＋布尔什维克主义＝丁宁主义"这样复杂而混乱的思想。而就是这样的思想，使他具有了反思自己和故乡的思维方式与思想能力。丁宁的悲剧也正由此而生，文化身份认同的双重性，使他成了科尔沁旗草原上的一个"孤独者"，而其"主义"的"碎片性"使他既做不了科尔沁旗草原上的"神"，也成不了科尔沁旗草原上的"魔"，丁宁由此陷入自我定位的尴尬和内在思想情感的激烈矛盾之中。但不论丁宁的思想怎么复杂，其主调还是五四启蒙思想。丁宁自诩"要用我的脊椎骨来支撑时代的天幕"，他所谓的"支撑"不是破坏，不是毁灭，也不是阶级间的争斗，而是"拯救"与"改造"，是用在关外获得的"新思想"启父亲等地主之蒙，也启春兄、大山等农民之蒙，使他们在衰弱、颓败与扭曲中重塑刚健的人格，成为"真正站立起来的新人"，从而达到改造草原社会、拯救草原社会乃至整个社会的目的。丁宁没能支撑起"时代的天幕"，他类似于托尔斯泰笔下的主人翁的精神探索与社会改造最终归于失败。在某种意义上,丁宁的人生遭际、思想矛盾和精神痛苦所体现的就是中国现代知识分子的思想命运,丁宁因此具有了特别的象征意义。

端木蕻良虽然在《科尔沁旗草原》的后记中申明丁宁不是他自己,但毫无疑问丁宁是与他最贴近的人物。他们的贴近性不仅呈现在上述思想层面上,而且呈现在对科尔沁草原"风景画"与"风俗画"的生命映照上。端木蕻良描绘了科尔沁旗草原上一系列奇特的乡风民俗"七夕"、"风水"、"跳大神"、"求雨"和"孝佛"等。在这些"风俗画"的描绘中,端木蕻良把笔触深入到民族古老的落后的生活方式、心理情绪和传统的文化中,在渲染出浓郁的东北地域文化色彩的同时,揭示出其中蕴含的当地民族独特的心理气质以及对生命的特殊感受,反映出他们对美好生活的渴望和追求,同时也反映出他们愚昧、麻木而落后的精神世界,具有较强的文化批判色彩。与对"风俗画"的描绘一样,"风景画"的描绘也是端木蕻良所倾心的。端木蕻良曾说:"科尔沁旗的地方非常辽阔,远远地望去,总看不到边界。当我还是一个小孩子的时候,忧郁地看着那土地的边缘,想无论如何看出一个边界来。但是我不能够。一直到现在我还未能走到那土地的边缘,使我破除不了对于土地的神秘感。"而"这种忧郁和孤独,我相信是土地的荒凉和辽阔传染给我的"①。当他借助丁宁的眼睛回望科尔沁旗草原的时候,也就总是在荒凉和辽阔的景物描写中透露出忧郁和哀愁。从下面这段文字就可见出一斑:

> 小时候,他每每听见人家歌颂这伟大的草原的时候,他自己的心,也随着那惊人的形容词来怦怦地跃动。他觉得只有这样的无涯的原野才能形容出自然的伟大来,只有这样的旷荡的科尔沁旗草原,才能激发起人类的广大的坦直的雄阔的悲悯的胸怀。使人独立在这广原之上的时候,有一种寂寞悲凉的向上的感觉,使人感受,使人向往……一直在灵魂的罅隙里,他是这样地深信着,这样自己深深地感动。

这或许不是一般意义上的风景描写,但在这段抒情性的文字中,端木蕻良道出

---

① 端木蕻良:《我的创作经验》,《文学报》1942年第1期。

了科尔沁旗草原与他的心灵相互塑造的精神历史。科尔沁旗草原是他从童年起就生活着的世界，它是辽阔的，但又是忧郁的；它是清晰的，但又是神秘的；它是伟大无边的，但又是寂寞悲凉的。科尔沁旗草原就以这样两两相对的方式构筑了他的早期心灵图式。当在关外获得了新思想的端木蕻良书写他心灵中的草原风物时，早期记忆与新思想便在融会中暗示着一种确信，就如丁宁所感觉到的那样，"唯有在自然里，才能使人性得到最高的解放，才能在崇高的启示里照澈了自己。把人性的脉统，无瞻顾地开发罢，任情地让青春的人性在自然里自由地跳着韵律之舞吧，唱出人生的恋歌，歌唱出你自己内心的角度给任何人去听呵——像一只摇摆的芦苇，像一只毫无挂碍的翡翠鸟，像一个流浪歌人的风笛呀"。其实，当端木蕻良借助于丁宁的心灵回忆科尔沁草原的时候，那让他梦魂牵绕的故乡，就像是流浪歌人用风笛吹奏出的一支沉郁苍凉的"田园牧歌"。

四

　　在萧军、萧红、端木蕻良等主要作家之外，东北作家群中的骆宾基、李辉英等作家也都创作了独具特色的乡土小说。李辉英的长篇小说《万宝山》(1933)、《松花江上》(1945)，短篇小说集《丰年》中的《乡下人》等作品，虽然存在着这样那样的不足，但都是有着浓郁民族意识、地域色彩和乡土风味的乡土小说。骆宾基的长篇小说《幼年》(《姜步畏家史》第一部，1944)、短篇小说《乡亲——康天刚》等，也都是别具一格的乡土小说。《幼年》以作者的童年作为生活原型，用浪漫抒情的笔调来建构一个"田园牧歌"式的"童年世界"，唤起对人类及自身生命更深刻、更强烈的体验，以此来与人生的悲苦相抗衡，显示出一种积极的生命意识，尤其是将之置于毁灭生命的战争背景下，就有了一种特别动人的力量。《乡亲——康天刚》主要描写了山东农民康天刚"闯关东"的故事，体现出坚韧的生命意志与抗击自然、社会、人生命运的抗争精神。而这种悲剧性的抗争，既是个人的生命意志过程，也是一个民族走向自立自强的精神基础。

　　"东北作家群"是在鲁迅的推举下陆续走上文坛的，并在鲁迅的扶持下逐渐壮大起来,成为左翼文学内部的一个独立的流派。"东北作家群"的乡土小说,就其个人风格而言,彼此的差别很大。但他们也有许多共同的地方。首先,"抗日话语"及强烈的民族意识是其乡土叙事的显性层面。在中国现代小说史上,正是他们第一次把当时东北大地在日本侵略军的铁蹄下形成的独特生活体验、社会体验和精神体验带到中国文化的整体中来,成为中国现代文化的一个有机组成部分。其次,"阶级话语"成其为乡土叙事的"左翼"标识,但阶级话语并没有成为乡土叙事的重心,这是他们超离"左翼"叙事话语的地方。再次,社会批判、文化批判与自由而雄强的生命意识的张扬融合在一起,更多地承续了五四启蒙思想命题,而又与关内的中原文化格调有着明显的区别。所有这些共同点,都蕴含在具有浓郁东北地域文化色彩的"风景画"、"风俗画"和"风情画"的描绘中。那沦陷的关外故乡,那梦魂牵绕的白山黑水,在"三画"的或粗糙或细腻的动情描绘中,就成了他们共同皈依的精神家园。他们的漂泊意识,不只是与一般意义上的"流浪"而是与国破家亡后的"流亡"连在一起的,因此,他们的怀乡病,他们的凄美的乡愁,是与刚健的民族意识和生命意识连在一起的。"东北作家群"及其乡土小说,是中国现代乡土小说中一个不可忽视的独特存在。

（原载《求是学刊》2007 年第 2 期）

萨满文化精神与东北作家群的小说创作

李长虹

　　"历史"、"地域"性的内容是一种文化生成的本源。文化是由人通过社会实践所创造的精神财富,人是文化的载体。文化蕴涵在人的活动成果和活动方式中,也体现在人们的精神生产、观念形态和生活方式中,人类创造文化,文化又塑造人。

　　据专家考证,我国东北亚地区无论从自然环境还是社会环境来讲,都天然地具备了产生原始宗教文化的丰厚土壤,这里就是萨满教的发源地。在东北这个游牧文化发达、农耕文化落后、"天高皇帝远"传统文化底蕴并不丰厚的地方,萨满教文化一直比较广泛和深刻地在关东大地产生着影响,对人们的生产、生活方式和心理价值取向都发挥着潜移默化的能动作用,因而萨满教从诞生的那一天起,它的创世神话、自然神话、人类起源神话、族源神话、英雄神话就成为影响东北地域文化精神的决定性因素。在东北作家群的小说创作之中,仍然可见萨满教文化精神影响的痕迹。所以,作为原始宗教萨满教,早已渗透到人们的生产生活和日常娱乐的各个方面,影响着人们日常生活和艺术审美等方面的选择和取向,长期浸润人们的心灵世界。

　　东北萨满文化不同程度地影响着萧军、萧红、端木蕻良、骆宾基等东北作家群作家的小说创作,使东北作家群带着强劲的东北风在作品中把东北民风、习俗吹向中原大地。

一、萨满及萨满文化精神

萨满,是北方民族的精神文化代表,他与中国民间一般的神汉、巫婆比较,保持了宗教的庄严性和人类童年时代文化传承的质朴性。富育光称萨满是"原始萨满教这座神秘而扑朔迷离的文化圣殿中的最高主宰者"。[①] 在萨满教中起绝对支配作用的是萨满。中国除儒教和道教文明之外,还有一种萨满式的文明。近 20 年来,中国的有关学者,在东北满、蒙、朝鲜、达斡尔、锡伯、赫哲、鄂温克、鄂伦春等民族的萨满教文化调查中,从"有金子一样的嘴"的萨满口碑中,采集到一批重要的神话资料。萨满教神话不仅是打开东北民族文化宝藏的开山钥匙,而且神话凝聚着民族精神文化的基原。因此,若要分析原始萨满教的观念、意识和活动方式及对东北作家群小说创作的影响,就必须从关东文化的"活化石"萨满入手。

"萨满"一词见诸文献,当首推公元 12 世纪我国南宋时期徐梦莘撰写的《三朝北盟会编》,书中揭示了当时居住在我国东北白山黑水之间的女真人就已经广泛信奉以萨满命名的原始宗教——萨满教了,"兀室奸滑而有才……其国国人号珊蛮者,女真语巫妪也,以其通变如神,粘罕以下皆莫之能及"。[②] "珊蛮"即"萨满"的同音异形字,均出自女真语(满语)"saman"这个词。徐梦莘把"珊蛮"这种宗教主持者视为"巫妪",是用汉族的观念和习惯作出的释义,而"珊蛮"(saman)这个词在通古斯——满语中并没有巫的含义。Saman 这个专用名词"似是从满语动词 sambi 派生出来的,sambi 是'知之'、'知道'、'知晓'之意,动词 sambi 由词干 sam 和词尾 bi 组成,那么去掉 bi,代之以 an,就派生出一个词 saman(萨满),其基本含义没有变,即可译作'通达之人'、'晓事之人'、'智者'、'贤者'等"[③]。显而易见,"珊蛮(萨满)"这个词自古以来就是东北亚通古斯土生土长的地方语。所以我国有些学者认为萨满是能晓彻神意、沟通人类与神灵的中介,并由此认为萨满是本氏族的智者,

---

① 富育光:《萨满论》,辽宁人民出版社 2000 年版,第 5 页。
② 刘厚生:《东北亚——萨满教的摇篮》,《满语研究》1994 年第 2 期。
③ 富育光:《论萨满教的天穹观》,《世界宗教研究》1987 年第 4 期。

渊博多能的文化人。

作为一种信仰观念，"神灵创世，神生万物"是萨满教世界观的基本思想。然而，萨满教在对宇宙起源的阐释上，却包含着某些朴素的唯物主义成分。萨满教认为，在天地形成之前，宇宙是一个以云雾、水等自然物质构成的混沌世界，这首先肯定了宇宙的物质性和客观性。在萨满教的宇宙观中，关于宇宙的结构模式的基本特征颇具特色。认为宇宙是一个立体的世界，天是多层次的结构，"三界九天说"被认为是萨满教最有代表性的原始观念。它主张宇宙分为三界九层，把宇宙分为上中下三界，或称天界、人界、地界。其中上界可分为三层，为阿布卡恩都里和日、月、星辰、风、雷、雨、雪等神祇所居，此外，还有众多的动物神、植物神以及氏族祖先英雄神等神灵居住；中界也分为三层，是人、禽、兽及各种弱小精灵、生物繁衍生息之地；下界亦分为三层，是伟大的巴那吉额母（地母）、司夜女神以及恶魔居住与藏身之所。[①] 从总体上来看，萨满教灵魂观是一个由诸多元素构成的体系。无论是原始宗教与人为宗教，灵魂观都是其核心和基石。在萨满教灵魂观中，萨满从出生、成为萨满以及从事一生的神事活动到离开人世，都与灵魂有关，受灵魂的制约。萨满是一个"专家"（男人或女人），被社会认为能直接与超世界交往，因而有能力为人治病和占卜，此种人被认为在与精灵世界交往上对社会有很大用处。在北方，萨满教普遍存在于氏族社会里，萨满教中多神崇拜最突出的特点是：它们有的是自然体、自然力的人格化神；有的是幻化成人形的动物、植物、自然物等；有的是具有象征生命的崇拜神物；有的是被认为与氏族有血缘关系，对本族系颇有贡献的亲属和祖先，而其中最显赫的神祇多为氏族守护神。

萨满教产生的原因主要是为了满足氏族生存的需要。关东大地的自然生态环境与关内比相对恶劣，自古生长着原始森林，气候变幻莫测，一天中常常雨雪风雹交加，给原始人生活带来极大不便。为驾驭苦寒的环境而促发的一种生存向往和精神活力，是萨满教得以产生的孕床和摇篮。萨满教具有很强的功利性和实用价值，萨满教最典型之处就在于重视治疗疾病技能的传统。另外，渔猎游牧生产以及由此决定的生活方式，是萨满教赖以产生和发展的经济基础。恶劣的自然条件、原

---

① 邹志远：《论骆宾基的小说〈乡亲——康天刚〉的悲剧精神》，《东疆学刊》2005 年第 2 期。

始落后的生产方式、保守闭塞的人文环境,限制了生产的发展、社会的分工、集镇的
形成和外来文化的传播。因而,氏族世代信奉的自然神、氏族守护神、祖先英雄神
仍然是他们的精神依托,遇有天灾人祸,人们自然去求助于萨满的庇佑,使主体借
着神的意志在永恒和无限中随意地得到精神满足、虚拟实现自身的精神的愿望。
萨满文化精神就是在人类征服自然、战胜苦难与局限中应运而生。

二、东北作家群小说创作中的萨满文化精神

　　东北作家大多天生即具有萨满式的"癫狂"和"外倾"的精神气质。萨满跳神的
惊心动魄过程是这种气质的真实体现,跳神的过程包括请神、降神、送神,在这个过
程中萨满渐渐进入沉醉痴迷的精神状态之中,表现出魂附神体,神游意外,破解世
俗难以解释的事情。在东北封闭、落后的生活里,萨满教已经是一种精神文化活动
的方式。在活动中人们只是看到它神奇的一面,在民众中产生了很大的吸引力和
感染力。在人们津津乐道的观赏中没有迷信落后的感觉和印象。在相当长的历史
进程中,萨满教文化对东北民众从经济生活、日常生活到精神气质情感方式都产生
了重要的影响。东北作家群成长过程也受这一传统习俗的熏陶和感染,萨满式的
激昂和沉迷的情绪状态也渗透到他们心里,产生了难以忘怀的痕迹。萨满教已经
成为一种内容丰厚的文化精神,在东北民风民俗中成为一种特色鲜明的地域文化
精神。这种精神长期浸润影响着东北作家,形成深厚的文化心理积淀。在他们"反
抗绝望"的作品中,没有京派、海派的闲情雅致,有的是面对外敌入侵下的仰天长
叹、愤怒的呐喊,构成独特的文学、文化景观。[①]

　　(一)东北作家群在小说中再现的萨满文化精神,增添了东北地域文
化和乡土文化的神秘感

　　在东北作家群的时代里,萨满跳神是广袤关东大地一种司空见惯、耳熟能详的

---

① 钱理群等:《中国现代文学三十年》(修订本),北京大学出版社 1998 年版。

宗教信仰活动。即使今日在广大东北的乡村也偶尔能见到萨满活动的踪影,这种宗教仪式早已经在人们的心灵中留下了鲜明的烙印。我们从东北作家群的小说创作中,也能体会到萨满文化精神已经广泛地影响和扩散到东北人的生活方式及民风习俗之中,并成为人们精神生活的一部分,东北作家群作品《呼兰河传》(萧红)、《科尔沁旗草原》与《大江》(端木蕻良)中,都对萨满跳神的精彩场面作了淋漓尽致的渲染和富有诗意的表现。

《呼兰河传》中写道:当那萨满神鼓一响,人们便扶老携幼,从四面八方寻鼓声而来,把个小院围个水泄不通,彻夜不眠地观看,那种如醉如痴的情景让他们忘却了人生的烦恼。小城的跳大神、放河灯、唱野台子戏的盛事,成为麻木愚夫愚妇们生活中的重大节日。端木蕻良的两部长篇小说《大江》、《科尔沁旗草原》更对萨满跳神的场面作出了精彩的描绘。萨满仪式同样对广大村民产生了巨大的诱惑力和吸引力,从他们对跳神场面的热切围观、如痴如醉忘我的投入和品评论道中表现了他们对萨满活动的青睐。在这些描写场面中,作家更多再现的是百姓为萨满教的现实功利作用所吸引。驱病治病、消灾解难不仅是萧红笔下呼兰河小城百姓请大神跳大神的直接目的,也是端木蕻良笔下铁岭的母亲的目的。人们面对无法摆脱的痛苦时,更多的是接受宗教"蛊惑",凭借宗教的"神力"摆脱苦难,并使一切好转起来。正因为人们相信跳大神这种现实功利功能,其迎合了百姓的需求,具有了广泛的社会性和群众性基础。在精神文化贫乏的时代里,萨满教仪式又具有"民间节日"的功能和意义,是人们娱乐活动中不可缺少的重要组成部分。这也是萨满教能赢得广大群众青睐的又一重要的原因,这在萧红和端木蕻良的作品中都有明显的体现。《呼兰河传》中跳大神同盂兰节、唱野台子戏等民间习俗节日一起成为作者笔下予以重点描绘的"盛举",对举行法事的人家来说是抱着功利目的,而对于那些看热闹的人来说则是一次别开生面的娱乐活动——是一场民间狂欢节,在这样的活动中人们摆脱了生活的无聊和单一,可以一饱眼福,不仅忘却了人生烦恼,而且心灵得到休息、放松,给人一种审美愉悦,对这些没见过世面的乡民们不能不说是一次文化大餐。端木蕻良在《大江》中对萨满仪式的描写也有着异曲同工之妙,对村民看跳神的心态描写,也给人一种像"看一出大戏一样"的身临其境般的感觉。

作家是把跳大神这一宗教活动同民间世俗、审美娱乐融为一体,并具有民间节日、宗教庆典的功能,这就使萨满文化精神在东北作家群的作品中富有独特的景观,产生强烈的艺术"魅力"。

(二)在热闹欢快的萨满仪式之下,作家们也揭露萨满教对百姓的愚弄与毒害

在五四新文化思潮的影响下,1919年,《泰东日报》《盛京时报》等报纸陆续刊登介绍新文化思潮的文章。那些觉醒起来的东北作家群作家,是"五四"以来"改造国民性"精神的传承者,他们呼唤科学与民主,反对专制与迷信,向愚昧中的民众发出启蒙的呐喊,把文化批判的矛头指向麻醉人和愚弄人的萨满教。20世纪30年代,接受了鲁迅的文化批判传统的萧红、萧军、端木蕻良还有骆宾基等人,在文学创作动机上就对萨满教持有一种明显的拒斥和对抗心理,作品中往往突出了萨满教的负面影响,把萨满跳神和封建愚昧联系在一起加以批判。此时,昌明"科学"与"民主"的新文化运动的潮流已经预示了萨满教文化退出历史舞台的命运。萧红和端木蕻良的小说都描写到了萨满教活动的场面。萧红小说的"文化形态因为本真,因为原始,所以在表现传统的落后文化对人的戕害,及对中国社会滞后发展的作用上,在展现关于生与死、关于空间的永存、时间的永动等生命体验方面,提供了一部形象的文学样品"。[①]萧红在《呼兰河传》中把百姓愚昧封建、残忍无知与民间萨满跳大神活动紧紧联系在一起。

在《呼兰河传》中,除了小团圆媳妇之死以外,其他很多生活场面和事件也都与萨满教文化有着直接或间接的联系。人们在萨满神魔束缚下,展现了人与人之间非人性和非理性的原始野蛮关系。其"吃人"性质更加赤裸裸并充满血腥味。萨满教对人的戕害,不仅表现在对弱小者的肉体的摧残(小团圆媳妇),更重要的是表现在对人的精神的毒害,由此造就了一群麻木的国民。呼兰河小城人民在萨满教原始文化氛围笼罩下,或者精神怠懒、麻木不仁,或者性格变态、惨无人道,他们已经陷入了麻木和残忍而不自知的地步,"他们照着几千年传下来的习惯而思索,而生

---

① 茅盾:《〈呼兰河传〉序》,萧红《呼兰河传》,黑龙江人民出版社1979年版,第309页。

活;他们是按照他们认为最合理的方法,'该怎么办就怎么办'"①。萨满教富有侵蚀性和诱导力,给人以精神上的麻醉,让人难以自拔。呼兰河的人们把能否遵循萨满教观念、借助萨满神事活动来驱灾避邪,视为衡量人们是否符合封建孝道的重要标准。"所以每一跳大神,远远近近的人都来了,东院本院的,还有前街后街的也都来了。……一时这胡家的孝顺,居于领导的地位,风传一时,成为妇女们的楷模。"②

在东北作家笔下,萨满教不但是毒害人民的精神鸦片,同时也是大地主发家致富聚资敛财的工具。和萧红一样,端木蕻良也关注着故乡的萨满教文化对人性的戕害,萨满教文化也在他的视野中占据应有的位置。萨满教文化导致了乡亲们的种种愚昧和冥顽不化,乃至于他们面对一场已经降临的民族灾难,却全都浑然不觉,仍然沉湎于愚昧可笑的害人害己的迷信活动中。端木蕻良在《科尔沁旗草原》中就有对萨满教十分具体的描写。丁家几代人为了积累家产,不择手段,在强取豪夺、独霸一方的同时,又利用了萨满教为自己财产的合法化寻找根据,借萨满之口来蒙蔽群众,说自己的发家暴富是神仙的旨意、上天的安排。萨满教成了地主阶级剥削人民、压迫人民的帮凶。《大江》也描述了东北民众的人生与环境的原始、闭塞与蒙昧无知。由于端木小说侧重对风土、人情的描写,所以萨满教这一地方特色的宗教展示了东北的风土、人情、性格和氛围。他说:"风土是地方志,是历史,是活的社会经济制度,是此时此地的人们的活动的总和。人情是意识的形象,是人格的自由,是社会关系的总表征。性格是一个社会活动的全体,是意识和潜意识的河流。氛围是一件事物的磁场,是一件事物在人类心理上的投影。"③这就体现了他对东北地域文化的真实再现。

(三)东北作家群作家在小说的创作中也具体体现了萨满文化精神存在的合理性

端木蕻良在《大江》中对萨满教持否定倾向的同时,也不由自主地写到了萨满教存在着的合理性的一面:"这两个仙家第一流的忠仆,是针尖对着麦芒。说话是

---

① 萧红:《呼兰河传》,黑龙江人民出版社 1979 年版第 6 页。
② 端木蕻良:《我的创作经验》,《万象》1944 年 4 月第 5 期,第 106—108 页。
③ 端木蕻良:《端木蕻良文集》(第 2 卷),北京出版社 1999 年版。

一口植拉音,对答得又贴切又流利,村上远近人家大小孩子都爱听,到这里来看跳大神好像看一出大戏一样"①"在荒芜辽阔的农村里,地方性的宗教,是有着极浓厚的游戏性和蛊惑性。这种魅惑跌落在他们精神的压抑的角落里和肉体的拘谨的官能上,使他们得到了某种错综的满足,而病患的痼疾,也常常挨摸了这种变态的神秘的潜意识的官能的解放,接引了新的泉源,而好转起来"②。作者一面描写铁岭对家中为哥哥跳神治病的反感厌恶的心理活动,一面又插入了上述叙述人这段议论性的话语。这说明萨满教在这个特定地域人们的生活中占据了重要的地位,它可以融进人们潜意识中的情感世界,然后作用于他们的物质和精神实体,释放他们被自然界和社会生活所压抑的情感能量,从而在某种程度上克服不安和恐惧心理,实现他们的心愿,驱除病魔缠绕的阴影。正因为如此,所以有学者说:"经常性的萨满跳神给北方民族沉寂、枯燥、单调的日常生活不时吹去一股清风,带去一份振奋,送去一番喜悦。他们在观看萨满跳神的过程中体味和领悟到人生的欢乐与生活的美好,满足了自发的娱乐需求。在漫长的历史演进中,在当时的文化环境与条件下,萨满跳舞是北方民族独特的最够刺激的喜闻乐见的娱乐活动。虽然称不上唯一的娱乐形式,但是最主要最经常的娱乐活动。"

在这种对萨满教的潜在认同的心理作用下,东北作家笔下的有关萨满神事活动的描写,即使本意是为了暴露萨满教麻醉人愚弄人的本质,在客观上也成了一种富有"魅力"之所在,使其作品在不经意间具有一种吸引力和感染力。在《科尔沁旗草原》中,丁家想借助仙家之口来使自己的财产"合法化",所以演出了这场萨满跳神的戏剧化场面:

> 一间破狼破虎的小马架,两道红烛高烧。四周围定了铁筒似的人,大神临风似的跳上跳下,震恐、不解、急切、紧张的情绪,通过了每个人的心灵。大家都注意地看着大仙的一举一动,想在那里懂得了自己的命运,也懂得了丁四太爷的命运。

---

① 端木蕻良:《端木蕻良文集》(第2卷),北京出版社1999年版,第363页。
② 陈伯霖:《北方民族萨满跳神的原始娱乐功能》,《黑龙江民族丛刊》1995年第1期。

响腰铃震山价响。当子鼓,丁丁东,丁丁东,东,东。

穿火鞋,捋红绦,吞整纸子香,一切都在人的惊奇的震慑的注意里滚过去。

于是李寡妇,一个膀子挎了两把扎刀,左手中另外的一把,没命地向下边的刀刃子上钉,卡,卡,卡……

又是腰里带的四个铁钩子,一把钩子上挂上一桶水,全身像一窝风抡起来……

当子鼓,爆豆似的响,扇拂着一种惊心动魄的感情。炼丹的丹球,在每个人的眼前都浮动起来,神秘地,震恐地,希冀地,也看热闹地瞪起两眼,丹球慢慢地凝固了,凝固成红毡桌前半斤一对的牛油烛。眼睛凝住了看着红烛,大仙还是超乎自制似的狂妖。扎拉子满脸冒着油汗,心里非常的玄虚,左说右恳,大仙总是凶凶妖妖地乱砍乱跳。

这里形象地再现了萨满跳神的狂放不羁、如痴如醉的场面,是难得的关于萨满脱魂、上刀梯和跳神表演的真实再现。这种场面有时令读者暂时淡化了对萨满教的对抗心理,而由此感受到端木蕻良小说中所蕴含的某种内在力量及其波澜起伏的节奏感。正如萧红对萨满歌舞的描写,我们不难读出其中蕴含的感伤忧郁的情调一样,对萨满神事活动的书写,无形中也影响了这期间的东北作家群的创作风格和艺术基调。

(原载《东疆学刊》2007 年第 4 期)

论"东北作家群"小说的民俗叙事形态

张　永

在"东北作家群"中,萧红、萧军和端木蕻良的小说叙事最具特色。从民俗描写来看,他们同时具备启蒙、民间和社会分析三种叙事,形成一种复合小说叙事形态。当然,造成这种叙事形态的因素是多方面的。左翼文学是 30 年代文学创作的主要潮流,同时,20 年代新文学传统仍然影响着作家。对于东北作家来说,"九一八"事变后,这群失去家园的游子渴望用民间力量,表达不屈和抗争意志。特殊历史文化语境造就了小说叙事丰富的审美质地。

一

萧红,这位"对于满洲的农民生活,有着深刻的理解与同情,因之在中国被称为把握住描写满洲农民作家的高手"[①],显然继承了新文学的启蒙传统,以其深邃的理性展开极富才情的叙事。萧红的叙事与传统启蒙叙事有很大区别。对女性生存状态的关注是启蒙文学的传统题材,而萧红的小说则彰显了女性主义的叙事风格。

① 吴瑛:《满洲女性文学的人与作品》,《中国沦陷区文学大系》(评论卷),广西教育出版社 1998 年版,第642 页。

坎坷的人生经历和变故,使得作家性别意识尤为突出。在作家看来,是传统的男性社会导致女性"不好反抗,不好争斗"的奴化性格,自然也无从论及人的尊严。女性异化不仅与物质的极度贫困相关,更与封建伦理意识及其衍生的积习有着直接关联。自由恋爱在 30 年代的"生死场"仍是忌讳的字眼。金枝同婶婶没有遵循"父母之命,媒妁之言"的传统婚姻程式而备受嘲笑和侮辱。女性的生产便是"刑罚的日子"。被"压柴,压柴,不能发财"的观念禁锢,"光着身子的女人,和一条鱼似的,她趴在那里"。小说在女性生产与动物生产的共时叙事中,突显人的"动物化"生命状态。重男轻女这一根深蒂固的封建观念,使得小金枝出生后被活活摔死。以巫代医让"最美丽的女人"成了迷信的祭品。当然,最典型的要数王婆的死。一是村民借"死尸还魂"对一息尚存的王婆肆意暴打。二是村民已经为她"报庙"(即把死者向阴间神灵通报)。"后村的庙前,两个村中无家可归老头,一个打着红灯笼,一个手提水壶,领着平儿去报庙。……老人念一套成圣调的话,红灯笼伴了孩子头上的白布……"一个活人被作为死人提前完成了人世间最后的礼俗。"在乡村,人和动物一起忙着生,忙着死……"《生死场》中,小金枝、金枝、月英和王婆,构成了女性不同阶段的悲剧性存在,女作家透过民俗叙事揭示女性生与死的轻渺。不同于现代男性作家对女性的隔膜,萧红将性别意识贯穿于叙事之中,贴近了女性生活的本相。所以作家无奈感叹:"女性有着过多的自我牺牲精神。这不是勇敢,倒是怯懦。是在长期的无助的牺牲状态中,养成了自甘牺牲的惰性。""女性的天空是低的,羽翼是稀薄的,而身边的累赘又是笨重的!"[①]

批判中同情,同情中批判是传统启蒙叙事常用的手法,而萧红叙事则体现出"批判—同情—肯定"的特点。这种"肯定"源于对民间价值和精神的认同。一方面,作家在对女性惰性的历史叙述中,突显出"北方人民的对于生的坚强,对于死的挣扎"[②]主题。给小说取名"生死场"的胡风,意识到"这里是真实的受难的中国农民,是真实的野性的奋起",特别是女性"非女性的雄迈的胸襟"[③]给他留下深刻印象。另一方面,在关注女性生存状态的同时,作家也对社会结构主体的男性作动态

---

① 聂绀弩:《在西安》,《萧红文集》(第 3 卷),安徽文艺出版社 1997 年版,第 410—411 页。
② 《萧红作〈生死场〉序》,《鲁迅全集》(第 6 卷),人民文学出版社 1961 年版,第 325 页。
③ 《〈生死场〉后记》,《胡风全集》(第 2 卷),湖北人民出版社 1999 年版,第 432 页。

性揭示。"赵三""二里半"是萧红着力塑造的民俗个体。有人曾对"赵三"的艺术真实性提出质疑。其实,这种大跨度的具有鲜明性格反差的人物,并不是作家运用"二元对立"模式进行的左翼叙事,而是对现实乡土世界理性审视的结果。置于民俗生活的背景下,人物的性格和行为更符合生活逻辑。首先是抗争对象不同。一个是异族日寇,一个是本土东家。传统乡土社会中,东家与佃户往往存在着某种血缘或准血缘的关系。尽管存在剥削与被剥削的关系,但尚未觉醒的农民不可能有清醒认识,更何况农民的思想主要还是浓重的乡土观念。其次从民俗心理看,乡土意识极具排他性,民俗个体(群体)不能忍受异姓(异族)穿越地理文化边界进行掠夺,更不能容忍对其传统价值观和乡土风俗的亵渎。尽管农民政治意识和国家观念非常模糊,但根深蒂固的种族意识、乡土观念,在某种条件下极有可能外化为朴素的民族意识、国家观念,以及随之而出现的自发抗争行为。所以,赵三对东家的忏悔与激越的抗日行为并不相悖,只能说明民俗文化所具有的强大整合功能。同样,"二里半"最终丢下山羊去抗日,不是落后农民猛然间的觉悟,也不是作家出于意识形态的宣传,而是因为他(他们)无法种地。"他们不知道怎样爱国,爱国又有什么用处,只是他们没有饭吃啊!"萧红并未将现实中的农民有意拔高,而是客观理性地展开启蒙叙事。

萧红的叙事视角与传统启蒙叙事也不尽相同。一方面,萧红用"成人—孩童"视角转换,表达理性—情感、道德—历史的现代胸臆。在《呼兰河传》前四章,作家描写呼兰小城的自然风光,浓郁的民俗风情和童年生活乐趣。然而,启蒙意识始终制约着作家的深层叙事,情感指向和理性批判常常胶合在一起。特别是《呼兰河传》最后三章,对"小团圆媳妇"这个"几千年传下来的习惯"的殉葬品的具体叙述,体现出作家对女性命运深刻的文化反思。另一方面,作家常常用成人"一元化"视角,传达出深沉悲愤的家园意识和民族情绪。30年代的东北作家,真切体会到异族蹂躏被迫流亡的痛楚。流亡成为作家的常态行为。萧红在《给流亡异地的东北同胞书》中说:"家乡多么好啊,土地是宽阔的,粮食是充足的,有顶黄的金子,有顶亮的煤,鸽子在门楼上飞,鸡在柳树下啼着,马群越着原野而来,黄豆像潮水似的在铁道上翻涌。"多重视角叙事更好地折射出作家复杂的文化心态。

把理性的认识转化为感性的艺术呈现,萧红一是采用"越轨的笔致"。作家这种过人的叙事技巧也得到了茅盾的认可:"不像是一部严格意义的小说,而在于它这'不像'之外,还有些别的东西——一些比'像'一部小说更为'诱人'些的东西:它是一篇叙事诗,一幅多彩的风土画,一串凄婉的歌谣。"①二是在启蒙叙事中融入社会分析和民间成分。无论启蒙还是社会分析,其实都要求作客观分析和思考。鲁迅评价《生死场》"增加了不少明丽和新鲜"②,显然是针对民间叙事和社会分析叙事所表露出的某种特质而言的。应该说,鲁迅是最早注意到萧红的复合叙事形态的。不过,与鲁迅不同,茅盾对于萧红的《呼兰河传》不是从启蒙角度,而是从社会分析角度展开评价的:"在这里我们看不见封建的剥削和压迫,也看不见日本帝国主义那种血腥的侵略。而这两重的铁枷,在呼兰河人民生活的比重上该也不会轻于他们自身的愚昧保守罢?"并认定萧红的症结在于"不能投身到农工劳苦大众的群中"③。茅盾的评价从侧面论证了作家一贯的启蒙叙事立场。

二

俗话说"文如其人"。萧军小说的民间叙事与其性格存在很大关系。关东人的豪爽刚烈似乎从他的笔名就能感受得到。作家生于辽宁义县,原名刘鸿霖。后常用"三郎""萧军""田军"等笔名发表作品。不同于民俗学意义上的命名,笔名是作家本人而不是他者赋予自己的一种有意识的命名。第一篇作品《懦……》用的是"酡颜三郎",不仅让人想起"梁山好汉"中那位外号"拼命三郎"的石秀。另外,作家早年在"东北讲武堂"当过炮兵,行伍经历磨砺出坚忍强悍、爽直刚烈的个性。萧军自己也说:"在民间虽然有这样的谚语'好男不当兵,好铁不打钉'。但在我们的家乡……人们却并不这样看待的。当兵和当匪不独没什么严格的区分以至耻辱的意味,相反的,这当兵竟成了那一带某些青年人的一种'正当'出路,一种职业,而且是

---

① 茅盾:《论萧红的〈呼兰河传〉》,《中国新文学大系(1937—1949)》(第1卷),上海文艺出版社1990年版,第687—690页。

② 《萧红作〈生死场〉序》,《鲁迅全集》(第6卷),人民文学出版社1961年版,第325页。

③ 茅盾:《论萧红的〈呼兰河传〉》,《中国新文学大系(1937—1949)》(第1卷),上海文艺出版社1990年版,第687—690页。

一种近乎'光荣'的职业。"①民间观念潜移默化的影响,即使萧军从事"文笔生涯",其性格气质也未发生多大变化。最典型的莫过于萧军拒绝从政做官一事。毛泽东欣赏萧军的性格才气,劝他入党。毕竟作家有自知之明,以自己太过个人英雄主义气而婉拒。在《也算试笔》中,萧军坦承是一个"新英雄主义者"。在萧军看来,个人英雄主义气其实包含有民间性格和气质。一方面,民间代表了与主流相对应的文化层,它们在价值观念、生活方式、精神形态上截然不同;另一方面,民间表现出对主流价值观念的疏离和抗拒,而从政意味着接受制约和规范,对个人的民间性格加以自律和改造,这对作家来说似乎有点勉为其难。众所周知,萧军与延安文艺界同人的龃龉,以及罔顾"整风"的紧张气氛,公然批评政治对文学的干预②,作家的民间性格可见一斑。

　　萧军对民间英雄的认同,无疑影响到小说题材与主题的选择。最能彰显其民间价值立场的是对"胡子"题材的定位和叙事。大多数作家对匪祸是持否定和批判态度的,而萧军则在民间叙事中完成了对此类题材的颠覆性解构,胡匪被赋予正面评价和审美内涵而获得主人公地位。这是因为,胡匪所体现的精神气质与作家功利性审美存在密切关系。一方面,胡匪题材的叙事是作家未曾实现理想的心理补偿和精神慰藉;另一方面,现实情境也让萧军把胡匪剽悍爽直的民间性格作为抗敌的有效方式。"九一八"事变后,萧军认清了国民政府卖国求荣的投降本质,认定抗敌御侮必须依靠民间的力量。正是出于对这一基本价值底线的维持,作家"扬弃了胡匪的历史形态中'恶'的因素,而将'善'的一面予以'放大'和'诗意升华',以实现他们作为流亡作家的功利目的和更广泛的社会文化期待"。③

　　表现民间强悍旺盛的生命力和不屈的反抗意志成为萧军叙事最醒目的主题。鲁迅是最早也是最深刻揭示出了小说所蕴涵的民间精神的。他援引爱伦堡的话,"一方面是庄严的工作,另一方面却是荒淫与无耻"④,给予《八月的乡村》以极高的评价:"要征服中国民族,必须征服中国民族的心!但这书却于'心的征服'有碍。"

---

① 《萧军近作》,四川人民出版社1981年版。
② 李书磊:《1942:走向民间》,山东教育出版社1998年版,第245—251页。
③ 逄增玉:《黑土地文学与东北作家群》,湖南教育出版社1995年版,第129页,第224页。
④ 《田军作〈八月的乡村〉序》,《鲁迅全集》(第6卷),人民文学出版社1961年版,第226—228页。

在中国现代文学史上,很少有作家在这种边缘化题材中创作出如此有分量的长篇巨著。与《八月的乡村》对特殊时期胡子生活的审美聚焦不同,《第三代》则是对日常生活场景中胡子的艺术呈现。作家对胡子常态生活的叙事,揭示出这一特殊民俗群体隐秘、矛盾的心灵世界和悲剧命运。作家采用"逼上梁山"的民间叙事形式,塑造了海交、刘元等丰满的艺术典型。"落草"意味着把自身推到官府的对立面,要么在流寇生活中艰难抗争,要么有违绺规,"要做官,杀人放火享招安"像杨三那样投靠官府。作家在胡子的两难处境中展开"野性与人性的悲怆"的小说叙事。此外,萧军还用民间广为流传的"三棵松"传说,论证凌河村人忠义强悍的历史根源及其现实合理性。

萧军的民间叙事所产生的特殊审美效果,与其杂糅启蒙和左翼叙事有关。一方面,作家对胡子刚性精神艺术再现时,叙述了背负沉重历史和传统包袱的农民,在走向民族抗战的历史进程中所承受的心理和精神压力。"小红脸"做了胡子颇感后悔和疑惑:"还不如做农民时候自由多了!""什么时候我才可以自由耕地呢?""田老八"念念不忘自己的家:"若不是老婆太年轻……孩子们太小……我真走啦!"作家对抗战主体乡土根性的叙述和渲染,清醒意识到民族战争的艰巨性和复杂性。正如茅盾所说:"我们不否认农民的自发性的斗争,但也决不可忘记,由自发性的斗争发展到觉悟性的斗争,其间有一个长期而曲折的过程。"①

与此形成鲜明比照的是胡子铁鹰这一典型。作家刻意将他塑造成在意志、性格、品德、能力和行为各个方面都优于小红脸、田老八等的人,旨在突出"农民—胡子—英雄"角色在民族抗战中艰难转换的心路历程,同时也自然推进了小说的民间叙事。毋为贤者讳,作家一味追求和展示民间精神的叙事立场,似乎有意无意地将胡匪作为农民向英雄升华的唯一路径,而回避对这一现象作更深刻的思考。另一方面,作家在叙事中穿插有无产阶级、国际主义等左翼文学的情节和内容。三种叙事的有机融合,成就了萧军《八月的乡村》独特的思想价值和美学价值。正因为如此,鲁迅在小说尚未出版之前就预言:"这书当然不容于'满洲帝国',但我看也因此

① 茅盾:《谈技巧、生活、思想及其他》,《奔流》新集之二《横眉》,1941 年 12 月。

不容于中华民国。"①

上官筝把英雄叙事概括为"进步浪漫主义"，并指出："在艺术手法上，便是用粗大的笔触，浓郁的色彩，夸张的比较，激情的形容和尽量有时甚至是过分的典型的人物的活动。"②为保持与民间叙事的协调与一致，萧军表现出对现代小说叙事技巧的疏离，倾向于采用传统的民间手法。他的小说景物描写粗疏，心理描写往往借助语言、行为等传统叙事手法加以体现。小说缺乏细腻的质地，呈现出粗犷遒劲的叙事风格。"……严肃，紧张，作者的心血和失去的天空、土地、受难的人民，以至失去的茂草、高粱、蝈蝈、蚊子，搅成一团，鲜红的在读者眼前展开，显示着中国的一份和全部，现在和未来，死路和活路。"③鲁迅对萧军叙事的概括是恰当的。虽说才气不及萧红，但萧军民间叙事所营造的独特审美效果和氛围，正是对中国现代小说的贡献。

三

1932年端木蕻良加入"左联"，从此走上文学创作道路。在左翼文学中，茅盾的社会分析成为一种主导性叙事模式。不过，像端木蕻良这样把社会分析叙事运用得如此娴熟的作家并不多见。

社会分析叙事是建立在科学世界观和方法论基础之上，对现实进行缜密分析的产物。端木蕻良对科尔沁草原社会结构的精密分析，足见其敏锐的社会学家眼光。在写作《科尔沁旗草原》之前，作家就"试着从生产关系以及物质的占有与分配方面，来看待在这片大草原上所反映出来的许多人物和事物"。首先，作家发现，在大草原上，重心的重心是土地。"土地可以支配一切。官吏也要向土地飞眼的，因为土地是征收的财源。"其次，"地主是这里的重心"。作家将地主分为"小地主"

① 《田军作〈八月的乡村〉序》，《鲁迅全集》（第6卷），人民文学出版社1961年版，第226—228页。
② 上官筝：《新英雄主义、新浪漫主义和新文学之健康的要求》，《中国沦陷区文学大系》（评论卷），广西教育出版社1998年版，第24页。
③ 《田军作〈八月的乡村〉序》，《鲁迅全集》（第6卷），人民文学出版社1961年版，第226—228页。

（"小闷头财主"和"一捧火"）、"中等地主"（"暴发户"、"破大家"、"土鳖财主"和"肉间蛆"）、"大财主家""大粮户"以及"首户"等，并揭示它们各自不同的基本形态和特征。① 作家对东北农民也作过严密分析："有许多人把举凡农民都标准在一个系统之下，这是不对的。农民与农民之间的社会距离，也是很远的。他们的思想、行为、希望……也就因这距离而分化极远。"作家在关注"异化"了或正在"异化"的农民（马贼和江北的胡子）的同时，注视代表社会发展方向的"同时代的青年"。在《科尔沁旗草原》中，"丁宁"这一典型最能体现早期左翼小说叙事的特点。虽然端木蕻良在"初版后记"中否定丁宁就是作家本人，但他承认这一人物具有"同时代的青年的共同血液"，反映出那个动荡时代革命知识分子（包括作家）矛盾、彷徨的心态。

　　社会分析叙事同样对民俗予以高度关注。客观地说，萨满教除了民俗的"治疗"，还能有效"确保人们心理的平衡与社会的默契，保持和加强社会与个人行为的传统"②，进而培育民族性格和文化心理。不过，端木蕻良感兴趣的倒是对民俗展开社会分析。"这儿的社会关系，当然是地主和农民的对立。"③在《科尔沁旗草原》中，作家把"跳大绳"习俗与丁四太爷阴险贪婪的阶级本性联系起来。《科尔沁旗前史》中，作家叙述了家族用"风水"、"发狐仙财"等迷信手段，"减低四周的人们的愤怒的情绪"。在家族叙事的同时，端木蕻良也采用胡匪的题材。与萧军不同的是，作家在揭示刚性强悍的性格时，并未忽视胡匪的社会破坏力。对"煤黑子"（《遥远的风砂》）的叙事体现出作家清醒的认识。"煤黑子"匪气十足，奸污女人，洗劫钱财，对斑斑劣迹自鸣得意。这种"恶"的行为虽然蕴含阶级抗争的意识和冲动，但在端木蕻良看来，如何规范、引导民间力量成为民族抗战的生力军是迫切需要解决的问题。这种集"善"、"恶"于一身的胡匪叙事，是对 30 年代性格小说的充实和丰富。

　　对农民的深切思考是端木蕻良社会分析叙事的出发点。端木蕻良善于从心理和精神层面揭示社会现况。"艾老爹"（《大地的海》）一辈子在土中寻生活。然而好梦随着外敌入侵而化为泡影。爱到极处也恨到极处，把土地视为命根的艾老爹发

---

①　《〈科尔沁旗草原〉初版后记》，《端木蕻良文集》（第 1 卷），北京出版社 1998 年版，第 409—413 页。

②　〔美〕詹姆森：《民间故事的形成》，《一个外国人眼中的中国民俗》，田小杭译，上海文艺出版社 1995 年版，第 10—11 页。

③　端木蕻良：《科尔沁旗前史》，《端木蕻良文集》（第 1 卷），北京出版社 1998 年版，第 530 页。

出了悲怆的呐喊："地，地，去他娘的吧，他妈的，害了我一生的地呀，地，地，地，它简直活吞了我们，让鬼种它去吧……"作家并不回避乡土根性对农民觉醒的制约。尤其是"花占魁"（《科尔沁旗草原》）这类"蓝皮阿五"式的农民，自觉不自觉地成为封建制度的帮闲者。40年代，端木蕻良从稳态的文化入手，考察民众的精神状态和心理结构。这一时期的小说颇有现代象征意味。《雕鹗堡》是一篇文化寓言小说。小说深刻之处在于理性解析民众麻木的思想状况，以及变革者承受的现实与传统压力。《红夜》则把民间传说与爱情悲剧联系起来，揭示历史与现实惊人的相似之处。端木蕻良通过实地考察，发现人们习惯于"在听天由命的说教下，他们会把自己的叛逆的思想，自首在观音大士之前"，由此得出结论："在中国的现阶段的农村要能发现一个自发性的绝对的清醒者，恐怕是很难的。"①作家对民众精神状况的考察分析，加深了对民族抗战的艰巨性、复杂性的体认。不过，在把抗战视为民族复兴与国民精神重铸这一点上，东北作家秉持的立场基本是一致的。

　　某种意义上讲，社会分析叙事与启蒙叙事存在同构性。这是因为无论启蒙还是社会分析，都要求作家进行客观缜密的分析和思考。不过，社会分析与文学启蒙的叙事差别也比较明显。首先，左翼社会分析叙事要求作家运用阶级二元对立的模式展开叙事。比较典型的是端木蕻良把科尔沁草原的社会结构主要概括为"地主"、"农民"两大对立的阶级阵营。其次，左翼社会分析讲究小说叙事的"精确性"和科学性，甚至带有自然主义的叙事特征。端木蕻良认为："不想从社会科学和自然科学上来判别人事，在叙述事实里绝难安置一个有生命的主人的。"②从这一点看，端木蕻良的叙事不同于萧红的启蒙现实主义和萧军的英雄浪漫主义叙事，而带有自然主义的叙事特征。其次，左翼社会分析并不停留在对国民性静态事实的揭示和批判上，而是关注现实发展的趋势以及民众觉醒的动态过程的揭示，指出社会发展的前途和方向。最后，社会分析叙事常常表现出比较浓重的政治意识形态色彩，给人一种暗示和希望，如端木蕻良的《螺蛳谷》、《北风》、《海港复仇记》等。为此，社会分析叙事往往借用自然物象作为"红色象征"如"太阳"、"启明星"、"晨光"

---

① 《〈科尔沁旗草原〉初版后记》，《端木蕻良文集》（第1卷），北京出版社1998年版，第409—413页。
② 《〈大江〉后记》，《端木蕻良文集》（第2卷），北京出版社1999年版，第527—529页。

等等。作家在《柳条边外》中写道："即使是在夜里,在瑰春也是丰富的,因为一切的孕育的成果都在等待明天阳光的采撷。"

端木蕻良在小说中也融入了"最强悍的反抗的精神"的民间叙事。作家在善良农民的身上也看到了另一面,即"他们反抗小鬼的事实,是壮烈的"。"在忍耐破裂了的时候,狮子不常见的吼声,会……吼叫起来的。这时候,他们要报复,用粗大的不法的手指去撕掉'观音大士'身上的法衣,他们要瞻仰瞻仰这法相庄严的裸体,这时候他们是摇天撼地的草莽之王。"他常有这么一种感觉:"我每看到那……车老板,两眼喷射出马贼的光焰,在三尺厚的大雪地里赶起车,吆喝吆喝地走,我觉得我自己立刻的健康了,我觉出人类无边的宏大,我觉出人类的不可形容的美丽。"①除了"大山"这一典型,端木蕻良还塑造了正直侠义的民间人物如"朱老五"(《朱刀子》)"大有"(《海港复仇记》)等。这些"原始的野生的力",是"任何民族恐怕都少有这样韧性的战斗的人民"②。

小说"典型环境"要求作家在叙事中恰当运用一些民间话语。"由于表现对象本身具有的语言特点,由于在这样的语境中生长的东北作家形成的语言机制和习惯,也由于东北作家为满足读者的阅读期待而有意追求东北特色,他们便大量地使用地域性的、掺有多民族语言遗存和方言的东北语言,这样的语言也的确足以表现东北自然、历史和人生的特异性,足以增强'东北'特色。"③运用民间方言,既增强了地域色彩和民族认同意识,同时也对端木蕻良小说的社会分析叙事起到了积极作用。

---

① 《〈科尔沁旗草原〉初版后记》,《端木蕻良文集》(第 1 卷),北京出版社 1998 年版,第 409—413 页。
② 《〈大江〉后记》,《端木蕻良文集》(第 2 卷),北京出版社 1999 年版,第 527—529 页。
③ 逄增玉:《黑土地文学与东北作家群》,湖南教育出版社 1995 年版,第 129 页,第 224 页。

『七月派』乡土小说

论七月派小说的群体风格

高远东

　　七月派是抗日战争时期在胡风影响下形成的一个进步的现实主义文学流派。它在三十年代中后期呈现出流派萌芽,四十年代初走向成熟,建国后不久被迫解体,它在诗歌方面取得了显著成就;在小说方面如丘东平、彭柏山、吴奚如、路翎、冀汸等的创作也达到相当水平,这些作家在以鲁迅为代表的新文学优秀传统的感召下成长,对现代社会关系的衍变敏感,对现代文学内部的艺术矛盾也敏感,因而能就不断发展、频繁变化的文学现象提出种种问题,这使它带上了可贵的现代标记。

　　本文企图把七月派小说的风格特征和美学理想,置于现代小说艺术发展的背景下进行美学的和历史的考察,探讨它在中国小说现代化过程中的作用。对于七月派小说的群体风格,我想用以下三点加以概括:诗学构筑的复杂意识,小说意象的富于激情,作品总体的悲剧风貌。

一

　　七月派小说给人的主要印象是什么?
　　一种复杂的艺术风貌,一种复杂得难以言说的审美感受。
　　确实,七月派作家为我们呈现了一个在现代小说中显得奇异、复杂的世界。在这个艺术的小宇宙中,重重叠叠的山水,摇曳多姿的树木,喧嚣而嘈杂的城乡,面目各异的男男女女,都被作者置于由多重社会关系和社会矛盾织成的复杂网络:小说头绪繁多,人物的情感和行为方式、思想和心理活动无不与种种社会关系和社会矛盾相纠结,一颦一笑隐含着多重意义。丘东平、彭柏山、吴奚如的小说"单刀直入地写出了在激烈的土地革命战争中农民意识的变化和悲剧"[①],再现了处于新旧交替时期根据地人民的各种矛盾心态,并通过战斗在抗日战争最前线的中国军人性格的描绘,揭示了交织着民族矛盾和阶级矛盾的巨大历史和心理的内涵。路翎、冀汸的小说则充分表现了四十年代国统区这个"花样繁复的世界"的复杂属性,从小说主题、人物到情节结构都浸染了这种复杂感——由大容量地摄入社会生活和立体地表现现代社会所带来的令人眼花缭乱的独特美感。他们在构筑其"美学的楼台"时,不仅强调把握生活角度的多元性,而且注重不同把握方式——理论的和艺术的——之间的对应关系,把自己对现代社会关系和人的认识转化为对小说体式的美学思考。诗学构筑的复杂意识全面地渗入了七月派小说。

诗学理想是作家处理生活经验和创作素材的最高标准,制约着作家对主题、人物、情节结构的处理方式。七月派作家在艺术地表达自己的见解时,力求以像生活本身一样丰富复杂的方式来表现。首先,其主题往往是多元的——即使短篇小说也是如此。主题即作品的意义。为了达到具有多重意义的复杂效果,他们往往把一些似乎风马牛不相及的内容加以综合、加工,再以高度生活化的有机形态表现出来。丘东平想使作品成为"包含着尼采的强者,马克思的辩证,托尔斯泰和《圣经》的宗教,高尔基的正确、沉着的描写,鲍特莱尔的暧昧"等内容的复杂统一体,其艺术处理方式具有郭沫若所谓"要辩证地、有机地综合""那些骤视俨然是互相矛盾的一批要素"[②]的特点。路翎则舍弃了为一般作家所珍视的由于"思想整理经验"而形成的主题表现的集中、凝炼和统一感,往往以貌似涣散其实丰富的生活原生态迫近艺术真实。其他作家笔下出现过的内容,一经其复杂意识的过滤,无一例外地由明澈而"重浊",由单纯而复杂了,从而扩大了作品的意义领域,增强和丰富了作品

---

① 胡风:《忆东平》,《胡风评论集》(下)。
② 郭沫若:《东平的眉目》,《沫若文集》第八卷。

的美感。吴奚如的小说虽由于主题"过于鲜明"而受到胡风的批评,但他的《一个含笑的死》通过一个"囚犯"不断出现革命胜利的幻觉,成为焦虑和强迫观念症病人的方式实现其主题:对革命者坚定信念的讴歌,仍然是充分复杂的。应当说,把复杂化作为实现主题意义和加强生活真切感的基本手段,是与他们对生活复杂性的强调分不开的。冯亦代说路翎的小说"即令是人生场景的一角,也总是兼容并蓄,旖旎而又瑰丽的"①。兼容并蓄,一语道破七月派小说主题表现形态的特点,这与他们尽量立体地、血肉丰满地表现生活真相,容纳大的思想内容的企图保持了和谐。

　　对复杂性的关注还影响了七月派作家对人的看法。他们显然接受了"人是一切社会关系的总和"这一科学命题。② 他们偏爱复杂性格,这在路翎、冀汸的小说中表现得最典型。其美学理想决定着他们必然把社会"最敏感的触须,最易燃的火种",同时也是"各种精神力量集中的战场,因而也就是最富于变化的,复杂万端的机体"③,放在审美观照的中心,冀汸热衷于开掘处于黑暗与光明之交的"走夜路的人们"的精神状态的过渡性,在死亡、屈服、觉醒、抗争中体现"庞大而复杂的社会内容、人生内容"④。路翎则只有从那种"夹在锤与砧之间"的饱受压力和精神斗争折磨的知识青年、流浪汉和感觉到生理和精神双重饥饿的青年妇女身上,才能得到审美满足。他特别注意通过挖掘人物心理状态的复杂性和矛盾性来刻划复杂性格,自觉把"心理状态最复杂和精神斗争最激烈"⑤的对象纳入小说世界。在他笔下,出现了现代小说史上层次最复杂、形态最壮烈的心理结构。

　　在他看来,既然"人是一切社会关系的总和",那么人的内心就必然是人在复杂的社会关系和社会矛盾中活动的折射,而小说这块诚实的镜面就理应呈现出人心所固有的复杂性和光彩。地层一般厚重的精神负担,火山一样四处喷射的热烈情感,处于复杂社会关系纠葛中常常是酷烈得令人窒息的灵魂搏斗,以及由此而来的悲剧色彩,这是路翎小说典型的心理内容。他在解剖灵魂时不忘心理描写的两个原则,让社会学内容和心理学内容相互包含。在他笔下,人是处于复杂社会关系中

①　冯亦代:《评〈蜗牛在荆棘上〉》,《希望》二集二期。
②　胡风将"总和"译作"总体",见《论现实主义的路》。
③　胡风:《财主底儿女们·序言》。
④　冀汸:《走夜路的人们·再版附记》。
⑤　胡风:《论现实主义的路》。

的社会人,人物内心有给环境打上的深刻烙印,常常带着沉重的精神负担和创伤;但他们同时又是自然人,异常强烈的情欲和求生意志常常使他们与社会环境冲突,而外部冲突又引起更激烈的内部"灵魂的搏斗"。这种"搏斗"被写得波澜壮阔,多彩多姿。在《饥饿的郭素娥》中,作者展开了用"劳动、人欲、饥饿、痛苦、嫉妒、残酷、犯罪"织成的心灵世界,但这里又有"追求、反抗、友爱、梦想"[①]。路翎似乎特别热衷于对人物灵魂深处二律背反现象的描写,在同一事物上总能看到矛盾的两面:在郭子龙身上,他看到了"颓废的少爷"和"强盗大兵"的矛盾(《燃烧的荒地》);在金素痕身上,则看到"温柔的天使"和"凶悍的魔鬼"两面;在那个亦左亦右、亦进亦退、无可无不可的"社会怪胎"蒋少祖那里,又发现了中国资产阶级的两重性格和"左右失据"的矛盾心态(《财主底儿女们》)。常常地,这些相互矛盾的东西会成为心理活动的两种力量,相生相克地活动、发展,人物的心理变动就成为带强烈社会意义的各种矛盾因素相互依存、相互作用的辩证发展过程。由于它本质上接近社会生活的发展,所以这种描写一般不会独自沿心理学轨道前进,与作者对外部事件的表现非常协调、和谐,从而为发展现实主义艺术作出了贡献。

如果把丘东平在《茅山下》对于周俊内心复杂变化的成功描写抛开,那么七月派作家与路翎的"统一性"或许更多地体现在心理描写的弱点上。路翎的人物有时又使人觉得像傀儡,其内心仿佛装着一架颠来倒去的天平,人性与兽性、理智与情欲、狂歌与悲哭、道德与罪恶,各种矛盾纷然杂陈,各自端坐在天平的两端,在作者的"竭力扰动"下,上下左右起落颠簸,人物心境陷入不安、动荡之中,呈现出复杂的面貌。这里其实暴露了七月派小说心理描写的一种弱点,它在揭示人物心理转换和精神危机时常常显得呆板、机械。当人物的痛苦达到顶点时,往往急转直下变为快乐,乐极生悲、悲极生乐,以至乐中含悲、悲中含乐,成了人物心理转换的一种模式。它暴露了七月派小说刻划人物灵魂的基本原则的深刻矛盾:一方面,是对人的内心丰富复杂性的科学认识;另一方面,则又用机械的矛盾法则来结构这种复杂性。这样,在表现人物内心世界的复杂性的同时,又常常会陷入人为地复杂化的泥淖。深刻与浅薄、成功与缺憾,在到底生活第一还是美学理想第一的选择中凸现出

---

① 胡风:《饥饿的郭素娥·序》。

来。艺术发展的辩证法竟如此残酷！

人们在考察小说结构的美学特征时，往往把它与社会生活的特征相联系。黑格尔认为"关于现代民族生活在史诗领域有最广阔天地的要算长短程度不同的各种小说"①。小说结构是指使创作素材意义化秩序化的组织，它无疑体现着作者对生活的内在评价：如果说在人物身上寄寓着作者关于人的观点，那么小说结构则反映着作者关于人的活动——社会历史的观点。七月派小说头绪繁多，即使像路翎《棺材》《卸煤台下》《家》、彭柏山《崖边》、吴奚如《土地在微笑》等短篇小说，情节线索都有两条之多。这里已隐含着他们对社会生活的复杂性的关注。人们说路翎是拿着"复笔"写小说的，其小说结构往往由外部的情节线和内心的情绪线织成：内心活动是情节发展的原因，情节发展则是内心活动的具体化和现实化，二者始终处于相互作用的过程中，于是小说结构就成为一个具有强烈因果性的序列。丘东平的长篇小说《茅山下》尽管只写了开头五章，但那全息式地反映新四军根据地各个领域生活的气势已很不平凡，初步体现出充分生活化的多条线索"齐头并进"的特点。路翎《财主底儿女们》的结构则常被"青春的交响""光明斗争的交响"一类含义暧昧复杂的词来形容。确实，用某种单纯的结构模式无法概括那复杂得有点"芜杂"的特点。在这部"五四以来中国知识分子的感情和意志的百科全书"②中，作者是站在史诗一样宏阔的艺术视野中进行构思的。小说出现了七十多个人物，他们各有性情、信念、处境和心理活动，正是这些内容构成一个艺术整体。尽管表现五四以来两代知识分子的心灵历程是小说最重要内容，但无论蒋少祖还是蒋纯祖都无法概括全书的总旋律。人物各有其独立性，情节的发展不过是人物沿各自的轨道冲突、对话的过程而已。这种复调结构具有开放性，"只敲起一个键子，却引起了无数瘖哑而强烈的和音"③，有"牵一发而动全身"④的效果。舒芜认为路翎的小说"所要掌握的原来不是好听的故事，而正是平常的生活，正是生活的系列和错综，正是这种系列和错综的本质的规律"⑤。这种小说结构的精粹在于其思维方式特点：在他

---

① 黑格尔：《美学》第三卷下册，第 99—100 页，第 187 页。
② 鲁芊：《蒋纯祖的胜利》，《蚂蚁小集》之四。
③ 唐湜：《路翎和他的〈求爱〉》，《文艺复兴》四卷二期。
④ 胡风：《饥饿的郭素娥·序》。
⑤ 舒芜：《什么是人生战斗》，《呼吸》创刊号。着重号为引者所加。

看来,"人是活的人,行动的人……向着一定的目的经营的人"①,人与人之间的关系是相互依存的关系,社会历史的发展不过是怀有不同目的人沿各自的轨道相互作用和影响的过程。这种结构方式可以赋予人物较大的独立性,最大限度地消除作者对人物行动的干预权,让各种矛盾因素相互作用的合力式结果表达其思想感情评价,从而获得某种客观性。那么它与七月派所谓"主观战斗精神"即在感应、感受和观察、体验生活时对作家主体经验的强调岂不相互矛盾? 路翎是通过把自己的主观化为人物的"主观"来解决的,这也正是七月派作家不同于一般现实主义作家(如茅盾)的地方。茅盾小说的客观性主要来自作者与人物的分化和距离,来自处于作者理性控制下排斥主观介入的描写技法。七月派作家以展现人的灵魂世界为小说中心内容,因而需要全身心地投入小说,把自己的经验、思想、情感赋予人物,于是人物充满了作者的"主观"——其实它已是客体的"主观"了。换言之,这种客观性乃是通过主观性很强的客体即人物的活动辩证地实现的。单个人可能是主观的,甚至是作者的化身,但一进入小说结构,"主观"的人物正好通过活动否定自己,形成客观。

　　前面曾提到,七月派小说诗学理想的复杂意识来源于他们对现代社会关系的独特理解。显然,对复杂性概念的接受,把复杂性作为一种视角纳入自己的价值体系,这是由封闭性社会走向现代社会过程中必然发生的意识形态变化,七月派的诗学理想正是感应着这种变化的结果,但同时也反映着纠正"公式主义"的努力。针对公式主义只满足于一种理论对现实的解释这种简化生活的倾向,他们强调从复杂性角度把握现实,把握"历史事变下面的精神世界汹涌的波澜和它们的来根去向"②。这就要求作家必须弄清产生各种复杂社会现象的秘密,必须去研究人,研究"作为历史或政治事件的承担者的活的人","具有全部复杂性的心理的人"③,从而克服作家认识生活和艺术地表现生活的简单化倾向,深化和丰富现实主义。

---

① 胡风:《论现实主义的路》。
② 胡风:《财主底儿女们·序言》
③ 胡风:《论现实主义的路》。"具有"句是胡风引用高尔基的话。

二

　　如果说以上对七月派小说的外部表现即主题、人物、结构的分析,仅仅涉及其审美世界观的表层内容,那么下面的分析将深入到他们小说的内在意象,进一步探讨其审美世界观的深层内容即创作方法的特点和认识世界的独特方式。

　　七月派的小说意象蕴含着强烈的激情特质,不少人注意到了这个特点。郭沫若由丘东平的激情和异国情调觉得他是"浪漫主义者"①;刘再复感到彭柏山在其后期小说《战争与人民》中"倾注着自己的全部生命、全部激情"②;唐湜称路翎为"想象力最丰富而又全心充满着火焰似的热情的小说家";我们则注意到冀汸是一个诗人。正如唐湜对丘东平、劳伦斯、路翎所作的比较:他们"都非常热情,都有非常突出的个性与顽强丰富的生命力,也都有一些传奇的、梦幻的、瑰丽的色彩"。③

　　那么,这种激情的本质是什么呢? 一个作家"对所描绘的生活的社会历史特征总要作出自己的思想感情的评价的"④。它体现着作家与社会现实之间的感情关系,意指作家在观察、体验、表现生活时的一种美学取向。七月派理论家非常强调作家对生活的感受力和热情,认为没有它们"现实主义就没有了起点,无从发生,但没有热情和思想力量或思想需求,现实主义也就无从形成、成长、强固的"⑤。他们出于对所谓"客观主义""对于生活的被动的,无可奈何的客观态度"的反感,要求作品"是应该激起某种热情的兴奋来,在这种光辉下,给予现实生活以灿烂的画幅"⑥,如别林斯基所说:"不许他以麻木的冷淡超脱于他所描绘的现实世界之外,却迫使他通过自己的泼辣的灵魂去体验外部世界的现象,而通过这一点,把泼辣的

---

　　① 郭沫若:《东平的眉目》,《沫若文集》第八卷。
　　② 刘再复:《在炼狱中升华了的灵魂》,《读书》1982 年第 12 期。《战争与人民》构思于共和国成立前夕,作者曾听取胡风的意见反复修改,直到 1982 年才正式出版。
　　③ 唐湜:《路翎和他的〈求爱〉》,《文艺复兴》四卷二期。
　　④ 波斯彼洛夫:《文学原理》,第 241 页。
　　⑤ 胡风:《财主底儿女们·序言》。
　　⑥ 冰菱(路翎):《淘金记》,《希望》一集四期。

灵魂灌输进这些对象。"①

七月派的小说世界,正是其生气灌注的对象——他们小说意象中饱含着"力",这是其激情特质的首要表现。胡风曾要求七月派作家把思想要求"归结到内容的力学的表现,也就是整个艺术构成的美学特质上面"②。战争时期的美学风尚使他们鄙弃文雅和柔弱。丘东平希望自己的小说能"谱出雄伟的调子","就像我们打仗时间射的大口径的炮弹"③。他和吴奚如艺术地发现了抗日前线的腥风血雨,并以激越的调子礼赞战争的"暴风雨"(东平《暴风雨的一天》),讴歌奔突不息的抗战的"夜的洪流"(奚如《夜的洪流》)。其小说意象中呼啸着"一阵阵威武的旋风",密集的炮弹"依据着错综复杂的线作着舞蹈"(东平《一个连长的战斗遭遇》)在这血与火铸成的诗篇中,崛起了一个代表民族"抗战意志"的铁血英雄——无论他是丘东平的林青史、友军营长,还是吴奚如的萧连长。一律有刚毅、倔强的性格,英雄主义的激情和视死如归的勇气,表现了他们对战争时期理想性格的憧憬。可以说丘东平和吴奚如小说的"力"是以血与火中的战斗性格为中心的意象系统体现的。在路翎、冀汸那里,情况相对复杂一些。"力"往往被表现为一种惊人的茁壮的生命力,一种与黑暗环境势不两立的反抗精神。在郭素娥生活的那个世界,"犷野、雄放,不同程度地感染着原始蛮性","人物俨然刚从《创世纪》一类的传说中走出来"④;小玉、银堂们则"像幽囚得太久的野兽,要即时奔回山野去"(《走夜路的人们》)。他们那异常强烈的情欲和生命力似乎要冲破一切社会关系的束缚:由人物与环境的激烈对抗造成的"力"度和紧张感,仿佛要从字里行间跃出来,只给你留一个"灼热的极目无边的荒原"和"生活在酷烈的痛苦和辛辣的、复仇的慰藉中的""这样的灵魂"(《在铁链中》)。人物、环境乃至冲突方式都浸染着一种"Dionysiac 被虐狂"式的激情(夏志清语)。它渗透于组成作品审美世界的基本单位——小说意象之中,甚至反映在路翎那特别的"力透纸背"的造句方式上。

七月派小说激情特质的另一个表现是紧张感和饱和感,它反映着作者对社会

---

① 别林斯基:《俄国民主主义者美学中的现实主义问题》,第 66 页。

② 胡风:《忆东平》,《胡风评论集》(下)。

③ 奚如:《忆东平》,《解放日报》1941 年 11 月 15 日。

④ 赵园:《路翎小说的形象与美感》,《抗战文艺研究》1985 年第 3 期。

生活的生动感受。丘东平和彭柏山喜欢把小说内在的紧张性深深埋藏在冷静的场面呈现中：从《茅山下》我们可以感受到周俊内心那种深沉严肃的痛苦，那被各种矛盾往不同方向拉去的绷得紧紧的神经；《崖边》《一个女护士的遭遇》则向我们呈示了处于思想感情冲突过程的青年游击队员或女护士的苦恼，这种苦恼乃是由紧张复杂的社会纠葛产生。路翎和冀汸小说的紧张感主要来自由人物和高压环境之间的对抗产生的张力：人物始终处于冲突之中，冲突带来危机，危机引起感情爆发，行为大张大合，情绪跌宕起伏。巨大的社会压迫化为令人窒息的苦闷冲击你的心，这种苦闷只有通过冲突、厮打才能稍微缓解。"战斗"或冲突成为作者刻划人物的主要性格化手段。此外，路翎小说的紧张感还来自他那"夸张的形容"，诸如"荒原"、"大海"、"毒辣"、"残酷"、"放肆"、"软弱"、"疯狂"等原型意象和经验的反复出现，那被依照所谓"矛盾的形容"、"感情的误置"①等修辞法则密匝匝地编排了意象程序的句子，确实容易造就一种紧张的美学气氛，便于作者表达自己的复杂感情，进行思想感情评价。舒芜认为路翎的小说都是一种批判，但这种批判"并非灰白的概念的搬弄，而是元气淋漓，长江大河似的生命的突击"②，是"对于丑恶的表示最强的憎恨，对于英勇的表示最强的赞颂"③。这样在充分给人紧张感的同时，又使人得到酣畅淋漓的满足，有一种饱和感。

那么，七月派小说意象的激情特质体现了怎样的思想感情评价呢？我们知道，艺术地把握世界与理论形态的把握不同，它是形象地说明世界的，尽管小说中可以插入作者的理性评价，但真正的意识内容还得从艺术世界去寻找。因为理论形态的世界观经过逻辑的修剪之后，远不如具体的人物形象和小说意象可以暴露更多的内容。路翎小说的激情常常被"带一种黯淡性质"的社会现实所压抑。国统区的法西斯高压和政治上的反动把火一样燃烧的激情摧残为"零落的火星"和"窒息的浓烟"。冀汸的小说则在夜气如磐的严酷环境中高歌"我们民族的不可侮辱与不可

---

① 这主要是就比喻的类型而言。路翎的小说充斥着这几种比喻，使刘西渭感到处处"刺目"。"矛盾的形容"又叫比喻的矛盾语法，意指两种相互排斥的观念的结合；"感情的误置"又叫乖异的矛盾语法，意即万物都有情的诗人的谬想。据说它们是典型的巴罗克修辞风格，往往与诗人无法控制自己的热情及基督教的、神秘的、多元论的哲学背景有关。

② 舒芜：《什么是人生战斗》，《呼吸》创刊号。

③ 冰菱（路翎）：《淘金记》，《希望》一集四期。

征服的潜在力"①。他们的艺术世界都沸腾着一种抗议的力量,自发反抗的力量。在这种力量的猛烈摇撼下,黑暗的社会秩序是"整个地"走向了灭亡。其激情带着一种小资产阶级的狂热性,其思想感情评价也是国统区激进知识青年对于社会生活的典型观点。丘东平、彭柏山、吴奚如多以抗日前线和根据地生活为主要描写对象,字里行间洋溢着一种清新、激越的调子。既暴露国民党上层指挥的腐败,又不忘英雄人物对读者的鼓舞力量;既表现根据地生活的新鲜,又能以严肃认真的态度对待所存在的问题,所以热烈中带冷峻,严肃中透露深情,反映出革命者清醒的现实主义和责任感。这种思想感情评价是非常内在的,决定着小说意象的情感色彩和冷暖色调。

在一定意义上,七月派作家是把激情的体现作为现实主义的一个基本要素来理解的。尽管他们承袭着"五四"以来现实主义的优秀传统,但由于艺术理想的独特性,其现实主义又带着一种异样的风采,带着浓厚的主观性和抒情性。

本来,主观性和抒情性是浪漫主义小说的基本特征。黑格尔认为浪漫型艺术就是精神回到本体,是主体性原则侵入了艺术的内容和形式。它与史诗式地"按照本来的客观形状去描绘客观事物"不同,以"主体表现自我作为它的唯一形式和终极目的",因而把"最有实体性的最本质的东西也看作他自己的东西,作为他自己的情欲,心灵和感想,作为这些心理活动的产品而表达出来",是小说的"抒情诗化"②。现代小说的这种浪漫精神以郁达夫小说最为典型。在他那里,暴露一颗敏感而坦率的心灵显然比呈现一个浓缩的客观世界更处于艺术思维的中心:作者重主观轻客观,重体验轻观察,重表现轻呈现,所有小说内容都被"郁达夫化"了。七月派小说的很多特征都与浪漫派小说重叠,夏志清认为"在胡风的现实主义观念里,有许多浪漫主义的成分"③;郭沫若觉得丘东平是个"浪漫主义者";刘西渭说路翎的创作有"浪漫的气质打底子"④;而冀汸"主动地掌握题材"⑤的艺术方法,也鲜

---

① 见《七月》五集一期胡风所撰《编校后记》中引用的冀汸的话。
② 黑格尔:《美学》第三卷下册,第 187 页,第 99—100 页。
③ 夏志清:《中国现代小说史》,第 320 页。
④ 刘西渭:《咀华二集·三个中篇》。
⑤ 冀汸:《走夜路的人们·再版附记》。

明地带有浪漫主义处理题材的印记。但在他们小说中,我们首先看到的是一幅充满各种复杂社会关系和矛盾的冷酷社会画图,其次才是那颗异常敏感,剧烈震颤的心灵——他们的浪漫主义成分被巨大的现实主义精神包裹着。浪漫派小说对人内心的表现往往以牺牲对社会现实的客观描绘为代价,主观与客观、表现与呈现、体验与观察在其艺术观念中始终是对立的;七月派作家却既高扬主观,鼓吹"自我扩张",又强调对客观世界的真实描绘,从而消除了主观与客观、表现与呈现、体验与观察的对峙,创造出一种新的艺术范式。其主观性乃是由作家加强人物的主观取得的,作者化成了他的人物而非像郁达夫那样直接走进了小说,因此这种主观性可以与作家对生活的客观描绘同时共存。七月派的主体性原则是严格限定了范围的,与浪漫派侵入艺术一切领域的主体投入方式不同,他们所投入的对象只限于人,而不包括作品中的社会现实。这样,七月派以创作主体的体验为中介过渡到客体即人物内心的揭示和形象塑造,创造性地完成了由主观到客观的转换,从而为现实主义艺术实现由外部反映向内心表现的历史性转移,但其处理方式又不重蹈浪漫主义覆辙的课题,提供了一个较好的答案。

    七月派小说的抒情性是主观性的派生物。人们往往以为现实主义与抒情性无缘,其实现实主义小说也是文学,文学的情感性特征也理应是它的基本特征。巴尔扎克的小说、巴金的小说,都有一种强烈的抒情风格,鲁迅的《怀旧》也体现着"抒情作品对史诗作品的渗透"(普实克语)的倾向。它与浪漫主义小说所不同的,在于抒发的是一种带强烈社会性的情感,即这种抒情与作家对社会的思考密切相关。而浪漫主义小说抒发的情感则多属个人性的,其社会意义是通过情感的社会历史蕴含内在地显示的。七月派小说的抒情主要以主体投入的方式进行,人物、环境、叙述基调的情感渗入被强化,作者得诸社会生活的感受随着人物的冲突而逐渐被张扬出去、弥漫开来。主体"用自己的脑子非常辩证地去认识,去溶化,去感动"创作对象,"并且把自己整个的生命都投入这个伟大的感动中"[①],从而使其艺术世界或者产生一种"雄壮的迫力",或者充满一种原始的强力,或者洋溢着"纯洁的乐观、开

---

① 东平:《并非节外生枝》,《七月》第八期。

朗的心怀,以及醉酒一样的战斗气魄"①,给人一种回肠荡气的冲击力量。在七月派作家尤其是路翎的激情世界中,那种静穆高远的古典美学风格,以及传统文学中为人所称道的"道德节制力","没有强烈的情欲和飞腾动荡的诗兴"②等特点,是荡然无存了。这也从一个侧面反映出七月派美学风格的现代性。

在七月派小说中,客观描绘与主观激情、冷静呈现与抒情表现、写实精神与浪漫风格,种种矛盾因素相互交织但并不妨碍其整体的现实主义效果。其写作技巧的奥秘在哪里? 我注意到,七月派最具流派特征的作品往往多用叙述技法,丘东平、路翎和冀汸的小说还明显地存在着由注重描写到注重叙述的艺术转变轨迹。③这种变化应该是有较深刻的原因的。根据卢卡契的看法,叙述和描写的区别根源于两种不同的认识生活的态度即体验与观察。④ 对于现代作家,"描写"无疑是重要的,它可以较大程度地隐去作者自己,只让场面流露倾向和评价;是一种较为深沉含蓄的现实主义技法。但在七月派看来,这样容易陷入"客观主义"(卢卡契称为自然主义),所以他们越来越喜欢运用叙述手法,以便自由加入自己的主观评价,使作者的价值观渗入每一个小说意象,影响和制约读者,又与其体验性的认识生活方式保持了和谐。质言之,这体现了认识生活方式对风格手段的制约作用,是为一定美学内容找到相应美学手段的结果。

三

七月派小说的第三个审美特征,是作品总体的悲剧风貌。

它无疑是构成七月派小说独特性的重要内容之一。无论丘东平、彭柏山,还是路翎、冀汸,其小说较之四十年代(尤其是后期)的时代格调确实不大相同:在总体

---

① 借用冀汸诗集《跃动的夜》广告的话。
② 艾克曼:《歌德谈话录》,第 112 页。
③ 冀汸对《走夜路的人们》前两部由于多用描写手法而造成的"某种程度的静观"的效果懊悔不已,认为"作了题材的俘虏"。
④ 卢卡契:《叙述与描写》,《七月》六集一、二合期,译者吕荧。

风貌上，他们那强烈的悲剧精神与国统区文坛着重揭露和嘲讽的喜剧性情调形成
一个鲜明的反差。① 它几乎没有其他小说由于一个黑暗历史时期行将结束而带有
的鲜明色调和轻松感，调子沉重、凝滞、苦涩，充满不适感。如果抛开抗战初期七月
派慷慨、激越与时代悲壮色调相契合的一段，我们发现早在三十年代中期，丘东平、
彭柏山、吴奚如的小说风格就是相对稳定的，其悲剧意识与更远的五四文学传统相
连接，并贯穿于小说创作的始终。

本来，自觉的悲剧意识正是在现代才成为作家的普遍追求的。在传统的审美
结构中，最高的美学规范是"温柔敦厚"，"乐而不淫，哀而不伤"等所谓"中和之美"，
淡化悲剧性是传统文学的基本美学取向。现代作家感应着战乱频仍、内忧外患的
社会历史状况，不惜改变传统的审美心理结构和美学理想，把悲剧性置于各种美学
价值的首位。郁达夫的话颇能代表现代作家的普遍认识："悲剧比喜剧偏爱价值
大。因为这世上快乐者少，而受苦者多。"②问题在于，当历史进入它的喜剧式否定
阶段，七月派作家仍能无视时代风格的嬗递变化，甚至在建国后的"颂歌"时代仍不
改美学初衷，其悲剧意识显然比其他作家来得强烈而持久。悲剧感是一种客观化
的自我价值感，在对它的爱好背后必然隐藏着他们对于生活的独特观点和评价。

七月派的悲剧世界存在着一种"苦难崇拜"的审美意向，这是构成其美感魅力
的特征之一。不言而喻，悲剧性必然体现为对苦难的观照，而不同观照方式又决定
着悲剧的不同形态。七月派作家喜欢写痛苦和灾难，即使反映根据地生活的小说
也不例外：愈是作者喜爱的人物，愈要被置于灾难之中，经受"炼狱似的悲痛与苦刑
似的劳役"。苦难被抽象化乃至理想化，作品不同程度地成为一个具有"人间苦"意
味和炼狱性质的艺术世界。这正显示出七月派悲剧视角的独特性：苦难是作为社
会历史状况的抽象物即人与生活的一种恒定关系进入小说的。作品实在的社会历
史内容往往与作者对人生的形而上思考相交织，现实与抽象、美学与哲学、有限与
永久，种种矛盾和谐地统一于其悲剧美感之中。丘东平、路翎、冀汸的人物内心大
都被镶嵌了人生悲剧感，作品中充满复杂社会纠葛的现实苦难与"生命力受了压抑

①　可参见钱理群、吴福辉、温儒敏、王超冰：《中国现代文学三十年》，第 415 页。
②　郁达夫：《敝帚集·文艺鉴赏之偏爱价值》。

而生的苦闷懊恼"①，几乎成为一句同义语。为什么苦难和痛苦能如此轻易地深入七月派小说的本质？我想，这可能与他们美感体验的属性及由此形成的审美世界观有关。在建国后路翎曾这样引用苏联作家爱伦堡的话为自己的美学追求辩护："对于一个作家来说，描写幸福，当然要比描写不幸愉快得多"，但只要生活中存在着苦难，"就不能简化人物的内心生活，从内心生活中抽出它的那些亲切的经验或悲哀"。② 一般而言，特定的美感体验总是形成特定审美世界观的基本材料，它影响并制约着作品的风格秩序和美学处理的方式。七月派作家或者"把苦恼作为生命的本质看待"；或者把"死"看作"一种人生的过程"，而征服"死"，则"是目前人类历史的转换点，也就是我们创作的重要的主题之一"③。对于他们来说，使小说的形式内容统统浸渍于苦难和痛苦之中，不仅与其美感体验的属性保持着和谐，而且还是寄寓其悲剧人生观，或就人与社会历史状况的关系进行思考，以使自己更自然、更符合本心地把握世界的有效手段。

七月派的悲剧世界还存在着绝对地张扬人的主体力量的倾向，这是构成其美感魅力的特征之二。路翎发现，尽管生活中充满苦难和不幸，但"人们总是在生活着，生活总是在前进着"④。那么，是什么力量推动着生活的进程？人在苦难中显示了怎样的本质特征？七月派作家通过竭力张扬人的主体力量回答了这一问题。无论丘东平那"在这个伟大的时代受难的以及神似的跃进的一群生灵"。⑤ 还是彭柏山和吴奚如那些沉默而倔强的主人公，还是路翎和冀汸的"对于封建主义的个人的反叛"和体现着"民族解放战争中间的时代要求和人民的要求"⑥的孤独英雄，一律具有昂扬的意志力和真正的悲剧人格：大灾大难的鲜明意象和崇高心灵（或心灵的崇高方面）的倔强自负，成为其悲剧效果的主要来源。人的主体力量与社会历史状况的关系被置于其悲剧思考的中心。在《财主底儿女们》、《饥饿的郭素娥》、《走

---

① 鲁迅：《苦闷的象征·引言》。
② 路翎：《为什么会有这样的批评》，《文艺报》1955 年第 2 期。
③ 参见《希望》二集三期丘东平致胡风的信，《七月》第八期胡风《关于创作的二三理解》一文所引的柏山致曹白信。
④ 路翎：《求爱·后记》。
⑤ 胡风：《东平短篇小说集·题记》。
⑥ 胡风：《财主底儿女们·序言》

夜路的人们》、《茅山下》等一批中长篇小说中，人物与社会、自我的冲突模式与其历史哲学图式重叠。在七月派的历史观念中，个人的"主观"与其他人的"主观"——社会现实的相互作用的"合力"就形成"历史力量的本身"（路翎语），而人的主观意志的发扬即所谓进行"人生战斗"的方法，又"是要全面地照顾到个人生活和社会生活，掌握其系列和错综的规律，确定每一个生活事件在这系列中的位置，因而确定它的意义或价值"①。也就是说，既然历史的力量是由若干相互矛盾的"主观"交汇而成的，那么强化并张扬这种蕴含着一定思想、情感和意志的主体力量，就可以达到依主观意志改造历史面貌的目的，人作为实践主体对于时代历史的价值也正在这里——但历史偏偏又不能接受这种改造，于是产生了七月派小说特有的悲剧性冲突：蒋纯祖个人的主观愿望与"历史的必然要求"之间不可能实现的矛盾；郭素娥"用原始的强悍碰击了这社会的铁壁"失败的矛盾；周俊企图用知识分子的良好意愿"改造"工农干部郭元龙的历史性矛盾……冲突双方矛盾的和解被扬弃，一种经由激烈的对抗和"具有悲壮的英雄性"的毁灭造成的壮烈感和悲怆感，充满整个七月派的小说。

　　七月派的悲剧世界为什么没有感伤？在通常情况下，感伤和崇高在美学上总是与悲剧性结伴而行。郁达夫小说的悲剧性为一种浓厚的感伤情绪笼罩着，巴金的小说也掺杂着一种为中国知识分子所特有的忧郁感。在以体验为主要认识生活方式的作家中，感伤几乎是他们小说的必然情调。七月派小说不乏崇高，不乏惊心动魄的激情场面，不乏英雄主义，为什么独独没有感伤？路翎在小说中解释说："实际上，伤心的这一种情绪在矿工们差不多是没有了；生命被麻痹了，那么就变成绝望的，非人性的恐怖！"（《黑色子孙之一》）确实，感伤的产生是与审美主体把握对象的"乏力"相联系的，它总是由秀美阴柔的对象发出，蕴含着一种令人怜爱的因素，因而排斥将"力"加入形象。但在七月派那里，无论题材选择还是美学处理，小说中人物、冲突、氛围无不被灌注了"力"，从而使这种在大动荡大变革时代不合时宜的美学效果得以避免。

　　那么，七月派小说的悲剧风格与其体验型认识生活方式又是什么关系呢？谈

---

　　①　舒芜：《什么是人生战斗》，《呼吸》创刊号。

到悲剧,人们常常引用这样一句话:"这个世界,凭理智来领会,是个喜剧;凭感情来领会,是个悲剧。"①七月派作家具有"从认识现实的方法上"形成艺术地"组织形式的力量"②的自觉,并强调要"以自己的血肉感受来说明客观世界"③,这表明他们是情感式地认识生活的。为什么这样就一定形成悲剧呢? 我想,情感式地认识生活需要认识主体全身心地参与认识过程,为了理解对象必须把自己化成对象。俗话.说:"理解一切就是宽恕一切",而宽恕中又包含着同情,同情的结果是对对象的可笑、滑稽本质的忽视。他从对象的各种本质中夸大了其严肃、崇高的一面,这样的认识取向一定导向悲剧。情感式地认识生活往往拉不开主体与对象的距离,因而难以进入喜剧情境。"进入喜剧性领域的一个必不可少的条件是,我们必须在某种程度上从严肃认真以及日常生活的真实感情中解脱出来。"④由于七月派作家过于注重体验式地认识生活,所以往往在美学处理过程中把喜剧性题材扭曲为悲剧或正剧形态。以路翎为例,他的小说一般并不缺乏喜剧性材料,如《家》《棺材》《一个商人怎样喂饱了一群官吏》等揭露剥削阶级丑态和内部倾轧的小说,只需稍迈一步就能进入喜剧领域,但作者却用巨大的义愤把题材内在的喜剧性包裹了起来,无法摆脱日常情绪的干扰,把义愤转化为艺术的讽刺。其正义感压倒了幽默感,伦理学压倒了美学。绿原曾指出路翎对题材的处理可以由"可笑"到"严肃',而这又根源于他"用心"而非"用脑"的写作态度。⑤ 其实,"用心"而非"用脑"地写作,体验而非观察地认识生活,参与而非旁观地把握世界,不过是他们实现"作家的主观与创作对象的融合"⑥这一中心美学命题的副产品而已。

无论认识生活的方式是体验或观察,写作态度是"用心"还是"用脑",这都是小说创作的可行性选择。关键在于作家应该找到与自己特定的生活内容、人生态度、美学理想相适应的风格手段。七月派强调体验的深刻之处在于:它意味着作家把自己投入一个身不由己的改造过程,对生活采取了完全开放的态度,有助于克服现

① Horace Walpole,转引自杨绛《有什么好》,《文学评论》1983 年第 3 期。
② 胡风:《论民族形式问题》。
③ 路翎:《求爱·后记》。
④ 李斯托威尔:《近代美学史述评》,第 225 页。
⑤ 绿原:《路翎这个名字》,《读书》1985 年第 2 期。
⑥ 胡风:《关于创作发展的二三感想》。

代作家为一定目的寻找生活经验的倾向和纠正"从不给予人们是生活着这个血肉的感觉"的"公式主义或教条主义"。① 但七月派关于体验和观察关系的认识是有偏颇的，他们在反对"客观主义"的同时，往往把体验和观察截然对立起来，在抬高体验的同时压低了观察。由于他们过于注重自己体验过的东西，所以体验的局限往往就成为作品的局限。尽管路翎小说的生活容量很大，有人把其题材的广泛性与托尔斯泰的小说相比，但从农民、矿工、士兵到知识分子，统统包含了纯粹路翎式的体验——他往极不相同的人物内心填塞了某些相同的东西。作者的主观过于干涉了人物，反而违背了现实主义。

　　作为一个深深植根于现代中国社会和文学进程的小说流派，七月派对于现代小说的意义是显而易见的。一方面，它最大程度地参与了中国小说现代化的过程，提供了一个极富个性的现实主义文学结构：其艺术地贴近社会生活的方式是体验，形象地表达作家生活感受的主要审美视角是"复杂性"、"激情特质"和"悲剧性"，形成小说诗学理想的方法是对其关于现代社会关系之认识的美学改造。它把创作主体在艺术地把握世界过程中所起的能动作用强调到极致，成功地把现实主义文学对外部世界的客观描绘移到了人的内心，深化和丰富了现实主义。另一方面，由于其整个艺术过程是在激烈的社会对抗和美学对抗中进行的，所以它的风格特征和美学理想又带有某种"论辩性"。这往往使它在肯定自己的风格手段时丧失应有的节制，把深刻的东西绝对化，混淆创作主体与表现对象、艺术追求和生活逻辑、美学目的和艺术方法之间的界限，在深化现实主义的同时又违背现实主义。尤其令人惊叹的是，这些弱点往往与它的优点相互交织着，贡献与损伤、成就与教训、使人击节赞赏的和令人扼腕叹息的，不和谐地共存于一个艺术共同体内。当然，这种现代小说艺术发展的悲剧性现象或许是应由时代来负责的。无论七月派的贡献，还是那带有规律性的教训，都意味着它在现代小说史上不可替代的作用和地位，也证明了它的生命力——那在研究者眼里比在普通读者眼里更有魅力的生命力！

（原载《文学评论》1988 年第 3 期）

---

　　① 路翎：《求爱·后记》。

论七月派小说的风貌和特征

严家炎

　　七月派是抗战时期形成的一个以小说和诗歌为主体的文学流派,是以胡风为核心的一个有影响、有贡献的流派。但由于众所周知的原因,五十年代以来很长一段时间内,胡风周围的一些作家在现代文学史上的地位,他们创作的成就、特点等,都没有得到应有的研究和评价。至于流派,更无人涉及。直到近几年,才有人开始对七月派诗歌进行研究。路翎的小说也开始重新受人注意。而作为小说史上重要流派的七月派小说,则至今尚无人研究。

　　这里,我想对七月派小说的风貌、特征作些考察。

一、小说审美内容的异常复杂性

　　七月派小说给予读者的突出印象,首先是审美内容和艺术风貌上异常的复杂性——这种复杂,有时简直到了难以言传的程度。生活,在这里以其本色的面貌呈现出来:江潮夹裹着泥沙,广袤包容着芜杂,常态伴生着变态,既使我们获得饱和感、满足感,也使我们产生压迫感、紧张感。如果说京派作家追求单纯的美,以淡远隽永、玲珑剔透为美的极致,那么七月派作家则恰好相反,他们追求繁复的美,以浓重遒劲、复杂丰富为审美理想。如果将京派小说比作素净淡雅的水墨画,七月派小说则可以说是色彩浓重的油画。两派作品的差距，真是难以道里计。

七月派作家竭力挖掘生活本身的复杂性。东平、柏山的小说虽然大多写革命根据地的生活，展现的却并非单纯的阳光普照的欢乐世界，而是充满着光明与黑暗、勇敢与懦怯、理智与愚昧、献身精神与自私心理的激烈搏斗。柏山的《崖边》、《皮背心》《叉路》，都写了各种复杂的旧意识怎样羁绊着农民小生产者的觉醒和行动。作者探索着人民群众走向光明、解放过程中与自己身上各种弱点和精神奴役创伤所进行的艰难斗争。东平的《通讯员》、《沉郁的梅冷城》、《一个小孩的教养》，甚至写到了根据地发生的痛苦和悲剧。长篇《茅山下》虽只写出五章，民族矛盾和阶级矛盾相互错综的形势，工农干部和知识分子干部为大目标合作却又格格不入的关系，也都显示了相当复杂严峻的生活趋向。至于路翎写大后方的小说，更具有异乎寻常的复杂内容，许多方面超出人们的想象。《燃烧的荒地》中那个从外地带了左轮手枪回家的郭子龙，一出场就摆出一副挑衅的不可一世的姿态，公开声称要向地主吴顺广复仇，读者真以为他是《原野》中仇虎式的人物。不料过不了多久，就是这位郭子龙，反而成为吴顺广的帮凶！曾经那样诚恳地向农民张老二许愿给予"帮助"的这位过去的大少爷，有谁料到，不久之后反而会占据了他的妻子！吴顺广那样独霸一方、神通广大、阴狠奸猾的笑面虎，又有谁能料到，最后竟不死于任何"英雄"之手，而是被老实温顺、善良可欺的张老二所杀！《蜗牛在荆棘上》里的黄述泰，在镇公所愤怒控诉劣绅们的恶行时，又有谁能料到，对方的反应竟很温和，"仿佛在恋爱，仿佛有些羞怯"，而乡亲们竟也和他打趣，仿佛"包庇兵役和私贩鸦片都是很有趣的事！"读路翎的不少小说，读者常常会感受到许多出人意料的笔墨，引起极大的兴趣。这里的根本原因，就在于胡风所说的："他从生活本身底泥海似的广袤和铁蒺藜似的错综里面展出了人生诸相"，"他底笔有如一个吸盘，不肯放松地钉在现实人生底脉管上面"①。也正因为这样，路翎许多小说的主题常常不是单一的，而是如生活本身一样：繁复多面。就拿长篇《燃烧的荒地》、中篇《蜗牛在荆棘上》来说，写的可以说是地主与农民间一种特定形态的阶级斗争以及地主集团内部的斗争，但实际主题又远不止这一些，它们接触了群众身上的"精神奴役创伤"，批

① 胡风:《〈饥饿的郭素娥〉序》。

判了"乡场文化"——内地农村封建文化的特定形式,揭示了那种冷漠中庸的心理环境对任何英雄悲剧的拒绝、抵制和软刀战法,也解剖了中国地主统治的各种形态……确实丰富得很。诗人兼评论家唐湜在四十年代就这样说过:"路翎所以有远大的前途,就在于他没有给庸俗的'逻辑'的眼光束缚住,只平面地、孤立地'暴露'人生的一些所谓有'社会意义'或'政治意义'的现象;他抓住一些简单的东西来写,却没有故意使它在繁复的人生的网里孤立起来。他只敲起一个键子,却引起了无数瘖哑的然而强烈的和音。一个启示,却透明无尘,可作多方面的解释。一片光影,却几乎是一片无边无涯的海洋。"①

　　七月派小说的这种复杂性最核心、最集中地表现在人物性格的复杂性上。七月派作家几乎不写单纯的性格。尤其是路翎,他笔下的人物性格,恐怕没有一个是单一的。路翎曾经在《对于大众化的理解》(《蚂蚁小集》之二)一文中,批评《王贵与李香香》的弱点在于没有扣紧社会矛盾这个中心来写人物,"政治信仰的乐观精神还没有能在人生情节和矛盾中活出来",以至"在表现和那历史形势相应的人民的生活斗争的精神变革斗争这一点上,它是过于简单,甚至单调了"。这个批评体现着路翎的审美追求和审美情趣。他的小说中的人物形象,常常是多种精神倾向的奇异结合,是极端复杂的矛盾统一体。《财主底儿女们》里那个金素痕,既有王熙凤式的泼辣、狠毒,又有暴发户式的贪婪、放荡,从这些方面说,她都是可怕的"恶魔";然而,在丈夫蒋蔚祖逃亡失踪后的一段时间里,她又痛哭流涕、真诚地忏悔,热切地思念着蒋蔚祖,这又像是"温柔的天使"。虽然后一方面并不能掩盖前一基本的方面,然而人物性格的复杂,确实到了令人惊诧叹服的地步。《燃烧的荒地》中那个破落户子弟郭子龙,"是一个狂妄、聪明而大胆的角色,这种角色,是由山地里面的强悍的风习,袍哥的英雄主义,以及几十年来的社会动荡培植起来的"。他还曾经"是一个军阀的烂兵,一个逃走的杂牌军官,贩卖鸦片,强奸女人,劫掠村庄,是一头粗野而痛苦的野兽"。然而这只是一个方面。另一方面,"在这野兽底里面,又有着一个少爷、梦想家底纤弱的灵魂。这少爷、梦想家总在给自己描绘一个美满而安适的将来;或者,受着挫伤,诗人似的企图着一个凄凉而悒郁的归宿"。正是这种亡命徒

---

① 唐湜:《路翎与他的〈求爱〉》,《文艺复兴》1947 年四卷二期。

和阔少爷统一的性格,使他没有经过几个回合,就败在吴顺广手里,并且被吴收买过去,落了个"大粪营长"的诨名。在七月派作家看来,只要是活生生的人,就不可能那么单一。他们对人物复杂性格的醉心,甚至导致他们偏爱去描述某些变态的难以理解的成分(这在最后一节中我们还将谈到)。然而,人物性格的复杂面貌毕竟是历史的产物,是现代社会错综复杂的社会关系相互渗透的结果。七月派作家把对现代社会关系的这种认识,转化为有关人物形象的美学思考,于是形成了一些独到的见地。《财主底儿女们》中,蒋纯祖就有这样的想法:"我们为什么爱一个人,认为他是我们底朋友? 因为他,这个人,也有弱点,也有痛苦,也求助于人,也被诱惑,也慷慨,也服从管理,也帮助他的在可怜里的朋友!"(八四二页)在蒋纯祖看来,"有时候,即使是最卑劣的恶棍,在他自己的生活里,也是善良的;而他,蒋纯祖自己,也不全然是善良。假如他是可爱的,那是因为他只有一点点善良。此外他有很多的妒嫉。"(一一一二页)蒋纯祖对人物性格的这些分析,相当程度上可以代表作者自己的看法。在路翎等七月派作家看来,"活的人"具有人性与兽性两个方面,兽性的一个具体表现为奴性——精神奴役创伤,而人性则既有雄强有力的形态,又有美好柔弱的形态。作家的性格描写,就是要透过一面来显示另一面,写出活生生的复杂性格来。用胡风的话说,路翎"是追求油画式的,复杂的色彩和复杂的线条融合在一起的,能够表现出每一条筋肉底表情,每一个动作底潜力的深度和立体"。[①]这正是七月派小说能够吸引和震撼读者的一个重要原因。

二、心理刻画的丰富与独到的深度

七月派小说给予读者的第二个突出的印象,是人物心理刻画的丰富性与独到的深度。七月派作家不满足于一般的心理描述,他们要求表现"一代的心理动态"。[②] 不同于心理分析小说的是,七月派小说的心理刻画不从弗洛伊德的精神分

[①] 胡风:《〈饥饿的郭素娥〉序》。
[②] 胡风:《文艺工作的发展及其努力方向》,《胡风评论集》下册,第12页。

析学出发,而是从生活出发。胡风说得好,小说必须表现"活的人、活人底心理状态、活人底精神斗争"。七月派作家就很看重表现这种活人的丰富复杂的心理,把它作为小说美学的重要追求。丘东平、彭柏山、路翎等作家都喜欢采用一种直追人物心理的写法:只花极少的笔墨,就进入人物的内心世界。而且,他们笔下的心理描写,往往不是通常那种静态的、单向的,而是动态的、多向的、有立体感的,连生活里各种偶然性因素在人物身上引起的心理效果也都一并写出来,使读者犹如置身在立体声交响乐的氛围中,感受到生活本身的那种丰富性。《饥饿的郭素娥》第九章中,那个被迫痛苦地和老鸦片烟鬼刘寿春共同生活了几年的郭素娥,由于想到当天晚上就要和她的情人——技工张振山一起出走,一种幸福的狂喜,升起在她心头,她竟愿意打扫那间从不打扫的房子;随后,野外一支充满悲愤的歌声——"十字街头无米卖,饿死多少美姣年",逗得曾经因饥饿而卖身的郭素娥心情焦灼起来;张振山晚餐以前没有如约出现,而阴险毒辣的刘寿春又全天躲着不照面,这使郭素娥因惊觉、疑惧而"心绪变得险恶";她煮了包谷羹,但一种不祥的预感使她无心去吃一点……这是真正从生活里来的艺术:周围环境哪怕是很细微的一些因素,都可以触发人物心情的变化,而心情的变化又会反作用于环境,使人物做出一些本来并不想做的事,这些描述充满生活本身的魅力,而写得又如此精彩和富有层次。路翎当时以一个刚满二十岁的青年,就能写到这种水平,实在不能不使人吃惊和佩服。

七月派作家,特别是路翎,心理刻划方面最大的成功之处,是善于写出人物在特定境遇中异常丰富的心理变化,善于写出从某种心理状态向另一种对立的心理状态的跳跃,如从低沉懊丧转向昂扬自信,从深深痛苦转向极度欢乐,从百般烦恼转向和谐安宁,等等,这种心理变化的幅度往往是一百八十度,频率往往是瞬息万变,这种变化幅度与速度在中国现代小说史上都是罕见的。胡风在《财主底儿女们》的《序》中指出:路翎"所要的并不是历史事变的纪录,而是历史事变下面的精神世界底汹涌的波澜和它们底来根去向,是那些火辣辣的心灵在历史命运这个无情的审判者前面搏斗的经验"。实际情形正是这样。蒋少祖曾经通过"五四"运动接受西方进步思潮的影响,站在时代的前列,然而他在心灵深处把人民视为"异类",对人民有恐惧感。"革命是什么?""人民懂什么?"自由主义的立场终于使蒋少祖靠近汪精卫,认为只有汪精卫一个人"最清醒"。而他的弟弟蒋纯祖则宣告信仰人民。

但蒋纯祖的道路同样是极为曲折的,他经历了"心灵的炼狱",在他心理渐变的长链上,同样充满了许多这一类的突变。包括蒋纯祖几次恋爱中的心理波折,都写得酣畅淋漓,撼人心魄。这是一种能抓住读者灵魂的很高的美学境界。甚至路翎的短篇小说《王家老太婆和她底小猪》、《易学富和他底牛》、《俏皮的女人》、《感情教育》、《旅途》等,也都出色地写出了主人公片刻间急剧的心理转折。王家老太婆对自己喂养着的那头小猪,简直当作宝贝,因为在小猪身上寄托着她身后的一点低微可怜的希望。虽然小猪在风雨之夜逃到了屋外,老太婆仍只是口头吆喝,舍不得用篾条抽打小猪。当保长夺过篾条抽打小猪时,她感到心疼,就像抽打在她自己身上。后来她被保长的话气得发抖,从保长手里愤而要回篾条,"疯狂地抽打着小猪"。一边抽打,一边念念有词地叫:"你孤儿! 别个能打你,我就打不得? ……"把对保长的气全发泄到小猪身上,真是一百八十度的转折。这一切都写得极为入情入理。我们不妨再读读《燃烧的荒地》中郭子龙从虔诚地想当和尚,忽又转到恶意地嘲弄和尚的这一节文字:

    ……那晚餐也同样的洁净,一片萝卜,和一小碗冷饭,那老和尚坐在那里虔敬地吃着。

    郭子龙顿时觉得自己是非常的渺小。纯洁、受苦、孤独的老和尚,是比他这个浑身血腥的人要神圣得多了。

    "师父!"他喊,漂亮的唇边含着一个惶惑的,甚至是稚气、害羞的微笑。

    "阿弥陀佛!"老和尚说,合了一下掌,放下了筷子站了起来,惊骇地看着他。

    他这才觉得太不像样了,只穿着一件破汗衫和一条短裤。于是他更加惶惑地笑着,红了脸。

    "师父,对不起,我穿这种衣服,我说,收我做徒弟吧!"他说,生怕人家觉得他虚伪,做了一个恳求的手势。

    "阿弥陀佛!"和尚说,呆看着这半赤裸、胁下和胸前生着黑毛、苍白的肌肉上蒸发着难闻的体气的好汉。

    "师父,你老人家以为我是开玩笑吧?"郭子龙庄重地说,"过去,我的确开过玩笑,过去我太无聊了,这回我是绝对不开玩笑,我用……人格担保!"

他愤懑地红着脸,尴尬地笑着而闪出他底洁白的牙齿来。和尚沉默着。他在郭子龙眼里现在不仅是神圣的,而且是亲爱的——郭子龙渴望向他倾诉一切。

"师父,你听得懂我底话吧? 我想你师父也许晓得我,是不是?"

"晓得的,郭福泰的儿子啊!"老和尚肯定地说。

"所以你是能够明了我的! 你不以为我是一个坏人吧,譬如一个人落水了,师父,你是要救救他的吧? 我从前年轻,不晓得利害",他含着眼泪说:"老实跟你说,师父,我底良心跟我过不去! 我做的坏事太多了! 我看破了,一不为名,二不为利,我总是受人利用,其实我自己底心像小孩子一般的! 真的,师父",他用力地说,并且温柔地笑了,而他底眼睛是闪耀着欢喜的眼泪。这是他这么多年以来唯一的一个纯洁的时间。"一个人要看破人生,过一种干净的、受苦的生活! 在我年轻的时候,我以为我会做大事业,打倒一切腐败的东西! 我简直发疯了! 可是呢,中国还是这个样子,我自己倒腐败了! 倒是吴顺广做了那么多的恶反而享福! 他还是大善人,大施主! 靠穷人的血养肥起来——我倒不想过那种猪样的生活!"

郭子龙又愤激了起来。在他骂着吴顺广的时候,老和尚念了两声佛,显然觉得这是罪过的。但那意思又很暧昧,好像是,吴顺广固然有些罪过,然而骂他也是罪过的:大殿里的长明灯是因了他底施舍而点燃的。郭子龙停了下来,看着老和尚。他忽然觉得,他刚才要拜他为师父的人原来也是这样的卑贱而渺小。于是他冷笑着,闪烁着他底灵活而聪明的眼睛,叉着腰对着老和尚。

"师父,你收我吧?"

"阿弥陀佛,世事难说的很啊!"老和尚不安地说。

"那倒真是难说!"郭子龙说。"就是菩萨的事情,我看也是难说的很——怎样,收不收我这个徒弟?"他恶意地说。

"郭大爷,你真是会开玩笑,嘻嘻。"

"我倒不开玩笑呢。我说菩萨的事也难说的很! 姑娘婆婆信观音菩萨,这个观音菩萨我倒喜欢他一点点,不过你们左边那个大的、头上挂两块红布的男菩萨是啥子菩萨呢?"

"罪过罪过。那是地藏。地藏是救母的目莲。"

"我不喜欢它,肥头大耳的,恐怕还是吃多了。"

这样恶劣的玩笑,恐怕也只有郭子龙能够开得出来,而且他底态度还是一本正经的。老和尚惶惑地望着他:这个刚才非常动情地说着要出家的人。

郭子龙,在这种恶劣的活动里,不再烦闷了,感到一股强旺的内心的活力。他继续说着:"你们那个年轻的秃子——他是你师弟罢? 他有几个老婆? 我看他天天要回家跟老婆睡觉呢。"

老和尚发出了一个恐惧的喊声,不断地摇着头。郭子龙底恶意的嬉笑的神情突然地转变为愤怒——露出了他底那一副漂亮的狞恶的相貌,从鼻孔里哼了一声,走出去了,并且猛烈地冲击着破烂的格子门。他带着高扬的邪恶的心情走到街上来了。对于过去、现在和未来,他都不再感到哀痛,……

——第 148 至 151 页

片刻间的心理活动写得这样丰富、真切、自然,心理变化的幅度又是这样巨大,这在其他作家笔下是很难看到的。如果说《财主底儿女们》中对蒋纯祖的心理描写还有因学习罗曼·罗兰《约翰·克里斯朵夫》而留下的生硬痕迹的话,那么,上述这些描写就已经达到相当圆熟的境地了。

由于对人物心理把握得准,体验得深,七月派作家有时甚至不正面展开内心活动的描述,也有本事能深刻地显示人物心灵的震颤。如路翎短篇小说《祖父底职业》中,通过少年主人公的眼睛,侧面烘托了祖父死后父亲的沉重心境:

父亲仿佛整夜都没有睡,……他的发胖的身躯每走一步,就使壁上的小柜子簌簌地颤抖。他仿佛有着无底的怨恨,他仿佛要把地踩陷下去,或是踩成一个坑,使自己陷到地里去。

我们并不清楚父亲此刻内心的具体痛苦,但"他仿佛要把地踩陷下去,或是踩成一个坑,使自己陷到地里去"这一句话就使我们震动,使我们产生强烈的共鸣。

有关人物心理的体验能够深切到这种地步，就有了真正抓住读者的魔力。路翎的另一个短篇《老的和小的》，用了这样的笔墨来写一个平时受尽欺凌的小女孩在糖食担前中奖——得到一个大的糖罗汉后的表现：

> 　　怯弱的赤脚的女孩，这失去了父亲的、孤苦的女孩，她一直没有开口。她从不敢想象她会得到这个——这伟大的犒赏，……她底脸发白了，她底嘴唇发着抖，她紧紧地抱住了这个伟大的糖罗汉。她底光赤的脚向前移动，她向空场慢慢地走去，显得怀疑、动摇、不安。但她突然地发出了一个尖锐的狂热的叫声，向前飞奔了。

小说没有一个字写到小女孩内心的激动兴奋，反而写了"她底脸发白"，"她底嘴唇发着抖"，"慢慢地"，"向前移动"，等等，后来才"突然地发出了一个尖锐的狂热的叫声，向前飞奔"，仿佛与女孩兴奋的心情很不一致。然而只要仔细体味，我们就会感到：唯其这样描写，才把这个平时受尽欺侮的孩子面临突如其来的幸福时的激动，写得惊人地准确和深刻。这就叫做"无声胜有声"，没有直接写心理活动，正是最好地写了心理活动，并给读者留下了充分想象的余地。这也是七月派小说家的一点成功的艺术经验。

三、热情的重体验的现实主义色调

　　七月派小说给予读者的再一点突出的印象，是它那种富有热情和重视体验的现实主义色调。这种色调使七月派小说和一般现实主义作品相比有了很大的区别。

　　《财主底儿女们》下册里那个主人公蒋纯祖，有一次就文艺问题发表了意见，他认为："真的、伟大的艺术必须明确、亲切、热情、深刻，必须是从内部出发的。兴奋、疯狂，以至于华丽、神秘，必须从内部底痛苦的渴望爆发。"（九八一页）这些见解，可以看作是作者本人的见解。路翎自己也曾说过："万物静观皆自得，我们不要，因为它杀死了战斗的热情。将政治目的直接搬到作品里来我们不能要，因为它毁灭了复杂的战斗热情，因此也就毁灭了我们的艺术方法里的战斗性……"①七月派作家确实一致强调现实主义作品里要渗透作者的热情和战斗精神，认为这是真假现实主义的区别。他们对于叙述、描写上的冷漠态度表示极大的反感，甚至对于社会剖析派作品那种有倾向性的客观描写也难以容忍。他们自己的作品在发挥主观战斗精神、融合爱憎感情方面，进行了极有意义的试验。

　　七月派作家讲的创作上的热情和主观战斗精神，并不是创造社作家那种直抒胸臆、大声呼喊式的感情宣泄，而是要求作者把艺术感受力、表现力尤其体验的能力提高、发挥到最大的限度，要求作者把爱憎、热情融合到叙述描写的字里行间。以东平的小说《一个连长的战斗遭遇》为例，字里行间就充溢着内在的不可抑止的激情。如写林青史们在战斗胜利后悼念高峰和其他牺牲者的一段文字：

　　　　……林青史挥着臂膊，他低声地这样叫：

　　"同志们，都起来吧！立正吧！……要的，要立正的。"

　　　　兵士们踉跄地从地上爬起来，新的漂亮的武器抛掷在地上，松解了的弹药带，像蛇似的胡乱地在腰背上悬挂着，有的一只手拉着解脱了的绷腿。仿佛在峻险的山岭上爬行似的佝偻着身子。血的气味重重地压迫着他们，使他们不敢对那英勇的战士的尸体作仰视。

　　　　于是人类进入了一个庄严而宁静的世界，他们的灵魂和肉体都静默下来，赤裸裸地浸浴在一种凛肃的气氛里面，摒除了平日的偏私，邪欲，不可告人的意念，好像说：

　　"同志，在你的身边，我们把自己交出了，看呵，就这样，赤裸裸地！"

　　　　两个兵士（抬着高峰的尸体）稳稳地、慢慢地走着，屏着气息，仿佛注意着已死的斗士的灵魂和他的遗骸的结合点，不要使他受了惊动，要和原来一样的保存他的一个意念，一个动作，一个姿势……

----

　　① 《〈何为〉与〈克罗采长曲〉》。

这也许是我读到的现代小说中写悼念写得最动人的文字。这里用了许多"仿佛……""好像……",在这类字样后面,往往传达着作者从生活中得来的一些最精彩的体验。这是一种最确切的形容,最微妙不过的提示。它们能把干巴的转化为生动的,抽象的转化为具体的,模糊的转化为明晰的。它们显示着作者良好的艺术感觉。

路翎从他在《七月》上发表小说《"要塞"退出以后》开始,也在行文中随时渗透着鲜明的感情色彩。如《"要塞"退出以后》写到中国军队自己炸毁刚刚修筑起来的抗日工事,准备不战而撤退时,先后用了这样两段笔墨:

> 天黑下来了,外边有巨大的爆炸声,不知是放炮还是炸工事。水流声大起来,仿佛远远的江岸有什么巨大的东西在爬走。机枪在哭,金主任又一次抓起冰冷的电话筒。
>
> 村舍也像秋天季节的田野一样荒凉。人全不知逃到什么地方去了,纺织机和磨坊哑了。在纺织机旁还有零落的纱和布匹,大量的谷粒散落在禾场上,草堆旁边。——那些仿佛脱落了牙齿的口腔样的黑洞洞的门窗带有责备意味地张着,仿佛在说:"你们为什么这样无用,光顾逃走啊!……"

又如在《家》这篇一方面写劳动者金仁高在困难环境下坚持工作,另一方面写吸血鬼刘耀庭荒淫无耻(四十多岁的人再娶十七岁的小老婆)的小说中,写劳动者不怕敌机轰炸、坚守岗位时用了这样沉重而又刚健的笔墨:

> 大门搬拢了,黑布窗幔像哀伤的面幕一般垂了下来。恐怖而寂静的山谷和旷野被关在屋外。锅炉底下,火笑着,汹涌着。

而写到吸血鬼刘耀庭房子着火时,则用了这样一种欢快的笔调:

> 火灾是黑色的昏倦的生活上的鲜红的光朵:是女人们和孩子们底节日。他们高兴而满足地谈笑着,欢跃着……

在七月派其他作家的小说中，这类渗透着感情的文字也很普遍。冀汸的长篇《走夜路的人们》写了一个不幸的青年妇女小玉，她嫁给了一个有生理缺陷的丈夫，反而因为不生育受到人们的鄙视和折磨；她和一个男青年银堂相好，对方又缺少勇气和她一起出奔，她只好在怀孕后孤身出走，终于演出了悲剧。作者写小玉深夜出走时，用了这样的抒情性笔墨：

> 小玉跑出了村庄。
>
> 暗夜，田野，凉爽的风，显出了无比的宽阔和深厚。她感到了真正的自由，像幽囚得太久了的野兽，要即时奔回山野去。但她没有方向，没有目标，顺着大路没命地奔跑。她感到了夜风底清凉，感到了夜底静，感到了田野底无际无边。她因为饥饿，而贪馋地呼吸。这大气啊，清凉，然而新鲜。对它们，她很陌生，但她觉得，它们是早就等待着她的。于是，她贪馋地呼吸着，跑着。她有了多么难得的幸福啊。……夜啊，这是温柔的夜啊！夜在说话，夜在亲切地招呼她："你来吧，来吧。我要拥抱你，我将保护你。信任我，信任我。我张开了我底温暖的臂膀呀，对于你。来吧，来这里，接受我底无比的爱抚和支持。"……
>
> 在这里，她得到了非常的鼓励和诱惑。她清醒而快乐。她奔跑。她把自己交给了无边的夜。

作者对人物的同情洋溢在字里行间，一边叙述，一边忍不住就抒情。虽然在我们看来这种感情的抒发同路翎相比也许少了一点节制，但它无疑是七月派作家强调主观热情、反对客观主义的又一个极好的例证。

注意到了七月派现实主义作品中的上述感情色彩以后，我们也就能够理解他们小说中的叙述成分为什么是那样多。《七月》曾全文译载卢卡契的论文《叙述与描写》（译者吕荧）。其中说："叙述是综合性的表现，需要充足的生活储藏和知识，描写是片断性的表现，作者只要匆匆一眼，就可大描写特描写起来。"这种看法其实是有偏颇的，但《七月》的编者显然赞同这种看法。原因就在于：叙述便于分析评议，更能体现作家的爱憎感情，而描写则意味着作家把思想感情色彩隐藏在生活事件和形象的背后。《财主底儿女们》上部写到老仆人冯家贵时，用了这样的笔墨：

"在这个家宅里,现在是有着两个诗人和王者,一个是蒋蔚祖,一个便是他,冯家贵。他底记忆,他底爱情,他底傻瓜的忠贞使他得到了这个位置。当蒋蔚祖坐在他底烛光中时,他,冯家贵,吹熄了灯笼站在水流干枯的石桥上,寒冷的、薄明的花园是他底王座。"(第三五六页)下部叙述了蒋纯祖在日军到达前逃出南京,他在昏乱中独自向荒野逃亡,夜间睡在潮湿的稻草堆中。接着,作者分析道:"一个软弱的青年,就是这样地明白了生活在这个世界上的自己底生命和别人底生命,就是这样地从内心底严肃的活动和简单的求生本能的交替中,在这个凶险的时代获得了他底深刻的经验了。一个善良的小雏,是这样地生长了羽毛了。现在他睡去了,睡得很安宁。冷雨在夜里落着,飘湿了稻草堆,他深藏在稻草中。"(第六一七页)这两段文字,几乎把叙述的优点发挥到了最大限度。如果是描写,就不会提供这种夹叙夹议的方便,就不会有作者对人物进行分析、进行概括评论的优越性。可以说,《"要塞"退出以后》中对主人公沈三宝的叙述和分析,《饥饿的郭素娥》中对女主人公的叙述和分析,《燃烧的荒地》中对郭子龙的叙述和分析,都是基于这样一种理由而采取的。

有一点应该指出:七月派小说由于在文字中渗透感情,在创作时重视体验,这就使他们同强调主观表现的现代派有了某种接近。丘东平最早几篇小说,就被郭沫若认为有日本新感觉派的味道。路翎的一些作品中,现代派成分也相当明显。如《饥饿的郭素娥》中,张振山眼前的景物是这样被体验的:"当深夜的山风掀扑过来的时候,柳树们底小叶子上就摇闪着远远射来的灯光的暧昧的斑渍,水面上的雾气就散开去。在雾气散去的黑暗的水面上,闪着淡淡的毛边的光,犹如寡妇底痛苦。"还有一处说:张振山"感到他的无论怎样的一个发音,一个动作,都和这烂熟的夜不调和。而夜的庄严的缄默,则使他底耳朵感到空幻的刺响"。又如《在铁链中》开头用了通感手法:"何姑婆在雾里走着。……空气是潮湿、寒冷、新鲜的。各处的凌乱的声音听起来很是愉快,这些声音也是潮湿、寒冷、新鲜。"最明显的现代主义写法,是在路翎的《棺材》这篇小说中。小说写了一对贪婪的兄弟王德全与王德润。他们先是来路不正地占据了一家"不知道因为什么缘故在几天内全家病死"者的宅园,后来兄弟俩又相互欺诈,大打出手,争做棺材生意,闹着一出丑剧。哥哥虽然心计很多,但全然不是凶悍的私设鸦片馆的弟弟的对手。小说中有些片断写得很怪

异,如:

> 这一夜,王德润底鸦片客人刚刚散去,就起了狂风。这狂风仿佛一张有着钢牙的大嘴。在咬嚼屋顶,使得这家庭底碉楼和屋子簌簌地抖动着。王德润是睡得很沉的,假若不捶他底头,就不能喊醒他。但王德全却不然。狂风一起,门板一碰响,他就不能睡了。他点了一盏灯走出房来,用手护住火苗,向四处察看,因为相信自己听见了一种悉悉走动的声音。

> 但什么也没有。然而在这种察看中,他底凝固了的心却被所得的严肃的印象偷偷叩开了。他寒冷,对周围的一切有了一种鲜跃的感觉,突然和他底挂虑,他底全部生活的昏朦状态远离了——缩了缩身体再看的时候,一切全带着自己底打着辛苦的印记的历史生动地对他无声地说起话来。陈旧的桌椅说:"从你娶亲的时候起,我便在了! 那后来被人害死的麻子木匠做了我!"写了"枝书""采药"的挂在中堂左边的黑漆牌说:"你底祖父,你底祖父!"院子里的破裂了的石水缸也说着和这类似的话,至于那竖立在围墙一面的黑色的碉楼和它后面的在狂风里啸出怖人的大声的高大蔽天的沙桐树,则愤怒而悲切地鸣叫道:"我们有两百年了! 两百年了! 你底生活永远不会好,你就要倒下去!"

> 主人怔住了! 这些灰暗的摆设,古旧的建树,它们能活多少年! 在这变幻的世界里,他昏沉地钻营,自大而空虚地消磨生命,有多少时日在心里连一点空隙也不留给他们呀! 然而他们却一直是统治者!

> 他恐惧,一阵风扑熄了灯。他依着门柱懊丧地站着,从嘴里喃喃地发出昏迷的、悲凄的哼声。

这段心理刻划,很容易使人联想起美国表现派剧作家奥尼尔的一些手法。它对呈现主人公王德全的性格、心理的确是有帮助的。

由此可见,七月派的现实主义是一种独特的强调激情并十分重视体验的现实主义,是一种突出主体性的现实主义,是一种和现代派有了某种接近的现实主义。

四、总体风格上的沉郁、浓重、激越、悲凉

　　七月派小说给予读者最后一个突出印象,是总体风格上的沉郁、浓重、激越、悲凉,是作品中弥漫着的一种深沉的悲剧气氛。这种风格和气氛,一方面是时代赋予的:七月派形成和发展的时代,正当中国处于黎明前的黑暗时代,恶势力正在腐烂和受到打击,却并不甘心退出历史舞台;人民的力量正在飞快成长,却并不在各方面都成熟。这是一个曙光虽可预期,却仍然充满痛苦、挫折并产生悲剧的时代。七月派小说无疑折射着这种时代历史的气氛。另一方面,七月派小说那种沉郁、浓重、激越、悲凉的风格,又是作家们本身的思想气质和特定的审美理想、审美追求所决定的。东平、路翎等作家都曾深深地服膺于“五四”个性主义的思潮,并直接间接地受过尼采、托尔斯泰、罗曼•罗兰和早年的高尔基等哲学和美学思想上的熏陶。个人奋斗的顽强性和孤独感,都深刻地浸润着他们的灵魂,使他们对时代的痛苦和现实生活的一些激越、悲凉的方面具有特殊的敏感与特殊的审美兴趣。正是这两方面的原因,支配着他们小说创作的总体风格。

　　七月派作家笔下的人物,大多是些“倔强的灵魂”,他们具有异常强韧的有时简直令人震惊的性格。作者表现了这些性格在各种条件下不得不走向毁灭,这就发人深思,给作品抹上激越、悲凉的色调。东平《多嘴的赛娥》中的女主人公是个普通的农家童养媳,她被看作多嘴的人,经常挨打,为大家嫌弃。但她被派去为革命队伍送信而被敌人抓起来时,受尽苦楚,到死都没有吐露过一个字,显示了坚韧可贵的品格。小说表明,置赛娥于死地的凶手是敌人,然而“男尊女卑”之类的封建观念也早已使她陷于不幸。以八•一三战役为背景的《一个连长的战斗遭遇》,其主人公林青史是个对日作战有功的连指挥官,在血战中消灭了两批敌人,然而却被获救的友军恩将仇报地缴械。作品沉痛地写道:

　　　　像一簇灿烂辉煌的篝火的熄灭,英勇的第四连就在这个阴黯的晚上宣告完全解体了,而可惜的是,他们不失败于日本军猛烈的炮火下,却消灭于自己

的友军的手里。

更使人悲愤不已的是，林青史返回自己的部队时，竟被营长不问青红皂白地下令枪决。作品具有抗战初期特有的时代的重压。这些小说的风格多半沉郁、苍凉，有的还相当悲壮感人。路翎的不少作品，从他的《"要塞"退出以后》起，应该说同样是相当激越高亢的。《饥饿的郭素娥》中的女主人公，就颇有点强悍的气概：她在卑鄙的阴谋和严酷的火刑面前不屈服，"她用原始的强悍碰击了这社会底铁壁，作为代价，她悲惨地献出了生命"，她的死终于"扰动了一个世界"①。《卸煤台下》里那些命运悲惨的工人们，也曾经有组织地反抗过，他们失败了，却并没有变得驯服。《何绍德被捕了》里的主人公虽然被捕，却还是把吸血鬼狠狠教训一顿。《财主底儿女们》中的蒋纯祖，经历了漫长、曲折、痛苦的探求过程，他倒下了，临死前却为自己又见到旷野上人民前进的脚步而感到欣慰。《王兴发夫妇》中的农民王兴发，《燃烧的荒地》中的农民张老二，也都在不同的境遇中拿起比较原始的武器向压迫者复仇而且得胜了。尽管有的作品气氛不免压抑，但这些倔强性格的刻划，使七月派小说沉郁、浓重、激越的总体风格获得了内在的坚实基础，显得更为浑厚深沉了。

形形色色的倔强性格走向毁灭，这使七月派许多小说弥漫着浓重悲剧气氛。事实上，浓烈的悲剧性，正是七月派小说总体风格的一个重要构成因素。这里有几种不同情况。东平小说的人物（如林青史、友军营长、上校副官）往往是道德上的无辜者和残酷环境的受害者，悲剧的根源在于社会的恶势力。柏山小说的人物（如《崖边》、《枪》、《皮背心》的主人公）大多带有小生产者的深刻烙印和精神奴役的创伤，悲剧的根源在于历史的沉重负担；《皮背心》中分到浮财的农民穿上地主的皮背心便神气十足，高人一等，最后皮背心还是被还乡团抢走了，小说揭示出私有观念、封建等级观念与农民精神悲剧之间的深刻联系。而路翎小说的悲剧主人公，则上述两种情况兼而有之，有时甚至是两者的奇异结合，显得更为错综复杂。当五十年代有人批评路翎爱写悲剧似乎代表了一种不健康倾向时，路翎曾引用苏联作家爱伦堡的话为自己的美学追求辩护："对于一个作家来说，描写幸福，当然要比描写不

---

① 胡风:《〈饥饿的郭素娥〉序》。

幸愉快得多";但只要现实中存在着灾难,就"不能简化人们的内心生活,从内心生活中抽出它的那些亲切的经验或悲哀"。① 可见,七月派作家都有相当强烈的悲剧意识。这也是他们和京派作家不同的地方。

七月派小说所以具有总体风格上的沉郁、浓重、激越、悲凉,是同作家们企图浑厚遒劲地表现"原始生命力"、"原始的强力"这类美学追求有极大关系的。不但《饥饿的郭素娥》、《多嘴的赛娥》等如此,连《滩上》这个散文诗式的短篇也是这样。这是一首纤夫们的劳动和力量的庄严的歌。"纤夫们,那肉色的、向前倾斜的紧张的整体里面,发出了年青的男子底嘹亮的歌唱声,而后就是那一声柔和而宏阔的应和,那个整体向前移动了一步。"② 这番描述简直就是一座极有表现力的群体雕塑。那位叫着号子的强壮而赤膊的青年男子是如此不幸(结婚才半年,妻子已病入膏肓),却又如此坚强("摆好了架势,准备迎接命运底打击"),当邻居老妇前来报信:"赵青云,你那个女人她过去了!"这时:

> 赵青云几乎是冷淡地看了她一眼。但他底脸忽然地发抖了,他底歌唱声音破碎了,他觉得有一阵眩晕,但他感觉到,他底兄弟们发出了呼声,抬着他前进了一步。他突然有燃烧般的奇异的快乐,他一切都不明白了。他用可怕的眼睛望着江面的远处,于是他用轻柔的、美丽的、动情的声音唱:
>
> 江上的风波呀从古到如今哟!
>
> 人间底事情呀有多少问不得,
>
> 拉得牢呀依哟呀兄弟们啊底心咚!
>
> "嗨——哟!"纤夫们唱,于是他们沉重地前进了一步,好像使得地面都震动起来了。……

从原始生命强力(及其集体形态)得到动人的有力的表现这点来说,《滩上》可以说是七月派小说总体风格的一个代表作。

---

① 路翎:《为什么会有这样的批评?》,《文艺报》1955 年第 2 期。

② 《滩上》,收入路翎短篇集《求爱》。

还应该说，七月派小说沉郁、浓重、激越、悲凉的总体风格，同样得力于他们的语言艺术。他们运用的不是精巧、简洁、明快的语言，相反，粗犷、重浊、拖沓、不透明倒构成了它们的特色。种种的附加成分，常常使句子显得拖泥带水，臃肿而累赘。然而在这冗长的句子里，却有着热辣辣的激情，能够勾画出一种郁沉沉的气氛。这种语言和他们小说的总体风格是协调的，是有助于那种独特的总体风格的形成的。

五、关于七月派作品的争议与评价

从四十年代末期起，七月派的理论与小说创作，就在进步文艺界中引起了争议。香港的《大众文艺丛刊》，曾连续发表乔木（乔冠华）的《文艺创作与主观》、荃麟的《论主观问题》、胡绳的《评路翎的短篇小说》等文章，批评了舒芜的《论主观》、胡风的文艺理论和路翎的小说创作。胡风赶写了《论现实主义的路》作为回答。由于解放战争的形势发展非常迅速，这场论争并没有充分展开，包括胡风在内的许多进步作家不久都进入了解放区。但在一九四九年七月举行的全国第一次文代会上，在准备起草和讨论茅盾所做的国统区文艺运动的报告时，分歧仍然尖锐地暴露了出来。报告中不指名地批评了《希望》杂志所代表的强调主观的创作倾向，认为它是小资产阶级与无产阶级在文学战线上争夺的一种迹象；而胡风则对报告的这一部分，表示了保留意见。这种状况预示了新中国成立后一场更激烈的争论是不可避免的。

七月派在进步文艺界中只是少数派，而对方则不仅占多数，还是文艺战线上的主要当权派。早在三十年代中期，胡风就曾与周扬在典型与个性问题上发生过争论，随后又因提出"民族革命战争的大众文学"口号而与周扬等早先所提的"国防文学"口号相对立，并引起两个口号论争的轩然大波。抗日战争时期，胡风以及路翎、吕荧等先后多次反对客观主义，不指名或指名地批评了茅盾、沙汀等社会剖析派作家的作品，特别是批评了沙汀的《淘金记》，指责它缺乏革命热情。一九四五年，七月派为了强调主观战斗精神，在《希望》杂志创刊号上发表舒芜《论主观》这篇哲学思想上包含不少混乱与错误的文章,招致进步文艺界不满。加上胡风的文艺思想又确实与毛泽东的《在延安文艺座谈会上的讲话》有不相一致之处(胡风更重视文艺的审美特征)。所有这些历史的与现实的、宗派的与思想原则的种种分歧因素交错在一起,就促使双方这场论争进一步复杂化,并在建国初年民主法制不健全、阶级斗争扩大化的条件下,铸就了一大冤案,使七月派作家经受了几乎长达四分之一世纪的不幸遭遇。当然,就七月派作品、理论本身而言,并非没有弱点和失误。胡风的文学理论批评,同样没有完全摆脱时代的印记——某些"左"的痕迹。他和七月派作家强调作品中要渗透热情,这原是无可非议的;但他们因此而去指责社会剖析派作家的小说为"客观主义",不仅表现了七月派审美标准上的狭隘,而且也显得不够实事求是。以沙汀《淘金记》为例,作品对四川农村那种封建黑暗王国表现出强烈憎恶,思想倾向应该说相当鲜明,怎么能认为是"客观主义"?! 胡风和七月派作家的这类批评,往往流露出某些宗派主义情绪。

但是,我以为,七月派作品、理论的主要缺点,还不是上述这类问题,而属于另外一种类型和性质。我们不妨随手举一些例子:

东平《多嘴的赛娥》中,写了赛娥的母亲这样对待自己的女儿:"母亲像野兽一样暴乱地殴打伊。"而女主人公赛娥的行为也与此相似:"伊在草丛里赶出一只小青蛙,立即把它弄死,残暴地切齿着,简直要吃掉它一样。"小说里的"母亲"和赛娥都有变态的性格成分,有着相似的疯狂与暴虐。

路翎《财主底儿女们》第四三八页写少年蒋纯祖与陆明栋冲突后,出现了令人吃惊的内心斗争,他居然骂自己是"最坏的坏蛋",想逃到海岛上去。多么奇怪! 接着,第五三八页上,又写少年蒋纯祖竟也有"那种对一切人的仇恨感情"。一个十三四岁的孩子,涉世未深,并未经历任何重大的人生变故,何以会"对一切人"都"仇恨"? 出现这种歇斯底里心理的内在根据是什么? 委实使人难以理解。第九七二至九七四页上,蒋纯祖性格里也有一些莫名其妙的东西。"他几乎妒嫉他周围的一切人"。"觉得一切希望都破灭了,他想在江南的旷野里他就应该死去,他想唯有宗教能够安慰他底堕落的、创痛的心灵,他有时喝得大醉,有时发疯地撕碎了书本、稿纸,狠恶地把它们踩在脚下。他对别人同样的无情,以前他善于发现别人底真诚,现在他很容易地便看出他底周围底胡闹、愚昧和虚伪来。"从作品写到的具体环境来看,这类心理活动在很大程度上也是难以令人信服的。

《罗大斗底一生》中的主人公,按作者原意,是一种要鞭打的奴才性格。然而,他被抓壮丁后,作品却突然出现这样一大段心理分析:

> 他心里很静,在想着被鞭挞而鼻子冒血的周家大妹。渐渐的,他心里有了一种渴望:他渴望非常的、残酷的痛苦,他渴望他所不曾遭遇过的那种绝对的痛苦。他渴望那种痛苦:有力的、野蛮的、残酷的人们,把他挑在刀尖上,他渴望直截了当的刀刺、火烧、鞭挞、谋杀。他渴望这个,因为他底生命已经疲弱了,这种绝对的力量,是他底生命里面最缺乏的,而且,无论在云门场或是在黄鱼场,你都找不到这种绝对的有力、野蛮而残酷的人们。他底在黄鱼场和云门场所生活过来的生命,是疲弱了。
>
> 他震动了一下,觉得他被当胸刺杀了,他感到无上的甜蜜。

一个惯于残酷地毒打周家大妹的人,何以忽然因她被鞭挞得"鼻子冒血"而挂虑不安? 一个向来懦怯、充满奴才性格的人,何以忽然如此"英雄"起来、竟然渴望"痛苦"、"野蛮",甚至因"被当胸刺杀"而"感到无上的甜蜜"? 这种歇斯底里的转折究竟怎样会出现的?《卸煤台下》中的许小东,在家中饭锅破碎以后,偷偷挖起了矿上掩埋在沙土下的一口废锅,却从此永远背上了沉重到无可解脱的精神包袱,连孙其银自述苦难羞辱(母亲被迫为娼)的那番话对他都失去作用。这种偏执,似乎也到了变态的可怕的地步。

……

读七月派作家的小说,特别是路翎的小说,我们常常会不由自主地产生一种感叹:天才与疯子好像只隔着一层薄纸,许多非常精彩的体验和描述,使读者禁不住要称赞这位作者实在是个了不起的文学天才,然而过不了多久,读者可能会遗憾地看到一些莫名其妙的令人无法理解的歇斯底里的东西——人物性格上的疯狂痉挛性。

造成这种情况,原因大概是多方面的。七月派作家热心塑造一些相当复杂的性格,这是他们的一个很大的优长之处。而且他们这样做,是从生活出发的。但有时,由于复杂性格本身的难以把握,或者由于作者当时还过于年轻,生活经验不足,因而体验得不准确的情形也时有发生。特别是由于作者主观感情的渗透和对人物精神状态的介入,往往也会迫使性格退出他自身的逻辑。再者,七月派作家重视直觉,重视生活的感性显现,这带来了他们小说创作的明显的丰富性、生动性。但直觉和感性显现如果不和作者的理性思考相结合,有时也会误入歧途,带来神秘的不可解的成分。"感觉到了的东西,我们不能立刻理解它,只有理解了的东西才能更深刻地感觉它",[①]这层道理对文学创作也是适用的。一般来说,七月派作家并不排斥理性,并不提倡非理性主义,胡风曾说:"感性的对象不但不是轻视了或者放过了思想内容,反而是思想内容底最尖锐的最活泼的表现。"[②]可见他并没有把感性和理性对立起来。然而在创作实践中,如果只重视直觉,只从生活的感性显现出发,也会带来认识上的障碍,对性格的客观内容把握不准,甚至走向神经质的不正常的方面。七月派小说的部分缺点,可能是在这种情况下产生的。

　　更为重要的是,七月派作家自身在思想气质上的某些弱点,某些不很健康的东西,也会投射到作品中,投射到人物形象身上。东平和路翎早年都受过尼采思想气质的较深的影响。东平曾经这样谈到过他自己的美学追求:"我的作品中应包含着尼采的强者,马克思的辩证,托尔斯泰和《圣经》的宗教,高尔基的正确、沉着的描写,鲍特莱尔的暧昧,而最重要的是巴比塞的又正确、又英勇的格调。"[③]所谓"尼采的强者",就意味着对力的崇拜,意味着对倔强而走向毁灭的性格的酷爱。东平作品中那些意志倔强的人物往往都有尼采式的气质和感情趋向,如《通讯员》中的林吉,《多嘴的赛娥》中的赛娥等,他们的倔强坚毅有时简直和残酷混同在一起。虽然其中也有高尔基笔下人物性格的影子,但恐怕主要还是受了尼采的影响。路翎的《财主底儿女们》中,蒋纯祖在逃难路上出于同情心把面饼送给了一对难民夫妇,随即却又严厉地谴责自己,认为这样做"侮辱"了别人,这也是出于一种尼采哲学,在尼采看来,同情表面上虽属慈善,实际上却消解了对方的自尊心和人格完整,所以尼采说:"拯救不幸的人,不是你的同情,而是你的勇敢。"同样,青年蒋纯祖之所以

---

① 毛泽东:《实践论》。
② 《置身在为民主的斗争里面》,《胡风评论集》下册,人民文学出版社1985年版,第18页。
③ 这是东平致郭沫若信中的一段话,引自郭沫若《东平的眉目》一文,见《沫若文集》第8卷。

会有"毁灭的、孤独的、悲哀的思想,渴望从这孤独、悲凉和毁灭底报应里得到荣誉",甚至"想到自杀"(第五九四页),其中也包含了尼采哲学的影响。蒋纯祖反权威、反教条、反对压抑个性时所采取的战斗方式,也和尼采自述的"战斗四原则"毫无二致。所有这些,事实上都有作者自身思想气质的投影,都有作者自身所受的尼采的影响。七月派作家是既强调客观现实生活,又强调主观战斗体验的,他们的现实主义带有较重的主观色彩;他们小说创作的长处和缺点,似乎都可以从这方面寻找原因,总结经验。

在七月派作家中,路翎还受过罗曼·罗兰的很大影响。他特别借鉴了罗曼·罗兰在《约翰·克里斯朵夫》中表现出的善于描写心理转折的艺术长处,很多情况下出色地加以运用,获得很大的成功。但有时,路翎创作实践中也存在着把罗曼·罗兰的心理描写艺术加以模式化的倾向:痛苦总是急转直下地转化为欢乐,消沉也总会瞬息之间转换为昂扬……脱离特定生活情境去追求大幅度的心理转折,也会离开现实主义而走向歧途,落入俗套。这同样是七月派值得警惕和注意的一点教训。

总之,七月派的小说创作,在中国现代小说史上进行了十分有益的探索,带来了许多独特的创造,取得了其他流派所未取得的那种成就,却也显示出一些明显的弱点和失误(这些弱点和失误同样是独特的)。我们应该纠正从四十年代末期以来对七月派的许多不实事求是的批评指责,还七月派创作的本来面目。经过科学的分析和总结,七月派小说的成就和失误,经验和教训,都将成为我们小说史上一笔重要的财富。

[原载《北京大学学报(哲学社会科学版)》1989 年第 5 期]

论七月派小说"流浪意识"的文化内涵

孙萍萍

作为四十年代一个独特的小说流派,七月派小说始终未曾在中国现代小说研究中得到充分的重视。虽然在八十年代中后期至今,研究七月派小说的文章日增,可也大多限于其中某一部分作家作品,对七月派小说的整体研究比较薄弱。本文试图以"流浪意识"为开启七月派小说整体文化风格的钥匙,进而探索七月派小说家们对民族生存文化状态的独特思考,总结其现代性,使七月派小说真正在整体意义上于现代中国小说史中取得一席之地。

所谓"流浪意识",是七月派小说通过"流浪"意象营造的一种以坚持五四"人性解放"为前提的、对"个体"潜质不断探索挖掘的文学精神。综观七月派小说作品中的主人公们,尽管身份地位各不相同,却都多思且充满了焦灼感。七月派小说运用现实主义与现代主义相结合的创作方法,重视人物内部挖掘,表现"心灵真实",所营造的一种以"流浪意识"为中心的文化基调,对二十世纪中国文学的整体发展有着重要而独特的作用。因此,研究七月派小说,绕不开对其"流浪意识"的研究,也只有由此出发,我们才有可能将七月派小说研究提升到一个更高的层次。

七月派小说家们以为"流浪"是现代中国人觉醒的一个必然过程。"流浪"意味着人类对一种熟悉生活方式的抛弃和对于未来世界的探索。特别是在社会变革期,人类所依存的原有生存空间被破坏,却又暂时找不到新的前进方向,一切都在摸索中,这就使得相当一部分人的灵魂处于动荡不定的"流浪"状态,就是我们所谓的"精神流浪",这是一种较高层次的"流浪"心态。另外,由于转型期特定的经济政治条件,也会使社会某一阶层在结构上发生裂变,进而产生了一个特殊的"流浪人"群体,也就是"生活流浪"。① 从"生活流浪"到"精神流浪",是流浪者性格由原始的力的自然爆发,到对自在的精神自由追求的一个重要过渡。我以为,七月派小说家在作品中塑造了众多的流浪者,目的绝不仅是实施寻找一种人物典型,而在于以其为"桥梁",架起自身创作与五四文化启蒙精神的联系,进而表现对民族生存文化的独特看法。路翎曾用诗意的语言描述这些流浪者:"流浪者有无穷的天地,万倍于乡场穷人的生活,有大的痛苦和憎恶,流浪者心灵寂寞而丰富,独在他乡唱着家乡的歌,哀顽地荡过风雨平原……"不难看出,七月派小说家之所以如此偏爱这些流浪者的原因正在于:他们在流浪者"寂寞而丰富"的心灵中,寻找到了与自身相契合的精神追求——"生命,就是斗争、创造、征服"。在七月派小说家的笔下,生命从来就不是停滞不前的,而是永远奔腾向前,如同滚滚洪流,充满着永不停息的奋斗。《我乡》中的"我"在由战地返回阔别四年的家乡时,面对饱经战火蹂躏的土地,牵系着自己美好童年回忆的老厨子成了炮灰,山水依然,而人事已非,心中涌动着"混合着黑色恐怖的欢乐和悲哀",反思生命的价值与意义,进而再次离乡去寻求新的生活。"我"由流浪到返乡到再流浪的心理经历,显示的正是七月派小说利用离土——流浪这样一个特殊的文化视角,表现四十年代一部分知识者面对战争,却又超越战争,从文化发展角度对民族命运的再思考。这种思考至今仍有其积极的意义。而这,才是这些流浪者们最有价值的地方,也是我们研究七月派小说"流浪意识"的第一步。

"流浪",最外的一层是"离土",离开这片祖辈生活了数千年的土地,由最初为了生存,到其后为了精神上的自由,流浪者们艰难地走出对脚下这片土地的依附,走向未知的新世界。土地,在这里成为极具文化内涵的意象,不仅指可以实际利用的土地,更象征着一种传统文化精神。"离土"从深层含义上讲是对一种传统文化的艰难告别。费孝通在他的《乡土中国》一书中一再重申:中国的社会,从基层上讲是乡土的,乡土性作为中国社会的本质属性之一,决定了这个民族对于土地的重视

---

① 参看夏锦乾:《〈财主底儿女们〉与现代知识者的精神流浪》,《抗战文艺研究》1988 年第 3 期。

与珍爱。土地也由此成为塑造我们民族性格的主要力量。传统文化中"安土"思想的根深蒂固,极易使我们的民族文化具有某种排斥一切进步的现代意识的自我封闭性。如彭柏山《皮背心》中的长发,对于那件从财主王大爷的皮袍子上裁下来的皮背心的钟爱,源于"他是想穿起来像王大爷,作为一种报复",暗示着一个农民对"安土"所带来的富足生活的幻想。正因为如此,长发才会"没有勇气,怕死",而没有和"队伍一伙去"。如路翎《燃烧的荒地》中的张老二,即使在家败人亡、恋人被夺的情形下仍没有放弃对土地的幻想,仍"渴望着田地",甚至"因了田地,因了耕作的苦工而对他的仇人妥协着"。一个民族的进步最初正是从对自身性格缺陷的清醒认识开始的,可是由"安土"形成的这样一种封闭性,却使人们对原有生活模式产生惰性,满足于当前的生活,自然也就无法冷静地去思考这种生活的缺陷。在这种情况下,离土——流浪成为恢复民族生命力的最好药方。长发最后在皮背心被抢并遭财主毒打的结局中,痛苦地意识到"这儿没有他立脚的地方",独自向"高山那一方走去了"。张老二终于打破了自欺欺人的对田地的依恋,在精神上达到了"流浪"的自由状态后,愤怒地举起斧头,向罪恶的兴隆场的"统治者"砍去。

七月派小说家以流浪者为基点开始对现代生存文化的思索,是对五四启蒙文化精神的继承与发展。它在大胆批判传统文化的同时,积极倡导的是对独立"自我"的追求。长发的"走去"并不仅只是单纯革命意识的萌芽,张老二的爆发也并不只是一般阶级斗争的结果,他们对传统生活方式的最终背离更象征着他们内心中"自我意识"的萌发。七月派小说家们主张作家通过主观精神的"扩张","拥入"到客观对象中去,挖掘人的感情世界。我们注意到这样一个现象:七月派小说,特别是其中的乡土风味小说,从本质上很接近五四以鲁迅为代表的乡土小说,它们所共同关注的是对"国民奴役创伤"的剖析。但与五四乡土小说不同的是:七月派小说对人物内在心理意识,甚至是潜意识的挖掘深度和残忍度大大强于前者。例如路翎那篇在风格和内容上都与鲁迅《阿Q正传》很相似的《罗大斗底一生》,罗大斗这个人物形象的塑造虽然远未及阿Q形象的底蕴深厚,但作者对其痛苦的、毫不放松的,且带有几分神经质的"灵魂拷问",正表明七月派小说创作的一个重要特色:习惯于揭示人物复杂而多变的情绪世界。七月派小说对"人"真实心理的重视是高于一切的,有时甚至超越了人物的社会身份。他们执着地关注着个体人格的自我实现,抗拒着"人"对世界奴役的驯服融合。七月派小说中极力突出"人"本体所具有的"文学感",故鲜有性格发展单纯的人物,他们都最大限度地发挥了自身生存体验的最大张力,在秩序与人的不和谐中寻找"自我"的真正位置。寻找自我在某种意义上恰是"流浪意识"的中心,人要"通过实践的活动来达到为自己(认识自己),因为人有一种冲动,要在直接呈现于他目前的外在事物之中实现他自己,而且就在这实践过程中认识他自己"①。七月派小说家以为:每个人的心中都隐藏着一种生命的原始冲动,甚至连《罗大斗底一生》中可怜而又堕落、软弱而又卑劣的乡村小地痞罗大斗也不例外。但只有"流浪意识"的疏导才能缓解这些人物盲目的"力"的发泄,将其凌乱无章的思想给予理性的沉淀,进而在表现"原始强力"震撼力的过程中,将对人的"欲望苦闷"的演示推进到启蒙的高度,进而从个人与环境对立的悲剧结局中反观民族文化心态的不合理性,使民族的新生从深层心理开始。这些,都突出表现了它在四十年代小说创作中继承五四,又超越五四的文学特点。

　　七月派小说中的许多流浪者被安排成了与一个或一群"安土型"人物形成直接对比的态势,以显示"流浪意识"对"原始强力"的超越。《卸煤台下》的许小东,曾是一个时时做着"怀乡"的梦,似乎"没有这个感觉就无法生活"的人,他心中的这种还乡情结与其说是出于对故乡的热爱,不如说是出于对传统生存方式的眷恋。许小东这种执着的"归土意识",是与我们民族性格特点分不开的。鲁迅曾论及中国人安土恋家心理的强固,说:"我们的古人,对于现状实也愿意有变化,承认其变化,变鬼无法,成仙更佳,然而对于老家却总是死也不肯放",因而他极深沉地感慨说:"家是我们的生处,也是我们的死所。"②安土重迁的思想,在很大程度上压制了中国人生命中的"原始强力",剥夺了我们民族生命系统中新鲜、活泼的部分。而一个失去了生命活力的民族要获得新生是艰难的。流浪者的出现在一定程度上挽救了这种民族颓废倾向。对比起许小东,流浪者孙其银在精神上始终是个强者,他在作品中始终是作为许小东隐藏的"保护者"出现的,并以其对生活不屈服的态度感染着对方,特别是在许小东那只在精神上支撑着他"心地胡涂、胆小地做工"的锅被永远打

---

① 黑格尔:《美学》第一卷。
② 鲁迅:《南腔北调集·家庭为中国之基本》。

碎之后,许小东面对生存窘境,开始理解并向往孙其银的生活,模糊地意识到"还有别样的生活,他应该去过"。最后,在生活残酷打击下成为疯人的许小东,终于意识到"飞"——寻找一种新的生活,大家才会好起来,在那一声声"像孩子呼喊失去的母亲"一般凄厉的"带我去吧"的叫喊声中,完成了对于传统生活模式的背弃与对"流浪意识"的最终肯定。

　　"流浪意识"挖掘出在许小东们心底隐埋许久的"原始强力",驱动他们最终走过停滞的传统生活模式,也指引着充满了"原始强力"气息的蒋纯祖、张振山、陈福安、孙其银们在不断漂泊的过程中开始了对自我、对生活清醒的认识。《饥饿的郭素娥》中的张振山承认自己的身上还有"昏的""自装骄横"的一部分,认识到生活中的许多东西不能完全靠力的爆发来解决,从而认真地思考起社会、人生。被称为"自新文学运动以来,规模最宏大,可以堂皇地冠以史诗的名称的长篇小说"[①]《财主底儿女们》中的蒋纯祖,这个在 1937 年纷飞的炮火中大踏步地向着时代热潮奔去的青年知识者,是以旷野上的流浪真正开始自己的性格历史的。在"疲倦、饥渴、昏迷"中怀抱着求生欲望而独自流浪的蒋纯祖,最先明白的是生命的可贵,由此推进为肯定世界上一切生命形式自由存在的合理性而产生对人类"无视别人的生命"的做法的厌恶,并呼吁人们学会理解别人的生命的意义。也正是因为如此,这个人物能够在狂热中兼有冷静,在偏激中透出真诚,孤独而执着地与种种压抑人的个性发展的势力作战。蒋纯祖是现代文学史上为数不多的在五四时代过去后仍坚持不懈地从五四角度来思考现实生活中种种问题的知识者之一,他对五四精神的继承与发展是比较"纯净"的,较少时代的功利色彩。他以一种由"流浪意识"带来的对生命的最直接感受,勇敢地对当时流行的"服从方式"质疑,并大声疾呼:革命应对个性尊重。在这样的疾呼声中,蒋纯祖把一个在三四十年代以后中国极少有人深刻思索的问题摆到人们的面前:革命应以怎样的方式推进才不至于以个性解放为牺牲呢? 只有始终以五四精神烛照着自己前进道路的蒋纯祖才能提出这样的问题,而这一问题的提出,正说明七月派小说并不单纯描述集体对个体的压制,而试图在群体革命与个体解放之间探求协调与统一的路径,这同时也标志着蒋纯祖对

[①] 胡风:《财主底儿女们·序》。

五四文化启蒙精神的发展。

相对于同年代大量产生的表现知识分子在精神上无情忏悔"个性意识"的作品来讲,蒋纯祖的形象无疑丰富厚重的多。正是在"流浪意识"的支撑下,他坚持对人生的深层思考,对"自我"的理性分析。从上海到南京到武汉,再由武汉到重庆到万县到石桥场,"流浪"成为蒋纯祖生命中永恒的诱惑,他宁愿放弃友谊,放弃爱情,孤单地与一切身边的人为敌,也不愿放弃对生命自由境界的追求。在流浪的过程中,他开始艰难地与"自我"中"自私、傲慢、虚荣"告别,开始了解在自己前进的道路上,所面临的敌人不仅是那些"时代的、机械的、独断的教条",还有自身的弱点。认识到现代知识者要"走向和人民深刻结合的真正的个性解放,不但要和封建主义做残酷的搏杀,而且要和身内的残留的个人主义的成分与伪装的个人压力做残酷的搏杀"。①

四十年代是中国现代史上一个很独特的时代,频繁的战争预示着社会大变革的到来,文学作为时代的先声,义不容辞地应担当起为新生活的到来做准备的工作。可在事实上,四十年代的文学并未能真正完成这一任务,过于紧密的对时代的追随,既表明了四十年代现代知识者忧国忧民的责任感,同时也造成了他们创作上的局限。在以往的评论中,基本是以赵树理为代表的解放区小说作为四十年代小说创作的主潮,可是我们必须注意到,无论是赵树理的小说,还是所谓的"新英雄传奇",解放区的小说创作有一个不容忽视的弱点,那就是对民族主义的强化所带来的对异质文化的排斥,在表现社会政治文化形态时,因对故事化、通俗化的强调而流于"赞美式"的平面化写作,失去了对平凡人物心理挖掘的深度,使其在深层意义上背离了五四文化精神。对于二十世纪中国文学来讲,强调吸收异域新潮以剖析民族主体精神的五四文化精神,应该是文学现代化进程不可缺少的文化背景,偏离了五四文化精神,也就必然带来文学发展的危机,由解放区小说直接导致的五六十年代文学创作主题的单一正说明了此点。而七月派小说在某种程度上是对解放区小说创作这一弱点的弥补,他们注意吸收西方文化营养,拨开纷繁的时代尘埃,直指"人"的意识世界,以"流浪意识"作为中心性美学基调搭构起其叙事空间,对中国

---

① 胡风:《财主底儿女们·序》。

文学现代化的进程起到了积极的推动作用。

七月派小说家们以"流浪意识"为参照,"从生活本身的泥海似的广袤和铁蒺藜似的错综里面展示了人生诸相"①,这是七月派小说对中国现代文学的一个重大贡献,也使其在各类题材的创作中都能表现出独特的一面。关注女性命运,是五四以"人的解放"为主题的文学的一个重要内容,七月派小说在继承五四这一传统的同时,又充分发挥自己的流派特点,摆脱了在此之前小说作品中对农村妇女的描写模式,成功地塑造了郭素娥(《饥饿的郭素娥》)和小玉(《走夜路的人们》)这样一些"饥饿"的妇女典型,使其成为现代文学中为数不多的从女性本体出发,探讨现代中国女性生存文化的人物形象。在郭素娥和小玉的身上,我们处处可以发现欲望被压抑的痛苦。她们同是美丽而强悍,对生活、对情感有着强烈的要求,且同是敢于"大胆而坚决地向自己承认"这种渴望的现代女性,而顽强地以女性的方式对生活作着强力式的反抗。郭素娥厌倦鸦片鬼的丈夫,带着"赤裸裸的欲望与期许",走向张振山,在丈夫带人捆绑她的时候,她"燃烧"着"吼叫":"你们不会想通一个女人的日子……她捱不下,她痛苦……"小玉嫁了生理有缺陷的丈夫,因而热恋着银堂,即使在公公请族长对她施行家法时,她强硬地回答:"我到刘家没有过一天好日子,我过的不是人的日子。"郭素娥和小玉是七月派小说中极具"原始强力"的女性形象。路翎曾谈到他创作郭素娥的目的在于"'浪费'地寻找的,是人民的原始的强力,个性的积极解放"。可他同时也意识到:"事实也许并不如此——'郭素娥'会沉下去,暂时地又会转为卖淫的麻木,自私的昏倦……"②"原始强力"毕竟只是一种初级的人对环境的反抗方式,它远未能达到可以帮助现代中国人获得新生的地步。正是因为此,七月派小说家们才安排了郭素娥要求张振山带她走和小玉怀孕后独自出走的情节,以"流浪意识"为牵引人物走向新生的力量并加重其形象的文化内涵。郭素娥和小玉虽然"悲惨地献出了生命",可她们却"扰动了一个世界",③魏海清在为郭素娥复仇的过程中,以鲜血弥补了自己人格的缺陷。银堂最终抱着"鄙弃过去的自己,向未来求新生"的信念坚韧而沉默地走向原野。

---

① 胡风:《饥饿的郭素娥·序》。

② 胡风:《饥饿的郭素娥·序》。

③ 胡风:《饥饿的郭素娥·序》。

七月派小说家们由"流浪意识"对"原始强力"的理性沉淀,不仅充分展示了笼罩在战争阴影下的四十年代中国社会的形形色色的人生形态,更深刻显示了一个在过去与未来之间挣扎的民族的复杂心理。路翎曾在他的《财主底儿女们·序》中说:"我们现在是处于一个亟待毁灭,也亟待新生、创造的时代,一切东西,一切生命和艺术,都是达到未来的桥梁。"这种时代的焦灼感与危机感,促使七月派小说家们担负起为明天开路的责任心,他们始终忠实地关注着现实,却又始终积极地寻找着民族超越的途径,热情地探索着现代中国人与社会或者说是现存社会文化条件相契合的问题,进一步完成对民族文化心理的再审视。

《一个连长的战斗遭遇》中的林青史们,不愿被动地服从不合理的"命令",而将战斗机会一次次地放过,宁愿冒着被所谓的军纪——社会现存秩序处罚的危险,毅然投身到一个"神秘的炮火连天的世界里",在摆脱了一切秩序所给予他们的精神枷锁之后,"流浪意识"所给他们带来的生命的自由状态使得他们寻找到了自我的终极价值,完成了对人生的哲理性思考。林青史们对不同层次死亡的选择折射出他们对不同生存方式的选择:服从秩序就必须容忍自我的丧失,高扬自我又必须受到秩序的惩罚。他们最终选择了肉体的死亡——为了保持精神的独立,尊重自我生存意愿而心甘情愿放弃对外在生命形式的珍惜。在林青史们的心中,正义的死亡所给予人们的神圣感、完美感是高于单纯肉体所带来的快乐的。从被严家炎先生称为"现代小说中写悼念写得最动人"①的那段写林青史们在战斗后悼念高峰和其他牺牲者的文字中,我们可以清晰地感受这种情绪,面对正义的死亡,"人类进入了勇敢庄严而宁静的世界,他们的灵魂和肉体都静默下来,赤裸裸地浸浴在一种凛肃的气氛里面,屏除了平日的偏私、邪欲、不可告人的意念……"②死亡洗涤了人性中丑恶的部分使得生命重新放射出圣洁的光芒,林青史们正是在与死亡无声的精神交流中,领悟到了平时不被注意的为凡俗生存需求所遮蔽的生命的另一面,从而进入了一个崭新的生命境界。七月派小说家实际上是在写自己对死亡的态度:他们不回避死亡,在死亡的痛苦感受中体会生命力的碰撞。七月派小说中的主人公

① 严家炎:《论七月派小说的风貌和特征》,《北京大学学报》1989年第5期。
② 丘东平:《一个连长的战斗遭遇》。

们几乎都在动荡不宁的流浪中进行着对民族悲剧文化精神的探求,他们对悲剧心灵的体验是极端的,甚至是病态的。例如七月派小说中的许多人物都可以从自虐或被虐中体会快感,《程登富和线铺姑娘底恋爱》中,程登富看见自己心爱的姑娘被人夺走时,"一个痛苦的浪潮在他的心里掀起来……他爱憎这痛苦,变得严厉,并且觉得自己是高贵的",这样的描写固然容易导致情节的失真,却也从一个侧面表明了七月派小说家们对"悲剧型"生命体验的认同。战争对一个民族的意义,绝不仅仅是一场"适者生存"的残酷竞争,更是一场浩大精神革命的前兆。七月派小说家们敏锐地感受到了这点,他们没有将"民族精神的重筑"简单理解为传统爱国主义的回归,而是积极吸收西方先进文化观念,对传统文化中虚假的民族乐观主义进行再批判。这其实也是一种"流浪",在对民族常态感受的背景中,七月派小说家们尝试着离开正常的思维轨道,逆向思考民族文化,力求为其注入新鲜的现代因素。无论这种尝试深刻与否,都是极具启发意义的。

（原载《求索》1998 年第 5 期）

从流派的构成看七月派的存在形式与特征

周燕芬

　　"文学流派"是文学发展、运动过程中的产物,是在特定历史时期,作家及其创作自然或自觉地聚合而形成的群体结构,它的出现往往标志着文学活动走到自觉、独立和兴盛、成熟的阶段。鉴于它对文学发展和文学史演变所具有的重要作用和意义,"文学流派"也成为文学研究和批评中的一个常用概念范畴。但对这一概念的界定,却因为其内涵和外延的伸缩性,存在着种种不同的看法,其在划分和识别中与文学诸多因素构成复杂的关系。这里,易于引起理解上的分歧和理论上争议的相关问题是艺术风格、文学社团、时代精神、文学思潮、文学体裁、文学题材、同人刊物等。从以上任何一个角度,似乎都可以切入对文学流派的认识,进而成为某一流派之所以成为流派的鲜明标记。于是,流派自身形成中的不同侧重,导致人们对流派概念的不同界定,众说纷纭,不一而足。虽然构成文学流派的因素是多方面的并以复合状态呈现出来,但各元素绝不是平分秋色作用于构成对象。对文学流派而言,基本和必备条件应该有两个,一是相对内在的思想观念,二是相对外在的风格形态。大多数的普及性辞典也涵盖了这两个因素,得出较为简明的定义。如:"在一定历史时期里,思想倾向、审美理想和创作风格相同或相近的作家,自觉或不自觉地结合而成为文学派别。一般说,需要较成熟,才被承认。"①这一定义以相同

---

① 　王世德主编:《美学辞典》,知识出版社1986年版,第468页。

或相近的思想倾向和创作风格解释文学流派,因而,虽简洁却也基本成立。

具有历史流动性和群体性特质的思想倾向,准确地讲就是文学思潮,它是指在某一历史时期的文学发展中有较大影响的,并形成群体性倾向的思想观念形态及其发展趋势。对于文学流派的产生,思潮起的是直接的作用,并构成流派的内在因素。有学者言:"新文学流派作为文学家群体创造出来的审美结构,文学思潮是其文化环境构成的重要因素,它可以作为'共振场'源源不断地输送文化信息,作用与文学家们的大脑,刺激其心理组织功能,对各种文学思潮进行选择、分析和综合,然后把信息协调起来加以整合,方可形成文学流派的灵魂和主脑。"[1]此种新颖的"共振说",确实是切中肯綮之论,使我们进一步明确了思潮与流派之间的同构关系。

无论如何,文学流派是以追求共同性为标志的。思想精神既是共同内核,同时也相当程度上决定着流派的外在特征。抽象的流动状的思想精神通过作家主体的创造活动而具象化为审美风格,审美的共同追求落实为相互照应的文学文本,使流派得以实现。日本美学家竹内敏雄曾提出"思潮风格同一说",认为文学思潮和文学风格"不外是从稍为不同的观点来看同一的客观精神现象"。[2] 即注目于艺术的形式层面的"样子"时,称之为"风格",如果只关心其内在根源时,把握到的就是"思潮"。将思潮与风格混为一谈,其理论有很多牵强附会之处,但我们在研究流派与思潮、与风格的关系时,却得到一定的启示,即思潮观念作为内在根源,对流派具有发生学的意义;而审美风格作为外在形态,则是流派形成的显现。倘若视流派为中介,思潮和风格则分别处于前后两端,这多少又可以看到三者之间的复杂联系,从而见出思潮和风格在流派构成中不同寻常的意义。

当然,同构关系并不等于绝对的同一。我们不过是从流派出发,寻求彼此之间的同构因素。显然,思潮大于流派也大于风格,思潮的影响力不只在于流派和风格方面;同样,风格也不止于流派,风格是个性化的产物,它首先表现为个体,而聚集为群体化并成熟化的个性,才谓之流派。个性的区域扩展和时段跨越,又会生成民族风格和时代风格,并将流派作为成员纳入其中。在纵横交错的复杂联系中,流派

---

① 朱德发:《中国新文学流派与文学思潮关系论》,《中外诗歌研究》1999 年第 3 期。
② 卢铁澎:《文学思潮与文学风格》,《外国文学》2000 年第 2 期。

居于自己的特定位置,既是四面八方的作用而生成的独特系统,又会作用于其他并属于更大系统的一个分支。任何人为轻视或夸大文学流派作用与地位的态度都非实事求是的科学态度,都是严肃的学术研究所不足取的。

这并不是说,有了相同或相近的文学思想和艺术风格,就一定已经构成了文学流派,有些可能是流派形成之前带有普遍性的文学现象,有些也可能是超越流派的文学思潮,但这些都不一定是文学流派。既为流派,就必定有它的组织形式和相应的流派活动,这种外部显性特征往往是人们识别文学流派的关键,虽然组织形式在生成文学流派的公式中是一个变量而非定数,但这个变量却同样是流派存在的必需条件,因为每个文学流派都有自身特殊的生成过程,有些看似并无普遍性的原因,对某一流派来讲或许就是关键的甚至是决定性因素。现代文学史上兴起了许许多多的文学社团,社团未必一定形成流派,但有些社团则直接转化成了文学流派,比如文学研究会和新月社,后来就成为人生派和新月派这两个重要的文学流派。这里,社团就成了必备因素。还有文学刊物,有些与流派无关,有些则直接是流派的写作阵地,是流派的存在方式。比如《新月》杂志之于新月派,《七月》杂志之于七月派,这里,刊物的作用就至关重要,同样也是流派的必备因素。所谓变量而非定数的意思是,它因流派的组织形式不同而变化,几乎每个文学流派都有一个特定的组织形式,或者称为特定的聚合点,或社团、或刊物、或居住区域、或将帅人物、或选择一贯性的题材、或擅长相同的文体等等,这些都是文学流派研究者断然不可忽略的。

此外,检验是否已经构成一个文学流派,除了上述因素之外,最终取决于流派的整体创作水平与风格的成熟状况,这需要时间和文学接受者的裁定。文学史上对某一流派的认可,意味着对这一群体创作成就的相对肯定,以及对他们艺术风格的赞赏,这种识别与裁定又在文学发展的纵横比较中进行。因此,流派是否成立,不是谁说了就算数不算数的问题,某个作家是否属于某个流派,也不是自己承认和不承认的问题,鉴别流派及其成员,应该有客观的科学的认识依据。

综合而言,所谓文学流派,是指持有共同思想观念、创作主张的一批作家,在创作中形成相近的成熟的艺术风格,并以特定的组织形式聚合为与其他作家相区别的文学派别。而且,文学流派可以比较突出地活跃于某一历史时期,也可以有比较长久的延续性和影响力。

显然,没有也不可能有一个包揽无余的万能的定义,概括永远只能是挂一漏万的概括,只能尽量抓住所谓本质和规律性的东西,也就是前面所说的基本和必要因素。具体和深入的研究中,则不仅要看到普遍必然性,也要看到特殊偶然性,避免片面和偏执。如论者所言:"在流派的划分上只要持之有故,言之成理,自然不必过分强调划分流派的标准的逻辑性。最重要的是,是不是反映了历史的真实。"①这样,我们才能更加全面和准确地把握研究对象。

沿着对文学流派考察的思路,可以看到现代文学史上的七月派显然已经具备了构成一个流派的必需条件。是文学思想和风格特色方面的同一性凝结着这样一个庞大的文学群体。以胡风为领袖的七月派众成员崇尚现实主义文学观,他们在20世纪现实主义文学大潮的"共振"之中互相影响互相吸引,并在胡风的文学精神和人格力量感召下紧紧聚合在一起。七月派对风行一个时代的文学思潮有自己独特的理解,他们将时代的需求和自己的文学理想融合于现实主义文学中,构筑出具有鲜明流派特色的文学精神,"主观战斗精神"是七月派现实主义的生命内核,也是作为一个文学流派存在的精神纽带。此种主观性现实主义文学观,既是七月派认同于时代潮流的有力明证,又是七月派独立于时代和区别于其他文学流派的内在标志。

七月派的文学观念统一于主体性现实主义旗帜之下,在审美理想、创作方法等方面呈现出相当程度上的同向化倾向,文学作品以物化的形态呈示着主体化现实主义的诸种艺术特征。而特定的时代精神与主体性现实主义的结合,又必然地生成了一种群体化的风格形态,这就是典型地体现在七月派创作中的艺术风格,我们称之为悲郁与崇高的结合。翻开七月派创作的任何文本,扑面而来的是:时代的激情、现实的忧患、作家的郁愤、笔触的疾厉、色彩的浓烈,其总体风貌鲜明而突出,阅读这些文本所带来的第一感触是:这就是七月派。

严家炎在界定文学流派时强调指出:"创作流派是一种客观的存在,它是自然

---

① 吴奔星:《关于识别文学流派的几个关系问题》,《中国现代文学思潮流派讨论集》,人民文学出版社1984年版,第85页。

形成的,通过作品来显示了自己的特点的,而不是人为地主观地划分出来的。"①七月派的成员大多也认为,"作为一个流派,'七月诗派'在创作实践和文艺见解上自然有其共同点,但也只是一种松散的思想上的结合,决没有什么组织、纲领之类,像后来的批判者们所设想的那样。他们当时并没有意识到自己是个流派,也没有存心结成一个流派,更没有自称过'七月诗派'"②;他们"是在一个特定的历史条件下,在世界观、美学观、创作方法上互相吸引,互相影响,互相促进,渐渐形成艺术志趣大体上相近的一个作者群,客观上成为一个流派"。③ 抛开七月派成员的政治性顾忌不说,以上的"客观形成"之论确实道出了文学流派形成中的一种普遍性和规律性。但同时也与流派的显性存在形式不相矛盾,从学术角度所说的组织与纲领,也就是今天看来在客观上起到了组织与纲领性作用的一些重要因素。针对七月派而言,《七月》和《希望》刊物是它的组织形式,胡风的现实主义思想理论则可认作是它的纲领性文献。而七月派被称为一个公认的文学流派,与这两个显性存在形式极为相关。与此相联系的是,我们不能忽略流派形成和发展中的人为自觉因素,往往是,一个流派在萌芽时期是任性的不自觉的,而发展到一定时期则有了自觉和加强意识,很难想象一个始终处于放任自流状态的文学流派,会走向成熟和完善。七月派恰恰经历了前期的充分不自觉到后期的充分自觉两个阶段,1945 年《希望》的面世可认作前后分界的标记。

七月派因文学刊物《七月》而得名,《七月》的创刊标志着七月派的成立和发端。作为抗战时期的一份面向全社会的重要文学刊物,《七月》声名远扬,《七月》的包容量很大,接纳来自全国各地的文学稿件,显然,以在《七月》刊物上发表作品作为划定七月派的成员的标准,甚至以此来界定七月派概念,是一种不够客观的简单化做法。在《七月》上成长起来的作家理论家不止于七月派,《七月》的影响力已经远远超出了一个文学流派,这是公认的事实。同时存在的另一个事实是,《七月》确实又是七月派成长的基本阵地,《七月》与后来的《希望》等刊物与七月派的生死兴衰紧相伴随。七月派以期刊和丛书等出版物来显示自己的存在,证明自己的力量。胡

---

① 严家炎:《中国现代小说流派史》,人民文学出版社 1989 年版,第 6 页。
② 绿原:《温故而知新》,《香港文艺》1986 年第 2 期。
③ 牛汉:《关于"七月派"的几个问题》,《梦游人说诗》,华文出版社 2001 年版,第 124 页。

风曾说:"对于一代文艺思潮,不能仅仅从理论表现上;更重要的要从实际创作过程上去理解;或者说,理论表现只有在创作过程上取得了实践意义以后才能够成为一代文艺思潮底活的性格。"①在风云激荡的动乱岁月,要使无用的笔变得有用,必须为写作者提供用笔的机会,胡风想方设法创办刊物,就是为了使创作活动得以落实。七月派在特殊年代贡献出大量的文学作品,这些创作自身就足以衡量出流派在文学史上的价值和意义。

　　胡风一方面积极创办刊物,吸引同道,另一方面结合创作实践,营构独特的现实主义理论体系;他既是流派组织上的领导者,又是文学精神上的引领者,作为七月派的灵魂人物,胡风的存在,使当时流亡四方的一批文学青年有了一种归属感,也使七月派在发端之初具有了一种整体趋向感。胡风与七月派其他成员一样也坚持表明当年并没有什么流派意识,但事实上,胡风当年的行为和言论,成为七月派出现的直接条件。1937 年 8 月,胡风暂时放下激情澎湃的诗笔,转而去办文学刊物。"因为他想到,这场伟大的战争为新文艺开拓了肥沃的土壤,文艺的秧苗在各地茁壮地发芽生长,新的作家也陆续地出现;为了贯彻自己的文学主张,在文学上创造出新声,只好把时时在心头冲撞的歌唱的欲望压抑下去,挤出时间创刊了《七月》。"②可见,树立新的文艺方向,实践自己的文艺思想,这是胡风当时的迫切愿望和自觉主张,他由创作转入编辑,颇能说明胡风已经有了新的更宏伟的志向。所以,胡风在办刊之初就明确道:"编辑上有一定的态度,基本撰稿人在大体上倾向一致。"③这里提到的基本撰稿人,可认为就是七月派的雏形和核心。在划定必要的思想倾向和艺术风格的同时,胡风持一种广泛吸纳成员和作品的开放态度。他在《愿和读者一同成长——代发刊词》中提出:"文艺作家不但能够从民众里面找到真实的理解者,同时还能够源源地发现在实际斗争里成长的新的同道和伙友。"④他强调:刊物"不是少数人占领的杂志,相反地,它倒是尽量地团结而且号召倾向上能够共鸣的作家,尽量地寻求新的作家"。⑤ 可见,胡风所谓的"半同人杂志"的说法

---

① 胡风:《论民族形式问题》,《胡风评论集》(中),人民文学出版社 1984 年版,第 232 页。
② 万家骥,赵金钟:《胡风评传》,重庆出版社 2001 年版。
③ 胡风等十人:《现时文艺活动与〈七月〉》(座谈会记录),《七月》第 15 期。
④ 胡风:《论民族形式问题》,《胡风评论集》(中),人民文学出版社 1984 年版,第 499 页。
⑤ 胡风等十人:《现时文艺活动与〈七月〉》(座谈会记录),《七月》第 15 期。

中,隐含着既集中又开放的两层意思。胡风的这一办刊思想也决定了七月派作为流派的既集中又开放的双重特征。

有《七月》和《希望》为创作和理论阵地,又有享有相当威望的领导者及其主导性理论思想,七月派应该算是比较规范和严整的文学流派了,但七月派又因其人员杂多,持续时间长,内部变化大,而被人们称为"泛流派"。这实际上正是前文所讲的"集中又开放"的双重特征的体现。所谓"泛流派",可以从四方面来理解:

其一,"紧与松"的统一,亦即内部集中,外围松散。《七月》创刊之时团结了一批"倾向上能够共鸣的作家",艾青、田间、丘东平、曹白、吴奚如、阿垅、彭柏山等,他们成为《七月》的"基本撰稿人",也是七月派的核心成员和中坚力量。后来又有冀汸、鲁藜、天蓝、路翎、绿原等跻身加入,为流派核心增添新的成员。在这过程中,七月派的外围不断扩大,形成一种环绕中心的发散性辐射性结构,于是很难划清一个流派边界,通常所谓"同人"和"半同人"的说法,实际就包含了核心与外围共存的意思。现代文学史的众多流派当中,在组成成员上争议最多的莫过于七月派,而在后来的肃清"胡风集团"运动中,许多诗人作家及其创作团体被当作"外围人员"和"外围团体"受到株连。

其二,"来与去"的变化,亦即成员呈流动状态。前期的核心分子,由于生活环境和文学观念的变化以及其他历史政治的原因,后来逐渐脱离了流派中心,而后期加盟者又源源不断。动荡年代,流亡者居无定所,《七月》杂志本身可以说由主编胡风随身携带,几度中断又几度异地复刊。所以,迁徙变化中能够坚持流派的基本思想和鲜明特色,当属不易。这与胡风及其中坚分子的合力坚持无不相关。在此前提下,如艾青、田间、贺敬之、侯唯动等诗人,不可因其以后的脱离而轻易否认他们与七月派的隶属关系,这如同不认可后来者一样不合基本逻辑。由于胡风和《七月》的精神感召力,使七月派在组成上越出了时空环境的局囿,比如在抗战初期,"延安尚无文学刊物,依靠'大后方'供给精神食粮"①。天蓝、鲁藜、胡征、黄树则等延安的诗人作家,由"迷恋《七月》",进而将自己的稿件辗转从延安带至胡风手中,他们就是通过给《七月》和《希望》投稿而与之建立起密切的联系。

---

① 胡征:《如是我云》,晓风主编《我与胡风》,宁夏人民出版社 1993 年版,第 188 页。

其三,通常来说,一个文学流派往往是集中于一种体裁下进行艺术探索,或小说戏剧,或诗歌散文。七月派则是一个包容了小说、诗歌和理论批评的全方位展开的大流派,它涉及的作家多,问题的范围广,而且大中套小。"七月诗派"、"七月派小说"都是成就颇丰、自成独立体系的文学流派。以胡风为代表的七月派现实主义理论也独树一帜,是 20 世纪现实主义理论发展中的重要一脉。另一方面,七月派的诗歌、小说、理论之间,又有着内在的深刻的联系,相同的思想、精神、心理取向,相同的审美追求,铸造出七月派整体系统的群体形象。所以,对这样一个泛流派所具有的共同性而言,就必须进行更为内在和深入的理解,将渗透于其中的精神晶体提取出来,使人们看到凝结这个流派、统领这个流派的灵魂力量。

其四,在七月派的沉浮起伏、分合聚散的动态演变过程中,所谓集中与开放的双重特征,实际上也是各有侧重地分别表现在流派活动的不同时期。如前所说,在流派意识不自觉的前期主要表现出开放、包容的特点,而后期流派意识逐渐自觉起来,无论从文学思想还是艺术风格上更加趋向共同的追求,流派的向心力和凝聚力加强,频繁的文艺论争也在某种程度上导致了对其他流派或异己主张的排斥,集中、自守的特征明显起来。这种前后跨越性的变化,也算是"泛流派"的一种存在特征。

七月派这种"泛"的特征,正说明七月派巨大的包容量和影响力,是文学流派高质量的一个标志。但毕竟,流派的"泛"却不能取代流派质的规定性,否则流派也就不成为流派。七月派在结构形态上呈现出相当的复杂性,这种复杂性在整体上表现为流派成员的多样性、流动变化性与流派特色的集中性、稳定性的统一。具体地,七月派成员之间在思想观念、审美理想、叙述方式等方面也保持着多样性的统一。流派是个性化的产物,流派当然不能排斥个性,没有个性的集中就无所谓流派,但个性集中走向极端化所导致的封闭自守,又反过来会限制流派的发展。文学流派的存在和发展应始终处于流派个性与多样共存的机制协调之中。七月派最典型地表现出众多个性的气脉相通,正是在个性与共性的对立统一关系方面,七月派为文学流派能够发展和得以成功提供了可资借鉴的重要经验。

[原载《华中师范大学学报(人文社会科学版)》2002 年第 2 期]

现代·反思·延异

——胡风与七月派现代性重读

黄曼君

胡风与七月派的现代性何以成为问题？

要说现代性，无论从七月派的主要成员胡风、路翎等人来看，或是从七月派作为一个流派现象来看，都是够"现代"的了：他们执守启蒙主义，主张以科学、民主精神改造国民性，提倡以主观战斗精神为核心的现实主义，主张弘扬五四文学传统和国际革命文学经验以转换与获取文学新的民族形式等等。从流派现象看，七月派在理论批评、诗歌和小说创作上所显示的多方面开拓性成就，它置身于文学主流又反拨主流偏向的思潮特点，它的既体现时代特殊要求和时代风尚又保全文学精神的深厚复杂、坚持艺术个性的丰富多样的风格样貌，它在流派构成上作家个性与流派共性的对立统一的特征，流派存在形式上既集中又开放的特征，乃至它在流派和个体成员上盛衰沉浮的坎坷命运，等等，都使它在中国 20 世纪文学发展的转折时期——40 年代，继往开来，上承五四传统，下接当代文学，成为 20 世纪中国文学的一个重要部分，一个关键环节。它在 20 世纪中国文学现代化进程中所具有的典型性、开拓性价值，全局性、未来性意义，又使它对于 20 世纪中国文学现代性的整体观照有着贯穿性的方法论意义。

然而,就是这具有鲜明的现代意识的胡风和七月派,在 20 世纪 40 年代被认为是不合时宜的;到了新时期,20 世纪 80 年代的大半时间,胡风文艺思想仍属政治上的敏感区,不可触动;而整个 90 年代特别是后几年,则似乎遭遇到另一种不合时宜的命运。40 年代胡风曾产生但丁似的忧伤,他引用《神曲·净界》中的话,慨叹自己不仅无法向高处攀登,而且跑进"沼泽","跌倒"后"血在地上流成了一个湖"①。50 年代陷入冤案后又曾愤慨地说自己的文艺思想是个"死结"。新时期"胡风集团"政治上获得平反是在 1980 年,而胡风文艺思想可以自由讨论则是在 1988年中央另一个文件下达后才开始。也就是说,松动和解开胡风文艺思想这个"死结",破除政治对胡风文艺思想的钳制,是在所谓"胡风反革命集团"平反整整八年之后才开始的。而这时候,胡风已经去世三周年,怪不得胡风写于 1984 年的长文《胡风评论集·后记》,在评论自己的文艺思想的时候,不仅在整体上没有将它提到应有的高度,而且对于一些与政治关系较密切的文艺学术问题,还像是在作检讨。20 世纪 80 年代中后期,在现代意识光照下,现实主义回归、启蒙价值重现、文学主体性被强调,不仅启蒙主义和现实主义成为审视胡风和"七月派"特定的视角。而且,这个强调"主观战斗精神"的现实主义流派,又在文学主体性的讨论中在研究界很热过一阵子。但往后,到了 90 年代,随着外来的现代主义、后现代主义思潮传入中国并迅速"热"起来,传统的启蒙主义、现实主义似乎已经过时,中国现代文学研究界最热门的话题是现代主义:现代主义诸流派(如小说方面的"新感觉派",诗歌方面的"现代诗派"、"九叶诗派"),现代主义整体思潮(如现代主义诗歌史、诗潮史,现代主义文学史、文学论),五四以来的现实主义、浪漫主义甚至也被概括到现代主义中去而似乎"刷新"了面貌,提高了"档次"。至于意欲超越时代精神、消解宏大叙事、反本质主义、反理想主义的后现代主义文学思潮来说,对于与时代和人民心搏相连、充溢着现实参与激情、弘扬崇高和悲剧审美精神的"七月派",更是要在"解构"之列,不在"话"下了。正是在这种情势中,"七月派"的研究便相对地趋于冷落。在这一段时间中,包括去年纪念胡风一百周年诞辰之际,关于这一文学群体的研究,大多止于胡风本人的理论贡献和"胡风集团"的悲剧遭遇上;他们的创作除个别

---

① 胡风:《论现实主义的路》,《胡风全集:第三卷》,湖北人民出版社 1999 年版,第 472 页。

作家(如路翎)受到重视以外,其他作家的诗歌、小说、戏剧和理论批评等门类的作品很少有人提到。而更重要的是,七月派作为中国 20 世纪文学史上最富有流派特征的文学群体,还没有能够从整体上对其外在关系、内部构成和动态发展上进行客观、科学地系统研究和把握。

胡风和七月派之所以不是遭到灭顶之灾,就是显得不合时宜,其光耀照人的现代性特征之所以往往受到质疑、反对,或受到冷落、苛求,其中原因,我想主要有以下几点:

一是启蒙主义文化遭遇的困境。这里是说,胡风与七月派所代表的启蒙主义受到多种文化思想的制约,是在体现了不同现代性的现代文化思想冲突中艰难发展的。如周扬、郭沫若、何其芳等人所贯彻的是毛泽东文艺思想,这一思想所体现和代表的是以唯物史观为基础的政治文化。这种政治文化在中国特定情况下也从某些重要方面体现了现代性。但这种政治文化渗进了亚细亚封建残余,渗进了以小农经济为基础的民粹主义的文化思想,容易产生阶级、党派的狭隘的功利主义、无个性活力的集体主义、唯意志论等思想弊端。它们与胡风等人的具有前卫性、超前性的启蒙主义,总是处于对立地位并时时产生矛盾冲突。然而,这种政治文化和政治文学思想却随着政治上的胜利而获得了"胜利"。在 20 世纪 90 年代,使胡风和七月派的现代性成为问题的,则主要是西方后现代主义冲击下中国出现的"重估现代性思潮"。胡风与七月派,一旦置身于多元、歧义、常变、运动、反"逻各斯"中心、反本质主义的后现代文化语境中,其现代性就要遭到质疑或冷落。他们重铸民族灵魂的启蒙理想,对人民的"精神奴役的创伤"的正视,坚持现实主义,强调作家的主观精神和心理因素的主体性思想,必然会与消解主体、消解深度模式的后现代主义发生矛盾;他们的革新五四文学传统、吸纳外国革命文学经验的继承借鉴思想,也会与后现代"凝冻的现在","符号链条的断裂",告别传统、历史、连续性的时间观发生矛盾而受到质疑和重新评价。应该看到,启蒙主义、文学上的主体性原则等,是贯穿中国现代文学始终的最典型的、具有强烈的时代精神也饱和着新文学作家生命血肉的现代观念和现代意识。胡风、七月派正是这种现代观念和现代意识的最出色的代表者之一。因此,在 20 世纪 90 年代重估现代性的思潮中,胡风和七月派的现代性之成为问题,是触及了胡风和这个流派的安身立命之处也是有关中国现代文学学科发展的一个整体性问题。

　　二是学术独立品格的丧失。从胡风和七月派的研究来看,最突出的问题是在学术与政治的关系上,政治对学术的干扰和侵犯。我们知道,学术自律,坚持学术的独立品格是学术现代性的最重要的特征。中国传统学术是在儒学内在结构——体、用、文三个部分混同不分的格局中产生的。也就是说,文化体系中的价值系统、意识形态系统和知识系统,不是独立自由发展的。是近、现代西方科学、道德和艺术(真、善、美)各自分殊发展的格局影响到中国,使中国从清末民初到五四时期,在价值系统、意识形态系统、知识系统(还有融于三者之中的审美系统)分殊化的基础上诞生了真正现代意义上的学术。但是,由于时代原因和传统思维方式的潜在影响,大约从五四后期起,几乎贯穿整个 20 世纪,政治意识形态与唯科学主义结合在一起,形成大一统态势:意识形态干扰价值系统使之失去精神性和超越性,干扰知识系统使之失去独立性和学理性。在这种情况下,现代学术的自律性和独立、超越品格便很难坚持。胡风和七月派从开始形成流派到整个发展过程,在 20 世纪 80—90 年代以前,很少有对它的公正的评价,更谈不上对它的学理研究,有的多是思想的批判和政治上的挞伐。"资产阶级、小资产阶级文艺思想","主观唯心论",是思想上的判决;胡风被称为"红衣教主",其他七月派成员被称为"胡风分子",也即"暗藏的反革命分子","反革命分子"还是暗藏的,可见其反革命恶毒的程度。而在新时期,所谓"胡风集团"在政治上得到平反以后,其文艺思想被获准可以讨论竟延迟了八年之久,可见学术争鸣和研究受政治影响之深到何等程度。

　　三是"了解之同情"历史意识的缺乏。现代性不是一个可以将任何"现代"的东西都塞进去的大框架,它是政治、经济、社会、文化现代转型中历史复杂运动的过程本身。从文学上看,它是文学现代转型中复杂的文学历史运动的过程本身,是现代性文学发生、发展和变化的复杂现象和具体细节本身。与对古代文学史一样,对现代文学史上的复杂过程、现象和细节,如果不抱"了解之同情"的态度,不与历史人物和现象"处于同一之境界",①所谓现代性,也是会落空的。20 世纪 80—90 年代

————————

　　①　陈寅恪、冯友兰:《〈中国哲学史〉审查报告》,《国故新知论》,中国广播电视出版社 1995 年版,第432 页。

的胡风与七月派研究，有非此即彼，简单否定或简单肯定的二元对立思维方式的影响，有单纯为七月派的悲剧命运抗争、为它平反昭雪的情绪性感受；但更多的则是缺乏回到胡风和七月派历史上原初语境的"在场"意识和"了解之同情"的态度。当然，任何"回到"都不是不要历史视域的整合，不要当下的现代性言说，不要返本开新。但是，这种当下言说不能是观念先行的、演绎思辨的目的论研究思路，将胡风和七月派与当下社会文学思潮相契合的一些观点抽取出来，将它们非历史地原理化。在这种情况下，在这些观点上进行历史和现实的对话便会是表层的、简单的。例如现实中重提反封建，启蒙主义成为热潮，或者，现实主义回归形成热潮，便从这些角度切入论述其成就和贡献，而当现实中启蒙主义、现实主义被认为"过时"，这种对启蒙主义、现实主义的研究便受到冷落，或者对其近政治、崇理性、求本质，独尊现实主义、否定现代主义的问题，进行批判。这些论述有许多精辟之处，但其学理研究的问题在于，其中存在着某种原理化的非历史性、非反思性的言说方式。因为我们知道，如胡风和七月派这样的现代文学现象，其历史文本的形成不是毫无异质性的线性发展过程，而是作者在历史本身的时间与空间结构中，而且是在与他们同时代人的碰撞与交锋中陆续形成的。胡风与七月派的启蒙主义和现实主义的基本观点，是在20世纪30年代中期的"两个口号"的论争、20世纪40年代初"民族形式问题"的论争以及40年代末"主观论"的论争这三次主要论争中形成和发展起来的。其间有一以贯之的线索，但也有明显的异质性的发展阶段；而抗战现实的需求，五四新文学传统的把握，西方思潮特别是国际革命文学经验的吸纳，又是胡风与七月派的基本观点和流派形成的更大的背景和动因。因此，应该摈弃那种理念先行印证某种政治观念或学术论点的思辨演绎式的研究方法，吸取注重思考发现、平等对话的分析体验式研究方法的长处，力求研究方法的开放多元、互补综合。这里，所谓"了解的同情"的态度，注重原初语境的历史"在场"意识，就应该是以理性的节制、客观的把握和冷静审视的态度，经由现实主体和历史主体的深层"对话"，赋予研究探讨以学理审视的眼光与科学公允的评价。我想，现代学术应该在这方面做出努力。

反思性:胡风与七月派的根本精神动因

作为现代性精神品格核心的反思性是胡风文艺思想和七月派形成的根本精神动因,也是这个流派的整体性基本特征。自从笛卡尔提出"我思故我在"以后,反思性获得了真正现代性内涵,人的精神主体对思的反思成为现代化进程中最核心的精神品格;在文学艺术上,则表现为对社会现代性进行反思的审美现代性特征,如对人的精神异化的心灵的诗性救赎,对囿于政治或商业功利主义的艺术平庸堕落的拒绝,对多元歧异的艺术品格多样化的宽容,等等。这些,都表现出对现代社会容易出现的同一性的反思和批判。这种反思性可以从胡风文艺思想和七月派作为一个流派的两个方面来看。

(一)**先看胡风文艺思想**。这里,很重要的一个问题,是要看到作为反思对象的胡风文艺思想的历史文本,它的理论的原初语境。我以为,从胡风所生活和战斗的 20 世纪 30—40 年代的时代环境来看,从胡风本人作为左翼革命作家的历史定位来看,特别是从胡风的创作和著作的大量文本本身来看,胡风文艺思想的历史文本和原初语境,应该是努力争取马克思主义思想指导的革命文学、左翼文学的理论与实践,特别是对于"人"的理解的独特的理论和实践。

处于这种历史文本和原初语境,胡风的反思,呈现出如下几个特点:

一是反思的精神性。这里是说,胡风对战争及战后中国命运的反思,对五四以来新文学的反思,是从历史逻辑和精神逻辑两个方面错综交织地展开而又偏重于后者的。同属于无产阶级革命和民族战争的营垒,同属于革命文学、救亡文学的范畴,同属于注重现实价值关怀的政治文化反思,胡风文艺思想却不同于 20 世纪 40 年代同时期形成的毛泽东文艺思想。毛泽东是从革命家、政治家的立场,围绕革命和战争的成败,着重从文学与政治的关系进行反思,有很强的革命功利主义目的意识,看似文学反思,实为政治反思。胡风作为文艺理论家和美学思想家,则在关注现实政治的同时,着力于启蒙主义的对思想价值的追求和现代知识学理角度的审视,因此是一种偏于精神、学理的反思。

可以看到，一方面，胡风反对从"一般原则"进行演绎，主张从"具体历史或现实问题"①出发。他的反思直面战争、统一战线、人民大众的要求、思想革命、民主斗争等课题。从现代解释学的观点看，这是胡风作为理解主体的理解前结构中的现实存在因素。在胡风的理解前结构中还有着历史传统的因素，这主要就是五四以来以鲁迅为代表的启蒙主义和现实主义传统，国际革命文学中以高尔基为代表的人道主义和现实主义传统。理解前结构中这种现实存在因素与历史传统因素交融在一起，为胡风的反思理解提供了先在的立场、方向、视角。但胡风所处的革命和战争的环境突出地呈现出现代社会急剧、广阔而且具有非延续性断裂性特征的变动，因此从另一方面看，胡风的反思，便要不断地分析、质疑先在的实践、知识、经验，用超越性的精神视野看问题。如在提出民族解放的同时，提出民族进步的观念；在注目于民主斗争的同时，倡导新的思想革命。而更重要的是从整体上提出了对"人"的理解的反思核心命题。与五四时期"人的发现"、"人的文学"一脉相承，又以国际上文学的人道主义思潮为参照，胡风着重从人的理论上进行了探讨。他认为"人"既不是在"左"的政治性掩盖下惟主观意志的观念的人，又不是游离于社会关系之外的"只有个人的血肉"（如仅知道"性爱和友情"）的抽象的、生物学的人。他认为应该根据马克思的观点，将人作为"感性的活动"来把握。也就是说，他认同马克思关于人的存在的实践观点和深刻的文化精神，认为人的活动本身即对象化的实践活动，具有超越性的、开放性的、自由自觉的人的本性。人为社会关系所制约并由人结成了社会关系，但社会关系也创造了人，丰富了人。因此，在胡风看来，人既是"历史的人，具体的人"，又有"从现实来的主观要求"，是具有"实践性的真实的思想"和"热情的实践态度"②的人。这种既强调主观精神又主张主客观化合的对于人的理解，是胡风作为反思理解主体对于理解对象的选择。它为胡风强调作家主体性，主张发掘现实主义的主观战斗精神，和在作品对象上主张写人的精神奴役的创伤等独创性的理论，奠下了哲理基础。

二是反思的批判性。在现代性的反思活动中，批判性是为现代性开辟道路并

---

① 胡风：《论现实主义的路》，《胡风全集：第三卷》，湖北人民出版社 1999 年版，第 474 页。
② 胡风：《论现实主义的路》，《胡风全集：第三卷》，湖北人民出版社 1999 年版，第 522 页。

使现代性不断具有活力的突出特征。如上所述,胡风所理解的人既然是一种具有超越性、开放性的人的对象化的实践活动本身,那么,在胡风的思想和理论活动中,就不会简单地认同具体的、给定的理论体系和结论,而必然是超越性的开放性的理性反思和批判活动,必然是富于创新性的思想和理论活动。胡风文艺思想的一些主要内容如启蒙主义、现实主义正是在革命政治文化和革命文学的原初语境中,在革命文学和救亡文学的急剧历史变动和多次论战中,通过批判性的反思活动而得到独创性的发展的。20世纪30年代前半期,在"民族革命战争的大众文学"与"国防文学"两个口号的论争中,胡风的启蒙主义思想,虽然看到了启蒙对象——人民大众在封建主义和复古主义影响下的"亚细亚的麻木"①,但主要肯定和高扬了他们在抗日救亡运动和统一战线中的主导作用,他的改造国民性的思想并未得到展开。在同左翼文学运动中"拉普"的唯物辩证法创作方法的影响的斗争中,胡风的现实主义文艺思想,虽然多次谈及感受、情感、想象等主体审美心理功能因素的作用,但主要论及的是"文艺从生活产生"、"文艺反映生活"、"文艺比生活更高",②作家要写自己"手触的生活"等注重生活真实性的观点。这样做很大程度上是为了驳斥唯物辩证法创作方法以世界观代替作家生活和创作方法的庸俗社会学观点。20世纪40年代初,在关于民族形式问题的论争中,胡风对国统区、解放区进步、革命文学阵营中不加分析地肯定民间形式、容忍封建思想和小农经济封闭落后意识的倾向进行了反思和批判,主张在深入复杂的民族矛盾与阶级矛盾的现实基础上,继承和发扬五四以来文学的启蒙主义和现实主义传统,移植外来形式,借鉴国际革命文学的经验,将"化大众"与"大众化"结合起来,使"大众"与"现实生活""用着使想象吃惊的、多彩的、活生生的形象,用着他们的表现感情的方式,表现思维的方式,认识生活的方式(所谓'中国作风与中国气派')不断地迎来"。③ 胡风的启蒙主义与现实主义文艺思想获得更大的发展是在20世纪40年代末关于"主观论"的论战中。如他的启蒙主义与现实主义的最精彩的观点,即关于作家主体中"主观战斗精神"的观点,作品主体中人民的"精神奴役的创伤"的理论等,都是这个时期在对革

---

①　胡风:《人民大众向文学要求什么?》,《胡风全集:第二卷》,湖北人民出版社1999年版,第408页。
②　胡风:《文学与生活》,《胡风全集:第二卷》,湖北人民出版社1999年版,第284—315页。
③　胡风:《论民族形式问题》,《胡风全集:第二卷》,湖北人民出版社1999年版,第724页。

命文学中的主观公式主义与客观主义的反思和批判中形成和凸现出来的。在他看来,主观公式主义者把自己当成思想的工具,又将作品人物当作工具来说明思想,因而不能通过主客观的化合把握住客观对象的真实性,只能得到一些虚浮的乃至虚伪的"思想";而客观主义者则将自己看成是客观对象的工具,只要客观的观察、熟悉,不需主观精神的作用,客观对象就可进入他自己这个工具里而被反映出来,然而这只能是对象的局部的表面的投影,人物也只能是被歪曲和虚伪化了的。正是通过对这两种倾向的剖析和批判,胡风从作者、作品和读者三方面对文学的主观战斗精神进行了论述:

首先,从作家——创作的人来说,胡风说:"作家是一个'感性的活动',不能是让客观对象自流式地装进来的'一个工具',一个'唯物'的死的容器。"[①]"从对于客观对象的感受出发,作家得凭着他的战斗要求突进客观对象,和客观对象经过相生相克的搏斗,体验到客观对象的活的本质的内容,这样才能够'把客观对象变成自己的东西'而表现出来。"[②]

其次,从形象——创作对象的人来说,胡风认为作家应该写"活的人,活人的心理状态,活人的精神斗争"[③],将这种创作对象变成创作中的人物以后,人物就能够成为"一代的心理动态"。[④]

再次,从读者——接受创作的人来说,胡风认为作品人物不仅"只使读者看到人物做了、做着、将要做什么",还"能使读者深入甚至变成这'对象的活动'本身,和人物一道感受到做了、做着、一定要做什么或一定不要做什么的内在体验的甚至是冲激的力量。这个力量正是内容上的真假问题和艺术上的生死问题"。[⑧]

关于读者这一点是笔者根据胡风的论述概括的,胡风只从作家——创作的人和形象——创作对象的人两个方面来概括。这里的第三个方面胡风是作为第二个方面来论述的。一般论者也多认为在文学主体性的论述上,胡风只看到了前两个

---

① 胡风:《论现实主义的路》,《胡风全集:第三卷》,湖北人民出版社 1999 年版,第 522 页。
② 胡风:《论现实主义的路》,《胡风全集:第三卷》,湖北人民出版社 1999 年版,第 523 页。
③ 胡风:《论现实主义的路》,《胡风全集:第三卷》,湖北人民出版社 1999 年版,第 533 页。
④ 胡风:《论现实主义的路》,《胡风全集:第三卷》,湖北人民出版社 1999 年版,第 534 页。

方面,没有涉及后一方面。然而,仅就这里所引,胡风关于这个方面的论述虽然不多,却很有分量。这里,很重要的一点是,胡风论述的读者作为接受者不是被动的而是主动的。也就是说,读者变成了人物本身,与人物一道感受,共同有着深层的内心体验,共同感受着艺术的神秘的冲击力量。这样,读者作为接受者在作品中实现了自我并成为审美创造者。胡风的看法与现代接受美学虽然还有距离,但与作家主体、作品对象主体并立的读者接受主体的文学主体性的地位是确立了的。胡风还以读者主体论述为主将文学的主体性提到"内容上的真假问题和艺术上的生死问题",可见他对于这个问题认识的自觉性。

应该看到,胡风关于阿Q在法庭上画圆圈的一段著名论述①正好说明了上述三个主体在同一个凝聚点上的燃烧。阿Q在即将结束自己生命的"新"政府法庭上立志要将判决书上的圆圈画得很圆,结果因失败而羞愧。胡风认为这是精神奴役的创伤的活生生的一鳞波动,它是封建主义旧中国将其全部重量压在阿Q身上的一个力点。阿Q立志、羞愧是作品人物主体心灵的燃烧。与阿Q一样也承受着旧中国压力的作家鲁迅,则通过阿Q形象的创造向旧中国发出了痛烈的控诉,表达出他的烈火焚心的战斗要求,这是作家主体的燃烧。作为对胡风上述论述的补充,笔者认为,胡风本人的论述,那种具有穿透力的理性剖析,拥抱作家和人物、憎恶旧势力的爱爱仇仇的情感态度,以及深刻锋利、气势磅礴的文风,也正是他作为批评家、研究家的读者主体的燃烧。正是这三个主体的燃烧,胡风写下了这一段话:

> "主观的战斗要求是唯心论",就是这么一个"唯"法,"精神重于一切的道路",就是这么一个"重"法,"把艺术创作过程神秘化的倾向",就是这么一个"化"法的。别的任何东西都可以而且应该"无条件地"抛弃,但这一点"唯"或者叫做"重"或者叫做"化"的,却是无论冒什么"危险"也都非保留不可。②

---

① 胡风:《论现实主义的路》,《胡风全集·第三卷》,湖北人民出版社 1999 年版,第 555—556 页。
② 胡风:《论现实主义的路》,《胡风全集·第三卷》,湖北人民出版社 1999 年版,第 556 页。

　　从这一段话可以看到,胡风的深入到旧中国政治黑暗、思想黑暗深处,深入到狭隘的政治功利主义、僵死的教条主义思想深处的启蒙主义思想,他的在作者、作品、读者三度空间中燃烧着审美激情和艺术魅力,冲决文学上主观公式主义和客观主义罗网的以主观战斗精神为核心的现实主义精神和方法,正是在长期复杂、反复多面的批判性反思中形成和发展的。不可设想,如果不是回到左翼文学、革命文学、救亡文学的原初语境中,不是回到它们的历史和现实、内部和外部的复杂关系和深刻变动中,任何外来思想和方法,如启蒙主义、现实主义还包括马克思主义,不和它们相结合并发挥新的创造,是不可能像胡风思想理论这样获得独创卓著的成果的。

　　三是反思的多元性。胡风对人的理解既然从人的生命活动本身,从人的对象化的实践活动本身获得超越性的、开放的、自由自觉活动的特征,那么,他的现代性反思便必然是多元的。关于反思性,胡风说:

　　　　人是活的人,行动着的人,被赋予着意识的人,凭着各自被各种各样的杠杆所规定的反省和情热,向着一定的目的经营着生活的人,各自的反省和情热在各种各样的路径上和历史的冲动力联系着,各种各样的被历史所造成,又各种各样的对历史起着作用的、创造历史的人。这就叫做"感性的活动"。①

　　由此可以清楚地看出胡风文艺思想反思性的多元特征。这个特征应从两个层面加以探讨。首先,七月派内部成员都有着自己的艺术个性,有"各自的反省和情热"所构成的"感性的活动",从而形成了其流派内部多元的丰富性。对此我将在后面具体论述。其次,将胡风的反思置于 20 世纪 40 年代整个民族文化大反思的背景之下,我们可以看到,当时既有左翼文学、工农兵文学的社会政治反思,也有京派作家的文化道德反思,更有中国新诗派(即"九叶派")接近西方生命哲学的生命存在反思。而胡风的反思一方面连接着左翼文学的社会政治批判,一方面又深入到人的生命存在深处的扭曲与搏斗,处在左翼文学与中国新诗派的连接点上,为 20

---

① 胡风:《论现实主义的路》,《胡风全集:第三卷》,湖北人民出版社 1999 年版,第 544—545 页。

世纪 40 年代民族文化大反思的整体多元格局的形成作出了独特的贡献。

（二）**再说作为一个文学流派的七月派**。七月派的流派特征之所以如此强烈，如此集中，如此不同于中国古典文学的流派和现代文学的其他流派，乃是因为其形成于三方面因素所造成的张力场中。中国古典文学流派主要是在不断地纵向复古中形成的，如明朝的前后七子和公安派、竟陵派；而中国现代文学的其他流派又多源于横向的移植，如文学研究会之于写实主义、实证主义；创造社之于浪漫主义、唯美主义。七月派的形成，则一方面是源于纵向的对五四以来形成的新文学传统，特别是左翼文学传统的反思；一方面源于马克思早期注重人反抗异化，作为自由自觉活动的复杂精神个体的思想的影响。通过这纵横两方面的作用，七月派充分吸取了其他不同流派的思想和艺术因素，如中国诗歌会对力量的崇尚、戴望舒等现代派诗人甚至还包括新感觉派敏锐的艺术触觉以及对具象感官冲击的重视。而当下激烈的文艺论争则对七月派的最终形成和发展起到了直接推动作用。正是通过这些直接联系中国社会与文艺现实的论争，七月派将纵向的传统因素和横向的外来因素熔为一炉，化为自己的艺术创造，避免了简单化的套用。比如路翎笔下的蒋纯祖，虽然受约翰·克里斯多夫和中国现代文学知识分子形象系列的影响，却并非后者的影子，而是一个立足于中国自己的土地上，背负着中国自己的文化传统，感受着中国自己的当下现实，有着自身独特"感性世界"的人物形象，足以成为一个民族特定时代的标志。经过了"两个口号"的论争、民族文艺形式的论争、主观论的论争，七月派的理论特征和艺术特征一步步地得到展开，得到发展，得到成熟。

在三方合力构成的张力场综合作用下的七月派，自然就获得了较之于主要由单方力量作用下的中国古典文学流派和中国现代文学其他流派更为鲜明的流派特征。且这种鲜明，又不是单一的某方面的特出，而是由其成员的各具特征的艺术探索表现出的丰厚内涵。此即作为个性鲜明的艺术流派，七月派和时代，和其他流派之间的关系，不是简单地通过某个特征加以区别的，而是表现为"梯状"的隶属和突破关系。在这个"梯状"关系的底层，是对时代要求的呼应和民族命运的关注。在这一层上，七月派和整个时代文学是一种同构关系。再进一层，则可看出七月派的呼应与关注有自己的流派特征，和其他流派思潮共同参与创造多元反思的文艺格局。在这个"梯状"关系的顶层则是七月派的组成个体在流派共同性下各异的艺术追求,在个体化的艺术创造中超越时代也超越流派的一般共同特征,从而使整个流派显现出勃勃的生机和不断发展的开放性。比如艾青在坚持民族化大众化的潮流中融合了明显的现代派艺术特征,使之与现实主义的写实特征和谐共存,创造出独具面貌的象征与写实相交融的散文化自由诗的新诗形式,与当时很多急功近利的形式变革有了层次上的区别。而田间在自己的精神成长历程中发展出了民族忧患背景烘托下的悲壮美。其长诗《给战斗者》总体呈现出慷慨悲壮的崇高美境界,又有别于艾青悲剧式的深厚与广博。至于阿垅,他的诗最突出之处就在于力度和哲理的贯通,既有长久压抑后猛烈的爆发力,又充溢着猛烈的爆发背后内在深层的体悟、反省与超越。在他的《纤夫》和爱情诗中,我们可以感受到灵魂的挣扎与搏斗。路翎的小说则创造了具有"原始强力"这种特殊气质的流浪者形象,灵魂撕裂,内外分裂,无理性地挥发着他们的原始精神能量,体现出"心灵复调"的特征。有着三方合力的综合作用,有着流派内外间的梯状关系,更有着其成员在注重发掘人作为自由自觉活动的复杂精神个体的各异的审美世界,七月派当之无愧地成为中国现代文学中最为成熟的现代意义上的文学流派。

延异性:胡风与七月派的矛盾存在形态

讨论胡风与七月派的原初语境与历史发展,胡风文艺思想的理论贡献和七月派的独特地位,乃至它们的浮沉坎坷的命运和它们的当代价值和意义等问题时,从思维方式与思维格局的现代性特征来说,应该摈弃非此即彼、二元对立的思维逻辑,采取多元共生、互补交融、分殊发展的立体网络式的思维方式。这里,我用西方后现代大师德里达的延异性的概念来表达这种思维方式。德里达这个概念是和西方当代著名思想家福柯就笛卡儿的唯理论展开的讨论中提出的。福科指出,笛卡儿虽然提出了"我思故我在"的著名命题却开了理性主义和本质主义的先河,如以理性抑制和排斥疯癫就是一种表现。福科试图撰写疯癫史,以使疯癫摆脱理性的控制。德里达则认为福科书写疯癫史,也必须借助于理性语言的逻辑和结构,因此理性和疯癫仍然是一种二元对立模式。他认为这个关系不是对抗关系,而是应该看成在一个无止境的差异链条系统内的同质性的、相反相成、相克相生的关系。也就是一种传统与创新,返回与出走回环往复的延异关系。

结合胡风与七月派,我以为延异性作为胡风与七月派的存在形态和研究它们的思维方式,有如下几个特点:

(一)"重振源头激情":延异性的回归特征。我以为,胡风文艺思想与毛泽东文艺思想不仅是在五四以来的新文学,特别是在左翼文学、革命文学、救亡文学和后来的社会主义文学历史语境中形成的,而且它们都是马克思主义与中国实际相结合并在中国新文学实践中产生过重大影响的思想。从现在研究的角度看,它们与马克思主义的关系都是对马克思思想的回归,但是不同角度、不同层面、不同侧重点的回归。如前所述,胡风文艺思想的哲学基础是马克思主义关于人的存在的学说,他对此进行了本源性的探讨,并创造性地运用于自己的和本流派的文艺美学理论与创作实践中去。他用马克思、恩格斯的著作和言论对黑格尔、费尔巴哈关于"人"的观念进行了分析,指出黑格尔将人看作"绝对理念"的"工具",这种不以人的经验作基础的"人",不是人而是"鬼";费尔巴哈虽然从"鬼"走到了"人",但他只是把人看成是没有任何"人对人的""人的关系"的"有着个人的血肉的人",也就是只将人当作"感性对象"来把握;而马克思的观点则是,人不仅是"感性对象",而且应该将其当作主观的"感性活动"来把握。这种"感性活动"就是既要看到人所处的"社会关联"和"生活诸条件",又要看到这人所结成的"社会关联"和所创造的"社会诸条件"又创造了人、丰富了人。所以,胡风说:"人创造了感性的世界,这感性的世界又是活在人的'活的感性全活动'里面的。这样,人就成了具体的人,成了人的'感性的活动'。"①最后,他引用马克思的话说:

> 所谓意识,是意识的存在,绝对不能是这以外的任何东西。因而,所谓人的存在,是他们的现实的生活过程。②

---

① 胡风:《论现实主义的路》,《胡风全集:第三卷》,湖北人民出版社 1999 年版,第 521 页。
② 胡风:《论现实主义的路》,《胡风全集:第三卷》,湖北人民出版社 1999 年版,第 521 页。

　　这是胡风探讨和运用马克思主义理论所达到的一个很重要的结论。新时期以来,特别是上个世纪和这个世纪之交,中国大陆一些哲学家对马克思主义理论进行了新的探讨。如有的学者将马克思的思想,分为表层、中层和深层三个层次。属于表层的是一些具有操作性的实践性理论结论,如武装斗争、暴力革命、无产阶级政党特定策略的设想、市民社会、意识形态、东方的亚细亚生产方式等;属于中层的是以经典唯物史观为表述形态的社会历史理论,如生产力与生产关系、经济基础与上层建筑的矛盾运动的理论等;属于深层的则为关于人的存在方式、人的发展的理论,如关于人的存在的实践的观点,即从人的活动本身或对象化的实践活动来确定人的本质和历史内涵,关于人的存在的深刻的文化精神,即人的生命活动本身是开放的、批判的、反思的过程。[1] 不仅这一位学者,还有人认为中国哲学界"回到马克思"有本体论、认识论和人类学三种思维范式,它们在不同历史时期出现,展示了不断开拓的视野。[2] 前一位学者还认为,马克思的深层的思想主要体现在马克思的《1844 年经济学哲学手稿》、《关于费尔巴哈的提纲》、《德意志意识形态》等早期著作中,但它们到后来更加成熟并深层隐在地贯穿在他以后的全部著作中成为他整体思想的灵魂。[3] 这个整体思想因为带有总体方法论的性质而在今后具有长远的意义。

　　胡风不是马克思主义的专门研究家,不可能对马克思的思想有全面系统的研究。但胡风对于马克思的思想绝不是只接受了他的意识形态、市民社会、封建的亚细亚生产方式等具体观点,而是从整体上接受了马克思的有关人的存在的实践观点、人的发展观点以及开放的反思的深刻的文化精神。胡风说:"作为'感性的活动'的人,他的存在内容,从那客观性说,人是历史的人、具体的人;从那主观性说,人是阶级的人、实践的人。"[4]这"实践的人"就是胡风所引的马克思的话"人的存在,是他们的现实的生活过程"的意思。胡风对马克思这个整体观念和根本精神,在他的最重要的著作《论现实主义的路》中用较多的篇幅进行了集中论述,可见他

① 衣俊卿:《马克思思想:人之存在的精神》,《中国社会科学》2001 年第 3 期。
② 赵天成:《对复归与走近马克思的考辨》,《新华文摘》2003 年第 8 期。
③ 衣俊卿:《马克思思想:人之存在的精神》,《中国社会科学》2001 年第 3 期。
④ 胡风:《论现实主义的路》,《胡风全集:第三卷》,湖北人民出版社 1999 年版,第 521 页。

是自觉地意识到它们的重要性的。还应该引起注意的是,胡风对于马克思的人的存在的观点的引用与论证,几乎都是出自马克思的早期著作。除《1844 年经济学哲学手稿》当时尚未公开发表胡风尚未见到以外,胡风的引证大多出自《关于费尔巴哈的提纲》与《德意志意识形态》。

毛泽东作为革命家、政治家,他所关注的马克思思想的侧重点与胡风显然不同。在革命、战争和冷战的时代环境里产生和发展的毛泽东文艺思想也主要是以唯物史观指导下的意识形态、武装斗争和无产阶级政党的理论作基础的。在马克思主义中国化的过程中,毛泽东对能动的反映论的阐释特别突出了作为经济的集中表现的政治的作用,以致他特别注重文艺与政治的关系,产生出一系列强调文艺的革命化、政治化、大众化、作家的世界观改造、获取无产阶级世界观等关于文艺的外部关系的观点;加以毛泽东本人以及一些中国共产党的文艺方针政策的贯彻执行者所犯下的"左"的错误,特别是将文艺学术问题政治化以及封建"亚细亚"残余带来的专制主义的错误,于是,胡风和七月派遭到无限上纲的批判和政治打击便是必然的了。然而,从胡风的思想来看,他并不否定唯物史观与意识形态等观点,而且对某些观点如文艺与政治的关系的观点还相当强调。但因为他重点关注的是马克思思想的人的存在的实践的观点和人的自由自觉的发展的观点,因此以这种人的理论为基础,他不仅在文学的启蒙主义、现实主义等问题深入到文学内部关系上有着突出的新的创建,而且即使在强调文艺与政治的关系时也与"左"的观点明显不同。因此,胡风在一定程度上深层次地回到了马克思,才能更好地结合实际,发挥新的创造,在文艺美学领域里取得重要成就。

(二)书写"疯癫史":延异性的创新特征。胡风与七月派疏离革命权力话语中心而进行的创新和突破,反抗和出走,类似"理性和疯癫"二元对立结构中被理性压制和排斥的疯癫概念。七月派的以"主观战斗精神"为核心的文学主体性原则,其独特的现代性内涵,在于它是在主体和客体,情感和思想,感性和理性诸关系中强调的是主体、情感和感性。应该看到,胡风不仅是接受马克思主义关于人的理论和文艺思想的影响,而且理论视野开阔,曾接受别林斯基的"情志说"创作主体论、卢卡契的现实主义真实论的影响,又通过《苦闷的象征》等著作接受过现代生命哲学、人本主义美学和现代主义文学的影响。正因为这多种影响与中国革命文艺实际的结合并化为胡风理论个性的血肉,所以他的以"主观战斗精神"为核心的一系列观点便必然会突破现代中国文艺特有的"同一性"——过于理性化、政治化,并导致僵化的现实主义理论的种种禁锢,从而使胡风的现实主义成为开放的、多元的、本体的,具有艺术调节机制的、更符合艺术创作规律的现实主义,成为具有现代性特征的现实主义。这种现实主义的诞生必然与将政治、客体、理性、思想以及崇众、尚用等价值观念放到压倒一切位置上的革命中心话语大相径庭,甚至是水火不相容。因为革命中心话语中的理性主义和本质主义,从理念、目的、意识、真理、理性等霸权式词语出发,铺设下陈规、定论、公理的逻辑的轨道,没有质疑,缺乏欲望,没有感性的位置,罕见意外的火花。在这种思维定式下,文艺主流政治话语只能容忍屈从与某种程度的疏离,不能容许反抗和疯癫,如理论上只能容许对它的诠释,不能容许对它的质疑;创作上只能循着它设定的最高规范奉命写作,不能有越轨的情思和文思。

还有一点很能够见出胡风和七月派"疯癫"的现代性独特内涵的,是它们疏离并反抗中心权力话语的话语方式和艺术风格。胡风和七月派那一套基于个体感性生命主体的"主观战斗精神"的理论体系和创作实践,与他们那种感性的,显示出生活的生动性与生命的搏击力的独特的语言系统,包括文论上的概念、术语、范畴以及创作上的个性化的艺术风格,二者是协调一致的。这里可以看出,语言不仅是工具,语言即思想本体。胡风与七月派由语言与思想的一致所构成的话语体系是那样独特,它们突兀、惊世骇俗,富于原创性而且具有超越性品格:理论上从胡风到阿垅,从吕荧到路翎,他们惯用的概念、范畴如"相生相克"、"血肉追求"、"自我扩张"、"人的花朵"、"拥合"、"突入"、"肉搏"、"原始强力"、"非肉身的空响"等,都是表现人本性的有着浓烈情感色彩与强烈生命意识的语言表达。作家的创作,诗人如艾青,他注目于苦难,忧郁而激愤的情感,因坚持现实主义、浪漫主义,又吸纳象征主义和意象派观念和手法,而呈现出的深沉美和繁复美。其他诗人如胡风、阿垅、绿原、牛汉、冀汸、曾卓、化铁、天蓝、彭燕郊、孙钿、芦甸、邹狄帆、鲁煤等,大多呈示出深情强劲、凄厉狂放的男子汉的血性刚性,表现出沉郁、浓重、悲愤、激昂的独特风格。特别是胡风最为推重、被称为七月派的经典文本的路翎的小说,只要看过中篇小说《饥饿的郭素娥》、《罗大斗底一生》和长篇小说《财主底儿女们》的人,都会强烈地感受到那"原始强力"的震撼力和冲击力。他笔下的人物,无论是农民还是知识分子,最突出的形象是流浪者、漂泊者的形象;这些形象性格中最突出之点是挣扎、欲望、追求,是灵魂的撕裂或野性的变态。而他们常用的手法除了写实、夸张以外,还有渲染、变形、荒诞和"复调"。这些话语形态与周扬等人提倡文学政治化、大众化、民族化,又理性十足、貌似平正公允的中心权力话语比较起来,显得十分怪异而突兀。于是,他们的话语形态或者被说成是以晦涩的文风表现唯心论的阴暗的思想,或者被目为以咄咄逼人的文风表现出痉挛的近似疯狂的思想,似乎他们的话语成了"语言的暴力"。然而事实上胡风和七月派只是在很大程度上疏离中心权力话语,表现出对其压制的疏离和反抗,并未从根本上"离经叛道",用后现代话语理论的术语来说,就是对中心权力话语还有某种"屈从";而相反,随着对胡风和七月派的关系由讨论而批判,由文艺思想的批判到政治的迫害,中心权力话语"语言暴力"的面貌倒是暴露无遗了。

(三)多元"歧异":延异性的开放特征。这是胡风的人的存在的实践特征和人的自由自觉活动的结果,也是多元共生、互补交融、竞相发展的现代思维方式所致。首先,在不同的时代环境里,从不同的角度出发,可以回到马克思思想的不同层面,不同侧重点。问题是要回到真正的马克思。无论是"表层"、"中层",还是本体论、认识论,也无论是"深层",还是人类学观点,只有真正地回到马克思,才能更好地结合实际,与时俱进。应该避免一谈到马克思思想的深层的人的存在维度,就回避马克思思想表层、中层的政治、社会意识形态维度;也要避免一谈到马克思表层中层的政治、社会意识形态就抹杀其深层的人的存在维度。必须对马克思有全面的理解,全面地把握其思想的各个层面,必须看到其思想的各个层面之间是互动兼容、互相开放的关系。即使在有所侧重的时候,也要看到其思想的另一层面仍然以隐蔽的方式存在着。胡风的人的存在的实践的观点,人的自由自觉活动的观点,实际上是和马克思主义的政治意识形态论相结合的。他在文学上的主观战斗精神也离不开主客体化合的框架。他的启蒙理性也是情感生命主体和思想理性主体的融合。

其次,回到革命文学、左翼文学、社会主义文学的原初语境和历史变动本身,回到马克思主义文艺美学思想本身,除了其内部不同层面的互相开放外,还要在人文学术思想、美学文艺思想和创作上向其他种种科学主义和人本主义的思潮,向种种现代主义思潮开放,向本民族传统开放,对它们选择、吸纳、创造、转换。我们之所以说马克思主义美学思想具有普遍性,之所以说胡风七月派文艺思想虽有一定的狭隘性,但仍然显示着无法遮蔽的现代性特征和超越性特征,就来源于这种开放,从而使得处于不同语境下的人都可以从自己传统的,或科学主义的,或人本主义的,或现代主义的语境出发,对其作出自己的理解和阐释,实现其和多元语境的相互吸纳与融合。

再次,胡风与七月派文艺思想有一个很大的优点就是非常重视理论与创作的密切互动关系,胡风与七月派之间的关系就是最明显的例证。要回到文学本身,首先就是要回到创作。中国现代历来是理论先行,创作再跟上,我们应该努力改变这种状况。也因此,从某种角度看,较之于胡风,七月派的创作更具有超越性,更显示出开放性特征,所以胡风曾经说过路翎(创作)启发他要超过他(理论)启发路翎。

我们都说文学研究要回到历史的原初语境,不要用西方的理论机械切入,而本文又引入福科和德里达的思想来观照胡风七月派文艺思想,乃是因为他们的思想和马克思的思想在致思方向上具有一致性,都是要打破僵化的结论和体系,以批判性和超越性的精神不断将人类的精神物质生活推向前进,不断地向着未来开放。我在本文前面谈到反本质主义、反理性主义的后现代思潮会起到消解胡风和七月派的启蒙理念和主体精神的作用,但如果能够很好地理解胡风与七月派关于人的存在的超越性与开放性观点,是会看到当下多元、歧异、常变、运动的环境也是可以向有利于胡风和七月派研究的方面转变的。我希望对胡风和七月派文艺思想的研究会是这样一个不断开放不断超越的过程。

[原载《华中师范大学学报(人文社会科学版)》2003 年第 5 期]

论"七月派"的乡土小说

丁　帆　李兴阳

一

　　"七月派"是以文艺理论家胡风为中心,以《七月》和《希望》等刊物为阵地而形成的文学群体。在中国现代小说史上,"七月派"是唯一的在一位文艺理论家的思想影响下,并通过他个人的杂志、丛书而形成的文学流派。"七月派"作家路翎、丘东平、彭柏山、冀汸、曹白等与胡风关系密切,都是在胡风的直接扶持下成长起来的。胡风的思想倾向和审美情趣,都直接影响着他们的小说创作。他们在战争与饥饿、天灾与人祸、崇高与卑下、正义与邪恶、伟大与渺小、理性与荒谬等的多重交织中,关注着乡村和城市,关注着苦难的芸芸众生,宽阔的视野使他们创作了大量的乡土小说作品。"七月派"乡土小说在胡风"主观战斗精神"的影响下,深入到生活底层和人物心灵深处,感受战争年代苍茫大地的战栗,揭露农民的"精神奴役创伤","搅动"乡土生命的"原始强力",从而形成深刻凝重的历史沧桑感与沉郁悲怆的艺术格调。其浓厚的政治意识形态色彩不掩启蒙精神,而其体验的现实主义也掩饰不住地透出浓郁的现代主义气质,这使其在偏离"左翼"航向的同时获得了自己卓越的流派个性。

二

在"七月派"小说家中卓然独立的,也是在中国乡土小说领域中作出了重大思想和艺术贡献的作家是路翎。路翎在抗战逃难中接触到苏联文学,开始尝试写作,因写作宣传抗日的《实战日记》而被学校开除。17 岁时创作了短篇小说《"要塞"退出以后》,受到胡风赏识,自此在文坛崭露头角,成为 20 世纪 30 年代"七月派"的重要作家。1942 年后,路翎进入创作的高峰期,创作了中篇小说《饥饿的郭素娥》(1944)及表现中国现代知识分子心路历程的长篇乡土巨著《财主底儿女们》(1945)。新中国成立后,因受胡风案牵连,路翎中断写作 20 多年。路翎是"七月派"中作品最多、成就最高的作家。在路翎的小说中,长篇《财主底儿女们》、《燃烧的荒地》,中短篇《饥饿的郭素娥》、《蜗牛在荆棘上》、《罗大斗底一生》、《王兴发夫妇》、《王家老太婆和她底小猪》、《易学富和他底牛》等都是有"心理体验"深度的乡土小说。

作为一个文学视野相当开阔、文学理论功底又相当丰厚的小说家,路翎在其乡土小说的创作中所要表现的是与胡风文艺思想相一致、与鲁迅文化精神相通的主题内涵。《饥饿的郭素娥》、《财主底儿女们》等乡土小说在继承"五四"启蒙精神的同时,又注入了时代的政治意识形态内容,不同的思想素质在冲突搏斗中出现无法弥合的裂隙,又在相生相克中生出意蕴的多重性。其一,表现出民族文化心理的两重性,即实实在在地为民族解放英勇搏斗的"主观战斗精神",以及那阻碍历史前进的、以"安命精神"为内容的"精神奴役的创伤"。其二,描写那些成长着的英雄人物的心灵痛苦以及在生活最底层的人们苦苦挣扎的景象,表现出拯救民族灵魂的迫切感。其三,通过对人物性格二重性的描写,来审视历史,指出民族斗争前进的方向。因此,发掘人物的深层心理,突出人物的非常态性格描写,就成为路翎乡土小说的艺术选择和重要特征。从文艺思想上来说,路翎从胡风的现实主义精神中汲取精华,决心塑造具有人性和兽性(奴性)二重性的"活的人",使其性格有立体感,以具备现实主义的精神。路翎的叙事追求,得到了胡风的称赏。在胡风看来,似乎只有路翎通过艺术实践准确地完成了他的现实主义"主观战斗精神"的理论主张。从《饥饿的郭素娥》开始,一直到《初雪》、《洼地上的"战役"》等,胡风对路翎的小说创作给予了长期的关注,不断地发表义章推许路翎小说伟大的现实主义力度,以及路翎小说在创造人物性格上所达到的惊人高度。路翎小说在人物性格刻画上的那种特殊的艺术感觉与方法,发展和丰富了中国乡土小说的表现力。

　　在胡风思想理论的影响下,路翎非常注重作品中的主观情绪,并将此作为把握人物、把握作品主题的命脉,但又不愿意陷入浪漫主义、理想主义的抒情陷阱,而背离现实主义描写人物的基本框架。于是,在人物心理的刻画上,路翎对现代派艺术手法表现出了极大兴趣。严家炎认为,路翎在"心理刻画方面最大的成功之处,是善于写出人物在特定境遇中异常丰富的心理变化,善于写出从某种心理状态向另一种对立的心理状态的跳跃","这种心理变化的幅度往往是一百八十度,频率往往是瞬间万变,这样的变化幅度与速度在中国现代小说史上都是罕见的"①。严家炎准确地指出了路翎心理描写不同于"五四"以来新文学心理描写的"异质性"。在严家炎看来,路翎对人物心理的描写,至少注意捕捉了这样几点:其一,心理变化的丰富性;其二,心理状态的跳跃性;其三,心理变化的幅度与速度。所有这些心理活动的特性都与人物的某种特定境遇有关。需要进一步加以分析的是,人物心理变化的这些特异性,并不仅仅表现在同一个心理层面上。路翎曾说:"我十分坚持心理描写。正是在重压下带着所谓'歇斯底里'的痉挛、心脏的抽搐的思想和精神的反抗、渴望未来的萌芽是我寻求而宝贵的;我不喜欢灰暗事物的表面。"②这表明路翎的心理描写,将笔墨有意识地倾注在两个层面:一是非理性层面,二是理性层面。对于前者,路翎在给胡风的信中明确说:"这个世界,有许多事情是在'理性'之外的。它们看来似乎永远不可能解决。那些坑坑谷谷,真是令人胆寒。"③在小说创作中,对这些"永远不可能解决"的非理性层面,路翎特别注重对原始生命强力的凸显和对人物潜意识的揭示。路翎小说中的很多人物,如郭素娥(《饥饿的郭素娥》)、金素痕(《财主底儿女们》)、何德祥(《在铁链中》)、何秀英(《燃烧的荒地》)、朱四娘

---

① 严家炎:《中国现代小说流派史》,人民文学出版社 1995 年版。
② 晓风:《胡风路翎文艺书简》,安徽文艺出版社 1994 年版。
③ 晓风:《胡风路翎文艺书简》,安徽文艺出版社 1994 年版。

(《爱民大会》)、王家老太婆(《王家老太婆和她底小猪》)等,都是具有"原始强力"的人物。这些人物都具有强悍、坚韧和带有原始生命野性的凶猛、绝不妥协的强力精神,都表现出强烈的求生、求爱欲望和顽强的反抗意志。人物原始生命强力与潜意识是一个问题的两面。譬如,《王兴发夫妇》中那个被抓走丈夫的农妇,在饥饿、疲惫中忽然看见街上演冤魂的傀儡戏,就在神思恍惚中感到自己是复仇的冤魂,举起了复仇的尖刀。这种幻觉的产生,既是那个农妇潜在复仇欲望的外显,同时也是"原始强力"的折射。人物心理的非理性层面是其理性层面的深层动因,这使得人物理性层面的心理活动也具有两极跳跃的特性。譬如,《财主底儿女们》中的蒋纯祖的显性精神情感活动就时时在美好与丑恶、觉醒与麻木、正义与邪恶、崇高与卑下、友爱与仇恨、抗争与失败、追求与破灭、痛苦与幸福、欢乐与悲哀、理智与荒谬等对立的两极间跳跃,心灵的理性层面也由此呈现出变动不居的非理性特征。正因为如此,路翎笔下的人物大都具有病态的"疯狂"气质,从中不难看到陀思妥耶夫斯基的艺术印痕。路翎把笔触伸进人物的潜意识深处,对人类蒙昧状态下的"本我"的各个侧面进行挖掘和展示,从而探索造成"精神奴役创伤"的更深层动因,显示出一个民族最深隐的心理真实。鲁迅曾告诫说,"有志于改革者倘不深知民众的心,设法利导,改进","则无论怎样的改革,都将为习惯的岩石所压碎"①。这其实就是路翎异质性的心理描写所具有的深广的现实意义和历史意义。

在上述启蒙精神的指归之外,路翎之所以摆脱旧现实主义的那种固定程式的心理描写,仅就路翎对审美接受的预期而言,就是想给作品留下一个为读者设计的"空间",这个"空间"亦正是要由读者主动投入作者划定的"主观战斗精神"的思想范畴。一方面是作者不愿用平直的抒情议论方式来介入作品,表现出"主观"暴露的幼稚,另一方面,作者又试图将读者引入自己的"主观情绪"之中,因此在人物的内心活动过程中采用大幅度的跳跃性描写,试图在"空白"处留下更广阔的艺术空间,这正是对现代派技巧有所借鉴的地方。除了在人物心理刻画上的跳跃性描写在一定程度上弥补了作家"主观战斗精神"外露的不足外,作者根本就无法摆脱"主观情绪"的溢出。因此在路翎的乡土小说中,作者跳出来抒情、旁白、议论的段落则

---

① 鲁迅:《二心集·习惯与改革》,《鲁迅全集》(第4卷),人民文学出版社1981年版,第224页。

又恰恰与这种描写形成极大的反差。作者在人物的言行描写之外,往往会冒出一两句的感叹,以此来为小说的主题内涵和人物性格定性定位。这无疑成为路翎小说人物描写的败笔。在其小说创作实践中,有两种不可摆脱的情感在缠绕着他,造成了他在叙事中的双重标准:一方面是那种用跳跃性心理描写来形成艺术空间的"间接"表现艺术的诱惑,这是由作者直觉艺术系统指挥的情感投射;另一方面是那种情不自禁的抒情旁白造成的无法摆脱的理性精神的直接介入,这是作者主观世界精神直接投射作品的结果。二者在路翎小说中所形成的不和谐感,是历来现实主义小说难以摆脱的艺术魔圈。

　　在路翎的小说中,那些风景画和风俗画的描写被一种带有浓重主观情绪的人物性格描写所替代,即使是有这样的描写,其格调亦是阴冷的,其幅度是有限的,完全是人物心理描写的"对应物"。路翎的乡土小说的景物描写几乎都是"情景交融"的,也就是不孤立地写景,也不把景物作为某种理想和憧憬来描写,情与景的色调、旋律、意境是高度一致的。同样,在风景描写中也存在着作者"直接"和"间接"描写的悖反现象。一方面是作者在写景时,不断将人物心理描写夹杂在其中,试图以此来表现一种"主观情绪"。这就严重地破坏了小说风景画的整体和谐美,切割了乡土小说的流畅美感。另一方面,作者又用现代派的"拟人"和"通感"手法来"间接"地表现一种独特新鲜的艺术感觉,从而使小说的艺术性不断增值。其实,这种现代派的艺术手法运用在路翎的乡土小说中是很多的。它摒弃了有些现实主义乡土小说家完全拒绝景物描写的做法,同时又对"田园诗风"的自然主义式的风景画不屑一顾,而"挪用"了"新感觉派"对于"都市风景线"的描写技巧,把这种直觉式的经验和感觉移入对"风景"的描写之中,以清晰地表达"主观感觉"的流露。这种对于现代手法和技巧的借鉴,无疑丰富了像路翎这样的"主观性"很强的现实主义创作。

　　在路翎的乡土小说艺术探索中,可以清楚地看到"五四"以来从鲁迅开始的乡土小说的现实主义与现代主义相融合的二元倾向的延展。从某种意义上说,路翎乡土小说所具有的现代派特征,就是探究那种混乱的多重复合意义,尽可能接近复制丰富复杂的心理世界,而不是继续描绘共同经验的表面现象。

三

　　在路翎之外,"七月派"作家丘东平、彭柏山、冀汸等也都有乡土小说创作。丘东平的小说既有充沛、沉郁的战斗激情,又饱含着庄严的道德意识,因此颇得胡风欣赏。丘东平的乡土小说创作没有他的军事题材的小说创作丰盛,其部分小说是乡土与军事题材相混合的,为他带来声誉的短篇小说《通讯员》就是这种混合型的小说。胡风评价《通讯员》说:"作者用着质朴而遒劲的风格单刀直入地写出了在激烈的土地革命战争中的农民意识的变化和悲剧,这在笼罩着当时革命文学的庸俗的'现实主义'空气里面,几乎是出于意外的。"①《火灾》写出了像地狱一样让人窒息的乡村世界。在梅冷镇罗岗村,饥馑肆虐,灾民啼号,而伪善的权势者草菅人命,横行不法。丘东平用他那支不避污秽的无情之笔,揭开了 20 世纪 30 年代中国乡村阴沉可怕的一角。胡风曾说,展读丘东平的小说,"就像面对着一座晶钢的作者的雕像,在他的灿烂的反射里面,我们的面前出现了在这个伟大的时代受难的以及神似的跃进的一群生灵"②。彭柏山陷于战事和政务,不是一个多产的作家,其作品也不具备典型的"七月派"特色。他写过一些农民走上革命道路时的心理历程的乡土小说,影响也不很大。他早期的短篇小说《皮背心》算得上是乡土小说的佳构,其乡土叙事的精神向度是双重的,在现实反抗的意识形态话语中透露出国民性批判的启蒙意旨。冀汸是诗人,也写小说,其长篇小说《走夜路的人们》以农民何宝山、刘大昌,地主简辅成及其家庭成员之间错综复杂的关系为内容,展示出"乡土人"在时代、历史、文化等复杂因素下的命运和遭际。现实的苦难、宗法的野蛮、人性的扭曲、心理的变态和原始的冲动,所有这一切都在作家强烈的主观战斗精神的热情"拥入"中,其痉挛性的渲染让人感到心灵的震颤,而其深厚的历史蕴涵又让人感到时代的迫力,表现出典型的"七月派"小说的流派特征和叙事风格。

---

　① 胡风:《忆东平》,《胡风全集》(第 3 卷),湖北人民出版社 1999 年版,第 338 页。
　② 胡风:《〈东平短篇小说集〉题记》,《胡风全集》(第 3 卷),湖北人民出版社 1999 年版,第 167 页。

　　从丘东平到路翎,"七月派"诸作家的乡土小说都有"向外"与"向内"两个相反相成的叙事指向。向外,"七月派"乡土小说直面现实,正视淋漓的鲜血,以不避现实污秽的笔锋,直击战争、屠杀、掠夺、强奸、饥馑、封建特权、封建奴役等种种人间罪恶,揭示出乡村世界的一幕幕悲剧,同时也书写被侮辱与被损害者的艰难觉醒与决绝的反抗,从而呈现出"现实主义"特征。向内,"七月派"乡土小说强调的是"体验性",试图通过主观的努力来体验自身、体验人类的生存,体验生存困境中人的精神苦难。如卡西尔所说:"人被宣称为应当是不断探究他自身的存在物———一个在他生存的每时每刻都必须查问和审视他的生存状况的存在物。人类生活的真正价值,恰恰就存在于这种审视中,存在于这种对人类生活的批判态度中。"①"查问和审视",对"七月派"来说就是对心理体验的关注,就是潜入到人物形象的内心深处,极力搅动起心灵波澜,从而揭开人物潜意识里的深层积垢,探索"原始强力"的蓄积与爆发,逼视在现实灾难与传统因袭双重奴役下中国农民矛盾、痛苦、艰难的心路历程和人性挣扎,从而呈现出"心理体验"的特征。"心理体验"与"现实主义"的超常态组合,既避免了"主观公式主义",又避免了"冷淡的客观主义",这就是鲁迅所肯定的能"显示灵魂的深"的现实主义,而能"将人的灵魂的深,显示于人的","是在高的意义上的写实主义者"②。但"体验"所偏重的是精神指向,"现实"所偏重的是物质指向,这就构成了难以弥合的深刻矛盾,而这正是他们的成就之所在,同时也是局限之所在。"七月派"乡土小说的另一局限是对"人事"与"人心"的过分关注,这使乡土小说所应有的"风景画"、"风俗画"和"风情画"处在被忽略的"不见"之中,乡土生命与心灵也就失掉了诗意栖居之所,漂泊不定。

　　简言之,"七月派"小说家在胡风思想理论的引导下,在"五四"文学传统和世界文学的影响下,走过了一条直面现实人生、突进人物内心的艺术探索之路。他们执守着"五四"新文学的启蒙姿态,并将启蒙的思路与"人民解放"和"民族解放"的历史命题结合起来,发展和深化了新文学的启蒙精神,突破了抗战时期盛行的主观公式主义和客观主义,在现实主义的道路上做出了富有探索精神的尝试与追求。他

---

① 〔德〕恩斯特·卡西尔:《人论》,甘阳译,上海译文出版社 1998 年版。
② 鲁迅:《穷人》小引,《鲁迅全集》(第 7 卷),人民文学出版社 1981 年版,第 103 页。

们虽然忽略了乡土小说应有的一些艺术质素,但其独特的艺术个性是乡土小说中极为罕见的,这使他们在与文学主流的对话中被视为"异端"。"异端"色彩,使他们和他们的流派难以避免悲剧的历史命运,却也让他们获得了不可忽视的文学史意义。

（原载《河南社会科学》2007 年第 2 期）

『山药蛋派』乡土小说

从"赵树理风格"看"山药蛋派"的今昔

方浴晓

赵树理的风格也就是一种农民的艺术风格。用农民的眼睛看待事物,体现农民的美丑观念,用农民的表达方式,创造农民喜闻乐见的形式,这就形成了赵树理的独特风格。"山药蛋派"的作家不同程度上接近于赵树理的这种风格。但是赵树理不是农民作家,"山药蛋派"也不是农民的艺术流派。因为赵树理等是用无产阶级的世界观指导自己的创作。这些创作同时符合农民的眼光、爱好,那是因为作为劳动者的农民,特别是经过党的教育的农民,本来与无产阶级就有许多相通之处,本来就与无产阶级有着天然的联系。而无产阶级要创造自己的民族风格,在农民占了人口大多数的中国,也不能离开了农民的艺术风格。

因此,赵树理风格的形成,实有历史的必然性。本来,中国革命的实质就是农民革命,可是文学革命在开始时主要是受西方文化的启发、影响,所产生的新文学未曾与本民族的民间文学传统发生联系。因此尽管新文学比民间文学进步,却无法在广大农民中生根。为了适应中国革命的特点,就要克服新文学与群众,主要是与农民的隔绝状态,这是历史提出的任务。觉悟到这一点,从而学习民间文艺,创作通俗文学,这不是始于赵树理。但是,把新文学与民间文学传统接上了关系,使新文学真正为农民所掌握、所享用,在实践中解决了历史任务的,赵树理是第一人。这就是赵树理在新文学史上不可磨灭的重大贡献。农民在中国革命中的地位,无产阶级与农民的亲密关系,由此产生的对文学的要求,以及外来新文化必须与民族形式结合才能在一个民族生根发芽的规律,这些就是赵树理风格形成的必然性,也是"山药蛋派"存在的根据。

当然,风格与流派的形成还要有必要的条件。在同样历史条件下,离党中央更近、大作家更集中的陕甘宁边区,为什么没有形成文学流派,而山西形成了呢? 这与山西有一批土生土长的作家关系极大。解放战争开始后,原陕甘宁边区的作家便四散而去,解放后回到那里扎根的可能没有。赵树理等则始终没有脱离自己的乡土。风格、流派的形成,既然有其必然性和条件性,那么,总结经验,寻找规律,顺着规律,创造条件,对风格、流派的形成,会有促进的作用。延安文艺整风运动,文艺为工农兵服务的方针,彭德怀、杨献珍等的支持,郭沫若、茅盾、周扬写的评论,都对赵树理风格的形成,从而也对"山药蛋派"的出现,产生了重大的作用。如果这叫"扶植",我看应该大大欢迎。

赵树理的农民风格,既不是封建时代的农民风格,也不是半封建半殖民地时代的农民风格。农民的思想、艺术也是不断在变化的。赵树理能够赢得农民的心,就在于他没有抱残守缺,不是简单地因袭旧形式,他把过去的传统加以现代化。他自己曾经说过,使他成为作家的,还是"五四"新文学的影响。他不但向"五四"新文学学习,也下过决心借鉴外国的进步文学。因此,确切地说,赵树理作品具有现代农民的艺术风格。而且,当他的风格形成后,也不是一成不变的。例如他的许多作品使人发笑,他要用笑声轰毁农民的旧意识,他要用笑声迎接光明的到来。但是,读了《实干家潘永福》,你笑得出来吗? 作品中隐藏着忧国忧民的情绪,使作家无法再用轻松、欢快的调子来表现了。今日赵公已成历史人物,他已无法来发展自己的风格,来弥补自己的某些局限了。继承者大有人在,我愿奉上鲁迅先生的一句话:"要看别人的作品,但不可专看一个人的作品,以防被他束缚住,必须博采众家,取其所长,这才后来能够独立。"(《致董永舒》)要知道如果赵树理只爱八音会的乐调,只会上党梆子,而没有更开阔的眼界,那是不可能在四五十年代创造出适应当时农民需要的艺术风格的。

"山药蛋派"存在的历史根据,在今后很长时期里都不会失去。至于"山药蛋派"还有没有生命力,能否继续流下去,那就看它是停留在四五十年代的风格之上,还是随着时代发展,创造八九十年代的新风格。为防止山药蛋退化,必须不断改良品种。其结果不是要改良成白薯、洋葱之类,却可能培育出优质高产的山药蛋。为此,在肯定"山药蛋派"的历史功绩的同时,也来分析它有什么局限和不足,研究农民美学观念的发展,同样是很有必要的。

（录自《关于文学流派的讨论》,中国作家协会山西分会、山西日报编辑部合编,第44—46页）

"山药蛋"派在丰富，在发展

艾 斐

源远流长，生机勃勃

以赵树理、马烽、西戎、胡正、孙谦、束为等为主干作家的"山药蛋派"崛起于抗日战争后期，到现在已经在文坛上活跃了近半个世纪。当年血气方刚的青年，而今已经是两鬓斑斑的老作家了。人们或许要问，曾经有过隆盛时期，并在现当代文学史上负有盛名的"山药蛋派"，是不是接近末流了呢？

回答是否定的。

"山药蛋派"不是近于末流，而是源远流长，生机勃勃，在新时期出现了佳作蝉联、人才辈出的好势头。以焦祖尧、成一、张石山、周宗奋等为代表的一批中青年作家，正在以他们的坚实的文学步伐和颇具特色的文学创作。缔建着"山药蛋派"的新的隆盛时期。

在这个问题上，马烽、西戎、孙谦、胡正等老作家是很有远见卓识和献身精神的。他们一直在关怀中青年、培养中青年。他们对中青年作家不仅在艺术上传、帮、带，而且在创作思想和文学道路上以身作则，把关很严，从而使新起的中青年作家的文学起步是扎实的，路子是端正的，作品的思想倾向也一直是健康的。在艺术上,则是既继承了"山药蛋派"的传统的独特的优长之处,如朴实、通俗、洗练、风趣、故事性强、泥土味儿浓等,又不断地有所丰富、开拓、发展和创新,注意广泛地汲取艺术营养融入自己的血肉,在发展固有艺术特色的同时,积极地、自觉地、恰到好处地给自己的作品注入新生活、新时代的艺术汁液。所以"山药蛋派"中青年作家作品的一个突出特点便是:既是"山药蛋派",同时又是经过"嫁接"了的。这样。就使新一代"山药蛋派"作家作品在题材上更广泛了,在艺术表现手法上更丰富了,在风格韵味上也更具有时代精神和更与新生活的节奏合拍了。

在题材上创作路子更开阔

在题材选择上,"山药蛋派"过去主要是写农村和农民的,也以写农村和农民见长,把他们的作品联缀起来,几乎是一部形象化的中国北方农村社会和农民生活命运的变迁史。在革命战争时期,从《小二黑结婚》、《李有才板话》(赵树理),到《一架弹花机》(马烽)、《登记》(赵树理);在建国以后,《三里湾》(赵树理)、《太阳刚刚出山》(马烽)、《宋老大进城》(西戎)、《"锻炼锻炼"》、《互作鉴定》(赵树理)、《我的第一个上级》(马烽)、《丰产记》(西戎)、《几度元宵》(胡正)、《清风习习》(束为)等作品,是那么多彩多姿地勾勒了几近半个世纪以来中国农村的壮丽的风云变幻,淳朴的风俗民情,以及广大农民辛勤耕耘的汗斑和走向光明的足迹。即使有些写武装斗争的作品,也是与农村题材有着很近的渊源关系的。如《吕梁英雄传》、《刘胡兰传》等。

但在"山药蛋派"的中青年作家中,情况就不尽是这样了,他们大部分虽然也是以写农村题材为主和见长的,却绝不仅仅局限于写农村题材。他们的眼光放得很开,对新生活的各个领域都充满了激情和向往,这就使他们的创作路子也相应地开阔了,笔触所涉猎的领域也相应地广泛了。

焦祖尧写过《苦艾子》、《山药蛋种子的问题》等农村题材的短篇小说,普遍受到读者的好评。但他却没有使自己囿于这个圈子之中,他在不断地探索着、开拓着,当他把自己的笔锋转向工矿题材的时候,不仅没有露出疏稚浅陋、捉襟见肘之

"拙"，反而跃出游刃有余、深娴隐秀之势，显示了开拓题材和驾驭题材的硬功夫。这从长篇小说《总工程师和他的女儿》，短篇小说《"爱人"》、《归来》、《复苏》、《煤的性格》、《光的追求》等作品中，都可以明显地看出来。就是在这些同样是写工矿题材的作品中，作家所展示的生活面也是相当开阔的。《总工程师和他的女儿》主要是写知识分子的，以细腻的笔墨和生动的生活画面，很有特色地描绘了一代知识分子的生活、思想、奋斗、高尚的情操、执着的理想追求和对革命事业的赤胆忠心，满腔热忱，并于油然之中在结结实实的人物形象上，深深地镂上了时代的印痕和历史的轨迹，从而赋予作品以深刻的时代内容和广泛的社会意义。《"爱人"》是一篇写爱情的小说，但作者却把爱情与事业、爱情与工作、爱情与道德等紧紧地结合起来，融为一个有机的艺术整体，并着力于顺着爱情这条线索"抓住荷叶摸到藕"，对人物的心灵作了纵深的剖析和探测，从中发掘出内涵的精神闪光，女大夫齐娴，就是这样一个心灵美的姑娘，她虽然三十四岁了，还没有找到那个"理想"的爱人，但她却仍旧不向世俗低头，决不凑合着与那些虽然相貌堂堂但却心灵空虚的人，与那些虽然官高禄厚但在思想上沉积着道德污垢的人一起生活。《"爱人"》写于一九七九年九月，在一些庸俗爱情作品相当泛滥的时候，焦祖尧却写出了这样的爱情小说，足见其思想的端正和创作的严谨。其他像《归来》、《复苏》（获《当代》文学奖）、《煤的性格》等作品，在题材的开掘和内容的撷取上，也都是新颖、深邃而富于时代精神和社会意义的。正如马烽在论及焦祖尧的创作时所说："作者选材严肃，思考深沉，着力于发掘平凡生活的价值，着力于歌颂生活中的美好事物。"从焦祖尧最新发表的一批小说和报告文学看，就更加证明了马烽的这个论析是完全准确的。

年仅三十出头的张石山，也是一个师承"山药蛋派"并擅长于写农村题材的青年作家。他的获得全国短篇小说创作奖的《镢柄韩宝山》，就是一篇反映农村生活的好小说。但，这只是张石山的文学之"犁"所耕耘的一块"地"，除此之外，他还耕及工业、学校、体育、军事、文艺等广阔的领域，他走的是"广开门路，多种经营"的创作路子。在他的笔下，既有校园的风波和师生的情谊（《会说话的眼睛》），又有舞台的愉欣和爱情的波折（《一个舞蹈演员的爱情》）；既有铁道进出的生活火花和工厂发出的前进的足音（《第三次会面》、《对门亲事》），又有营房里欢乐地歌唱和靶场上骁勇的冲刺（《待客》、《最后的冲刺》）；甚至连体育健儿和建筑工人的生活，也被张石山摄入了他的"取景框"，并在他的笔下变成了文学的佳酿醇馏，如《晚来的摔跤手》、《盗墓者与令狐》等等。张石山是热爱生活的，他自己所经历的生活也相当丰富、严峻而多变：生长在"三天不吃糠，肚里没主张"的穷山村，尔后上学，经历了那场大浩劫的风风雨雨。他在天山脚下当过战士，在火车上当过司炉。此后的编辑生活，又给他打开了间接地然而却是更广泛更形象更集中地认识生活、认识人的千百个窗口。出现在他作品中的诚恳正直的李东阳老师（《会说话的眼睛》），为人耿直的老工人张六，性格倔强而刚直的韩保山，富于坚韧不拔、一往直前精神的李底赫等外表像石头一样质朴平凡，内里却像金子一样闪光透亮的人物，就都是他从自己亲历的生活中所获致的独特的发现和所进行的艺术的撷取。广阔的生活为张石山开辟了同样广阔的艺术天地。

在艺术风格上不断地开拓和发展

如果把"山药蛋派"传统的艺术风格和创作特色概括为质朴、通俗、刚健、诙谐、故事性强和泥土味儿浓，那么，这个流派的中青年作家，尤其是青年作家是很明显地既继承又有发展的。他们在认真地向老作家学习创作，他们把《小二黑结婚》、《我的第一个上级》等作品不仅当作入门的向导，而且当成开步的基石，他们大都是从这里对文学发生了兴趣和在文学之路上迈开了有历史意义的第一步的。所以"山药蛋派"传统的艺术风格和创作特点，便本能地、天然地融入了他们的文学资质和文学创作之中，并成为他们文学素质的"基因"和文学作品的"基调"。这从焦祖尧、韩文洲、李逸民、柯云路等一大批中青年作家的创作中，都可以明显地看出来。即使是被人认为是"山药蛋派"之异端的郑义和蒋韵，他们的身上也照样回流着"山药蛋派"的血液，他们的作品中也同样渗入了"山药蛋派"的特色，只不过疏淡一点、朦胧一点罢了。但是，在继承"山药蛋派"独特的、传统的和优异的艺术风格和创作特点的同时，中青年作家，尤其是新的青年作家们却并不保守和拘泥，他们在积极地探索和开拓，他们在不懈地丰富和发展，他们广泛地汲收艺术营养，以求给自己的作品铸成一种新的格调，与传统的"山药蛋派"在艺术特色上处于"似与不似"之间。他们认为这是文学发展的必然,这是时代提出的要求,这也是生活在前进过程中对文学的启示和赋予。

　　以处女作《顶凌下种》获全国短篇小说创作奖的成一,就是在嗣承"山药蛋派"优异资质的基础上,广泛而和谐地将多种艺术营养熔于一炉,并逐渐地形成和铸炼出自己独特的艺术风格来的。在他的《绿色的山岗》《远天远地》《柳主任》《滴滴清明雨》《高高的戏台》等"打响"了的作品中,都有一个特点,就是在醇浓的泥土香中散发着同样醇浓的诗意美,在情节波澜中潜然洄漩着"意识流",在娓娓动听的故事中跳跃着深睿的生活哲理;在眉目清楚、形似浮雕的人物刻划中,运用着心理描写和内向描写。整个作品都既有清新的泥土气息,又有十足的文学味道,令人感到亲切和新鲜,淳朴而深刻,"俗"而不俚,"洋"而不怪。细心的读者是不能从这里闻到"山药蛋派"的味儿的,看到柳青、周立波、李准的影子,想到鲁迅、巴金、契科夫、莫泊桑的某些作品的。但仔细一审视、一度量,却又都不是,或者说似是而非——这味道,这特色,这格调,只能属于成一自己,是他自己采摘百花而后酿造出来的一种打着自己个性烙印的丰富了和发展了的"山药蛋派"风格。如在《绿色的山岗》《外面的世界》中,作者又把风俗画与意识流结合得那样浑成一体;在《远天远地》《本家主任》《高高的戏台》中,作者又把细节描写和心理刻划融汇得那样委婉自如。他笔下的一个又一个颇具性格特色的、鲜明而崛立、真切而活跃的人物形象,就正是在这种不拘一格、绰约多姿、"土""洋"结合的艺术表现中结结实实地活起来站起来的。

　　和成一的创作路子有着相肖之处的另一位青年作家周宗奇,作品虽然不算多,但从他已经问世的二十余篇小说中可以明显看出来,他在题材的撷取上与焦祖尧类似:以农村和工矿作为左右两翼;在艺术风格上,则与成一相近:在继承中求发展,融"土""洋"而铸合璧。《明天》的畅朗激越,《新麦》的深沉隽永,《咱那钱头儿》的淳朴细腻,都给读者留下了难忘的印象,并且猛烈地摇撼过读者的心灵,让人从中实实在在地品味出了"山药蛋派"在丰富和发展之后,发散出来的美味儿。

在继承中求突破

为什么"山药蛋派"能够绵延近半个世纪，并在青年继承者身上得到丰富和发展，越来越显示出趋于兴旺繁荣的势头呢？马烽在谈到成一的小说创作时曾说过这样一段话："假如成一大学毕业之后，到了某个文学创作组，不深入生活，一心一意要当作家，他可能写出这样一些有分量的作品来吗？我认为不可能；假设他只有农村生活，而没有一定的文学素养，能写出这样一些耐人寻味的作品来吗？也不可能；假设他有同样的文学素养，又有同样的生活经历，而无一定的政治见解，也就是说不能正确理解现实生活，同样也不可能写出这样一些作品来。"这里说的是成一，其实恰恰道出了"山药蛋派"青年继承者的共同特点。多年来，老作家对青年作家和作者也正是按照这个路子做引导，本着这个标准提要求的。积极为他们创造条件，要求他们始终"泡"在生活中，努力提高文学素养，广泛地汲收艺术营养，认真领会党的方针政策，正确观察，理解和表现现实生活。正因为这样，无论极"左"思潮，抑或自由化倾向，都没有在"山药蛋派"的中青年作者思想上和作品中罩上阴影、留下痕迹。西戎在诚勉青年作者时明确指出："宁可不写作品，也决不赶时髦，搞歪门邪道。"的确，"山药蛋派"的青年作家们是认真地秉承了这个流派的优良传统的，他们不管社会上吹什么风，都坚持按照自己对生活的理解，坚持从现实生活中提炼主题，着意刻划人物性格，坚持在继承中求突破，在丰富中求发展。他们在政治上是坚定的，卓有见识的，在深入生活上是真诚的，实心实意的，在提高文学素养和进行艺术探索上是撷新辟展、孜孜以求的，在创作上是严肃认真，深思熟虑的。

"山药蛋派"的隆盛时期又来了，这好势头的出现，其意义就绝不仅仅是为我们春意盎然的新时期文学，绽几枝红梅，添一片绿荫，而尤其在于它所提供给我们的极其宝贵的启示和鉴益。

（原载《文学报》1983 年 9 月 8 日第 3 版）

论"山药蛋"派

高 捷

文艺界把以赵树理为代表的长期生活在山西并以山西农村为创作题材的一些作家们看作一个文学流派,是在五十年代的后期。他们或被称作"山西派",或因山西省文联出版的《火花》为他们发表作品的主要刊物,而又被叫做"火花派",郑重的提法是"以赵树理为代表的文学流派",谐谑的说法则为"山药蛋派"。追根溯源,这个流派滥觞于一九四三年赵树理《小二黑结婚》的发表,是毛泽东同志一九四二年《在延安文艺座谈会上的讲话》的文艺路线在山西抗日根据地贯彻、执行的产儿。

突破了文学大众化的难关

"五四"白话文取代了文言文在文学上的正宗地位,是一个历史性的伟大革命,开始踏上了文学大众化的征程,但是历经"左联"几度在理论上的倡导,新文学仍未能彻底跨出知识分子的圈子和广大的工农读者建立起血缘的联系。最主要的原因自然是当时中国反动黑暗的统治异常严酷,从事进步文艺的工作者没有接近工农的自由;同时,新文艺工作者大都出身于非劳动阶级的家庭,所受教育又多是资产阶级的,思想感情、审美趣味和劳动人民大众仍处于彼此格格不入的境地;再加上中国的工农大众遭受着世界上最残酷的剥削与压迫,无力受起码的教育,方块字学起来又是那么繁难,以致普遍驱入文盲群中,难以书写自己的生活,倾吐自己的理想与愿望,不能和新文学结缘。所以,大众化的停步不前,原因是多方面的,而从根本上说,是由中国半封建半殖民地社会铸成。大众化不仅是一个文学的表现形式问题,它受着社会制度的制约。

赵树理的创作经历就可印证这个规律。他在三十年代即接受了鲁迅倡导的大众化的理论,立下了做一个"地摊文学家"的宏愿并付诸实践,写出了《铁牛的复职》、《蟠龙峪》等作品,然而没有地方发表。有几个进步报刊愿意采用,可常常出不了几期就被查封了。从现在发现的《蟠龙峪》的一章看,赵树理独特的大众化的风格已经成型,可以说是"左联"大众化理论在创作上获得的实绩。但在当时,不但没有进入农村集市的书摊上,而且也没引起新文艺工作者的注意,给予鼓励的人为数就更是稀少了。一九四三年《小二黑结婚》发表受到农民群众的热烈欢迎,和从前形成鲜明的强烈的对照。仅在太行边区一段便连续印到四万来册,还满足不了农民的需求。山庄窝铺的农民在饭场、在地头都在念《结婚》、说《结婚》,小二黑、小芹、三仙姑、二诸葛成为男女老幼皆知的人物。党领导的抗日根据地,广大工农(主要是农民)掌握了政权,做了国家的主人,他们要求以他们喜爱的艺术形式表现他们的新生活、新思想、新的斗争胜利。时代在召唤文学的大众化,赵树理应运而起,他很成功地"突破了前此一直很难解决的、文学大众化的难关"①。给新文学前进的途程上树起了"走向民族形式的一个里程碑"②。

虽然如此,赵树理在文艺界"立案"被承认为作家却是在一九四三年秋、冬之间。《在延安文艺座谈会上的讲话》公开发表之后。文艺界的一些同志对于在抗日根据地要反映的对象与读者对象——农民和他们的生活、斗争,思想感情、美学趣味尚不熟、不懂,因而囿于旧的习惯,错认为赵树理的作品不是大众化而是庸俗化的作品,对《小二黑结婚》的出版曾予不应有的阻难,等到彭德怀同志亲自题词,才得与农民见面。文艺界经过整风,思想普遍提高,文艺观有了根本的转变,赵树理终于被看作贯彻、执行毛泽东文艺线路的一面旗帜。他的创作在根据地产生了巨

---

① 孙犁:《谈赵树理》,《天津日报》1979 年 1 月 4 日。
② 茅盾:《论赵树理的小说》,引自《茅盾文艺杂论集》(下集),上海文艺出版社 1981 年版,第 1200 页。

大的影响。

　　"山药蛋派"的其他几个重要作家:马烽、西戎、束为、孙谦、胡正等人和赵树理并不在一个根据地,他们是生活、战斗在晋西北的晋绥边区的年轻人。引导他们走上文学创作道路的是鲁迅、郭沫若、茅盾、高尔基、法捷耶夫、绥拉菲摩维支等人的作品,束为更喜爱契诃夫,受其影响也较深。当他们根据自己切身的战斗生活感觉到的、听到的民族英雄事迹,忍不住要诉之笔端的时候,他们沿用的还是"五四"以来的书面的白话、外国短篇小说的结构方式。束为的《租佃之间》和胡正的《碑》,显然可以见出这种风格。然而,他们五位(人称"五战友")从延安鲁迅艺术学院学习结业返回晋绥的一九四三年年初,《在延安文艺座谈会上的讲话》精神传来了,听了传达参加了学习,在他们刚要大步走上文艺道路的时候,便在创作思想上得到了正确理论的指导。不久周文(何谷天)来到晋绥主持文联,他在"左联"曾负责工农通讯员的培养、联络工作,得到鲁迅的鼓励写出过以川西农民为题材的通俗小说,一向注重向民间文艺的学习,提倡文学的大众化。他多方鼓励这些年轻作家,在担任基层工作、深入接触群众的同时注意向群众学习,学习他们口头文学的语言、塑造人物,组织情节的技巧。到一九四五年,他们在延安《解放日报》副刊上第一次看到了赵树理的《地板》、《李有才板话》,纯净的山西农民朴实风趣的语言,活脱之宛若父老兄弟身影的人物形象,吸引了他们,具体给他们以艺术的启迪。他们看到了既是普及又是提高了的大众化艺术品,进一步坚信深入群众生活、走大众化的创作道路,是攀登人民艺术高峰的必由之路。他们的艺术视野开阔了,艺术的感受力与表现力都逐步增强了。束为的《红契》、胡正的《长烟袋》、马烽的《金宝娘》、西戎的《谁害的》、孙谦的《胜利之夜》、《村东十亩地》,都以农民的感受、农民的表情达意的方式、农民自己的语言格调反映了农民的斗争生活,赢得了农民的欢迎,特别是马烽、西戎合写的《吕梁英雄传》,在《晋绥大众报》分章连载时,如赵树理的《小二黑结婚》在太行发表后一样,整个吕梁山的沟沟洼洼都被震动了,识字与不识字的,老人与青年天天盼《大众报》,报纸一来,人传人,户传户,反复念诵,掀起了一场"吕梁英雄热"。

　　他们的作品深入到海洋一般的农民群众中去了,成为群众精神生活不可分割的部分。

综上所述,"山药蛋派",是在毛泽东文艺思想直接指导下,适应根据地农民的文艺需要,自然而然形成的。取材同是山西抗日根据地的农民,语言都是山西农民比较纯正的口语,结构更多吸收了中国古典小说和民间各种叙事体文学的手法,虽然每个作家仍有其自己的创作个性,但总的便形成一个文学流派的特色:山西农村乡土气息十足的土香土色。山西盛产山药蛋(土豆,马铃薯),品质优良。山区农民不光拿它作副食,可以花样翻新加工出多道菜,办一桌山药蛋席;而且是他们一年到头离不了的主食。然而它模样不美、出身于地下,浑身是土,有时被人作了"土包子"的代名词。把山西作家群戏呼曰"山药蛋派",不管出自爱昵的谐谑抑或微含轻蔑的调侃,都无关紧要,它的确较为确切、形象、风趣地概括出这个流派的特色,人们喜爱这个名号,像喜爱"山药蛋派"作家们给自己小说里的人物起的绰号一般。

共和国成立之初,"五战友"和赵树理在北京第一次相识,到五十年代,他们又都陆续回到山西,不约而同,都又选择了自己熟悉的地区作为创作根据地,仍然工作、生活在农民中间,写农民,为农民而写。他们为给农民创造更精美的精神食粮,在生活中进行了不断的开挖,在艺术上作了不懈的探求,每一个人的独特风格逐步成熟,而在此基础上,"山药蛋派"的特色也更为鲜明与突出,同时又涌现出韩文洲、李逸民、义夫、杨茂林、草章等不少"山药蛋派"的第二代,"山药蛋派"越加呈现出兴旺的气象。《文艺报》一九五八年第十一期出了《山西文艺特辑》,除对赵树理、马烽、西戎、束为、孙谦、韩文洲等人的作品作了总的分析评论外,对《三年早知道》(马烽)、《姑娘的秘密》(西戎)、《老长工》(束为)、《伤疤的故事》(孙谦)、《长院奶奶》、《蓝帕记》(韩文洲)等单篇作品又都发表了专门的评论文章。于是,其作为一个流派便被全国文艺界所公认。

问题小说

然而,以"山药蛋"概括这个流派的特色,只能是一个粗略的总的象征,似乎还有过分侧重地方特色之嫌,因此,稍稍细致具体地描述一下"山药蛋派"的特点还是必要的吧!也是时代使然,谱成他们生命之曲的两首重要乐章,竟十分雷同。一、由于革命队伍里知识分子少,他们参加工作不久便都被分配搞了基层的宣传工作,后来又几乎都编辑过直接面向农民的通俗报刊。二、又都担任过基层领导,直接领导一个区、一个村的群众进行过抗敌斗争、减租减息、清算斗争、土地改革、变工互助等多项中心工作。这样的经历,在毛泽东文艺思想指导下,就自然形成他们对文艺一些根本观点的比较一致的看法:强调文学艺术创作过程中的革命实践性,重视发挥文学艺术的社会教育功能。因而他们所说的"深入生活",就有特定的内涵,是指参加基层工作,直接和群众一道并领导群众进行改造自然改造社会的革命实践,"做生活的主人"。① 林伯渠在《致陕甘宁边区〈群众文艺〉的一封信》中曾指出根据地的一些作家虽然下过乡了,"但不是把自己当作工农兵去参加斗争,而是当做旁观者(不论自觉或不自觉)去'领略'斗争。与过去有点不同,过去是在围墙外边看,现在则是在围墙里边,但实质上相同,就是看"。② "山药蛋派"的作家们却不是这样,他们大都是贫苦农民的孩子,原本就是在"围墙"里长大的,当他们穿上革命干部的服装后,又和农民朝夕相处,生死与共,从未当过"旁观者"。走到哪里他们就和农民群众滚在一起工作到哪里,打鬼子、斗地主、打井抗旱、纺花织布他们管,就是群众生病、婆媳不和、妯娌吵架他们也都管。群众对他们无事不说,无话不讲,总把他们看成自己的亲人。他们就是这样在群众革命的激浪里,搏斗在各种矛盾、斗争的漩涡中,以切身的感受,透过大量的现象,洞察社会的本质矛盾,从而把丰富多彩的群众斗争生活变成自己的生活,变成浸透着自己审美理想、审美判断的独特的意象。这也就是他们取得创作素材、提炼作品主题、激发创作激情,向生活索取艺术的共同途径。赵树理把自己的小说叫做"问题小说"。"问题小说"的精义就在这里,是"山药蛋派"的一个显著特点。

现实生活充满了各种性质表现为各种形式的矛盾,作家只要真正参与生活斗争,必然要接触到许多矛盾,在主观上引起爱憎之情。然而,是不是所有这些矛盾,都值得写成文学作品呢? 赵树理说:"我在作群众工作的过程中,遇到非解决不可

---

① 赵树理语,引自《赵树理文集》(四卷),工人出版社 1980 年版,第 1727 页。以下凡引自此文集语,均简注:《文集》。
② 见《晋绥日报》1948 年 10 月 18 日。

而又不是轻易能解决了的问题,往往就变成所要写的主题。"①这段话有两重意思:一、写小说一定要抓住在空间上具有普遍性(非解决不可),时间上带有长久性(不是轻易能解决了)的问题,以反映一定历史时期社会的重要矛盾;二、写出来要对人民起教育、鼓舞作用,对革命事业起一定的推动作用,否则,生活中的矛盾所表现的人与事不论多么生动、有趣甚至奇特,自己多么激动,都不值得花费笔墨。

因此,他们总是要求自己努力站在无产阶级革命立场的高度,当"变革现实的先驱者","走在时间的前面"。② 他们直面现实,及时地发现并剖析生活中的新矛盾,弄清矛盾的本质,看到矛盾对立的两面,高声歌颂新生活中占主导地位的光明面,也不掩饰现实生活中尚存在的阴暗面,满怀热情塑造人民群众中涌现的新人形象,也以愤怒的激情揭露、刻画出反动人物的丑恶心灵,而且总是光明战胜黑暗,表现出党领导的人民革命力量所向披靡的威力。令人瞩目的是,他们由生活中深深体察到由于中国长期的封建统治和落后的小农经济的生产方式给农民带来精神上各种沉重的负担,教育农民是个长期艰巨的任务,常常带着善意的幽默嘲讽,描绘出他们在革命征途上蹒跚前进的过程,用爽朗的笑声轰毁他们的旧意识,强化其教育功效。赵树理的《小二黑结婚》、《李有才板话》、《邪不压正》,马烽的《金宝娘》、《饲养员赵大叔》、《自古道》,束为的《红契》,西戎的《纠纷》、《盖马棚》,孙谦的《胜利之夜》,胡正的《七月古庙会》等等莫不是这样的"问题小说"。周扬在《赵树理文集序》中说:"赵树理在作品中描绘了农村基层党组织的严重不纯,描绘了有些基层干部是混入党内的坏分子,是化了装的地主恶霸。这是赵树理同志深入生活的发现,表现了一个作家的卓见和勇敢。"③更可见"问题小说"所反映的社会矛盾的重要性与深刻性了。

---

① 《文集》,第 1398 页。
② 《文集》,第 1508 页。
③ 《文集》,第 2 页。

真切、平实、本色

　　农民是务实的,诚实是他们极其推崇的美德。做事一步一个脚印,说话一句算一句,勤于实干,不尚空谈。"山药蛋派"的作家们从农民的乳汁里吸取了这种崇实的品德,并提高到辩证唯物主义的高度,升华为他们的美学理想:实事求是,刻意追求不雕琢、无粉饰,浑然天成,实底实帮的真实美。

　　他们的美学触角常常是伸进普通农民的日常生活的土层中,锐敏地去掘发风云激荡、地覆天翻的时代给他们带来的震动、变化。将父子兄弟、婆媳妯娌、亲朋邻里之间产生的新矛盾、新纠葛、阶级之间发生的新的斗争,人不变形、事不走样、景不加色、原原本本、实实在在描摹出来,使情景历历在目,人物栩栩如生,喷吐出地地道道农民特有的诱人的泥土芳香。

　　赵树理在《李有才板话》"有才窑里的晚会"中,把农民在"光棍窑"里的赏心乐事写得淋漓尽致,使我们看到了一幅真切的山区农民的风俗画。在这里,农民们即兴式地吵吵嚷嚷商定要办一件事:准备利用民主选举村长的合法时机,从本村地主阎恒元的手中夺取政权。阎恒元认为这是"老槐树底人也起了反了!"非常"危险"的事。事实的确也如此,农民要掌握政权是千百年来旋乾倒坤生死斗争的大事。然而,赵树理写得活龙活现却又平平常常。他决不写"超出农民生活或想象之外的事件"。[1] 所以,一切就像根据地农民日常生活中的斗争形式,真切、本色、自然。

　　　　我一进村,就看到关帝庙门口有一伙人,他们见我过来,都盯着我,叽叽喳喳,低声议论。……只听李玉清说:

　　　　"嗬! 咱们的女秀才烤焦了。嘻嘻……"

　　　　……

　　　　一进院子,只见全家人正在树荫下吃午饭,他们见我回来,脸色变得不好

---

[1]　周扬:《论赵树理的创作》,转引自《文集》,第11页。

看了,我娘叹了口气;我奶奶鼻子哼了一声;我爹把胡子一翘,盯了我一眼说:

"丢人! 给老子活败兴!"

亲爱的吕老师,家里人这样对待我,我可受不住啦,鼻子一酸,不由得就哭了。我爹"砰"的一声把半碗饭往桌子上一搁,震得调料钵子、咸菜碟子都跳了几跳,粗声粗气地说道:

"做下有理的事! 还有脸哭!"

(马烽:《韩梅梅》)

晋中大一些的村庄,一般有三座庙:村东关帝庙,村西白衣大士庙,居中龙王庙。庙门口、院内或戏台上是青年农民歇晌、玩乐聚集的地方。不言而喻,梅梅进的是村东口,所以一进村就能看见"关帝庙门口有一伙人"。晋中农家院落比较宽敞,有些人家院里栽着如核桃树、果树、桃杏树,夏天好在树荫下吃饭。马烽是孝义县人,姥姥家在汾阳县。这两县的普通农家,家常便饭也要在小桌上摆满钵钵、碟碟、醋钵、盐钵、辣椒钵,有的还有酱油钵,至于咸菜,各家不尽相同,但也总有几样碟子。知道这些风习,一看马烽夹带几笔的叙述,晋中农村的乡情土景就扑面而来。人物表现思想、情感的神情举动、语气腔调闪露出的纯粹农民式的气质,和风习浑为一体,通篇就散发着令人满鼻生香的泥土气味了。

但这不是说,他们的小说只是生活照相式的反映。赵树理说:"《小二黑结婚》中的二诸葛就是我父亲的缩影,兴旺、金旺就是我工作地区的旧渣滓。"①小二黑、小芹、三仙姑也不是原事件中人物的模写。幼年的小二黑那乖巧劲儿,学过什么《百中经》《玉匣记》之类的迷信内容的书,都是赵树理本人的写照;三仙姑是他见过的好多魔魔道道的女人包括他一个远房婶子的合影。赵树理曾经说,现实生活中的真人真事是"整块材料",许多人在自己脑子里化合成一个人物形象的是"化了的材料"。他认为"整块材料"在他创作时用处不大,用的多是"化了的材料"。② 可见,他的创作和其他作家同样经历着典型化的过程。"山药蛋派"作家们虽然程度

---

① 周扬:《论赵树理的创作》,转引自《文集》,第 11 页。
② 《文集》,第 1510 页。

不等,但都和赵树理似的,创作的素材仓库里贮藏着数量相当可观的农村各类人物的"化了的材料",一旦某种现实的机缘触发了他们的创作灵感,素材就会一嘟噜一串地提拎在笔下,任其驱使。所以,他们的作品都显得真实可信,乡土气息特浓。不光人物生活的环境、风习,服饰打扮,开言吐语,抬手动脚都是地道的山西农村的农民味,那看人、对事,哲理的眼光和方式都是农民式的。通体散发的是泥土的芳香,却又是经过陶铄、熔冶后艺术化了的更为纯净馥郁的泥土的芳香! 他们以艺术真实的美陶醉人们的心灵!

画神不画形

"山药蛋派"的作家们在创作实践中,为塑造自己独特的人物形象,洒了无数汗水,作了长期不懈的努力,成果斐然,有目共睹。他们创造的艺术形象广为群众所知,有的已成了普通名词。和其他有成就的作家一样,他们为中国文学的艺术画廊,增绘了不少新的人物形象。

但在塑造人物形象的手法上他们有自己的特色。吴昌硕有诗说:"老缶画神不画形。"正好用来概括"山药蛋派"的艺术手法:强调人物的行动性,把人物放在一定的矛盾冲突中,以他自己的言语、行动,展现他的情绪、思想、品质和性格,作传神的写照。因此在结构上就特别注意故事性,通过故事刻画人物。总之,就是继承了中国传统小说和民间文学的传统手法,适合他们确定的读者对象——农民群众的审美情趣。

爬到玻璃窗子上一看,二先生跟他老婆躺在烟灯旁边摇扇子。他嬉皮笑脸揭开帘子道:"二爷! 我来给你老人家赔情来了!"说了就嘻嘻笑着,走进来蹲在窗下。二先生看见是他,冷冷道:"九孩,我当你的腿折了!"九孩道:"可不敢叫折了! 折了还怎么给你老人家赔情来啦! 嘻嘻……"二先生老婆也瞥着笑了,只有二先生没有笑。二先生似乎要说什么,可是没有开口,先提起磁壶倒了半杯冷茶喝了。

"二爷,我给你冲去。"崔九孩一躬身站起来,提起磁壶到厨房冲了壶茶。

……他恭恭敬敬给二先生夫妇一人倒了一杯茶,然后仍蹲到自己的原地方看风。

二先生老婆笑着说:"老九孩! 你怎么弄了那么个替死鬼? 差一点把你二爷拾上走!"

九孩道:"不用说他了,太太! 都只怨我! 我不该偷懒!二爷知道,催粮是苦差! 我老了,不想多跑,才雇了那么一个人。"

二先生也开了口:"雇人也看是什么人啦! 像那样一个土包子,一点礼貌也没有,要对上个外面来的客人,那像个什么样子?"崔九孩自然是一溜"是"字答应下去。答应完了,又道:"二爷! 不要计较他! 都是我的过! 你骂我两句好了!"他停了一下,见二先生没有说什么,就请求道:"我走吧二爷?"二先生道:"走吧! 票在桌上那书夹子里!"

(赵树理:《催粮差》)

二先生是本县财政局长的弟弟,当地包揽官司的土绅、讼棍;法警崔九孩因催粮差事苦,就雇了个刚从乡下来的煎饼铺的小伙计代他下乡催粮,催到二先生头上,被二先生打了耳光扣留了"传票"。这一段写的是崔九孩亲自到二先生府上赔情道歉讨要传票的情景。对人物不描眉不画眼,也不作静态的心理刻画,环境跟着人物转,也不单独描绘,但通过人物的言语、行动,就活画出了二先生拿架子,二先生老婆看热闹,老九孩故作谦逊而又实不当回事的老油条的心理活动,房内的陈设布局也清晰地呈现在我们眼前。这样的场景很容易分切为连续的充满行动性的镜头,因为一抬手一动脚,一瞥一笑都有充实的心理根据和鲜明的性格特征,便于演员再创造,做起戏来,进行绘声绘色的表演,刻画出行动的美!

文学艺术总是以个别反映一般的,鲜明、生动、还要简约、含蓄,"以一当十"是艺术美的重要规律,是每一个真正艺术家毕生所追求的艺术高标。"山药蛋派"作家们适应农民的审美趣味,重视从中国古典小说和民间说唱文学:民歌、鼓词、评书、地方戏曲等中吸取艺术营养,他吸收的主要就是这种"以动写静"寥寥几笔、神情毕肖的白描的手法。

然而,他们也不排斥外国文学的艺术维生素,上举《催粮差》只写了一天之内的事情,不算横截面的手法吗? 马烽的《结婚》不明显也是外国小说的结构形式吗?《韩梅梅》,书信体,更是"舶来品",用这种形式多半是直接陈诉内心活动,宣泄忧悲或欢乐的情绪,向以心理刻画见长。到马烽手下,这些特点也有一定程度的保留,却大大蜕变了。一封封的信还是在说故事,煞像一篇短的章回小说。人物仍在故事性强的矛盾冲突中,通过主人公自己的言行或家人、邻里的言行的反衬、映照、折射,浮雕般地塑造了饱满的艺术形象,焕发着民族传统的行动美。

明是传统的风味,绝无陈腔旧调的套用,融合着外国的技巧,又没生吞活剥的痕迹,他们大体形成相近相似这样的"自己的一套写法"。农民群众读来合脾性,对口味,感到熟悉,又觉新鲜。他们是艺术的革新家、创造家。

常语见奇

文学艺术是语言艺术,文学语言的艺术是作家风格的最主要的组成因素,"山药蛋派"全都运用山西农民群众的口语来写作,便又形成这一文学流派的一大特色。

山西是我国方言区较为复杂的省份之一,倘把赵树理家乡沁水和马烽的故乡孝义、西戎的老家蒲县的老太太请到一起,他们彼此会像外国人相对,谁也别想听懂谁的话。或许正因为如此,养成了他们对自己家乡小范围内土僻语言的敏感性,不论多么生动、形象、风趣,都舍而不用。"啥"、"咋"、"自"、"俺"之类本属山西"普通话"的字眼,赵树理都一个不用,换成了"什么"、"怎样"、"我"这样的"官话"。用山西农民的口语而合乎全民语言的规范,土而不僻。

群众的语言中有许多"荤话"、"脏话",有的贫嘴寡舌,油腔滑调,有的平平板板,有的啰里啰嗦,他们都筛出淘净,汲取了健康、活泼、生动、风趣的美的语言。他们的语言不乏幽默、讽刺,但都正正派派,体现了群众素有的乐观的性格,而无无聊的插科打诨。朴实而有文采,敦厚而又机智,庄重却很风趣,严肃中又常常闪露着诙谐、讥讪的锋芒。一句话:通而不俗。

他们打小从群众语言之海里泡大,本身就是蕴藏量丰富的群众语言之矿,要说什么,他们便能即景生情恰如其分地把什么说清楚,把自己要传达的思想感情准确、鲜明、生动地传达给读者,用不着到处现收罗。个个都似乎有李有才的艺术本领,虽是几句农民的平常话,出在他们嘴里便有滋有味,真切传神,格外动人。西戎的《谁害的》,主体是区妇委高桂莲为打通一个老太太的封建思想,给她叙述了一出旧社会包办婚姻的悲剧。用的全是一个出身农家妇女的干部向一个老太太讲故事的口吻,在这里找不见一个农村老太太听不懂的字,解不下的话,娓娓而谈,催人泪下。

孙谦的《村东十亩地》写的是一个农民杨猴小遭受地主"活财神"欺压、哄骗以及觉醒起来斗争的经历,采用了外国小说第一人称的格式,通篇是杨猴小的自叙。

> 他(活财神)时时刻刻打算盘,生法子捉弄人——我被他摆布过两回了。他和你要笑脸,笑脸后边藏着杀人刀,他给你下软蛋,软蛋后边就是"顶心锤"。

没有抽象的推理,没有所谓诗意的抒情词儿,每句话都是具体的、形象的,譬喻都是杨猴小这样的农民身边常见的东西:算盘、刀子、顶心锤,扎扎实实表露了一个农民满是深仇大恨的愤激心情。同时不也描绘出"活财神"的形象?一箭双雕,足见语言艺术的功力!

叙述到解放后一个大清早,他去看被地主霸占过的"十亩地"时:

> 离了大道,我走到六年不走的小路上,小路上草很高,露水很大,裤子被打湿了,我心里是热的。这不是村东十亩地吗?看这一渠地多肥:土是三色的,就是一春天不下雨,苗子也能长得绿油油。再看今年的庄禾:八路军来了,龙王也跟的来了,大庄禾长得黑密密地,回槎荞麦也长得抹胸高,荞麦花开得白雾一般,通鼻香气。

好一幅早秋的沐浴在晨曦中的晋中平川的风景画。可这是一幅跳跃着主人公重新获得土地时欢乐心情的动画。岂止是衬景,岂止是氛围的烘托,它们是与一个农民的生命,血肉般联结在一起的,是只有此时此地此种心境下的农民眼中的景物。话是农民口头上的话,景是农民眼中的景,情景融化在叙述故事中,景因情而得神,情由景而赋体,情景交融,浑然一体。

刘熙载说,"诗能于易处见工,便觉亲切有味",又说,"常语易,奇语难,此诗之初关也;奇语易,常语难,此诗之重关也"。① 可谓深得语言艺术之三昧。真正做到平易中见文采,读来亲切有味,不是"初关",而是"重关",运用语言倘能知"常语难",庶几可踏入语言艺术之奥堂矣。"山药蛋派"的作家们是通过"初关",登上"重关",为"易处见工","亲切有味",下过艺术苦功并取得令人瞩目的成绩的,其中赵树理不愧为"语言大师"。可以不夸张地说,"山药蛋派"为丰富汉民族的文学语言做出了自己的贡献。

不足之处

流派的划分有不同的标准,"山药蛋派"主要以山西作家群相近的创作风格而被确认为一派。只是说他们有一定的共同艺术特色和特长,是社会主义文苑中万花丛中的一簇,不是说他们在创作上就完美无缺了。相反,他们还有着明显的不足。一、反映农村生活面不够广阔,尤其缺少风云巨变下气壮山河的画幅,而他们反映的正是中国农村翻天覆地大变革的时代。二、相应地,他们塑造了不少新社会、新时代的先进人物形象,刻画出不少后进人物动人的艺术形象,但在他们笔下叱咤风云的共产主义英雄的高大形象出现得比较少。三、强调提出新"问题",注重文艺的宣传教育作用,有时在现实中刚刚感受到问题,还未吃透咬烂化成自己创作的血肉,因此对党的政策也缺乏全面深刻的理解,为配合党的中心任务进行宣传,仓促动笔,难免写出一些生活内容不够充实的作品。四、在表现形式上照顾故事性,有时叙事拖沓,有时有重事轻人的现象,有的作品中的人物缺少立体感。

有点近乎求全责备了,不过他们到六十年代对自己的不足都有所感,在继续深

---

① 《艺概》,上海古籍出版社 1978 年版,第 69、65 页。

入生活的基础上，对扩展生活面、新人物的塑造、结构的创新等做过新的艰苦艺术探求，马烽的《我的第一个上级》、赵树理的《套不住的手》等作品，获得了可喜可贺的进展。

赵树理曾决心要塑造我们时代的英雄形象，亲自到河南兰考访问调查了焦裕禄的事迹，动手写作剧本《焦裕禄》，想来一个新的突破，可惜剧只写了前面的三幕，浩劫即劈头盖脑而来，被"四人帮"一次再次残酷折磨，死于非命！

所幸"山药蛋派"的老作家马烽、西戎、束为、孙谦、胡正等人还健在，在山西又出现了一批年轻的"山药蛋"，他们的作品已在省内外引起广泛的注意，成绩突出的有成一、张石山、韩石山、田东照、王东满、潘保安等人，给"山药蛋派"又注入新的血液，生命力越加旺盛。祝愿他们在新的时期深入生活，多方学习，继承"山药蛋派"的优良传统，吸收中外古今文学大师以及兄弟流派之长，培植出质地更为优良更受人民群众喜爱的大"山药蛋"来！

［原载《山西大学学报(哲学社会科学版)》1984 年第 3 期］

"山药蛋派"今如何？

董大中

如果说"山药蛋派"曾经存在过，兴盛过，那么，今天，它已是强弩之末了。

这样说，可能会使一些评论家感到扫兴，但我却毫不惶惑。因为我从今日山西文坛上所看到的，不仅仅有"山药蛋"，还有西红柿、洋葱，还有水果罐头、维力饮料，而且那各种各样的味道，早已遮没了"山药蛋派"的泥土气息，不消说，它们的质地是很不相同的。

我不惋惜，也不以为它值得庆幸。我以为，事物是在按照历史为它铺好的轨道，正常地发展着。

不客气地说，"山药蛋派"有点"先天不足"。

古今中外，文学流派的产生大体有三种情况。一种，由少数人打出一面旗帜，吸引许多人聚拢过来，大家互相琢磨，朝着同一个方向前进。另一种，那前驱者不一定打出旗号，但他们的作品本身有号召力，一些人喜爱它，觉得可以追随，于是竞相效尤，模之仿之，蔚然成风。还有一种，是许多人在相同或相近的主客观条件下，不自觉地呈现出一种相同或相近的风格，评论家把他们归在一起。大体有这么三种。前一种，一般有纲领，有团体，旗帜鲜明。第二种，可能有团体，至少那些后来者有明确的流派意识。第三种，只能说是一个疏散星团，他们被称为一个流派，有时使他们自己也有点莫名其妙。

"山药蛋派"属于哪一种呢？显而易见，它是个疏散星团。构成这个流派的主力的赵树理、马烽、西戎等人，四十年代并不在一个山头——赵树理在太行山，马烽、西戎、胡正、孙谦、束为在吕梁山；五十年代，他们也不在一起——赵树理在北京，回到山西，也是回到晋东南，而其他人则在太原，下乡是到晋南或晋西北。就是说，被称为"山药蛋派"代表作家的赵树理、马烽等人，很少在一起讨论文艺问题，交流创作心得，更不是有意识地要造成一种相同或相近的风格。这样，他们被人们撮弄到一起，就值得深思了。

应该说，"山药蛋派"的出现，是历史的必然性与某种偶然性相"碰撞"的结果。

什么是历史的必然性呢？就是在赵树理、马烽等人登上文坛的那个时候、那个环境，解决文学大众化问题的条件业已成熟，而他们都是解决这一重大问题的积极参加者。那个时候，指四十年代前半期，在那之前，整个三十年代，文学大众化的呼声很高，又作了不少理论探讨。那个环境，指抗日根据地。为什么文学大众化在三十年代得不到解决？就在于没有那样的环境。抗日根据地恰是这样一个环境。赵树理在一九四七年写过一篇《艺术与农村》的文章，说："新翻身的群众"不仅热切要求欣赏各种形式的文艺作品，也要求文艺作品表现他们自己。他的结论是："解放区的土地""不但能长庄稼，而且还能长艺术"。这正是关键所在。我当然不是说文学大众化是一个阶级问题，但它不能没有一个社会基础，"新翻身的群众"就是这样一个基础。

偶然性又是什么呢？偶然性就是他们几个人差不多具有相似的主观条件。他们几个人都出身于农民家庭，都具有普通文化水平，都有农民式的质朴和实事求是精神。尤其是，他们都生活在山西的抗日根据地里，都执行党的文艺路线，都以农民为描写对象。

这说的是四十年代。"山药蛋派"的正式形成——确切地说，评论家们认为出现了一个"山药蛋派"——是在1958年前后，但万丈高楼从地起，这个流派的根子扎在四十年代山西解放区的土地上。以后，无论赵树理还是马、西、李、胡、孙，他们都只是沿着原先的道路向前走，没有拐弯儿。

因此，这个偶然性很当紧。假如没有这个偶然性，那个"派"无论如何形不成。四十年代，全国十几个解放区，都涌现出一批作家，但都没有形成"派"，就因为缺少这么一个偶然性。

　　既然如此,有一个事实就是很明显的:作为这个流派的"首领"的赵树理,跟马烽、西戎等人之间缺少一个共同的、能决定创作方向的理论主张。戴光宗在《山西文学》1982 年八月号上的一篇文章中指出,马烽等人力主写新人新事,赵树理则善于写旧人旧事;马烽等人虽然也继承了传统的民族形式,但远不像赵树理那样,高叫要向"民间传统"学习,要向曲艺吸取养料。的确,赵、马等人创作思想上的不同点多,他们的共同点主要是在艺术风格上。

　　缺少共同的理论主张,缺少明确的流派意识,自然也就不可能具有强固的粘合力。这便是这个流派的先天不足。

　　让我们把眼光从那几个人身上移开,从宏观的角度,着重着一下那个必然性吧。

　　前边说到,文学大众化问题的解决必须有一个社会基础,而"新翻身的群众"就是那样一个基础。这个基础向文学家提供的信息有两个方面,一个方面是条件,一个方面是限制,或者说,一个是需要,一个是可能。正是这两个方面,影响着文学的发展。不能只看到一个方面。

　　前一个方面,概言之,是实现文学大众化的条件已经成熟,劳苦大众表现出了对精神食粮的如饥似渴的需要。后一个方面,是劳苦大众仍然处在半蒙昧状态,绝大多数人是文盲、半文盲,他们接受文艺作品的能力还是低层次的。这后一个方面,不局限在抗日根据地的小范围内,全国都一样。抗日根据地的人们所幸运的,是他们最先具有了那样的条件。随着解放战争的进行,其他地方的人们也逐步获得了这样的条件。实现文学大众化只能由抗日根据地的作家赵树理等人来完成,原因就在这里。一九四九年赵树理提出"打入天桥去",让大众文艺发展壮大,原因也在这里。这是一个基础。

　　"山药蛋派"的作家们,便是适应着这个基础进行创作的,他们的风格也由这个基础的决定而形成。"山药蛋派"的风格特征是什么,目前还没有一个共同认可的说法,我以为,用赵树理说的两句话来概括,庶几近之。赵树理在《从曲艺中吸取养料》一文中说过:"如果从直接为工农群众服务来看,曲艺还是比较直接一点,它的读和说差别不大,听了叫人懂,不但懂,还使你感兴趣。"叫人听得懂、感兴趣,是赵树理反复强调的,我们完全可以把它看作对"赵树理风格"的高度概括,看作赵树理在美学上的最大追求。赵树理说，他的作品不仅要使识字的人能够读得懂，还要使不识字的人能够听得懂。赵树理拥有的读者非常多，其中就有不少老大娘老大爷是靠"听"来接受他的作品的。"山药蛋派"的其他作家没有明确说过叫人听得懂、感兴趣一类的话，但是他们的作品也具有这样的特色。

不言而喻，叫人听得懂、感兴趣，既适合文学大众化的需要，也符合它的接受者——以"新翻身的群众"为主体的广大读者——的实际接受能力。唯其如此，赵树理的创作才具有"方向"的意义。

四十年代的这种情况，到五十年代得到发展，但不曾发生根本性的变化。五十年代的中后期，山西文坛上增加了一批新人，而原来的那一批作家正处在创作旺季，恰巧，他们不约而同地写了一些描写"中间人物"和表现实事求是精神的作品（这又是一个偶然性），这样，从外界来看，山西存在着一个流派。于是出现了"山药蛋派"的说法。

这个事实说明，"山药蛋派"的形成，跟时代、跟读者本身的状况有极密切的关系。它是一个历史现象。它在历史上产生，也将在历史上消失。它的产生和消失，都不以个人的意志为转移。要研究这个流派的形成和发展，要研究它的艺术特色，要研究它的"前途"，也必须把它放到一定的历史环境去考察。

那么，五十年代以后的中国文艺读者群有什么变化呢？六十年代初期，读者的知识结构跟以前有了不同，但联系到文艺的社会功用（依然强调教化）和读者的审美兴趣（依然把文艺作品当作教材）等多种因素来看，变化不是很大，仍只能说是四十年代、五十年代的继续。那以后是"文化大革命"，文坛上一片荒芜，不说了。粉碎"四人帮"以来，特别是进入八十年代以来，文学本身和读者的知识结构、美学兴趣发生了极大变化，呈现出一种全新的面貌，标志着我国新文学揭开了新的一页。以笔者愚见，从四十年代到"文革"前是我国新文学的第二阶段，也可以叫做"赵树理时代"，"山药蛋派"则是活跃在这一时期里的一个主要的文学流派。

现在让我们看一下山西文坛的现状，究竟是"山药蛋派"在"丰富"在"发展"，还是那一种流派已为一种百花齐放的繁荣局面所代替？

首先应当说明两点。第一，"山药蛋派"作为一个文学流派，当然有它的质的规定性，而它的质的规定性只能从它的创作倾向、艺术特色上体现出来，不能不分青红皂白地把所有山西作家都说成"山药蛋派"。第二,"山药蛋派"原来的成员和它的第二代(五十年代登上文坛的韩文洲、李逸民、义夫等人)近年仍都在写作,有些人发表作品还很不少,如义夫;有些人的作品影响较大,如马烽、西戎。但与山西新一代作家比较,相对来说,他们显得弱小得多。问题在于,山西新一代作家中有多少人可以被称为"山药蛋派"的后继者,在新时期里这个流派的队伍壮大了多少。这正是我们所要探讨的。

不错,山西新一代作家中,有不少人的一些作品,颇具有"山药蛋派"的味道,如张石山的《镢柄韩宝山》,权文学的《在九曲十八弯的山凹里》,潘保安的《老二黑离婚》等,但我们研究流派,从来不以个别的作品为对象,而只能以人为对象。以人来说,这几位作家却正处在多方面的探索之中,他们的总体风格或者与"山药蛋派"不相一致,或者还没有形成一种稳态,要把他们划到"山药蛋派"里,仍然缺乏足够的理由。即使把新一代作家中的一些人划到"山药蛋派"里,甚至我们打破行政区划的界限,把生活在太行山之东的河北的一些青年作家也算到"山药蛋派"里,这个流派的力量仍然很小。

近来,评论界都在叫喊"晋军崛起"。这是山西文学创作史上的第二个黄金时代。"晋军"的中坚分子是柯云路、成一、郑义、焦祖尧、张石山、韩石山、王东满、周宗奇、李锐、蒋韵、钟道新等人,其中大多数很难说属于"山药蛋派"。"晋军"也不是流派的概念。人们不说"山药蛋派"中兴,而说"晋军崛起",无疑是看到了它们之不同的。也许正因为"晋军崛起",才更显得"山药蛋派"后劲不足。

当今的山西文坛,是整个中国文坛的一个缩影。我国的文学创作是丰富多彩的,山西文坛也是这样。我国的文学界有什么新的动向,新的探讨,在山西文坛都可以找到它的同道者。在写作题材上,今日的山西文坛跟"山药蛋派"正式形成时的五十年代后半期,尤有显著的区别。人们心目中的"山药蛋派",是写农村生活的,这一点,连"山药蛋派"的"丰富、发展"论者也难以否定。可是在"晋军"的作品中,传统的农村题材所占的比重已经不大了。

所以,若说山西文学创作在"丰富",在"发展",完全可以,若把"山西文学创作"换成"山药蛋派",说它在"丰富",在"发展","丰富"到"多彩","发展"到"变质",就使人怀疑,究竟把什么当作"山药蛋派"了。

　　这实在是没有办法的事。"山药蛋派"是适应着中国新文学进入到第二个时期以后的需要而产生的,当新文学进入到一个新的历史时期的时候,它就要逐渐成为历史。这不是它的悲哀,而是它的胜利——它胜利地完成了自己的历史使命。所有的文学流派都是这样:活跃在文学的某一个特定历史时期。流派是短暂的,而文学永远年轻。

　　(录自董大中著《瓜豆集》,北岳文艺出版社 1991 年 3 月版,第 280—287 页)

从地域文化的角度研究"山药蛋派"

——《"山药蛋派"与三晋文化》①导论

朱晓进

一

在以往有关"山药蛋派"文学的研究中,对其主要特征的概括最常见的有三种:一是称之为民族化、群众化(大众化、通俗化)文学流派;二是称之为解放区文学流派;三是称之为农民文学流派。这三种概括都有其合理性,但就揭示"山药蛋派"的流派特点而言,又都有其局限性。

当这个流派的最初的一些作品刚刚发表之后,人们首先注意到的是这些作品的民族化、群众化特点。这种关注有其历史的原因。中国新文学从"五四"时期提倡"平民文学"开始,经过三四十年代多次有关大众语、民族形式的讨论,直到1942年毛泽东发表讲话,这一切种种的对文学大众化、民族化的呼唤,终于在以赵树理为首的"山药蛋派"作家这里得到了一次实践性的回应,这在文学史上不能不视为一件大事。因此,在以往的有关"山药蛋派"特点的研究中,人们充分注意到了它的群众化、民族化的特点,无疑是合理的。但也应该看到,在所有的关注点都几乎集

---

① 《"山药蛋派"与三晋文化》即将由湖南教育出版社出版。

中在群众化、民族化问题上时，"山药蛋派"文学作为流派的特点并没有得到充分的揭示，它的特殊风味也并未得到充分的阐释。从民族化、群众化这一角度，很难将这个流派与当时陆续出现的同样具有群众化、民族化特征的作家如柳青、康濯、周立波等人的作品区分开来。

用"解放区文学"来概括"山药蛋派"文学的特点，也会遇到同样的问题，似不必多说。用"农民文学"的概括也同样如此。毫无疑问，"山药蛋派"作品主要是以农民的生活为表现对象，作家在相当大的程度上照顾到了农民的审美趣味和欣赏习惯。但这里所谓的"农民"，确切地说应是山西地区的农民。中国幅员辽阔，受制于不同的地域环境，各地农村的发展极不平衡，沿海与腹地有很大区别，同是腹地也是各有差异。一方水土养一方人，不同的地理环境、物质生活条件、历史传统等等，常常使不同地区的农民在生存状态、生活方式、思维特点、审美情趣等方面产生一定的差别。因此，"农民文学"，只有在区别于"市民文学"、"都市文学"等概念时才具有意义，而要以此来概括"山药蛋派"的流派特征却效用不大，它无法将这个流派从所有的"农民文学"中辨析出来。

总而言之，作为流派的独特意义和价值的挖掘，显然不能局限于上述几条思路，而应该给予这个流派的地域文化特性以更多的关照。当然，这并不等于说，在以往的"山药蛋派"研究中就丝毫没有关注其地域特性，而是说以往这方面的关注还不那么明确、自觉、系统。早在六十年代或更早的一些对"山药蛋派"作品的评论中，"地方色彩"和"乡土气息"这两个词汇就时有出现，新时期以来这方面的研究成果中，这类词汇更不鲜见。但从目前情况看，对所谓"地方色彩"、"乡土气息"的具体的研究，还只是集中在对赵树理这一单个作家身上，而对整个"山药蛋派"与地域文化的关系则很少有人作专门系统的研究。而且，在使用"地方色彩"、"乡土气息"等概念时，常常止于印象式、感悟式的阶段，较少通过更细致的实证性分析来昭示出这种地方色彩、乡土气息的确指性内容。有时名为研究地方色彩，指出和说明的却是一般性的群众化、民族化问题，而对"山药蛋派"的地域特性竟丝毫不去涉及，将地域特点包容在群众化、民族化特点之中，结果也就失去了从地域文化角度进行研究的意义。

二

从地域文化的角度来研究与特定地域关系密切的文学流派和文学现象,这属于一种跨学科性质的研究,要求在熟悉文学流派和文学现象的同时,对地域文化的特点也要有所把握。这有一定的难度。中国向来是个"大一统"的国家,各地区文化的趋于统一是一种必然的走向,虽然也许这种进程在长期的封建社会中是较为缓慢的,但统治阶级的文化思想总是不断地对各个区域的文化发展起着整合的作用。加之,经过各地区之间长期的人民迁移、民间交往,区域与区域之间的文化渗透也已成为客观事实。这样,要厘定地域文化特征显然就不是一件轻而易举的事。到底哪些文化特征是该区域所特有的,哪些是各区域共有的,要完完全全分辨清楚也许根本就办不到。我想,要把握一个地区的地域文化特征,可行的方法也许是注重把握其"完形"。所谓地域文化特征,应是就整体而言的,构成其整体特征的单个文化因子也许并不独属于该地区,但各因子的独特组合(包括量的多少和组合的方式)却是该地区独有的。譬如说,山西地域文化的特征是由文化因子 A、B、C、D……组合而成形,虽然你可以在陕西文化中发现了 A,在河北文化中发现了 B,在河南文化中发现了 C,但同时具有 A、B、C、D……的才是山西地域文化的特征。而且,即使同是 A 这种文化因子,在一种特殊的组合方式中也会有区别于他种组合的某种潜在的差异。只要我们在研究和观照地域文化特征时,注重对"完形"的把握,注重辨析不同区域中看似相同的单个文化因子之间的微妙差异,上述难题是可以解决的。况且,如果我们再自觉地将揭示重点摆在选择该地区独有的文化因子上,那么,该地区的地域文化的特征就更容易凸现出来。

具体到"山药蛋派",与"三晋文化"这一研究课题,还多了一重由研究对象本身所提供的便利。这主要取决于山西独特的地理条件。

山西地区在历史上被称作"晋"、"三晋",是因春秋时期位于此地的晋国和战国时期的韩、赵、魏三国分晋而得名"三晋",所辖的区域包括了现在整个山西省,因此后世有用"晋"、"三晋"来指代山西地区和山西省的。本课题研究范围是山西,取用"三晋"这一概念,是因为前者主要是行政区划的概念,而后者却多少带有历史沿革和文化界分的意味:它作为一种相对成形的地域文化类型,深深地打上了历史文化的标记。所谓"三晋文化",作为一种地域文化,主要是在山西省范围内沿革、形成并保持相对独立的特征,这与山西地区的特殊地理环境有关。清代顾祖禹在《山西方舆纪要·序》中说:

> 山西之形势最为完固,关中而外,吾必首及夫山西。语其东则太行为之屏障;其西则大河为之襟带;于北则大漠、阴山为之外蔽,而句注、雁门为内险,于南则首阳、底柱、析城、王屋诸山滨河而错峙,又南则孟津、"潼"关,皆吾门户也。……

山西以其在太行之西而得名,又因其在黄河以东,所以古代也有"山右"、"河东"之称。所谓"形势最为完固",虽是从军事学上而言的,但从文化发展的角度看,这种相对封闭的地理环境,最易形成相对独立的地域文化特征。

指出这一点至关重要。在中国的许多地区,地域文化的特征是很不明显的,这是因为,随着历史的变迁,一些古代沿袭或俗成的历史区域逐渐变得疆域模糊,地域文化的独特性日渐消失;尤其是近代中国社会的急速变异,加快了民人迁移、景物易貌的过程,使许多地区丧失了地域性文化个性。但山西却不然,山西因地理环境和地理条件的缘故,在近现代是属于疆域变化较少、受近代文明冲击较轻、社会变动也较缓慢的省份之一。辛亥革命之后,山西在阎锡山统治下,虽名义上纳入"民国"的轨道,但实为阎氏独立王国。全省除太原略有些微现代文明气息外,其他地区几乎仍处在闭塞落后的状态中,人们的生活仍在既往的轨道上运行。据有关统计,山西直到建国前夕,能够勉强通车的铁路不足100公里,且轨道各异,车型很杂;公路通车里程只有1288公里,而且多是土路,缺桥断涵,坎坷难行,全省只有三分之一的县能够季节性通车。再就邮电而言,建国前全省仅有邮运汽车两辆,自行车35辆;长途电话局、所只有19处,还只限于省内;出省的长途通讯完全靠无线电传递,而全省电报通达的局、所仅 22 处。① 特殊的封闭性地理环境,使山西处于与外界相隔绝的状态下,而交通、通讯等方面的特别落后,又几乎断绝了近代文明所提供的与外界交往、接受新信息的可能性。这种状况,从社会发展、文化进步的角度来看,显然不是一件好事。但对于我们研究地域文化却有意义。这种封闭性地理环境反而成了保存地域文化特性的重要条件。在面对这样的研究对象时,我们不仅有可能去把捉到它的地域性文化个性,而且它事实上保留得相对完备的独异特征,也在客观上为我们在研究中避免将地域特征普泛化,避免以各区域共同的文化共性替代具体区域的文化个性等弊病,提供了客观条件。

三

我们研究"山药蛋派"与三晋文化的关系,重点是落实在"山药蛋派"文学上,其基本思路是:通过地域文化这一角度来研究和揭示文学现象中的有关问题,而这些问题往往是从其他角度难以揭示出和解释清楚的。地域文化的比照只是作为一种研究途径,而文学现象的解释才是最终的研究目的。

泛谈"文化",相对比较容易。即以三晋文化言之,如果从天文地理、人文历史、文化变迁、风土民情、民俗风物等等方面作一般性的介绍,就很有东西可说。但我们这里所关注的只是与"山药蛋派"文学有关的部分,而不是全部的三晋文化;侧重点是在找出"山药蛋派"文学与三晋文化的关系方式,而不在全面介绍三晋文化。也就是说,唯有与"山药蛋派"文学相关的三晋文化内容,才会进入我们的研究视野。这意味着,我们也许会对三晋文化中的一些也许是精彩的内容作有意识的"遗漏",因此要在这里找寻到三晋文化全部的方方面面是不可能的。文化赋予文学以意义,又需要文学来作承载,但文学绝不是百纳箱,任什么文化现象都可以往里装,文学的承载力毕竟是有限度的。如果在研究中,我们对三晋文化的某些方面涉及

---

① 山西经济编委会:《山西经济》,山西人民出版社 1985 年版,第 36—37 页。

较多,那一定是因为这些方面与"山药蛋派"文学有较密切的关系;而我们对三晋文化的许多方面的遗漏,也是基于它们与"山药蛋派"文学的关系:也许就这些方面单独言之是极有意义和价值的,但它们与"山药蛋派"文学关系不大,我们也只能舍弃。

对"山药蛋派"与三晋文化关系的研究,我们主要从三个方面入手,一是研究"山药蛋派"作品所包蕴的三晋文化的内容;二是研究三晋文化在哪些方面、在何种程度上决定了或制约了,以至形成了"山药蛋派"作家的共同的思维方式、观照问题的角度、审美的偏好以及处理题材的方式方法;三是从地域文化对文学的影响效能以及这种效能的时代性、变异性等方面,研究"山药蛋派"作为一个文学流派,在它产生、发展和消亡中,三晋文化所产生的影响作用。

"山药蛋派"文学所具有的浓烈的地方色彩和乡土气息,这是任何一个多读其作品的人都能感觉到的。但要真正说清楚这些地方色彩或乡土气息的实指和具体蕴含,当然就要从作品的实际内容出发,去找寻出它们与三晋文化的对应关系。对于那些在"山药蛋派"作品中大量地、反复地出现的内容,尤其应该引起我们的重视:单个山西作家在作品中涉及了某一生活现象,这也许偶然;但如果许多山西作家不约而同地在作品中反复涉及这一生活现象,那就起码可以说明这一现象在该地区具有某种普遍性,此中可能较多地附着了地域文化的信息。当然,还需要从"三晋文化"那一端找寻印证,这种印证必须落到实处。也就是说,应力求用实证的方法来界定作品的某些内容是否具有地域文化的特征。要求实证,就应重视对三晋文化资料的征引。但求证于三晋文化资料时,应慎加选择,尤其是对历史文献上的有关记载,应首先分辨出哪些是属于易变或已变的内容,哪些是属于现存的相对稳定的内容。一般地说来,与特定地域的地理环境相连的民风民情、盛行于下层社会中间的风俗习惯、民间礼仪、民间文艺、语言特性等等,在相对闭塞的社会环境中是保留得较为长久的文化内容。正因为如此,我们在找寻"山药蛋派"作品内容与三晋文化的对应关系时,也相对偏重于这些方面。

研究"山药蛋派"与三晋文化的关系,当然不能仅止于此。"山药蛋派"作为一个文学流派,它的显著的地域文化特征显然不仅仅是由作品的题材内容所决定的。

以山西地区的生活为题材的作品在"山药蛋派"之前之后或同时代都不少见,而且在有些作品中对具有山西地域文化特征的风土、民情、俗事、风物等等也多少有所涉及,但我们在读这样一些作品时却并未感觉到像"山药蛋派"作品中所具有的那么浓烈、醇厚的"山西味道"或曰"晋阳气息"。因此,还应注重考察作家自身与山西地域文化的特殊关系。"山药蛋派"作家都是在山西乡村土生土长的(除个别的例外),在他们的文化教养中,山西地域文化哺育占了主导的位置,这就先天决定了他们在创作时与山西文化所割不断的联系。浸染于山西地域文化的氛围中,无论是在其乡土情趣还是地方色彩方面,对他们来说都是属于无须刻意追求就能轻而易举获得的,这就是所谓"血管里流出的都是血"。这对在另一文化域中养育成的山西外的作家来说,无论如何也无法在表现山西生活的"地道"上与他们相比。抗战时期也曾出现过一批非山西籍作家表现山西地区生活的作品,这些作家也曾去刻意追求山西味,去着意再现具山西味的生活现象,但在对表现对象的把握上他们却很难像"山药蛋派"那样对表现对象抱完全的同情之理解的态度。这里有文化域渊源的差异(对此,我们将在正文中作具体的对比性分析)。因此,我们还应注重"山药蛋派"作家本身与三晋文化的关系。一方面,我们要充分考虑到他们自身的乡土性质,充分注意那些具有地域文化特征的风俗习惯、宗教信仰和民间文艺对他们所必然会产生的影响;另一方面,我们又要看到,他们毕竟是属于乡村的文化人,三晋地区长期以来的一些文人传统对他们也会或多或少地发生影响。当然,这些考察最后的落脚点仍然还在文学作品上,但这一次对作品的关注却不在其题材内容上所具的地域文化显性特征,而是在于找寻作品中所表现着的甚至是暗含着的,作家受地域文化影响而形成的特异的观照角度、价值标准、审美情趣,乃至更为具体的处理题材的方式。只有完成了这个阶段的研究,我们才能进一步将"山药蛋派"特有的"地方色彩"和"乡土气息"落到实处,"山药蛋派"作为地域性很强的文学流派的最主要的特征也才会真正被揭示出来。

　　"山药蛋派"作为一个流派的命运,是与它的主要特征联系在一起的。如果说,一个文学流派得以确立的原因主要是在于有一群具有共同艺术追求的作家创作出下一批具有共同特点的作品的话,那么,"山药蛋派"作为流派得以确立的最主要的原因就是在于有一批三晋地域文化养育而成的作家,地道自觉地成为这种文化的表现者和批判者,并从而创作出了一大批具有鲜明的三晋地域特点的文学作品。流派是否已经确立与能否得到充分发展,这并不完全是一回事,一个文学流派在确立后能否得到充分发展,还要看作为该流派赖以确立的主要特征在多大程度上顺应了时代对于文学的要求。由此来看"山药蛋派"的发展及其命运,也就应该从它们所体现的三晋地域文化特征于不同时期在全国的整体性文化趋向中所处的位置来加以考察。"山药蛋派"作品出现后很快便"走红",这与山西地区在抗战时期的重要位置有关。在抗战时期共产党所领导的四个主要的抗日根据地之中,与山西有关的就占了三个,山西的现实情形、那里的斗争形势和人民的生活状况,这本身就是令人们特别关注的焦点。加之,三晋地域文化的许多方面,例如三晋文化所孕育出的山西特有的民风民性、特有的文化价值的取向、特有的审美取向等等,恰好在较大程度上适应了抗日战争形势的需要。稍微具体地说,山西民性中的质朴俭啬和毅武倔强等等,正是在抗战时期的物质贫困和斗争环境险恶的形势下所需要普遍提倡的重要文化精神;而且这种文化精神在其后一段时期内,仍是在"一穷二白"基础上建设国家时所需倡导的国民精神的主导方面。从文化价值取向看,三晋文化中的"崇实"精神,重实轻名、重利轻文的取向等等,与解放区的文化趋向也是相一致的。再看审美取向,"山药蛋派"作家的那种源于三晋文化中崇实精神的重实用、重实利、重本土的审美追求与抗战时期和建国初期人民中普遍存在的民族精神、乡土情绪等等又是非常合拍的。如此种种,才使"山药蛋派"这样一个以地域性文化为主要特征的流派得到了充分发展的历史机遇。但随着时代的推移和社会的发展,当山西地域文化从整体文化趋向的中心位置走向边缘地带时,以山西地域文化为主要特征的"山药蛋派"作为一个流派的继续发展,也就变得十分困难。尽管有人出于善良的愿望,提出通过"改造"来发展"山药蛋派"的主张,但如果"改造"的结果是改变了作为流派的最主要的特征,那么该流派自身实际上就在这种"改造"中被消解了。可以说,地域文化在整体性文化趋向中的地位、命运,多少也决定了以该地域文化为特征的文学流派的确立、发展和消亡的命运。试图从地域文化的角度,通过具体研究,以揭示出"山药蛋派"作为文学流派的历史命运,这也是我们研究的目的之一。

　　最后,我们需要特别指出的是,从地域文化的角度研究文学流派,主要依据是
这一文学流派自身所具备的鲜明的地域文化特征。而且这一角度的选择,我们也
只是视其为研究途径之一种,并没有排斥或以此取代采用其他一切方式、方法和途
径的研究的意思。对"山药蛋派"文学的研究我们也作如是观。

　　　　　　　　　　　　　　　(原载《中国现代文学研究丛刊》1994 年第 1 期)

二十世纪"山药蛋派"研究的几个问题

席 扬

在 20 世纪中国文学进程中曾一度引发过广泛且持久关注的"山药蛋派",的确是中国现当代小说创作领域中不可忽视的重要审美现象。从今天来看,它实际上经历了从生成、发展、繁荣、衰落直至终结的全过程。作为历史的"山药蛋派",已经获得了进入"经典式"研究的可能。不论是从"史"的角度进行价值定位,还是在"领域范畴"进行现象描述,都为研究者的结论趋向"科学化"提供了良好的契机。对历史的价值定位,总是从对历史的客观性清理中开始的。本文就试图完成这个基础性工作。

一、命名的"夹缠"

在各种研究文章中,把以赵树理为首,以马烽、西戎、李束为、孙谦、胡正为主将的创作,称之为"山药蛋派",已是无争的事实。人们在使用它时,已是广泛认同基础上的无可怀疑的确认。无论是在研究赵树理的文章中,还是在研究其他几位作家的文章中,凡是从群体意识角度来论述"山药蛋派"创作时,都有了以下的共识:首先都认为这一流派产生于五十年代,并可以上溯到四十年代中期,繁荣期是五十年代末到六十年代初。其次认为这一流派的旗手是赵树理,主将有马烽、西戎、束为、孙谦、胡正;再次认为,这一流派有其传人,这主要是指在五十年代走上文坛的山西乡土作家群包括李逸民、杨茂林、韩文洲、谢俊杰、义夫等人,并且这一流派在新时期初期还有影响,如在韩石山,张石山等人的早期作品中可以看出。至于这一流派的特色,风格的认识则有着更多的共性:清一色的农村题材,并且以山西乡村生活为主;紧扣时代发展,在反映"新人"面貌的同时,擅长于"中间人物"的性格刻划;追求通俗性,自觉以农民作为读者对象,风格质朴,常带"土"气等等。这些都说明:这一创作群体,就群体成员之间的关系看,确有其鲜明的特性。正因为如此,人们在探讨这一流派的生成过程中都普遍认识到,这一流派在形式上并没有共同宣言,也无创作上共同遵循的纲领,更没有所谓成立时间,"派"性是在长期创作中逐渐形成的——"流派"意识并不是产生在创作主体那里,而是接受者感受的结果。由这一特性,研究者又引申出这一流派构成因素的许多结论。人们普遍认识到,这些作家的特殊身份(农村识字人),他们对文学价值认识的特殊环境(战争环境),毛泽东"讲话"精神对解放区艺术发展的定位和特殊时代里人民大众对文学的特殊要求等,是这一流派形成的主导性因素。

以上情况说明,"山药蛋派"的生命是寄植在上述这些普泛性的共识上面的,并成为现代、当代文学研究中的一个特有概念。

然而,对这一群体的"流派"命名,却颇多曲折。甚至到今天,人们依然难以溯寻"山药蛋派"这一命名的起始,几乎所有的著述都语焉不详。所以常常出现对这命名的"质疑"或试图以别的称谓来概括的情形。① 这一点也表现在以吸纳研究成果见长的诸多现代、当代文学教科书中。我认为,这些至少说明对这一流派的认可存在分歧。原因也许是五六十年代,对这一创作群体进行研究的人们,还没有具体的、自觉的"流派意识"或理论性"群体"辨析认识。这就无怪乎到了新时期的八十年代,对"山药蛋派"还有"介绍"、"且说"、"再说"、"再思考"、"也说"、"质疑"、"质疑

---

① 刘再复、楼肇明:《论赵树理创作流派的升沉》,《新文学论丛》1979 年 2 期;戴光宗:《山药蛋派质疑》《山西文学》1982 年 8 期。

的质疑"等热闹的讨论了。①

　　"山药蛋派"这一提法始于何时,多年来人们似乎一直是语焉不详。1979 年,刘再复等人发表了《论赵树理创作流派的升沉》,李国涛发表了《且说"山药蛋派"》,引发一场全国范围的,持续几年的探讨与争论,出现了一批较有影响的研究成果。从此,山药蛋派连同它的名称,得到文艺界以及广大读者的普遍认识。② 对这一问题的研究,比较有说服力的是朱晓进先生在其专著《"山药蛋派"与三晋文化》中所表述的:

　　"'山药蛋派'起源于四十年代中期。1942 年以后,赵树理首先发表了一批具有浓厚乡土气息和山西地方色彩的作品,当时同在山西的马烽、西戎、胡正、孙谦、束为等在赵树理影响下,也写了具有大致相同的特色的作品。这批作家在建国初曾一度分散,但五十年代中期又都不约而同地先后回到山西工作,并且不断创作出有影响的作品,从而在五六十年代形成了一个相当有影响的文学流派。将这个流派命名为'山药蛋派',正是抓住了这个流派的地域色彩和乡土气息浓郁这一共同的特色。山西盛产山药蛋,五十年代末,《山西日报》曾登载文章宣传山药蛋的种植、特性以及它在山西人民生活中的地位和食用方法等等。几乎是同时,《文艺报》在 1958 年第十一期推出了《山西文艺特辑》,将赵树理、马烽、西戎、胡正、孙谦、束为等作为一个群体作了总的评述介绍。也许是巧合,后来就有人将'山药蛋派'作了这一文学群体的名号。"③

　　"山药蛋派"这一名称之所以很久被大多数接受,关键是一开始提出这一命名的时期,是含有对这一群体作家的贬意的,即在其始它竟是一个贬称。因此而带来是这一批作家对这一称呼的"沉默",又反过来使许多研究者不便于循其"命名"④。从各种资料分析来看,以"山药蛋"为这个创作群体命名的始作俑者,显然是觉得这

---

　　① 　这些文章包括:宋撰、化木《介绍山药蛋派》,《语文教学通讯》1980 年 2 期;李国涛《且说山药蛋派》,《光明日报》1979 年 11 月;《再说山药蛋派》,《山西文学》1982 年 12 期;艾斐《对〈山药蛋派质疑〉的质疑》,《山西文学》1982 年 10 期;锦园《也说山药蛋派与艾斐商榷》,《文学报》1983 年 10 月 6 日;戴光宗《关于山药蛋派再思考》,《宁波师专学报》1983 年 3 期。

　　② 　《中国现代文学流派概观》,成都出版社 1990 年版。

　　③ 　本书 1995 年 8 月由湖南教育出版社出版。

　　④ 　西戎:《人民需要为人民的作家》,《五老作家创作五十周年研讨会纪念文集》。

一类创作"土里土气,不登大雅之堂",①含有明显的戏谑意味。这表明了中国当代审美观念上的严重对立性。其实,早在赵树理创作之初(四十年代初),对这类风格作品的褒贬争论就产生了。直到八十年代初,这种争论还在继续着——这成为"山药蛋派"研究发展过程中一个十分有趣的景观。属于这个流派的主将西戎曾说过:"六十年代山西作家群,形成了以赵树理为代表的一个文学流派,名叫'山药蛋派'。最初是一种贬意,认为这一类作品土里土气,不登大雅之堂。后来由于这些作品在读者中产生了影响,引起文学界的关注,有人著文评论这个流派的价值特色,才有了褒扬的意思。"②1979年,李国涛先生在《且说"山药蛋派"》一文中分析道:"为什么称'山药蛋派'? 这里结合着山西在生产上和生活上的特点,又针对这批作家深深扎根于农村生活,作品浓厚的生活气息和地方色彩这些特点而命名的。"1984年,高捷先生在《山药蛋派作品选·序》中也对这一命名进行了认真的确认:"把山西作家群称为'山药蛋派',不管出自爱昵的谐谑或微含轻蔑的调侃都无关紧要,它的确较为确当、形象、风趣地概括出这个流派的特色。"

何时了有"山药蛋派"一说,我认为李国涛先生的论述是可信的。他认为:"过去,人们在口头上曾把山西的这个流派称为'山药蛋派'。"③我认为,正式把"山药蛋派"从口头上移入文章,并以概念的形式正式提出来,正是李国涛先生。也许在此之前,"山药蛋派"已在人们的口头上流传了十多年。

二、研究的回顾

文学研究界对"山药蛋派"的形成期已有了共识:即认为五十年代末到六十年代初。这一时间确定的意义在于:不是说在五六十年代才有了"山药蛋派",而实际是指这一群作家在创作中的共性被理论性认可,以群体被关注——这与先前是大不一样的。如此说来,那么对"山药蛋派"的研究是从何时开始的呢? 确定这个时

---

① 《五老作家创作五十周年研讨会纪念文集》。
② 《五老作家创作五十周年研讨会纪念文集》。
③ 《且说山药蛋派》,《光明日报》1979年11月28日。

间,需要考虑以下几方面前提:

一是根据流派产生的初始时间来确定。流派的产生有一个过程,在这个过程中,流派的面貌是逐渐鲜明化、凸现化的,最后走向作家群以"流派"的方式被认识。但是,"过程"中的内容也应当被视为结果的基础。因而,对结果产生的过程中的"基础性"研究也应包括在流派研究的历史内容之中。

二是注意"流派"的特点。"流派"不同于单个作家,它首先或者本质上是一个"群"的概念,是由若干个作家所构成。每个作家和每部作品都构成了这一"流派"的必然性内容。一般地看,对"流派"这一现象的研究都可分为"流派前研究"——这种情形更多地表现对单个作家、单个作品的研究;"流派后研究"——这显然是指研究者从流派角度着眼群体的研究。当然,两个阶段也有交叉。这样就应当肯定,对"流派"作家的单个研究也是它的重要内容。

三是研究意识的辨析。有过很多这样的例子:流派研究中的"单个"研究与"群体"研究的差异是很大的。差异在于前者也许没有流派意识,而后者"流派意识"体现在各个方面。其结果是前者可能带来对流派中某个因素的深化认识,后者则是"流派"研究的整体性推进。但我们说,文学的现象研究,总是在微观与宏观的结合上获得突破的。"流派史"的内容应当宽容地把一切相关的内容包括进来。

根据以上的思考,我们可以把《小二黑结婚》发表以后引起的反响作为"山药蛋派"研究历史的起始,从四十年代到今天,关于"山药蛋派"的研究,可以分为前、中、后三个时期。1943—1957 年为前期;1958—1966 年为中期;新时期以来为后期。

为了研究的方便,我们论述的内容主要是马烽、西戎、李束为、孙谦、胡正等作家的创作。对赵树理,因为他可以是单独列出的"大家",其本身的研究成果已是蔚为大观,我们在此只是着眼于他的"流派"位置,所以采用必要时提及的方式。

前期(1943—1957 年)。这一时期是"山药蛋派"的萌芽草创时期,也是研究的起步阶段。在这一阶段里,除了对赵树理的创作进行了大规模的"方向性"研究之外,对其他作家的研究表现为以下一些特点:

一是侧重于对单个作品的评价。马烽在这个时期里共创作了二十四部小说作品(包括长篇《吕梁英雄传》)。代表性作品和反响较大的作品,除了《吕梁英雄传》以外,《村仇》《一架弹花机》《韩梅梅》《四访孙玉厚》等评价得较多。《吕梁英雄传》

在这一时期前后共有九篇评论,其余的都有评价,其中以对《韩梅梅》为最。西戎在这个时期,除《吕梁英雄传》以外,包括剧作在内共 17 部作品。其代表作品是《宋老大进城》《喜事》等。前者连获好评。束为这一时期发表作品 17 部。他的作品反响比较小,仅有于 1946 年的《老婆嘴退租》获评介。孙谦在这一时期共发表小说 11部,秧歌剧、话剧和电影剧本 16 部。代表作可推《伤疤的故事》(小说)和《万水千山》(剧本)。从评介文章看,绝大部分集中在他的电影作品中。胡正在这一时期作品数量是较多的,但 26 篇作品中属于小说的只有 10 篇。代表作是 1955 年发表的中篇《鸡鸣山》和 1956 年年底发表的《七月古庙会》,对他的评论文章也限于这两篇。

从以上情况来看,对作家的评论是以单篇作品来进行的,且大多是即兴式的。从这些"评介式"研究中我们可以获得:一是这些作家的哪些作品获得了反响,二是这些反响表现了时代的哪些趋向和时尚,以此可以了解到这一时期中国社会包括审美选择在内的文化内容和构成式样。

二是这一时期对"山药蛋派"作品在评论时所采用的方法都是社会历史学的批评方法,主要是从内容与时代的契合程度上衡量作品的价值。从历史上看,这一时期正是中国社会新旧交替的重要时刻,抗日战争、解放战争、减租减息、土地改革、抗美援朝、农业合作化等,这些历史大动荡必然会表现在他们的作品之中,所以说,研究从时代的角度来加以展开,也算是一种历史的必然。这种评价的最高成果体现在周扬《论赵树理的创作》中。周扬在这篇文章中对赵树理创作特征的阐述和结论,都可以移到对"山药蛋派"整体创作的评价上。"山药蛋派"作品在"精神"与"思想"上对农民主人公地位的确立,作品因素(包括人物叙述)的农民化,基于对农村现实切实体会的作品的朴实情调,对叙述语言进行农民口语化处理的卓越能力等,这些都可以视为对"山药蛋派"艺术追求和成果魅力的准确概括。这是一种整体的存在,虽然还处在萌芽状态。这一时期研究这一流派的重要文章可在研究赵树理的文章中看出——如周扬《论赵树理的创作》、郭沫若《读了〈李家庄的变迁〉》等等。

中期(1958 年—1966 年)。这一时期是"山药蛋派"发展的鼎盛时期,也是他们以富有鲜明特色的强大作品阵容征服读者、震撼文坛、在文坛上获取"群体优势"(流派优势)的时期。随着创作丰收期的到来,他们的作品主要表现在质量的提高上。代表作大量涌现。其中很多构成了他们一生的代表作品。比如马烽的《三年早知道》,电影《我们村里的年轻人》,《我的第一个上级》《太阳刚刚出山》等;西戎的《灯芯绒》《赖大嫂》;束为的《好人田木瓜》《于得水的饭碗》;孙谦的《南山的灯》《大寨英雄谱》;胡正的《汾水长流》等。这些作品与赵树理的《三里湾》《锻炼锻炼》等作品一起,以其赫然的辉煌显示着他们的强大存在,的确给当时的文坛以不小的震撼。一时间,"山西派""火花派"称誉四起。正如 1943—1945 年赵树理发表《小二黑结婚》《李有才板话》《李家庄的变迁》等作品在整个解放区引起的震动并影响了当时的审美格局一样,"山药蛋派"马烽、西戎、孙谦、束为、胡正等人这个时期"集束式"作品与赵树理新作一起,又一次强劲地影响了中国当代文学,尤其是五六十年代的中国当代文学的格局(此点笔者将以另文评述,在此不再赘述)。

这一时期的"山药蛋派"的研究较之早期有了新的特点。

一、掀起了以评论作品为主的研究热潮。他们的几乎每一篇作品的问世,都有以评论为表现形式的社会反响。马烽的《三年早知道》《我的第一个上级》《太阳刚刚出山》《我们村里的年轻人》等都有三篇以上的评论文章。西戎的《赖大嫂》各种观点的评论文章多达七八篇,束为的报告文学《南柳春光》、孙谦的《奇异的离婚故事》、胡正的长篇《汾水长流》从小说到电影,竟有十几篇文章对之进行不同角度、不同侧重点的艺术分析,真可谓众说纷纭、异彩竞呈。这种现象在《文艺报》1958 年所编辑的《山西文艺特辑》的引导下,越来越具有一种"研究群体"的趋向。"派"的说法与概念——不论"山西派""火花派",还是微含贬意的"山药蛋派",已开始流行开来,可以说,这些都是对"山药蛋派"认可的开始,不过,同时也酝酿着分歧。

二、"作家论"式的研究亦成为常见现象。虽然早在四十年代对赵树理的评介中就已经有了这种形式,但在"山药蛋派"其他作家那里,以"作家论"这种形式对流派中的某个作家进行深入研究的,最早始于 1959 年宁爽的文章《读马烽短篇小说集〈三年早知道〉随感》,随后思恭的《读马烽同志的短篇小说》《春到人间花自开——马烽同志的作品研究》,朱经权《谈马烽近两年短篇小说的创作特色》(《文学论评》1965 年 3 期),《努力描绘社会主义的人物——试谈马烽同志十年来的短篇小说》(宋爽《文学报》1960 年 2 期),俞元桂的《谈马烽和李准短篇小说的风格》

（《文汇报》1962 年 2 月 25 日），王若麟《漫谈马烽短篇小说的结尾》《从'人性论'到'写真实'——评孙谦的三篇小说》等等。这些文章都从整体的角度就作家同一类创作、某个时期的创作或是创作过程中的主要代表性作品进行了细致的论述。采用"作家论"形式的研究者们试图用这种比较"大"的方式，勾勒出作家创作的发展轨迹，审美倾向的面貌和变化、艺术上进步的阶段性和各自的独特性。值得注意的是，虽然"作家论"这种形式更多地运用在赵树理、马烽身上，但透过这些可以看出，论述总是或多或少、有意无意地试图通过"这一个"来说明整个"流派"，可以体味出研究者们那"单个研究"背后的"流派"背景和"群体统揽"的意识。这较之以前，是一个很明显的进展。

　　三、以赵树理研究为代表，对"山药蛋派"研究开始进入深入化、细致化。开始关注风格、语言、人物、民族特色、地域风情、"问题小说"类型甚至"作品中的生活细节"等等。这些也可以说是"本体研究"。虽然大量的文章还习惯于"外部研究"，如与时代、与农村、与政策的关系等等，但其中"本体研究"的开始，说明着当代审美研究界早已开始在接纳他们，并试图给他们的创作以科学的价值定位。

　　这一时期值得注意的成果有：刘泮溪《赵树理的创作在文学史上的意义》（《山东大学学报》1963 年 1 期）；马良春《试论赵树理创作的民族风格》（《火花》1963 年 1 期），《试论赵树理的语言风格》（《北京大学学报》1962 年 1 期）；徐琪《民主革命时期赵树理作品的艺术特色》（《北京大学学报》1962 年 1 期）；高捷《金刚石般的语言——赵树理作品学习记》（《火花》1963 年 3 期）；姚光义等《赵树理笔下的农民群像》（《火花》1963 年 9 期）；蒋成《组织故事的艺术》（《火花》1964 年 8 期）；沈沂《马烽近作小说中两个动人的人物——赵大叔和韩梅梅》（《新民报晚刊》1954 年 7 月 12 日）等等。

　　四、这一时期，是共和国历史在风风雨雨中曲折发展的一个时期。文艺界也同时进入各种政治斗争、文艺斗争、观念论争的"夹缠"之中。1957 年"反右"以后，1958 年"大跃进"、"共产浮夸风"、"三年困难时期"、1959 年庐山会议、中苏笔战等等，这一切都以极其微妙的方式影响到文学。在"山药蛋派"研究中明显地感应着这种变化。随着这一流派作品影响的日益扩大和强劲，一时间"山药蛋派"的创作方向也成为文艺界争论的焦点。1962 年"大连会议"前后，围绕所谓"中间人物"展开了讨论。肯定与否定各陈其词,"山药蛋派"作品成了评论者首先或必选的对象:《〈赖大嫂〉的问题在哪里?》(园丁,《山西日报》1964 年 11 月 13 日),《写"中间人物"的一个标本——短篇小说〈赖大嫂〉的一个剖析》(紫兮,《文艺报》1964 年 11,12 合刊),《评论文章应当鼓吹什么? ——也评〈我读《赖大嫂》〉和〈漫谈《赖大嫂》〉》(康濯,《火花》12 月号)等。除此之外,早在五十年代中期就不断遭受批评的孙谦的作品《夏天的故事》《伤疤的故事》《奇异的离婚故事》《一天一夜》等等,也在这里重新被"提起"。在当时,这一流派的作家们也不时陷入迷惘(见马烽、西戎所写的《危险的道路——评孙谦小说的思想倾向》)。诚然,这些观念在今天早已荡然无存了,不过,我们可以从反面看出,"山药蛋派"在当时的影响。

这一时期存在的最大问题是,研究界尚未从整体上对"山药蛋派"进行鲜明的有开拓力度的考察。

第三个时期(新时期)。新时期以来,以赵树理研究"拨乱反正"重新崛起为契机,"山药蛋派"研究进入了一个崭新的时期,开始了这一流派有意识的、整体的、独立的和步步深入的研究。这一时期的研究较前深入,体现了相当自觉的、鲜明的"群体认知"的研究新面貌。仅就这层意义上说,这场讨论可算作是"山药蛋派"研究的真正开始。

其次,渗透着普遍的、强烈的"史"的意识,相比于 1958 年以前的作品评介和"文革"前的现象描述,这一时期的研究文章大都进入了一种在历史中寻找价值位置的状态。这是一种非常可喜的现象。

1992 年 5 月,中国作协与山西作协共同举办了"马烽、西戎、束为、孙谦、胡正"五作家创作五十周年学术研讨会。这次会议收到一大批论文,大大深化了新时期以来乃至半个世纪以来的"山药蛋派"的研究,形成了高峰。

第三,整体认识的深化。所谓整体认识,不仅指研究者有意识地把他们当作一个创作整体加以研究,而且指对马烽、西戎、束为、孙谦、胡正等单个作家的"整体创作"研究也比以前有了发展。一是时代的变化为研究者提供了从容的研究余地;二是这些作家大都在进入九十年代以后基本停止了创作。九十年代以来山西文学阵容中的"晋军"主力如李锐、成一等作家的创作,基本上与过去的"山药蛋派"划开了界限。这些原因都导致一个结果,即"山药蛋派"已进入了历史范畴——这为研究者对他们进行全面、客观的研究提供了前所未有的便利。完整规范意义上的"作家论"开始大量出现。比如李国涛的《马烽论》,林友光、屈毓秀的《西戎论》,李文儒的《束为论》,苏春生的《孙谦论》,王君、杨品的《胡正论》等,以上这些加大众多的"专"文章,为确立"山药蛋派"及单个作家的历史地位和审美创造的独特性,都进行了有益的探索。在这一时期的此类研究中,研究者不仅着眼于他们的共性,而且注意到了他们的差异,通过对这些差异的研究,试图描述出他们各自在发展壮大"山药蛋派"方面所进行的独特创造——这是在过去的研究中所不曾有过的。如董大中的《五作家创作论》,李旦初的《在讲话的旗帜下——"五战友"与"山药蛋派"》,陈树义、李仁和的《晋绥五作家综论》,傅书华的《论"山药蛋派"作家塑造典型的成型方式》,杜学文《论马烽等五作家小说创作的理想倾向》,杨品《乡土作家的恋家情结》等。

　　第四,这一时期"山药蛋派"研究的一个新气象就是研究格局开始突破了"社会历史学"批评一统天下的局面,出现了多角度、多观点和批评方法的多样化——这是新时期1985年以后文学审美观念发生大规模变化之于"山药蛋派"研究的影响。早在八十年代后期,黄修己在《赵树理研究》这部著作中就率先使用多种新方法对赵树理进行新的评价,这对"山药蛋派"研究的新开拓无疑产生了积极影响。此后,席扬、朱晓进、杨矗等也分别从文化因素对"山药蛋派"进行了比较深入的研究。

　　第五,除上述以外,本时期的一些文章还本着科学精神对"山药蛋派"的"局限"进行了探讨。一些论者认为"这个流派笔下的社会生活的画图虽然不失自成体系的完整的艺术世界,但仍不免显得局促和不够广阔"。在创作方法上"恪守以人物行动刻划人物心理和人物性格的办法"。[①] 对"山药蛋派"的"局限性",描述文章多集中在对赵树理创作的评价中,最为典型的是郑波光的《接受美学与"赵树理方向"——赵树理艺术迁就的悲剧》[②]。其实,这些"反面"观念也同样起到了对"山药蛋派"研究的推动作用。

　　最后要说的是,对"山药蛋派"的研究,没有只局限在赵树理及"西、李、马、胡、孙"身上,还涉及五十年代走上文坛的"山药蛋派"的第二代作家如李逸民、义夫、杨

①　刘再复:《论赵树理创作流派的浮沉》。
②　《文学评论》1988年6期。

茂林、谢俊杰、马骏、韩文洲等人。当然,这方面的研究还有待开拓和深化。

历史的回顾是为了今后的研究。经过半个多世纪的历程,"山药蛋派"的研究已走过了它的初期,也将随新世纪的来临迎来新的气象。笔者认为,今后的"山药蛋派"研究可以在以下几个方面进一步深化和拓展:

首先是进一步强化整体意识,把第一代、第二代乃至第三代合起来加以整体观照,在理顺承续关系的基础上,准确把握流派的全部复杂情况,加深对当代文学史的认识。

其次是"山药蛋派"的美学思想和审美观念的系统研究。这是半个世纪以来研究的弱项,大有可为。

再次就是"关系"研究。如"山药蛋派"与时代政治、文艺思潮、民间文艺、传统文化、五四文学传统及同时代不同风格的关系研究。

末次是从新的角度对"山药蛋派"进行整体研究,如叙事学、阐释学、创作心理、文化学及结构主义诸方面的研究。对"群体"性的人物形象系列、主题模式、话语机制、艺术意识的深层构成等而言,亦有拓展的充分余地。就研究的基础性工作如资料的收集、整理等,也有待于进一步完善化、完备化。

(原载《人文杂志》1999 年第 5 期)

「荷花淀派」乡土小说

漫谈"白洋淀"派

冯健男

风格和流派是文艺创作和文艺理论中的一个相当重要的问题。但我们不弹此调久矣,特别是关于流派,尤其是在文学方面。正是因此,前些时候山西文艺界的同志们提出"山药蛋派"并就此进行的讨论,引起了许多人们的兴趣,有的同志还由此而提出"白洋淀"派的问题来,希望就此进行探讨。是的,这又是一个引人兴趣的题目。

在这里,我们首先遇到的一个问题是:在我国的现代和当代文学中,是否存在一个可以"白洋淀"(或"荷花淀")命名的文学流派?

对于这个问题,我的回答是"江流天地外,山色有无中"。前一句是说,以孙犁同志为代表的、具有独创艺术风格的、以描写冀中人民的革命斗争生活为中心的文学创作,其影响力早已越出了"白洋淀"四周的范围,而遍及于大河上下,长江南北;后一句是说,文学上的"白洋淀派"可以说是"有",也可以说是"无",可以说是形成了,也可以说是并未确实地形成。

为什么说"白洋淀派"可以说是有的呢?且看实际的情况。

在抗日战争的后期,一位从晋察冀来到延安不很久的作家,写了《荷花淀》《芦花荡》等短篇小说,在《解放日报》发表以后,真是不胫而走,以其深刻的抗日意识、浓郁的乡气息、鲜明的诗情画意和独创的艺术风格引起各地读者的兴趣和文艺界的注意。到了后来,这位作家把他在战争年代和建国前后所写的几十篇短篇小说和散文编为一集,题名《白洋淀纪事》,交由国家出版社出版。于是乎,本来就以水上游击战争的动人事迹和传奇色彩驰名中外的白洋淀,借了《白洋淀纪事》的思想和艺术的助力而更加有力地牵动着人们的情思;在《白洋淀纪事》出版前后,长篇小说《风云初记》和中篇小说《铁木前传》的发表和出版,更加确立了孙犁作为一代名家的地位。在建国之初,《白洋淀纪事》中的作品确实吸引了不少青年作者,他们乐于以孙犁的作品为自己的创作楷模——这是事情的一方面。另一方面是同样重要的,那就是,孙犁向来热衷于培养青年作者,且不说他在战争年代所作的这一方面的工作,这里只说在建国以后,他以他自己编辑的《天津日报》文艺周刊为园地,吸引、团结和培养了一批有志于文学创作的青年,他不但选发和连发他们的习作,而且从中细心发现人才,并通过改稿、交谈、通信、办讲习班、讲课、在发表青年习作时加编者按语等办法,对这些青年作者进行坚持不懈的创作指导。这样,在天津、保定、北京一带地面,就以孙犁为中心,形成了一种可观的文学创作的局面。在孙犁的传、帮、带之下成长起来的知名青年作家(当然,并不只是孙犁一人在培养他们),是可以数出一串名字来的,而韩映山、刘绍棠、从维熙、房树民可说是他们的代表。他们在五十年代就显露出他们的才华,至今仍然活跃于社会主义的中国的文苑。要说有个"白洋淀派"的话,大概这就是了。

我在这里提到了孙犁主编的《天津日报》文艺周刊,提到了它的特色和功绩,这似乎有助于说明:从现代文学史上看,文学流派的形成,和文学期刊的关系是密切的。孙犁负责的一个地方的小刊物,能够形成一种气候,一种局面,或者干脆说,一个流派,这个现象值得重视。在文学刊物的编辑工作上,孙犁是有他的抱负和主张的,他说:"刊物要往小而精里办,不往大而滥里办。这不只是为了节省财、物、人三力,主要是为了提高创作的水平。""刊物要有地方特点,地方色彩。要有个性。要敢于形成一个流派,与兄弟刊物竞争比赛。"(《关于编辑和投稿》,《秀露集》160页)孙犁这话说在他的晚年,是他的经验之谈和一贯的办刊方针。他一进城就主办文艺周刊,一直到现在还在守着这块"小而精"、"有地方特点"、"有个性"、"敢于形成一个流派"的园地。孙犁的这种设想和努力,在一定程度上导致了"白洋淀派"的形成——这一点,就这位作家和主编来说,也许是并没有明确地意识到的。

作为一个"流派",当然是有其特色的(当然,这又并不排斥其中的作家们的各自的特质和特点)。概括地说来,"白洋淀"派的特色是:

一、以描写农村生活见长。孙犁就是农村生活的出色的歌者和描绘者,他写白洋淀(这是主要的),写冀中平原,写冀西山区,而很少写城市生活;他进城后虽然住在大城市,但一写起小说来,所歌所绘者还是他热爱的农村。韩映山一直是写农村的,并且主要是写白洋淀的。他自称他的作品"就像淀边初拱土的苇锥锥",是它们的"一枝片叶"(《紫苇集》后记)。而孙犁则嘉许"他热爱农村和农民,这是可供文学才力驰骋的广阔天地"(《紫苇集》小引)。刘绍棠说他别无他求,"只想住在我的运河家乡的泥棚茅舍里"写小说,因为,"我喜欢农村的大自然景色,我喜欢农村的泥土芳香,我喜欢农村的安静和空气清新,我更热爱对我情深义重的乡亲父老兄弟姐妹们"(《野人怀土》,《艺丛》创刊号)。热爱农村,热爱农民,从农村的日常生活中汲取和提炼题材,这是"白洋淀派"作家的一个共同之点。当然,孙犁培养的青年作家之中也有写城市生活和工厂题材的,但在人们的心目中,他们跟"白洋淀派"似乎是联系不起来的。

二、以挖掘和表现生活中的"美"见长。孙犁作品的主要特点,就是给人以很高的美学享受,他的文章真是美文。孙犁说过,"人天生就是喜欢美的"(散文《画的梦》);当然,他不是唯美论者,所以他又说,"作家永远是现实生活的真善美的卫道士"(《文字生涯》,《山花》1979 年第 2 期)。他还说:"善良的东西,美好的东西,能达到一种极致,在一定的时代,在一定的环境,可以达到顶点。我经历了美好的极致,那就是抗日战争。"他说他的作品通过描写农民的"爱国热情"和"英勇参战"表现了抗日战争这种"真善美的极致"(《文学和生活的路》,《文艺报》1980 年第 6 期)。由于致力于表现生活之美、人性之美,醉心于美的形象、美的境界,因而孙犁对于艺术技巧是刻意以求的,为此,他向鲁迅学习(当然,学习鲁迅不只是学习他的技巧),向中外的古典作家学习。孙犁的这种爱美和捕捉美、创造美的特点,对于一些青年作家是有很大魅力和影响力的。刘绍棠说:"是孙犁同志的作品,唤醒了我对运河家乡的母子连心的深情,打开了我认识生活和表现生活的美学眼界。"(《开始了第二个青年时代》,《芙蓉》创刊号)在这里,"美学眼界"四字是值得注意的,孙犁的作品真是打开了一些青年作者的"美学眼界"(这与"唤醒了"他们对于他们家乡人民的"深情"是分不开的)。于是人才被发现了,受到培养了,这正是"白洋淀派"得以形成的关键。对于他们,这个"美"字是如此的重要,以致从维熙说,"文学有一个强大的内涵,那就是——美"(《关于〈大墙下的红玉兰〉答读者》,《艺丛》创刊号);他自称他的早年的作品有如"早晨喇叭花上滚动的露珠,清新透明",因而受到孙犁的赏识;而近期的作品如《大墙下的红玉兰》等,孙犁更许以创造了"美的灵魂","美的形象"(孙犁,从维熙:《关于〈大墙下的红玉兰〉的通信》,《文艺报》1979 年 11、12月合刊号),由此可见"美"在"白洋淀派"作家心目中和作品中的地位和分量。

三、以现实主义的描写和浪漫主义的气息见长。孙犁作品的重要特点,是现实主义的真情实景的深刻描写和浪漫主义的诗情画意的浓郁气息的水乳交融的统一。这一点,是和他的美学观察和艺术追求分不开的,是一而二、二而一的。不如此,就不能"表现真善美的极致"。孙犁不止一次地说过,他很喜欢普希金、梅里美、果戈理、契诃夫、高尔基的作品,"我喜欢他们作品里那股浪漫气息,诗一样的调子,和对美的追求"(《文学短论·勤学苦练》),这样的作品"合乎我的气质,合乎我的脾胃。在这些小说里面,可以看到更多的热烈的感情、境界"(《文学和生活的路》)。由此可见,在孙犁看来,诗和小说,美和人们的感情、气质、境界,浪漫主义的气息和现实主义的描写,是可以而且应该结合和统一起来的,他所喜欢的这些作家体现了这一点,他自己的作品也体现了这一点。在这里,最重要和最基本的是作家观察生活的深度和思想的高度。孙犁不断指教文学青年不要写生活和自然中的表面现象,不要只是"捕捉"那些浮光掠影的所谓"美"的或有"诗意"的东西,而要把时代精神和人民的高尚优美的思想感情注入艺术形象中去。他说:"不应该把所谓'美'的东西,从现实生活的长卷里割裂开来。"为了说明这个问题,他打了这样一个比喻:"有一只鸟,凌空飞翔或是在森林里啼叫,这可以说是美的,也可以说富有诗情画意。但这种飞翔和啼叫,是和鸟的全部生活史相关联的,是和整个大自然相关联的。这也许关联着晴空丽日,也许关联着风暴迅雷。如果我们把这些联系都给它割断,把这只鸟'捕捉'了来,窒其生机,剖出内脏,填以茅草,当作一个标本,放在漂亮的玻璃匣子里,仍然说这就是那只鸟的'美',这就是它的'诗情画意'。这就是失之千里。"(《文学短论〈作画〉》)我们在这里可以领会到孙犁的创作的"诗情画意"的实质和特色,他的作品的人物的活动,"鸟儿"的"飞翔"或"啼叫",都是和人的和"鸟"的全部生活史和整个大自然相关联的,他确实善于通过每一具体形象的描写而反映"晴空丽日"或"风暴迅雷",令人赏心悦目而思有所作为。这就是他的现实主义和浪漫主义的力量。这个特点,也体现在"白洋淀派"的青年作家的优秀作品中。从维熙说,"我爱文学中美的真正的浪漫主义内涵"(《关于〈大墙下的红玉兰〉答读者》)。他们把"美"和浪漫主义看成是在同一"内涵"的,当然,这个"内涵"中还有一个最基本的东西,那就是现实主义。确实,离开了现实主义的笔力和浪漫主义的精神,那就没有什么"白洋淀派"的美的创造。

四、以真切的革命性和深厚的人民性见长。孙犁的作品从不脱离政治,但又不贴政治标签,他的作品的革命性和人民性总是从现实生活的诗情画意的抒写中自然而然地流露出来的。用他自己的话来说:"我写东西要离'政治'远一点,这个'政治'应该是加引号的。我的意思是,我不在作品里交代政策,不写一时一地的东西。但并不是说我的作品里没有政治。"(转引自《语重心长话创作——访孙犁同志》,《延河》1980年第3期)"政治作为一个概念的时候,你不能做艺术上的表现,等它渗入到群众的生活,再根据这个生活写出作品",这样,政治倾向就"溶化在艺术的感染力量之中"(《文学和生活的路》)。以他的代表作《荷花淀》为例,他说"《荷花淀》所写的,就是这一时代,我的家乡,家家户户的平常故事",通过这个故事,"我写出了自己的感情,就是写出了所有离家抗日战士的感情,所有通过自己儿子、丈夫的人们的感情"(《关于〈荷花淀〉的写作》,《新港》1979年1月号);又以《山地回忆》(这也是孙犁的代表作)为例,他说:"我描写的,只是那些我认为可爱的人,而这种人,在现实生活中间,占大多数。她们在我的记忆里是数不清的。""我在写她们的时候,用的多是彩笔,热情地把她们推向阳光照射之下,春风吹拂之中。"(《关于〈山地回忆〉的回忆》,《延河》1978年11月号)这样创造出来的艺术形象和意境,当然不是那种图解概念、交代政策、"写一时一地的东西"所能望其项背的。当韩映山他们这些年轻人当初从孙犁学艺的时候,孙犁就这样教导他们,要求他们;直到前些时候,当文艺界正在讨论文艺与政治的关系的时候,这位老作家还是这样向韩映山他们说:"要离'政治'远一点"。这是语重心长的。而跟他学艺的这些当年的青年作者、如今的中年作家们也正是这样进行他们的创作的,正是因此,他们的创作是有感情的有形象的。不大有那种令人乏味和生厌的概念化的东西和那种脱离艺术的政治喧嚣。

就是这样,在建国以后,孙犁和在他的影响和培养下(再提一下,当然不是孙犁个人在培养他们）的一些青年作家，可以说是形成了一个文学流派，把它称之为"白洋淀派"，是顺理成章的。

实际情况既然是如此，那么，为什么说"白洋淀派"又是在"有无中"，并没有明确地形成呢？

这还是要看实际的情况。

孙犁是在抗日战争时期真正走上"文学和生活之路"的。在抗日战争和解放战争时期，除了在延安学习和工作了一个不长的时间以外，他都是在晋察冀度过的。在晋察冀抗日根据地，作家很不少，但由于战争的环境和其他原因，并没有形成什么文学上的"流派"。进城以后，原先在晋察冀工作的一些作家如王林、方纪、魏巍、梁斌、康濯、秦兆阳、远千里、李英儒、柳杞、李满天等同志仍然工作在河北的土地上（包括京、津），他们与孙犁过从甚密，时相往还，对孙犁的创作交口称赞，推崇备至，一致认为他是一位树立了独创的艺术风格的作家；但是，说也奇怪，这些同志虽然也都是写小说、散文的（有的也以诗人著称），他们的创作又都是从革命战争年代的晋察冀人民生活取材的（当然也写社会主义时期的人民生活），但他们一直没有形成"流派"，而是各具特色，各有千秋。我们现在提出的"白洋淀"派这个名称，是并不能把这些作家从风格和流派上联系在一起的。这一点跟山西的"山药蛋"派不同。我们知道，"山药蛋"派是以赵树理同志为首或者说为主要代表的，其中重要的作家有马烽、西戎、束为、孙谦、胡正等同志，他们都是在山西的地面上土生土长的作家，无论是抗日战争时期，还是在农业合作化和人民公社时期，他们都是以山西的农村为革命和写作根据地的；在他们当中，赵树理年事稍长，影响也较大，但他们毕竟是同时代的同辈作家，大体说来，他们是经历相仿、气质相近的，形成流派，是更为自然的和明确的。

如前所述，"白洋淀"派则是由孙犁及在他培养下成长起来的一批青年作家在建国后形成的。在这当中，只有孙犁是老作家，而韩映山、刘绍棠、从维熙等在当初是初学写作者，说不上以他们各自的而又互相接近的艺术风格形成"流派"；而到了一九五六年以后，孙犁主要是因病，同时也可能还有其他的原因，基本上不写小说了；而刘绍棠、从维熙等青年作家则由于在政治上发生了不成问题的"问题"，被从文学创作的园地里"清除"出去了；韩映山、冉淮舟等青年人固然还在勉力沿着原来的路子进行创作,但在"左"的政治气候之下,似乎也不能像以前那样尽情抒写了。这样,这个略具规模的"流派"就不但未能巩固和发展,反而削弱了,甚至解体了,而这个状态竟然持续了二十多年之久! 在十年"文革"当中,全国的文艺界都被摧残、打散,哪里还谈得上什么"流派"!

所幸的是,历史和现实中的真的、善的、美的东西是有生命力的,是砸不烂、也打不散的,文学上的"白洋淀派"(尽管它并未很好地形成)就是如此。粉碎"四人帮"以后,党的生活、人民的政治生活渐趋正常,社会主义的文艺也得以复兴,已逾不惑之年的从维熙、刘绍棠等得以恢复名誉和创作活动,并继续和重新向年近古稀的孙犁长老执弟子礼。这样,几乎中断了二十多年的"白洋淀派"似乎又活动了起来。孙犁的健康情况虽然总不是很好,但近年写作甚勤,收获甚丰,虽然没有再写小说,但散文、评论时见发表;从维熙、刘绍棠、韩映山等人的创作力顿然旺盛了起来,三年来不断有短篇和中篇的力作发表;不但是他们的创作,就连他们和孙犁的谈话、通信,孙犁为他们所写的书所作的序言,在文艺界都是引人注目的,也是有一定影响的。

我们从他们近年的各种文字可以看出,他们的文学思想和美学信念,和他们在二十多年前的文字比较起来,是有其一贯性的,例如他们对于美和真实的追求,对于现实主义和浪漫主义的结合的追求,他们在作品中所表现的激情,就都是有一贯的脉络可寻;但是,时代毕竟不同了,生活向前跨出了很大的步子,特别是二十多年来的现实造成的他们的生活经历和思想感情的重大变化,也不能不在这个"流派"中体现出来。这一点,在从维熙的创作中尤其分明地表现出来了。他不但写农村,也写城市;不但写日常生活,也写非常生活;不但写出了诗情画意,也写出了生活悲剧;在有些问题上,由于年龄的不同,特别是遭遇的不同,他们和老师的感受、思路是不尽一致的。例如,在《关于〈大墙下的红玉兰〉的通信》中,孙犁在对从维熙的新作加以赞赏之余,还这样说:"但是,你的终篇,却是一个悲剧。我看到最后,心情很沉重。我不反对写悲剧结局。其实,这篇作品完全可以跳出这个悲剧结局。也许这个写法,更符合当时的现实和要求。我想,就是当时,也完全可以叫善与美的力量,当场击败那邪恶的力量的。战胜他们,并不减低小说的感染力,而可以使读者掩卷后,情绪更昂扬。"这一番话,不但表明了孙犁对一部小说的感受和意见,也传达了他向来的美学观点和信念。但这一点,并未为从维熙所全部接受。从维熙在回信中说:"您在信中提到小说悲剧性结局问题,使我感到有许多话想和您说……"于是就向老师诉说起他二十多年中的经历来了。他在小说中所写的"大墙"内外,就正是他的亲身经历的艺术写照。他说,"我只不过是写了'四人帮'屠杀革命者罪行的沧海一粟";他说,他要写"在特定的历史条件下,悲而壮,慨而慷,给人以鼓舞力量"的东西。我们在这里可以看到,就从维熙个人来说,二十多年间的惨痛经历和经验,使他的视野扩大了,观察更深刻了,在气质上也有了变化;就"白洋淀派"来说,也是不能没有发展和变化的。这种发展变化,甚至使得"白洋淀派"无复旧观了。

在这里还应该提到的是,孙犁的创作和艺术风格的影响,是比以上所谈到的情况远为广泛和深远的。全国各地有不少作家和文艺爱好者喜欢孙犁的作品,并不同程度地受其影响。就河北省的作家来说,张庆田的小说和散文中的诗情画意,不能不说是和孙犁的创作有思想和技术上的联系的;近年出现的文学新人贾大山也从孙犁的作品汲取了养料和光彩。但他们是不能归入"白洋淀派"的。因为他们也有"山药蛋"味。他们不但学孙犁,而且也学赵树理,似乎还可以说,他们学赵的成分更多些。就河北省以外的作家举例来说,远在陕南山区的贾平凹(这也是一位文学新人)所写的短篇小说和散文,很有些孙犁作品的味道和气息,简直可以归入"白洋淀派"了。至于爱读孙犁作品并为之倾倒的作家,更是各地都有,例如李准、白桦、梁信等同志就异口同声地说,"《风云初记》,《荷花淀》今天读起来仍然使人有一种清新的快感"(《"文艺的社会动能"五人谈》,《文艺报》1980 年第 1 期)。建国以后,白洋淀几乎成了一个旅游胜地,特别是文艺界人士乐于得到机会到那里去游览,这与革命历史有关,与地方风光有关,也是与孙犁的作品的魅力和影响有关的。孙犁作品的影响如此之大,是不是有助于说明"白洋淀派"的形成呢? 我想,不是这样的;这倒是意味着这是"流派"所不能局限的。

以上就我的浅薄的所知和所感,谈了一些情况和问题,在事实上可能有差误,在识见上可能贻笑大方。但孙犁的创作的影响之大而且好,他在培养青年作者方面成绩卓著和精神可嘉,他们在文学事业上的坚韧和创新精神,我想总会是大家的共同看法。而且这一切,正是我们应该学习和发扬的。

关于创新,现在人们谈得很多。谈风格,流派,其实也还是为了创新。这当然是需要的,应该的。离了创新,哪里会有文学艺术?哪里会有文学艺术的发展?不过在这个问题上,我想无论是怎样的创新,不能离了生活,离了人民的需要和理解的可能,也不能离了无产阶级的革命理想,也就是说,不能离了文学上的现实主义和浪漫主义;只要这些基本的东西有了保证,那就是有了创新的丰富的源泉和坚实的基础。"白洋淀派"是创新的。"山药蛋派"也是创新的。它们的创造,都是适应了人民的要求和生活发展的需要的。当然,时至今日,"白洋淀派"要向前发展,"山药蛋派"要向前发展,也要在原有的基础上创新。发展起来并不一定要抱住哪个"流派","流派"是自然地"流"起来的,不是人为造成的。随着生活和文学的向前发展,已有流派可能进一步发展壮大,也可能发展不了,新的流派也可能产生。三十年来,我国的政治生活有时不很正常或很不正常,这是不利于"百花齐放,百家争鸣"的方针的贯彻执行的,当然也是不利于不同风格和流派的形成和发展的,无论是"山药蛋"也好,还是"白洋淀"也好,都是吃了这个苦头的。现在的情况正在改观,我们国家的政治、经济、科学、教育、艺术将会在已经取得成绩的基础上蓬勃发展。我们对此是有信心的,我们要为此而坚持不懈地进行工作和斗争。

孙犁说,农村"是可供文学才力驰骋的广阔天地"。这话我要在这里再引一次。文学描写农村生活,创造各种各样的农村人物形象,当前似有大力提倡的必要。道理很简单,也很实在:我国八亿人口生活在农村,而农业的现代化在"四化"中居在什么名次和地位,也是大家都知道的。当前现实既然是如此,文学艺术岂能不一如既往,对农村给予足够的尊重?"山药蛋"是农业产品的一种,"白洋淀"是中国农村的一环,它们在现代和当代文学中都已各自放出了很大的光彩;我们如今谈文学的流派问题,也是不应忽视农村的。离开了农村、离开了农业现代化的发展,文学的流派也是不好发展的。我想,这或许不能算是题外的话吧,不过,我的漫谈也该就此打住了。

1980 年 9 月 15 日草成,10 月 29 日修改。

(录自马良春、张大明、李葆琰:《中国现代文学思潮流派讨论集》,人民文学出版社 1984 年 12 月第 1 版,第 307—320 页)

论"荷花淀派"的艺术变迁

艾 斐

　　每一个文学流派，都有自己的特点和风格，否则就不成其为文学流派。比如，"山药蛋派"的通俗、幽默、质朴，充满浓郁的泥土香；"荷花淀派"的澹泊、细腻、明丽，饱和醇酽的冀中味；"渭河派"的秀婉、深宏、旷达，盈溢挚笃的关中情，等等。于是，人们便产生了一种认识——文学流派的生命契机，在于同一流派的作家们都效法代表作家，代代相承相袭地保持这一流派的固有特点和风格。

　　这种认识虽然普遍为人们所赞同、所接受，但在本质意义上，却违背了文学自身的特点和规律。任何时代的任何文学，只要它一旦停滞下来，抑制了创造性，就必然要失去生机，趋于委顿和颓唐，再也不可能有新的突破和发展了。而不断地突破和发展，却又恰恰是文学的真正的生命，从某种意义上说，没有突破，就没有文学。文学流派亦是这样，任何一个文学流派都包括一个作家群及其创作活动和作品，他们作为构成文学流派的机体的细胞，无时不在活跃着和变化着，进行着新的创造和酝酿着新的突破，因而必然要引起文学流派自身的特点和风格的更迭、变化和频繁的新陈代谢。所以，一个文学流派虽然应当和必须有自己的特点和风格，但，仅仅采取"保持其固有的特点和风格"的做法，却往往适得其反，会把这个流派引向停滞、呆板和衰颓，以至于引到穷途末路上去。

　　"荷花淀派"是一个很有影响的文学流派，它以孙犁为"旗手"，后起的作家有韩映山、冉淮舟、刘绍棠、从维熙、房树民、铁凝等，再挂及得远一点，还可以把张庆田、郭澄清、贾大山、何亚京等人算进来。这个流派作家群包括三代人,已经绵延了三十余年,至今仍老树新花,相映争辉,显出一派盎然的生气。

何以如此呢? 正是在于后起的第二、三代作家对孙犁及其作品所采取的态度是:承中有创,仿中有拓,着力于发挥自己的艺术个性,不断地求取新的突破。从流派师承、艺术效法上说,韩映山、冉淮舟、刘绍棠、从维熙、房树民、铁凝等作家,不仅一踏进文学的大门,就悉力学习过孙犁的创作特点和艺术风格,而且在创作上直接受到过孙犁的关怀、奖掖、教诲和培养。例如韩映山,一九五三年冬天他还在保定一中念书的时候,就与孙犁交往上了,至今文字之交从未断绝。韩映山是那样由衷地喜爱和痴心地学习孙犁的创作特点和艺术风格,他的家就在白洋淀附近,他的作品也大都是写白洋淀一带的农村和农民生活的,所以他不但有条件向孙犁学习,而且有条件学得很好,很"像"。孙犁对他和他的创作,也是情同手足、了如指掌,直面教诲,及时指点。关于刘绍棠所受孙犁的影响,他自己曾说过这样一段话:我"从少年时代就深受孙犁同志作品的熏陶"。[①] 后来,"在河北省文联,最大的收获就是我深深地热爱了孙犁同志的作品,并且也受到孙犁同志作品的熏陶。……孙犁同志的作品唤起了我对生活强烈的美感,打开了我的美学的眼界,提高了我的审美观点,觉得文学里的美很重要。孙犁同志的作品就是美:文字美,人物美,读孙犁同志的作品,给人以高度美的享受。我从孙犁同志的作品中吸取了丰富的文学营养。我和孙犁同志建立了二十八年的师生之谊。到现在也是这样"。[②] 孙犁对刘绍棠在创作上的诱掖和指点,正如刘绍棠自己所说,"是很花心血的"。[③] 仅从一九五一年九月到一九五七年春,不到六年时间,孙犁就在他所主编的《天津日报》"文艺周刊"上,发表了刘绍棠十万字以上的作品。冉淮舟的家乡也在冀中,他和韩映山一样,是孙犁的一个近"老乡",他也是五十年代初在保定读中学时,便以一个十三四岁孩子的童稚之心,浸泡于孙犁的文学液汁之中。他说:那时"使我感到更为亲切的,还是孙犁同志的作品,他的那些明快、单纯的短篇小说《荷花淀》、《嘱咐》、《光荣》、《山地回忆》,他的那些简洁、质朴的文学速写《投宿》、《天灯》、《相片》、《白洋淀

---

① 刘绍棠:《重印〈运河的桨声〉和〈夏天〉后记》。
② 刘绍棠:《开始了第二个青年时代》。
③ 刘绍棠:《开始了第二个青年时代》。

边一次小战斗》,还有他的诗一样的长篇小说《风云初记》,是那样深深地吸引着我……他主编的《天津日报》文艺周刊,我也是每期必读。……那上面经常发表孙犁同志的作品,和他指导青年写作的文章"①。冉淮舟对孙犁的作品由喜爱、耽读到研析、效法,真是臻于寻踪觅迹、亦步亦趋的程度,以至于孙犁化名"纪普"、"纵耕"、"少达"、"石纺"、"孙芸夫"等,散发在报刊上的文章,他也能一眼就看出来这是出自孙犁的手笔。孙犁对冉淮舟的培养更是从来不吝心血,仅在"文革"前,他就给冉淮舟写过六十九封亲笔信。冉淮舟用化名发表的文章,孙犁也能一眼就认出来,并细细地记下自己的读后感,认真地与作者当面交谈。他在校阅冉淮舟的散文集《彩云》时,竟连一个形容高粱拔节的虚词"呗儿呗儿"的用法欠妥,也反复推敲,给作者指出了更恰当的用法。其扶持后学的苦心,由此可见一斑。至于从维熙和铁凝等,与孙犁的文学交往也是很深的,在他们的心底里,是把孙犁尊为文学的恩师,是把孙犁的作品奉为创作的楷模的。

这些事实说明作为"荷花淀派"的代表作家的孙犁及其作品,对这一流派的后起作家的诱掖之殷、影响之大和熏陶之深。拿出五十年代中期和六十年代初期的刘绍棠、从维熙、韩映山、房树民、冉淮舟等的小说(或散文)一读,"孙犁味"便立即扑面而来,人们明显地觉出他们是在学孙犁,并且学得很"像"。从维熙的第一本小说集《曙光升起的早晨》中的全部作品,刘绍棠的《青枝绿叶》、《运河的桨声》、《夏天》,韩映山收进《紫苇集》的小说,冉淮舟的散文集《彩云》中的作品,铁凝的收在短篇小说集《夜路》的部分初创作品如《丧事》、《排戏》等,"孙犁味"都是很浓很浓的。——这算是"荷花淀派"后起的第二、第三代作家在创作历程中的一个共同的"阶段"、一个共同的"基础"吧!无疑,这个"阶段"和这个"基础",对他们的成长和创作的发展,是必要的和重要的。但,如果始终只停留在这个"阶段",永远只却步于这个"基础"———一味跟着孙犁亦步亦趋,死板地、单一地啃啮孙犁的作品,显然就没有出息、无法进取了。这一点,"荷花淀派"的作家仍是清醒的,也是处理得很好的。只要认真考察一下,便不难发现,现在的"荷花淀派"已经与当初的"荷花淀派"的艺术风格有所不同了,其中有的作家、有的作品甚至大相径庭。如从维熙的

① 冉淮舟:《论孙犁的文学道路》,第136页。

创作,从题材、手法到艺术风格,都在悄悄地发生变化:题材已从单写农村和农民变得更广泛,创作方法已从"对话"间以"白描",变得更多样,艺术风格也从当初的清新、明丽变得深沉、浓烈,这从他进入新时期以来所创作的《大墙下的红玉兰》、《第十个弹孔》、《远去的白帆》、《雪落黄河静无声》、《北国草》等作品,都可以明显地看出来。就连当年辅导过他的创作,对他的作品艺术韵味领略甚深的康濯,在看了他的近作后,也几乎不敢相信这会是出自从维熙的手笔。孙犁也怀着由衷的喜悦,很佩服地对从维熙说:"我是低栏,我高兴地告诉你:我清楚地看到,你从我这里跳过去了。"①又如刘绍棠,不但主张建立冀东乡土文学,而且下决心要一生一世讴歌生他养他的劳动人民,为他的"粗手大脚的爹娘画像"②。他以纯朴的乡音土调热情地描绘北运河平原上的农村和农民,然而,他的艺术风格也仍然在人们不注意或还未来得及注意中,悄悄地变化着,变得"孙犁味"越来越淡了,"绍棠味"浓了,用孙犁的话说,就是从刚出圃的幼苗那种纤嫩、刚绽苞的蓓蕾那种娇稚,变得"挺拔而俊秀,沉着而深思"③了。这从《地火》《春草》《狼烟》三部长篇小说,及《蒲柳人家》、《瓜棚柳巷》、《蒲剑》、《蛾眉》等短篇小说中,都可以看出来。尽管不如从维熙变化的幅度大、浓度深、踪迹露,但的的确确是在不断地变化呵!实际上,这种变化从一九六二年他写《县报记者》时就已经开始了。如果把刘绍棠自《夏天》以后的所有作品按写作时序排个队,就明显地可以找出其徐徐变化所留下的轨迹。

发生这种变化的原因,当然与时代的陶冶和生活的磨砺有关,但更主要的还在于作家有着生气勃勃的、辟异求蹊的、执着而勇敢的艺术追求,有着不断创新、不断突破的刻苦自励精神。譬如,从维熙就没有因为耽爱孙犁的作品而拒纳其他有益的艺术营养。他读了许许多多古今中外名著,他从未使"固有的特点和风格"变成自己创作道路的藩篱,而步履蹒跚地关在篱笆里边"扭秧歌"。在创作道路上,在艺术风格上,他是个充满探索精神的"解放式"和"开放型"的人,他说:"在经历了二十多年的苦难生活之后,假如强使自己描写监狱受难者的小说,就范于五十年代的格调,以保持创作风格的统一,那就会作茧自缚、削足适履,而难以驾驭我所要表现的

---

①　孙犁:《秀露集》,第 275 页。
②　刘绍棠:《乡土与创作》,第 226 页。
③　孙犁:《〈刘绍棠小说选〉序》。

题材,难以写出我所要写的那些人物。"是的,五十年代,故乡那田园牧歌般淳厚、明丽而质朴的生活,深深地陶冶了他的感情、性格和笔致,使他一开始"沾"上文学创作的边儿,就与孙犁作品的艺术格调不谋而合,发生了强烈的"共振"。他的处女作《红林和他的爷爷》,也恰恰是孙犁独具慧眼地从浩如烟海的来稿中发现,而披露于《文艺周刊》上的。他的"童年的梦是最难忘的",而"孙犁型"的作品却最能勾起他童年的梦,也最适合表现他童年的梦——那是充满着淳静、明媚而质朴的田园牧歌式的"梦"呵! 后来出版的散文和短篇小说集《七月雨》、《曙光升起的早晨》,以及长篇小说《南河春晓》,就是这童年的梦所结出的果实。但是,到后来,当历史把他抛向生活漩涡的底层时,当他当过铁矿和煤矿的掘进工、车间的车工和铣工、化工厂的漂粉工、硅窑的出窑工、制坯工之后,当他当过马车伕、农伕,和果树场的苦力工之后,当他在"大墙"内坐过监狱之后,田园牧歌般的"童年的梦"消失了,展现在他眼前的是严峻的生活。他要用他的饱经沧桑的笔,抒写他那被咬啮过的刚强而燃烧的心,他要真切而充分地表现生活的深沉和冷峻,以及潜在于这深沉和冷峻之中的光辉和伟大,难道他还能恋栈《曙光升起的早晨》那样的笔调吗? 难道他还能把自己限制在"孙犁型"的阴柔和明丽、静谧而细腻的优雅风格的圈子里吗?——不能了。他从喜爱孙犁、康濯、梅里美、哈代,变得爱上了维克多·雨果,他的创作风格由过去的细腻、明丽而一下子变得深沉、浓烈而悲壮了!

　　刘绍棠始终把孙犁的作品奉为自己效法的楷模,他特别欣赏孙犁的《风云初记》和《铁木前传》,他认为至今孙犁作品中仍还有许多不为人们所发现的宝藏,他要继续不断地探掘这些宝藏。但是,他也像从维熙一样,清醒地认识到,只用孙犁的艺术液汁,又怎么能指望浇灌出像孙犁那样或者比孙犁更高的文学大树呢! 他同样经历了坎坷的生活砥砺,也同样努力开拓自己的艺术视野,从古今中外的艺术宝库中汲取营养。他说:"我对资本主义上升时期的作品是非常佩服的。他们出现过那么多的大作家、大手笔,艺术上真是高明,语言、文字、文体都是完整而又完美的艺术品,而且给人以思想感情上积极向上的动力。"[①]"荷花淀派"的固有特点和风格,只是他的"起跑线"和"起跳板",而决不是他所要追求的目标和他所要达到的

---

　　① 刘绍棠:《也谈创作上的几个问题》。

终点。"好风凭借力,送我上青云",刘绍棠正是假以诸多文学素质和艺术营养的翅膀,而奋翮从"荷花淀派"的篱笆中"飞"出来,并用自己的创作实践,不断为"荷花淀派"输注新鲜血液和生命活力。在这一点上,孙犁是很有见识的,他早就向后起的"荷花淀派"作家们说过,他希望他所经营的文学园地仅仅"是一个苗圃",要长成文学的"参天成材的大树",就必须有勇气、有力量在破土出世之后,自觉地、尽快地把根须深深扎到苗圃之外的广阔而肥沃的大地上去,吸收更为丰富的营养;把树冠浓浓地伸向苗圃之外的广阔而幽邃的天宇中去,争取更为充足的阳光。

　　从维熙和刘绍棠的创作特点和艺术风格变化了,不但不是对"荷花淀派"的悖逆,恰恰倒是对"荷花淀派"的丰富和发展。他们如果一直禁锢于老框子,一味保持"荷花淀派"的固有特点和风格,那么,他们就不会是现在的从维熙和刘绍棠了,他们就会变为现在的韩映山。韩映山在五十年代中后期和六十年代初期,曾经是一位很活跃的作家,也确实写过一些标准的"荷花淀派"作品。但是到后来,他的创作活力便渐渐露出委顿的迹象,时至今日,已几乎很难读到他的新作了,当然就更不见有什么明显的发展和突破。这是事实,毋庸为贤者讳。为什么会出现这种情况呢? 除了生活、思想等原因外,一个很重要的原因就是,韩映山在创作上对孙犁撷之有余,踰之不足,用"保持"固有的"荷花淀派"的特点和风格,遏制了自己的创作活力。

　　对比起来,铁凝虽然是比韩映山更晚一代的"荷花淀派"作家,但她所采取的却是比较开明的态度和比较灵活的方法:她既用心地向孙犁学习,同时又广泛地从其他作家那里汲取丰富的艺术营养;她既秉承了"荷花淀派"的特点和风格,但又决不固守它,而是有所开拓,有所创造,有所扬弃,有所突破,比较注意发挥个人独特的艺术风韵和文学气质,使自己的作品始终与孙犁的作品处在"似与不似之间"。这从她的《夜路》、《哦,香雪》、《没有纽扣的红衬衫》和《远城不陌生》等作品中,都可以比较清楚地看出来。

　　孙犁在写罢《铁木前传》后,就没有再进行更多的小说创作了。如果他的小说创作的旺盛期延续到今天,那就可以肯定,他的创作特点和艺术风格也会是在徐徐地发生着内涵上的某些变化的。只有这样,他的创作才会是每达一程,必臻弘域,一直走着上坡路。如果他还是用《荷花淀》、《风云初记》、《山地回忆》和《铁木前传》

那格调、那笔法、那韵致,来写社会主义现代化建设的新人新事新生活,即使他是大手笔,也难免要露出不合时宜、重袭旧辙的艺术败迹。实际上,仅从孙犁已表现出来的创作实绩看,从《一天的工作》、《识字班》(1939)到《铁木前传》(1956),其中所显示的,就已经是一条不断丰富、发展、变化、前进的文学风景线了。

孙犁很崇尚司马光的两句话,叫做:"顿足而后起,杖地而后行。"①对于"荷花淀派"的后起作家来说,这两句话是很有用的。"顿足"和"杖地",就是要立足在"荷花淀派"这个基础上,拄着这一流派的代表作家所赐予的杖拐,慢慢地挺起腰杆,站直身子。这之后,最重要的是"起"和"行",万万不可"蹶"而"停"。实际上,"顿足"和"杖地"的终极目的,全在于"起"和"行"。

英国启蒙主义时期的诗人扬格(Edward Young)曾经说过这样的话:"为什么现在独创性的作品这样少呢? 这不是因为作家的丰收日子已过……也不是因为人类思想的繁殖期已过……而是因为辉煌的经典著作夺去了我们的时间,使我们产生成见,而且威吓着我们。它们占据了我们的注意力,使我们不能适当地了解我们自己的能力,我们的判断力蒙上偏见,因而偏袒他们的才能而减低了自己的意义。它们从自身的显赫威胁着我们,以至将我们的力量埋藏在不自信中……让我们决不藐视他们的令人敬佩的著作,也不抄袭他们。……让我们的智慧从他们那儿得到食物。当我们读他们的时候,让我们的想象力受到他们的优点的启发。当我们下笔的时候,让我们的判断力将他们关在我们的思想之外。"②这段话是很值得我们深思的。对"荷花淀派"的后起作家们来说,只有以自己独创性的创作,不断丰富和发展"荷花淀派"的内涵,方能使"荷花淀派"永葆艺术青春。也只有这样,孙犁所冀望于"荷花淀派"后起作家的"经过他们的努力,不断出现在我面前的",当是"视野开阔,富有活力,独具风格,如花似锦的作品",才能变为事实。

(原载《当代文坛》1984 年第 11 期)

---

① 孙犁:《晚华集》,第 185 页。
② 扬格(Edward Young):《论独创性的写作》。

"荷花淀派"不能成立

——兼论孙犁艺术风格的形成和发展变化

蒋成瑀

一

最近人民文学出版社出版了一部由冯健男同志编选的《荷花淀派作品选》。读完这部选集,再联系孙犁以及刘绍棠等人的其他创作,不禁使人发生疑问,这个流派果真能成立吗?

不错,在五十年代孙犁创办《天津日报》的文艺周刊,强调刊物的地方性,又以自己纯真、醇厚和优美的艺术风格,赢得了不少青年作者的尊敬和爱戴,在他的周围形成了一个写作的圈子。他们有自己的美学理想,也就是孙犁后来所概括的:"我们愿意看到令人充满希望的东西,春天的花朵,春天的鸟叫;不愿意去接近悲惨的东西。刚解放时有个电影,里面有句歌'但愿人间有欢笑,不愿人间有哭声',我很欣赏那两句歌。"①刘绍棠、从维熙、韩映山、房树民、吴梦起、革路等人,就是按照这一美学理想,用抒情的笔调,在作品里向我们展示出解放初期华北农村一片欣欣向荣的景象,充满着笑声、快乐和希望。小说集《运河滩上》就是他们的代表作。后

---

① 孙犁:《文学和生活的路》。

来刘绍棠出版了《青枝绿叶》、《山楂村的歌声》和《夏天》等;从维熙出版了《七月雨》、《曙光升起的早晨》等;韩映山出版了《水乡散记》、《作画》等。这些作品情景融洽,乡土味浓烈,或多或少留有孙犁的影子。正是据此,有人就肯定了这个流派的存在,近年来,呼声很高。冯健男同志说:"'荷派'缘起于抗日战争时期的冀中和延安,形成于新中国建立之初的津、京、保三角地带。"①仔细一研究,就很难令人置信。譬如说它起于抗日时期,其实那时只有孙犁一人,刘绍棠等人刚刚呱呱落地不久,又如何成派?冯健男所选的刘绍棠等人的作品,几乎都是五十年代初期的作品,这些作品本身十分稚嫩,大多是他们初出茅庐的试作,自身风格都没有形成,怎么谈得上流派?所以一些研究者持慎重的态度,作有条件的肯定,如鲍昌、阎纲同志认为这是"一个不自觉的流派",他们的形象说法是"山色有无中""草色遥看近却无"。②我认为"荷派"只是在五十年代初有过那么一点影子,以后孙犁那个圈子的作者,各走各的路,压根儿就没有形成过派别,更不用说"流"下去了,这是有事实根据的。

冯健男同志曾引鲁迅的话:"文学团体不是豆荚,包含在里面的,始终是豆。大约集成时本已各个不同,后来更有种种变化。"借以证明。这是不能成立的,因为鲁迅说的是社团,两者内涵不同。一个社团的作家可以各自保持独立,而同一流派的作家,他们的艺术信念、美学趣味和艺术风格,应该相同或相近,否则又何必称流派?我们发现从五十年代中期开始,刘绍棠等人已经脱离孙犁的写作圈子,在按自己的创作路子发展。譬如刘绍棠的短篇集《中秋节》和从维熙的中篇《南河春晓》,就用许多篇幅描写了不少邪恶的势力,写了真善美和假丑恶之间的尖锐冲突。这里有春天的绿苗和花朵,也有冬天的枯叶和衰草,同孙犁只写"真善美的极致",不写"邪恶的极致"③的艺术见解显然不同。一九五六年刘绍棠在小说集《私访记·后记》中宣称:

　　　我们的运河故乡,是一块多灾多难和多事的土地,而我的小说,却常常是

---

① 冯健男:《荷花淀派作品选·序》。
② 参看鲍昌《中国文坛需要这个流派》和阎纲《孙犁的艺术》,见《河北文学》1981 年第 3 期。
③ 孙犁:《文学和生活的路》。

对故乡的孩子气的安慰。

目前，我处在创作的沉思苦想里，我想追求些和探索些什么，但是还没理出个头绪。不过我已经能够向自己提出两个要求，那就是反映生活的更写实，风格上的更具有乡土特色。

这个结束过去、开创未来的宣言，提出要写"多灾多难和多事的土地"，艺术上追求运河的"乡土特色"。稍后他写的《田野落霞》和《西苑草》，便是尝试的开始。不难发现，这同孙犁的美学观和艺术风格，已经大相径庭了。从维熙虽然没有公开谈论过自己的创作思想，但他的作品却处处在表示着同孙犁走的不是一条路子，他重视故事性，着意于情节的热烈、紧张，很少追求诗情画意。比较起来，韩映山和房树民的作品稍近于孙犁，然而他们在五十年代，特别是末期写的那些反映"大跃进"的作品，内容有些虚假和浮夸，艺术上同孙犁的作品差距甚远，也很难称得上是"荷派"的作品。

那末，粉碎"四人帮"后的情况又如何呢？是否像有些同志所说，"荷派"作家重新结集，正在壮大发展呢？我认为这也是不存在的。主帅孙犁自一九六二年续完《风云初记》之后，至今二十多年，未发表过小说。他在《戏的梦》里说：

> 这就像风沙摧毁了花树，粪便污染了河流，鹰隼吞噬了飞鸟，善良的人们不要再责怪花儿不开，鸟儿不叫吧！它受伤太重了，它要休养生息，它要重新思考，它要观察气候，它要审视周围。……
>
> 坐在我面前的女战士，她的鬓发已经白了，她的脸上，有很深的皱纹，她的心灵之上，有很重的创伤。
>
> 假如我把这些感受写成小说，那将是另一种面貌，另一种风格。我不愿意改变我原来的风格，因此，我暂决定不写小说。

十年"文革"留下的创伤太深了。孙犁不愿改变自己的风格，于是辍笔了。所受灾难比孙犁更深更重的刘绍棠和从维熙，在重新获得写作权利之后，岂能不改变风格？他们仍然向孙犁执弟子礼，虚心听取意见，但并不以老师的是非为是非，艺术上有自己的独立见解。例如在《关于〈大墙下的红玉兰〉的通信》里,孙犁认为小说"完全可以叫善与美的力量,当场击败那邪恶的",而从维熙却坚持自己的看法。经过"十年动乱"之后,他更欢喜写一些悲壮、慷慨的故事。《梧桐雨》、《第十个弹孔》和《杜鹃声声》等,便是这一类作品。刘绍棠在经过多年思考和实践之后,已经公开打出"建立北京的乡土文学"的旗子,为开垦这片疆土,写出了三部长篇,十几部中篇和二十多个短篇小说,如《蒲柳人家》、《瓜棚柳巷》、《花街》、《渔火》等等,抒写京东北运河地区的乡土人情,充满了田园牧歌的情调。如果说,孙犁是淡雅清丽,委婉含蓄,一种阴柔美,柔中有刚,那么刘绍棠是亢直爽丽,汪洋恣肆,一种阳刚美,刚中有柔。一个好用充满诗意的散文体写,有江南风味,受中国传统的散文和鲁迅的小说、散文影响较大;一个好用带故事性的传奇体写,有燕赵之风,受唐宋传奇和明清小说的影响较深。两人风格迥然不同。孙犁两个大弟子风格的改变,足以说明粉碎"四人帮"之后,"荷派"根本就没有出现过,更不用说壮大了。孙犁说:"文坛正如舞台,老一辈到时必然要退下去,新的一代要及时上演,要各扮脚色,载歌载舞。"刘绍棠、从维熙已经在各扮脚色,载歌载舞了。

事实上,对于"荷派"云云,孙犁自己也持否定的态度。他在审定"荷派"作品选和冯健男同志写的序文后说:"荷派云云,社会虽有些议论,弟实愧不敢当。……故流派之说,虽为近人所乐于称道,然甚难言矣。"[①]这不是谦辞,而是在对自己作品深切了解的基础上作出的科学结论。我们读孙犁的全部小说,可以看出他本人的风格也是在发展、演变的。所谓"荷派"风格,按冯健男同志的概括,就是"诗情画意之美",而实际上孙犁的许多作品,尤其是后期作品,风格并非如此。我们把孙犁的创作划分为三个时期。前期是典型的"荷派"风格,代表作品是《荷花淀》、《芦花荡》和《嘱咐》。那是作者在抗日战争这个伟大时代里撷取的"一片闪光"、"一个投影"、"一段奇闻",反映了军民的血肉情谊,以及他们爱祖国、爱民族的高尚情操,确乎表现了作者饱含诗情画意的笔触,中期是风格转变的酝酿期,代表作品是《村歌》和《风云初记》,都是解放后的创作。《村歌》采用横切和直缀相结合的写法,较多地保留"荷派"风格,《风云初记》基本上采取直缀写法,已经有人生涩味的描写,离"荷

---

① 孙犁:《再论流派》,《文汇报》1983年2月3日。

派"风格渐渐地远了,至多保留一些清新的气息和明丽的色调。这一时期,孙犁还写了一些反映阜平山区艰苦生活的小说,如《山地回忆》、《石猴》、《吴召儿》等,主要展示山区人民的美好心灵,笔墨质朴、醇厚,极少有诗情画意的描写,也不具备"荷派"风格。后期是风格转变期,主要指《铁木前传》。这部小说出版于一九五六年,起笔比《风云初记》迟,完稿却比它早。小说通过铁木两家友谊破裂的故事,对友谊、爱情等人生诸问题进行深入思考,在轻快的笔墨里,负载着生活的重压。在明丽的画面里,蕴含着人生的苦涩,描写力透纸背,给人凝重之感。孙犁风格至此一变。综观孙犁的全部创作,我们发现前期主要描写美好的和希望的事物,作家是美的发现者和歌颂者。后期主要探求人生的哲理,作家是生活的勘察者和思考者。中期承前启后,两者兼而有之。从香气清冽、亭亭净植的《荷花淀》,发展到深沉浑厚、含蕴丰富的《铁木前传》,孙犁在中国当代文学发展史上,树起了一座丰碑。

二

孙犁艺术风格的发展有自己的来龙去脉。早年他就读于保定育德中学,蓓蕾初放;毕业后为了谋生,曾浪迹北京,但一直坚持写作;不久飘泊到冀中安新县白洋淀边的同口镇,并在那里正式参加革命。这里就成了他的生活根据地。经过一段时间的生活磨练和艺术准备,大约从一九四二年开始,由教学、编辑和理论研究转向创作,先后发表了《邢兰》、《走出以后》、《老胡的事》、《丈夫》、《村落战》和《麦收》等。这是孙犁创作的试笔阶段,其特色是:(一)率真。人物、事件极少虚构,保持了生活的本来面貌,有强烈的现实感,但典型化不够,人物性格不够鲜明。(二)求美。记人、叙事处处透露出作家对美的刻意追求,有时插入湖光山色和平原景致的描写,更增添了诗的意境美,所不足的是有些描写缺乏香色声味,没有主体感。(三)抒情。作家把自己的热情、爱憎熔铸在人物身上,笔锋常带感情,颇有抒情散文的味道,所欠缺的是浅显,不够深沉。孙犁在谈到自己早期的一些创作时说:"它们都是时代的仓促的记录,有些近于原始材料。有所闻见,有所感触,立刻就表现出来,是璞不是玉。"①这是很诚实的话。孙犁善于拾掇生活中的珍宝,保持它的新鲜感和质朴感,璞示玉态,无须碰击,就会迸射出灿烂的火花。然而,无可否认,其中确有未经磨砺的璞块。有的研究者因此发挥说,孙犁"追求的是璞不是玉;是带着泥土雨露的花草,不是采摘后洗干净了的东西"。② 这未免违背常识。璞终究是粗糙的东西。生活也不等于艺术。繁华脱尽见真淳,绚丽之极乃造平淡。这就是说,由生活到艺术,中间要经过多道工序,不经匠心琢磨,艺术不会放出光彩。孙犁说自己的创作是璞,正是要把它雕成玉。"美人细意熨帖平,裁缝灭尽针线迹。"他曾引杜诗来说明创作必须多次修改,反复切磋,才能更静纯、更完美。

试笔阶段结束之后,孙犁的创作渐臻完美。一九四五年五月《荷花淀》的发表,标志着他创作的成熟。这篇描写战争的小说别具一格。即使描写那一场你死我活的伏击战,也用柔美的线条来勾勒,流丽、旖旎。小说描写敌人紧紧追赶,女人们处于极危急的刹那,笔锋一转,忽见宽大厚肥的荷叶下长出人来,"荷花变成人了?"这种出奇制胜的独特的运笔方法,把战争也浪漫主义化了,但它又是真正可信的。人们经过八年浴血奋战,在迎接胜利的欢呼声中读到这样的小说,确有耳目一新之感,就像听了许多雄浑悲壮、慷慨激昂的交响曲之后,忽然来一曲悠扬轻快、恬静优美的乐章,怎么能不叫人陶醉呢?《荷花淀》在艺术上炉火纯青,无疑是一块无瑕可指的璧玉。此后孙犁创作的《芦花荡》、《嘱咐》、《钟》、《"藏"》和《光荣》,大体可以同《荷花淀》媲美,但纯净却赶不上。至于《纪念》、《采蒲台》、《种谷的人》、《浇园》、《蒿儿梁》、《秋千》、《小胜儿》、《正月》、《看护》等,则已逊一筹。在前期作品中,《荷花淀》所以卓然独立,从思想上看,它有深度和广度,不仅写出了战争的全过程,而且写出了一代妇女的成长。从艺术上看,它化美为媚,不是用静态的描写,而是用动态的描写来刻画人物的心灵美,表现一种流动的美,这样更富有神韵,也更动人。

孙犁中期的创作,值得注意的是《村歌》和《风云初记》。这两部作品巩固和发展了《荷花淀》的成果。比较起来,《风云初记》的成就更为卓著,而且显露出孙犁风格转变的契机。《村歌》完稿于一九四九年九月,描述一个互助组成长的全过程,笔

---

① 孙犁:《在阜平——〈白洋淀纪事〉重印散记》。
② 郭志刚:《论孙犁现实主义创作的特征》。

墨委婉细腻,人物和景致交相辉映,次第展开,是一轴反映农村合作化的彩墨长卷。但人物过多,有些地方显得粗疏。《风云初记》场面大、人物多,从广阔的历史背景上展开描写,一向被誉为孙犁风格的代表作。黄秋耘同志说,它"具有诗的意境,诗的气氛,诗的情调,诗的韵味,把浓郁的、令人神往的诗情和真实的人物性格的刻画结合起来,把诗歌和小说结合起来"。① 这些话确实搔到了痒处。这方面《村歌》就显得逊色一些。例如《风云初记》是这样描写春儿要求入党的心情的:

> 她要参加党,她要和姐姐说明这个愿望,她抚摩着大母羊身上厚厚的洁净的绒毛,抬起头来,面对着太阳。

这段话简约、质朴,没有浓墨重彩的自然景物描写,也没有铺陈渲染的情感抒发,而春儿那种庄严、深挚的热情和她站在河滩上面向太阳、昂扬进取的精神,却似浮雕一般突现在我们面前。无巧不成书。《村歌》也写到双媚要求入党的心情,她对李三说:"我要求入党,我要好好干一场,你介绍我吧!"于是"双媚扬着手,好像要到天上摘下什么东西来"。双媚那种泼辣、好胜的性格的确表现得淋漓尽致,但总给人一种轻浮之感,不如《风云初记》写得真切、深刻。

那么《风云初记》是否没有缺点了呢? 小说开头三十章,写来似行云流水一般,行乎所当行,止乎所当止;人物招之则自来,挥之即自去,无一丝缝隙,无一线斧痕。孙犁说,开始"我只是起了一个朦胧的念头,任何计划,任何情节的安排也没有做,就一边写,一边在报纸发表,而那一时期的情景,就像泉水一样在我的笔下流开了"。② 由于情节和人物早已烂熟于心,所以随笔触发,无不熨帖自然。如果《风云初记》能够一气呵成,那一定是一部完美的艺术作品。可惜作者中途停顿,断断续续竟写了十二年之久。这样由顶及踵,血脉不连,难免露出断续的痕迹。小说的后半部笔墨显得散漫,不如前半部脉络清楚,不枝不蔓,有条不紊。后半部虽然也不乏摇曳多姿的情节,但没有主线串连,以致神驰形散,主干不明,枝叶蔓生。如写高

---

① 黄秋耘:《一部诗的小说——漫谈〈风云初记〉的艺术特色》。
② 孙犁:《为外文版〈风云初记〉写的序言》。

疤绑票，以及春儿进民运学院学习的那些章节，读来就有游离主线之感。小说末尾和叙述老温撤退进入阜平山区时，穿插描写了不少山地特有的景色、风俗和人民生活的场景，独立起来看，不为不美。可是同小说前后的情节连贯起来一看，就如无梁之屋，断线之珠，成了闲笔。读者所十分关心的——春儿和芒种的未来，以及李佩钟最后的归宿，小说却仓促收场，犹似短尾巴的孔雀，未能给读者留下美好的回味。一部本该是天衣无缝、巧夺天工的长篇，到后来竟成了断断续续的短章，这说明孙犁惯于驾驭的抒情写意的笔法，不完全适宜撰写长篇，需要有新的突破。

我们惊喜地发现《风云初记》已经在开始尝试这种新的突破了。众所周知，孙犁描写女性，通常用的是彩笔，热情地把她们推向阳光照射之下，春风吹拂之中，而《风云初记》并非完全如此了。小说中特别安插了李佩钟这个苗细白嫩的俏俊女人，描写她的种种苦闷，正是要说明：生活是严峻的，既有明丽的艳阳天，也有阴霾的严冬。李佩钟挣脱封建的羁绊，带着精神的创伤，参加到革命队伍里来。尽管在她的身上时时流露出旧知识分子的弱点，斗争却始终是积极的。在众目睽睽之下，她对公爹作出公正的裁判；在指挥破路拆城的工作中，她不徇私情，严肃地批判父亲的错误言论，这一切说明她勇敢地挑起了历史赋予的重任。塑造李佩钟这个形象，对于孙犁的创作来说，是一个飞跃，他由描写顺心如意的女性，转向描写生活道路坎坷的妇女，由抒写美好的和希望的生活，转向对人生道路的思考。这标志着"荷派"风格的结束，一种新风格孕育的开始。《铁木前传》的完成，便是尝试新风格所结出的硕果。

《铁木前传》不是以甘洌沁人的诗情画意的风格，令人赏心悦目，而是以哲理的思考、人生的思索，使人不忍释卷，孙犁前期的小说是主情的，人们赞誉他是"诗人型和音乐型的小说家"；后期是主理的，开始走向哲学，用抒情的笔调，或直接地，或含蓄地，或诱发地对人生道路上友谊、荣辱和爱情等问题进行剖析，我们赞美他是散文型的小说家，《铁木前传》正是由于融入了哲学，显得深邃、丰富，这才成为孙犁小说创作的一座丰碑，《铁木前传》作为当代散文型小说的极致，它具有四个特征，其一，开掘生活的底蕴，显现哲理。孙犁创作从不应景应时，投人所好，他能跳出实际的运动和具体的生活事件，发掘出生活的底蕴，通往哲学，显示真理，《铁木前传》不是在描写互助合作运动，农民走什么道路的问题，更不是在解释农村政策，作家借铁木两家生活的变迁，描写解放前后，特别是解放初期农村生活的各个侧面，表现人与人的关系，试图回答人生诸问题，小说第十五章，写夜阑人静，会引起重大嫌疑的时候，她说："你了解人，不能像看画儿一样……有些人，他们可以装扮起来，可以在你的面前说得很好听；有些人，他就什么也可以不讲，听候你来主观地判断。"这个俏丽、聪明、能干，性格极复杂的女人，忽然说出这一片话来，那正是要干部去解开人生之谜，孙犁欢喜通过叙述，或借人物的对话，把人生的真谛生活的哲理暗示给读者。

其二，情节浑然天成，又富于跳跃性。孙犁小说没有惊心动魄的情节，即使金戈铁马的场面，也以闲暇从容的笔墨出之；没有大起大落的情节，如一道溪流，随物赋形，遇着悬崖，便腾空飞瀑，遇着深渊，便潜入谷底，时而一泻千里，时而曲折盘桓，自然天成，例如小说从黎老东和傅老刚互称"亲家"写起，带出他们的儿女婚事，又有婚事的破裂，引出各色不同的人物，写来似行云流水，但这不是流水账，情节之间跳跃性很大，中间留出很多空白，这种藕断丝连、若断若续的结构，文字少，容量大，使读者其"睹一事于句中，反三隅于句外"，留有艺术再创造的广宽天地。

其三，语言含蓄、凝重，曲昧余色，耐人寻味。小说内涵蕴藉，外景和内情相糅合，常常包含着几重境界，无论是写景、抒情，还是议论，小说里没有一句直语、粗语和说尽语，字里行间有弦外之音，每读一遍满口余香，都能品尝出新意。

其四，笔墨灵活、自如，富有浪漫主义气息。他求真，保持"赤子之心"，使读者"可以听到天籁地籁的声音"，但这是一切现实主义作家所共有的，孙犁的独特处，在于现实主义里注入了浪漫主义的因素，遂使他的小说显出新奇、瑰丽的色彩，小满儿头顶着大笸箩，空着一只手，舞蹈似的摆动着，轻盈地到街上来推碾的那一段描写，其时一群青年被她的丰姿所吸引，"被内心的热性和狂想激动着，就像无数的接连的一片火焰"，孙犁一向惜墨如金，惯用简笔，而这段描写却泼墨如云，洋洋洒洒，长达二千多字，采用这种铺陈的笔法来描写女性的美，在现代作家中原也不乏其例，所不同的是孙犁赋予了浪漫主义的色彩，因此人物鲜活如真，丰采动人，更显出形象的魅力。

《铁木前传》作为散文型小说确是作出成绩的，对当代的作家影响很大，如贾平凹、贾大山和张庆同诸人，或多或少都吸取了孙犁散文型小说的营养，使我们感到遗憾的是《铁木前传》之后,孙犁没有继续发展和开拓下去,遂使这一艺术风格的转变,只留下了一个凤头,但可以相信,由《铁木前传》开创的艺术风格和孙犁式的散文型小说,一定能够独树一帜,在未来的文坛上,也未始不可以形成一个新的流派。究竟是怎样的派流,将由实践来回答。

(原载《辽宁教育学院学报》1984 年第 1 期)

关于"荷花淀"文学流派

韩映山

小　引

近几年,关于"荷花淀文学流派"(以下简称"荷"派)议论纷纷,有褒有贬,其说不一。这是文坛活跃的现象。本文也想就自己的一点了解和理解,随便谈谈,凑凑热闹,供有志研究此"流派"的专家、学者作参考。

"荷派"是何年形成的? 它最初的雏形怎样? 以后经过怎样的挫折? 如今它的状态和发展如何? 这些问题,时常引起人们的争论和关注。

一九八三年,河北省文联,曾召开过"荷派"作品研讨会,天津、北京、山西都有作家、评论家参加。会后,报刊还发表了一些文章。

孙犁在回答一位记者提问时认真而又谦虚地谈了自己对孙犁派(或叫荷花淀派)的看法,他不同意以一个人形成什么流派的说法,但又说:

"至于说学习、影响,那是另一回事,与流派无关。任何事业,年轻的一代,总是要受前人的影响,或因为爱好,向某一位老的同行学习"。又说,"风格的形成包括两大要素,即时代的特征和作家的特征。时代特征的细节是:时代的思想主潮,时代的生活样式,时代的观念形态。作家特征的细节是,个人的生活经历,个人性格的特征,个人的艺术师承爱好。以上种种,都不能强求一致,每个人都会有所不同的……"最后,他又说,"如果说流派,是只能从上面的原则,才能形成。因此,我对流派,也不抱虚无的态度。如果在我菲薄的才能之后,出现大材;如果在小溪之前,出现大流,而此大流,不忘涓涓之细,我就更感到高兴了。"

以上就是孙犁对于流派的意见。

小荷才露尖尖角

荷派的雏形,实际上是产生在五十年代初,新中国刚刚诞生的时候。

从解放区成长起来的作家孙犁,穿着一身带有征尘的军装,小口袋上插着一支旧钢笔,背着一沓粗稿纸,来到了天津市,住在多伦道一间简陋的小屋里,一面写作,一面编辑了《天津日报》的副刊《文艺周刊》。

这是面向华北,以文学为主的周刊,逢周四发整整一版,它的宗旨是:坚持现实主义创作方法,发表思想健康、高尚、内容切实、生活气息浓厚、形式活泼的作品。

在短短的两三年内,《文艺周刊》即培养出一批为数可观的青年作家。工人作者中有阿凤、董迺相、滕鸿涛、郑固藩、大吕、崔椿藩、魏锡林、万国儒等,写农村题材的有刘绍棠、从维熙、韩映山、房树民、吴梦起、青林等。

当时写农村题材的作者,年岁都较小,大都在中学里读书。

一九五二年,我十七周岁正在保定一中读初中二年级。这之前,刘绍棠已经连续在《文艺周刊》上发表了好几篇小说。孙犁的长篇《风云初记》在周刊上连载,配上林蒲的插图,可以说是图文并茂。《风云初记》,像早晨的一片云霓,淀上的片片白帆,林间黄鹂的鸣啭,平原上摇曳的红高粱,带着奇丽的光彩,诗一般的意境,浓郁的生活气息,清新的溪流,出现在新中国的文坛上。

随即,孙犁的艺术,便影响了一批文苑新秀,像初春淀边苇锥锥,拱出了地皮儿,披着水灵的阳光,带着紫绿的颜色,生命旺盛地出现在文苑里。如一股清清的溪流,汩汩地流向长江大河中,引起了很多人的注目。

刘绍棠的《摆渡口》、从维熙的《七月雨》、房树民的《诞生》,我的《鸭子》,先后在周刊上发表,这些作品,虽很幼稚、天真,但生活气息极其浓郁,格调健康、向上。尽管题材相近,但风格并不一样,各有长处和短处。彼此亦互相学习,借鉴、启发、取长朴短。我们之间,建立了真诚的友谊。我和树民通信较多,相互还寄照片留念。稍后刘绍棠调河北省文联工作,从维熙北师毕业后,在《北京日报》当编辑,房树民调《中国青年报》,我初中毕业后,因家境很难,母亲有病,则中途辍学,回乡务农了。在农村时,从维熙给我寄过一本《文学论稿》,房树民寄我一部《被开垦的处女地》。我们的友谊,日益加深。

一九五六年三月十五日,我们共同参加了全国青年创作会议。我们几个分在华北组。当时,绍棠已名声大振,号称"神童"。他穿着一身呢子制服,叼着烟卷,举止潇洒,带着一股"神气"。

我和树民,沉默寡言,坐在小组会议的角落里,静静地听着人们发言。

风吹落叶萧萧下

天,有晴有阴,花,有开有落,这是自然规律。

"青创会"之后,我又回到农村,一面劳动,一面服侍病母,间或也坚持写作。此时,我出版了第一本集子《水乡散记》。

这年夏天,母亲病逝。家乡发了大水。六月,河北省文联调我到《蜜蜂》编辑部。当时,文坛上正活跃,各省刊物纷纷崛起,《山花》《火花》《雨花》,相继开放。河北起刊名《蜜蜂》,则别开生面,与众不同。然好多人不知是文学刊物,竟有人提罐来编辑部买蜂蜜。

这年,孙犁的《铁木前传》问世。它发表在秦兆阳编的《人民文学》上。当时,好像并未引起人们的注意。孙犁好多作品都是这样,发表之时,并不能引起轰动,然而,往往经过一段时间,反而才显露出作品的艺术之光。时间证明,《铁木前传》是孙犁的一部成熟力作,这部仅四万来字的中篇,其容量之大,内涵之深,远远超过了和他同时代的反映合作化运动的许多作品。孙犁的艺术,在这部作品中,已达到了炉火纯青的境界。作品写到二十节,他一阵晕眩,栽倒在书橱上。从此,大病一场,足有十年，没有动笔。

一九五七年秋，"反右"开始。刘绍棠、从维熙，相继在报上被批判，后被错划成"右派"分子。刘放逐回乡，从到农场大墙内劳改。

《蜜蜂》被定为同仁刊物，"反党小集体"。我因刚从农村出来，又因有同志说情，才免遭此难，成为漏网之鱼，但从此也就不敢写作，宛如惊弓之鸟矣！

留得残荷听雨声

风乍起，吹皱一池春水。荷塘里，只有一两片荷叶，还在摇摇地摆动，展露着秃败的姿容，仿佛在聆听雨声的滴答。

参加过那次"青创会"的作者，几乎有百分之八十被错划为"右派"。天津工人作者中只剩下阿凤一人。后来孙犁在给阿凤写的序言中，说他是"一颗寂寥的星"，仅存的"一员福将"，他从此也就谨小慎微，创作上，也无大的进展。

我和房树民，把主要精力放在编辑工作上，偶尔也写一点小东西，创作也基本停止了。

孙犁一病十年，最初连书也不愿读了。后经疗养，渐渐有所好转，但创作完全停止。他把积存下的稿费，用来买书，主要是一些古书。他深居简出，甘于寂寞，埋头苦读，博览群书。晚年，他的散文，之所以写得那么好，跟他那几年读古文有着密切的联系。他的古文底子，打得很是坚实。

经过《文艺周刊》苦心培养的一批年轻的青苗，就这样凋零了。

煦煦的春风吹又生

一九六四年，我国经济上有所回升，文艺界也开始有所活跃。编辑部的领导，为了照顾我的创作，让我每年有三个月的下乡时间。我像一条落在干岸上的鱼儿一样，迫不及待地回到故乡的淀水里去。活蹦乱跳，辗转扑腾。这一年，我一口气写了两本小说、散文集:《一天云锦》和《作画》。当时,心气很高,似乎又看到了曙光,听到了苇塘里喳喳鸟的鸣叫。

我开始往孙犁家里跑,几乎每周都去一趟。他当时也很寂寞,门可罗雀。我一去了,他的话也格外多,谈深入生活,谈读书,谈写作。我把发表过的报样请他看,他看得很仔细。当《作画》送给他后,他很快就看完了(当时他正在感冒发烧)并写了篇评论,发表在《文艺周刊》上——这是他大病之后的第一篇文章。看来,对创作,对文学事业,他并未完全"洗手",他仍在关注着祖国的前途、人民的命运、事业的兴衰。他并未脱离风尘。有时,他也想续写《铁木后传》《风云后记》,但一想到"生活",他又喟然叹息了。他在津郊,下过几次乡,又在蓟县老区住过一阵,曾写过几篇散文。看来,他的笔并未锈住,他还想在文苑里,植下几株花树。

房树民也有短篇发表,刘绍棠摘帽后也开始在《北京文学》露面。只是听不到从维熙的音响。听说他的问题很严重。

在工人作者中,除阿凤外,又出现了万国儒、张知行、杨柏林,万国儒的作品,简炼、隽永,很像孙犁的一些短篇。

唔!"荷"派艺术,似乎又萌生了新枝,展露了嫩叶。残荷下面,又露尖尖角。

然而,好景不长,天空又有阴霾铺展,有沉重的闷雷传来——一场时间最长、为害最大的雹灾又开始了。

十年"文革",文坛一片寂然。

然而,有诗云:野火烧不尽,春风吹又生。浩劫之后,必有振兴。

十一届三中全会之后,"双百"方针,得到了真正的贯彻。百花园里,花繁叶茂,苇荷荡里,群鸟歌鸣。

荷派艺术的主将——枯寂,沉默了近二十年的孙犁,一反常态重整旗鼓,操起宝刀,驰马上阵了。他广开门路,多方经营:《芸斋小说》、《乡里旧闻》、《小说杂谈》、《读作品记》、《文林琐谈》、《善闇室纪年》,种种题材、体裁,齐头并举,形式多样。其文字之洗炼,蕴意之深刻,针时弊之锐利,文风之典雅,使文坛为之一振,许多文人墨客,不得不刮目相看。

他虽不写长篇巨著,然短文杂著,每年能出一本约十几万字的集子。现共出了七八本:《晚华集》、《秀露集》、《尺泽集》、《远道集》、《陋巷集》、《澹定集》、《老荒集》。

他确实焕发了青春,宛如一枝老荷,开出了芬芳的新花。他的风格也在变化、发展。《芸斋小说》不像"白洋淀纪事"那么清新、幽美了,然更深刻、隽永了,发挥了中国古典短篇小说之传统,继承了《史记》与《聊斋志异》之精魂。他的杂文,尖锐、泼辣、犀利,发扬了鲁迅之文风,又吸收了古文的精髓,成为他自己的一家之言。

在繁忙的创作之余,他每天花去大量时间,接待远近登门来访的新老作者。凡有求者,他都热情地、耐心地、仔细地读他们的作品,并写了十几篇读作品记。他像从前一样,在关心着、扶持着文学新人的出现、成长。有良心的青年作家,都不会忘记他的。

一九八〇年,孙犁在北京虎坊桥一家旅社,见到了刘绍棠和从维熙。他在给《刘绍棠小说选》的序文中说:"……我不能见到他们,已经有二十多年了。见到他们,我很激动,同他们说了很多话……他们走后,我是很难入睡的。我反复地想念。这二十年,对他们来说,可以说是天寒地冻、风雨飘摇的二十年。是无情的风雨,袭击着多情善感的青年作家。承受风雨的结果,在他们身上和在我身上,或许有所不同吧?现在,他们站在我的面前,挺拔而俊秀,沉着而深思,似乎并不带有风雨袭击的痕迹。风雨对于他们,只能成为磨砺、锤炼、助长和完成,促使他们成为一代有用之材……这一个夜晚,我是非常高兴的,很多年没有如此高兴过了。"

这是一次有意义的会见。

此后,绍棠与维熙,创作之泉,如火山爆发,其势,猛不可挡。他们先后,写出了几百万字的小说,成为一代之英才。

然而,他们的风格,也发生了极大的变化。这与个人的经历、素质有关。我在我的中篇集《串枝红》后记中说:"文学流派,决不是一成不变的,它随着时代的前进、作者的生活和思想的变动而变异。比如江河之水,它虽源于山泉,汇于海洋,但中经峡谷、港湾、淀泊、苇荡,其溪流水色,也不会是相同的。"

维熙在大墙之内,劳改了二十年,他的经历、遭际,使他很难再用原先那种清雅、幽美的笔调来反映他的所见所闻了。他的文风,变得悲壮而遒劲。绍棠虽未进大墙之内,但放逐回乡,其心情和思想也不是当年写《摆渡口》时的情景了。他虽竭力提倡"乡土文学",然其作品,已失掉了原先作品中那馨香的泥土气息、高雅的诗情画意了。他的中、长篇增添了传奇色彩,故事见长,然失真之处,亦约略可见。其风格,与荷派艺术,变异颇大矣!

树民"文革"以后,也写过一些短小文章,语言风格,很是质朴。但他忙于编务,不大写作了,实是可惜。

我因生活经历平淡,又总是写水乡生活,故创作风格,变化不大,"文革"以后,也曾努力,共出版了短篇集三部、中篇集三部,写了百十篇散文、一部长篇,因近来出书,要自己花钱买书了,写作劲头,减弱许多。

不过,春风毕竟是春风,何况白洋淀又来了喜水,水生植物又在萌生。菱角、浮萍、榨菜、鸡头,都露出了水面。荷淀里,不会没有莲荷,它会出污泥而不染,一阵春雨之后,便会钻出水面,铺展开肥大的荷叶,挺出高高的箭杆,开出芬芳的花朵,亭亭玉立于淀面之上。

源远流长无终期

荷派虽有起有落,有兴有衰,然此流派的影响,是不会终断的,它不会是强弩之末。它将随着时代的推进向前发展,其形态会是万紫千红、婀娜多姿的。这是因为,它的艺术根基是现实主义的。它的师承源泉,上溯到中国古典文学及世界各国文学的优秀传统,它是博采众家之长的,转益多师是吾师。但重点是司马迁、曹雪芹与鲁迅,外国作家中,是普希金、梅里美、托尔斯泰、果戈理、屠格涅夫、契诃夫、萧洛霍夫……有人以为,荷派作家只学孙犁一人,那是一种无知之谈。世上绝无只学一个人就能成为作家的。

孙犁一再告诫我们:"要多读一些古今中外名著,要取法乎上。""不要以一人之藩篱,囿自己之手足。"他愿青年作者,跳得更高一些。愿在他"小溪之前,出现大流……"

孙犁在《刘绍棠小说选》序言中,反复强调了现实主义文学传统,他说:"中国的现实主义文学传统,是来之不易的。是应该一代代传下去并加以发扬的。'五四'前后,中国的现实主义,由鲁迅先生和其他文学前驱奠定了基础。这基础是很巩固、很深厚的。现实主义的旗帜,是与中国革命的旗帜同时并举的,它有无比宏大

的感召力量。中国的现实主义,伴随着中国革命而胜利前进,历经了几次国内革命
战争和八年抗日战争。这一旗帜,因为无数先烈的肝脑涂地,它的色彩和战斗力
量,越来越加强了。"又说:"我们的现实主义,是同形形色色的文学上的反动潮流、
颓废现象不断斗争,才得以壮大和巩固的。它战胜民族主义文学、第三种人文学以
及影响很大的鸳鸯蝴蝶派……现实主义将是永生的。"

　　正是因为孙犁忠实地继承了中国的现实主义文学传统,并根据自身的丰富经
历,出色地发扬了这一伟大传统,所以他的作品经得住时间的检验,他在《孙犁文
集》自序中说。"……现在证明,不管经过多少风雨,多少关山,这些作品,以原有的
姿容,以完整的队列,顺利地通过了几十年历史的严峻检阅。"

　　他反对那些哗众取宠,赶时髦的假现实主义者,说它们是:腾空而起,遨游太
空,炫人眼目,三年五载,忽焉陨落的作品。

　　荷派艺术,主张人品和文品的一致,主张作家有高尚的道德修养,提倡为人生
进步、幸福的健康、美好的文学艺术,坚决痛斥那些低级、下流、粗俗的海淫海盗的,
败坏人伦道德的、黄色或粉色的东西。

　　荷派艺术,并不故步自封,停止不前,它要随着时代的大潮,向前流动,博采中
外,兼收古今。但它要坚持民族传统和民族特色。作家应有强烈的民族自尊心和
自信心,决不学"西崽相"。

　　总之,歌颂真善美,鞭挞假丑恶,是荷派艺术之宗旨。如果违背这一宗旨,就是
对荷派艺术的亵渎!

　　历史将断定,只要人间有真善美的存在,荷派艺术就不会消亡,它的艺术生命
和影响,将会与日月星辰共存。

(原载 1990 年 2 月 17 日《文学报》)

论孙犁与"荷花淀派"的乡土抒写

丁　帆　李兴阳

　　孙犁以《荷花淀》名世，却始终处在主流话语的边缘。在孙犁影响下形成的"荷花淀派"，形成于20世纪40年代，初具规模于50年代初期，活跃于50年代中期，其后在日益酷烈的政治文化语境中渐趋零落。这一过程，虽然始终处在同质的权力体系中，但也经历了中国社会形态总体的历史大转型，因而与"山药蛋派"一样，"荷花淀派"也是中国新文学史上为数不多的"跨时代"的文学流派之一。"荷花淀派"存在的历史时限与指涉范围，学界持论不一，至今尚未有定论。但以孙犁为旗帜，以刘绍棠、从维熙、韩映山等受到孙犁培养和直接影响的作家为主要成员，以《荷花淀》、《白洋淀纪事》、《青枝绿叶》、《运河的桨声》、《南河春晓》、《七月雨》等为其代表作，则是被普遍认同的识见。荷花淀即白洋淀，"荷花淀派"的得名，既与白洋淀这个地方有关，也与孙犁的成名作《荷花淀》有关。《荷花淀》这曲革命年代的"水乡牧歌"，以风光明媚的白洋淀为背景，其朴素、清新、柔美的风格，洋溢的诗情与浓郁的浪漫主义色彩，成为流派风格的集中体现。孙犁影响下的"荷花淀派"作家，虽然无出其右者，但都自觉地以孙犁作品的美学趣味为追求目标，着力追求诗情画意之美，其具有流派风格特征的作品都流溢出华北泥土和北方水乡的清新气息。

　　从某种意义上说，孙犁是一个具有现代意识的知识分子，求学之初即开始接触"五四"新文学，启蒙主义和人本主义思想由此成为其思想的重要组成部分，对个性的崇尚和对人的尊重与传统的"仁爱"思想契合,并沉潜在意识的深处,成为毕生的追求;而自身亲历的革命活动又使革命的政治意识形态话语成为其思想的另一个重要组成部分。因此,追求"革命"与"人性"的和谐,就成为 20 世纪 40 年代到 50年代孙犁小说创作的基本主题。孙犁是一位具有诗人气质的作家,虽然在主流话语的大潮中追求叙事的社会政治化、通俗化和大众化,但趋近"京派"的审美趣味使他创造出的却是叙事艺术的典雅化与高贵化。尽管孙犁小说的总体风貌是清新自然、淡雅和谐的,但从精神内质到叙事形式,孙犁的小说创作始终处在多重话语相互冲突的紧张之中。

孙犁的乡土小说总是与特定的时代密切相联,抗日战争、解放战争和土地改革都在他的小说中留下了历史的刻痕。在晚年的追记中,孙犁将自己的小说创作与抗日战争紧密地联系起来:"人们常说,每个时代,有每个时代的作家。时代一变,一切都变。我的创作时代,可以说从抗日战争开始,到'文化大革命'结束。"①战争带给孙犁的生命体验是复杂的,一方面,战争的苦难,战争带给民族心灵的创痛,使亲历其中的孙犁有着深切的悲剧性人生体验:"我的一生,残破的印象太多了,残破意识太浓了,大的如'九一八'以后的国土山河的残破,战争年代的城市村庄的残破……个人的故园残破、亲情残破、爱情残破。"②另一方面,他又在战争中看到了"善"与"美"的极致:"善良的东西、美好的东西,能达到一种极致。在一定的时代,在一定的环境,可以达到顶点。我经历了美好的极致,那就是抗日战争。我看到农民,他们的爱国热情、参战的英勇,深深地感动了我。我的文学创作,就是从这个时候开始的。"③孙犁对战争的书写是有选择的:"看到真善美的极致,我写了一些作品。看到邪恶的极致,我不愿意写。这些东西,我体验很深,可以说镂心刻骨的。可是我不愿意去写这些东西。我也不愿意回忆它。"④在与沈从文相近的艺术选择中,孙犁有意忽略战争的残酷、惨烈和血腥气,凸现的是普通农民被战争所净化了的高尚心灵和人性的闪光,是人们对"善"与"美"的卫护,是善良的人们之间温情和

---

① 孙犁:《文事琐谈·文虑》,《孙犁文集》续编 2,百花文艺出版社 2002 年版,第 446 页。
② 孙犁:《残瓷人》,《芸斋梦余》,人民日报出版社 1996 年版,第 165 页。
③ 孙犁:《文学和生活的路》,《孙犁文集》第 4 卷,百花文艺出版社 2002 年版,第 392 页。
④ 孙犁:《文学和生活的路》,《孙犁文集》第 4 卷,百花文艺出版社 2002 年版,第 392 页。

爱的真诚流露,战争风云就此在孙犁的笔下化为一片浪漫诗情。《荷花淀》里的那场水上伏击战,就略去了战争厮杀的残酷,却将更多的笔墨倾注在对多情女人与有情男人的眉目传情甚或打情骂俏的浪漫场景的描绘中。这种将战争时期乡土生活"田园牧歌"化的理想追求,在孙犁来说,既是自觉的,同时也是痛苦的:"从去年回来,我的精神很不好。检讨它的原因,主要是自己不振作,好思虑……关于创作,说是苦闷,也不尽然。这主要是不知怎么自己有这么一种定见了:我没有希望。原因是生活和斗争都太空虚。"①在晚年的自传体作品中,他对自己的这种心境更有明确的表露:"这是一种心病,由长期精神压抑而成,主要是控制不住自己的感情。"②在痛苦的艺术抉择中,孙犁将个人的浪漫情怀与战争年代的革命意识紧密相连,使其乡土小说不仅有革命的崇高与英雄的壮烈情怀,而且还渗透了"小资"情调的对生命的礼赞和对美的毁损的感伤。在战争时期的解放区文坛,乃至其后的中国当代文学中,孙犁的这种拒绝丑恶、张扬真善美和提炼生命诗意的创作追求,确实是独特的,孙犁的乡土小说也因此而获得了恒久的艺术魅力。

　　在白洋淀乡土小说中,孙犁对人物的选择与塑造,与沈从文的湘西乡土小说一样,将"真善美的极致"主要置放在众多优美而充满温情的女性形象身上。孙犁曾谈过给他创作影响最大的两位女性是他的母亲和妻子,他也从不讳言自己对女性的偏爱:"我以为女人比男人更乐观,而人生的悲欢离合,总是与她们有关,所以常常以崇拜的心情写到她们。"③从中我们似乎看到了曹雪芹通过贾宝玉之口说出的那个著名的审美选择,而孙犁确实信奉曹雪芹的女性审美观念:"二十多年里,我确实相信曹雪芹的话:女孩子们心中,埋藏着人类原始的多种美德。"④写心灵美的妇女形象,表现出具有新时代人情美、人性美的主题内涵,成为孙犁小说的美学追求。《荷花淀》与其续篇《嘱咐》中的水生嫂,《风云初记》中的春儿,《吴召儿》中的吴召儿,《采蒲台》中的小红母女,《光荣》中的秀梅,《山地回忆》中的妞儿等等,都是孙犁寄寓着自己的文化理想和美学追求的美好女性形象。这些女性形象,既善良又刚

---

①　孙犁:《给田间的两封信》(1946年4月10日),《无为集》,人民文学出版社1989年版,第72页。
②　孙犁:《如梦集》,百花文艺出版社1992年版,第52—53页。
③　孙犁:《〈孙犁文集〉自序》,《孙犁文集》第1卷,百花文艺出版社2002年版,第10页。
④　孙犁:《谈铁凝的〈哦,香雪〉》,《孙犁文集》续编2,百花文艺出版社2002年版,第174页。

强,既柔情似水又美丽动人;既有正常家庭伦理的渴望,又要为战争献出自己的丈夫和青春,承受着比男人更多的现实困难和精神磨难。《荷花淀》中的水生嫂就是这类女性形象的代表。水生嫂对丈夫的革命选择既无奈又原谅,她毅然挑起了整个家庭的重担,也就承受了民族的灾难,并准备为之拼命一死。她将这一切都默默地隐藏在心底,代之以含泪的微笑,送丈夫走,又从容而坚韧地生活着,等待着丈夫的归来,这其实就是一个有着传统美德的劳动女性所能给丈夫的最深的爱。但孙犁并没有停止在战争年代非常态的日常伦理生活的叙述中,叙事逻辑因革命化的需要将美的"人情"、"人性"引向"革命"。女人们因战争造成家庭伦理生活的不健全和对爱的渴求,在结伴寻夫的路途中巧遇伏击战,却因此激发起"革命"的要求与热情,回乡组织队伍,不仅学会了射击,而且一个个登在流星一样的冰床上,穿梭在芦苇的海里,配合子弟兵作战。于是,水生嫂们在"多情女人"的伦理身份之外又有了"革命女人"的社会政治身份,"革命"与"人性"就此建立起了和谐的联结。战争破坏了人的生存环境,也让"革命"获得了必要性与真实意义,而革命的终极目的就是要将幸福生活还给水生嫂和所有善良的人们,美的人性与崇高的革命,就这样统一在孙犁的浪漫叙事中。

　　孙犁对自然的赞美不亚于对女性的赞美,那些充满诗情画意的"风景画"、"风俗画"描绘不是一般意义上的艺术装饰,而是其乡土小说不可或缺的重要组成部分。这正是与赵树理和"山药蛋派"乡土小说不同的地方。赵树理及"山药蛋派"乡土小说的"风俗画"描写,大都将民俗"人化"、"社会化"、"政治化"。他们基本上消灭了风景的描写,而"物"的描写也显示出"人物身份的标记"。孙犁则特别强调要有景物描写,他批评没有景物描写的作家及其作品时说:"有的作者根本不要这些,他要使作品里的人物事件和环境景物绝缘。只要叙述人的活动、谈话,好像这个人出现在白布上,是影戏上的人物一样。世界上就剩了这些人,天塌地陷了,没有了自然界和物质。"[1]孙犁偏爱描写的"风景画"和"风俗画"是乡村,而不是城市。晚年孙犁每谈及城市,总掩饰不住内心的厌恶与绝望:"我是绝对走不出这个城市了。一想到这里,就如同在梦中,掉进无边无际的海洋一样,有种恐惧感、窒息感、无可

---

　　① 　孙犁:《文艺学习》,《孙犁文集》第4卷,百花文艺出版社2002年版,第47页。

奈何感。"①而对于自然淳朴的乡村生活和传统农业文明的理想形态,孙犁表现出更多的亲和与仰慕:"农村是个神秘的,无所不包容,无所不能创造的天地。"②"在农村,是文学,是作家的想象力,最能够自由驰骋的地方。我始终这样相信,在接近自然的地方,在空气清新的地方,人的想象才能发生,才能纯净。"③在孙犁的意识世界里,充满人情、人性、人伦之美的乡村是生命诗意栖居的乌托邦,是乱世流寓者安放灵魂的栖息地,是精神守望者的梦中家园。于是,在孙犁的乡土小说中,美的女人总是活动在河北冀中平原和阜平山地等特定地域美的自然中。如《荷花淀》的开篇就是一幅人与自然和谐一体的美妙图景:

> 月亮升起来,院子里凉爽得很,干净得很,白天破好的苇眉子潮润润的,正好编席。女人坐在小院当中,手指上缠绞着柔滑修长的苇眉子。
>
> 苇眉子又薄又细,在她怀里跳跃着。
>
> 要问白洋淀有多少苇地?不知道。每年出多少苇子?不知道。只晓得,每年芦花飘飞苇叶黄的时候,全淀的芦苇收割,垛起垛来,在白洋淀周围的广场上,就成了一条苇子的长城。女人们,在场里院里编着席。编成了多少席?六月里,淀水涨满,有无数的船只,运输银白雪亮的席子出口,不久,各地的城市村庄,就全有了花纹又密又精致的席子用了。大家争着买:"好席子,白洋淀席!"
>
> 这女人编着席。不久在她的身子下面,就编成了一大片。她像坐在一片洁白的雪地上,也像坐在一片洁白的云彩上。她有时望望淀里,淀里也是一片银白世界。水面笼起一层薄薄透明的雾,风吹过来,带着新鲜的荷叶荷花香。

在这里,孙犁撷取了具有白洋淀地域色彩的几个物象:苇眉子、荷叶、荷香、淀水、船只、蓝天、明月、微风、薄雾,它们共同织就一幅清馨、淡雅、优美的风景画。而在这幅美妙动人的风景画里,孙犁又镶嵌了垛芦苇、淀边织席、淀上运席等水乡风俗画

---

① 孙犁:《致山西杨炼》,《陋巷集》,百花文艺出版社1987年版,第44页。
② 孙犁:《文学和乡土》,《孙犁文集》续编2,百花文艺出版社2002年版,第358页。
③ 孙犁:《谈铁凝的〈哦,香雪〉》,《孙犁文集》续编2,百花文艺出版社2002年版,第174页。

和风情画。而不论是风景画、风俗画还是风情画,孙犁都把自己的仁爱之心与对自己生活着的这片土地的眷恋之情融于其中,构成了一幅空灵剔透、诗意盎然、情景交融的图画。王国维在《人间词话》里说:"境非独谓景物也。喜怒哀乐,亦人心中之一境界。故能写真景物、真感情者,谓之有境界。"[1]孙犁写出了白洋淀的"真景物",也写出了自己的"真感情",也就有了"真境界"。这境界,其实是孙犁在革命洪波中清唱的一支"水乡牧歌"。

从《荷花淀》、《芦花荡》、《白洋淀纪事》到《铁木前传》,孙犁不断追求"地方色彩"与"异域情调",不断开拓"风景画"、"风俗画"和"风情画"的真境界,这也是他与赵树理乡土小说风格颇为不同的地方。在写下成名作《荷花淀》时,孙犁就曾明确地说:"这篇小说引起延安读者的注意,我想是因为同志们长年在西北高原工作,习惯于那里的大风沙的气候,忽然见到关于白洋淀水乡的描写,刮来的是带有荷花香味的风,于是情不自禁地感到新鲜吧。"[2]显然,孙犁是深得乡土小说之要义的。"地方色彩"和"异域情调"是构成乡土小说本质特征的要素,不理解这一点,一个作家就消弭了自己的创作个性,也就落入浮泛的乡土小说创作中去。孙犁的乡土小说之所以显得更有艺术的魅力和生命力,其原因就在于他用"风景画"、"风俗画"和"风情画"构筑出乡土小说的"地方色彩"和"异域情调",使其具有了特别的民族风格和民族气派。

孙犁乡土小说具有"地方色彩"和"异域情调"的"风景画"、"风俗画"和"风情画"的叙事艺术,从乡土小说的发展史看,是前期"京派"作家废名、沈从文等的"田园牧歌"风格的承继与发展。他们的不同点是在人物塑造上,前者是注入了新的时代和阶级内容的人性和人情美,而后者则是完全返归自然的人性和人情美;而他们的共同点就在于把自然景物描写和具有风俗美的人与事的描写作为小说美学追求的总体象征,将自己对人类的悲悯或热爱倾注于画面和写意人物的描写之中,具有浓郁的浪漫抒情气息。就外来文学资源而言,孙犁小说富有浪漫气息的乡土风味,显然有哈代、契诃夫、梅里美等的小说影响的印痕。孙犁曾说:"我很喜欢普希金、

---

[1] 王国维:《人间词话》,群言出版社1995年版,第4页。
[2] 孙犁:《关于〈荷花淀〉的写作》,《孙犁文集》第4卷,百花文艺出版社2002年版,第610页。

梅里美、果戈理和高尔基的短篇小说,我喜欢他们作品里的那股浪漫主义气息,诗一样的调子,和对于美的追求。我也喜欢契诃夫,他的短篇写得又多又好,他重视单纯、朴素、简练、真挚,痛恶庸俗和做作。"①可见,孙犁对于吸收外国文学营养是很重视的,这使他的小说在解放区文学中独树一帜。如果说赵树理及"山药蛋派"使乡土写实小说来了个"大转型",那么,在这"大转型"的时代洪流中,孙犁以其乡土写意小说簇拥起了一朵耀眼的浪花。

孙犁的乡土小说虽然也追求大众化和通俗化,但那只不过是在小说语言口语化的尝试和探索中,采用了简约、明快、通俗、易懂的语言。孙犁乡土小说语言的质地依旧是优美而典雅的,质朴中蕴涵着清馨可人的诗意。这首先可归因于中国古典小说语言艺术的熏染。孙犁读过许多古典小说,最崇拜的是《红楼梦》,他说:"曹雪芹的文学语言,可以说达到了中国文学语言空前的高度。他的语言有极高的境界,这个境界就是:语言的性格化。……这样浩瀚的一部书,我们读起来,简直没有一句重复没用的话,没有一句有无均可的话,句句有声有色,动听动情。而且,语言的风格极高,它们的生命力,就像那些女孩子活跃的神情。……《红楼梦》里的对话,能立刻把读者引到人物所处的境界里。它的每一句话,都是人物心灵的交流。"②孙犁乡土小说的人物对话语言也都是人物心灵的交流,而叙述语言则与作者的人生体悟、淡泊情致和审美趣味相表里,清新俊逸,清辞丽句,清淡高雅,清通隽永,在貌似大众化、通俗化中,透露出难以遮蔽的高贵与典雅。简言之,"清水出芙蓉,天然去雕饰"就是孙犁乡土小说的美学风范。

孙犁乡土小说的艺术风格,深深地影响了同时代及其以后的许多乡土小说作家。而受影响最深者,莫过于刘绍棠、从维熙等"荷花淀派"诸作家。刘绍棠有中短篇小说《青枝绿叶》、《蒲柳人家》、《蛾眉》和长篇小说《京门脸子》等"运河乡土文学"行世。刘绍棠的乡土小说创作深受孙犁的影响,他自述说:"我在河北省文联时,最大的收获就是深深地热爱上了孙犁的作品,并且受到了孙犁同志作品的熏陶。我在接受孙犁同志的作品影响前,虽然发表了十几个短篇小说,但是对于文学创作仍

---

① 吕剑:《孙犁会见记》,《孙犁研究专集》,江苏人民出版社 1983 年版,第 11 页。
② 孙犁:《〈红楼梦〉的现实主义成就》,《孙犁文集》第 4 卷,百花文艺出版社 2002 年版,第 559 页。

处于一种蒙昧的状态。孙犁同志的作品唤醒了我对生活强烈的美感，打开了我的美学眼界，提高了我的审美观点，觉得文学里的美很重要。我从孙犁同志的作品中吸取了丰富的文学营养。"①刘绍棠也有自己的乡土文学理论，他认为："乡土文学有它特定的艺术范畴；乡土文学有它的特殊性，当然也有它的局限性；它的特殊性，主要是侧重于风土人情的描写；写一个地方的特色，地方的人情，人情的美好……但是，乡土文学也有它的局限性，它很难正面地、直接地反映波澜壮阔的斗争。"②

在 1984 年创作的《京门脸子题记》中，刘绍棠将自己的乡土文学理论概括为："中国气派，民族风格，地方特色，乡土题材。"刘绍棠不仅是中国当代乡土文学的积极倡导者，也是坚韧的实践者。如他所说："我 10 多岁就写农村，也在农村写。"③刘绍棠几乎所有的作品都是写故乡京东北运河农村的风土人情，其总的主题就是讴歌乡村劳动者的美德和恩情。他较少描写俗世生活的苦难，多以明丽的色彩来描绘乡村生活情趣与人的心灵奥秘。虽然也有抗日战争、"文革"动乱等时代投影，但特别偏爱张扬淳厚善良、痴情侠义、重名持节、轻利厚谊、扶贫济困等具有浓厚传统德行色彩的人情美和人性美。在乡土叙事上，刘绍棠对运河农村的风景画、风俗画和风情画的描绘充满了浓厚的兴味。他兴致勃勃地描绘休妻仪式、指腹为婚、喝烟灰、拍花子、放鹰、看野台子戏、过家家、戴红肚兜、滚喜床、喜三、满月、百岁、周岁、小孩起下贱名字、借童子暖窝、小车会、鬼节等或野蛮或温厚的乡风民俗。在他的名作《蒲柳人家》中，小说在望日莲与周檎的情爱故事的展开中，精彩地描写了七月七日拜月乞巧、隔河夜唱情歌、发辫传情等蒲柳运河的独特的地方风俗。在何满子童心童趣的眼睛里，生命的欢乐就是光着屁股满河滩子野跑，或藏进芦苇丛中，或跟姑姑戏水、游戏，或打鸟偷瓜。蒲柳运河的风景画也很独特：纵横交错的河汉，星罗棋布的水洼，连绵起伏的沙岗，啾啾的水鸟，飞舞的蜻蜓，蒲草铺顶的土屋，爬满豆角藤的篱笆，柳枝篱笆围就的院落，光屁股戏水的顽童，裸浴的村姑，撑船的大汉，唱情歌的艺人，这些有别于白洋淀的风景画与独特的地方风俗画镶嵌在一起，其朴素、宁静、清新、和谐的韵致，是与孙犁的白洋淀乡土小说的美学风范相类的。

---

① 刘绍棠：《乡土文学与创作》，吉林人民出版社 1982 年版，第 1 页。
② 刘绍棠：《乡土文学与创作》，吉林人民出版社 1982 年版，第 200 页。
③ 刘绍棠：《乡土文学四十年》，文化艺术出版社 1990 年版，第 189 页。

刘绍棠曾明确说:"我要以我的全部心血和笔墨,描绘京东北运河农村的 20 世纪风貌,为 21 世纪的北运河儿女,留下一幅 20 世纪家乡的历史、景观、民俗和社会学的多彩画卷,这便是我今生的最大心愿。我的名字能和大运河血肉相连,不可分割,便不虚此生。"①他以自己的全部创作躬行了自己的诺言。

从维熙有中短篇小说《七月雨》、《大墙下的红玉兰》和长篇小说《南河春晓》、《北国草》、《鹿回头》等作品行世。从维熙的小说创作,以"文革"为界,分为前后两个时期。前期属于"荷花淀派",具有田园牧歌风格;后期以"大墙文学"为主。50 年代,从维熙在小说艺术上师法孙犁,出版《七月雨》、《曙光升起的早晨》两部短篇小说集和长篇小说《南河春晓》,是"荷花淀派"的代表性作家之一。1983 年冯健男编《荷花淀派作品选》收录了他早期的《七月雨》、《远离》、《社里的鸡鸭》、《故乡散记》、《夜过枣园》等篇,这种大量的收录足见当时评论界对从维熙早期作品流派归属的看法是普遍而清晰的。从维熙的早期作品,大都采用儿童视角,以童稚的目光欣喜地打量春天的大地、清澈的南河、正直的老人、淘气的孩子,还有那带着七月雨水的苞谷棒子、欢腾的"社里"鸡鸭,体现出真挚的故园恋情与生命的欢乐。虽然叙述者所持的是集体主义与阶级斗争话语,但也表达出青年从维熙对自己所处时代及其生活方式的热爱之情,有那个年代特有的浪漫激情与理想主义色彩。在乡土叙事艺术上,从维熙师法孙犁,以诗化和散文化的笔法书写田园牧歌,着力营造一种诗情画意、清新自然、优美和合的艺术境界。其浪漫抒情格调,表现出"荷花淀派"的风格特征。只因一场并不突然的历史大劫难,从维熙的小说创作才由早期田园牧歌式的荷花淀气质陡然转向苍凉与悲壮。

概而言之,孙犁及其影响下的"荷花淀派"作家,虽然相互间有许多不同的地方,但在乡土小说的风格特征上也有不少共同点,简要归纳起来,至少有这样几点:其一,诗意地描绘河北乡村生活,在风景画、风俗画和风情画的彩笔精绘中熏染出浓郁的河北"地方色彩"与"异域情调"。其二,在即时性的政治意识形态话语中,灌注和张扬具有恒久魅力的人性与人情。而其内在精神蕴涵,既有传统美德的承传,又有现代意义上的人道主义精神。这使得"荷花淀派"乡土小说在单纯明快中,显

---

① 　刘绍棠:《温故知新》,《写作》1989 年第 11 期。

露出思想蕴涵的复杂性,在和谐中隐含着不和谐的内在裂隙与冲突。其三,崇尚女性美,擅长青年女性的塑造。所塑造的女性形象,其文化人格,既有传统的良善,也有特定的时代色彩。女性形象的外在容貌与内在的复杂情感,相互映衬,相得益彰,是作者理想的寄寓者或象征。其四,以现实主义张目,但艺术的质地却是浪漫主义的,具有亲切可人的浪漫气息。其五,上承废名、沈从文的乡土抒情小说传统,擅以诗为小说,以散文为小说,在诗化、散文化的小说中,创造清新明丽的意境,形成"荷花淀"派独特的优美、婉约的艺术风格。这样的审美形态在其流派活跃的年代,始终处在主流话语的边缘;而在其流派沉寂的年代,却又获得了恒久的艺术魅力与影响。

(原载《江汉论坛》2007 年第 1 期)